Amos Daragon

La malédiction de Freyja

La tour d'El-Bab

La colère d'Enki

Catalogage avant publication de Bibliothèque et Archives nationales du
Québec et Bibliothèque et Archives Canada

Perro, Bryan
    Amos Daragon
    2ᵉ éd.
    Éd. originale publ. en 12 v.: Montréal: Les Intouchables, c2003-2006.
    L'ouvrage complet comprendra 4 v. comportant chacun 3 titres.
    Pour les jeunes.
    Sommaire: v. 2. La malédiction de Freyja. La tour d'El-Bab.
    La colère d'Enki.
    ISBN 978-2-923995-07-6 (v. 2)
    I. Titre. II. Titre: La malédiction de Freyja. III. Titre: La tour d'El-Bab.
    IV. Titre: La colère d'Enki.
    PS8581.E745A875 2012   jC843'.54   C2012-940151-X
    PS9581.E745A875 2012

Illustration de la couverture: Jeik Dion
Logo du titre: François Vaillancourt
Carte du monde d'Amos Daragon: Pierre Ouellette
Photographie de l'auteur: Geneviève Trudel
Infographie: Geneviève Nadeau
Révision: Marie-Christine Payette

PERRO ÉDITEUR
395, avenue de la Station, C.P. 8
Shawinigan (Québec) G9N 6T8
www.perroediteur.com

DISTRIBUTION: Les messageries ADP
2315, rue de la Province
Longueuil (Québec) J4G 1G4
www.messageries-adp.com

IMPRESSION: Marquis Imprimeur – Division Gagné
750, rue Deveault
Louiseville (Québec) J5V 3C2
www.marquisimprimeur.com

Dépôts légaux: 2012
Bibliothèque et Archives nationales du Québec
Bibliothèque nationale du Canada

Imprimé au Canada

ISBN 978-2-923995-07-6

BRYAN PERRO

AMOS DARAGON

LA MALÉDICTION DE FREYJA
LA TOUR D'EL-BAB
LA COLÈRE D'ENKI

PERRO
éditeur

AMOS DARAGON

LA MALÉDICTION DE FREYJA

Prologue

Les vieilles légendes des peuples nordiques racontent l'histoire du collier de Brisingamen. Créé par Alfrigg, Dvalin, Berling et Grer, quatre nains à la longue barbe et aux muscles de fer, ce bijou fut jadis considéré comme l'une des splendeurs du monde. Freyja, déesse de l'Amour et de la Fécondité, voulut se l'approprier afin d'accroître sa beauté déjà impressionnante. Ainsi, elle charma les nains et leur subtilisa Brisingamen. Lorsque la déesse revint à Asgard, le domaine des dieux, elle était si belle qu'elle illumina les lieux comme un nouveau soleil. Odin, chef du panthéon nordique, lui ordonna de rendre le bijou à ses propriétaires. Les nains avaient porté plainte et demandaient réparation. Ils voulaient récupérer leur bien.

Ce vol, aux dires d'Odin, avilissait les dieux du bien et n'était pas digne d'une âme aussi belle et noble que celle de Freyja. La déesse refusa de se soumettre et confia le collier aux brisings, une race de fées vivant cachées dans les profondeurs des forêts enneigées. Ainsi, ni les nains ni Odin ne pourraient mettre la main dessus.

À cause de ce bijou, une guerre éclata entre les troupes de Freyja et celles d'Odin. Ce combat dura plusieurs décennies et se solda par la mort de centaines de Vikings et la disparition de nombreuses créatures magiques. Pour se venger d'Odin, Freyja jeta une malédiction sur les béorites en faisant mourir leurs enfants dès le berceau, condamnant ainsi cette race à une extinction certaine. De toutes ses créations, les hommes-ours étaient celle que préférait Odin.

Les vieux sages savent que, lorsque les dieux du bien se chamaillent entre eux, les dieux du mal en profitent pour étendre leur pouvoir sur le monde. Il en va ainsi depuis le début des temps...

Chapitre 1

Baya Gaya

Le printemps avait fait son apparition et les forêts du nord du continent se couvraient de bourgeons. Les oiseaux étant revenus de leur migration, les parulines et les bruants avaient envahi les alentours de la chaumière de Baya Gaya. La vieille femme aux cheveux longs et gris marchait lentement dans les bois. Appuyée sur un long bâton, elle avait le dos voûté et avançait péniblement. Son corps, croulant sous le poids des années, la faisait horriblement souffrir. L'arthrite avait complètement déformé ses mains en lui tordant les doigts. Ses jointures étaient surdimensionnées et sa peau usée laissait entrevoir de grosses veines bleues. De longs poils noirs lui poussaient dans les oreilles et les narines. Elle avait des verrues brunes sur la figure et une bonne partie du corps. Des varices en forme de serpent lui couvraient les jambes et l'arrière des genoux. Lorsqu'elle ouvrait la bouche, sa langue grise apparaissait à travers les quelques dents jaune foncé qu'il lui restait encore. Ses yeux étaient presque entièrement recouverts d'épaisses cataractes blanches qui l'empêchaient de voir convenablement.

En marchant, la vieille femme pestait à voix basse. Elle insultait les dieux, la nature, l'insupportable chant des oiseaux et le printemps trop doux. Un sac de graines en bandoulière, elle nourrissait les parulines et les bruants. Avec de grands gestes théâtraux, la sorcière lançait de la nourriture partout autour d'elle. Des dizaines d'oiseaux volaient dans tous les sens et se régalaient de ce festin inattendu. Cette journée de printemps allait être leur dernière: les graines étaient toutes empoisonnées.

Baya Gaya avait été autrefois une femme très belle et radieuse. Mariée à un solide gaillard, elle habitait un charmant petit village toujours rempli de fleurs et de rires d'enfants. Fonder une famille était le plus cher de ses vœux, mais après quelques années de mariage, les dieux ne lui avaient toujours pas accordé la faveur d'enfanter. Elle patienta encore de longues années sans jamais tomber enceinte.

Un jour, le village essuya un violent orage et la foudre tomba sur la maison de Baya Gaya. À cause de cette punition des dieux et de son incapacité d'avoir des enfants, on la soupçonna d'être une sorcière. Les habitants du village crurent à un avertissement divin et chassèrent violemment Baya Gaya. Des amis, des voisins et même des membres de sa propre famille l'insultèrent, la rouèrent de coups et la laissèrent pour morte dans un ruisseau de la forêt. On annula son mariage et la pauvre femme perdit à tout jamais l'homme qu'elle aimait. Celui-ci en épousa une autre avec laquelle il eut trois enfants.

Baya Gaya fut miraculeusement sauvée par un groupe de véritables sorcières et devint rapidement une des leurs. Un jour, alors qu'elle se dirigeait vers un lieu secret de sabbat, elle apprit par hasard que son mari s'était remarié et qu'il était maintenant père de deux garçons et d'une jolie petite fille. Le cœur de Baya Gaya se remplit d'une haine féroce pour la nouvelle famille. Les dieux l'avaient privée du bonheur de donner la vie, de la joie de vivre entourée d'enfants, de l'amour de son mari et de la tendresse de ses proches. Ils allaient le payer cher! Baya Gaya allait faire payer au monde entier son infortune. Plus personne ne serait en sécurité, surtout les enfants.

Baya Gaya devint une sorcière revêche et hargneuse. Elle s'initia aux rites anciens de la magie noire, apprit à concocter d'étranges potions avec des herbes secrètes. En quelques années, la nouvelle recrue devint la meilleure d'entre toutes et fut élue supérieure de son ordre. Lorsqu'elle eut la certitude qu'elle savait tout de l'art de la sorcellerie, Baya Gaya commença à se débarrasser de ses consœurs. Comme elles ne lui servaient plus à rien, elle les élimina une à une. Elle les empoisonna jusqu'à la dernière.

Puis l'heure de la vengeance sonna! Baya Gaya enleva les enfants de son ancien mari et les assassina dans la forêt à grands coups de couteau. Ensuite, elle mit un champignon vénéneux dans les réserves d'eau potable du village et regarda, de loin, mourir près de la moitié de ses anciens amis. Elle envoya ensuite la peste pour éliminer les survivants.

Baya Gaya captura Gunther, son ancien mari, affaibli par la maladie, et lui arracha le cœur. La sorcière ensorcela l'organe pour qu'il continue à battre et le mit dans un bocal contenant un liquide épais et visqueux. Elle était vengée ! De cette façon, le cœur de Gunther battrait pour elle et exclusivement pour elle, jusqu'à la fin des temps.

Puis, ravie de ses pouvoirs et de sa puissance, Baya Gaya perpétra d'innombrables autres crimes dans les villages environnants. Elle volait des enfants pour les faire bouillir vivants. Avec leurs restes, elle concoctait des potions et des élixirs. Devant cette terrible menace, les populations quittèrent leurs maisons et abandonnèrent les villages. Baya Gaya se retrouva bien vite seule dans l'immense forêt. Pour alimenter son désir croissant de destruction, elle commença à s'attaquer aux animaux vivant sur ses terres. Comme les mammifères avaient maintenant tous fui, il ne lui restait que les oiseaux à éliminer. Voilà pourquoi, aujourd'hui, elle les empoisonnait en pestant contre le printemps, contre les bourgeons naissants et contre toute cette vie qui éclatait dans la forêt. Baya Gaya détestait tout ce qui était sur le point de naître !

La vieille femme termina sa tâche meurtrière et revint à sa chaumière. Dès qu'elle passa le seuil de la porte, elle cria :

— Je suis de retour à la maison, brave Gunther! J'espère que tu ne t'es pas trop ennuyé…

La sorcière s'adressait au pot dans lequel battait le cœur de son ancien mari, Gunther. Elle lui parlait tout le temps.

— Je suis allée nourrir ces petites vermines. Demain, il y en aura beaucoup moins, tu vas voir. Oh oui, Gunther! Je te le confirme, il y en aura de moins en moins. Nous aurons bientôt la paix et tous ces chants se tairont définitivement. Allons, Gunther, ne fais pas la tête… Tu es fâché? Tu penses à ta deuxième femme? Oui, Gunther, c'est vrai qu'elle chantait bien, elle aussi. Avant bien sûr, que je lui coupe la langue et lui ouvre le ventre avec un poignard. Tu te rappelles comme elle criait? Ah, quand j'y repense… Ce souvenir me remplit de joie! Ce doit être le printemps qui me rend ainsi… Quels beaux souvenirs nous avons, Gunther! Quels beaux souvenirs!

Baya Gaya s'approcha d'une grande table en bois. Le meuble occupait presque toute la place dans la chaumière. La sorcière s'assit lourdement sur une chaise et balaya la pièce du regard. Il y avait un lit dont les couvertures étaient répugnantes; une cheminée complètement noircie par la suie et dans laquelle pendait un chaudron fumant; une bibliothèque en désordre où livres, pots d'ingrédients, ossements humains, crânes d'enfants, petits animaux desséchés et autres babioles servant à la magie noire se disputaient l'espace sur les tablettes. Une fenêtre aux carreaux opaques et le cœur de Gunther, prisonnier dans son liquide verdâtre, complétaient la décoration.

– Faudra penser à agrandir !, s'exclama la sorcière en regardant son pot. N'est-ce pas, Gunther, que nous sommes à l'étroit ici ? Il faudrait au moins faire un peu de ménage… Je pense que la dernière fois que j'ai lavé quelque chose, c'était le crâne de ton premier fils après que je lui eus coupé la tête. Ah, le coquin ! Il ne voulait pas se laisser faire et j'ai dû lui couper un doigt pour le calmer… Eh bien, tu sais ce qui est arrivé ? Il ne s'est pas calmé du tout et il s'est remis à crier de plus belle. Hi ! Hi ! Hi !… C'était vraiment un magnifique petit garçon. Courageux en plus ! Il m'a même craché au visage avant que je l'égorge… Oui, oui, Gunther, courageux comme toi !

On frappa trois coups à la porte de la chaumière. La sorcière sursauta et poussa un petit cri de panique. Bouleversée, elle regarda le cœur de son ancien mari et murmura :

– Mais qui peut bien venir frapper à ma porte ? Que dois-je faire, Gunther ? Pardon ? Oui ! C'est une bien bonne idée…

La vieille femme empoigna un long couteau rouillé et le dissimula derrière son dos. Comme elle se dirigeait vers la porte, trois autres coups retentirent violemment.

– J'arrive !, cria la sorcière sur un ton qu'elle s'efforça de rendre aimable. Je suis seule, vieille et je marche lentement…

Baya Gaya ouvrit lentement la porte. Les gonds grincèrent et effrayèrent les oiseaux dans les bois environnants. Devant elle, à trente pas, un loup gris était assis et la regardait paisiblement. La sorcière jeta un coup d'œil à gauche, puis à droite et finit par demander à l'animal :

– C'est toi qui veux me voir, sale bête ?

– C'est moi qui veux vous voir, confirma le loup d'une voix profonde en articulant très bien chacun de ses mots.

– Un loup qui parle !, s'étonna la sorcière. Tu devrais voir ça, Gunther, il y a un loup qui parle devant chez nous. Je déteste les loups…

En prononçant ces paroles, Baya Gaya dévoila son couteau. Avec une incroyable agilité et une force remarquable, vu son grand âge, la sorcière lança son arme sur le loup. La bête attrapa la lame avec sa gueule et, d'un rapide mouvement, renvoya le couteau vers la sorcière. L'arme se logea dans l'épaule de la vieille femme qui, sous la violence du coup, s'affala par terre en hurlant de douleur.

– Ah, le méchant loup ! Tu as vu, Gunther, ce que le loup m'a fait ? Tu as vu ? Ah, la vilaine créature ! Je vais lui crever les yeux et lui arracher la peau…

La bête ne bougea pas d'un poil et attendit que la sorcière se remette sur pied. Baya Gaya se leva et retira le couteau de son épaule. Elle saignait abondamment.

– Que me veux-tu, misérable bête ?, demanda-t-elle. Tu t'amuses à faire souffrir les vieilles dames ? Tu aimes terroriser les pauvres femmes sans défense ?

– Vous me distrayez beaucoup, dit le loup en esquissant un sourire. Je viens ici de la part de mon maître pour vous demander un service.

– JAMAIS!, hurla la sorcière. Jamais je ne rends service à qui que ce soit et ce n'est pas aujourd'hui que je vais commencer. Va dire à ton maître que je suis une vieille femme et qu'il me laisse en paix.

– Mais, vous êtes bien Baya Gaya?, demanda la bête. Vous êtes la plus terrible des sorcières de ce monde, n'est-ce pas?

– Tes compliments arrivent un peu tard, répondit brusquement la vieille. Pars!

– Très bien, conclut le loup. Je pensais que tuer des enfants vous intéresserait encore... Pardonnez-moi, je pars...

– UN INSTANT!, cria Baya Gaya. Tu es d'une grave impolitesse... Tu me déranges, me plantes un couteau dans l'épaule et tu pars sans me dire pourquoi tu es ici! Entre, nous allons manger quelque chose!

– Mon maître m'a conseillé de ne pas vous approcher. Je risquerais de finir en potage...

– Ton maître est un homme avisé! Qui est-il?

– Il se nomme Loki.

– Lo... Lo... Lo... o... ki, balbutia la sorcière. Tu... tu es le loup... le loup de Loki... le dieu du Feu et de la Discorde?

– Oui, je le suis, confirma la bête en inclinant lentement la tête.

– Tout est différent maintenant, dit la sorcière, embarrassée. Tu entends, Gunther, c'est le loup du dieu Loki qui nous rend visite… N'est-ce pas charmant ? Mais quelle belle surprise !

— Mon maître a un boulot pour vous, lança la bête. Il veut que vous assassiniez deux enfants qui le gênent. C'est simple, n'est-ce pas ?

— Très simple ! Facile même !, s'exclama la sorcière avec un rire arrogant. Puis-je savoir pourquoi Loki désire se débarrasser des petits fripons ?

— Cela ne vous regarde pas, répondit sèchement le loup. Vous tuez les enfants, c'est tout !

— Et que puis-je espérer en échange ?, demanda naïvement la vieille.

— Rien ! Sinon sa considération.

— Et si je refuse ?, fit la sorcière sur le même ton.

— Son courroux vous poursuivra jusque dans l'autre monde !

— C'EST CHARMANT !, cria vigoureusement Baya Gaya. Tu entends, Gunther, nous allons travailler tout à fait gratuitement pour Loki. C'est une chance inespérée pour nous ! Quel plaisir nous allons avoir à servir ce dieu si généreux envers nous ! Dites-moi, Monsieur le loup, comment se nomment ces deux adorables petits poussins que je dois égorger ?

— Il s'agit de deux garçons. L'un se prénomme Amos Daragon et l'autre, Béorf Bromanson. Ils se trouvent tous les deux dans le village côtier d'Upsgran, à sept cents lieues d'ici. Ils prendront bientôt la mer et ils ne doivent jamais atteindre leur destination. Vous pouvez les empoisonner, les égorger ou encore les noyer… La méthode n'intéresse pas Loki, mais vous devez impérativement vous en débarrasser! Je dois vous avertir que le jeune Amos est magicien. Béorf, quant à lui, est un hommanimal de la race des béorites. C'est un garçon qui peut se transformer en ours quand il le désire. Avez-vous des questions?

– Non, mais non! Gunther et moi partirons ce soir... Ne vous en faites pas, nous nous préparerons conséquemment. En fait, j'ai seulement une petite question... Pouvons-nous, Gunther et moi, disposer du cadavre de ces enfants? Les jeunes humains font une excellente huile et j'ai hâte d'essayer les yeux du béorite dans une de mes potions.

– Oui, affirma le loup gris. Vous disposerez des corps comme bon vous semblera. Au revoir et bonne chance!

– Je me trouve un peu payée alors, termina la sorcière en souriant. Au revoir et ne vous inquiétez pas, le travail sera bien fait...

Le loup se retourna et bondit en direction de la forêt. La sorcière ferma la porte, attrapa un grand coffre vide et le posa sur la table. Elle saisit le pot contenant ce qui restait de Gunther et le plaça dans le coffre ainsi qu'une grande quantité de poudre, de potions et d'autres ingrédients.

– Oui, Gunther, dit-elle, nous allons faire un long voyage. Ne t'inquiète pas, je t'emmène... Mais non, nous ne serons jamais séparés... Ensemble pour toujours, voilà ce qu'est un vrai mariage! Je prends encore quelques affaires et nous partons pour Upsgran.

Baya Gaya se posa un hennin à deux pointes sur la tête. Ce chapeau conique très souple était fait de cuir d'enfants. La sorcière l'avait teint en noir et décoré d'une large bande brune taillée dans la peau du dos de Gunther. Elle mit une cape bleu foncé sur laquelle on pouvait voir une foule de signes provenant de l'alphabet maudit des démons anciens. Des pentagrammes et des emblèmes zodiacaux étaient brodés sur le pourtour du vêtement et sertis de dents de jeunes enfants. La vieille passa autour de sa taille une ceinture ornée de champignons nommés de façon usuelle « vesses-de-loup » et séparée en son centre par une bourse magique. Elle enfila ses gants en peau de chat et ses poulaines noires, c'est-à-dire des chaussures à l'extrémité pointue et relevée, puis déclara :

— Nous sommes prêts pour le voyage, Gunther. Un peu de patience et nous nous reverrons ! Sois sage dans ce coffre et ne viens pas mettre le désordre dans mes affaires. À plus tard, mon beau Gunther, à plus tard !

La sorcière referma le coffre. Elle le saupoudra ensuite d'une poudre blanche très nauséabonde en prononçant quelques mots incompréhensibles. Le coffre rapetissa jusqu'à devenir aussi petit qu'un dé à jouer. La vieille femme en fit un pendentif qu'elle accrocha à son cou avec une chaînette en or. Puis elle prit son grand bâton de marche, but une potion visqueuse presque transparente et dit :

— Vaslimas mas corbeau, mas mas koite, valimas y jul !

D'un coup, Baya Gaya tomba par terre et se métamorphosa lentement en un gros corbeau noir aux larges ailes. L'oiseau s'ébroua et vola jusqu'à la table. Il portait autour du cou le pendentif en forme de coffre et la chaînette en or. Le corbeau sautilla et se plaça juste en face d'une immense carte fixée au mur. Il croassa :

– Upsgrrrran… Upsgrrrrran !

En quelques battements d'ailes, l'oiseau s'envola par la fenêtre de la chaumière vers l'ouest, en direction de l'océan.

Chapitre 2

Le printemps d'Upsgran

Tout le village était rassemblé à la taverne, juste à côté du petit port. Des chants joyeux retentissaient dans le grand bâtiment de bois sans fenêtres. Une occasion spéciale réunissait les membres de la communauté béorite : c'était l'anniversaire d'Amos. Les restes d'un grand banquet, donné en son honneur, traînaient çà et là dans un désordre ahurissant. Béorf présentait maintenant à son ami un immense gâteau au miel et aux noix de quatre étages, garni de treize bougies. La foule applaudit à tout rompre et entonna une chanson traditionnelle d'usage. Amos souffla les bougies sous une autre salve d'applaudissements.

Le jeune porteur de masques reçut en cadeau des vêtements finement tissés par les femmes du village, de solides bottes hautes de printemps, imperméables et très confortables, en plus d'un casque viking à cornes et d'un sac de voyage solide cousu dans une ancienne voile de drakkar.

Banry, chef du village et oncle de Béorf, prit la parole :

– Cher Amos, c'est un très grand plaisir pour nous de fêter ton anniversaire aujourd'hui. Depuis notre retentissante victoire sur les gobelins et le dragon de la montagne de Ramusberget, notre peuple a repris confiance en lui. C'est grâce à toi et nous t'en remercions vivement!

La foule excitée applaudit en scandant:

– Vive Amos! Bravo Amos!

– Je sais, poursuivit Banry, que nous ne pouvons pas remplacer ton père qui a été tué à Berrion, ni ta mère, enlevée par les gobelins et vendue par ces monstres comme esclave. Nous avons cherché sans succès l'endroit où elle a été vendue et nous continuerons à chercher jusqu'à ce que nous la trouvions. L'assurance de notre dévouement dans sa recherche est sûrement le plus beau cadeau que nous puissions te faire en ce jour. Malgré l'angoisse et la peine que peut te causer sa disparition, nous désirons te demander de nous accorder une faveur.

Les béorites commencèrent à découper discrètement le gâteau et à distribuer les morceaux. Malgré le caractère très solennel des propos de Banry, personne n'était capable de supporter plus longtemps la vue du miel dégoulinant sur les noix et l'odeur du glaçage aux myrtilles. On passa une assiette à Banry qui continua à parler tout en mangeant:

– Ta rencontre avec les brisings dans les bois de Ramusberget nous a éclairés sur la malédiction dont est victime notre race. Tu nous as tout dit sur le collier de Brisingamen, la guerre entre

Odin et Freyja, puis la façon de rompre le maléfice. Nous devons nous rendre sur l'île de Freyja
et la supplier de rompre sa malédiction. La déesse
de la Fécondité nous permettra-t-elle de voir à
nouveau nos enfants grandir? Nous l'espérons!
Eh bien, voilà notre requête, nous aimerions que
tu nous accompagnes dans cette aventure. Ton
aide sera précieuse. Béorf est déjà du voyage.
Nous attendions le moment propice pour essayer
de te convaincre…

Amos se leva et dit:

– Vous savez que je ne suis pas difficile à
convaincre lorsqu'il s'agit de partir pour une
nouvelle aventure. Je vous demande cependant
quelques jours avant de vous donner ma réponse.
Je dois d'abord consulter maître Sartigan pour
savoir ce qu'il en pense…

– Prends le temps que tu veux!, répondit
Banry. Mais je suis certain qu'il n'y verra aucun
inconvénient.

La fête se poursuivit dans la joie et l'allégresse
jusqu'à tard dans la nuit. Danse traditionnelle
et musique folklorique furent au programme de
la soirée.

Le lendemain, Amos eut du mal à se réveiller pour se rendre chez Sartigan. Il n'avait pas
beaucoup dormi et la musique des béorites lui
résonnait encore dans la tête. Le jeune porteur
de masques et son ami Béorf habitaient chez
Banry. Faisant attention de ne pas les réveiller,
Amos engloutit quelques fruits, du pain et un
œuf dur, puis marcha rapidement vers la forêt.

Sartigan, le vieil Oriental, l'attendait pour sa leçon quotidienne. Le maître était un ancien chasseur de dragons qui avait survécu, par miracle, au temps. Il était resté presque mille ans prisonnier d'un bloc de glace. Il était maintenant le guide du jeune porteur de masques, l'aidant à atteindre son plein potentiel.

Sartigan était un peu excentrique. Il avait une allure étrange pour les gens des contrées nordiques. Sa barbe, longue de deux mètres, était enroulée comme un foulard autour de son cou. Il était toujours habillé d'une robe de moine orange et, même en hiver, il marchait pieds nus. Son haleine sentait la vieille chaussette. Par contre, le vieillard était un homme sage et Amos aimait beaucoup l'écouter parler.

Depuis leur retour de Ramusberget, Sartigan recevait Amos tous les matins jusqu'à midi et Béorf trois fois par semaine dans l'après-midi. Le jeune porteur de masques apprenait à contrôler ses énergies tandis que l'hommanimal s'entraînait au combat corps à corps.

Les deux garçons avaient fait de véritables progrès. Amos maîtrisait mieux sa magie et découvrait de jour en jour les pouvoirs que lui prêtaient les trois masques qu'il avait déjà en sa possession, ceux de l'eau, de l'air et du feu. Béorf se battait bien. Ses mouvements étaient plus gracieux, ses déplacements plus efficaces et ses coups de plus en plus précis. Grâce à cet entraînement soutenu, le gros garçon avait même perdu quelques kilos et il se portait à merveille.

Sartigan avait décidé de s'installer à l'écart du village dans une coquette demeure au milieu de la forêt. Upsgran était trop bruyant et trop animé pour lui. Les béorites l'avaient aidé à construire une petite cabane en bois rond, près d'un joli lac.

Dans ce lieu enchanteur, le vieux Sartigan s'adonnait à la méditation sans que jamais personne vienne le déranger. Il parlait de mieux en mieux la langue du pays, mais Amos et Béorf portaient toujours leurs oreilles d'elfe en cristal durant les leçons. Ces oreilles, un cadeau de Gwenfadrille, la reine du bois de Tarkasis, leur permettaient de comprendre et de parler toutes les langues. Les garçons avaient bien essayé à plusieurs reprises de déchiffrer les enseignements du maître en langue nordique, mais ils ne le comprenaient qu'à moitié.

La cabane du vieux Sartigan était aussi l'endroit idéal pour cacher l'œuf de dragon. Les garçons l'avaient ramené dans le plus grand secret du repaire du dragon à Ramusberget. Personne ne devait savoir que cet œuf existait. Les dragons avaient disparu de la surface de la Terre depuis des centaines d'années et la petite bête qui sommeillait dans sa coquille ne devait pas tomber entre de mauvaises mains. Amos avait fait échouer les dieux dans leur tentative de ressusciter la race des Anciens (c'est ainsi que l'on appelait les dragons) et personne ne devait plus tenter de s'approprier leur force à mauvais escient.

Dans la cabane de Sartigan, l'œuf attendait le moment d'éclore. Son développement avait été subitement interrompu par Amos. Pour briser sa coquille, le petit dragon attendait qu'on le place sur des braises ardentes. Le vieillard estimait que, soumise à une puissante chaleur, la bête pourrait naître en quelques minutes.

Comme d'habitude, Amos entra dans la cabane de son maître sans frapper. Sartigan l'attendait patiemment. Le garçon le salua poliment et alla immédiatement voir l'œuf de dragon. Il caressa doucement sa coquille. Après quelques instants, Amos mit ses oreilles de cristal et dit :

— Nous devrions le faire éclore ! Qu'en pensez-vous, Maître ?

— Nous pourrions aussi nous jeter en bas d'une falaise ou encore essayer de nous transpercer mutuellement de flèches !, s'écria le vieil homme.

Amos éclata d'un rire franc et bien sonore.

— Cela serait du suicide et tu le sais très bien, poursuivit Sartigan. Lorsque le dragon t'a confié cet œuf, tu l'as accepté avec les meilleures intentions du monde. Tu te disais que s'il était convenablement éduqué, ce petit dragon naissant pourrait bien servir l'humanité. Malheureusement, un dragon n'est pas un mouton. Le mouton donne de la laine et le dragon amène le chaos. La nature profonde de la bête de feu, c'est de détruire, de dominer et de conquérir. Son cœur est ainsi fait ! Un dragon est l'antithèse de la paix, il est l'incarnation de la guerre. Même petit, il peut tuer un griffon ou encore réduire à néant un bataillon de soldats bien entraînés. De toute façon, tu sais déjà tout cela… je te l'ai répété cent fois.

— Oui, je sais, dit Amos en souriant. Mais quand vous parlez des dragons, vous vous énervez toujours et votre visage devient tout rouge... Je trouve très drôle de vous voir dans cet état !

— Petit vaurien !, s'exclama Sartigan en éclatant de rire. Je n'ai jamais eu d'élèves aussi talentueux et aussi impertinents que toi ! Allons, prépare-toi, nous allons commencer par une bonne heure de méditation active...

— Puis-je vous demander conseil, Maître Sartigan ?, demanda Amos, un peu incertain.

— Allez, jeune élève, je t'écoute..., répondit le vieillard, redevenu sérieux.

— Les béorites vont bientôt partir pour l'île de Freyja et ils m'ont demandé de les accompagner. J'hésite à cause de ma mère... Ma pauvre maman est prisonnière quelque part dans ce monde et je me dois de la retrouver. Je sais qu'elle est encore en vie ! À l'aide de mes pouvoirs, je crée régulièrement des sphères de communication et j'essaie de lui faire parvenir des messages encourageants. Malheureusement, elle ne peut pas me répondre pour me dire où elle se trouve. Dois-je me lancer à la recherche de ma mère alors que je n'ai pas d'indices ni de pistes à suivre ou partir avec les béorites et les aider de mon mieux ? Je suis tiraillé entre mon amour pour ma mère et mon amitié envers Béorf et les gens d'Upsgran. Je ne veux pas déplaire aux béorites et je ne veux pas paraître insensible au destin de ma mère. Si je pars pour l'île de Freyja, les gens diront que...

– «Les gens diront…», reprit très lentement Sartigan en appuyant sur chacun des mots. Mon avis sur le choix que tu as à faire n'est pas important et les gens peuvent bien dire ce qu'ils veulent… Je t'explique pourquoi. Un jour, alors que je demandais conseil à mon maître sur la meilleure façon de me comporter afin de plaire à autrui, celui-ci me dit de le suivre au village. Mon maître monta sur un âne, me tendit la bride et me demanda de l'amener sur la place du marché. Arrivé à destination, j'entendis des hommes dire: «Regardez cet ingrat de vieux moine qui monte à dos d'âne alors que son novice est à pied! Les moines sont de fameux égoïstes!» Le lendemain, nous avons recommencé l'exercice, mais cette fois, c'est moi qui étais assis sur l'âne. Les mêmes hommes déclarèrent haut et fort: «Ce novice n'a aucune éducation! Il laisse marcher son maître, un vieux moine fatigué et fourbu. Décidément, les bonnes manières se perdent!» Le troisième jour, essayant de faire l'unanimité, nous sommes retournés au village à pied en traînant la bête derrière nous. Les commentaires furent: «Regardez ce stupide moine et son novice! Ils ne sont pas assez intelligents pour monter sur leur âne et s'éviter des pas! Les moines n'ont plus la sagesse qu'ils avaient!» Le quatrième jour, nous sommes montés tous les deux sur l'âne. Le discours avait encore une fois changé: «Voyez ces moines qui n'ont aucune pitié pour la pauvre bête! On ne peut décidément pas faire confiance aux moines!» Pour pousser davantage le ridicule, nous portâmes ensemble l'âne le cinquième jour. On entendit de toutes parts : « Les moines sont complètement fous, regardez comment ils agissent ! Les monastères sont de véritables maisons de demeurés ! » Ai-je besoin maintenant de t'expliquer la morale de mon histoire ?

– Non, dit Amos en rigolant. Je comprends que, quoi que je fasse, je ne ferai jamais l'unanimité et que l'opinion des autres est variable et instable.

– Ne fais jamais rien pour te conformer à ce que pensent les autres, reprit Sartigan. Tu dois sentir en toi le chemin qu'il faut prendre. Moi, je ne suis pas là pour t'indiquer le chemin, je suis là pour faire la route avec toi.

– Merci beaucoup !, répondit Amos. Vous m'êtes d'une aide précieuse.

– Méditons maintenant, fit le vieillard en prenant la position du lotus.

– Une dernière chose avant, demanda le garçon en s'esclaffant, vous avez véritablement porté un âne sur vos épaules ?

– Tais-toi, ordonna gentiment le maître, nous reparlerons de cela plus tard… bien plus tard !

**

Alors qu'il venait de quitter la demeure de Sartigan, Amos croisa Béorf dans la forêt, qui lui s'y rendait pour sa leçon. Le gros garçon sembla soulagé :

– Ouf, je suis content de te voir ! J'ai oublié mes oreilles d'elfe en cristal… Tu me prêtes les tiennes ? Je vais y faire très attention.

– Avec plaisir, Béorf. Sartigan parle de mieux en mieux en nordique, mais pas encore assez bien pour enseigner dans notre langue.

– Alors, dis-moi, tu nous accompagnes à l'île de Freyja ?, demanda Béorf en rangeant les oreilles d'elfe d'Amos dans son sac.

– Oui, je pense bien que oui. Je vais suivre le chemin que je crois être le meilleur pour l'instant.

– Je suis bien content !, lança Béorf en poursuivant son chemin. Je suis déjà en retard et Sartigan va encore me gronder ! On va à la pêche avant le coucher du soleil ?

– Oui, d'accord ! À plus tard !

Amos se rendit au petit port d'Upsgran. Là, sur le plus gros des drakkars, Banry discutait avec Kasso et Goy Azulson. Les deux frères semblaient dans tous leurs états. Kasso était le navigateur du drakkar. Contrairement aux autres béorites, il était très maigre, mangeait peu et surveillait sa ligne afin d'éviter les kilos en trop. Goy était tout le contraire. Guerrier accompli et rameur fort et endurant, il était trapu, avait de bonnes épaules, un large cou et mangeait sans se préoccuper de sa bedaine. Kasso était un excellent archer et Goy maniait l'épée avec brio. Ensemble, ils formaient un duo imbattable, même s'ils passaient leur temps à se disputer.

– Tu vois, Banry, selon nos cartes, eh bien… il n'y a plus de mer !, s'écria Kasso, surexcité.

– PLUS DE MER!, s'exclama Goy, bouche bée.

– Non, il n'y a plus rien, continua Kasso. Nous allons tomber dans le vide et nous serons dévorés par le grand serpent!

Amos bondit alors sur le drakkar.

– Bonjour à tous trois!, dit-il énergiquement. Qu'est-ce qu'il se passe, Banry? Vous avez tous l'air bien contrarié…

– Oui, répondit le chef du village et capitaine du drakkar. Nous ne pourrons jamais atteindre l'île de Freyja… Selon les indications des brisings, elle se situe à l'extérieur de notre monde et nous… nous tomberons dans le vide avant de l'atteindre.

– Pardon?, lança Amos, très surpris.

– Laisse-moi t'expliquer, commença Banry. Nous, les béorites, croyons à la même construction du monde que nos voisins, les Vikings. Nous vivons dans un immense frêne nommé Yggdrasil. Ses branches forment le ciel et nous cachent Asgard, le domaine des dieux. Il y a aussi, au ciel, un colossal palais, fait de bois rond, où la fête ne cesse jamais. C'est Walhalla, l'endroit où les âmes des braves guerriers morts au combat trouvent le repos éternel. Tu comprends?

– Intéressant!, fit Amos. C'est aussi très poétique comme conception du monde.

– Au centre de cet arbre, poursuivit Banry, il y a un disque plat entouré d'eau sur lequel reposent la terre et les montagnes. C'est le monde des hommes, notre monde. Si, en naviguant, nous allons trop loin en mer, eh bien…

nous tomberons dans le vide. Si cela devait nous arriver, nous serions immédiatement dévorés par Vidofnir, le grand serpent gardien. Cette bête veille à ce que les humains restent sur la Terre et ne dépassent pas les limites permises par les dieux. Les racines d'Yggdrasil plongent ensuite profondément dans l'enfer de glace, le domaine des géants. C'est là que se retrouvent les âmes des lâches et des peureux, les âmes des guerriers morts dans le déshonneur.

– Alors, tu vois bien, enchaîna Kasso, l'île de Freyja est à l'extérieur de nos cartes. Nous ne pourrons jamais nous y rendre. Elle se trouve dans le vide, dans un endroit où nous ne sommes pas autorisés à aller.

– Et le serpent Vidofnir va nous dévorer!, lança Goy, inquiet.

– Mais…, hésita Amos, il doit sûrement y avoir un moyen d'atteindre cette île?

– Il nous faudrait Skidbladnir, répondit Banry en riant. On l'appelle aussi le bateau des dieux. Ce vaisseau, construit par les nains, glisse sur la terre, sur la mer et dans les airs. Il est assez grand pour transporter tous les dieux et une armée entière de Vikings. De plus, il peut aussi se replier et prendre la taille d'un mouchoir. Dans les légendes, on dit qu'il ressemble à un dragon ailé et que sa voile, toujours tendue à son maximum par le vent, propulse le navire à de folles vitesses.

– Malheureusement, nous n'avons que ce bateau, laissa tomber Kasso. Et notre drakkar est loin de ressembler à Skidbladnir!

Amos prit quelques minutes pour réfléchir et dit :

– D'un côté, à cause de la malédiction de Freyja qui fait mourir vos enfants en bas âge, les béorites sont voués à la disparition. De l'autre, il semble bien que nous mourrons probablement tous en essayant d'atteindre l'île de la déesse. Et même si nous réussissions, rien ne prouve qu'elle veuille bien entendre notre plaidoyer…

– Mais que faire alors ?, demanda Goy, complètement dépassé.

– Je crois, continua Amos, que le monde est comme un renne et que nous sommes des aveugles.

– Je ne vois pas ce que tu veux dire, fit Banry, intrigué.

– C'est Sartigan qui m'a raconté cette histoire. Un jour, on plaça quatre aveugles devant un renne et on demanda à chacun d'eux de décrire la bête. Le premier s'avança et toucha ses bois ; il dit immédiatement qu'un renne ressemblait à un arbre. L'autre toucha sa queue et affirma qu'un renne ressemblait à un lapin. Le troisième tâta sa patte et son sabot. Il déclara que le renne était semblable au cheval. Quant au quatrième, il glissa sa main dans la bouche de l'animal et décrivit le renne comme étant un monstre gluant et puant.

– Je comprends ce que tu veux dire !, s'écria Goy. Il ne faut jamais faire confiance à un aveugle… C'est cela ?

– Non, répondit Amos en rigolant. Cela veut dire que nous sommes des aveugles et que nous interprétons le monde selon nos propres perceptions. Nous croyons détenir la vérité, mais nous n'avons aucune idée de ce qu'est « un renne ». Nous ne pouvons pas avoir une vue globale de notre univers et, souvent, nous nous trompons.

– Mais je sais ce qu'est un renne, assura Goy, fier de lui.

– Pour l'amour d'Odin, soupira Kasso, tais-toi, Goy! Amos nous propose une image, une comparaison…

– Oui, oui…, approuva Goy, très sérieux, en se grattant la tête. Je comprends, je comprends.

– Alors, selon toi, continua Banry, nous nous trompons sur l'aspect de notre monde et nous devrions tenter le coup?

– Je pense que nous aurons des surprises, dit le jeune porteur de masques.

– Je suis d'accord!, s'écria Banry. Ce n'est pas la peur qui nous fera reculer. Nous tracerons de nouvelles cartes et atteindrons cette île même s'il faut s'y rendre en volant. Kasso, fais préparer ce drakkar, nous partons dans une semaine. J'ose croire que tu nous accompagnes, Amos?

– Que oui!, déclara le garçon. Ce sera un voyage sûrement très divertissant!

Chapitre 3

Le départ vers l'inconnu

Les béorites étaient des gens d'ordre et de tradition. Pour leur dernière expédition dans les contrées vikings de Ramusberget, l'équipage avait été choisi par Banry. Cette fois encore, le chef du village et capitaine du drakkar lança un appel à Upsgran pour recruter des aventuriers.

Helmic l'Insatiable accourut à la taverne pour inscrire son nom tout en haut de la liste des volontaires. Ce béorite était vraiment différent des autres! Non pas par son courage et par sa force, mais plutôt par son allure physique. Contrairement à ses semblables, il était chauve et imberbe. De petites oreilles, des yeux perçants, une bonne bedaine, des muscles solides et une insatiable envie d'aventures et de découvertes faisaient de ce guerrier un compagnon de voyage idéal. Il fut d'ailleurs le premier choisi par Banry.

De la longue liste de volontaires, Piotr le Géant fut aussi sélectionné. Cet homme-grizzli de près de deux mètres avait la force d'un demi-dieu et le courage d'une armée de Vikings. Ses deux longs favoris tressés en nattes lui donnaient une allure de barbare sauvage. En réalité, il n'y avait pas plus doux que ce colosse de deux cents kilos.

Les frères Azulson, Goy et Kasso furent également choisis, Kasso pour ses qualités de navigateur et Goy pour son ardeur à la rame et au combat.

Banry prit aussi Alré la Hache, principalement pour son endurance physique et son éternelle bonne humeur. Une hache dans chaque main, ce béorite se transformait en véritable tornade dans les batailles. Il était également de très agréable compagnie !

Rutha Bagason dite la Valkyrie, la seule femme du groupe, allait, elle aussi, prendre part à l'aventure. Cette guerrière avait la force de trois hommes et le souci du travail bien fait. C'était elle qui s'occupait de l'approvisionnement du navire. Elle pensait toujours à tout et savait prévoir l'imprévisible.

Hulot Hulson dit la Grande Gueule, le héros des contrées de Ramusberget, le béorite qui, disait-on, avait tué le dragon d'un seul coup d'épée, n'avait pas mis son nom sur la liste. Il vantait constamment son courage face au dragon, mais refusait, en prétextant une mauvaise grippe, de participer à une nouvelle aventure. En réalité, tout le monde savait bien que Hulot était mort de peur et qu'il ne voulait pas risquer sa vie. Pour rire un peu, ce furent Piotr, Alré et Goy qui l'inscrivirent sur la liste. À son grand désarroi, Hulot fut choisi par Banry. Celui-ci déclara en riant que son drakkar ne pouvait pas se passer d'un aussi grand héros à son bord et que c'était uniquement pour cette raison qu'il avait été sélectionné ! Quand Hulot apprit la nouvelle, il régurgita son petit-déjeuner.

En incluant Béorf et Amos, l'équipage était complet. Geser Michson dit la Fouine et Chemil Lapson dit les Doigts de fée, compagnons de l'aventure de Ramusberget, acceptèrent avec regret le verdict de Banry. Plusieurs autres béorites, bons guerriers et valeureux marins, furent également laissés de côté.

On chargea le drakkar comme un navire marchand. Les béorites avaient la mauvaise habitude d'amener d'incroyables quantités de nourriture. Il y avait des saucisses séchées, du poisson salé, du miel et des noix. Des quartiers complets de sanglier soigneusement fumé, des patates en quantité, toutes sortes de pâtés, de terrines et de tartes. Des pommes et des myrtilles en pot, des œufs durs, quelques tonneaux de vin, plusieurs d'eau potable, des gâteaux, des galettes et différentes purées de légumes. Dans ce drakkar, il y avait de quoi nourrir une armée !

En plus de la nourriture, il y avait des armes, des armures, des boucliers, des casques, des lances de diverses tailles, la grande tente commune, des lampes à l'huile et le matériel nécessaire à la navigation. Tout ce bataclan laissait peu d'espace pour vivre à bord. Heureusement, l'équipage était peu nombreux.

Durant les jours précédant le départ, Amos remarqua avec amusement qu'un gros corbeau noir, toujours posé sur la même branche, les regardait avec attention. Il ne détachait pas ses yeux du navire. Était-ce un bon ou mauvais présage ? L'équipage allait bientôt le savoir.

La veille de l'appareillage, Amos se rendit chez Sartigan pour sa dernière leçon. Le maître avait l'air soucieux. Il lui confia :

— Je sens de mauvaises vibrations. Il y a quelqu'un qui vous veut du mal... Je n'arrive pas clairement à expliquer ce que je ressens... Fais attention à toi. Tu es très malin, mais il y a des forces dans ce monde qui le sont plus que toi. On essaiera de te tendre un piège. Béorf est aussi menacé... Je le sens bien. Garde toujours la tête froide et conserve ta vivacité d'esprit. Ne te laisse pas embrouiller !

— Très bien, répondit Amos, un peu ébranlé. Je ferai très attention à moi et je préviendrai Béorf de se tenir sur ses gardes.

— Autre chose, continua Sartigan, tu vas amener l'œuf de dragon avec toi. J'ai décidé de partir quelque temps...

— Où irez-vous, Maître ?, demanda le jeune porteur de masques, très surpris.

— Tu as ta voie à suivre et j'ai la mienne, lança amicalement le vieillard qui désirait garder son secret.

— Alors, faites bien attention à vous ! Je ne voudrais pas vous perdre, j'ai encore beaucoup à apprendre.

— Non, tu ne me perdras pas... J'annule ta leçon d'aujourd'hui. Je donnerai l'œuf à Béorf lorsque je le verrai cet après-midi. Je lui demanderai de le cacher dans le drakkar. Il est habile pour dissimuler des choses. Malgré la taille de cet œuf, je suis sûr qu'il le cachera bien.

– C'est un gros risque que nous prenons en emportant cet œuf.

– Oui, mais je… Enfin, c'est un risque calculé, disons… Pars et bonne chance, mes pensées t'accompagnent!

– Au revoir et soyez prudent aussi!, lui lança Amos en quittant la petite maison.

***

L'équipage se mit en route dans la fraîche matinée d'une belle journée de printemps. Tout le village était rassemblé au port pour saluer les aventuriers. Le vent s'engouffra dans la voile et le drakkar vogua dans le soleil levant. Les béorites, ramant avec énergie, avaient fière allure. À la poupe, Banry tenait le gouvernail tandis que Kasso, à ses côtés, regardait les cartes maritimes. À bâbord, les rames étaient manœuvrées par Béorf, à l'avant, Alré la Hache, Helmic l'Insatiable au milieu et Rutha la Valkyrie à l'arrière. À tribord, Amos était à la proue, Goy et Hulot au milieu et Piotr le Géant à l'arrière. Les rameurs suivant le rythme d'une chanson à répondre, le voyage débuta dans l'allégresse et la joie.

Au début de l'après-midi, Kasso demanda l'assistance d'Amos. Banry remplaça le garçon à l'avant du drakkar et le navigateur prit la barre.

– Regarde, Amos, je viens de trouver dans mes livres de voyage une note très étrange. Il s'agit d'un bouquin de navigation qui a appartenu à mon arrière-grand-père. Selon ses écrits, lui et son équipage étaient arrivés par mégarde à une grande barrière de brume infranchissable. Il écrit que l'Homme gris veille sur cette barrière et qu'aucun humain n'est autorisé à la franchir. Connais-tu cet Homme gris?

– Cela ne me dit rien, mais je vais chercher…, répondit Amos en se dirigeant vers l'endroit où se trouvait son sac de voyage.

Il y prit son grand livre noir: *Al-Qatrum, les territoires de l'ombre*. Ce bouquin, qu'il avait emprunté dans la grande bibliothèque du défunt père de Béorf, contenait une foule de renseignements sur les créatures étranges et insolites du monde. Amos y avait déjà trouvé quantité d'informations utiles.

Ainsi, sur la route qui l'avait mené à Upsgran, le porteur de masques avait appris ce qu'étaient les molosses hurlants. Ces gros chiens noirs, gardiens de trésors, s'étaient volatilisés devant ses yeux pour s'incarner magiquement dans un collier. Sans *Al-Qatrum*, Amos n'aurait absolument rien compris à ce phénomène! Il avait donné le collier à Béorf. Depuis ce jour, le gros garçon le portait en tout temps.

En cherchant bien dans le livre, Amos découvrit qui était l'Homme gris. Aussi appelé Far Liath, An Fir Lea ou Brolaghan, ce géant semblait être le gardien d'un lieu nommé «la Grande Barrière».

Son corps, constitué de brume marine, apparaissait quand le brouillard était très dense. Sa mission était de couler les navires pour empêcher les humains de franchir le seuil du monde. *Al-Qatrum* le décrivait comme une créature immense, impossible à combattre, impossible à vaincre. Plusieurs très bons navigateurs avaient jadis essayé de traverser l'Homme gris et son mur de brouillard. Ils n'étaient jamais revenus de leur voyage.

— Ce n'est pas rassurant!, s'exclama Kasso lorsque le jeune porteur de masques lui fit part de sa découverte. As-tu un plan, Amos?

— Non, pas encore. Il est évident que nous croiserons cet Homme gris sur notre route et il nous faudra réussir là où les autres ont échoué. Je vais devoir y penser très sérieusement…

— Oui, penses-y bien! Au rythme où nous naviguons, je ne serais pas surpris de le voir dans quelques semaines. Cela peut paraître long, mais c'est très peu de temps pour nous préparer à cette rencontre. Tu sais, ce drakkar ira là où jamais un béorite n'a mis les pieds et…

— Pardon?, dit Amos brusquement.

— Je dis que jamais un béorite n'a mis les pieds là où…, répéta Kasso avant de se voir interrompre à nouveau.

— Mon cher Kasso, l'interrompit le garçon avec un grand sourire, tu viens tout juste de me donner la solution pour traverser ce mur de brouillard et convaincre l'Homme gris de nous laisser passer.

– Comment ?, demanda le navigateur, étonné.

– Tu vas voir…, dit Amos en lui faisant un clin d'œil. J'ai mon plan… Je vous l'expliquerai plus tard.

Chapitre 4

Otarelle

Après une semaine de voyage, le drakkar était toujours en mer. Les béorites avaient peu mangé et beaucoup ramé. Ils commençaient à devenir agressifs et espéraient mettre bientôt le pied sur une île. Ils avaient besoin de bien se repaître et de dormir quelques jours d'affilée. Kasso avait repéré sur ses cartes un bout de terre où ils pourraient se reposer. Malheureusement, l'île était encore invisible dans l'immensité de cet océan.

– Alors, on arrive?, cria Piotr le Géant. J'en ai marre de ramer jour et nuit.

– Je ne comprends pas…, répondit Kasso en haussant les épaules. L'île devrait être là, juste devant nous! De l'endroit où nous nous trouvons, nous devrions la voir.

– Si on avait un bon navigateur aussi, reprocha Goy, on y serait peut-être déjà sur cette foutue île!

– Attention, mon frère!, menaça Kasso. Si tu me cherches, tu vas me trouver!

– NOUS SOMMES PERDUS!, cria Hulot, paniqué. Nous ne toucherons jamais terre, nous ne reverrons jamais Upsgran! Je suis certain que nous tournons en rond depuis deux jours…

– Mais non, intervint Banry, nous ne tournons pas en rond et tout se passe exactement comme prévu. La mer est belle, le vent est bon et nous nous reposerons bientôt!

– Je suis CERTAIN que nous sommes perdus et c'est de ta faute, Kasso!, insista Hulot en s'agitant derrière sa rame. Tu as perdu ton don. Voilà ce qui se passe. Freyja est contre nous et nous mourrons tous en mer.

– Tais-toi, Hulot!, ordonna Banry. Tu nous sapes le moral. Il reste encore des provisions pour un mois… Tu ne mourras sûrement pas de faim!

– Je vais monter au mât, dit Kasso. Tiens le cap, Banry. J'aurai une meilleure vue de là-haut.

Kasso scruta l'horizon avec minutie. Rien! Il n'y avait rien à des lieues à la ronde. Alors qu'il allait redescendre, son attention fut attirée par un objet qui flottait non loin du drakkar.

– Je vois quelque chose!, cria-t-il. Vire à bâbord, Banry… On dirait… mais oui, cela ressemble à un corps qui flotte!

Le navire s'approcha doucement de l'endroit qu'indiquait Banry. À leur grande surprise, les béorites constatèrent qu'il s'agissait bel et bien d'un corps. Celui d'une jeune sirène.

Après l'avoir hissée à bord, on l'allongea délicatement sur le plancher du drakkar. Les hommes-ours, qui n'avaient jamais vu de sirène de leur vie, la regardaient sans savoir quoi faire, ni comment lui porter secours. Habitués aux horribles merriens qu'ils avaient souvent combattus, ils étaient surpris par la délicate beauté de cette créature de la mer. Elle avait les cheveux très longs et très noirs dans lesquels jouaient des reflets bleutés. Sa peau, blanche comme la première neige de l'hiver, faisait ressortir ses lèvres vermeilles. Elle portait au cou une chaînette en or dont le pendentif était un petit coffre de bois. Habillée d'un léger vêtement d'algues marines, d'une ceinture de coquillages blancs reliés les uns aux autres et séparés en leur centre par une bourse en cuir, la pauvre sirène semblait respirer difficilement. Elle n'avait évidemment pas de jambes, mais une magnifique queue de poisson aux nageoires bien pointues.

En regardant le visage ahuri des membres de l'équipage, Amos se rappela sa première rencontre avec une sirène. C'était dans le royaume d'Omain, dans la baie des cavernes. Crivannia, princesse des eaux, lui avait offert une pierre blanche et confié la mission de se rendre au bois de Tarkasis. C'était grâce à elle qu'il était devenu porteur de masques, grâce à cette première aventure qu'il avait rencontré Béorf.

Amos se pencha naturellement vers la sirène pour écouter les battements de son cœur. Il battait très faiblement. Le jeune porteur de masques essaya de la ranimer en lui parlant doucement à l'oreille. En même temps, en utilisant ses pouvoirs, il força l'air à pénétrer dans les poumons de la jeune rescapée. Elle respira immédiatement avec plus de facilité.

La sirène ouvrit alors lentement les yeux. Amos plongea son regard dans de magnifiques prunelles noires et profondes qui l'ensorcelèrent. Il sentit son cœur s'emballer, ses mains devenir moites et sa bouche s'assécher. Le jeune porteur de masques venait, à cet instant précis, de connaître pour la première fois l'amour.

– Bonjour, dit la belle sirène d'une voix mélodieuse. Je m'appelle Otarelle. Qui es-tu, jeune homme, et qui sont ces hommes qui m'entourent ? Où suis-je ?

– Une question à la fois, Otarelle, répondit tendrement le garçon. Je m'appelle Amos Daragon, ces hommes sont des amis et tu es sur un drakkar. Nous venons à l'instant de te repêcher. Tu flottais, inconsciente, à la dérive.

– Je ne me rappelle plus ce qui est arrivé…, déclara Otarelle en essayant de s'asseoir.

– Reste allongée encore un peu, lui conseilla Amos. Tu dois reprendre des forces. La mémoire te reviendra sûrement ensuite…

– Tu es d'une grande délicatesse, jeune homme. J'ai eu de la chance d'être sauvée par de bonnes âmes ! De plus, tu es plutôt joli garçon…

Amos devint rouge comme une pomme bien mûre et tout l'équipage éclata de rire. On se moqua gentiment de lui. Béorf s'approcha de son ami et lui dit à l'oreille :

– Tu es encore plus joli garçon quand tu es tout rouge !

– Arrête, Béorf, ce n'est pas drôle !, se défendit Amos en repoussant son ami. Je suis rouge… je suis rouge parce que… parce que j'ai pris un coup de soleil. Voilà, c'est tout !

– Bizarre ! Il n'y a pas de soleil aujourd'hui. Je dirais même que le temps est couvert…

– Ah, heu… Tu me casses les pieds, Béorf ! Mêle-toi de tes affaires et rame. Ce n'est pas avec tes bêtises que nous trouverons cette île !

– D'accord, joli garçon, répliqua Béorf. Je me tais.

– TERRE ! JE VOIS LA TERRE !, cria Hulot à pleins poumons. NOUS SOMMES SAUVÉS, NOUS SOMMES SAUVÉS !

– TAIS-TOI, HULOT, ET RAME !, ordonna Banry. Nous ne sommes pas sauvés parce que nous n'étions pas en péril ! Kasso avait raison, l'île est juste là… Allons-y, mes amis !

***

Poser le pied sur l'île fut un grand soulagement pour tous les membres de l'équipage. Les béorites étaient d'excellents navigateurs, mais ils étaient plus à l'aise sur la terre ferme.

On monta rapidement la grande tente et on sortit les provisions. Hulot commença à cuisiner pendant qu'Amos et Béorf préparaient un endroit pour accueillir la jeune sirène. Après tout, elle ne pouvait pas marcher et…

– Puis-je vous aider à faire quelque chose ?, demanda Otarelle.

Elle était à côté d'eux, bien plantée sur deux jambes! Béorf eut une expression d'incompréhension. Mais où était donc passée sa queue de poisson?

Otarelle portait une longue jupe bleu foncé très légère et des souliers pointus. Amos se frotta les yeux et balbutia :

– Mais… ta queue de… Tu… mais tu as des jambes!

– Mais oui, répondit le plus innocemment du monde la sirène. Nous, les sirènes, pouvons aussi nous adapter aux conditions terrestres.

– C'est merveilleux!, s'exclama Amos en souriant affectueusement.

– Je n'ai jamais entendu parler de cela!, s'étonna Béorf. Si les sirènes ont ce pouvoir, comment se fait-il, Amos, que lorsque tu as rencontré Crivannia, elle s'était réfugiée dans une grotte près de la mer au lieu de fuir plus loin dans les terres? Elle était pourchassée, non?

– Arrête de chercher des poux à Otarelle!, répondit agressivement le porteur de masques. Elle doit savoir ce qu'elle dit, puisque C'EST une sirène!

Puis, se tournant vers Otarelle, il murmura :

– Je suis désolé pour Béorf, il est un peu bêta parfois.

– Mais non, ce n'est rien, dit Otarelle en posant délicatement sa main sur l'épaule d'Amos.

– Pardon?, s'écria Béorf. Tu viens de dire que, MOI, je suis bêta!

— Arrête, Béorf, tu es trop soupe au lait!, lui lança Amos sur un ton sec.

— Bon, je préfère partir… On se verra plus tard.

Amos ne retint pas son ami et se mit à converser avec Otarelle. Ils firent un feu de camp à l'écart des autres membres de l'équipage. Amos étendit une grande couverture près du feu et, ensemble, ils mangèrent devant un magnifique coucher de soleil. Les deux tourtereaux discutèrent longuement de choses et d'autres, apprenant ainsi à mieux se connaître. Otarelle était splendide et Amos buvait ses paroles comme un assoiffé dans le désert. À un moment donné, il eut l'impression que le temps s'était arrêté.

Après leur gargantuesque repas, les béorites allèrent bien vite se coucher dans la grande tente. Béorf vint dire bonne nuit à son ami, mais Amos, absorbé par les propos de sa nouvelle copine, n'entendit rien et l'ignora complètement.

— Mais que se passe-t-il?, demanda innocemment la sirène d'une voix cristalline. Tout l'équipage est parti se coucher?

— Oui, confirma Amos. Ils vont sûrement dormir trois jours! Nous serons seuls pendant tout ce temps. J'espère avoir assez de conversation pour ne pas t'ennuyer!

— Je crois que tu n'es pas le genre de garçon avec lequel on s'ennuie!, lança Otarelle sur un ton complice. Raconte-moi, tu es magicien? C'est bien ce que tu m'as dit?

Amos ne se rappelait pas lui avoir parlé de ses pouvoirs, mais il chassa vite ses doutes. Otarelle était si jolie…

– Oui. Je suis porteur de masques.

– Intéressant, mais qu'est-ce que tu fais comme magie?

– J'ai été choisi par la Dame blanche pour rétablir l'équilibre du monde!, se vanta Amos. Ce n'est pas qu'une petite tâche! Je dois trouver quatre masques, reliés aux quatre éléments, et seize pierres de puissance. Plus je possède de pierres et plus mes pouvoirs sur l'air, le feu, l'eau et la terre sont grands.

– Et où sont-ils, ces fameux masques, Monsieur le grand magicien?, demanda la coquine Otarelle.

– Je ne les ai pas… Enfin, oui, je les ai, mais je ne peux pas te les montrer. Ils sont intégrés à mon corps. J'ai trouvé en premier le masque de l'air, puis le masque du feu et dernièrement le masque de l'eau. Je ne possède que trois pierres de puissance, une pour chaque élément. Elles sont aussi intégrées à mon corps.

– Très intéressant comme façon d'acquérir de la magie, mon cher Gunther, murmura Otarelle.

– Pardon?, fit Amos. Pourquoi m'appelles-tu Gunther? Tu as oublié mon nom?

– NON!, répliqua nerveusement Otarelle. Je ne l'ai pas oublié… C'est que… que… mon frère s'appelait Gunther et que… je me sens aussi bien avec toi qu'avec lui… Alors, tu comprends, j'ai confondu. Pardon!

– C'est bizarre, lança nonchalamment Amos, je croyais que les sirènes étaient toutes des femmes?

– Oui… oui et non, ça dépend de… de… de leur sexe à la naissance, balbutia Otarelle, complètement perdue. MAIS DIS-MOI! TOI! Parle-moi un peu de toi. Je veux te connaître davantage…

Amos se transforma alors en un véritable moulin à paroles. Il lui raconta toutes ses aventures, son enfance dans le royaume d'Omain et, surtout, la grande bataille contre le dragon de Ramusberget.

Pendant ce temps, Otarelle eut amplement le temps de saisir discrètement le grand couteau qu'elle avait caché dans les plis de la couverture et de planifier mentalement son attaque.

Baya Gaya allait trancher la gorge d'Amos, juste sous le menton. Elle cacherait ensuite son corps quelque part sur l'île. De retour au camp, elle prendrait la forme physique du jeune garçon et attendrait le moment propice pour assassiner Béorf.

Au moment où la sorcière allait frapper avec force et précision, le jeune porteur de masques lui confia qu'il avait en sa possession un œuf de dragon. La sirène interrompit son mouvement et remit son couteau sous la couverture. Puis, plus pétillante que jamais, elle lui demanda:

– Un œuf de dragon? Tu as un œuf de dragon! Eh bien, je pense, mon ami, que tu dis cela pour m'impressionner. Tu as beaucoup de charme, mais je n'avale pas n'importe quelle sornette, tu sais!

– C'est vrai !, s'écria Amos, un peu blessé. Je l'ai même ici, avec moi, sur le navire… Viens, je vais te le montrer ! Ah non… mais non… zut ! Je ne peux pas. C'est Béorf qui l'a caché. Comme je le connais, il l'aura sorti discrètement à l'accostage pour le mettre ailleurs en sûreté.

– Nous devons donc attendre qu'il se réveille pour lui demander de me montrer cette merveille, soupira Otarelle. C'est vraiment… frustrant !

– Je suis désolé, vraiment désolé, s'excusa Amos.

– Ce n'est pas grave, tu ne paies rien pour attendre !, grogna la jeune et douce sirène.

– Qu'est-ce que tu as dit ?

– J'ai dit… j'ai dit que ça ne me faisait rien d'attendre !, reprit Otarelle avec un sourire angélique.

– Bon, je vais dormir maintenant. Je suis épuisé… Tu viens ? Béorf t'a sûrement préparé une place dans la tente.

– Non. Je préfère dormir dans l'eau… Rappelle-toi, je suis une sirène !

– Tu ne vas pas partir durant la nuit ?, demanda anxieusement le porteur de masques.

– Non, je suis encore trop faible pour aller rejoindre mes semblables. Pars vite et bonne nuit, j'ai hâte de te revoir demain…

– Moi aussi, répondit Amos, un peu mal à l'aise. Tu sais, c'est la première fois que… comment puis-je te dire ?…

– Je comprends, coupa Otarelle en lui appliquant son index sur la bouche pour le faire taire. Va dormir maintenant !

– Oui, c'est mieux ainsi… Bonne nuit !

Amos, le cœur léger et l'âme réjouie, regagna la tente en s'imaginant avoir trouvé l'âme sœur. Il sentait en lui une paix profonde. Jamais il ne s'était senti aussi bien avec quelqu'un. Il aurait donné à Otarelle la lune et les étoiles, le monde entier sur un plateau d'argent.

La sirène demeura seule à l'extérieur. En caressant son pendentif, elle murmura :

– Tu vois, Gunther, comme j'ai un grand cœur ! J'aurais pu le tuer, l'assassiner d'un solide coup de couteau. Mais non, il a fallu qu'il me parle d'un œuf de dragon. Peux-tu imaginer, Gunther, ce que nous pourrions faire avec un dragon ? Juste à y penser, j'en tremble ! J'espère que ce petit imbécile ne me mène pas en bateau. Ces béorites pensent dormir pendant trois jours, eh bien, j'ai une mauvaise nouvelle pour eux : ils seront debout demain matin à la première heure. Je dois convaincre ce Béorf de me montrer l'œuf. Ce ne sera pas facile, il est moins bête qu'Amos et résiste bien aux charmes. Il est plus terre-à-terre, moins poète et moins enflammé. Je suis contente de voir que je peux encore plaire aux jeunes garçons… N'est-ce pas, Gunther ? Tu te souviens lorsqu'on s'est rencontrés ? Tu avais à peu près son âge. Hum… Bon, au travail maintenant ! Allons un peu plus loin dans l'île, j'ai quelques potions à fabriquer et quelques sorts à préparer. Je dois aussi me faire belle pour demain… Quel joli nom pour moi, Otarelle. C'est si beau ! Tu aimes ce nom, Gunther ? Oui,

je sais. C'est le nom de ta deuxième femme…
J'espère que tu n'es pas trop jaloux !

Chapitre 5

La discorde

Le soleil se leva sur l'île. L'équipage ronflait à faire trembler la terre, mais cette fois-ci, Amos avait pris soin d'emporter des bouchons de cire. Il s'était rappelé son premier voyage avec les béorites. Le garçon savait, depuis sa précédente aventure, qu'il valait mieux s'équiper pour réussir à fermer l'œil dans un camp d'hommes-ours fatigués.

Le jeune porteur de masques avait très bien dormi. Il s'était senti bien au chaud, confortablement emmitouflé dans ses couvertures. Mais soudain, il eut l'étrange impression d'être prisonnier d'un gros cocon de soie. Il avait chaud... peut-être un peu trop maintenant! Amos essaya de bouger, sans succès. Curieux, il ouvrit légèrement les yeux et...

– DES AGAIGNÉES! Il y a des araignées partout! hurla Kasso, complètement paniqué.

Le porteur de masques se réveilla d'un coup, comme sous l'effet d'une douche froide. Il était incapable de faire un mouvement. Dans la pénombre de la tente, il vit se mouvoir des milliers d'araignées. Il y en avait partout! Des grandes et des petites, des minces et des longues. Leurs pattes s'affairaient à transformer la grande tente en un immense cocon. Amos remarqua que tous les dormeurs avaient été ficelés, soigneusement emballés afin qu'ils ne puissent plus remuer un orteil.

Kasso criait pour essayer de réveiller l'équipage. Bientôt, une clameur générale s'éleva dans la tente. Les béorites, prisonniers de la toile d'araignée, criaient leur dégoût sans être en mesure de fuir.

Banry, rouge de colère de s'être fait si naïvement piéger, attaquait les insectes en tentant de les mordre. Hulot pleurait en appelant sa mère et Helmic se débattait comme un démon en espérant se libérer. Rien à faire, ils étaient tous ficelés comme des saucissons. Béorf beugla :

– Fais quelque chose, Amos! Brûle ces maudites bêtes!

Le jeune porteur de masques réfléchit rapidement. Le feu allait certes faire brûler les araignées, mais aussi la tente et tous ses occupants! Amos avait besoin de ses bras pour faire lever le vent, et l'eau, dans le cas présent, ne pouvait pas lui être d'un grand secours.

– Je ne peux rien faire, Béorf! Je ne peux vraiment rien faire… Il faudrait que quelqu'un me libère les bras…

La tente s'ouvrit à ce moment et la magnifique Otarelle se précipita sur Amos. Des replis de sa jupe, elle sortit un grand couteau rouillé et libéra habilement le garçon. La jeune sirène le prit par la main et l'amena à l'extérieur de la tente.

– Merci, Otarelle !, s'exclama Amos.

– Allez, Amos, tu me remercieras plus tard !, s'écria la belle héroïne. Fais quelque chose !

– Tout de suite…, répondit le porteur de masques en prenant une étrange position orientale.

– Nous allons bien voir l'étendue de tes pouvoirs, jeune prétentieux…, marmonna la sirène pour elle-même.

Les jambes écartées et les mains jointes devant la figure – comme pour faire une prière –, Amos se concentra en respirant profondément. Il écarta d'un coup les bras et poussa un grand cri. Une fabuleuse bourrasque s'engouffra dans la tente et la propulsa à plusieurs mètres dans les airs. Les araignées furent en même temps projetées tout autour, sur les rochers et les arbres. Les plus petites volèrent même jusque dans l'océan, de l'autre côté de l'île.

Pour prévenir un éventuel retour des insectes, Amos frappa trois fois le sol avec ses pieds et courut en décrivant un cercle autour des béorites toujours ficelés. Suivant chacun de ses pas, une grande trace de feu s'éleva en formant une muraille brûlante, infranchissable par les araignées.

À l'aide du couteau d'Otarelle, Amos délivra Banry. En quelques minutes, tous les béorites furent libérés de leur cocon et prêts à partir rapidement de cette île maudite. Amos fit tomber la barrière de feu… Les araignées étaient parties !

– Bravo, Amos!, dit Béorf à son ami. Encore une fois, nous te devons une fière chandelle! Il y avait longtemps que je ne t'avais pas vu faire de la magie… Tu as vraiment un meilleur contrôle!

– Disons que les leçons de Sartigan y sont pour quelque chose, répondit fièrement Amos. Mais je crois que la personne qu'il faut remercier, ce n'est pas moi, c'est plutôt Otarelle. C'est grâce à son courage que nous sommes encore vivants. Ces araignées nous auraient sucé le sang jusqu'à la dernière goutte si elle n'avait pas été là!

– Oui, c'est bien vrai, approuva Béorf. Merci, Otarelle!

– De rien, répliqua la sirène. Je dormais dans l'eau quand, soudain, j'ai eu une sorte de pressentiment. Je suis sortie de l'océan et j'ai entendu des cris provenant de la tente. Prenant mon courage à deux mains, je suis entrée pour sauver Amos. Je savais qu'il pourrait faire quelque chose pour vous sauver. Il est si… habile!

– C'est bizarre, fit Béorf en regardant de près la sirène, tu dormais dans l'eau, mais tu n'as pas les cheveux mouillés? Je suppose qu'ils sèchent très vite? Je me trompe?

– Mais…, intervint Amos, qu'est-ce que tu essaies de faire, Béorf? Elle nous a sauvés. Pour-quoi mentirait-elle?

– Non, ça va, Amos, soupira mélancoli-quement Otarelle. Ton ami ne me connaît pas comme toi et il est normal qu'il ne me fasse pas confiance. Mes cheveux ont séché très vite à cause de la chaleur dégagée par le cercle de feu d'Amos tout à l'heure. Tu es satisfait?

– Presque!, lança âprement le gros garçon. Cela n'explique pas pourquoi tu possèdes un couteau en fer, susceptible de rouiller dans l'eau de l'océan et de rapidement se dégrader. Ce n'est pas toi, Amos, qui me disais que toutes les armes des sirènes étaient faites de coraux et de coquillages?

– ÇA SUFFIT, BÉORF!, cria Amos. Je ne comprends pas ton acharnement contre Otarelle. Peut-être es-tu jaloux parce qu'elle s'intéresse davantage à moi qu'à toi? Les filles ne sont pas toutes des Médousa prêtes à nous trahir à chaque instant!

– Je n'ai jamais dit CELA!, répondit Béorf en grognant. Et je t'interdis de dire du mal de Médousa. C'était une charmante gorgone, beaucoup plus que cette menteuse d'Otarelle!

– Excuse-toi, Béorf, pour ce que tu viens de dire!, lança Amos. Excuse-toi sinon...

– SINON QUOI?, s'écria Béorf en remontant ses manches. Tu seras par terre avant même de pouvoir utiliser un de tes sorts...

– Tu es beaucoup trop lent et trop prévisible pour constituer une menace, répondit Amos en ricanant méchamment.

Comme ils allaient en venir aux coups, Rutha la Valkyrie les interrompit brusquement:

– Au lieu de vous battre, venez nous aider à charger le drakkar. Vous réglerez vos comptes après... Nous pouvons même vous laisser sur l'île si vous voulez! Vous pourrez vous entre-tuer en paix! Pour l'instant, il nous faut de l'aide. Tout de suite!

Béorf fit quelques pas en arrière, grogna en montrant à Amos ses canines acérées, puis se dirigea vers le navire. Le porteur de masques lui emboîta le pas, accompagné d'Otarelle.

— Je suis désolée, murmura la sirène à Amos. Ce qui arrive est de ma faute! Je vais partir et vous laisser, toi et ton ami…

— Non, Otarelle, répondit Amos. Ce n'est pas de ta faute, c'est de la sienne! Béorf a la tête dure et il s'imagine des choses fausses à ton sujet. Je crois qu'il est jaloux… Tu vois, nous sommes comme deux frères, toujours ensemble, toujours partants pour l'aventure, et là… disons que je m'occupe moins de lui… eh bien… je crois qu'il le prend mal.

— L'important, c'est que, TOI, tu me fasses confiance, susurra Otarelle en le prenant par la main.

***

Le drakkar reprit la mer et les béorites, perturbés par leur manque de sommeil, se remirent à la rame en maugréant. Amos se plaça aux côtés de Béorf à l'avant du navire et les garçons se mirent à la tâche dans un silence glacial. Ils ne se parlaient pas et s'ignoraient, indifférents l'un à l'autre.

Les béorites avaient confortablement installé Otarelle au centre du drakkar, près du mât. Bien assise sur d'épaisses fourrures, ses longs cheveux noirs flottant au vent, la jeune sirène avait l'air d'une touriste en vacances. Amos ne pouvait s'empêcher de la regarder souvent du coin de l'œil. Elle était si belle! Béorf la regardait aussi, mais en se demandant qui elle était réellement et pourquoi elle mentait aussi effrontément.

Plusieurs heures passèrent sans que les rameurs s'arrêtent. Banry ordonna soudainement une pause bien méritée. Le vent soufflait assez fortement pour propulser à lui seul le lourd drakkar.

Assoiffés, les béorites ouvrirent un des barils d'eau potable. Ils y découvrirent plusieurs araignées flottant à la surface. L'eau était maintenant brunâtre.

— Sales bêtes!, hurla Helmic. Elles se sont noyées en empoisonnant notre eau qui est maintenant imbuvable!

— Vérifiez tout, ordonna Banry. Qu'on regarde le vin et la nourriture. Et soyez vigilants, notre survie en dépend!

Au grand désespoir de tous, il n'y avait plus rien de comestible. Les barils de bière et de vin avaient été, eux aussi, contaminés. La viande était couverte de taches blanches et tous les pots hermétiquement scellés avaient été ouverts. Rien! Il n'y avait plus rien de bon. Banry ordonna qu'on jette tout par-dessus bord.

Les membres de l'équipage s'exécutèrent, l'air profondément contrarié.

– Quelle tuile !, soupira Rutha. Le voyage est sérieusement compromis. Comment allons-nous réussir à survivre en mer sans nourriture, mais surtout sans eau potable ? Nous sommes de bons pêcheurs et pouvons toujours nous efforcer de modérer notre gigantesque appétit. Mais le problème demeure entier : où trouver de l'eau ?

Après avoir consulté ses cartes, Kasso déclara qu'il y avait une série d'îles, à huit jours de navigation, vers l'ouest. Y avait-il de l'eau potable sur ces terres ? Il ne le savait pas.

Les béorites regardèrent alors le capitaine en attendant ses ordres. Celui-ci leur expliqua alors qu'ils avaient trois possibilités. La première : rebrousser chemin et rentrer à Upsgran. Avec un peu de chance, les béorites arriveraient déshydratés, mais vivants. La deuxième : retourner à l'île des araignées et chercher de l'eau. La troisième et dernière solution : essayer d'arriver à l'archipel indiqué sur les cartes marines de Kasso, au risque de ne pas y trouver d'eau.

– Vous savez que, selon nos lois, nous devons voter pour prendre une décision, ajouta Banry.

– Moi, déclara Helmic l'Insatiable, si vous décidez de retourner à Upsgran, je me jette à l'eau ! J'aime mieux mourir dans l'action que de rentrer à la maison la tête basse comme un chien battu. Je gagne ou je perds, mais je n'arrête pas en plein milieu d'une aventure.

– Eh bien, lance-toi à l'eau !, s'écria Hulot. Il vaut mieux rentrer vivants à Upsgran, refaire des provisions et recommencer l'aventure. Il serait tout à fait stupide de risquer notre vie pour un principe aussi absurde que le tien. Nous arriverons à l'île de Freyja avec quelques semaines de retard, c'est tout ! Rien ne presse…

— Moi, j'ai confiance, assura Kasso. Le vent est bon et constant. Tentons notre chance vers l'ouest.

— Je vous rappelle, ajouta Banry, que nous devons être tous d'accord avant de faire quoi que ce soit. Baisse la voile, Goy. Nous demeurerons ici jusqu'à ce qu'il y ait consensus !

— Moi, je veux retourner au village, dit Piotr le Géant. J'ai faim…

— Allons !, intervint Rutha la Valkyrie. Nous perdons du temps. Prends la décision, Banry et au diable l'avis de chacun !

— Nous avons une loi et nous devons la respecter, dit Alré la Hache en pesant bien ses mots. Banry est capitane du drakkar et aussi chef du village ; il se doit d'appliquer le code de façon stricte ou sinon l'anarchie nous guette.

— Moi, lança Goy en se curant les oreilles, je dis comme mon frère Kasso. La famille Azulson est unanime, nous devons poursuivre notre route !

— Et vous ?, demanda Banry aux garçons. Qu'en pensez-vous ?

— Je crois que nous devons continuer notre route et risquer le tout pour le tout, affirma Amos, confiant.

— Et moi…, dit Béorf sur un ton angoissé, j'ai bu de l'eau un peu après notre départ et je pense que je vais être malade…

Le gros garçon se pencha par-dessus le bastingage du drakkar et vomit bruyamment. Les béorites se précipitèrent vers lui et l'installèrent à la place d'Otarelle. Celle-ci se retrouva assise à la place du gros garçon, tout près d'Amos.

– Ton ami semble en mauvais état!, lança la belle sirène. J'espère que ce ne sera pas trop grave!

– J'espère aussi…, répondit Amos en baissant la tête. Voilà que j'ai des remords pour ce qui est arrivé ce matin. C'est la première fois que nous nous disputons. Nous sommes toujours d'accord d'habitude… Je ne comprends pas ce qui se passe.

– C'est normal, assura la sirène sur un ton réconfortant. Je ne connais personne qui ne se dispute pas un jour ou l'autre avec un ami. Il y a toujours des malentendus dans la vie… Ton ami tient beaucoup à toi! Il a peur de te perdre. Ce n'est pas parce que nous nous entendons bien, toi et moi, qu'il est moins ton ami. Tout ce que je veux, c'est qu'il me donne une petite chance!

– Oui, tu as raison. Reste ici, Otarelle, dit Amos en se levant. Je vais aller voir si je peux faire quelque chose pour lui.

Otarelle sourit en signe de consentement. Puis, seule à la proue du drakkar, elle caressa son pendentif et murmura pour elle-même:

– Va, petit crapoussin! Va essayer d'aider ton ami qui se meurt. Ah, pauvre Béorf… Finir sa vie ainsi, seul en mer, abandonné de tous… c'est terrible! N'est-ce pas, Gunther? Ce gros et fort garçon ne sait pas ce qui l'attend. Ce poison est très fort et il n'y a pas d'antidote. C'est déjà trop tard pour lui! Il ne sait pas que, lentement, son sang deviendra noir et que des centaines de pustules virulentes apparaîtront partout sur son corps. Il souffrira comme jamais il n'a souffert! Sa peau s'asséchera et tombera en lambeaux. Ses os se briseront lentement, un à un, mais son cœur, ses poumons et son cerveau demeureront en excellent état. Tu sais ce que cela veut dire, Gunther? N'est-ce pas que tu le sais? Il demeurera conscient lors de son agonie, comme ta fille, Gunther! Il connaîtra le même sort que ta charmante petite fille. Évidemment, je ne pourrai pas utiliser son corps pour faire de l'huile d'enfant, ingrédient indispensable pour le vol des sorcières, mais je me reprendrai avec le jeune Amos. Mais non, Gunther, ne t'en fais pas! Avant qu'il meure, Béorf me dira où il a caché cet œuf de dragon... Non, je ne l'ai pas vu le charger dans le navire ce matin. Comme toutes les provisions ont été jetées à la mer, il est certainement tout près. Mais où? J'ai pourtant regardé partout, je ne le vois pas. Ce ne sera pas long, Gunther! Patience... patience...

Chapitre 6

L'attente des béorites

Le soleil allait bientôt se coucher et le bateau n'avait toujours pas bougé. Les béorites avaient palabré presque toute la journée ! Hulot voulait rebrousser chemin vers Upsgran, et Helmic insistait pour continuer vers l'archipel.

Les hommes-ours sont une race très démocratique et ce genre de conflit survient souvent, expliqua Amos à Otarelle. Il faut attendre que l'une des deux parties cède pour bouger dans un sens ou dans l'autre. Le rôle d'un bon capitaine et d'un bon chef consiste à veiller à ce que les lois de son peuple soient respectées. C'est ce que fait Banry.

Béorf semblait véritablement malade et la soif commençait à tenailler sérieusement l'équipage.

Suivant l'adage populaire qui dit que la nuit porte conseil, les béorites se préparèrent pour dormir en mer.

Avant d'aller se coucher, Amos alla voir Béorf une dernière fois. Celui-ci avait l'air paisible et semblait dormir profondément. Le porteur de masques lui dit :

– Je ne sais pas si tu peux m'entendre, Béorf, mais... je m'excuse sincèrement de t'avoir traité de bêta. Ce n'était pas très gentil de ma part et mes mots ont dépassé ma pensée. Tu es mon meilleur ami et je veux que tu le restes. Dors bien...

Amos retourna à l'avant du drakkar pour se coucher. Otarelle s'était fait une place près de lui.

– Alors, comment va ton ami?, demanda-t-elle.

– Je pense qu'il va mieux, répondit Amos. Il dort maintenant.

– Mais, c'est impossible, murmura Otarelle en grognant.

– Pourquoi cela serait-il impossible?, fit le porteur de masques.

– Non... Ce que je disais, balbutia la belle sirène, c'est... c'est qu'il est impossible qu'il n'aille pas mieux! C'est un garçon très fort et je crois qu'il sera sur pied bientôt. D'ailleurs, si tu le permets, je vais aller le veiller un peu. Je n'ai pas sommeil et il vaut peut-être mieux que quelqu'un demeure près de lui.

– Très bien, répondit Amos en bâillant. Tu nous avertiras s'il y a un changement... Bonne nuit!

– Bonne nuit et fais de beaux rêves!, lança Otarelle avec un magnifique sourire avant de se rendre au chevet de Béorf.

La sirène s'assit à côté du malade et fit semblant de lui prêter attention. Elle patienta ainsi jusqu'à ce que tous les béorites ronflent. La sorcière s'avança ensuite tout près de l'oreille de Béorf et elle lui marmonna:

– Je ne comprends pas que tu respires encore, sale moucheron! Ta peau devrait être couverte de pustules... Tu ne devrais pas dormir non plus, mais crier au monde ta douleur! Je t'ai sous-estimé... J'ai sous-estimé la force physique de ta race de dégoûtants barbares. Mais ce n'est pas grave parce que, maintenant, tu vas me dire où tu as caché l'œuf de dragon. Réveille-toi! Réveille-toi, sale marmouset!

– Quoi?, murmura Béorf dans un soupir. Qu'est-ce qui se passe? Où suis-je?

Otarelle lui glissa son couteau sous la gorge et demanda:

– Où as-tu caché l'œuf de dragon? Allez, dis-le-moi!

– Mais..., bafouilla le gros garçon, pourquoi fais-tu cela, Otarelle? Pourquoi me menacer avec ton couteau?

– Je ne suis pas une sirène, jeune imbécile, avoua Baya Gaya. Je suis une sorcière qui va te découper en morceaux si tu ne me dis pas où est caché l'œuf!

– Mais... tu délires, Otarelle!, lança Béorf. Tu es beaucoup trop belle pour être une sorcière! Les sorcières sont horribles, non?

– Ah, mais quel lardon!, s'exclama la sirène, exaspérée. J'ai des pouvoirs, de très grands pouvoirs, dont celui de changer d'apparence à ma guise. J'ai ensorcelé ton ami Amos afin qu'il tombe éperdument amoureux de moi et ç'a été un jeu d'enfant! J'ai trompé tout le monde sauf toi, mais cela n'a pas beaucoup d'importance maintenant, puisque tu vas mourir! Dis-moi où est cet œuf et je ne te ferai pas souffrir…

— Je vais te le dire…, déclara Béorf en tremblant, mais… mais je veux voir ton véritable visage avant.

— La dernière volonté du condamné!, dit Baya Gaya en ricanant. C'est charmant! Eh bien, grosse andouille, admire-moi…

Otarelle s'assura d'un coup d'œil que tout l'équipage dormait bien, puis prononça quelques formules magiques incompréhensibles.

La belle jeune fille disparut sous les yeux de Béorf et une vieille femme laide aux yeux presque blancs, à l'haleine fétide, aux rides profondes, aux cheveux gris clairsemés et d'une repoussante laideur la remplaça. Baya Gaya lui dit:

— Tu es content maintenant? Regarde de quoi j'ai l'air! Regarde bien, car c'est la dernière chose que tu verras avant de mourir! Où as-tu caché cet œuf? Parle!

— Je l'ai caché…, avoua Béorf en tremblant, je l'ai caché… dans le soulier d'Amos.

— Pardon?, demanda la vieille. Un œuf de dragon est beaucoup trop gros pour entrer dans un soulier!

— Exactement comme une vieille sorcière dans la peau d'une jolie fille!, lança Amos, debout à l'avant du bateau.

— SURPRISE!, cria Béorf en enfonçant son poing dans la mâchoire de la sorcière.

Baya Gaya tomba brutalement à la renverse en crachant ses deux dernières incisives. Lorsqu'elle se releva, une boule de feu lancée par Amos la heurta de plein fouet en enflammant ses vêtements. La sorcière dansa sur place en hurlant, puis elle se jeta par-dessus bord pour éteindre les flammes. Un petit nuage de vapeur s'éleva, suivi d'une exclamation de soulagement.

À ce moment, Piotr le Géant étira le bras et repêcha la vilaine par une jambe. Baya Gaya se débattit en hurlant des menaces dans un langage grossier. Goy saisit une rame du drakkar et lui en asséna un bon coup derrière la tête. La sorcière s'évanouit immédiatement.

À son réveil, la vieille femme était attachée en haut du mât, bien assise sur la barre transversale de la voile et ficelée au poteau comme un saucisson. Le soleil de midi frappait fort et le drakkar avançait rapidement.

– Mais qu'est-ce qui se passe?, cria la sorcière. Vous n'avez pas honte de traiter ainsi une vieille dame, bande de rustres?

L'équipage éclata d'un grand rire franc. Béorf grimpa aux cordages et alla s'installer tout près de la prisonnière.

– Bonjour, jolie Otarelle! Vous avez beaucoup moins de charme ce matin! Vous avez passé une mauvaise nuit?

– Mais que se passe-t-il ici?, demanda rageusement la sorcière. Tu devrais être mort et te voilà en train de me narguer. Explique-moi ou je t'écorche vivant!

– Vous êtes dans une très mauvaise position pour menacer qui que ce soit, assura Béorf en ricanant. Vous voyez le très gros béorite en bas? Il s'appelle Piotr. Il a mauvais caractère et n'aime pas du tout les vieilles mégères. Nous l'avons chargé de garder un œil sur vous. Restez polie ou je lui dis de monter et…

— Pas nécessaire, gentil jeune garçon, répliqua la vieille femme. Ce n'est VRAIMENT, mais VRAIMENT pas nécessaire! Vous m'avez bien eue, Amos et toi, coquins, allez!

— Je dois dire que c'était bien joué de votre part. Nous avons marché dans votre truc de la sirène et je dois dire que, jusqu'à ce que nous allions dormir dans la grande tente sur l'île, les choses allaient sans doute selon votre plan d'origine. Amos est tombé dans le piège et je pense qu'il était vraiment amoureux de vous…

— Lorsqu'on a mes charmes, l'interrompit la sorcière, c'est bien normal!

— Ce qui vous a trahi, c'est votre chaîne en or et votre pendentif en forme de petit coffre.

— MAIS OÙ EST-IL? JE NE LE SENS PLUS!, hurla Baya Gaya. RENDEZ-MOI MON PENDENTIF!

— Plus tard… Je termine mon histoire avant, dit calmement Béorf. Je me rappelais avoir vu ce collier quelque part et puis je me suis souvenu que c'était Amos qui me l'avait fait remarquer. Il était à ce moment-là autour du cou d'un corbeau, à Upsgran. Drôle de coïncidence, n'est-ce pas?

— Et alors?…

— Eh bien, après votre petit tête-à-tête sur l'île, lorsque Amos est venu se coucher dans la grande tente, je l'attendais. Nous avons sérieusement parlé d'Otarelle et, malgré son entêtement à me croire jaloux de lui, je lui ai rappelé le collier, le pendentif et le corbeau. Il s'est réveillé d'un coup ! Votre charme d'amour venait de s'évaporer ! Ensuite, en discutant calmement, nous en sommes venus à la conclusion que vous n'étiez pas réellement une sirène. Par contre, nous ne savions pas quelles étaient vos intentions à notre égard. C'est lorsque Amos m'a avoué que, sous l'effet du charme, il vous avait parlé de l'œuf de dragon que nous avons échafaudé un plan. Il semblait évident que vous vouliez nous…

– Mais le poison ?, le coupa la sorcière. Tu étais empoisonné, non ?

– Eh bien, non ! Je joue bien la comédie, n'est-ce pas ? Au matin, après l'histoire des araignées, nous étions certains de vos obscurs desseins. J'ai averti les béorites et, pendant qu'Amos et moi faisions semblant de nous disputer, Rutha a vérifié la nourriture et a découvert que tout était empoisonné. Pour tenter de vous démasquer, nous avons joué votre jeu et embarqué quand même les victuailles à bord. Ensuite, nous avons feint de tout découvrir. Nous avons joué la grande scène du désespoir et, moi… je me suis enfoncé le doigt dans la gorge au bon moment !

– Mais vous n'avez plus d'eau potable et plus de nourriture, lança méchamment Baya Gaya. Vous allez tous mourir !

– Non, je ne crois pas…, répliqua Béorf en ricanant. L'archipel est devant nous, à environ une journée de navigation. Le grand-père de Kasso a lui-même cartographié chacune des îles, une à une, et nous avons la certitude qu'il y a de l'eau potable et beaucoup de gibier à chasser. Les béorites ont des lois, mais chez nous, c'est le chef ou le capitaine d'un drakkar qui décide de la destinée de son équipage. Nous ne sommes pas assez bêtes pour nous laisser mourir en mer ! Avec leur discussion, Hulot et Helmic vous ont menée, c'est le cas de le dire, en bateau ! Encore une fois, vous êtes tombée dans notre piège ! C'était une belle mise en scène, n'est-ce pas ?

– GRRRRR !, rugit la sorcière. Je vous déteste… Je vous déteste tous !

– Oui, nous comprenons, fit Béorf, rempli de fausse sympathie. Maintenant, à moi de poser des questions. Que nous voulez-vous et pourquoi avoir essayé de nous tuer ?

La sorcière raconta que l'avatar du dieu Loki, un loup gris, était venu la voir pour la charger de cette mission. Elle avait accepté de faire le travail par peur des représailles. Loki était une divinité fourbe qui combattait son ennui en semant la zizanie autour de lui. Son grand plaisir était d'humilier les mortels et d'abuser d'eux. Baya Gaya plaida sa cause en disant qu'elle n'était qu'une pauvre vieille femme et, qu'à son âge, on ne pouvait pas être bien méchant avec elle.

Béorf esquissa un large sourire. Il savait qu'on ne devient pas sorcière du jour au lendemain et qu'il faut avoir une âme noire pour pratiquer ce genre de magie. Les sorcières étaient des tueuses d'enfants qui ne se contentaient pas uniquement d'égorger des marmots ; elles les torturaient en se délectant de leurs cris. Elles pouvaient les plonger dans l'huile bouillante ou encore les faire cuire à la broche. Ces méchantes femmes dévoraient aussi leurs jeunes victimes et sacrifiaient d'innocents bambins au cours de cérémonies occultes dans les bois. La seule façon de se débarrasser d'une sorcière presque immortelle était de la faire brûler vivante. D'ailleurs, c'est ainsi que les parents de Béorf, Évan et Hanna Bromanson, étaient morts dans la grande ville de Bratel-la-Grande. Yaune le Purificateur les avait faussement accusés d'être des sorciers et son armée les avait brûlés sur un bûcher.

Béorf descendit du mât et alla raconter à l'équipage ce qu'il venait d'apprendre.

– Par Odin !, s'exclama Banry, si Loki est contre nous… eh bien, nous ne sommes pas au bout de nos peines !

– Loki n'est pas fou, dit Amos après avoir réfléchi quelques secondes. Si nous réussissons à convaincre la déesse Freyja de lever sa malédiction, peut-être que notre action provoquera un rapprochement entre elle et Odin. Si les dieux du bien cessent leur querelle, ils seront plus forts pour combattre le mal. Je pense que Loki ne peut pas consentir à un rapprochement entre Freyja et Odin. Ensemble, ces deux divinités seraient trop puissantes et elles l'écraseraient comme un vermisseau…

– Je pense que c'est tout à fait juste, approuva Kasso.

– Voilà pourquoi il nous a envoyé cette sorcière, conclut Banry. Elle devait faire échouer notre mission et nous découper en morceaux. Cela veut dire que…

– Cela veut dire que les sirènes sont toutes de méchantes sorcières et qu'il faut s'en méfier!, s'écria Goy, très content de lui.

– Non…, répondit le capitaine. Cela veut dire que les dieux considèrent que nous avons une chance de convaincre Freyja et qu'ils prennent ce voyage très au sérieux. C'est une excellente nouvelle!

– HOURRA!, cria l'équipage d'une seule et même voix.

– Allons à l'archipel nous restaurer!, lança Helmic en dansant sur le pont. Le ventre plein, nous vaincrons l'adversité!

Pendant que chacun retournait à sa rame, Béorf s'approcha d'Amos et lui demanda:

– Comment ça va? Tu te sens bien?

– Je me sens vraiment ridicule, répondit Amos en serrant les dents. Comment ai-je pu me faire avoir aussi facilement? Je n'arrive pas à croire que je suis tombé amoureux de cette vieille chipie! Quand je ferme les yeux, je vois Otarelle, si douce et si charmante… Je suis bouleversé!

– Ne t'en fais pas, dit le gros garçon pour le réconforter, tout le monde fait des erreurs, et moi le premier! De toute façon, tu n'y pouvais rien… Son envoûtement était trop puissant.

– Merci de me le confirmer, soupira Amos. Je me sens moins bête…

– Ce n'est pas tout le monde qui a la chance d'être un aussi « joli garçon » que toi !, lança Béorf pour le taquiner. Tu es victime de ton succès avec les filles. Même les sorcières te choisissent pour devenir leur amoureux !

– Ah, s'il te plaît, ne recommence pas !

– Très bien, je me tais… Mais quand même, cela doit être difficile pour toi d'être aussi beau !

– Tu n'arrêteras pas, hein ? Je vais subir tes sarcasmes pendant les semaines à venir, je le sens…

– Les années, tu veux dire !, conclut Béorf en riant de bon cœur. De très longues années…

Chapitre 7

La vengeance de Loki

Le drakkar à fond plat avait été spécialement conçu pour accoster n'importe où avec facilité. C'est donc sans peine que les béorites mirent le pied sur l'île. Ils installèrent rapidement le camp et se divisèrent les tâches. Amos et Béorf eurent pour mission de trouver de l'eau potable. Comme tout l'équipage allait s'enfoncer dans les terres, Baya Gaya, toujours ficelée en haut du mât, cria:

– NE PARTEZ PAS! NE ME LAISSEZ PAS SEULE!

– Et pourquoi pas?, demanda Banry avec un large sourire moqueur.

– Parce que Loki va se venger de moi, répondit la sorcière. Je dois vous accompagner, c'est essentiel pour ma survie! Avec vous, je serai en sécurité. Si vous m'abandonnez, Loki me tuera pour me punir d'avoir échoué ma mission. Vous ne souhaiteriez pas la mort d'une vieille dame quand même?

– Nous n'avons aucune confiance en toi!, lui cria Helmic. Si Loki est ton maître, eh bien, arrange-toi avec lui! Nous n'avons rien à faire de vos histoires…

– TRÈS BIEN, BANDE DE LÂCHES ET DE VERMINES PUANTES!, hurla Baya Gaya, mais RENDEZ-MOI MON PENDENTIF! Si je dois mourir, je dois l'emporter avec moi!

– Tu n'emporteras rien, répliqua Amos. Ton pendentif et ta chaînette en or sont dans ma poche et je les garde. Nous t'avons ficelée en haut de ce mât et tu n'en descendras que pour être jetée en prison! Nous t'amènerons à Berrion ou à Bratel-la-Grande pour que tu y sois jugée. En attendant, je pense qu'il est plus sage de te laisser prendre l'air sur ton perchoir.

– Et ne t'avise pas de nous faire d'autres problèmes, lança avec insolence Hulot Hulson. Il y a quelques mois, j'ai tué un dragon d'un seul coup d'épée! Je te raconte… C'était à Ramusberget, nous attaquions, mes amis béorites et moi, le repaire de dangereux gobelins assoiffés de sang quand soud…

– Et voilà qu'il recommence!, s'exclama Piotr en couvrant de sa main la bouche d'Hulot. Partez devant, je veille à lui faire garder le silence!

Les béorites s'enfoncèrent dans l'île en riant de bon cœur. Baya Gaya demeura seule, prisonnière en haut du mât du drakkar. Voyant la troupe s'éloigner, elle hurla frénétiquement :

– ADIEU, AMOS DARAGON! QUE LA MALÉDICTION DE BAYA GAYA T'ACCOMPAGNE! ADIEU, GUNTHER! ET ADIEU, MONDE POURRI!

Amos se retourna et haussa nonchalamment les épaules.

«Il ne peut quand même rien lui arriver», pensa-t-il.

— Tu sembles préoccupé, lui dit Béorf qui marchait à ses côtés.

— Non, répondit Amos. Je me demandais seulement de quoi cette sorcière peut bien avoir peur… Je pensais aussi à Loki et… Enfin! Concentrons-nous sur ce que nous avons à faire maintenant! Il ne sert à rien de s'inquiéter pour l'instant.

— Je me demande bien pourquoi son pendentif revêt une telle importance à ses yeux.

— Si tu veux, nous examinerons l'objet tout à l'heure, proposa le porteur de masques.

***

Les béorites avaient déserté les alentours du drakkar depuis bientôt une heure lorsqu'un loup gris sortit de la forêt et alla s'asseoir paisiblement sur la rive. Le sang de Baya Gaya se glaça d'effroi.

— Dis à ton maître que tout va très bien! Mon plan fonctionne à merveille… Ils sont tous tombés dans le piège. Pars vite! Je ne voudrais pas qu'ils te voient… Cela pourrait faire échouer mon plan.

— Ton plan?, demanda le loup d'une voix profonde et calme. Mais quel plan? Te voilà ficelée, incapable de bouger, ridiculisée par des

enfants et prisonnière des hommes-ours…
Alors, quel plan ?

– Ce serait trop long… trop long à t'expliquer… Tu… tu ne comprendrais pas…, bafouilla Baya Gaya qui suait à grosses gouttes. Pars, j'ai la situation bien en main ! Les choses vont… vont s'arranger… tu… tu verras… tu verras !

– Non, les choses ne s'arrangeront pas, déclara le loup. Loki m'a demandé de t'éliminer et je suis ici uniquement pour cela ! Tu as fortement compromis mon maître en parlant de lui aux béorites. Les hommes-ours sont des créatures d'Odin, la race préférée du grand dieu et il ne doit pas savoir que Loki est mêlé à tout cela. Tu as fait trop d'erreurs, je suis désolé !

– NON… NON, supplia la sorcière. Je vais me racheter… Libère-moi et je les assassine tous… Sois gentil, bon chien-chien… NON, pas le feu ! NON ! Tu ne ferais pas brûler une vieille dame quand même ? NON !

***

Dans leurs recherches pour trouver de l'eau, Amos et Béorf atteignirent le sommet de la petite montagne qui se trouvait de l'autre côté de l'île.

Les garçons s'arrêtèrent au bord d'une falaise pour admirer la mer. Plus bas, ils aperçurent un immense trois-mâts échoué sur les écueils. Ce bateau était une bonne dizaine de fois plus grand que leur drakkar. Ses voiles en lambeaux battaient au vent. Le navire avait fait naufrage et pourrissait, prisonnier entre les vagues et la falaise, depuis certainement bon nombre d'années.

– Je me demande ce qui est arrivé à l'équipage, dit Béorf.

– Probablement tous morts, répondit Amos. La mer est très agitée ici. Seul un excellent nageur aurait pu, avec beaucoup de chance, s'en sortir indemne…

– J'espère que mon oncle Banry réussira à nous éviter une telle catastrophe, soupira Béorf, un peu inquiet.

– J'ai déjà vu pire, fit Amos en rigolant. Ensemble, nous avons vaincu une armée de gorgones, réduit à néant un grand sorcier nagas, éliminé Yaune le Purificateur en mettant son âme dans le corps d'une poule, affronté une armée de gobelins et défait un dragon !

– C'est pas mal du tout ! Et nous n'avons que treize et quatorze ans ! Imagine toutes les histoires que nous pourrons raconter lorsque nous aurons cinquante ou soixante ans !

– Personne ne nous croira !, s'exclama Amos en riant aux éclats. On nous montrera du doigt en nous traitant de déments !

Les deux garçons, fatigués par le voyage en mer et leur longue marche, rirent à s'en décrocher les mâchoires. Amos en avait mal au ventre tandis que Béorf, les larmes aux yeux, avait du mal à respirer. Après plusieurs minutes, ils retrouvèrent quelque peu leur sérieux. Béorf souffla un bon coup et dit en s'essuyant les yeux :

– Je me demande lequel de nos compagnons est en train de faire un feu?

– De quoi parles-tu?

– Regarde là-bas! Il y a une colonne de fumée à peu près à l'endroit où nous avons accosté avec le drakkar. Avec toute cette fumée, ce doit être un très gros feu…

– OH NON!, s'écria Amos. Je viens de comprendre de quoi Baya Gaya avait peur! Béorf, quel est le moyen le plus efficace de se débarrasser d'une sorcière?

– C'est en la brûlant!, lança le gros garçon, tout fier de connaître la réponse.

Le jeune béorite hurla:

– JE VIENS DE COMPRENDRE! LE BATEAU BRÛLE! LE BATEAU BRÛLE!

Béorf se transforma aussitôt en ours et dévala la petite montagne à toute vitesse. Incapable de suivre le rythme de son ami, Amos courut le plus rapidement possible vers le drakkar en feu.

Lorsque le jeune porteur de masques arriva sur la rive, il était trop tard pour agir. De grandes flammes jaillissaient du drakkar.

Calcinée en haut du mât, la sorcière ressemblait à une créature cauchemardesque. Sa chair avait fondu et la moitié de son crâne était apparent. Pas de doute, elle était bien morte.

Alertés par les grognements de Béorf, les béorites arrivèrent un à un et regardèrent, dans le plus grand silence, le feu dévorer leur drakkar. Seul Hulot osa parler:

– À combien de jours de nage sommes-nous d'Upsgran?

Pour toute réponse, il reçut une solide claque derrière la tête, gracieuseté de Piotr.

Amos se pencha vers Béorf qui se frottait les yeux, et lui demanda à l'oreille :

– Dis-moi que l'œuf de dragon n'est pas à bord! S'il te plaît... confirme-moi qu'il est ailleurs que sur le drakkar!

Béorf ne broncha pas, mais nerveux, se mordit la lèvre inférieure. Après quelques secondes, il répondit enfin :

– J'ai caché l'œuf entre la coque et le plancher du navire. Il est actuellement en train de se faire rôtir...

– Si ce que Sartigan m'a dit est vrai, murmura lentement Amos, nous assisterons alors bientôt à la naissance d'un Ancien. L'œuf était à maturité et prêt à éclore. Dans ce bain de chaleur et de braise, le dragon va se réveiller et briser sa coquille.

– Tu sais comment enseigner les bonnes manières à un dragon, toi?, demanda Béorf avec une légère hésitation dans la voix.

– Non, répondit Amos. Mais il faudra vite trouver une façon de le faire... Sartigan m'a dit que, même petits, les dragons sont plutôt turbulents. Je crois qu'il vaudrait mieux avertir l'équipage que nous allons avoir une visite surprise...

– Et on leur dit cela comment?, demanda Béorf, un peu inquiet de la réaction de ses compagnons.

— On improvise !, lança Amos en ravalant sa salive.

— Vas-y, ordonna le gros garçon, mal à l'aise. Après tout… c'est toi le porteur de masques. Et ils seront plus attentifs aux propos d'un joli garçon !

Amos soupira et demanda à tous les membres de l'équipage de s'approcher. D'une voix hésitante, il leur raconta l'épisode de l'aventure de Ramusberget qu'ils ne connaissaient pas. Il leur parla de sa rencontre avec le dragon et du cadeau que lui avait fait la bête. Il conclut ainsi :

— Béorf et moi avons ramené cet œuf à bord du drakkar jusqu'à Upsgran. Nous n'en avons parlé à personne. Nous pensions que ce petit dragon avait le droit de vivre et que, bien dressé par des hommes bons, il serait en mesure de devenir un être fantastique prêt à servir le bien.

— Mais Sartigan, continua Béorf, nous a bien fait comprendre que les dragons sont des créatures maléfiques dans l'âme. Ils ont été créés par les forces du mal pour servir le mal et selon lui, il est illusoire de croire qu'une telle bête pourrait un jour servir le bien…

— Alors, reprit Amos, comme Sartigan devait partir, il nous a confié l'œuf. Dans un bateau, il avait peu de chances de se voir exposé à une grande source de chaleur…

— Et, termina Béorf, je l'ai caché entre la coque et le plancher du drakkar. Ce qui veut dire qu'à moins d'un miracle, nous devrions assister à la naissance d'un dragon. Des questions ?

Toutes les têtes se tournèrent en même temps vers le drakkar en flammes. Le mât s'effondra en amenant avec lui les restes de Baya Gaya. Puis les béorites entendirent un cri. Un râlement provenant du brasier. Les hommes-ours firent instinctivement un pas en arrière. Un deuxième cri, celui-là plus puissant, leur glaça le sang. Devant eux, sous leur regard incrédule, une petite tête émergea des flammes. Un lézard à quatre pattes d'environ deux mètres de long, muni de grandes ailes repliées sur son dos et d'une très longue queue, bondit sur la rive. La créature avait déjà de longues dents acérées et de puissantes griffes. Le petit dragon poussa un cri haineux, toussota et regarda les béorites en se léchant les babines. Béorf se pencha vers Amos :

– Je pense qu'il a faim ! Un dragon, qu'est-ce que ça mange ?

– Des hommanimaux et des humains, répondit Amos avec un demi-sourire. Ce qu'il a devant les yeux, c'est un banquet !

Chapitre 8

La maîtrise du dragon

Amos sentit quelque chose bouger dans la poche de son pantalon. Il y glissa la main et en ressortit le pendentif de Baya Gaya. Le petit coffre en bois vibrait et semblait être sur le point d'exploser. Le porteur de masques s'en débarrassa d'un geste vif. Dans les airs, le pendentif reprit sa taille normale et c'est un gros coffre qui atterrit violemment sur le sol.

— Mais qu'est-ce qui se passe?, demanda Béorf.

— Je ne sais pas!, s'écria Amos.

— Un dragon naissant d'un côté et un pendentif magique de l'autre… Décidément, les choses se précipitent, laissa tomber le jeune béorite, dépassé par les événements.

Une pensée lumineuse traversa alors l'esprit d'Amos. Le garçon lança aux béorites:

— Donnez les provisions que vous avez rapportées au dragon. Cela le calmera tout en me laissant le temps d'agir… Et surveillez-le bien! J'ai une idée…

Les béorites s'exécutèrent dans la seconde. Ils avaient des fruits et des racines, mais très peu de viande. Le dragon naissant accepta avec dégoût ce premier repas. Il commença par avaler les lièvres et les faisans, puis mangea du bout des lèvres les tubercules.

Pendant ce temps, Amos se précipita sur le coffre. Il avait vite compris que Baya Gaya l'utilisait pour transporter ses effets personnels. L'envoûtement qui avait réduit le coffre en pendentif s'était sans doute estompé avec la mort de la sorcière. La solution au problème du dragon se trouvait peut-être là !

À l'intérieur, il y avait des fioles et des flacons, un grand grimoire et – horreur ! – un pot en verre contenant un cœur humain ! Le muscle battait encore, prisonnier d'un liquide glauque.

Amos plongea dans le livre de magie de Baya Gaya. En tournant fébrilement les pages, il marmonna :

– Réduire… réduire… il faut réduire à tout prix ! Réduire ! Aller… mais où ? NON ! Rapetisser, c'est ça ! Ou rétrécir ? Contracter peut-être ? Vite… allez, Amos ! Trouve !

Après de longues minutes, le jeune porteur de masques trouva enfin ce qu'il cherchait. Il arracha la page du grimoire, fouilla dans le coffre et saisit une petite fiole remplie de poudre blanche. En courant vers le dragon, il cria à Béorf :

– Dans le coffre, il y a un pot vide… Le bouchon est en liège et il est juste à côté du cœur. Cherche et tu comprendras ! Perce quelques trous dans le bouchon et amène-moi le pot, s'il te plaît. Vite !

— Tout de suite !, répondit Béorf.

Le vorace petit dragon avait terminé son maigre repas. Les béorites, formant un demi-cercle autour de lui, le tenaient en respect avec leurs armes. Inexpérimentée, la bête ne savait comment se débarrasser de ces gros guerriers qui la narguaient. Son sang bouillait et sa rage augmentait de seconde en seconde. Le bébé dragon regarda l'océan derrière lui. Impossible de fuir par là. Le choix était simple. Les hommes-ours ou l'eau salée ! D'instinct, la bête de feu choisit le combat plutôt que la fuite. Elle se sentait maintenant prête à les réduire en bouillie !

Lorsque le petit dragon se retourna, les béorites avaient reculé de quelques pas. Seul Amos se tenait devant lui. Le dragon bondit dans sa direction, prêt à lui croquer la tête.

Le porteur de masques eut tout juste le temps de lancer une poignée de poudre blanche sur la créature en prononçant l'étrange formule qu'il lisait du coin de l'œil sur la page arrachée dans le grimoire :

— Aton na bar ouf, oug ignakar kilk !

La gueule aux dents acérées n'atteignit jamais sa cible. En moins d'une seconde, le jeune dragon fut réduit à la taille d'une salamandre. Amos saisit alors la queue de l'animal entre ses doigts et la présenta aux béorites en riant :

— Eh bien, voici notre dragon ! Je suppose qu'il nous donnera moins de fil à retordre maintenant ! Béorf, le pot, s'il te plaît !

– Voilà !, fit le gros garçon en lui tendant le récipient.

Amos glissa la petite bête dans le contenant de verre et le referma avec le bouchon de liège troué.

– Bon…, soupira-t-il. Voilà un problème réglé ! Nous le nourrirons avec des insectes. Cependant, j'ignore combien de temps il gardera cette taille. La page du grimoire de la sorcière n'en fait pas mention…

– Nous verrons bien, répondit Béorf. Si le principe du coffre-pendentif s'applique aussi aux êtres vivants, nous aurons quelques semaines de paix.

– Oui, affirma Amos. Je crois que ce sort se dissipe seulement à la mort du sorcier.

– Bon… L'autre problème, maintenant !, lança Banry en se grattant la tête. Nous devons maintenant trouver un moyen de quitter cette île et retourner chez nous. Sans navire, il nous est impossible de continuer notre route vers l'île de Freyja.

– Pour l'instant, dit Alré la Hache, je propose que nous retournions dans la forêt. Il nous faut trouver de la nourriture et un endroit pour passer la nuit.

– Plus loin, à l'ouest, intervint Helmic, j'ai vu des grottes qui feront un excellent abri.

– Bien, très bien !, s'exclama Banry en se frottant les mains. Même si les choses ne tournent pas exactement comme nous le voulons, il y a quand même de l'espoir ! Allons voir ces grottes et regardons si nous pouvons en faire notre quartier général. Ensuite, nous concentrerons nos efforts sur la nourriture.

– Et le dragon ?, fit Hulot, un peu nerveux. Nous ne pourrions pas le noyer ? Nous en serions débarrassés…

– Non !, s'opposa Amos. Je ne pense pas que cela soit une très bonne idée. J'assume l'entière responsabilité de cette bête.

– Et je serai son gardien…, déclara Béorf en prenant le contenant des mains d'Amos. Je vais m'occuper de lui. Après tout, c'est aussi ma faute si nous l'avons sur les bras.

– Très bien !, approuva Banry. Rendons-nous aux grottes et emportons le coffre de la sorcière. Amos pourra étudier son contenu et faire d'autres miracles. Nous te suivons, Helmic, passe devant !

L'équipage se mit en route sous le marmottement d'Hulot :

– Je n'ai jamais inscrit mon nom sur cette fichue liste au village ! Je devrais être à Upsgran… Mais qu'est-ce que je fais ici ? Nous sommes perdus…

Pour se distraire des propos pessimistes d'Hulot, Béorf jeta un coup d'œil au dragon. La bête n'avait pas l'air, elle non plus, de très bonne humeur.

– Comment as-tu pensé à réduire le dragon ?, demanda le gros garçon à Amos.

– Une déduction rapide, répondit le porteur de masques en souriant. Une sorcière a toujours besoin d'ingrédients pour exécuter sa magie. Tu te souviens, Lolya avait toujours besoin de poules, de chandelles, de sangsues et d'une foule d'ingrédients pour préparer ses sorts. Je me suis dit que le coffre-pendentif devait contenir ceux de Baya Gaya. J'ai aussi présumé que le sort de réduction pourrait s'appliquer à un dragon… Enfin, j'ai eu de la chance ! Heureusement, son grimoire n'est pas trop difficile à comprendre !

– Bravo !, lança fièrement Béorf. Sartigan dit toujours qu'il faut suivre sa voix intérieure…

– Et prendre des risques…

– … CALCULÉS !, s'exclamèrent les deux garçons en même temps dans un fou rire.

– Ce qui me fait peur, reprit Béorf, redevenu sérieux, c'est ce cœur… Tu l'as vu ? Il bat encore dans son pot… C'est terrible !

– J'en ai aussi des frissons dans le dos. Je vais étudier le grimoire et bien fouiller le coffre. Peut-être aurons-nous une réponse !

Guidée par Helmic, la troupe arriva bien vite aux grottes. Celles-ci étaient situées à la base de la petite montagne qu'Amos et Béorf avaient escaladée plus tôt. L'endroit semblait idéal pour y monter un campement. Les béorites s'installèrent et partirent ensuite chacun de leur côté à la recherche de nourriture. Banry dégagea les garçons de la tâche de ravitaillement et leur demanda de garder le camp.

Dans l'attente du retour de leurs compagnons, Amos concentra son attention sur le coffre de la sorcière pendant que Béorf pénétrait plus profondément dans les grottes.

Le jeune porteur de masques étudia le grimoire avec attention. Il y découvrit des recettes de potions et des formules magiques, mais rien pouvant indiquer pourquoi un cœur se trouvait dans ce coffre! L'organe, plongé dans une solution gluante et translucide, se tenait bien au centre du pot. Amos pensa alors à Lolya. La jeune sorcière aurait pu lui être d'un grand secours dans l'étude et la compréhension de ce grimoire.

Quant à Béorf, il revint bredouille de son exploration des cavernes. Le gros garçon s'assit lourdement près d'Amos et dit:

— Il n'y a rien dans ces grottes… Rien de rien! J'espérais trouver quelque chose d'intéressant comme des dessins primitifs, des runes ou bien encore un trésor. Malheureusement, on ne gagne pas à tous les coups et il arrive que des grottes ne soient que de simples trous dans les rochers…

— Comment va notre ami dans son bocal?

— Il dort. Je lui ai donné quelques grillons à manger et il semble rassasié. Si un jour quelqu'un m'avait dit que je me promènerais avec un dragon dans un bocal, je ne l'aurais pas cru! Que va-t-on faire maintenant? Personne ne sait comment quitter cette île. Il nous faudrait un autre bateau. Je pense que, cette fois, notre aventure se termine ici…

— Je ne vois pas de solution, moi non plus, soupira le porteur de masques. On dirait que rien ne fonctionne…

— Je me demande ce que dirait Sartigan s'il était là, s'interrogea Béorf à voix haute.

– Il dirait, répondit Amos en imitant le maître, que c'est dans les moments les plus sombres qu'on voit le mieux la lumière!

– Si on avait des chevaux qui galopent sur l'eau, finis les problèmes de bateau! Malheureusement, ça n'existe pas...

Amos se tourna vers son ami en exhibant un large sourire:

– Béorf, tu es un GÉNIE!

– Encore une fois, je ne sais pas de quoi tu parles! Mais si tu penses que je suis génial, tu as sûrement raison...

Chapitre 9

Les kelpies

Amos fouilla rapidement dans ses affaires et sortit les oreilles d'elfe en cristal.

– J'ai eu une idée! Une idée qui peut nous sauver. Reste ici pour garder les lieux. Je reviens dans un moment!

– Et je fais quoi si le dragon reprend sa taille originale?, s'inquiéta Béorf.

– Tu lui fais la conversation en essayant de ne pas te faire dévorer!, cria le jeune porteur de masques, déjà loin. Raconte-lui une de tes blagues, ça devrait l'endormir!

– Bon, ronchonna le gros garçon, autrement dit, je me débrouille avec mes problèmes!

Amos arriva bien vite sur la petite plage, tout près de l'endroit où le drakkar avait brûlé. Il entra dans l'eau jusqu'à la taille, ferma les yeux et se concentra. En faisant appel au masque de l'eau et à sa pierre de puissance, il tenta d'envoyer un message aux kelpies. En hennissant, le garçon donna trois coups de tête dans l'eau. Cette action étrange créa une vibration qui enveloppa son message, un peu comme l'enveloppe d'une lettre. L'onde s'enfonça dans les profondeurs de l'océan.

Le porteur de masques répéta son appel plusieurs fois. Heureusement pour Amos, la chance était avec lui. Passant par là, un banc de harengs capta les vibrations d'un de ses messages et amplifia son signal jusqu'à une douzaine de saumons. Ceux-ci l'acheminèrent sur le dos d'une immense baleine bleue qui l'emporta dans les abîmes et le passa à quelques morues. Le message vibratoire alla ensuite s'enrouler autour d'un homard, puis d'un crabe et d'un bernard-l'hermite avant de se placer sous les petites nageoires d'une grande anguille. Il parvint enfin à destination en terminant sa course dans l'oreille du chef des kelpies.

Amos sortit de l'eau après une heure de travail. La mer était glacée et il grelottait de tout son corps. Il utilisa encore une fois ses pouvoirs et, grâce au masque du feu, réussit facilement à augmenter la température de son corps. Rapidement, comme s'il était pris d'une fièvre soudaine, de grosses gouttes de sueur perlèrent sur son front. Il n'avait plus froid. Sartigan lui avait montré comment faire circuler en lui la magie des éléments. C'était grâce à cette technique que le maître pouvait marcher pieds nus tout l'hiver sans jamais se geler un seul orteil. Sartigan, qui n'était pas un porteur de masques et ne possédait pas en lui la magie des éléments, arrivait à accomplir ce prodige par un contrôle parfait de sa pensée.

Se sentant mieux, le garçon relâcha sa concentration. Il soupira en pensant que sa tentative d'entrer en communication avec les kelpies semblait avoir échoué. Que faire maintenant? Il devait trouver une autre solution!

Comme Amos allait quitter la petite plage, l'eau commença à s'agiter sous ses yeux. À travers le bouillonnement, le porteur de masques vit émerger une bonne vingtaine de kelpies. Ces êtres des eaux profondes, mi-hommes mi-chevaux, mesuraient près de deux mètres de haut. Ils marchaient sur deux pattes munies de puissants sabots. Leur large tête à forte crinière et leur grande queue étaient celles du cheval tandis que leur torse et leurs bras ressemblaient à ceux de l'humain.

Amos vérifia si ses oreilles de cristal étaient bien en place et commença à discuter avec les créatures marines.

– Bonjour!, dit-il en frappant le sol trois fois de son pied droit, je suis heureux de vous voir. Merci d'être venus!

– Amos Daragon, le porteur de masques!, lança le chef du groupe en hennissant avec vigueur. Tu es un ami du peuple kelpie. Nous te devons respect et assistance.

– J'ai besoin d'aide!, s'écria le garçon en ouvrant démesurément la bouche pour montrer ses dents. Nous sommes prisonniers ici. Notre bateau a été détruit par le feu et nous devons nous rendre à l'île de Freyja.

— Tu sais qu'aucun humain n'est autorisé à traverser la Grande Barrière de brume, l'avisa poliment le kelpie en galopant sur place. L'Homme gris vous empêchera de passer.

— Je sais, fit Amos en ruant à plusieurs reprises. Je dois quand même tenter ma chance. Il en va de l'avenir de la race des béorites. Peux-tu m'aider ?

— Ta destinée est ton choix, je ne suis pas là pour la critiquer, poursuivit l'humanoïde en balançant la tête de haut en bas. Je tenais simplement à t'avertir du danger. Je suis là parce que tu as appelé à l'aide. Demande, j'écoute…

— Merci bien, répondit le porteur de masques en expulsant bruyamment de l'air par les narines. Derrière cette île, il y a un bateau échoué. Voudriez-vous nous aider, mes amis et moi, à remettre cette épave à flot afin que nous puissions poursuivre notre voyage ?

— Nous pouvons faire cela pour toi, mais nous le ferons sans aide, assura le kelpie en trottinant sur place. Nous travaillerons cette nuit et, demain, vous aurez votre bateau. Tes amis peuvent dormir et se reposer. Ce délai est-il raisonnable pour toi ?

— C'est encore mieux que ce que je n'espérais !, clama Amos en sautant rapidement de tous les côtés. Comment pourrais-je vous remercier ? Comment vous rendre la pareille ?

— Le moment viendra, porteur de masques…, affirma la créature en écumant abondamment. Je te revois demain au lever du soleil, de l'autre côté de l'île.

– J'ai une dette envers toi, conclut le garçon en faisant une profonde révérence et en tirant la langue.

– Allons, frères !, ordonna le kelpie avant de plonger dans l'eau, nous avons du travail…

Amos retira ses oreilles de cristal et rentra vite au campement. Lorsqu'il arriva aux grottes, tous les béorites étaient assis autour d'un feu et mangeaient avidement.

– Tu es revenu à temps !, s'écria Hulot. Encore deux minutes de retard et tu passais sous la table… enfin, façon de parler !

– Nous partons demain à l'aube, lança fièrement le garçon, un sourire aux lèvres.

– Comment ça, nous partons ?, demanda Rutha la Valkyrie. Tu délires, mon garçon ! Je te rappelle que nous n'avons plus de bateau et, à moins que tu ne puisses nous faire voler grâce à tes pouvoirs, je ne vois vraiment pas comment nous pourrions quitter cette île.

– Nous aurons un nouveau bateau demain. J'ai des amis qui s'occupent de tout. Faites-moi confiance !

– Ce garçon me surprendra toujours !, se réjouit Helmic en mordant dans une cuisse de faisan. Je lui fais confiance et je ne pose même pas de questions ! Un garçon qui est capable de réduire un dragon, de se faire obéir du vent, du feu et de l'eau, moi, ça me dépasse ! Il est capable de tout, notre Amos, même de faire apparaître un bateau s'il le dit…

– Eh bien, terminons ce repas et dormons en paix, se contenta de dire Banry. Nous verrons demain ce qu'Amos nous réserve…

– Et c'est Béorf qui m'a donné l'idée, confia Amos en prenant place autour du feu.

– Oui, s'étonna le gros garçon, mais l'idée de quoi ? Je ne vois pas…

Pendant la nuit, à travers la rumeur du vent dans les arbres et celle des vagues se brisant sur les rives de l'île, Amos écouta en silence les vocalises des kelpies. Les créatures chantèrent du crépuscule à l'aube. Leurs voix s'harmonisant avec les bruits ambiants, la longue plainte mélodieuse répandit dans toute l'île une musique apaisante. Située quelque part entre le hurlement du loup, le chant des baleines et le sifflement du vent, cette berceuse pénétra profondément Amos en enveloppant son âme.

Le garçon fit un songe dans lequel il vit une grande tour qui s'élevait vers les cieux. Il vit aussi Frilla, sa mère. Celle-ci travaillait à la construction du bâtiment. Elle avait vieilli et ses traits semblaient plus durs, marqués par la souffrance physique et morale. Très amaigrie, la pauvre femme avait du mal à respirer.

Cette vision se dissipa pour faire place à des explosions de couleurs lumineuses s'agitant derrière les paupières fermées d'Amos. Un bien-être indescriptible l'envahit. La magie circulait en lui en stimulant chaque partie de son corps, en éveillant chaque partie de son cerveau.

Les heures s'écoulèrent ainsi sans que les ronflements des béorites le dérangent, sans que personne vienne troubler sa paix intérieure.

Amos était resté en position de méditation toute la nuit. Lorsqu'il ouvrit les yeux, il eut l'impression d'avoir dormi à peine une heure. Il regarda autour de lui et s'aperçut bien vite qu'il ne touchait plus le sol. Il flottait dans les airs à environ trente centimètres de la terre. Le garçon était en pleine lévitation !

Dès qu'il prit conscience de son état, Amos tomba sur ses fesses et se cogna le coccyx sur une pierre. À cause de la douleur provoquée par cette petite chute, il demeura quelques secondes sans bouger en essayant de comprendre ce qui venait de lui arriver. Le porteur de masques se sentait reposé et détendu, prêt à l'action. La nuit avait complètement refait ses forces.

Comme les béorites ronflaient toujours dans la grotte, Amos décida de se rendre seul de l'autre côté de l'île. Il était impatient de voir si les kelpies avaient réussi à tenir leur promesse.

Lorsqu'il arriva sur la plage de galets, il aperçut au loin le bateau prêt à prendre le large. Ses yeux se mouillèrent de joie. Un grand bonheur lui serra la gorge. Les kelpies étaient donc véritablement ses amis et le navire était GRANDIOSE !

Chapitre 10

L'Homme gris

Les béorites étaient bouche bée! Devant leurs yeux, un magnifique trois-mâts, dix fois plus gros que leur drakkar d'origine, flottait dans l'air humide du matin. L'ancienne épave avait été complètement refaite, de la quille à la vigie. Des mosaïques de coraux multicolores calfeutraient les brèches alors que coquillages, anémones et étoiles de mer composaient la majeure partie de la nouvelle coque. Une figure de proue, représentant un kelpie les bras ouverts, tête penchée vers l'avant et figé en pleine course, ornait le bateau. Dans la lumière du soleil, le pont brillait de mille feux.

En montant sur le vaisseau, l'équipage de béorites constata avec étonnement que tous les cordages étaient faits d'algues marines finement tressées. Dans la cale, des barils d'eau potable, de poissons séchés et salés, de homards vivants et d'autres crustacés divers attendaient les navigateurs.

– C'est un miracle!, s'exclama Banry qui n'en croyait pas ses yeux.

– Avoir su, dit Hulot en se grattant la barbe, nous aurions coulé le drakkar bien avant. Ce bateau est…

– … extraordinaire !, s'écria Piotr le Géant. Il est tout simplement extraordinaire !

– Tu te souviens, demanda Kasso à Amos, Banry t'avait parlé de Skidbladnir avant notre départ ?

– Oui, répondit le garçon, le superbe bateau qui pouvait glisser sur la terre, la mer et voler dans les airs.

– Eh bien !, poursuivit Kasso, personnellement je n'ai jamais vu ce grand bateau de légende, mais il doit sûrement ressembler à celui-ci…

– Il y a un problème, intervint Banry, il n'y a pas de voiles ni de rames. Comment allons-nous avancer ?

L'équipage fouilla le navire en essayant de trouver un moyen de propulsion. Il devait bien y avoir une façon de le faire avancer ! C'est Goy qui, à l'arrière, juste à côté de la barre du capitaine, remarqua deux très longues cordes qui s'enfonçaient dans l'eau. Il y en avait une à bâbord et une à tribord. Le béorite pensa immédiatement à deux brides et les saisit machinalement dans ses mains. En imitant un conducteur de chariot, il claqua les deux cordes et lança d'une voix forte :

– En avant !

Le navire tangua subitement. De gros bouillons blancs l'entourèrent, puis vingt-cinq hippocampes de mer émergèrent des deux côtés du vaisseau. Il y en avait douze à bâbord, douze à tribord, et un meneur à l'avant. Ils étaient attachés au bateau par un système complexe d'attelages et de nœuds.

Ces créatures avaient une tête et un buste de pur-sang s'affinant à la taille pour se terminer en une longue queue serpentine. Leurs pattes avant ressemblaient à celles du cheval et l'on pouvait apercevoir au bout, non pas des sabots, mais de larges nageoires palmées. La peau de ces coureurs aquatiques semblait être constituée de petites écailles argentées très acérées.

Excité par sa découverte, Goy fit claquer les brides une deuxième fois en hurlant :

— En avant, mes jolis !

Les chevaux aquatiques commencèrent alors à agiter leurs puissantes queues. Le navire bougea lentement, puis il prit sa route en avançant de plus en plus vite.

— Voilà un système qui me plaît !, s'écria Piotr le Géant. Plus de rames pour nous fatiguer et pas de bon vent à attendre. J'adore ce bateau… Je l'adore !

Kasso s'installa près de son frère et déroula ses précieuses cartes marines. Le navigateur ne les avait pas perdues dans l'incendie du drakkar, car il les emportait toujours avec lui, où qu'il aille.

— Bravo, frérot !, lança-t-il gentiment.

— Je n'arrive pas à croire que je conduis un attelage de vingt-cinq chevaux marins, répondit Goy, tout excité. C'est encore plus facile à manœuvrer sur l'eau que sur la terre. Les virages se font en douceur et… et nous voguons encore plus rapidement qu'avec un vent fort…

À la proue du navire, Amos respirait à pleins poumons l'air iodé de l'océan. Il avait encore une fois réussi l'impossible! Après avoir tout perdu, sauf quelques armes et effets personnels, les béorites avaient retrouvé un navire, des provisions et l'espoir de se rendre à l'île de Freyja. De plus, l'équipage n'avait plus besoin de ramer ou d'attendre les bons vents. Chacun pouvait se reposer tout en naviguant. Quelle belle réussite pour le jeune porteur de masques!

Toute la journée, les hippocampes accomplirent admirablement bien leur travail. Ils tirèrent le bateau avec force et constance, si bien que, au coucher du soleil, Kasso remarqua une avance de plus de deux jours sur ses plans initiaux de navigation.

Tout naturellement et sans que personne les guide, les hippocampes terminèrent leur journée en s'arrêtant au beau milieu d'un grand champ d'algues marines. Sous le navire poussait une forêt de varech dont raffolent les chevaux de mer.

Les béorites se groupèrent pour discuter de la suite du voyage.

– À ce rythme, déclara Kasso, nous serons à la Grande Barrière de brume dans moins de trois jours.

– Des légendes racontent que cette barrière est impossible à franchir, soupira Hulot. C'est un épais brouillard qui perd les équipages et les fait tourner en rond pendant des mois entiers. Pire! Il arrive souvent que des marins fracassent leur embarcation sur des récifs et finissent au fond de la mer.

– Il y a sûrement un moyen de passer !, s'écria Banry. Nous devons absolument atteindre l'île de Freyja, c'est le sort de notre race qui est en jeu.

– Je pense savoir comment négocier notre passage, dit Amos. Les légendes parlent de l'Homme gris. Avec ce que j'en ai appris dans *Al-Qatrum, les territoires de l'ombre,* je pense être capable de le déjouer. J'ai un plan !

Amos exposa sa ruse à ses compagnons. Ceux-ci approuvèrent la stratégie. Ils continuèrent à discuter en dévorant quelques homards, puis se préparèrent pour la nuit. Des tours de garde furent organisés. Cette première nuit en mer s'avéra calme et sans surprises, tout comme les quelques jours qui précédèrent l'arrivée du navire à la Grande Barrière de brume. L'équipage en profita pour se faire dorer au soleil, jouer aux dés, aux cartes, s'entraîner au combat et manger.

Goy, trop content de conduire un tel vaisseau, occupa la position de capitaine. Ainsi, les frères Azulson héritèrent naturellement de la tâche de mener l'équipage à bon port. Banry céda volontiers sa place et s'en remit entièrement à ses deux équipiers. Cette pause lui permit de bien se reposer afin d'affronter les périls à venir.

Amos passa de longues heures à examiner de plus près le coffre et le grimoire de la sorcière. Malheureusement, il n'y trouva rien de nouveau. Béorf, qui gardait sans cesse l'œil sur le dragon, était attentif à tout changement éventuel de taille.

Le sort tenait toujours bon et la créature mangeait avidement tous les insectes que le gros garçon lui offrait. Jusque-là, tout allait bien.

Un soir, alors que le soleil venait à peine de disparaître derrière l'océan, un épais brouillard enveloppa soudainement le bateau. Kasso déclara que, selon ses cartes, la Grande Barrière se trouvait juste devant, à quelques lieues. Goy fit ralentir la cadence des hippocampes et, très lentement, dans un silence absolu, le bateau glissa vers sa destinée.

Amos respira un bon coup en révisant mentalement son plan. Il enfila ensuite ses oreilles de cristal et fit signe à l'équipage de se tenir prêt.

Le trois-mâts avança lentement pendant encore une heure sans que rien d'étrange ou d'inhabituel survienne. Tandis que le jeune porteur de masques se demandait si l'Homme gris existait réellement, le brouillard se déplaça en tourbillons pour former un immense visage de vieillard juste devant le bateau. Sa barbe était faite d'une brume claire et lumineuse alors que sa peau, plus foncée et grise, avait l'aspect des lourds matins humides d'automne. De fines gouttelettes, vaporeuses et légères, s'échappèrent de sa bouche lorsqu'il dit, d'une voix éraillée et vacillante:

– On ne passe pas! Voyageurs, retournez d'où vous venez! Vous êtes devant la Grande Barrière et j'en suis le gardien. Il est écrit, dans les tables de lois du ciel et des enfers, qu'aucun humain n'est autorisé à franchir cette frontière.

– Très bien, lui cria Amos en se dirigeant vers la proue du navire, alors laissez-moi passer!

– N'as-tu pas compris ce que je viens de dire à l'instant?, insista l'Homme gris.

– Si, répondit promptement Amos. Vous venez de dire que les humains ne sont pas autorisés à traverser la Grande Barrière. Mais, moi, je ne suis pas un humain, je suis un elfe. Regardez mes oreilles!

Comme les oreilles de cristal que lui avait données Gwenfadrille se moulaient aux siennes en les rendant pointues, Amos avait bel et bien l'allure d'un elfe.

– Mais… mais…, balbutia le gardien en ouvrant très grands ses yeux vaporeux, les elfes n'existent plus dans ce monde. Ils ont quitté la Terre il y a des siècles de cela. Comment expliques-tu ta présence ici? Et pourquoi veux-tu traverser la Grande Barrière?

– Il y a longtemps que vous n'avez pas quitté votre poste, vieux gardien, lança Amos avec une pointe d'arrogance dans la voix. Les elfes sont revenus et peuplent plusieurs forêts du monde.

– Eh bien…, soupira l'Homme gris, je l'ignorais. Il est vrai que je suis en poste depuis bien longtemps et que la vie change autour de moi. Je n'ai pas de nouvelles du reste du monde depuis bien des années… Je suis toujours dans le brouillard!

– Et laissez-moi vous montrer ma cargaison!, s'écria Amos, sûr de lui.

Le jeune porteur de masques ouvrit la cale du navire pour libérer… des ours! Les béorites avaient pris leur forme animale. Un à un, les membres de l'équipage sortirent nonchalamment et se dispersèrent çà et là sur le pont.

– Un elfe qui transporte des ours!, s'étonna le gardien. C'est peu commun…

– Je suis un messager du grand dieu Odin, lui expliqua Amos, et je dois me rendre sur l'île de Freyja afin de lui remettre ce cadeau.

– Mais… mais je croyais que Freyja et Odin étaient en guerre, fit le vieux brumeux, perplexe.

– Décidément, lança Amos sur un ton narquois, vous avez du retard dans les nouvelles. Odin et Freyja vont se marier et ces ours sont un cadeau de noces. Vous savez qu'ils sont les créatures préférées du grand dieu. Ma mission est simple: je livre ces bêtes sur l'île de Freyja et je retourne chez moi!

– Tu me garantis qu'il n'y a pas d'humains à bord?, lança le gardien, un peu étourdi par les révélations d'Amos.

– Vérifiez vous-même!, répondit le garçon avec un soupir d'impatience.

– Je suis certain d'au moins une chose, reprit le gardien en se dématérialisant lentement, c'est que tu es bien un elfe. Tu as l'arrogance des créatures de ta race et l'impolitesse de tes aïeux.

Amos jouait bien son rôle. Le brouillard envahit l'intérieur du bateau en s'infiltrant dans les moindres recoins. Après une fouille méticuleuse du navire, le visage du gardien reprit sa place dans les airs.

– Très bien, il n'y a pas d'humains à bord. Tu as le droit de passage. Je te souhaite un bon voyage et j'espère que tu arriveras à bon port.

– Merci !, répondit Amos en saisissant les brides des hippocampes. Allez, en avant !

Le bateau tangua légèrement avant de reprendre sa route, et l'Homme gris se dissipa. Pendant que le navire avançait dans l'épais brouillard, les béorites se regardèrent les uns les autres et, à quatre pattes, se mirent à rire de satisfaction. Amos avait bien roulé le gardien de la Grande Barrière.

Le navire voguait désormais dans des eaux qui n'avaient jamais été cartographiées, ni même explorées. Au grand soulagement d'Amos, de Banry et des frères Azulson, le navire ne tomba pas dans le vide et l'équipage ne fut pas dévoré par le serpent Vidofnir. Les béorites avaient maintenant un bon bateau, l'estomac bien rempli et de grandes aventures à vivre. Rien ne semblait pouvoir les arrêter !

Chapitre 11

Les serpents de mer

Le dieu Loki bouillait d'une colère vindicative. Jusque-là, tous ses plans avaient lamentablement échoué! Une grande frustration l'avait assailli devant le lamentable échec de son assassin. En effet, la sorcière Baya Gaya avait fait chou blanc. Comment avait-elle pu se laisser manipuler de la sorte? Et par deux enfants! Elle méritait d'être écorchée vive! D'ailleurs, en la faisant griller, il l'avait bien punie cette vieille bique!

Les choses avaient mal tourné pour Loki. En brûlant le drakkar des béorites, le dieu avait pensé faire d'une pierre deux coups. Il se débarrassait de l'incompétente Baya Gaya et condamnait l'équipage à pourrir sur l'île. Un merveilleux plan, gâché par Amos!

Grâce au porteur de masques, l'équipage s'était une fois de plus sorti du pétrin. À son grand déplaisir, Loki avait vu les kelpies porter secours aux hommanimaux.

Restait encore la Grande Barrière de brouillard à traverser et Loki, convaincu que ce serait la fin de l'expédition des béorites, n'en avait pas cru ses yeux. Amos avait réussi à passer là où les meilleurs navigateurs avaient échoué. Il avait trompé le plus vigilant des gardiens du monde sans grande difficulté.

C'en était assez! Pour le dieu du Feu et de la Discorde, les béorites ne devaient, *en aucun cas*, atteindre l'île de Freyja. Loki profitait beaucoup trop de la mésentente entre Odin, chef des dieux, et la déesse de la Fécondité. Il préparait un coup d'éclat et cette possible réconciliation dans le panthéon du bien venait menacer l'exécution de ses plans.

Loki ne supportait pas l'ennui et il n'y avait rien de plus ennuyeux pour lui que de voir les jours se dérouler sans le moindre accroc. Avant l'entrée en scène d'Amos, le dieu s'amusait à jouer des tours aux autres dieux, à les exposer au danger. La dispute entre Odin et Freyja n'avait fait qu'accroître son pouvoir et maintenant, il avait des projets grandioses! Jamais il ne laisserait un petit humain, une vermine de porteur de masques, détruire ses aspirations en réconciliant ses ennemis.

Loki devait agir au plus vite en portant un coup fatal à cette expédition! Il allait couler le bateau des kelpies, noyer cet équipage de stupides béorites et se débarrasser d'Amos une bonne fois pour toutes!

Du haut de son trône céleste, le dieu s'arracha trois cheveux. Il les caressa délicatement en prononçant une formule:

– Trois de mes cheveux qui deviendront trois de mes enfants! Petits serpents deviendront grands. Faites ce que vous avez à faire et ne me décevez pas...

D'un gracieux mouvement, Loki laissa tomber ses trois cheveux. Ceux-ci se posèrent sur l'océan où ils prirent la forme de trois gigantesques serpents de mer. Longs d'une soixantaine de mètres, le corps recouvert de solides écailles, munis d'énormes crocs et les yeux flamboyants, les trois monstres marins foncèrent vers le sud à la rencontre des béorites.

Loki se frotta les mains de contentement et murmura:

– Voyons ce que tu feras contre cela, petit porteur de masques!

***

Quelques jours s'étaient écoulés et la Grande Barrière était maintenant loin derrière. Sur le pont du navire, l'équipage parlait encore de la ruse d'Amos. Les béorites, qui avaient depuis longtemps repris leur forme humaine, se prélassaient au soleil.

Béorf et Amos s'étaient fabriqué de rudimentaires cannes à pêche. Ils avaient jeté leur ligne à la mer à l'arrière du bateau, mais n'avaient encore rien pris.

– En plus d'être un bon magicien, lança Béorf pour taquiner son ami, tu es un fameux menteur!

– Il faut dire «comédien», Béorf, précisa Amos. En fait, je n'ai pas vraiment menti, j'ai seulement amélioré la vérité.

Tous près d'eux, les béorites s'esclaffèrent.

– Améliorer la vérité!, lança Helmic. Elle est encore meilleure, celle-là!

– TAISEZ-VOUS!, ordonna soudainement Banry. À VOS ARMES! JE SENS UNE MENACE!

– C'est bien vrai, approuva Rutha la Valkyrie, l'air est plus lourd… Une odeur de mort entoure le bateau.

– LÀ, DERRIÈRE NOUS!, cria Piotr le Géant. FONCE DROIT DEVANT, GOY! À FOND DE TRAIN!

Goy fit claquer ses brides et les hippocampes mirent les turbo. Trois ombres se profilaient dans l'eau et approchaient à grande vitesse du navire.

– Qu'est-ce que c'est?, demanda anxieusement Béorf.

– Ce sont des serpents de mer, répondit Helmic en serrant les dents. J'en ai déjà affronté quelques-uns, mais jamais trois à la fois! Je sens que ce ne sera pas facile…

– Tu veux dire: impossible!, s'écria Hulot.

– Rappelez-vous qu'il faut leur crever les yeux, fit Banry en serrant fortement le manche de sa hache. C'est la seule façon de les vaincre. Alors, qui fait le premier plongeon?

– MOI!, cria Piotr le Géant en grimpant sur le mât. Occupez-vous de les distraire, je me charge d'un premier.

Kasso saisit son arc et s'installa près de son frère aux commandes du navire. Il était clair que les hippocampes n'arriveraient pas à semer les poursuivants. Après avoir plongé profondément, les serpents de mer remontèrent d'un coup vers la surface, sous le navire et frappèrent fortement la coque. Le trois-mâts vacilla et tout le monde perdit l'équilibre.

Une tête émergea alors à bâbord. Le serpent était en train de dévorer un des hippocampes. Le cheval de mer se débattait en poussant des hennissements de panique. Le spectacle fit frémir Amos et glaça le sang de Béorf.

Une deuxième tête surgit à l'arrière du bateau. Comme le serpent ouvrait la bouche pour s'attaquer à la coque, Kasso décocha une flèche qui se ficha directement dans le palais de la bête. Cela eut pour effet de lui faire perdre un peu de terrain.

Juste devant le navire, le troisième serpent jaillit brutalement, lui coupant ainsi la route. Mais Goy manœuvra habilement et le bateau frôla le monstre.

À ce moment, un terrible cri de guerre retentit ! Piotr le Géant, mi-homme mi-grizzly, bondit du haut du mât et atterrit sur la tête du gigantesque serpent. Le béorite, un grand couteau entre les dents, enfonça profondément ses griffes dans la peau de l'animal afin de se stabiliser. Le monstre plongea en entraînant avec lui l'hommanimal dans les profondeurs de l'océan.

Un autre hippocampe se fit avaler tout rond sous les yeux d'Amos pendant que, derrière le navire, le monstre au palais troué revenait à la charge.

Helmic, prêt à l'action, avait eu le temps de fabriquer un grappin rudimentaire qu'il avait attaché au bout d'une longue corde. Il fit tourner l'instrument au-dessus de sa tête, le lança vers le serpent et réussit à l'enrouler autour du cou de la bête. Ses compagnons empoignèrent la corde et, tous ensemble, ils tirèrent un bon coup. La tête du serpent vint fracasser le pont du navire en détruisant au passage une partie du bastingage.

Banry bondit sur la créature. Sa hache fendit l'air et frappa le monstre entre les yeux. Un sang noir et visqueux éclaboussa le pont. Rutha la Valkyrie creva l'œil droit de la bête d'un habile coup de lance. La douleur décupla les forces du serpent et, d'un coup de tête, il arracha le mât arrière en propulsant Alré la Hache à l'eau. Avec sa gueule, il s'empara ensuite d'Helmic et le lança à une bonne vingtaine de mètres derrière lui. Banry cria alors d'une voix forte :

– Deux ours à la mer ! Deux ours à la mer !

Pour Amos, il était temps d'agir. Le porteur de masques saisit une lance, se concentra quelques secondes et fit appel à ses pouvoirs sur l'air. Il lança son arme vers le monstre devenu borgne. Le vent porta la lance à une vitesse extraordinaire et celle-ci se planta profondément dans la gorge du serpent. Béorf cria :

– Joli coup, Amos! C'est maintenant mon tour... En voici un qui ne mangera plus nos hippocampes!

À la manière de Piotr le Géant, le gros garçon se lança à bâbord sur la tête de l'autre serpent. D'un mouvement brusque, le gigantesque reptile le réexpédia sur le pont du navire. Le jeune béorite fit dans les airs un voyage aussi long que le hurlement qu'il poussa. Il atterrit violemment dans l'ouverture du pont qui menait à la cale. Béorf débuला l'escalier et termina sa course la tête première dans un baril de morues salées. Il avait son compte.

Goy était toujours aux commandes du bateau et, avec trois hippocampes en moins à bâbord, le vaisseau se dirigeait assez mal.

À la poupe, Banry, Kasso et Rutha contrôlaient la situation; «leur» serpent, gravement blessé par la lance d'Amos, était sur le point de rendre l'âme. Kasso décochait des flèches à une vitesse folle, visant l'œil encore ouvert du serpent borgne. Avec Helmic et Alré à l'eau, la bataille devait vite se terminer!

Piotr, agrippé à «son» serpent, avait disparu du décor, tout comme Hulot...

Le jeune porteur de masques se retrouva face à face avec le monstre marin qui venait à l'instant d'envoyer Béorf à la cale. La bête s'élança sur le garçon et ses terribles mâchoires s'emparèrent de lui. Amos comprit qu'il devait rapidement faire quelque chose avant d'être broyé...

Il saisit un des crocs du serpent. Connaissant la douleur que peut causer une bonne rage de dents, le porteur de masques déchargea, d'un coup, toute sa puissance de feu de ses mains. Le nerf de la dent du monstre grilla instantanément en lui arrachant une plainte douloureuse.

Libéré, Amos retomba abruptement sur le pont du navire. Excepté quelques éraflures aux bras et aux jambes, il n'était pas blessé. Ce bref instant passé dans la bouche du serpent de mer lui avait rappelé que, malgré ses pouvoirs, la prudence en toutes circonstances était de mise. Les porteurs de masques n'étaient pas des êtres invincibles. Amos savait qu'il avait eu de la chance. Il s'en tirait à bon compte.

La créature enragée replongea sur lui. Le garçon évita un premier coup de gueule, puis un deuxième. Au troisième assaut, il ouvrit la bouche et, tel un dragon, cracha un jet de flammes sur son adversaire. La bête, surprise par ce nouveau moyen de défense, recula un peu.

Amos se rappela alors les enseignements de Sartigan. Le vieil homme disait qu'il ne sert à rien, face à un ennemi plus grand et plus fort que soi, de le combattre avec ses muscles. Il faut toujours, d'abord et avant tout, combattre avec sa tête. Le maître lui avait fait remarquer que, malgré le poids et la pression de l'océan, une petite bulle fragile et inoffensive réussit toujours à percer les eaux.

« Une bulle, pensa Amos. Il me faut une bulle ! »

Alors que le serpent revenait à la charge, gueule ouverte, prêt à mordre, le porteur de masques saisit par terre un poignard perdu pendant la bagarre. Il réussit à lui faire une égratignure, juste sur la lèvre inférieure. Le monstre recula pour préparer une nouvelle attaque puis, tout à coup, commença à secouer étrangement la tête.

Grâce à sa magie, Amos venait de faire entrer une toute petite bulle d'air dans le système sanguin du serpent. Une bulle qu'il contrôlait et qu'il faisait grossir. Chacun sait qu'il ne faut jamais faire entrer d'air dans le système sanguin d'un humain, d'un mammifère ou encore d'un reptile. Les conséquences peuvent être désastreuses. Amos le savait !

Le porteur de masques fit prendre du volume à sa bulle et attendit quelques secondes. Celle-ci circula dans tout le corps du monstre et finit par atteindre son cerveau. Le serpent de mer eut un tressaillement, se figea et tomba raide mort sur le pont avant du bateau. Son corps glissa ensuite du navire et s'enfonça lentement dans l'océan.

À l'arrière du navire, les béorites avaient, eux aussi, eu raison de « leur » serpent. Banry et Rutha, ensanglantés, balancèrent les restes du monstre à l'eau. Kasso cria :

– Demi-tour, Goy ! Nous avons perdu Alré, Helmic et Piotr en chemin. Nous devons les récupérer !

– Je voudrais bien, répondit Goy, mais il me manque trois hippocampes à bâbord. Il faudrait équilibrer l'attelage.

– Nous n'avons pas le temps!, hurla Banry. Fais de ton mieux et ramène-nous en arrière!

– Je fais tout mon possible!, grogna Goy, à bout de souffle et les bras ankylosés.

Le navire fit péniblement demi-tour.

– Hulot! Il manque Hulot Hulson également!; cria Rutha la Valkyrie.

– Non, je suis ici, répondit le béorite en remontant de la cale. Quand j'ai vu que les serpents de mer attaquaient la coque du navire, j'ai pensé qu'il serait peut-être plus prudent de descendre vérifier les dégâts. C'est ce que j'ai fait! Tout va bien, je vous confirme que la coque est en parfait état.

– QUEL PEUREUX!, grogna Rutha.

– MOI, peureux?, lança Hulot sur un ton de défi. PRUDENT! Je ne suis pas peureux, je suis prudent.

Béorf, étourdi et couvert de morues salées, remonta lui aussi de la cale.

– Avons-nous gagné?, demanda-t-il en chancelant.

– Oui, répondit Amos. Malheureusement, nous avons perdu Alré, Helmic et Piotr.

– Mais non!, s'exclama Béorf. La dernière fois que j'ai vu Piotr le Géant, il était bien agrippé à la tête d'un de ces monstres.

– Désolé, fit Banry. Alré et Helmic sont tombés à l'eau. Nous tentons de les retrouver…

Pendant de longues heures, l'équipage chercha sans succès les béorites manquants. La mer était calme et le navire vogua lentement en décrivant un tracé sinueux.

Les hippocampes étaient à bout de force. Brisés par leurs efforts durant l'affrontement avec les serpents de mer, ils s'arrêtèrent d'eux-mêmes dans une vaste étendue d'algues marines. Il n'y avait plus rien à faire, le bateau ne bougerait pas de là avant le lever du soleil.

– Qu'allons-nous faire maintenant?, demanda Goy.

– Nous allons scruter l'horizon jusqu'à la tombée de la nuit, répondit Banry, découragé. Ensuite, nous allumerons un feu dans un brasero sur le pont du navire afin que nos compagnons puissent nous voir et nager vers nous… en espérant, bien sûr, qu'ils en aient encore la force.

Selon les indications de Banry, Kasso alluma un feu et les béorites, rompus de fatigue et rongés d'inquiétude, essayèrent tant bien que mal de fermer l'œil. Amos et Béorf furent chargés du premier tour de garde. Les deux garçons, assis côte à côte, regardaient les étoiles.

– Tu sais, commença Béorf, lorsque mes parents sont morts, j'ai ressenti cette même douleur. Tu comprends ce que je veux dire? C'est une espèce de vide à l'intérieur de moi, un trou impossible à combler par lequel mon âme voudrait fuir pour aller les rejoindre.

– Oui, répondit Amos, je comprends très bien. Je l'ai aussi ressenti très fortement à la mort de mon père. Aussi lorsque Médousa s'est regardée dans le miroir et qu'elle s'est pulvérisée. Quel choc!

– Je pense souvent à elle. Je ne peux pas me la sortir de la tête. C'est comme si le fait de l'avoir regardée dans les yeux avait imprégné son image en moi. Je rêve parfois d'elle et tout ce que je vois, c'est son visage. Tu te souviens?

– Oui, très bien. Elle était très gentille, douce et avait un joli sourire.

– Bonne description! C'est quand même étrange d'avoir des serpents en guise de cheveux, non?

– Si tu veux connaître le fond de ma pensée, un garçon qui se transforme en ours, ce n'est pas non plus quelque chose de très commun!

– Ouais!, lança Béorf en bâillant. Je suppose que tous les êtres ont en eux un petit quelque chose de spécial qui les distingue des autres… Oh! regarde, Amos, une étoile filante!

– Fais un vœu, mon ami!

– Je souhaite revoir Médousa…, dit spontanément le jeune béorite.

Dans la lumière de la lune, le silence prit place entre les deux garçons.

Chapitre 12

Perdus en mer

Au petit matin, c'est Goy qui réveilla l'équipage. Il était complètement paniqué :

— Les hippocampes ! Nos chevaux marins ont disparu !

— De quoi parles-tu, Goy ?, demanda Banry en ouvrant difficilement les yeux.

— Je ne pouvais pas dormir, alors je me suis dit que j'allais essayer de rétablir l'équilibre dans l'attelage de chevaux marins. Je suis descendu avec une échelle de corde pour m'apercevoir que nous n'avions plus d'hippocampes. Plus un seul !

— Nous voilà dans de beaux draps !, maugréa Rutha qui avait entendu.

Banry alla constater par lui-même les dires de Goy. Effectivement, les hippocampes s'étaient détachés de leurs attelages et avaient pris le large. Sans eux, privé d'un moyen de propulsion, le navire n'était plus qu'une simple coquille flottante. Que faire maintenant ?

Même si Amos possédait des pouvoirs sur l'eau, l'air et le feu, ceux-ci ne pouvaient pas lui servir à grand-chose dans le cas présent. Il n'était pas encore assez puissant pour générer des rafales capables de déplacer le bateau.

Le garçon essaya d'appeler de nouveau les kelpies. Malheureusement, cette fois, son message ne fut pas relayé et demeura sans réponse.

– Nous sommes bloqués ici, constata Banry avec un certain désespoir dans la voix.

– Qu'allons-nous faire?, demanda nerveusement Hulot. Les provisions diminuent et nous manquerons bientôt d'eau potable.

– Je ne sais pas, avoua Banry en baissant la tête. Quelqu'un a une idée? Amos, ta magie peut-elle faire quelque chose pour nous?

– Je ne pense pas, répondit le porteur de masques. Je réfléchis, mais j'ignore comment nous sortir de là. Mes pouvoirs sont encore limités. J'ai essayé d'extraire le sel de l'eau de la mer afin que nous puissions la boire, mais je n'y arrive pas! Si je possédais les autres pierres de puissance du masque de l'eau, j'y arriverais certainement.

– Si je comprends bien, lança Hulot, un peu paniqué, nous sommes condamnés à rester sur ce bateau en attendant un miracle!

– Je crois qu'il se produira sûrement quelque chose de positif, assura Banry. Nous avons connu pire, non? Depuis que nous sommes partis, nous avons rencontré une sorcière, des hordes d'araignées et des serpents de mer. Tout ça en plus de l'Homme gris et de l'incendie de notre drakkar. Nous avons perdu nos amis et maintenant, nous voilà prisonniers de ce navire, en pleine mer. Nous ne pouvons fuir ni d'un côté ni de l'autre. Économisons notre énergie, notre salive, et protégeons-nous du soleil. Voilà ce que je conseille…

– Installons-nous dans la cale, proposa Rutha en prenant ses affaires. Nous y serons à l'ombre.

– J'aimerais bien vous annoncer qu'il y a une île près d'ici, ajouta Kasso, mais je n'ai pas de cartes de cet océan.

– C'est bête, soupira Goy, j'aimais bien conduire ce bateau… Et maintenant, nous sommes bloqués ici !

L'équipage s'installa dans la cale et l'attente commença. Toutes les heures, Banry montait sur le pont pour scruter l'horizon. Il cherchait une île, un grand récif ou une terre hospitalière. Rien. D'heure en heure, il n'y avait rien à portée de vue.

**

Une semaine passa sans que la situation s'améliore. En regardant les étoiles, Kasso remarqua que le bateau n'avait pas bougé d'un poil. Dans un océan, il y a normalement des courants marins qui déplacent les navires. Les vagues et le vent font dériver tous les objets flottants, les petits aussi bien que les gros. Mais le navire des kelpies demeurait immobile. On aurait dit qu'une immense ancre les retenait prisonniers. Pourtant, Goy et Banry avaient plongé pour vérifier si quelqu'un chose empêchait le navire d'avancer et ils n'avaient rien trouvé.

– Il semble que les dieux soient contre nous!, déclara Banry.

– Nous sommes les jouets d'un dieu qui désire notre mort, continua Kasso. Il n'y a pas de solution... Ce navire sera notre tombeau!

– Je savais que je devais rester à Upsgran, marmonna Hulot. Jamais je ne reverrai mon potager et mes fleurs. Il sera inscrit dans les grandes légendes de ce monde que Hulot Hulson, l'homme qui tua le dragon de Ramusberget d'un seul coup d'épée, disparut misérablement en mer.

– Nous sommes les victimes d'une machination de Loki et, à moins de pouvoir voler, soupira Rutha la Valkyrie, nous sommes morts.

– À moins de pouvoir voler!, s'écria Amos. Mais oui, pourquoi n'ai-je pas pensé à cela avant?

Le garçon se précipita sur le coffre de la sorcière et l'ouvrit:

– Bon. Je tente de vous expliquer mon idée au meilleur de mes connaissances. Premièrement, dans ce coffre, il y a une foule de potions et de poudres, d'huiles et d'étranges mixtures. Évidemment, je ne sais pas comment les fabriquer, mais avec l'aide du grimoire, je peux sans doute les utiliser. On en a la preuve avec le dragon que j'ai rapetissé et qui est toujours dans son bocal. Dans ce grimoire, il y a la formule avec laquelle Baya Gaya s'est transformée en corbeau.

– Jusque-là, dit Banry, nous te suivons... Continue!

– Cette fiole, poursuivit Amos, semble contenir l'élixir de transformation. Il en reste deux gorgées. Je propose de réduire le coffre de la sorcière. Ensuite, Béorf et moi, nous nous transformons en corbeaux. Vous attachez le coffre-pendentif autour de mon cou et nous partons dans les airs à la recherche de l'île de Freyja. Une fois là-bas, nous trouvons du secours et nous revenons. C'est la seule solution !

– Il vaut mieux tenter cela que mourir de faim et de soif sur ce navire, répondit Banry.

– Peut-être mourrons-nous quand même, ajouta Rutha, mais nous quitterons la vie avec un espoir dans le cœur. Les véritables guerriers se nourrissent d'espoir et non de résignation.

Hulot et les frères Azulson donnèrent leur approbation.

– Dans ce cas, ne perdons pas de temps !, lança Amos en ouvrant le grimoire. Bon, je commence par toi, Béorf. Prends cette fiole et bois-en une gorgée… pas plus ! Ah oui !, mets le dragon dans le coffre, nous allons l'emmener, puisqu'il est sous notre responsabilité. Nous y placerons également nos effets personnels.

Béorf s'approcha et saisit la fiole. Il la porta à son nez et fit une grimace de dégoût.

– C'est vraiment horrible, cette odeur ! On dirait de la crotte de mouton mélangée avec des œufs pourris !

– Avale, Béorf, ordonna gentiment le porteur de masques, c'est notre seule solution.

– Oui, oui…, acquiesça le gros garçon en se pinçant le nez. Ne t'inquiète pas, je n'en boirai pas plus qu'une gorgée !

Béorf s'exécuta, puis secoua violemment la tête en poussant une exclamation de dégoût. Amos plongea dans le grimoire et dit d'une voix forte et claire :

– *Vaslimas mas corbeau, mas mas koite, valimas y jul !*

Le gros garçon eut quelques spasmes, s'écroula par terre, puis se métamorphosa aussitôt en corbeau. L'oiseau avait des pattes poilues et de la fourrure d'ours partout sur le corps. Seules ses ailes avaient des plumes. Amos attribua cet étrange phénomène au fait que son ami était un béorite et que la mixture n'avait pas été créée pour sa race. Il apprit quelques formules par cœur, puis il rangea le grimoire dans le coffre. Le garçon lança ensuite une poudre blanche sur l'objet en disant :

– *Aton na bar ouf, oug ignakar kilk !*

Le coffre prit immédiatement la taille d'un petit pendentif. Amos but rapidement la dernière gorgée de la petite fiole et prononça encore ces mots :

– *Vaslimas mas corbeau, mas mas koite, valimas y jul !*

Dans de vives douleurs, son corps se métamorphosa bien vite en oiseau. Le garçon eut l'impression que tous ses os se brisaient en mille miettes. Une chaleur insupportable, comme une brûlure vive, l'envahit lorsqu'il sentit son nez se transformer en bec et son crâne se remodeler. Les béorites attachèrent le pendentif autour du cou d'Amos et amenèrent les deux amis à plumes sur le pont du navire. C'est Goy qui tenait Amos dans ses mains tandis que Banry portait Béorf. Le gros garçon croassait de panique. Il essayait de dire :

– Ne me lancez pas dans les airs ! Je ne sais pas comment voler ! Je dois m'habituer à mes ailes… Ne me lancez pas !

Seul Amos le comprenait. Il lui répondit :

– Ouvre tes ailes, Béorf, et tout ira bien !

– Tout ira bien ?, s'énerva le gros garçon. Toi, tu as des plumes ; et moi, j'ai des poils ! En connais-tu beaucoup, des animaux poilus qui volent ?

– Tes ailes sont faites de plumes, dit Amos en essayant de rassurer son ami. Il faut battre des bras… je veux dire : des ailes !

Solennellement, les béorites s'avancèrent à l'avant du bateau et, dans un geste théâtral, ils libérèrent les oiseaux en les lançant par-dessus bord. Amos étira ses ailes et commença à les agiter vigoureusement. Il sentit l'air le porter et comprit qu'il n'avait pas besoin de se fatiguer beaucoup pour se maintenir dans le vent. Tout était une question d'équilibre.

Béorf, quant à lui, ouvrit aussi les ailes et plana sur quelques mètres avant de piquer tête première dans la mer. Il dut redoubler d'efforts pour tenter de se sortir de sa mauvaise posture. En battant des ailes avec vigueur, il parvint, tant bien que mal, à s'extirper de l'eau. Sur le bateau, les béorites lui lançaient des mots d'encouragement. Ils applaudirent vivement lorsque le corbeau poilu décolla enfin de la surface de l'eau pour monter lentement vers le ciel. Amos plana et descendit rejoindre son ami.

– Ça va, Béorf ?, croassa le porteur de masques.

– Ouais ! L'eau est bonne !

– Avais-tu oublié que nous étions des oiseaux et non pas des poissons ?, lança Amos sur un ton moqueur.

– Très drôle !, répliqua Béorf, un peu froissé. Vraiment très drôle !

– Allez, Béorf, montons plus haut pour voir si nous ne pourrions pas apercevoir une île quelconque.

– Passe devant, je te suis !

Les deux corbeaux se rendirent jusqu'aux nuages.

– Regarde !, s'écria Béorf. Je vois quelque chose, là-bas !

– Où ?, demanda Amos en regardant vers le sol.

– Non, pas dans la mer ! Là, devant !

– AH NON !

– Qu'est-ce que c'est ?, demanda Béorf qui distinguait mal la forme de l'animal volant. Il fonce vers nous ! Pas vrai ?

– Décidément, quelqu'un nous veut vraiment du mal ! Ce qui vient vers nous, cher Béorf, c'est un griffon.

– Un griffon ?

– Oui. Je me souviens d'avoir lu dans *Al-Qatrum, les territoires de l'ombre*, une description de cette bête. L'arrière de son corps est semblable à celui du lion. Il a une grande queue et des pattes postérieures aux griffes longues et pointues tandis qu'à l'avant, il possède le corps, la tête, les serres et les ailes d'un aigle. Apparemment, il est d'une force prodigieuse et peut soulever de terre un cheval. Il vit dans les montagnes, les grottes ou les falaises.

– Ce qui veut dire que la terre n'est pas loin !

– Il faut d'abord nous débarrasser de lui, répliqua Amos, parce qu'il se dirige manifestement vers nous et je crois qu'il a décidé de nous gober comme petit-déjeuner…

– C'est bizarre, j'avais entendu dire que les griffons étaient de gentils animaux, dit Béorf en volant à toute allure.

– Des balivernes et des contes pour enfants. Enfin, tu pourras bientôt constater par toi-même son gentil caractère et ses bonnes manières. ATTENTION ! LE VOILÀ !

Le griffon poussa un cri perçant qui fit frissonner les garçons. Il était un peu plus gros qu'un cheval et volait avec l'agilité des oiseaux de proie. Ses plumes bleu foncé sur la nuque, noires dans le dos, rouges sur la poitrine et ses très grandes ailes blanches lui conféraient une prestance hors du commun. Il avait également de longues oreilles rigides et pointues rappelant celles de l'âne ou du lapin. Un épais pelage doré couvrait l'arrière de son corps.

– Béorf !, lança Amos, tu me demandais si je connaissais un animal poilu capable de voler, eh bien, en voici un… Tu veux que je te le présente ?

– Non merci, hurla Béorf. C'est très gentil de ta part, mais je n'ai pas besoin d'un ami comme lui.

Le griffon passa juste au-dessus de Béorf en essayant de l'attraper avec son bec. Le béorite eut la présence d'esprit de plonger vers la mer. Il évita ainsi une attaque mortelle.

Poursuivant son chemin, la bête ouvrit ses serres et captura Amos de sa patte droite. Le garçon sentit une énorme pression qui lui coupa le souffle. Béorf, témoin de la scène, fonça sur le griffon et lui planta son bec derrière la tête. Cette riposte eut pour effet d'irriter le monstre qui, d'un seul mouvement, tourna sur lui-même et le saisit de l'autre patte. Béorf était maintenant, lui aussi, prisonnier des serres de l'animal.

– Qu'est-ce qu'on fait?, croassa le gros garçon en regardant Amos.

– Je… je l'ignore…, répondit avec difficulté le porteur de masques qui s'étouffait. Je… je pense qu'il nous amène à sa tanière pour nous dé… nous dévorer.

– Tu as un plan?

– Je réfléchis… Je ne fais que ça…

Chapitre 13

La tanière du griffon

Prisonniers des serres du griffon, Amos et Béorf se laissèrent porter un bon moment avant de voir apparaître une petite île au loin. Ce bout de terre, flottant comme un bouchon sur l'océan, était formé de falaises escarpées et roussâtres. C'était un véritable paradis pour les oiseaux. Il y en avait des milliers qui volaient çà et là, pêchaient et nichaient à même la paroi rocheuse.

Le plateau de l'île était couvert de longues herbes d'un vert éclatant. Amos aperçut, au milieu, une douzaine de menhirs formant un cercle. Des dizaines de chevaux sauvages galopaient autour en totale liberté.

«Ce doit être là…, pensa-t-il. Nous arrivons sûrement sur l'île de Freyja. Ce griffon est sans doute le gardien des lieux. Il a un troupeau de chevaux pour se nourrir, des milliers d'oiseaux pour lui tenir compagnie et un endroit idéal pour surveiller l'horizon et voir venir les étrangers!»

À l'arrivée du griffon et de ses prisonniers, tous les oiseaux déguerpirent pour lui laisser le chemin libre. La bête frôla la falaise et s'engouffra dans un grand trou. C'était sa grotte, son repaire.

La bête lança nonchalamment les deux corbeaux dans le fond de son antre en se léchant les babines. Amos et Béorf atterrirent tête première sur un lit d'ossements de chevaux.

– Un plan, lança Béorf, il nous faut vite un plan !

– Commençons par le surprendre, suggéra Amos qui débita deux fois d'affilée une formule incompréhensible du grimoire de la sorcière.

D'un coup, le griffon vit se transformer ses proies en deux jeunes garçons. Inquiet et surpris, il eut un mouvement de recul. Puis il hurla agressivement et se plaça en position de combat.

– Bravo, Amos !, complimenta Béorf, déjà prêt pour le combat. On attaque ?

– Non, répondit le porteur de masques. Je pensais plutôt offrir un peu d'exercice à un jeune dragon. Prépare-toi à casser le bocal !

Amos retira son pendentif et prononça encore une formule. Le coffre reprit sa taille normale. Béorf l'ouvrit rapidement, saisit le pot de verre renfermant le dragon et le jeta par terre. Le contenant se fracassa tandis que le porteur de masques répétait encore une fois la même formule.

Le griffon eut alors la surprise de voir, juste sous son nez, un petit dragon agressif prendre forme.

Les deux bêtes se toisèrent férocement. Malgré sa taille beaucoup plus imposante, le griffon doutait sérieusement de ses chances de remporter le combat. Un dragon, même naissant, possède une force et une rage hors du commun. Il ne connaît pas la peur et a déjà en lui l'instinct du tueur.

Ce fut d'ailleurs le dragon qui attaqua le premier. D'un bond, il se lança sur son adversaire et le mordit vigoureusement à l'épaule. Du sang rouge bourgogne jaillit de la plaie du griffon. En se servant de ses pattes arrière de lion, celui-ci riposta et déchira en plein ventre la cuirasse d'écailles du jeune dragon.

L'Ancien poussa un cri de rage et saisit le griffon à la gorge. Les serres du monstre ailé s'enfoncèrent dans la plaie de la bête de feu en cherchant à atteindre son cœur.

Amos et Béorf regardaient le spectacle sans bouger. Ils avaient le dos collé à la paroi de la grotte, les pieds sur un lit d'ossements de chevaux, attendant la suite des événements. Le jeune porteur de masques aurait pu intervenir avec sa magie, mais en faveur de qui ? Il semblait évident que le gagnant de ce combat allait ensuite se retourner contre Béorf et lui. La solution la plus sage était encore de patienter. Il ne lui restait de toute façon plus de poudre pour rétrécir quoi que ce soit. Il lui faudrait trouver une autre solution pour se débarrasser du vainqueur.

Les deux combattants échangèrent encore plusieurs coups de griffes et s'infligèrent de nombreuses morsures.

– Ils s'entre-tuent !, s'exclama Béorf. C'est terrible !

– Je ne sais pas comment ça va se terminer…, répondit Amos. Si nous devons nous battre, ma magie est prête ! Tu attendras mon signal avant de foncer… D'accord ?

– Promis, acquiesça Béorf. Je n'ai pas envie de me faire griller par tes boules de feu…

Les adversaires commençaient à se fatiguer. Ils saignaient abondamment et la victoire ne semblait assurée ni d'un côté ni de l'autre. Les bêtes se frappaient, se mordaient et se griffaient avec violence. Des cris de rage et des grognements sauvages envahissaient la grotte.

Tout à coup, le petit dragon, dans un ultime effort, assomma carrément son rival et lui transperça le flanc avec sa queue pointue. Le monstre à la tête d'aigle tituba, puis s'affaissa par terre. Son poumon avait été atteint.

Allongé sur le sol, le griffon râlait en toussotant, puis il ferma les yeux et mourut dans une longue plainte déchirante.

Affreusement blessée, la bête de feu ne remarqua même pas les garçons et se coucha en boule sur les ossements. Elle lécha ses plaies avec précaution et tomba dans un sommeil comateux. Elle avait son compte !

– Que faisons-nous maintenant ?, murmura Béorf afin de ne pas réveiller la bête.

– Allons près de l'entrée, suggéra Amos en faisant signe à son ami de faire le moins de bruit possible.

Le dragon se mit à ronfler. En vérité, les deux garçons auraient pu lui lancer des pierres, parler à voix haute ou encore chanter à tue-tête, la bête n'aurait pas bougé. Elle chevauchait la mince ligne entre la vie et la mort. Ses blessures étaient profondes et sa constitution ne lui permettait pas encore de traverser toutes les étapes d'une éventuelle guérison. Sa vie fuyait comme un ruisseau printanier qui se tarit avec la venue de l'été.

Béorf et Amos, sur le seuil de la grotte, évaluaient la situation. Ils étaient bien dans une caverne taillée en plein centre de la falaise. Cent mètres les séparaient de la mer, en bas. En haut, ils avaient une soixantaine de mètres à escalader avant d'atteindre l'herbe verte du plateau.

– C'est maintenant qu'il nous faudrait être des oiseaux!, s'écria Béorf. Tu n'as plus de potion dégoûtante dans la fiole?

– Je me doutais bien que tu y prendrais goût!, répondit Amos en rigolant. Je pense que nous n'avons pas le choix. Nous sautons ou nous grimpons!

– J'opte pour la deuxième solution, décréta Béorf en se frottant les mains. Mes griffes me seront sûrement d'une aide précieuse.

Le béorite enleva ses chaussures, attacha ensemble les lacets et se les passa autour du cou. Il transforma ses pieds et ses mains en pattes d'ours et se lança à l'assaut de la paroi. En s'agrippant solidement à la pierre, il dit à Amos:

– Suis-moi comme mon ombre. Tu dois mettre tes pieds et tes mains aux mêmes endroits que moi. Je trouverai un chemin aisé pour faciliter ton escalade. Si, par malheur, tu perdais l'équilibre, accroche-toi à ma jambe. Avec mes griffes bien agrippées au rocher, je t'assure que tu ne m'entraîneras pas dans ta chute.

— Cette fois, c'est toi qui commandes! Soyons prudents.

Au début, l'escalade de la paroi rocheuse fut assez facile. Béorf choisissait les cavités les plus profondes et les passages les plus accessibles. Les garçons grimpaient à la vitesse d'un escargot, mais de façon sécuritaire. L'hommanimal s'agrippait fermement à la roche, s'assurant toujours de la solidité de sa prise.

Amos suivait son compagnon avec difficulté. Il s'efforçait de se concentrer sur ce qu'il faisait et de ne pas regarder en bas, mais c'était plus fort que lui! Après chacun de ses mouvements, il voyait les vagues se fracasser sur les rochers et le spectacle l'étourdissait. Moins forts que ceux de Béorf, ses bras et ses jambes se fatiguaient vite. Amos comprit qu'il ne verrait jamais le haut de cette falaise.

— Je ne peux plus monter, Béorf!, s'écriat-il. Mes mains tremblent et j'ai les chevilles en compote. Nous avons à peine fait dix mètres et je ne suis plus capable de suivre. Je descends. Je trouverai une autre solution.

— NON!, ordonna Béorf. Cette paroi est très dangereuse à grimper, mais elle sera mortelle pour toi si tu la descends. Ta main ou ton pied glissera sur un mauvais appui et tu iras te fracasser la tête en bas.

— Alors, je suis dans de beaux draps, soupira Amos. C'est à ton tour de me proposer un plan.

– Accroche-toi à ma jambe et grimpe sur mon dos. Je me sens assez solide pour te porter.

– Mais tu es complètement fou ! Tu ne seras jamais capable de nous monter tous les deux.

– Ne sous-estime pas la force d'un béorite, Amos, lança le gros garçon, confiant. Allez ! Monte !

Amos saisit avec peine la jambe de son ami et monta sur son dos. Le vent étant très fort, cette périlleuse manœuvre faillit bien ne pas réussir. Avec ce surplus de poids sur les épaules, Béorf se mit à suer à grosses gouttes. Il se rappela alors une histoire de maître Sartigan qui disait que deux véritables amis sont liés l'un à l'autre, qu'ils partagent souvent la même destinée :

« Un jour, avait-il dit, une grenouille qui se sentait bien seule rencontra une très sympathique souris. Elles discutèrent longuement, puis décidèrent de se revoir le lendemain. Elles se rencontrèrent encore le surlendemain et, bien vite, tous les jours. Comme elles étaient maintenant de bonnes amies, la grenouille suggéra qu'elles ne se séparent plus. Elle tendit une corde à la souris en lui demandant de bien vouloir l'attacher à sa patte. La grenouille se proposait de faire de même. De cette façon, les deux amies vivraient l'une près de l'autre sans jamais se quitter. La souris accepta.

Du ciel, une corneille affamée aperçut l'alléchante grenouille et la saisit, en plein vol, dans son bec. La souris, prisonnière de la corde, s'envola aussi et les deux amies finirent leur vie dans le ventre de la corneille. Il faut toujours savoir, avait dit Sartigan en terminant l'histoire, jusqu'où nous sommes prêts à partager le destin de nos amis et à quel moment il est sage de couper la corde de l'amitié.»

Béorf mettait sa vie en danger pour sauver son ami. Se souvenant de l'histoire de Sartigan, il se posa alors cette question : «Suis-je prêt à mourir ici avec Amos?» Sans hésitation, la réponse fut : «Oui.» Les liens qui unissaient maintenant les deux garçons étaient plus solides que la mort elle-même.

Béorf serra les dents et poursuivit l'escalade. Avec force et vigueur, il gravit rapidement quelques mètres, puis s'arrêta pour souffler un peu. Amos lui demanda alors :

– Sartigan t'a-t-il raconté l'histoire de la souris et de la grenouille?

– Oui... oui, je la... je la connais, répondit Béorf, essoufflé. Pourquoi me demandes-tu cela?

– Si je te sens incapable de poursuivre, je me jette en bas!, avoua très sérieusement Amos. Je refuse de faire comme la grenouille et de t'entraîner dans la mort avec moi.

– Je comprends..., répondit gravement Béorf. Mais laisse-moi... te prouver que... moi aussi... je peux te sauver la vie! Tu m'as libéré... de cette cage à Bratel-la-Grande... Je t'en dois une!... Accroche-toi, on monte!

Béorf alla puiser au fond de lui l'énergie nécessaire et escalada la paroi avec force et précision. Ses pieds suivaient ses mains dans un rythme parfait. Il contrôlait bien sa respiration, son corps et ses émotions. Plus de doute, il allait réussir.

Les deux garçons arrivèrent sains et saufs dans les longues herbes vertes du haut de la falaise. À bout de force et de souffle, Béorf se coucha sur le dos. Son cœur battait à une vitesse folle. Il sentait ses bras et ses jambes mous comme des chiffons. En regardant les nuages passer devant ses yeux, il lança avec un sourire :

– Tu es vraiment lourd, Amos, tu devrais peut-être te mettre au régime !

– C'est ça !, répondit le garçon dans un éclat de rire. Tu devrais peut-être ménager ta salive et te reposer… pour une fois que tu le mérites !

– Si je n'étais pas aussi fatigué, le menaça gentiment le gros garçon, je te donnerais une solide correction pour ce que tu viens de dire !

– Que vous êtes agressifs, vous, les béorites !, se moqua Amos. De vraies bêtes !

Les garçons se mirent alors à rire de bon cœur et s'accordèrent un long moment de répit.

Chapitre 14

Le dernier voyage

De leur bateau, Banry, Rutha, Hulot et les frères Azulson avaient vu s'envoler les deux corbeaux. Ils les avaient regardés monter au ciel et les avaient vus disparaître dans les nuages.

Plus tard, comme ils retournaient prendre place dans la cale, ils aperçurent un loup blanc assis calmement à la proue du navire. Leur tournant le dos, la bête fixait l'horizon. Surpris, les membres de l'équipage saisirent épées et haches de guerre. Le loup blanc leur fit face et, de sa voix mélodieuse et profonde, leur dit :

— Rangez cela… Vos armes ne servent à rien contre moi, je suis immortel.

— Un loup qui parle !, s'exclama Hulot, surpris. Elle est bonne, celle-là !

— Quoi ? Les loups ne parlent pas ? C'est bien la première fois que j'entends cela !, se moqua l'animal. Tu es moins bête que tu n'en as l'air. On voit quand même que ton estomac est beaucoup plus développé que ton cerveau…

— Qui es-tu ?, demanda brusquement Banry en avançant d'un pas.

– Hum… Je reconnais bien Banry, l'homme de guerre sans peur et sans reproche, déclara le loup. Le chef qui s'avance pour protéger les siens. Quelle belle leçon d'altruisme et de dévouement!

– Tu ne réponds pas à ma question, insista Banry. QUI ES-TU?

– Je suis l'avatar du dieu Loki, révéla l'animal en exécutant une brève révérence.

– Le quoi de qui?, fit Goy en se grattant la tête.

– Pour être plus clair, reprit la bête, je suis le messager du dieu Loki. Je suis son envoyé ou sa représentation sur terre si vous préférez. Est-ce plus clair, cher Goy? Si tu le désires, je peux tout te répéter en utilisant des mots de moins de trois syllabes. Loki est un dieu, un très grand dieu et il parle à travers moi…

– Et que nous veut Loki?, lança Banry. Que désire le plus vil et le moins sage des dieux? Que nous vaut l'honneur de ta misérable visite? Tu viens semer la discorde? Tu recrutes des fidèles? Parle avant que ma main de mortel ne saisisse ton cou d'immortel et te transforme en botte de poils!

– On reconnaît bien en toi un fils d'Odin!, s'écria l'avatar avec un demi-sourire. Je suis venu vous proposer un marché. Je vous libère de votre mauvaise posture, vous retournez chez vous et nous oublions toute cette aventure! En contre-partie, je pars avec votre parole que plus jamais vous ne tenterez d'atteindre l'île de Freyja. Ça vous va?

– Surpris, les béorites se regardèrent les uns les autres. Le loup venait de confirmer tous leurs doutes. Tous les problèmes qu'ils avaient eus étaient bel et bien l'œuvre de Loki. Tout s'expliquait presque trop clairement! La sorcière, le drakkar en feu, les serpents de mer et leur emprisonnement au milieu de l'océan. Le dieu Loki était derrière tout cela!

– Et pourquoi devrions-nous accepter ta proposition?, demanda Rutha, méfiante.

– Pour vivre, répondit calmement le loup. C'est votre unique chance de survivre à cette aventure. Si vous acceptez, vous revoyez votre village, vos familles et vous reprenez votre vie d'avant. Si vous refusez, je coule ce bateau! Je sais que les béorites sont de bons nageurs, mais vous êtes trop loin de la côte pour pouvoir l'atteindre. Vous avez grandement surpris Loki en éliminant ses trois serpents de mer.

– Nous sommes les fils d'Odin!, clama Goy.

– Et nous ne craignons aucun danger et aucun adversaire!, enchaîna Kasso.

Le loup entreprit alors une petite promenade autour du groupe.

– Le problème avec vous, les béorites... c'est que votre courage vous aveugle. Votre race s'éteindra bientôt, c'est inévitable! Vous êtes trop stupides pour survivre...

– Tu peux nous tuer si cela te chante, répliqua fièrement Banry, mais notre race a encore une chance de survie.

– Tu parles sûrement d'Amos Daragon et de son indéfectible compagnon, Béorf Bromanson?, lança l'avatar en ricanant.

Un lourd silence tomba sur le navire.

– À l'heure où je te parle, ils sont morts…, poursuivit le loup. J'ignore comment, par quelle magie ou avec quelle potion ils ont réussi à se transformer en corbeaux, mais mon maître Loki les a percés à jour. Ils se sont fait dévorer directement SUR L'ÎLE DE FREYJA, à quelques pas du but. Dommage, n'est-ce pas ? C'est le gardien du sanctuaire de la déesse, un féroce griffon, qui s'est chargé de les dépecer. Il n'y a donc plus d'espoir pour la race des béorites et pour cet équipage non plus. Il ne faut jamais jouer dans la cour des dieux, ce sont des choses qui vous dépassent, petits mortels ! Alors, ma proposition vous intéresse ?

– Tu mens !, cria Banry. Amos est plus intelligent que Loki, et Béorf a le courage des Bromanson. Il est un descendant direct du premier des hommes-ours créé par Odin. Son sang est pur et son nom est grand ; ils n'ont pas échoué.

– Je vous propose encore une fois de vous secourir…, insista le loup.

– FERME TA SALE GUEULE ET COULE LE BATEAU !, hurla Hulot Hulson. Toute ma vie, j'ai eu peur de souffrir, peur de mourir et peur de l'aventure. Moi, je ne suis pas de sang pur ! Et pourtant, c'est aujourd'hui que je découvre de quoi est faite mon âme. Je suis un béorite et les BÉORITES NE RECULENT PAS ! LES BÉORITES NE S'ACHÈTENT PAS ET LES BÉORITES NE RESPECTENT PAS CEUX QUI LES MÉPRISENT. Nous avons combattu ensemble et nous mourrons ensemble.

— Je pense que tu as ta réponse..., dit Banry d'une voix calme. Nous ne retournerons pas chez nous la tête basse. Nous ne vivrons pas avec l'échec et les remords. Nous avons entrepris ce voyage pour une seule et simple raison: nous voulions parler à Freyja, reine sur la terre et dans les cieux, pour qu'elle lève la malédiction qui pèse sur notre race. Nous voulions simplement plaider notre cause et attirer sur nous sa grâce. Nous avons triomphé de chacune des épreuves et nous n'avons pas peur... même de la mort !

— Tout aurait été si simple si vous étiez sagement restés chez vous..., laissa tomber l'avatar.

— Hulot t'a ordonné de te taire, continua Banry. Nous ne voulons plus entendre un seul mot de ta sale gueule, car nous désirons mourir les oreilles propres. Fais ce que tu as à faire et fous le camp !

Tous en même temps, les membres de l'équipage se placèrent la main droite sur le cœur. D'une seule et même voix, ils récitèrent ces phrases:

— Merci, Odin, pour mon malheur et mon bonheur

— Merci pour la sueur et les fruits de mon travail

— Merci pour mes vaillants ennemis et pour mes fidèles compagnons

— C'est aujourd'hui que je viens te rejoindre

— Fais-moi une place à ta table

— Nous dînerons ensemble ce soir !

Puis les béorites formèrent un cercle sur le pont et se remercièrent les uns les autres de leur amitié et leur fidélité. Ensemble, ils levèrent les bras au ciel et poussèrent un cri de guerre à faire trembler la mer et les cieux. C'était leur façon à eux d'avertir Odin de leur arrivée à Asgard.

Le loup disparut et le navire coula à pic en emportant avec lui l'équipage des béorites dans les profondeurs de l'océan.

Chapitre 15

Le retour de la reine

Les habitants d'Upsgran n'en croyaient pas leurs yeux. Une délégation d'environ quarante hommes à la peau noire venait d'arriver sur la place centrale du village. Ils arboraient de superbes peintures de guerre aux couleurs éclatantes, portaient une multitude de bijoux dorés, des pierres précieuses et certains avaient des ossements d'animaux dans le nez et accrochés aux oreilles. Ils avaient des vêtements faits de peaux de bêtes exotiques, de plumes et d'élytres d'insectes. Ils avaient le crâne rasé et leurs dents étaient taillées en pointe.

Une fille à la peau noire émergea du groupe. Elle avait les cheveux remontés en un gigantesque chignon. Habillée d'un grand voile bourgogne enroulé sur elle comme une robe indienne, elle portait une quantité impressionnante de bijoux colorés, des colliers, des bagues et des amulettes de toutes les tailles. Pour une fillette d'à peine onze ans, cette tenue semblait un peu extravagante.

Elle salua poliment l'assemblée et dit, sans accent, en langue nordique :

— Bonjour, je me nomme Lolya et je suis à la recherche de deux amis. Il s'agit d'Amos Daragon et de Béorf Bromanson. Seraient-ils passés par ici? Je vous en prie, renseignez-moi, c'est très urgent…

— Euh… bien, euh…, balbutia la grosse tenancière de la taverne. Nous les connaissons très bien. Ils vivent ici depuis quelques mois, mais ils sont partis en mer depuis des semaines et nous ignorons quand ils seront de retour.

— Vraiment? Vous ne savez pas du tout quand ils vont revenir?, demanda la fillette, émue.

— Non, reprit la femme. Ils sont partis pour l'île de Freyja afin de régler… Disons qu'ils sont partis pour une affaire très importante qui pourrait sauver le village de la disparition. Mais… mais que leur voulez-vous?

— Je viens me joindre à eux, lança Lolya. Il y a quelque temps de cela, nous avons vécu tous les trois une étrange aventure dans laquelle Amos m'a sauvé la vie. Je suis retournée dans mon lointain pays avec la certitude que tout était terminé. Je suis la reine du peuple des Dogons et je croyais que ma vie se déroulerait paisiblement au service de mes gens. J'ai cru que je retournais chez moi, dans mon pays, avec les miens, pour diriger fidèlement les Dogons jusqu'à ma mort…

— Et que s'est-il passé?, demanda, dans la foule, un vieux béorite qui aimait bien les histoires.

— J'ai commencé à avoir des visions, continua Lolya. Des rêves où je me voyais toute desséchée et momifiée vivante. Mon peuple me mettait à mort en m'insultant, en m'accusant de ne pas avoir suivi mon cœur. J'ai compris que ma voie n'était pas avec les Dogons, mais d'aider Amos Daragon dans sa tâche. Je dispose d'un talent, d'un savoir qui doit servir Amos. Et puis, il y a eu ce message…

La patronne de la taverne s'avança et coupa la parole à Lolya :

– Si vous voulez, allons tous à la taverne ! Nous entendrons le reste de l'histoire là-bas et nous pourrons manger et boire. Qu'en penses-tu, jeune Yoya ?

– Lolya, corrigea la fillette. Je suis d'accord, mais d'abord, je dois congédier mon escorte.

La jeune reine prononça quelques mots et la troupe des Dogons tourna les talons. Les gardes déposèrent par terre les effets personnels de Lolya et quittèrent le village pour disparaître dans la forêt.

– Ils auraient pu rester…, dit la matrone, un peu déçue. Eux aussi étaient invités !

– C'est mieux ainsi, répondit Lolya. J'ai refusé de continuer mon règne chez les Dogons et j'ai laissé tous mes pouvoirs et privilèges à ma jeune sœur. Notre royaume doit se reconstruire et ces hommes sont les plus valeureux guerriers de mon peuple. Ils sont impatients de retourner chez eux pour reprendre leurs fonctions et assurer la protection de ma sœur, la nouvelle reine. Ils voulaient partir le plus tôt possible. J'ai acquiescé à leur demande…

Tout le village s'entassa dans la taverne. Depuis quelque temps, il y avait de l'action à Upsgran et les habitants commençaient à y prendre goût.

Lolya poursuivit son histoire :

— Je vous disais donc qu'il y avait eu un message…

— C'est cela, fit la patronne de la taverne en salivant, un mystérieux message…

— En rêve, j'ai vu Frilla, la mère d'Amos.

Un lourd silence tomba sur l'assistance. Les mouches s'arrêtèrent même de voler. Après un moment, la grosse femme demanda :

— Tu sais que sa mère a été enlevée par les bonnets-rouges qui sont une race de gobelins vicieux et très agressifs ? Ils l'auraient même vendue comme esclave.

— Oui, c'est ce qu'elle a dit dans mon rêve. Elle m'a aussi révélé l'endroit où elle était emprisonnée. Ce lieu s'appelle la tour d'El-Bab. Elle travaille comme esclave à l'érection de la plus grande tour du monde. Elle m'a aussi parlé d'un homme appelé Sartigan.

— Sartigan !, s'exclama en chœur l'assistance.

— Nous le connaissons, dit la matrone, c'est lui qui sert de maître à Béorf et à Amos. C'est un drôle de type, toujours vêtu d'une espèce de robe orange et avec une barbe vraiment, mais vraiment trop longue. Il l'enroule autour de son cou comme un foulard…

— Eh bien !, révéla Lolya, il est maintenant prisonnier et il travaille, lui aussi, comme esclave. Dans le rêve, Frilla m'a expliqué que Sartigan était parti à sa recherche. Comme Amos avait décidé de se rendre à l'île de Freyja, il n'a pas voulu lui en parler pour ne pas lui donner de faux espoirs ou distraire son attention. Pour le vieux maître, le moment était idéal pour entamer une petite enquête sur les marchands d'esclaves de l'Est. Seulement, il a joué de malchance et s'est fait capturer. Voilà pourquoi j'ai quitté mon peuple, voilà pourquoi j'ai décidé de me joindre à Amos dans sa quête de porteur de masques. Je sais que je peux lui être utile et je me mets à sa disposition.

– Ça alors!, s'exclama la tenancière. Le vieux Sartigan est dans de beaux draps! Malheureusement, nous n'avons aucun moyen de joindre Amos. Il faudra que tu patientes...

– Puis-je m'installer dans la maison de Sartigan en attendant l'arrivée d'Amos?, demanda Lolya.

– Je pense qu'il n'y verrait pas d'objection, acquiesça la grosse dame.

Lolya remercia la patronne de la taverne et les autres béorites d'Upsgran. Plusieurs villageois la guidèrent dans la forêt jusqu'à la maison de Sartigan en l'aidant à porter ses quelques sacs d'effets personnels, puis la laissèrent toute seule.

La cabane était très modeste et assez petite. Il n'y avait presque pas de meubles à l'intérieur. Les murs de bois avaient été peints à la chaux et resplendissaient d'une blancheur immaculée. Un plancher de bois, quelques tapis, une grande cheminée et des dizaines de pots contenant du thé composaient, pour l'essentiel, le décor.

Lolya sortit de ses affaires quelques chandelles et les disposa par terre en forme de cercle. Elle enleva ensuite toutes ses parures, colliers, bagues et amulettes et vint se placer debout au centre du cercle. La fillette prononça quelques mots, puis se mit à danser lentement. Ce rituel dura quelques minutes.

Ce que Lolya n'avait pas dit aux béorites, c'est qu'elle avait aussi vu en rêve la naissance d'un dragon. Elle savait que cette bête était en danger et qu'elle allait mourir. Amos devait la ramener avec lui, c'était primordial. Lolya avait une forte intuition et savait que l'Ancien aurait un rôle important à jouer dans le nouvel équilibre du monde. Il ne fallait pas qu'il meure. Aussi le porteur de masques devait-il soigner ses blessures et le ramener à Upsgran. La jeune Dogon savait qu'il n'y a pas de hasard dans la vie et que la destinée d'Amos dépendait, d'une façon inexplicable, de ce dragon. Son avenir lointain était lié à la bête de feu.

Toutes les heures, pendant trois jours, Lolya recommença ce rituel.

Chapitre 16

Freyja

Après s'être bien reposés, les deux amis se levèrent et se dirigèrent vers le centre de l'île.

– Durant notre voyage, entre les pattes du griffon, dit Amos, j'ai vu des dolmens plus loin par là.

– Comment fait-on pour parler à un dieu?, demanda Béorf, un peu inquiet.

– C'est une excellente question... Je n'en ai pas la moindre idée.

– Bon..., lança le jeune hommanimal dans un soupir, on fera comme d'habitude... On improvisera!

Après une bonne heure de marche, Amos et Béorf virent au loin la place des dolmens.

Apparurent soudainement douze femmes à la longue chevelure blonde. Leurs cheveux, très épais, étaient tressés en de longues nattes qui leur descendaient jusqu'au milieu du dos. Elles avaient la peau très blanche, les lèvres d'un rouge éclatant et une faible lumière bleue éclairait leurs yeux. Légèrement vêtues de voiles presque transparents, elles donnaient l'impression de se déplacer en volant.

C'étaient les brisings, gardiennes du collier de Brisingamen de Freyja. Les douze femmes parlèrent d'une seule et même voix :

– Nous sommes heureuses de vous rencontrer. Nos sœurs de Ramusberget nous ont longuement parlé de vous. Amos Daragon et Béorf Bromanson, soyez les bienvenus sur l'île de Freyja.

– Merci beaucoup, répondit Amos en saluant poliment de la tête. Le voyage ne fut pas de tout repos, mais nous sommes enfin là. C'est grâce aux brisings que nous avons su que cet endroit existait et…

– Et c'est grâce aux brisings que vous aurez un entretien avec la déesse Freyja, poursuivirent les femmes à l'unisson. Peu de mortels ont eu cette chance, nous espérons que vous en avez conscience ! Nous avons préparé la déesse à votre requête. Nous devons vous dire que Freyja est entrée dans un terrible courroux lorsque nous lui avons dit que des béorites se présenteraient devant elle. Mais la déesse a suivi attentivement votre voyage pour venir jusqu'à elle et vous l'avez fortement impressionnée.

– Ouf, oui !, s'exclama Béorf. Nous avons rencontré bien des embûches !

– Et vous avez triomphé de chaque épreuve… Sans le savoir, vous avez jeté une nouvelle lumière sur le conflit qui oppose Odin et Freyja. Vous avez accompli beaucoup plus que vous ne pouvez l'imaginer. Nous ne pouvons pas vous expliquer en détail ces choses, elles relèvent du domaine des dieux. Soyez maintenant certains de l'attention et de la considération de Freyja !

Ce qu'Amos et Béorf ne surent jamais, c'est que leur voyage avait également été suivi de très près par Odin. Le grand dieu avait accusé Freyja du vol du collier de Brisingamen parce que les nains Alfrigg, Dvalin, Berling et Grer étaient venus se plaindre. En vérité, ces quatre extraordinaires joailliers avaient donné de leur plein gré le magnifique collier à Freyja avec toute leur admiration. Ils l'avaient créé expressément pour elle, voulant que la déesse soit encore plus belle et plus resplendissante que le soleil lui-même. C'était Loki qui, déguisé successivement en chacun des nains, était venu dire à Odin que Freyja s'était effrontément emparée du collier en les trompant. Il voulait semer la discorde entre les dieux pour profiter d'une éventuelle dispute. Son plan avait fonctionné à merveille !

Odin avait alors sévèrement sermonné la déesse en lui ordonnant de remettre le collier à ses propriétaires. Freyja avait cru qu'Odin était jaloux de sa beauté et qu'il voulait, en fait, donner le bijou à une autre déesse. Des années de guerre avaient suivi et la malédiction de Freyja était tombée sur le peuple des hommes-ours.

En suivant le voyage des béorites, Odin s'était bien vite aperçu que Loki s'interposait dans leur quête. Intrigué, le grand dieu avait fait des recherches et découvert toute la vérité. Loki tramait un renversement à Asgard et le grand dieu serait le premier à en faire les frais. Odin s'était fait avoir par la ruse et l'habileté de Loki. Maintenant, tout était clair!

– Et comment devons-nous parler à Freyja?, demanda Amos aux brisings.

– C'est elle qui vous parlera lorsqu'elle sera prête, répondirent les femmes. Personne ne commande aux dieux, ce sont eux qui décident du jour et de l'heure de leur visite. Mettez-vous là-bas, au centre des dolmens, et attendez…

– C'est tout ce que nous avons à faire?, lança Béorf, assez content de prendre un peu de repos.

– Oui. Il vous suffira d'être patients. Bonne chance…

Amos et Béorf avancèrent en contournant les immenses monuments mégalithiques et se placèrent en plein centre du sanctuaire.

À ce moment, Amos sentit une violente décharge électrique qui le propulsa au sol. Une autre suivit, puis une troisième. Les brisings hurlèrent à Béorf:

– Enlève-le! Porte-le loin des monolithes! La déesse ne veut pas le voir… Il n'est pas le bienvenu!

Béorf saisit Amos et s'exécuta promptement. Il demanda ensuite aux brisings:

– Mais pourquoi ne veut-elle pas d'Amos? Il n'est pas méchant et c'est grâce à lui si nous sommes arrivés à cette île!

– Parce qu'il est porteur de masques, déclarèrent les femmes. Il n'est pas du côté du bien ni du côté du mal, il est entre les deux. Les dieux ne supportent pas qu'un mortel ne choisisse pas leur côté. Amos a été sélectionné parmi des milliers d'hommes et de créatures terrestres pour rétablir l'équilibre du monde. Freyja n'aime pas les gens qui sont là pour lui faire la morale.

— Vous auriez pu le dire avant!, s'écria Béorf, mécontent. Il aurait pu mourir!

— Nous aurions pu le dire, mais la déesse nous a donné l'ordre de nous taire. Elle avait envie de châtier le porteur de masques. Un caprice!

Amos ouvrit les yeux, secoua la tête et lança à son ami:

— Wow! Ai-je rêvé ou j'ai vraiment été foudroyé à trois reprises?

— Tu as failli griller comme un poulet!, répondit Béorf. Désolé, mais on vient de m'informer que la déesse ne t'aime pas beaucoup. Je te conseille de rester là, bien tranquille et de ne pas bouger.

— Judicieux conseil, Béorf, conclut Amos en ricanant. Je ne bouge pas, sois-en certain!

Le gros garçon retourna au centre du cercle des monolithes et attendit. Amos, assis dans l'herbe un peu plus loin, eut soudainement une forte intuition. Il eut la certitude qu'il devait absolument ramener le dragon à Upsgran. Cette pensée embrouilla son esprit pendant plusieurs minutes, puis elle s'évapora. Pourquoi avait-il songé à cela? Le garçon n'en avait aucune idée. Quelque chose de plus fort que lui l'avait submergé et complètement envahi. C'était en vérité vraiment stupide de vouloir s'encombrer du dragon!

Premièrement, la bête était maintenant dans une grotte inaccessible, située au cœur même de la falaise.

Deuxièmement, elle était presque morte et donc très peu dangereuse. Si, par chance, la bête de feu guérissait de ses blessures, l'île aurait un nouveau gardien encore plus dangereux et féroce que le griffon. La déesse Freyja en serait sûrement contente !

Troisièmement, Amos avait cru bien faire en rapportant l'œuf de dragon de Ramusberget, mais il se l'était fait reprocher par Sartigan. Pas question de lui ramener maintenant une bête vivante et bien en chair.

Encore et encore, la forte impression qu'il devait ramener le dragon vint régulièrement hanter Amos.

Béorf attendait patiemment que la déesse soit prête à lui parler. Il resta debout, au centre du cercle de monolithe, jusqu'à la tombée de la nuit. Lorsque la lune et les étoiles se montrèrent le nez, il décida de se coucher par terre. Le béorite était exaspéré. Il détestait rester au même endroit à se tourner les pouces.

« Au moins, si je dors, le temps va passer plus vite ! », se dit-il en s'étirant de tout son long.

Sur le dos, Béorf regarda les étoiles et les constellations. Pour s'amuser, il essaya de relier chaque point lumineux avec une ligne imaginaire pour former des images. Le gros garçon se dessina ainsi un chariot, une épée et il réussit presque à voir un visage humain. Ce profil était celui d'une femme au nez légèrement pointu. Brusquement, Béorf eut l'impression que les étoiles avaient changé de position. Il se frotta les yeux et vit que le profil de son dessin se trouvait maintenant de face. Il s'agissait vraiment du visage d'une très belle femme, uniquement composé d'étoiles et de lumière cosmique. Elle portait un casque de guerre orné de courtes cornes. Ses cheveux brillaient de mille feux et se perdaient derrière elle dans les profondeurs de la nuit. Elle chuchota :

– Je suis Freyja, jeune béorite. Tu as fait tout ce chemin pour venir me parler, alors parle, je t'écoute. J'ai été longue à t'apparaître et tu m'en excuseras… Je désirais être belle pour notre première rencontre.

Béorf se pinça. Non, il ne rêvait pas ! Il fallait dire quelque chose… tout de suite ! La gorge serrée et les mains moites, il balbutia :

– Non… non, je suis… ça va !

– Ça va quoi ? Qu'est-ce qui va ?, demanda la déesse. En général, les humains qui s'adressent à moi sont davantage préparés.

– Je le suis… Je veux dire : préparé… pas humain ! Je ne suis pas humain, je suis un béorite… Mais vous le saviez déjà, non ? Oui… c'est évident ! Je suis ici à cause de la… Ce que je viens vous demander, c'est d'arrêter votre petit jeu… NON ! Pas votre jeu… mais votre malédiction parce que… parce que… parce que ce n'est pas bien !

La déesse éclata d'un rire cristallin et doux.

– Odin vous a donné le courage et la force, l'ardeur au combat et la fidélité du cœur, mais il ne vous a pas gâté pour l'élocution et la communication !

– Non… En réalité… nous, les béorites, nous parlons bien, mais pas très souvent avec des dieux, alors… c'est… comment dire?… un peu plus… euh… ouf, vous avez raison, nous sommes lamentables pour communiquer. En tout cas… sous pression!

– Tu es mignon, Béorf Bromanson, le complimenta Freyja, et ta démarche me touche. Tu as risqué ta vie pour venir plaider en faveur de ta race. Ton voyage a changé beaucoup de choses. Odin est venu s'excuser et il a demandé ma main. J'ai accepté…

– WOW!, s'exclama Béorf. C'est vraiment génial!

– Oui… vraiment génial!, répéta la déesse en riant. Tu sais ce que cela signifie?

– Cela veut dire qu'il va y avoir une grande cérémonie à Asgard, dans le domaine des dieux. Ces célébrations vont provoquer des centaines d'aurores boréales et des pluies d'étoiles filantes.

– Entre autres, continua la déesse. Cela veut aussi dire que les béorites, création d'Odin, ont maintenant une place privilégiée dans mon cœur. J'ai déjà levé ma malédiction. Ta race est maintenant libre de se reproduire et de prospérer sur la Terre.

– Merci beaucoup. Vous êtes vraiment charmante. Je suis content que ce voyage ait servi à quelque chose.

– Ton voyage a eu du bon, confirma Freyja. Par contre, je ne te laisserai pas partir ainsi.

– Ah non?, s'étonna le gros garçon. Qu'ai-je fait pour mériter votre courroux?

– Mon courroux! Mais non, je ne suis pas en colère. Je veux faire quelque chose pour toi. Il arrive que les dieux, particulièrement contents d'un de leurs fidèles, lui accordent une grâce que les humains appellent un miracle.

– Vous allez faire un miracle pour moi?, demanda Béorf, bouche bée.

– Oui. C'est grâce à toi que mon conflit avec Odin s'est arrangé, grâce à toi que le grand dieu a découvert le complot qui se tramait dans son dos, grâce à toi que je vais bientôt me marier et encore grâce à toi que je vais pouvoir porter le collier de Brisingamen au grand jour, sans honte et sans amertume.

– C'est aussi beaucoup grâce à Amos Daragon…, précisa le gros garçon.

– Oui, tu as raison, mais tu auras compris que je ne veux pas parler de lui. Si je compte bien, cela fait quatre bonnes actions. Celles-ci te seront rendues, jeune et vaillant béorite. Je t'offre Heindall, un grand bouclier magique qui saura te protéger de tes ennemis. Également, tu recevras Mjollnir, une copie du marteau magique de Thor. Tu pourras lancer cette arme contre ceux qui te menacent et toujours elle te reviendra dans les mains.

– OUF…, fit Béorf. Je rêve!

– Attends, je n'ai pas terminé! Je te suis si reconnaissante que je t'offre aussi le voyage de retour sur Skidbladnir, le drakkar des dieux. De cette façon, tes amis et toi retournerez à Upsgran sans encombre. Cela vous évitera d'éventuels problèmes de la part de Loki. Nous l'avons à l'œil, mais on ne sait jamais…

– Merci pour tout, vraiment…

– Laisse-moi terminer avant de me remercier. Maintenant, le miracle! Te souviens-tu avoir récemment vu une étoile filante traverser le ciel?

– Oui. J'étais sur le bateau des kelpies avec Amos et il m'a dit de faire un vœu.

– Qu'as-tu souhaité?

– J'ai souhaité revoir Médousa!, s'écria Béorf, les yeux ronds et le cœur battant.

– Eh bien, c'est ma dernière grâce…, conclut Freyja. Tu reverras ton amie en chair et en os. Sois digne des cadeaux que je t'offre et prie pour mon bonheur avec Odin. Nous aurons, lui comme moi, un œil sur toi… Réveille-toi maintenant!

Béorf ouvrit les yeux dans le soleil du matin.

– AH NON!, hurla-t-il. C'était un rêve!

Dans un mouvement brusque de découragement, la main du béorite glissa sur une arme qui était posée à côté de lui. Béorf tourna la tête et vit un superbe marteau de guerre. Il était long d'une soixantaine de centimètres et une figure d'aigle à deux têtes ornait sa partie supérieure. Son manche de chêne était lui aussi finement sculpté de symboles runiques.

Béorf se retourna et aperçut le bouclier qui brillait dans le soleil. Il était ficelé d'or et arborait l'image d'un ours rugissant. Le garçon se pinça encore une fois. Il ne savait plus s'il était véritablement réveillé.

C'est lorsqu'il s'assit que Béorf eut sa plus grande surprise. À ses pieds, un corps enveloppé d'une grande cape bougeait lentement. Non, il ne rêvait pas, c'était bien Médousa!

Chapitre 17

Le retour de la gorgone

Béorf hurla à pleins poumons :

– AMOS ! VIENS ICI, AMOS !

Le jeune porteur de masques dormait non loin de là. Il s'était assoupi et avait passé la nuit dans l'herbe. Trempé par la rosée, Amos leva la tête et regarda autour de lui. Son ami, au centre du cercle des monolithes, dansait sur place.

– Mais que se passe-t-il, Béorf ? Pourquoi t'agites-tu ainsi ?, demanda le garçon.

– Parce que c'est un miracle !, s'écria l'homme-animal. C'est un miracle ! Elle est là ! Elle est revenue ! Médousa est là ! Juste là !

« Ça y est, pensa Amos en se levant lentement, il me fait encore une mauvaise blague ! »

– Viens ! Viens vite !, insista Béorf.

– Si tu te souviens bien, je ne suis pas le bienvenu dans ce cercle, alors, si ça ne te dérange pas trop, je vais plutôt t'attendre ici.

– J'arrive ! J'arrive !

Amos vit alors que son ami portait sous le bras un magnifique bouclier et une nouvelle arme à la ceinture.

Béorf avait aidé «quelqu'un» près de lui à se lever, puis s'avançait en le soutenant par le bras. Tous deux s'approchèrent lentement du porteur de masques. L'étranger semblait être une… une jeune fille à la peau verte et…

– MÉDOUSA!, hurla Amos. Mais c'est impossible! MÉDOUSA! Mais je rêve!

– Mais non, tu ne rêves pas, Amos, c'est bien elle…, confirma Béorf en aidant la fille à s'asseoir à l'extérieur du cercle des monolithes.

– Amos? Béorf?, demanda la gorgone, étourdie. C'est vous? Mais qu'est-ce que je fais ici? Sommes-nous sortis du château de Karmakas? Et Bratel-la-Grande? Un miroir! Je me souviens d'un miroir…

– Mais c'est impossible!, s'écria Amos. Et toi, Béorf, tu as un bouclier et un marteau de guerre maintenant? Et Médousa, mais comment…?

– Je ne comprends plus rien de ce qui m'arrive et j'ai terriblement mal à la tête, dit Médousa en se frottant les tempes.

– Explique, Béorf, je suis dans le noir complet!, supplia Amos.

– Oui, raconte, répéta la jeune gorgone. J'étais dans le château d'un sorcier nagas et me voilà assise dans l'herbe mouillée, au milieu d'une campagne quelconque où j'entends le chant incessant des oiseaux…

– Eh bien!, commença Béorf, laissez-moi vous raconter une histoire extraordinaire qui vous rendra jaloux!

Le gros garçon commença par raconter l'apparition du visage dans les étoiles. Puis il résuma sa discussion avec la déesse Freyja en évitant soigneusement de dire qu'il avait bafouillé de nervosité. Il informa ses amis du mariage prochain d'Odin et de Freyja, puis parla des grâces, du marteau, du bouclier, du drakkar et de la résurrection de Médousa. À ce moment, la jeune gorgone intervint :

— Tu viens de parler de l'étoile filante, de ton vœu et de MA RÉSURRECTION ? Si je comprends bien ce que tu viens de dire, j'en conclus que j'étais morte ! C'est bien cela ?

— En poussière !, répondit Amos. À Bratel-la-Grande, tu as regardé ton reflet dans le miroir de Junos. Tu le lui avais volé, tu te souviens ?

— Oui, je me souviens maintenant..., reprit la gorgone. Karmakas m'avait forcée à changer Béorf en statue de pierre. C'était la seule façon de briser le maléfice. J'ai choisi, à ce moment, de donner ma vie pour sauver la sienne. Et où sommes-nous maintenant ?

— Bien loin de Bratel-la-Grande !, s'exclama Béorf. Nous sommes sur l'île de Freyja, au beau milieu de nulle part !

— Ce n'est pas faux..., ajouta Amos en ricanant.

— J'aimerais que tu m'expliques quelque chose, Béorf, fit Médousa, les yeux bien cachés sous sa capuche. Tu as voulu me revoir même si je t'ai transformé en pierre... Je t'ai trahi, Béorf, et toi... et toi, tu pensais encore à moi malgré tout ?

– C'est ça, l'amitié, Médousa, répondit Béorf. Parfois, il faut savoir pardonner…

– Et qu'est-ce qui s'est passé depuis ma mort?, demanda encore la gorgone.

Les deux garçons éclatèrent d'un rire sonore.

– Vraiment?, fit Médousa. Il s'est passé tant de choses?

– Beaucoup plus que tu ne peux l'imaginer!, lança le porteur de masques.

– Amos est même tombé amoureux d'une sirène, continua Béorf. Elle l'a appelé «joli garçon» deux ou trois fois et c'était fait, il était amoureux!

– Et Béorf, ajouta Amos en jouant le jeu, n'a pas été capable d'endurer une demi-journée de régime sans devenir agressif!

– D'ailleurs, j'ai faim!, s'écria le gros garçon, hilare.

– Allez!, ordonna Médousa. Racontez-moi tout, je suis impatiente de savoir ce que j'ai manqué…

Les garçons lui racontèrent en détail leurs aventures. Ils évoquèrent le retour de Yaune le Purificateur, Lolya, les bonnets-rouges, leur voyage à Ramusberget et l'œuf de dragon. Amos et Béorf parlèrent aussi de la malédiction qui pesait sur les béorites, d'Upsgran, de Sartigan et des masques de pouvoir d'Amos. Les fées du bois de Tarkasis, Junos, la disparition de Frilla et la mort d'Urban, tout y passa. À la fin, Médousa s'exclama:

– Vous avez fait tout cela en un an? C'est incroyable!

Amos eut alors un malaise. Le porteur de masques se lança sur le côté et vomit.

— Qu'est-ce qui se passe?, demanda Béorf.

— Ça va?, fit Médousa.

— Non, ça ne va pas du tout! Quelque chose me serre l'âme et le cœur. Une intuition à l'intérieur de moi me dit que je dois retourner à la grotte et aider le dragon, je dois le ramener à Upsgran, mais je ne sais pas pourquoi. Plus je rejette cette pensée en me disant qu'elle est tout à fait ridicule, plus j'ai mal au cœur. C'est incroyable quand même! Cette bête est dangereuse et très agressive. Sartigan avait raison: les dragons sont des créatures violentes créées pour dominer et semer la mort.

— J'ai une idée, dit la gorgone. Nous retournons voir cette fameuse bête et, si elle nous fait des misères, je la regarde dans les yeux et la transforme en pierre. Pas mal comme idée, hein? Je suis là, aussi bien m'utiliser pour garantir vos arrières!

— Excellente idée!, confirma Amos. De cette façon, j'en aurai le cœur net. Nous verrons si mes intuitions sont fondées ou non.

— Un seul petit problème, intervint Béorf. Comment allons-nous faire pour descendre jusque-là? Je te rappelle que la grotte est en plein centre de la falaise et que descendre la paroi rocheuse sans corde serait du suicide.

— Mais j'ai encore la solution pour vous!, s'écria Médousa. Je vous rappelle que, sous ma grande cape, j'ai des ailes. Évidemment, je ne sais pas voler, mais je sais… planer. Je ne pourrai jamais me promener dans le ciel comme un oiseau, mais je peux facilement me lancer dans les airs d'une falaise et contrôler ma chute avec le vent. Et si, par hasard, je manquais de vent, Amos peut toujours m'en envoyer un peu, non?

— Décidément, Médousa, répondit Amos, impressionné, il était temps que tu reviennes à nos côtés!

— Je suis tout à fait d'accord!, s'écria Béorf avec un grand sourire.

— Alors, ne restez pas là et allons-y!, lança la gorgone. J'ai des tonnes d'aventures à rattraper!

***

Les trois amis, maintenant réunis, marchèrent jusqu'à la falaise. Le vent soufflait avec force et des centaines de grands oiseaux blancs à tête jaune dansaient dans le ciel.

— Il y a assez de vent pour moi, assura Médousa. Si vous voulez, je me lance en bas et je plane vers la grotte. Une fois à l'intérieur, j'évalue la situation et je vous fais signe. Ça va?

— Parfait!, répondit Amos. Moi, je me tiens prêt au cas où le vent faiblirait.

— Et moi…, fit Béorf, eh bien, moi… je me croise les doigts!

La gorgone se tourna vers le vide et laissa tomber sa cape. Les garçons virent deux grandes ailes se déployer dans son dos. Les cheveux-serpents de leur amie s'agitaient dans le vent.

Comme Médousa portait toujours une capuche sur la tête pour cacher ses yeux, c'était la première fois qu'Amos et Béorf contemplaient sa chevelure. Ils furent fortement impressionnés par le mouvement continuel des serpents. Dans la lumière crue de ce début d'après-midi, les cheveux dorés s'entortillaient pour former des boucles vivantes et scintillaient comme de l'or. Cette vision, magnifique et terrifiante à la fois, paralysa quelques secondes le porteur de masques et l'hommanimal.

– J'y vais !, cria Médousa.

La gorgone étira ses grandes ailes et se lança en bas de la falaise. Elle se stabilisa rapidement dans le vent avec habileté. Médousa savait repérer les courants ascendants et anticiper les brusques mouvements d'air.

Elle repéra vite l'entrée de la grotte. Après quelques manœuvres d'approche, elle posa le pied dans le repaire du griffon. La jeune gorgone se glissa facilement dans l'ouverture rocheuse en rétractant rapidement ses ailes.

« Mission réussie !, pensa-t-elle. Reste maintenant à savoir si ce dragon est encore là ! »

Médousa enjamba le corps inerte du griffon et se dirigea vers le fond de la grotte. Un fort râlement attira son attention. La bête était bien là, cachée dans les ossements de chevaux. Des taches de sang coagulé et de grandes plaies ouvertes lui couvraient le corps. Sa respiration était irrégulière. De fréquents spasmes le secouaient. Dans un ultime effort, le dragon ouvrit à peine un œil et retomba immédiatement dans un profond sommeil comateux.

– Hum ! Tu es en très mauvais état, murmura Médousa en se penchant sur la créature.

Elle lui caressa légèrement la tête, puis retourna faire signe à ses amis que tout allait bien. Amos et Béorf étaient inquiets et ce signe de la gorgone calma leur angoisse.

– Comment je te ramène en haut maintenant?, demanda Médousa en se grattant le front.

Regardant autour d'elle, elle vit un gros coffre de bois. Elle estima rapidement la taille du dragon et eut une idée. La gorgone vida le contenu du coffre de toutes les potions, fioles et élixirs. Seuls le grimoire et le pot de verre contenant un cœur humain furent conservés, Médousa estimant qu'un livre et un cœur étaient deux choses trop importantes pour être abandonnées.

La gorgone saisit ensuite le dragon sous ses pattes avant et le traîna jusqu'au coffre. La bête, molle et presque sans vie, n'offrit aucune résistance. Âgée de moins d'un mois, elle était quand même assez lourde et Médousa eut du mal à l'installer en boule dans la malle de Baya Gaya. Le petit dragon n'avait pas l'air à son aise, mais c'était le mieux qu'elle pouvait faire. Il continua à râler, inconscient, lorsqu'elle referma solidement le coffre.

« Maintenant, se dit-elle, ce sera à ton tour, Amos ! Et j'espère que ta concentration s'est améliorée ! »

La gorgone tira le coffre vers l'entrée de la caverne et en saisit fermement les deux poignées latérales. Deux serpents dorés se détachèrent alors de sa chevelure, glissèrent sur ses bras et vinrent s'enrouler autour de ses mains. Agissant comme des cordes, ils allaient solidifier sa poigne et l'empêcher de lâcher le coffre en plein vol.

Médousa le souleva difficilement, ouvrit grandes ses ailes et se jeta dans le vide. Trop lourde, elle plongea dangereusement vers le bas de la falaise. Paniquée, elle tenta de capter le plus de vent possible avec ses ailes afin de remonter. Impossible! La gorgone était maintenant trop lourde. Déséquilibrée, elle ne contrôlait plus sa descente.

Amos comprit qu'il devait rapidement faire quelque chose pour sauver son amie. Il ferma les yeux et leva ses deux mains au ciel dans un geste brusque et violent. Une forte bourrasque s'éleva de la mer, gonfla les ailes de la gorgone et la fit remonter d'un coup.

Médousa fit une fulgurante remontée. Si brusque qu'elle en eut un haut-le-cœur. Le porteur de masques recommença son mouvement et la gorgone gagna encore en altitude. De rafale en rafale, elle atteignit presque le bord de la falaise.

Amos la maintenait dans les airs, mais elle était incapable de manœuvrer pour se poser. Les bourrasques inattendues du garçon, le poids du coffre et le vent environnant la déstabilisaient en l'empêchant de bien contrôler ses ailes.

Béorf saisit alors la cape de son amie et en attacha la capuche à la poignée de son marteau de guerre en pensant : « Freyja m'a dit que cette arme me reviendrait toujours dans les mains, eh bien, c'est le moment de vérifier si elle disait vrai ! »

Le gros garçon lança son marteau vers Médousa en criant :

– ATTRAPE LA CAPE !

L'arme frôla de près Médousa. Tous ses cheveux-serpents s'étirèrent et des centaines de petites bouches attrapèrent alors le tissu. Magiquement, le marteau de Béorf traça une boucle dans les airs et revint vers son maître en traînant la gorgone par les cheveux.

Médousa tomba tête première dans l'herbe, culbuta, laissa échapper le coffre et termina sa course sur le dos, les jambes en l'air. Elle était sauve !

– Ça va, Médousa ?, demanda Amos en s'approchant d'elle.

– Reste là, ordonna violemment la gorgone. Ne t'approche pas ! Il n'y a pas de protection sur mes yeux et je ne veux pas risquer que nos regards se croisent. Demande à Béorf de m'apporter ma cape et ma capuche !

– Voilà !, fit Béorf en lui donnant le vêtement. Ce marteau fonctionne véritablement… C'est extraordinaire ! Tu as vu, Amos, il est revenu directement dans ma main.

– C'est merveilleux !, s'exclama le porteur de masques. Tu as eu de bons réflexes et une très bonne idée. Sans toi, Médousa serait encore en train de virevolter dans les airs.

— Nous formons une bonne équipe !, conclut Béorf en aidant la gorgone à se relever.

— Oui…, confirma Médousa en passant sa cape. J'ai bien pensé tomber dans la mer en bas de la falaise. Merci à vous deux ! Maintenant, regardons le dragon. Il est dans le coffre et ce serait un miracle qu'il ait survécu à cet atterrissage.

Heureusement, le dragon était encore vivant. Le corps en boule et sa queue ramenée sous lui, il respirait faiblement. De toute évidence, il ne vivrait plus très longtemps.

— Bon…, dit Amos pour faire le point, il nous faut maintenant quitter cette île au plus vite et aller secourir les béorites en mer. Dis-moi, Béorf, Freyja t'a bien dit que nous pouvions revenir à Upsgran avec Skidbladnir, le drakkar des dieux ? Si c'est le cas, je me demande où peut bien être ce fichu bateau !

Le gros garçon sourit gentiment, prit le menton d'Amos et lui tourna lentement la tête vers le centre de l'île.

— Il est là !

Chapitre 18

Skidbladnir

Le navire des dieux était là, juste sous leurs yeux, posé dans l'herbe verte. Il brillait dans la lumière du soleil. Sa solide coque avait la couleur du sang et des ornements d'or et d'argent, de pierres précieuses et de sculptures dédiées aux grands guerriers, le rendaient encore plus majestueux. Sa voile, d'une éclatante blancheur, portait deux bandes d'inscriptions runiques sur ses bords. De grands boucliers, forgés de main de maître par les nains, représentaient les plus glorieuses batailles vikings. Une figure de proue en bois, représentant une tête de dragon prêt à mordre, s'anima devant les adolescents qui s'approchaient :

– Bonjour, je suis Skidbladnir et je dois vous reconduire sur le continent. Montez à bord, vous êtes les bienvenus !

Une passerelle tomba lentement à tribord. Béorf murmura en grimpant sur le pont :

– J'espère qu'il y a de quoi manger sur ce rafiot ! Je commence à avoir vraiment faim !

– Il y a tout ce qu'un béorite peut désirer se mettre sous la dent, répondit la figure de proue. Sur le pont inférieur, il y a une table qui regorge de victuailles. Il y a des fruits, de la viande, des légumes et des gâteaux. Servez-vous!

– Euh… merci bien…, balbutia le gros garçon, un peu embarrassé.

– Est-ce qu'il y a des cafards et des vers blancs?, demanda la gorgone en riant.

– Oui, confirma le bateau. Je m'adapte aux goûts de mes passagers et vous trouverez sur la table tous vos plats préférés. Les dieux du panthéon nordique se font un point d'honneur de satisfaire les voyageurs qui empruntent Skidbladnir.

– Eh bien!, s'écria Amos. Nous ferons sûrement un excellent voyage.

– Je monte le coffre?, demanda la figure de proue.

– Oui, s'il vous plaît, répondit Amos.

La figure de proue ouvrit la bouche et saisit le coffre entre ses dents de bois. Elle le déposa ensuite délicatement sur le pont.

– À bord de Skidbladnir, expliqua-t-elle ensuite, vous êtes hors du temps. Une heure sur ce drakkar représente une seconde dans le monde des hommes. Voilà pourquoi ce navire est si rapide. Nous allons toujours à Upsgran?

– Oui, confirma Amos, mais avant, nous devons récupérer des amis en route. Ils sont prisonniers d'un trois-mâts à la dérive. J'aimerais aussi faire quelques recherches en mer pour retrouver trois guerriers, trois béorites en fait!

– Vos amis ne sont plus là, répliqua la figure de proue. On ne vous a pas informés?

– Comment cela, plus là? s'écria Béorf, inquiet. Où sont-ils alors? Nous irons les chercher là où ils se sont échoués, c'est tout!

– Tu ne comprends pas, jeune béorite…, enchaîna la bête de bois. Je les ai moi-même reconduits à Asgard, le domaine des dieux. Piotr le Géant a terrassé, à lui seul, un terrible serpent de mer. Malheureusement, il n'a pas survécu à ses blessures. Helmic l'Insatiable et Alré la Hache ont été noyés par des merriens. Les créatures aquatiques, appelées par Loki, ont pris leur revanche sur ces deux valeureux guerriers. Les béorites ne sont pas très habiles pour combattre dans l'eau et, malgré tous leurs efforts, ils ont été sauvagement assassinés. Rutha la Valkyrie, Hulot Hulson dit La Grande Gueule, Banry et les frères Azulson, Goy et Kasso, ont été à leur tour envoyés au fond de l'océan et livrés aux merriens. Ils ont connu une mort rapide et sans souffrance. Eux aussi ont tenté du mieux qu'ils ont pu de se défendre, de rendre coup pour coup, mais sans succès. Le destin des béorites a été scellé par la volonté du dieu Loki. Je ne voudrais pas être à sa place lorsque Odin lui mettra la main dessus, il sera peut-être puni…

Amos et Béorf avaient éclaté en sanglots en entendant ce qui était arrivé à leurs amis.

– PEUT-ÊTRE PUNI!, hurla le porteur de masques, furieux. Les dieux ne comprennent rien à rien! Nous ne sommes que des pions pour eux! Des pièces d'un jeu qu'ils manipulent à leur guise… Béorf et moi avons perdu de véritables amis. Des gens que nous aimions de tout notre cœur ! Loki a volontairement provoqué la mort de huit personnes et il sera PEUT-ÊTRE puni !

– Mais…, répondit Skidbladnir, huit personnes, ce n'est rien ! Bien plus de gens sont morts en se battant pour leur dieu, les guerres de religion ont fait des millions de morts. Pourquoi les dieux devraient-ils châtier sévèrement Loki ? Pour huit mortels ?

– Voilà ce que nous sommes pour eux !, s'écria Amos. Des mortels ! De simples créatures mortelles sans avenir dont le destin est lié aux bonnes grâces des dieux ? C'est tout ce que nous sommes ?

– Oui, confirma la tête de proue. Vous êtes des insectes devant les divinités de ce monde. Vous êtes les petits soldats des dieux et ceux-ci s'affrontent par votre intermédiaire. La Terre est un immense champ de bataille peuplé de races bizarres et de créatures étranges. Tous les jours, vous vous battez entre vous, vous tuez et vous assassinez au nom des dieux. Toi-même, n'as-tu pas tué des gobelins ? Un dragon ? Et Béorf n'a-t-il pas éliminé plusieurs gorgones à Bratel-la-Grande ?

– Nous ne faisions que nous défendre !, rétorqua le gros garçon. Nous répondions à l'agression par la violence parce que nous n'avions pas le choix.

– On a toujours le choix !, assura la figure de proue d'un ton paternaliste.

– Eh bien, lança Amos, si c'est vrai que nous avons toujours le choix, j'ai fait le mien… Je descends de ce bateau. Je n'ai pas besoin des dieux et de leur morale, pas besoin de leurs sermons et de leurs faveurs. MOI, je suis un homme et je choisis de prendre complètement en main ma destinée et de ne rien attendre d'une divinité. Ma mission est de rétablir l'équilibre du monde et, pour cette raison, je ne veux pas profiter des faveurs de Freyja, ni de celles d'Odin! Je ne demande rien aux dieux du bien et je ne veux aucune grâce des dieux du mal. Rétablir l'équilibre veut maintenant dire pour moi combattre les dieux pour donner à toutes les créatures de la Terre un monde à leur image et non modelé par une quelconque volonté divine!

– TU BLASPHÈMES!, s'indigna Skidbladnir. Il faut choisir un camp, tu ne peux pas demeurer neutre, tu ne peux pas vivre sans guide, tu ne peux pas choisir… Tu n'es qu'un humain! Reste, sinon…

– SINON QUOI?, hurla Amos. Essaie de me retenir à bord et tu verras comment un simple mortel est capable de t'enflammer en claquant des doigts. Ne me menace plus jamais ou tu en subiras les conséquences. Je suppose que si la vie de huit béorites, huit de mes amis, ne compte pas, eh bien, l'existence de Skidbladnir n'a pas plus d'importance pour les dieux. Tu es probablement aussi vite remplaçable qu'un humain, un gnome ou une fée! Je descends… et ne t'avise pas de me défier!

Amos quitta le navire d'un pas rapide et marcha, en rageant, vers la falaise. La figure de proue du navire baissa la tête et ne fit rien pour le retenir.

En marchant, Amos entendait encore dans sa tête les chansons de Banry et revoyait la figure ronde de Hulot. Il repensait à l'énergie d'Helmic, aux altercations de Goy et de Kasso et à la tendresse de Rutha. Il se rappelait le courage de Piotr et d'Alré en s'imaginant que la mort les avait tous réunis dans un éternel banquet.

Le porteur de masques avait les larmes aux yeux et le cœur lourd. Il venait de perdre des amis, des gens qui l'avaient accueilli comme un des leurs et qui l'aimaient véritablement.

– Moi aussi, je descends…, dit fermement la gorgone. Freyja m'a ramenée à la vie et je lui en suis reconnaissante. Malgré cela, je ne vais pas non plus me soumettre aux volontés des dieux. Les divinités gorgones ne nous ont jamais enseigné l'amitié. C'est Amos et Béorf qui m'ont rendue meilleure et personne d'autre. Je ne dois rien aux dieux, j'ai une dette envers ceux qui me font grandir et ceux qui me respectent… même si je suis différente ! Ne me retiens pas non plus… Je pourrais avoir envie de te montrer mes yeux. J'ai le clin d'œil très… très pétrifiant…

La jeune gorgone descendit fièrement du navire, le dos droit et la tête haute. Skidbladnir lança alors à Béorf d'un ton complice :

– Alors, je te ramène chez toi, jeune béorite ? Partons, fils d'Odin !

– Je ne suis pas le fils d'Odin, répondit hargneusement le gros garçon. Je suis le fils d'Évan et d'Hanna Bromanson.

Béorf lança par terre le marteau et le bouclier de Freyja.

– Tu rapporteras ça à la déesse, je n'en veux plus ! Je viens de comprendre bien des choses. Il y a chez mon peuple une vertu qui s'appelle la fierté ! Nous avons subi, à cause d'une histoire de collier, une malédiction qui a mis notre race en péril. Une simple mésentente entre les dieux a provoqué la mort de mes parents, de mes amis et menacé la pérennité de centaines de béorites. Tout cela pour un… pour un bête collier. Tu diras à Freyja qu'on n'achète pas un membre de la famille Bromanson avec des babioles magiques. Je suis venu plaider la cause de ma race et je n'oublierai jamais que c'est à cause d'Odin et de sa future épouse que j'ai perdu des gens que j'aimais de tout mon cœur. Je ne combattrai pas pour une déesse, ni pour le bien, ni pour le mal. Je combattrai aux côtés de mes amis pour libérer le monde de l'emprise des dieux. J'aime mieux mourir de faim que faire un voyage reposant sur le bateau de mes ennemis…

Le gros garçon laissa derrière lui son bouclier et son marteau magique. Il n'en avait plus besoin. Les véritables béorites se battaient avec leurs griffes, leurs dents et leur courage et, ces trois choses, il les avait déjà. Béorf saisit le coffre contenant le dragon et descendit rejoindre ses amis.

Derrière lui, Skidbladnir, le drakkar des dieux, disparut lentement.

Les trois adolescents, côte à côte et les cheveux dans le vent, regardaient l'océan. L'eau s'étendait devant eux à perte de vue. Après un long moment de silence et de contemplation, Béorf lança :

– Ouais… On est vraiment dans la merde !

Amos et Médousa éclatèrent de rire.

– Vraiment !, reprit Amos, hilare. Je dirais même jusqu'au cou…

– Et peut-être même un peu plus, ajouta Médousa en se tapant sur les cuisses.

– En plus, j'ai faim… dit très sérieusement l'hommanimal.

– C'est incroyable !, s'exclama le porteur de masques en se tenant les côtes. Nous sommes au milieu de nulle part, à des milliers de kilomètres de notre terre, nous venons de nous mettre à dos tous les dieux de ce monde, nous avons perdu des amis, manqué notre seule chance de revenir à Upsgran… et Béorf, lui, il a faim !

– Raison de plus pour avoir un creux, rétorqua le béorite. Se mettre tous les dieux à dos, ça creuse l'appétit !

– Je connais une bonne recette de soupe aux vers de terre !, s'écria la gorgone.

– Là, tu vois…, répondit Béorf, je n'ai plus vraiment envie de manger !

– Alorrrs, laissez-moi vous inviter à dîner !, lança énergiquement une petite voix claire derrière eux.

Médousa, Béorf et Amos se retournèrent. Un petit bonhomme, d'un peu moins d'un mètre, à la barbe et aux cheveux roux, se tenait debout dans l'herbe, fumant une longue pipe blanche incurvée. Il avait la moitié des dents complètement pourries, quelques poils dans ses oreilles pointues et un bedon bien rond. Un long manteau vert troué et rapiécé, de grands sabots, une large ceinture de cuir et un chapeau rond ressemblant à un champignon constituaient l'accoutrement de cette étrange apparition.

– Bonjourrr, je m'appelle Flag Marrrtan Mac Heklagrrroen, et les habitants de cette île vous doivent une fièrrre chandelle! Appelez-moi Flag!

– Bonjour, Flag! Je m'appelle Amos et voici Béorf et Médousa, fit joyeusement le porteur de masques. Pourquoi dites-vous que vous nous devez une fière chandelle?

– Allons manger avant!, lança Flag. On ne discute pas bien avec un estomac vide… Il faut vous restaurrrer… Ayez confiance, vous êtes entre bonnes mains. Le peuple lurrrican est pacifique et amical…

– Nous vous suivons!, s'écria Béorf en se frottant le ventre. Mon estomac hurle famine!

Portant le coffre de Baya Gaya, les trois amis suivirent l'étrange petit personnage. Amos regrettait de ne plus pouvoir réduire l'encombrante malle contenant le dragon. Des chevaux sauvages galopaient çà et là en évitant de trop s'approcher du petit cortège. Amos, Béorf et Médousa peinèrent une bonne vingtaine de minutes à marcher dans l'herbe haute avant que Flag s'arrête et soulève une trappe dans le sol.

– C'est ici, je vous prrrie de descendrrre!, déclara le lurican.

Cette trappe était cachée dans l'herbe, à l'extrême ouest de l'île. Amos se demanda comment le petit bonhomme roux avait fait pour la trouver aussi facilement. Il n'y avait pas de repères et pas d'indications, aucune balise, borne ou signe quelconque. Cette porte secrète était si bien camouflée qu'elle était indétectable.

– Laissez le coffrrre ici, suggéra Flag. Des amis viendrrront le cherrrcher! Nous savons ce qu'il contient et nous en prrrendrrrons bien soin!

– Vous nous avez espionnés?, demanda Amos avec curiosité.

– En quelque sorrrte, oui! Depuis votre arrivée entre les pattes du grrriffon jusqu'à votre rrrefus de voyager sur Skidbladnirrr… Entrrrez maintenant dans le passage et attention à votrrre tête!

Un long couloir étroit, obscur et ténébreux, s'enfonçait dans la terre. Les adolescents empruntèrent le passage en descendant prudemment l'escalier abrupt façonné dans la terre. Le lurican referma la trappe derrière eux.

Après une interminable descente dans le noir complet, Amos déboucha le premier dans une grotte fortement éclairée. Il mit ses mains devant ses yeux pour les protéger de cette violente lumière. Une clameur résonante envahit les lieux. C'étaient des applaudissements! Une ovation grandiose de centaines de luricans excités!

Chapitre 19

La machine des luricans

Il y avait des luricans partout. Des centaines de petits bonshommes roux, barbus et fumant la pipe, chacun accompagné de sa femme aux cheveux raides et de ses enfants excités, criaient à tue-tête. La grotte était aménagée comme un gigantesque théâtre. On pouvait voir des loges taillées dans la roche, un large parterre et un immense balcon. Toutes les places étaient occupées, pas un seul petit espace libre !

Par un ingénieux système de miroirs, la lumière extérieure du soleil se reflétait dans la grotte. D'aveuglants halos cristallins éblouirent Béorf et Médousa. Flag contourna rapidement les adolescents et s'avança sur la scène.

– Cherrrs lurrricans !, lança-t-il avec force.

Les manifestations de joie cessèrent lentement.

– Cherrrs lurrricans !, répéta encore une fois Flag d'une voix plus autoritaire. Je sais qu'il n'est pas facile pour un lurrrican de se tairrre, mais…

– CHUT !, crièrent plusieurs voix dans l'assistance. Chhhhhhhut !

– Merrrci !, reprit Flag en rallumant sa pipe. Je tiens à vous prrrésenter nos sauveurrrs !

Encore une fois, la foule se déchaîna. Des cris, des sifflements et des applaudissements fusèrent de toutes parts ! Flag dut encore une fois calmer les luricans en délire :

– Taisez-vous ! Ça suffit ! Du calme ! Laissez-moi parrrler…

Il n'y avait rien à faire, les spectateurs étaient impossibles à discipliner. Pendant de longues minutes, Flag essaya de reprendre la parole, mais en vain ! Le petit bonhomme devint alors rouge de colère et commença à s'exciter en insultant la foule. Il agitait ses bras dans les airs et criait à perdre haleine en sautant sur place.

Ce nouveau spectacle embrasa davantage la salle. Les spectateurs riaient maintenant aux larmes en voyant Flag Martan Mac Heklagroen, leur chef, danser comme un pantin survolté. Plusieurs se mirent à jouer de la musique et à chanter pour l'accompagner. Finalement, outré et hors de lui, Flag se retourna, baissa son pantalon et montra ses fesses à l'assistance. Une vague de cris de joie et de hurlements hystériques fit trembler toute l'île. Flag remonta son pantalon, lança violemment ses sabots à la foule et cria aux enfants :

– ILS SONT INSUPPORRRTABLES ! SUIVEZ-MOI !

Les enfants se levèrent et suivirent Flag dans un autre couloir, celui-là éclairé par de petites lampes fixées aux parois. Amos se rendit vite compte que tout l'intérieur de l'île était creusé de couloirs, de galeries et d'étroits passages. Des dizaines d'escaliers montaient et descendaient un peu partout. Flag les guidait avec aisance dans ce labyrinthe de chemins sinueux. Après quelques minutes de marche, tout le groupe déboucha dans une grande pièce. De confortables coussins couvraient le sol autour d'une table regorgeant de victuailles. Sans attendre qu'on l'invite à s'asseoir, Béorf se jeta à pleines mains sur la nourriture.

– Faites comme lui!, lança Flag, encore un peu irrité du comportement de ses compatriotes. Je vous accompagne!

– Merci, répondit Amos. C'est très apprécié!

– M'oui, confirma Béorf, un gâteau aux noisettes entre les dents.

– Pouvez-vous nous expliquer ce qui se passe ici?, demanda poliment le jeune porteur de masques. J'aimerais aussi savoir en quoi nous sommes vos sauveurs? Sincèrement, je pense n'avoir rien fait pour vous et…

Flag l'interrompit et commença à raconter en détail l'histoire des luricans de l'île.

Il y a de cela très longtemps, l'île de Freyja appartenait aux luricans. Les petits bonshommes vivaient à la surface de la terre, dans de charmantes maisons faites de paille et de pierres. Ils élevaient des chevaux sur lesquels ils galopaient des journées entières et vivaient heureux sur leur bout de terre au milieu de l'océan. Un jour, la déesse Freyja avait décidé que l'île deviendrait son sanctuaire, son temple sur la Terre. Elle avait envoyé les valkyries, de puissantes guerrières chevauchant des pégases dans les airs, pour éliminer les petites vermines rousses qui peuplaient ce morceau de rocher. Des milliers de luricans avaient ainsi été assassinés et leurs corps, lancés en bas des falaises. Ce massacre était à l'origine d'une légende disant que les âmes des morts s'étaient matérialisées en oiseaux et que leurs cris s'élevaient au ciel comme une constante injure à la déesse Freyja.

Les survivants s'étaient réfugiés dans les grottes, mais Freyja avait mis un griffon sur l'île pour la garder. À cause de ce gardien, les luricans avaient dû abandonner l'idée de revenir à la surface et s'étaient mis à creuser des galeries souterraines pour s'établir. Depuis des générations, les petits hommes roux sortaient de leur terrier avec prudence pour regarder leurs chevaux, devenus sauvages, courir et jouer dans l'herbe folle. Freyja les avait condamnés à vivre cachés et reclus dans les ténèbres. La puissante déesse avait fait fi de leurs dieux et s'était implantée de force. Les luricans la surnommaient maintenant « la mortelle » et jamais son véritable nom n'était prononcé.

Laissés à eux-mêmes, les luricans étaient devenus débrouillards et ingénieux. Ils avaient inventé des machines à creuser la terre, des portes piégées pour feinter le griffon, un système d'éclairage à l'huile de terre (une substance noire et visqueuse ressemblant étrangement au pétrole non raffiné), des fours à loupe, des cuisinières radiantes activées par les rayons du soleil et des serres intérieures pour faire pousser une incroyable quantité de légumes. Malgré leur caractère dissipé et leur propension à faire la fête, ces petits êtres avaient réellement accompli des miracles. Ils avaient repris leur destin en main et s'étaient rapidement adaptés à leur nouvel environnement.

Depuis longtemps, les luricans voulaient chasser Freyja de l'île en tuant d'abord son griffon. À leur grand bonheur, Amos et Béorf avaient réalisé cet exploit! Voilà pourquoi ils étaient maintenant des héros! En plus, les garçons avaient refusé les grâces de la déesse, ce qui, pour le peuple de l'île, en faisait doublement des héros! Des espions luricans avaient tout vu et tout rapporté à leur chef.

Par contre, Médousa semblait mettre Flag mal à l'aise. Il évitait de la regarder et ne répondait pas à ses questions. Le petit bonhomme n'arrivait jamais à voir les yeux de la fille et cela l'indisposait. Amos remarqua vite le problème et expliqua au chef des luricans que les yeux de Médousa étaient, sans nul doute, la dernière chose au monde à regarder. La gorgone précisa alors qu'elle et ses semblables avaient le pouvoir de changer toute créature vivante en statue de pierre. Elle insista aussi sur le fait qu'il lui était très difficile de ne jamais lever la tête de peur de croiser un regard. Toujours porter une capuche pour recouvrir la moitié de son visage était aussi assez contraignant. Flag lança alors:

– Si je comprrrends bien, tant qu'on ne voit pas vos yeux, on ne rrrisque rrrien?

– C'est cela!, confirma Médousa avec un sourire.

– Donnez-moi une seconde, continua le petit bonhomme, je rrrègle votrrre prrroblème!

Flag quitta la pièce et revint avec trois autres luricans. Ces derniers demandèrent à Médousa de fermer les yeux et d'enlever sa capuche. Comme elle se sentait en confiance avec Flag, la gorgone s'exécuta sans poser de questions. Les trois petits bonshommes prirent une série de mesures de sa tête, discutèrent entre eux à voix basse, puis quittèrent la pièce en parlant de la transparence d'une certaine « pierre de sable ».

– Que se passe-t-il?, lança Médousa en remettant sa capuche.

– Les lurrricans vont vous offrrrir un cadeau, répondit Flag. Rrreposez-vous ici maintenant… Dans quelque temps, nous serrrons prêts à parrrtir!

– Pour aller où?, demanda Amos.

– Vous rrreconduirrre chez vous, répliqua le petit bonhomme.

– Mais comment?

– Plus tarrrd…, décréta Flag, vous verrrez plus tarrrd! Rrreposez-vous maintenant, je rrreviens vous cherrrcher lorsque nous serrrons prrrêts. Il y a de l'eau pour vous laver là-bas et des couverrrtures juste ici… Si vous voulez de l'airrr, il y a une fenêtrrre camouflée qui donne surrr la falaise… Là, vous voyez? Mais… mais qu'est-ce qui fait ce brrruit?

– C'est Béorf qui ronfle, expliqua Amos. Ses yeux se ferment automatiquement aussitôt qu'il a l'estomac plein !

– Ouf…, murmura le lurican en quittant la pièce, je pensais que c'était un trrremblement de terrre.

Amos mangea encore un peu en compagnie de Médousa qui, elle, n'avala pas grand-chose. La gorgone n'aimait pas beaucoup la cuisine des autres races et préférait les plats préparés avec des insectes. Heureusement, elle en avait trouvé quelques-uns en passant dans les couloirs souterrains de l'île. Elle n'avait plus très faim.

Le porteur de masques alla ensuite se rafraîchir un peu. Il s'aperçut bien vite que la gorgone s'était, à son tour, endormie. Amos ouvrit la fenêtre et regarda au loin. Le soleil tombait à l'horizon. L'air était bon et l'odeur de l'océan, envoûtante ! Dans le vent, le jeune garçon détacha ses cheveux et secoua la tête. Les yeux dans le vide, il pensa à sa mère. Il la revoyait rire et jouer avec lui dans leur chaumière du royaume d'Omain. Urban, son père, lui revint aussi en mémoire. Il avait été sauvagement assassiné par les bonnets-rouges, et les images de ce meurtre hantaient souvent son esprit. Un grand vide prit place dans le cœur du porteur de masques. Amos vivait des aventures extraordinaires pour son jeune âge, mais la stabilité d'une famille, de sa famille lui manquait énormément. Il versa quelques larmes.

Malgré la présence de ses amis, le garçon se sentit soudainement très seul et très vulnérable. Il venait d'avoir treize ans et sa mission lui semblait de plus en plus lourde à porter. Allait-il vivre ainsi toute sa vie? Toujours d'une aventure à l'autre sans jamais s'arrêter? Allait-il toujours voir disparaître ou mourir ceux qu'il aimait?

«Je pense que j'aimerais tourner la page et revenir à Omain!, se dit-il. J'en viens à regretter d'avoir rencontré Crivannia dans la baie des cavernes. J'aimerais que tout cela soit un rêve... Je voudrais que tout s'arrête et que le monde autour de moi redevienne normal, sans bêtes féroces, sans dieux dominateurs et sans périls à affronter...»

Amos eut alors un coup de fatigue. Il se dirigea vers les coussins, près de la table, se laissa lourdement tomber et s'endormit aussitôt qu'il ferma les yeux. Il vit alors le visage de Lolya. Son amie était magnifique et semblait très sereine. Elle lui dit:

– Amos, je suis contente de pouvoir enfin te parler... Je sais où est ta mère... Elle a besoin d'aide... Reviens vite, nous devons la secourir... Je sais que tu croiras que cette vision est un simple rêve... C'est pourtant moi qui te parle... Je suis à Upsgran et j'attends ton retour... Depuis des jours, je tente d'établir le contact, mais tu ne dors jamais assez profondément... Ramène aussi le dragon... C'est moi qui suis à l'origine des malaises que tu as eus et de ton désir soudain de sauver la bête de feu... Je suis revenue pour me joindre à toi et Béorf... D'ailleurs, c'est lui qui te confirmera que tu n'as pas imaginé ce message!

Ceci n'est pas un rêve… Bonne nuit, Amos… J'ai très hâte de te revoir…

***

Le jeune porteur de masques ouvrit soudainement les yeux. Par la fenêtre restée ouverte, la lumière blafarde du matin avait envahi la pièce. Béorf se réveilla quelques secondes après son ami. En se frottant les yeux, il lança d'une voix faible :

– J'ai fait un drôle de rêve ! Lolya me demandait de te faire un message… Elle n'arrêtait pas de dire : « Ceci n'est pas un rêve, ceci n'est pas un rêve… » Tu y comprends quelque chose, toi ?

– Oui, répondit Amos en souriant. J'avais un doute, mais maintenant, il s'est dissipé !

– Où est Médousa ?, demanda Béorf.

– Je ne sais pas…, répondit le porteur de masques en tressant ses cheveux. Hier soir, elle était juste là quand je me suis endormi. Elle ne doit sûrement pas être loin !

– Ouais, grogna le béorite. Elle doit chercher quelques bons gros cafards à se mettre sous la dent. Cette fille est vraiment formidable, mais sa façon de se nourrir me dégoûte !

– Si on a de la chance, ajouta Amos en riant, elle nous en apportera quelques-uns !

Flag Martan Mac Heklagroen entra alors dans la pièce. Il tenait Médousa par la main. Derrière eux, les trois luricans de la veille avaient le dos droit et affichaient un généreux sourire de fierté. La jeune gorgone portait toujours sa capuche sur ses yeux et elle semblait avoir un peu de mal à voir devant elle.

– Nous aimerrrions avoirrr votrrre avis, Messieurs!, déclara le petit bonhomme roux.

– À quel sujet?, demanda Amos, curieux.

– Au sujet de CECI!, s'écria Flag en tirant en arrière la capuche de la gorgone.

Amos et Béorf eurent immédiatement le réflexe de cacher leurs yeux.

– Ce n'est pas nécessaire…, assura Médousa. Je suis… je… Enfin, vous pouvez regarder!

La gorgone portait sur le visage un étrange objet. Celui-ci, accroché sur le haut de sa tête, se terminait sur ses yeux en formant des lunettes. Les verres rouges étaient réfléchissants, empê-chant quiconque de voir ses yeux. Joliment travaillé, cet appareil s'harmonisait parfai-tement au visage de Médousa et à la couleur verdâtre de sa peau.

– WOW!, s'exclama Amos. C'est magnifique!

– Tu es vraiment très jolie!, ajouta Béorf.

– Et c'est aussi très utile…, fit la gorgone en rougissant. Je peux voir à travers le verre. De cette façon, je n'aurai plus à me cacher les yeux sous ma capuche. Je vais pouvoir vous regarder sans risquer de… de…

– … de nous transformer en perchoir à pigeons!, termina Amos en riant.

– C'est ça!, s'écria la gorgone, amusée.

– Elle n'est pas encorrre tout à fait habituée, précisa Flag. Dans quelques jourrrs, sa vue se serrra ajustée et…

– … et elle pourra chasser le cafard comme avant !, plaisanta le gros garçon.

– Oui, approuva Médousa en s'esclaffant, et je t'en ferai manger de force !

– Arrrêtez de dirrre des bêtises et suivez-moi, ordonna Flag d'un ton amical. Nous avons une autrrre surrrprrrise ! Allez debout !

Les garçons se levèrent d'un bond et la troupe emprunta de nouveau une longue série de couloirs étroits et d'escaliers abrupts. En marchant, Béorf entendit derrière lui le bruit d'une mâchoire mastiquant quelque chose de croustillant. Le gros garçon jeta un coup d'œil par-dessus son épaule. Médousa, la bouche pleine, le suivait de très près.

– J'avais un creux, dit la gorgone en avalant un insecte. Tu en veux ? Ils sont particulièrement gros et juteux !

– Ouache !, lança Béorf en déglutissant. Tu te souviens de notre rencontre à Bratel-la-Grande ? Dans la grotte, tu mangeais des araignées… Je ne te l'ai pas dit, mais c'était franchement écœurant de te voir !

– J'aime aussi les sauterelles, les vers de terre et les gros bourdons bien gras, répondit Médousa qui prenait un malin plaisir à dégoûter Béorf. Mais ce que je préfère, c'est…

– NON ! NON !, supplia le gros garçon. Je ne veux plus rien entendre…

– Dommage…, conclut la jeune gorgone avec un sourire moqueur.

Le groupe déboucha dans une immense cavité taillée dans la pierre. Un grand trou, creusé dans le plafond de cette grotte, laissait voir les nuages. Des centaines de luricans travaillaient sur une étrange machine.

Flag expliqua qu'il s'agissait d'un appareil volant. C'était son invention et il en était très fier, d'où son nom : la flagolfière !

Sa machine volante était un gros ballon gonflé à l'air chaud. Dans ses expérimentations, le lurican avait découvert un principe physique incontournable : la chaleur monte et le froid descend. Il n'était pas capable d'expliquer pourquoi, mais il se doutait bien qu'en emprisonnant de l'air chaud, il réussirait à s'envoler. La flagolfière avait été créée pour affronter le griffon. Le chef voulait s'en servir pour combattre le gardien de l'île. Comme la bête était déjà morte, il se proposait maintenant de voler jusqu'au continent pour y déposer les deux garçons qui avaient sauvé son peuple, ainsi que leur amie.

Le ballon était attaché à une grande nacelle de bois, une ancienne grande chaloupe de Vikings, dans laquelle le coffre contenant le jeune dragon avait déjà été installé. Au centre, il y avait un brûleur à l'huile de terre ressemblant à une petite forge. À l'arrière, une grande hélice avec un pédalier servait à faire avancer l'engin. Il y avait de la nourriture à bord en prévision du grand voyage. L'appareil était prêt à prendre son envol.

Sous les applaudissements des luricans, le groupe prit place à bord. Flag ordonna que l'on coupe les câbles retenant la flagolfière, mais l'engin… demeura sur place! Un murmure de mécontentement s'éleva dans la grotte.

– Je ne comprrrends pas, s'étonna le petit bonhomme. Nous devrrrions nous envoler!

– Nous sommes peut-être trop lourds?, lança Amos.

– Il serrrait dangerrreux de chauffer davantage le brrrûleurrr…, continua Flag. J'ai prrrévu une cerrrtaine quantité d'huile de terrre et si j'en utilise trrrop, je ne pourrrrai plus rrrevenirrr.

– J'ai peut-être une solution, fit le garçon. Nous économiserons l'huile et décollerons bien vite!

Le jeune porteur de masques se concentra et leva une main vers l'ouverture du ballon. Il plaça son autre main juste au-dessus du brûleur. Grâce à ses pouvoirs sur le feu et l'air, il emmagasina la chaleur d'un côté et l'expulsa de l'autre en créant un courant d'air très chaud.

Un tourbillon brûlant s'engouffra dans le ballon en le gonflant davantage.

Amos continua à exercer sa magie pendant de longues minutes. L'appareil volant bougea timidement. Les luricans hurlèrent de joie! L'invention de Flag fonctionnait bien. Le ballon avait maintenant doublé de taille et semblait prêt à exploser. Puis, d'un coup, il décolla en passant de justesse dans l'ouverture du plafond de la grotte.

– ÇA Y EST!, cria l'inventeur, fou de joie. JE SAVAIS QUE ÇA FONCTIONNERRRAIT, JE LE SAVAIS!

– Avec un coup de pouce d'Amos, murmura Médousa, tout fonctionne toujours !

La flagolfière prit rapidement de l'altitude et bientôt, l'île de Freyja parut toute petite dans l'immensité de l'océan. Amos rompit son sort et jeta un coup d'œil en bas.

– Nous sommes vraiment hauts !, lança-t-il.

– Et je n'aime pas ça du tout !, s'écria Béorf, cramponné à la nacelle.

– Moi, j'adore ça !, déclara la gorgone.

Flag était à l'arrière de l'engin et pédalait vivement pour faire tourner la grande hélice. Il avait fabriqué quelques rudimentaires instruments de navigation et il essayait maintenant de s'orienter.

– J'ai de la difficulté à me placer dans la bonne dirrrection. Le vent ne nous aide pas !

– Je m'en occupe, dit le porteur de masques en levant la main droite.

Aussitôt, une bourrasque vint redresser la flagolfière dans la bonne direction.

– Facile !, lança Amos. Économisons l'huile de terre pour votre retour, Flag. Je vais m'occuper de chauffer l'air du ballon lorsque nous perdrons de l'altitude. Aussi, faites-moi signe si nous dévions trop de notre trajectoire.

– Il faudrrra que tu m'expliques comment tu rrréussis à fairrre cela, dit le lurican. Tu es un garrrçon trrrès étonnant, jeune Amos !

– Quand nous aurons le temps, répliqua le garçon, je vous dirai tout.

À ce moment, Médousa saisit une grande corde qui traînait par terre. Elle en attacha solidement un bout à la nacelle et l'autre autour de sa taille. En ouvrant ses ailes, la gorgone se lança dans le vide en poussant un grand cri de joie. Ainsi arrimée à la flagolfière, elle flottait dans les airs en hurlant de bonheur. Portée par le vent, Médousa cria :

– J'AI TOUJOURS RÊVÉ DE VOLER ! YAAAAOUUUU ! C'EST MERVEILLEUX ! JE VOLE ! JE VOLE !

– Elle mange des insectes et adore se lancer dans le vide, soupira Béorf, l'estomac à l'envers. C'est vraiment une drôle de fille !

– BRAVO !, hurla Amos en applaudissant. TU ES BELLE À VOIR ! SI TU MANQUES DE VENT, DIS-LE-MOI !

Dans le ciel, une fille à la peau verte volait derrière une nacelle en forme de chaloupe. Celle-ci était soutenue par un gros ballon et pilotée par un petit bonhomme roux pédalant à vive allure. À son bord, un garçon maniait le vent et un autre était à moitié mort de peur. Ce jour-là, les oiseaux qui croisèrent la flagolfière, virent certainement le spectacle le plus étrange de leur vie.

Chapitre 20

La nouvelle équipe

Le voyage de retour se déroula sans problème. Quelques jours suffirent à la flagolfière pour atteindre le continent. Ce voyage à travers les nuages enchanta le porteur de masques. Il survola la Grande Barrière de brume et aperçut l'Homme gris qui les observait, d'en bas, avec circonspection. Le garçon pensa à Kasso. De cette position, le navigateur aurait pu dessiner des cartes extrêmement précises pour guider les futurs voyages des béorites. On pouvait voir la configuration des îles, les courants marins et le parcours des bancs de poissons et des grands mammifères marins.

Pour Béorf, par contre, ce fut l'enfer. Constamment malade, il ne pouvait rien avaler et ce régime forcé lui fit perdre quelques kilos. Le béorite, prisonnier de l'appareil volant, se jura que plus jamais ses deux pieds ne quitteraient le sol. Souffrant de nausées et d'insomnie, il était à bout de nerfs et Médousa essayait du mieux qu'elle pouvait de le rassurer et de le calmer.

Le jeune dragon, malgré les bons soins de Flag, ne termina pas le voyage, mourant quelques heures avant que l'engin ne se pose près d'Upsgran. Amos en fut bouleversé. C'est lui qui avait ramené l'œuf de la tanière du dragon, à Ramusberget. Cette bête avait un caractère impossible, mais elle faisait partie de sa vie. Il aurait souhaité un autre destin pour cet animal aussi dangereux que merveilleux. Le jeune porteur de masques aurait voulu pouvoir le sauver, changer sa nature profonde et en faire une créature moins destructrice. Bien que Sartigan n'eût pas cru la chose possible, Amos, lui, croyait pouvoir y parvenir. Il savait qu'il existe toujours un peu de bien dans le cœur des êtres méchants. Le contraire était aussi possible! Freyja, déesse œuvrant du côté du bien, en était la preuve. Ce qu'elle avait fait subir aux luricans et aux béorites ne laissait aucun doute à ce sujet.

– Allez-vous pouvoir rentrer chez vous sans encombre?, demanda Amos à Flag en posant le pied sur la terre ferme.

– Oui, mon cherrr ami!, assura le petit bonhomme roux. Ne t'inquiète pas pourr moi. Tes pouvoirrrs m'ont fait économiser beaucoup d'huile de terrre. Je suis cerrrtain de moi et de la flagolfièrrre. Occupez-vous de votrrre ami Béorrrf et je suis désolé pourrr le drrragon. Emporrrtez le coffrrre avec vous, ce serrra son cerrrcueil!

– Merci encore pour ce merveilleux voyage, lança Médousa en embrassant Flag sur le front. Et merci pour... pour cette chose qui me cache les yeux. Au fait, comment appelez-vous cela?

– Hum…, hésita Flag. Comme c'est de fabrrrication lurrricane et que vous êtes trrrès coquette, je baptise aujourrrd'hui cet objet «lurrrinettes»! Vous porrrtez donc des lurrrinettes, chèrrre Médousa!

– Très joli nom, approuva Amos, un peu distrait par Béorf qui, juste à côté de lui, se roulait dans l'herbe en jubilant.

– Au rrrevoir!, s'écria le chef des luricans en chauffant son brûleur pour décoller. Et j'espèrrre que vos aventurrres vous ramènerrront sur notrrre île.

– Au revoir!, lancèrent Médousa et Amos en regardant la flagolfière prendre de l'altitude.

– Adieu plutôt…, murmura Béorf en espérant ne plus jamais devoir refaire un tel voyage.

– Allons-y, suggéra Amos. Le village n'est pas loin d'ici et nous devons annoncer à la population la mort de l'équipage. Nous amènerons aussi le coffre afin d'enterrer dignement le jeune dragon.

– Je ne vous accompagnerai pas, dit Médousa. Mes cheveux, la couleur de ma peau, mes ailes… enfin, pour les autres races, j'ai davantage l'air d'un démon que d'une gentille créature. Laissez-moi à l'orée de la forêt avec le dragon, je veillerai sur sa dépouille et j'attendrai votre retour. Ensuite, nous verrons s'il est pertinent ou non de me présenter aux gens de cette communauté.

– C'est très sage de ta part, Médousa, la complimenta Amos. Je pense que cette façon d'agir est effectivement plus raisonnable…

***

Dans la forêt, Médousa était tranquillement assise sur le coffre lorsqu'elle entendit un bruit derrière elle. Se retournant, elle fit face à une fillette qui la menaçait d'une lance. La gorgone sursauta en voyant la peau complètement noire de l'intruse. Jamais elle n'avait vu une telle chose !

– Que fais-tu ici ?, demanda Lolya en menaçant Médousa. Qui es-tu ? Et pourquoi as-tu des serpents sur la tête ?

– Et toi ?, répliqua la gorgone, prête à retirer ses lurinettes. Pourquoi me menaces-tu ? Pourquoi portes-tu autant de bijoux ? Tu es toute noire… Ta maison a brûlé ou tu nettoies des cheminées ?

– Réponds-moi ou tu en subiras les conséquences !, ordonna Lolya.

– Fais un seul mouvement et je te jure que c'est toi qui le regretteras !, rétorqua Médousa.

Un long silence s'installa entre les deux filles. Elles se regardaient de la tête aux pieds en se jaugeant prudemment. Lolya tenta de désamorcer le confit.

– Je ne te veux pas de mal… Je me rendais au village pour y accueillir des amis. J'ai senti leur présence… J'habite plus loin la-bas derrière et comme tu étais sur ma route…

– Moi, fit la gorgone, j'attends que des amis viennent me chercher… Ils sont aussi au village… Ils se nomment Amos et Béorf et…

– Mais… mais…, balbutia Lolya en laissant tomber sa garde, ce sont eux que je vais rejoindre ! Attends… Tu es Médousa ? Béorf m'a beaucoup parlé de toi lorsque j'étais à Berrion… Il m'avait dit que… que tu étais morte !

– J'étais morte !, confirma Médousa. C'est une longue histoire… Tu dois être Lolya, alors ! Moi, c'est Amos qui m'a parlé de toi alors que nous étions sur l'île de Freyja… Enchantée de te rencontrer… Je croyais que tu étais retournée dans ton pays. Tu es reine ou princesse, non ?

– Oui, répondit la Dogon. Je suis retournée à Berrion pour retrouver Amos et c'est Junos qui m'a dit qu'il était ici… Une longue histoire aussi… C'est un plaisir de te rencontrer !

Les deux filles, un peu maladroites, se donnèrent la main en riant nerveusement.

– Eh bien !, continua Médousa, je ne pensais pas te rencontrer… Je surveille le coffre qui contient un dragon qui…

– LE DRAGON EST LÀ !, s'écria Lolya. Dans ce coffre ?

– Oui… oui…, hésita la gorgone, mais il est mort durant le voyage…

– Montre-le-moi !, dit la jeune Noire en se lançant vers la malle. Depuis combien de temps ?

– Quelques heures…

– D'accord ! Il est encore temps d'agir ! Aide-moi à le porter à la cabane là-bas, je pense pouvoir le sauver…

***

– Voilà toute l'histoire, dit Amos en terminant son récit. La malédiction qui pesait sur les béorites est levée, mais Upsgran a payé cher la dispute entre Odin et Freyja.

Un douloureux silence avait envahi la taverne du petit village. Tous les habitants avaient écouté sans broncher le récit du voyage des garçons. Leur chef, Banry Bromanson, était mort en mer avec son valeureux équipage. C'étaient les risques de l'aventure et ils les connaissaient. L'important, c'est qu'ils avaient réussi à faire lever la malédiction et que la race des béorites pouvait maintenant croire en sa pérennité. Ces braves navigateurs et farouches combattants n'étaient pas morts pour rien.

Les villageois d'Upsgran posèrent des questions pendant plusieurs heures. Béorf et Amos répondirent du mieux qu'ils purent, en ajoutant plus de détails ou en éclaircissant certains raccourcis de leur récit. Lorsque tout le monde fut satisfait, Geser Mitson dit la Fouine se leva et dit :

– J'ai combattu aux côtés de Banry, Hulot, Rutha, Piotr, Alré, Goy et Kasso. J'étais à la bataille de Ramusberget. Je souhaite que leur mémoire soit honorée et que l'on chante leurs exploits pendant les siècles à venir. Si Banry avait eu besoin de moi, je serais parti sans hésiter et serais mort à ses côtés avec honneur. Aujourd'hui, j'ai perdu mes amis et je suis triste...

Geser avait les larmes aux yeux. Il prit quelques secondes de pause puis, après s'être éclairci la gorge, il poursuivit :

– Mais la vie continue et… et nous avons besoin d'un nouveau chef. Depuis la fondation de ce village, la lignée des Bromanson, famille de sang pur béorite, a toujours conduit la destinée de ses habitants. Jamais un chef d'Upsgran n'a été renversé parce que les Bromanson sont des êtres de cœur, fidèles et immuables comme les montagnes. Ils ont la force et l'instinct, la loyauté et le caractère propres aux grands dirigeants. Le mauvais sort nous a enlevé Évan, l'océan vient de nous prendre Banry ! Heureusement, le destin nous a ramené le dernier de la lignée de cette glorieuse famille. Je propose qu'un Bromanson reprenne la direction de ce village, pour notre bien à tous et pour le bien des générations futures. Je propose que Béorf Bromanson devienne le chef de ce village !

Béorf, en train de boire un grand verre de lait de chèvre, faillit s'étouffer en entendant la dernière phrase de Geser.

– Je… je ne peux…, mais je…, balbutia le gros garçon en cherchant son souffle. Je suis beaucoup trop jeune et je ne comprends rien aux affaires politiques…

– Tu feras comme ton père et ton oncle, lança la patronne de la taverne, tu apprendras !

– Mais, je… je connais à peine ce village et les gens qui l'habitent !, s'écria Béorf. En plus, je…

– Nous avons besoin d'un dirigeant en qui nous avons confiance, l'interrompit Geser. Tu es un Bromanson et, depuis toujours, ta famille a bien gouverné. Malgré ton âge, l'histoire de tes aïeux parle en ta faveur. On juge de la qualité d'un arbre à ses racines et ses fruits. Tu es la meilleure chose qui puisse arriver à ce village !

– Je propose un vote, lança la grosse tenancière. Que ceux qui sont en faveur de l'élection de Béorf comme chef du village lèvent la main !

Tous les habitants s'exécutèrent dans un seul et même mouvement. Ils avaient tous la main levée !

– Nous avons l'unanimité !, s'exclama Geser. Si tu refuses, Béorf, le village devra faire des élections et cela nous divisera. Un village uni est un village heureux…

Béorf, complètement ahuri, se tourna vers Amos et murmura :

– Mais… mais ils sont fous ! Qu'est-ce que je dois faire ?

– Il faut suivre ton cœur, Béorf, répondit Amos. C'est probablement ce que Sartigan lui-même te dirait… Au fait, où est-il ? Tu l'as vu ?

– Non, pas vu !, laissa tomber le jeune béorite en faisant de nouveau face à l'assistance. Euh… bon… je demande que… j'aimerais rendre ma décision après les funérailles de Banry et de l'équipage. Je crois que leur mémoire doit être honorée avant qu'un nouveau chef soit nommé.

– Sage décision, lança Geser. Tu vois bien que tu possèdes déjà la trempe d'un grand chef ! Ton respect et ta sagesse nous disent qu'Upsgran sera choyé de t'avoir comme dirigeant.

– Allons préparer la cérémonie, ordonna une grande et robuste femme dans l'assistance. Nous procéderons selon la tradition et commencerons les rituels dans deux jours.

Les habitants d'Upsgran se levèrent et quittèrent la taverne. Béorf, lui, incrédule devant la proposition de ses semblables, ne se leva pas immédiatement. Il avait les jambes en coton. C'est Amos qui le tira de ses réflexions en disant :

– Allez, grand chef ! Rendons-nous chez Sartigan pour lui annoncer la bonne nouvelle ! Nous prendrons Médousa au passage…

***

Lolya ouvrit le coffre et découvrit le dragon. Elle l'examina rapidement, puis demanda à Médousa de l'aider à sortir la bête. La jeune Dogon sortit sept chandelles et les disposa en cercle autour de l'animal. Elle prononça ensuite quelques paroles incompréhensibles.

– Que fais-tu là, Lolya ?, demanda la jeune gorgone. Cette bête est morte…

– Ah !, s'exclama la jeune sorcière, je vois qu'Amos ne t'a pas tout dit sur moi ! Je viens d'empêcher l'âme du dragon de fuir de son corps. Je me suis donné un peu de temps pour agir.

– Mais…, hésita Médousa, pourquoi as-tu besoin de temps ?

– Je te l'ai déjà dit, répondit Lolya en souriant. Je veux le ramener à la vie!

La gorgone eut un brusque mouvement de recul. Cette jeune Noire était une véritable sorcière, comme Karmakas l'avait été! Médousa avait appris à se méfier de ce genre de magiciens. Ils pouvaient s'emparer de l'âme d'une gorgone avec une déconcertante facilité pour ensuite la manipuler comme une marionnette.

– Hum…, fit Lolya en regardant Médousa, je viens de sentir ton manque de confiance en moi. Tes émotions vibrent beaucoup… Allez, n'aie pas peur et donne-moi, si tu veux bien, le grimoire et le pot contenant un cœur humain dans le fond du coffre.

– Avec plaisir et… et je n'ai pas peur de toi, lança nonchalamment la gorgone.

– Tant mieux, car je vais avoir besoin d'une assistante!, répondit Lolya en plongeant le nez dans le vieux grimoire de Baya Gaya.

La jeune Dogon lut rapidement le grimoire d'un bout à l'autre. Elle prit ensuite quelques secondes pour réfléchir et dit:

– Cette sorcière avait du talent! Décidément, ce grimoire est une véritable mine d'or pour la préparation de potions, d'élixirs et de crèmes magiques. Beaucoup d'imagination dans l'assemblage de ses ingrédients, mais trop de haine dans ses formules, beaucoup trop de noirceur et de désespoir dans la composition de ses sorts.

– Tu comprends quelque chose à cela?, demanda la gorgone, étonnée et encore méfiante.

– Oui. Il y a différentes sortes de magie et de sorcellerie, mais elles ont toute une base commune, un même grand principe fondateur. Même si cette féroce Baya Gaya travaillait dans la sphère de l'angoisse et du poison, j'arrive assez bien à saisir le sens de ses formules et à comprendre la composition de ses breuvages.

– Et toi, tu travailles dans quelle sphère ?

– Moi, je suis dans la divination et la nécromancie. Je veux dire que j'œuvre avec mes forces intérieures et l'énergie des esprits qui nous entourent. Je peux sentir des choses… comme, par exemple, toi qui n'as pas confiance en moi !

– Euh…

– Ne t'en fais pas, conclut Lolya en riant. La confiance ne se donne pas, elle se mérite… Je travaillerai pour mériter la tienne… Bon ! Maintenant, procédons ! Je pense savoir à qui était ce cœur battant dans le pot et je crois connaître la nature de son ensorcellement… Donne-moi ce grand couteau, s'il te plaît.

La gorgone s'exécuta et regarda Lolya ouvrir le ventre du dragon. La nécromancienne récita ensuite quelques formules inintelligibles. Dans un faible halo de lumière, un être surnaturel apparut tout près d'elle. Translucide et vaporeuse, l'apparition passa derrière Lolya, saisit ses mains et se mit à guider ses mouvements. Lentement, ils commencèrent ensemble à retirer le cœur du dragon pour le remplacer par celui du pot de Baya Gaya. L'esprit semblait chuchoter à l'oreille de la jeune sorcière pendant que cette dernière, dans une demi-transe, s'exécutait gracieusement.

« Cette Lolya est vraiment puissante ! », pensa Médousa devant le spectacle. Il vaut peut-être mieux m'en faire une alliée qu'une ennemie… En plus, j'aimerais bien apprendre quelques-uns de ses tours ! »

Après quelques heures d'opération, le cœur commença à battre dans la poitrine du dragon. Un sang noir et sulfureux irrigua de nouveau ses veines. L'esprit quitta alors Lolya qui se mit à recoudre le ventre de l'animal.

– Nous avons dû modifier quelques membranes du cœur humain afin qu'il s'adapte à ce nouvel environnement sanguin. Maintenant, il faut que je négocie…

– Négocier quoi ?, demanda Médousa, très intéressée.

– Négocier sa vie avec un sale guède. C'est un esprit qui tire son énergie vitale de la séparation entre l'âme et le corps. Je me…

– Excuse-moi, l'interrompit la gorgone, mais cette autre « chose » par-dessus toi, durant l'opération, c'était quoi ?

– Un guide astral… C'est une créature éthérée… euh… comment te dire ?… Il existe plusieurs « gardiens de la connaissance » dans une autre dimension qui s'appelle l'astral. J'ai demandé de l'aide pour accomplir ma tâche et un « gardien » est venu à mon secours. C'est grâce à lui que j'ai réussi à donner un nouveau cœur au dragon…

– Mais pourquoi as-tu fait cela? Pourquoi veux-tu le sauver? C'est une créature méchante et agressive qui ne peut qu'apporter des ennuis, non?

– Exactement comme les gorgones qui ne connaissent pas la compassion et l'amitié…, répondit Lolya avec un sourire. Il arrive parfois qu'un événement change le cœur d'une personne et la transforme…

– Je vois que Béorf t'a bien raconté notre histoire!, fit Médousa en riant. Je comprends maintenant mieux ce que tu fais et pourquoi tu le fais! C'était un bon exemple!

– Je ne sais pas pourquoi, mais je me devais de sauver ce dragon…, expliqua la jeune Dogon. Je pense qu'il aura un rôle important à jouer dans le nouvel équilibre du monde qu'Amos créera… Bon! Le guède maintenant!

***

Lorsque Amos et Béorf arrivèrent dans la cabane de Sartigan, tout était terminé. Le dragon, maintenant muni d'un nouveau cœur, respirait faiblement, bien au chaud, enveloppé dans plusieurs couvertures.

Lolya sauta dans les bras de ses amis, toute contente de les retrouver. Elle expliqua brièvement à Amos ce qui l'avait poussée à revenir auprès de lui, parlant de ses visons, de Frilla, d'une immense tour et d'un vieil homme nommé Sartigan. La fillette raconta aussi comment elle avait rencontré Médousa dans la forêt et implanté un nouveau cœur au dragon. Amos l'écouta attentivement.

– Je suis très heureux de te voir, Lolya et savoir que tu désires nous accompagner me remplit de joie ! J'ai encore beaucoup de pain sur la planche et ton aide sera précieuse. Nous nous reposerons quelque temps et irons ensuite voir cette fameuse tour qui hante tes visions.

– Et nous libérerons ta mère et Sartigan, s'empressa d'ajouter Béorf.

– Oui, chef !, s'exclama Amos en rigolant. Quand le chef des béorites ordonne quelque chose, il faut le suivre ou en subir les conséquences !

– Je n'ai pas encore accepté l'offre, joli garçon !, répliqua Béorf d'un ton taquin. Tu veux que je raconte à Lolya comment tu tombes facilement amoureux des sirènes ?

– Amos, amoureux ?, lança la jeune Noire, surprise.

– Qu'est-ce que c'est, cette histoire de chef ?, demanda Médousa.

– Plus tard…, dit Béorf en se frottant le ventre. Mangeons un peu, j'ai encore faim ! J'ai besoin d'avoir l'estomac plein pour bien réfléchir à mon avenir !

– C'est désespérant, lança Amos. Tu as toujours faim…

La tâche du porteur de masques avait commencé dans les lointaines terres du royaume d'Omain. Un an après son premier séjour au bois de Tarkasis, il avait déjà trois masques, trois pierres de puissance et encore un tas d'aventures à vivre. Maintenant, il avait en plus à ses côtés trois amis prêts à tout pour lui venir en aide. Trois fidèles partenaires croyaient en la valeur de sa mission.

Ce soir-là, alors que les quatre compagnons, couchés dans l'herbe humide de la forêt, regardaient les étoiles, Amos pensa qu'il n'y a rien de plus fort au monde qu'une amitié grandissant dans le respect. À la base, rien ne semblait pouvoir unir un hommanimal, une gorgone, une sorcière nécromancienne et un porteur de masques. Pourtant, ils étaient tous là à rire sous la lune, ils étaient tous là à croire qu'ils pouvaient faire une différence dans le monde. C'était cela, la foi, la vraie foi qui déplace des montagnes !

LA TOUR D'EL-BAB

Prologue

Il est écrit, sur les tables d'argile des anciens peuples, l'extraordinaire histoire de la tour d'El-Bab.

Enmerkar, grand prêtre des lointaines contrées de Sumer et Aratta, roi du grand territoire de Dur-Sarrukin, décidèrent d'unir leurs forces pour créer un monument digne de la puissance d'Enki, leur dieu. Ils ébauchèrent les plans d'un gigantesque colosse, mais trouvèrent finalement l'idée trop modeste. Ils envisagèrent ensuite d'ériger une pyramide d'or, mais cette réalisation leur parut également trop humble pour célébrer correctement la dévotion du peuple à sa divinité. Puis on pensa à tailler le visage du dieu à même le roc de la montagne sacrée, mais ce projet trop peu audacieux fut aussitôt rejeté. Que faire alors?

Une nuit, Enmerkar fit un rêve dans lequel Enki s'adressa à lui:

Tu me feras construire une tour incommensurable touchant le ciel et les nuages; elle sera visible des plus lointains territoires barbares jusqu'aux pays des grandes cités d'Orient. Cet édifice sera le point de repère de l'humanité afin que tous les peuples convergent vers moi et m'accueillent comme l'unique dieu de ce monde.

Exécute ce que ton dieu t'ordonne et tu seras loué pour les siècles à venir!

Obéissant à la vision de son prêtre, le roi Aratta ordonna que l'on entreprenne les travaux. Les Sumériens commencèrent par soumettre les royaumes avoisinants et réduisirent leur population à l'esclavage. Les constructions des villes ennemies furent démontées pierre par pierre afin de fournir le matériel nécessaire à l'érection de la tour. Sous la direction d'Enmerkar, les plus grands mathématiciens et architectes du royaume de Dur-Sarrukin se rassemblèrent pour planifier et diriger le chantier.

Une nouvelle ère, celle d'El-Bab, qui signifie «dieu unique» en sumérien, allait bientôt commencer…

Chapitre 1

Le postérieur d'Harald
aux Dents bleues

C'est par une belle journée d'été, quelques jours avant le solstice, qu'Amos Daragon débarqua dans la capitale viking des territoires de Ramusberget. Le petit drakkar en provenance d'Upsgran, le village des béorites, accosta sous un soleil de plomb. L'équipage épuisé allait pouvoir se reposer et profiter un peu des douceurs de la grande ville. Béorf Bromanson, un garçon d'à peine treize ans et demi, accorda quatre jours de congé à ses hommes, puis leur souhaita de faire de bonnes emplettes et de bien s'amuser.

Pour quiconque n'ayant pas suivi les aventures d'Amos et de Béorf, il faut savoir que les béorites sont des hommanimaux d'un certain type : ce sont des Vikings qui sont capables de se transformer en ours à volonté. Il peut paraître étrange qu'un garçon de treize ans et demi commande de tels hommes, mais après la mort de son père, Évan Bromanson, et de son oncle, Banry Bromanson, c'est le descendant de la grande famille des Bromanson qui avait été désigné pour reprendre le poste de chef. Malgré son jeune âge et son manque d'expérience, Béorf avait accepté de devenir le nouveau maître d'Upsgran.

Béorf avait organisé cette expédition vers la capitale à la demande de son ami Amos qui désirait rencontrer le roi Harald aux Dents bleues, le chef suprême des contrées nordiques.

Le village d'Upsgran se trouvant très loin de la capitale, ses habitants en avaient profité pour donner aux membres de l'équipage de longues listes de choses à acheter. Les femmes avaient demandé qu'on leur rapporte les derniers tissus à la mode, des pots aux jolis motifs pour conserver la nourriture, des peignes, des pinces à cheveux et une foule d'autres babioles. Les hommes voulaient de nouveaux outils pour travailler la charpente des bateaux, des bêches, des skis neufs en prévision de l'hiver et une tonne de menus articles comme la nouvelle révolution dans le domaine du rasage : le blaireau !

Quant à Amos, il souhaitait s'entretenir de toute urgence avec le roi Harald aux Dents bleues. L'homme et le garçon se connaissaient bien. Ils s'étaient rencontrés avant la grande bataille de Ramusberget. Le roi avait un respect sans borne pour le jeune magicien, car Amos était un porteur de masques, un type de sorcier ayant été choisi pour rétablir l'équilibre du monde dans une grande guerre des dieux qui sévissait depuis quelques années maintenant. C'est par des masques et des pierres de puissance liés aux quatre éléments naturels et s'intégrant à son corps qu'il avait acquis ses pouvoirs. Trois de ces masques bouillonnaient déjà en lui, soit ceux du feu, de l'air et de l'eau, chacun étant serti d'une unique pierre de puissance. Il lui manquait donc un masque et treize pierres, puisque chaque masque était conçu pour recevoir quatre pierres.

Comme tous les sujets du royaume, Amos voulait rencontrer Harald pour lui demander de l'argent. Projetant de partir pour un très long voyage, il avait besoin d'une bonne bourse. Le porteur de masques savait que le roi finançait parfois des expéditions sur le continent afin de prendre contact avec d'autres royaumes et d'établir des routes de commerce. Il devait tenter sa chance.

Amos et Béorf pénétrèrent dans la grande salle d'audience. Harald se leva gaiement de son trône et vint les serrer dans ses bras.

– Ah! vous deux! Quel plaisir de vous revoir! Félicitations pour ta nomination, Béorf et mes condoléances pour ton oncle Banry. C'était un homme…

– … un homme bon, enchaîna le gros garçon. Et doublé d'un farouche guerrier!

– Oui, tu as raison, convint le monarque. Sans lui et les autres béorites, nous n'aurions jamais gagné cette bataille finale contre les gobelins. Et Hulot! Que dire d'Hulot Hulson! Cet implacable guerrier qui a tué le dragon d'un unique coup d'épée! Des contes commencent à circuler sur lui et plusieurs chansons de guerre l'ont déjà immortalisé… J'ai… j'ai peine à croire qu'il nous a quittés, lui aussi!

– Je pense souvent à eux, confia Béorf avec tristesse.

– Mais bon!, lança Harald pour alléger l'atmosphère, que puis-je faire pour vous? Je me doute bien que cette visite n'est pas seulement une visite de courtoisie. Vous avez quelque chose à me demander?

– Effectivement, confirma Amos. C'est moi qui ai une requête à vous soumettre.

– Eh bien, parle!, l'encouragea le roi en regagnant son trône. Je suis tout oreilles!

Amos mit de l'ordre dans ses idées et commença:

– Durant la guerre contre les gobelins et les merriens qui nous a menés à Ramusberget, ma mère a été enlevée et vendue comme esclave. Je l'ai cherchée pendant de longs mois sans découvrir la moindre piste, mais aujourd'hui, grâce à l'aide d'une amie, je pense pouvoir la retrouver et la sauver.

– Très bien!, fit Harald, intéressé. Continue…

– À cet effet, j'envisage de partir pour un très long voyage et de traverser des contrées inexplorées par les Vikings. Par la même occasion, j'aimerais vous être utile et vous servir en tant qu'ambassadeur. Je ferai route vers les contrées de l'Est tout en essayant de vous faire de nouveaux alliés et d'ouvrir des routes de commerce.

– Et tu veux que je finance ton voyage?, devina le roi.

– C'est bien cela.

— Ahhh, si tu savais…, se lamenta Harald, je n'ai plus un sou! Mes coffres sont totalement vides! Les choses auraient été bien différentes si j'avais pu mettre la main sur le trésor du dragon dans la montagne, mais avec cette malédiction… Bref, me voici ruiné à cause de la guerre contre les gobelins… Tu comprends, les armes, les bateaux, les hommes, tout ça m'a coûté très cher!

— N'y aurait-il pas une autre solution?, demanda Amos.

— Laisse-moi réfléchir… Tu pourrais sans doute faire financer ton voyage par les marchands du port. Ils sont riches à craquer, car depuis notre victoire, il n'y a plus de gobelins dans le pays et plus de merriens dans notre mer. Les trois royaumes vikings ont resserré leurs liens et les caravanes et les navires marchands se promènent en sécurité partout. Nous avons quintuplé notre commerce avec les autres royaumes. Les nouveaux produits arrivent de partout! Au fait, as-tu déjà entendu parler des blaireaux? Un instrument pour le rasage. Fascinant comme invention…

— Et selon vous, les marchands du port accepteraient de commanditer mon expédition?

— Tu peux toujours essayer… même s'ils sont devenus aussi avares que riches! Ils rechignent à payer leurs taxes, mais ils ont tous des vêtements neufs, de puissantes flottes de drakkars et de splendides demeures au bord de la mer…

Amos prit quelques instants pour réfléchir et dit:

– D'accord, j'irai les voir, mais faisons ensemble un pari.

– Je suis partant!, se réjouit le monarque.

– Je parie dix pièces d'or que, demain, vous aurez une marque rouge sur la fesse droite.

– Mais… mais comment peux-tu affirmer cela?, interrogea Harald, surpris.

– Vous pariez ou non?, insista Amos.

– Je parie!

– Alors, je prends congé pour l'instant et je vous revois demain.

– Très bien, alors à demain!, lança le roi, tout excité.

Lorsqu'il sortit avec son ami de la salle d'audience, Béorf s'empressa de lui demander:

– Mais c'est quoi, cette histoire de pari? Je te rappelle que nous n'avons pas dix pièces d'or. Le village entier d'Upsgran n'a même pas une telle somme! Tu es devenu fou, Amos…

– Fais-moi confiance, demain ton village et le royaume seront plus riches et j'aurai l'argent pour notre expédition! Je t'explique…

***

Le lendemain, Amos et Béorf se présentèrent dans la salle d'audience, suivis cette fois d'une dizaine de prospères commerçants du port. Sans prêter attention à ces derniers, Harald accueillit ses jeunes amis en ricanant. Il se leva brusquement et lança joyeusement en se frottant les mains:

– Amos Daragon, je crois bien que j'ai gagné mon pari!

Le roi se retourna et baissa son pantalon. Les fesses à l'air, il s'écria:

– Pas de marque rouge sur la fesse droite et encore moins sur la gauche! Allez, tu me dois dix pièces d'or, Amos! Ta fameuse ruse ne t'a pas servi cette fois-ci et c'est moi qui empoche!

Amos fit alors face aux marchands et leur tendit la main. Estomaqués par le spectacle que venait de leur offrir le chef suprême, les commerçants remirent au jeune garçon chacun un sac contenant cent pièces d'or puis quittèrent un à un la salle d'audience. Béorf, hilare devant la scène, salua chacun des bourgeois d'une amicale claque dans le dos.

– Mais que… mais que se passe-t-il ici?, demanda Harald, tout décontenancé, en remontant son pantalon. Je suis le roi et j'exige de savoir ce qui se trame ici. Amos, explique-moi!

– C'est très simple, dit le garçon en sortant dix pièces d'or de l'un des sacs. J'ai perdu mon pari avec vous et je vous remets ce que je vous dois. Voici votre dû!

– Mais… tous ces marchands?… Ils viennent à l'instant de te donner une vraie fortune!

– Exactement. J'avais parié cent pièces d'or avec chacun d'eux que le roi Harald en personne leur montrerait ses fesses avant même de leur dire bonjour ce matin. Et… j'ai gagné!

– Mais… mais je… mais…, balbutia Harald, je me suis fait avoir! Tu m'as manipulé!

– Pas tout à fait, reprit Amos. J'ai gagné mille pièces d'or ce matin. Moins les dix que je vous ai déjà remises, il m'en reste neuf cent quatre-vingt-dix. C'est beaucoup plus qu'il ne m'en faut! Je vous remets donc trois cent trente pièces supplémentaires et j'en laisse aussi trois cent trente autres à Béorf pour le village d'Upsgran. Le reste servira à mon expédition. Cela vous convient-il, Messieurs?

– C'est parfait!, lança Béorf, tout réjoui.

– Je pense que c'est un très bon prix pour avoir vu mes fesses!, plaisanta le roi. Et c'est bien fait pour ces pingres de commerçants! Ils ont flairé l'argent facile et sont tombés dans le piège. Bien joué, Amos! Le royaume saura bien utiliser cette «taxe spéciale». Par contre, ne t'amuse plus jamais à mes dépens! Compris? Sauf… bien sûr, dans un cas aussi payant que celui-ci…

– C'est entendu!, assura le jeune garçon. Maintenant je dois y aller. Merci de m'avoir reçu en audience et merci aussi pour votre sens de l'humour.

Satisfaits, les deux compagnons regagnèrent les quais, tout près du marché. Un large sourire éclairait leur visage.

– Amos, c'est tellement facile de gagner de l'argent avec toi!, lança Béorf en rigolant.

– Disons que les choses ont bien tourné, répondit modestement son ami. Bon, maintenant, nous pouvons nous procurer ce dont nous avons besoin pour l'expédition. Regarde, Lolya m'a donné une liste interminable d'ingrédients à acheter.

— Je pense que je vais vendre le drakkar et en acheter un plus gros, déclara le chef d'Upsgran, redevenu sérieux. Avec tout ce que l'équipage rapportera, nous manquerons vite de place sur notre petit navire.

— Prends ces pièces, dit le porteur de masques en offrant une des bourses à Béorf. Si tu le peux, engage quelques hommes de main pour notre voyage, de solides gaillards qui pourront faire le chemin avec nous. Je ne veux pas partir avec des béorites du village. Il ne faut plus risquer la vie de ces gens. Ils ont déjà trop souffert…

— Mais…

— Il n'y a rien à ajouter, l'interrompit Amos, connaissant d'avance les arguments que son valeureux ami allait invoquer pour essayer de le faire changer d'avis.

— D'accord!, maugréa Béorf en s'éloignant. On se retrouve au drakkar ce soir!

— Oui, à ce soir!, répondit le garçon avant de disparaître dans la foule du marché.

Chapitre 2

Les esclavagistes

Les deux filles étaient assises sur une petite plage de galets aux abords du village d'Upsgran et regardaient l'océan. Médousa, la jeune gorgone, s'était installée à l'ombre d'un grand pin alors que Lolya, légèrement vêtue, se faisait bronzer.

– Dis-moi une chose, demanda Médousa à sa nouvelle amie. Les gens de ta race peuvent rester sous les brûlants rayons du soleil sans danger. Est-ce à cause de la couleur de votre peau?

– Peut-être bien, répondit Lolya. J'ignore si c'est parce que je suis foncée, mais j'adore sentir la caresse du soleil sur mon corps. Ce doit être pour cela que je suis toute calcinée comme tu le dis pour me taquiner! Tu devrais essayer, je te trouve un peu verte...

– J'aimerais bien, fit la gorgone en souriant, mais ma peau prendrait feu! Je suis une créature de la nuit et la lune me convient mieux. Un coup de lune est beaucoup mieux pour moi qu'un coup de soleil!

– Je ne te connais que depuis quelques semaines et je te trouve fascinante, Médousa.

Tous ces petits serpents qui te servent de cheveux et ta capacité de transformer les gens en statues de pierre d'un seul coup d'œil... Les gorgones sont épatantes!

– Heureusement que je porte des lurinettes[1]. Comme je peux voir à travers leurs verres sans pour autant qu'on puisse apercevoir mes yeux, je ne risque pas de pétrifier mes amis!

– C'est vraiment fantastique! Dis-moi autre chose, Médousa, te baignes-tu parfois? lui demanda la jeune Noire.

– Bien sûr. L'eau salée est très bonne pour moi, par contre, avec ce soleil... tant pis, allons-y, je garderai ma robe!

Seule Lolya se dévêtit et les deux amies se jetèrent dans l'eau. L'océan était glacé et le contraste avec la chaleur du jour fit hurler les baigneuses. Elles firent quelques brasses rapides pour se réchauffer tout en s'amusant de leur audace. La toque de Lolya se défit au contact d'une vague, laissant ainsi ondoyer ses très longs cheveux autour d'elle. Avec ses pieds palmés, Médousa nageait avec aisance. Elle plongea un long moment et remonta avec un poisson entre

---

1. Lurinettes: Paire de verres enchâssés dans une monture de façon à être placée sur le nez, devant les yeux. Invention des luricans de l'île de Freyja. C'est Flag Martan Mac Heklagroen, leur chef, qui baptisa ainsi l'objet en fondant les mots «lurican», en l'honneur de son peuple, et «coquette», en s'inspirant du visage de Médousa, pour créer «lurinettes».

les dents. La jeune Noire éclata de rire, ce qui lui fit avaler de force une bonne gorgée d'eau salée. Les filles revinrent en riant reprendre leur place sur le rivage.

— Ouf!, dit enfin Lolya, quelle tasse j'ai bue!

— Tu as bien failli avaler toute la vague, répliqua Médousa en pouffant. Tes cheveux sont magnifiques! Ils sont si longs et bouclés en plus! Tu devrais les laisser détachés plus souvent!

— Ce ne serait pas une bonne idée. Au bout de quelques heures seulement, je serais transformée en monstre poilu! Et je t'assure que tu n'aimerais pas voir ça; j'aurais l'air d'une boule de poils sur deux pattes...

— Tu ressemblerais à Béorf alors?

— Exactement!

Les filles rirent de bon cœur, puis Médousa offrit à Lolya de lui peigner les cheveux, ce que celle-ci accepta avec plaisir. Ensemble, elles discutèrent longuement de choses et d'autres, s'amusèrent beaucoup et se confièrent quelques secrets trop importants pour être révélés ici même. Cet après-midi de rires et de baignade sous le soleil souda leurs atomes crochus et elles devinrent les meilleures amies du monde.

Comme elles ramassaient leurs affaires pour rentrer à la cabane de Sartigan, cinq grands gaillards les surprirent. Ils avaient l'air de véritables barbares. La barbe longue et les cheveux hirsutes, ces hommes avaient de gigantesques épées. Torse nu, le regard sauvage, légèrement vêtus de cuir mal brossé et couverts de peintures de guerre, ils avançaient vers elles en ricanant. L'un d'eux s'exclama :

– Que voici de belles petites créatures ! Je savais que ce voyage vers l'océan serait payant !

La jeune Noire est bien jolie, lança un autre en se léchant les babines. Je pense que je vais la garder comme femme ! En plus, avec les bijoux qu'elle porte, je serai riche !

Les barbares éclatèrent tous d'un rire bien gras.

– Salut, mes mignonnes !, poursuivit celui qui, par ses peintures de guerre, semblait être le chef. Vous êtes seules ici ? Vous attendez vos parents ?

Médousa et Lolya reculèrent d'un pas tout en demeurant muettes.

– Mais elles ont perdu leur langue !, fit le plus gros du groupe en s'esclaffant. Remarquez que j'aime bien les filles qui se taisent quand on leur parle.

– Laissez-nous tranquilles !, ordonna Lolya.

– Oh ! oh ! oh ! des menaces !, lança le chef. Vous avez entendu, les gars ? La petite négresse veut que nous partions. Eh bien, allons-nous-en ! Vite !

Une hilarité générale s'empara encore une fois du groupe de malotrus.

– Nous allons partir, continua-t-il, mais avec vous !

– Tu as vu, remarqua le gros, celle-ci a des serpents sur la tête... Berk ! c'est dégoûtant ! Tu penses qu'on pourra en obtenir un bon prix ?

– Oui, assura le chef. L'important, c'est qu'elle soit vivante. Les Sumériens sont peu regardants sur les esclaves que nous leur vendons, même s'ils ressemblent à des grenouilles!

— Messieurs, c'est le dernier avertissement que je vous donne, menaça Lolya. Passez votre chemin ou vous en subirez les conséquences!

— Ouuuh! elle a du caractère, cette petite effrontée!, s'écria un des barbares en saisissant le pommeau de son épée. Elle a sans doute besoin d'une bonne correction…

— DU CALME!, hurla le chef. La marchandise doit être en parfait état.

— Moi, je veux bien vous suivre, dit soudainement Médousa. Où allons-nous?

— Bon, c'est mieux comme ça, répugnante créature!, répondit le chef. Nous allons faire un long voyage jusqu'à notre village pour vous vendre et ensuite, si nous obtenons un bon prix pour vous, d'autres gentils messieurs vous amèneront très, très loin d'ici! Pour vous remercier de collaborer si gentiment, je vous donnerai de beaux bracelets pour mettre à vos poignets et à vos chevilles.

— Des bracelets reliés par une chaîne, c'est bien cela?, demanda Lolya.

— En plus d'être jolie, tu es très intelligente!, fit l'un des barbares en ricanant. Moi, j'aime bien les filles intelligentes. Je pense que c'est moi qui te garderai comme femme!

Lolya marmonna alors discrètement quelques phrases incompréhensibles.

— Très bien!, acquiesça Médousa. Comment pourrions-nous vous résister? Vous si grands, si puissants et si forts... nous n'avons aucune chance. J'ai une question par contre!

Les barbares s'approchèrent et entourèrent les filles.

– Pose ta question, petite grenouille!, ordonna le chef sur un ton sec. Ensuite, nous allons vite y aller.

– Avez-vous déjà vu ceci?, lui demanda Médousa.

D'un coup, la gorgone déploya ses ailes. Les barbares, surpris, reculèrent de quelques pas.

– PAR WOTAN!, s'exclama l'un d'eux. Cette gamine a des ailes!

Les hommes dégainèrent leurs armes, prêts à l'action.

– TU SAIS POURQUOI J'AI DES AILES, GROS PORC?, hurla la gorgone. C'EST PARCE QUE JE SUIS UNE DÉMONE!

Médousa retira subitement ses lurinettes et regarda le chef des barbares droit dans les yeux. L'homme poussa un cri d'horreur. Sous le regard ahuri de ses compagnons, il se figea. Sa peau se durcit en devenant grise comme de la pierre. En moins d'une seconde, il était pétrifié, transformé en statue de pierre.

À ce moment, Lolya tourna sur elle-même en invoquant un esprit. Une ombre se matérialisa près d'elle puis bondit en même temps vers deux des barbares. Défendant leur vie, ces derniers s'élancèrent sur le spectre, mais leur épée passa au travers de la créature sans lui faire la moindre égratignure. L'esprit prit alors possession du corps d'un des assaillants et le fit se retourner contre son comparse.

Médousa sauta au visage du plus gros barbare et le fit tomber à la renverse. Elle lui tint les paupières ouvertes et cria :

– TU NE ME TROUVES PAS BELLE, HEIN ? TU AURAIS DÛ APPRENDRE À PARLER AUX FEMMES !

Dans une supplication larmoyante, le guerrier se mua en pierre.

Pendant ce temps, l'esprit avait eu raison de son adversaire et se dirigeait maintenant vers le dernier survivant. Lolya intervint :

– Tu me voulais pour femme ? Eh bien, je te présente mon copain. Attention, il est très jaloux !

En deux coups d'épée, la tête du barbare vola dans les airs puis atterrit sur la grève. Sa tâche terminée, l'esprit retourna son arme contre le corps de son hôte et lui transperça l'abdomen d'un mouvement brusque. Le barbare s'effondra au sol, mort.

La créature éthérée se détacha alors du guerrier et vint saluer Lolya.

– Merci, dit la jeune nécromancienne, ton aide m'a été d'une grande utilité. Je te libère, retourne à la mort et repose en paix.

L'esprit disparut aussitôt.

Essoufflées, les filles s'assirent par terre, l'une près de l'autre, pour se remettre un peu de leurs émotions. Médousa remit ses lurinettes et dit :

– Tant pis pour eux ! Nous les avions avertis…

— Tu as un sacré pouvoir, Médousa !, la complimenta Lolya.

— Et toi donc ! Surprenant, cet esprit ! On ne s'attaque pas à l'ancienne reine des Dogons sans en subir les conséquences !

— Nous formons une sacrée équipe ! Plus besoin d'Amos ni de Béorf !

— En tout cas, répondit Médousa avec un grand sourire, ils ont deux copines qui savent se défendre !

— Reprenons notre souffle et ensuite allons voir derrière, dans la forêt, s'il n'y a pas d'autres barbares.

— Bonne idée. Mais restons prudentes...

Après une fouille minutieuse d'une partie de la forêt, les filles trouvèrent cinq chevaux chargés de tout l'équipement nécessaire à un long voyage. Il y avait aussi des dizaines de chaînes et de lourds bracelets de fer. Pas de doute, ces hommes étaient bien des chasseurs d'esclaves ! Dans un grand livre de comptes, on pouvait clairement voir tous les détails de leurs transactions et les sommes qu'ils avaient amassées. Ils commerçaient avec les gobelins et plusieurs autres races hideuses d'humanoïdes. D'après les écrits, il existait des dizaines de petits groupes comme celui-ci qui écumaient la région. Tous ceux qui participaient à ce lucratif commerce venaient du village d'Arkalaen, situé dans les contrées barbares de l'Est. Parmi les papiers se trouvait une carte indiquant clairement l'emplacement du village ainsi que plusieurs routes pour s'y rendre.

– Cela nous sera utile !, assura Lolya. Je ne pense pas que la mère d'Amos soit passée entre leurs mains, son nom ne figure pas dans le registre, mais nous avons maintenant une piste qui nous mènera peut-être vers ceux qui achètent les esclaves vendus par ces barbares.

– Si j'avais pu faire parler leur chef avant de le pétrifier, lança Médousa, nous aurions pu lui tirer les vers du nez !

– Lui tirer les vers du nez ?, répéta pensivement Lolya. Faisons cela ! C'est une très bonne idée.

– Mais… mais il est mort !

– Un mort, c'est très bavard !, rétorqua la jeune Noire en riant. Aide-moi, je vais amener ces chevaux à Upsgran pour en faire cadeau aux béorites et, pendant ce temps, tu iras chercher la tête décapitée du barbare. Rejoins-moi ensuite à la cabane de Sartigan.

– Et je suppose que tu feras parler la tête ?, demanda Médousa, à moitié convaincue.

– Tu verras, j'ai plus d'un tour dans mon sac…

– Attends, insista gentiment la gorgone. Je vais t'aider à te coiffer… C'est bien vrai que tu as l'air d'un monstre poilu quand tu es dépeignée !

***

Médousa récupéra avec dégoût la tête du barbare et s'en retourna à la cabane dans la forêt. Cette modeste demeure appartenait au maître d'Amos et de Béorf, un vieil homme nommé

Sartigan. Il avait disparu au cours d'une excursion et les rêves divinatoires de Lolya lui avaient fait dire qu'il était retenu prisonnier tout comme la mère d'Amos. La maison du vieillard était maintenant le refuge des deux filles, alors qu'Amos et Béorf habitaient la maison des Bromanson, au centre du village d'Upsgran. Pour ne pas effrayer les villageois, Médousa vivait cachée tandis que Lolya connaissait presque tout le monde et se promenait chez les béorites comme chez elle. Médousa, en tant que gorgone, savait que la plupart des gens ne l'auraient pas acceptée. Elle avait un très joli visage, mais avec ses cheveux-serpents et sa peau verte, elle faisait trop penser à un démon ou à un être maléfique des légendes anciennes. Les béorites avaient l'esprit ouvert sur bien des aspects, mais là-dessus, il valait mieux ne pas prendre de risques.

Après avoir livré les chevaux à Upsgran, Lolya revint rapidement à la cabane et vit la tête du barbare au pied de la cheminée. Médousa attendait son amie en grignotant de gros scarabées bien dodus.

– Tu en veux un?, lui demanda-t-elle.

– Oui, merci!, répondit Lolya en prenant l'insecte.

Vivant sur des terres arides, le peuple des Dogons, dont était issue Lolya, s'était habitué à manger n'importe quoi pour survivre durant les sécheresses. Les insectes faisaient partie de son régime alimentaire depuis plusieurs générations. Dans le cas des gorgones, cafards, scarabées, fourmis, chenilles, papillons de nuit et perce-oreilles étaient la base d'une saine alimentation.

Lorsque son goûter fut terminé, Lolya disposa trois chandelles noires autour de la tête et une autre directement dessus.

– J'ai remarqué que tu avais des chandelles de différentes couleurs, dit la gorgone en observant son amie. Pourquoi n'utilises-tu ici que les noires?

– Je t'explique, répondit Lolya. À chaque couleur correspondent des caractéristiques très précises. Les blanches servent à accroître la force psychique, la clairvoyance et la divination. Elles développent les forces spirituelles, la protection de l'âme et la purification intérieure. Je me sers des noires pour me protéger de la malchance, du malheur ou encore pour entrer en contact avec les esprits. Ce type de bougie exorcise le mauvais œil et chasse le mal. Les vertes sont le symbole de la jeunesse et de l'abondance. Je les utilise au cours des bénédictions et des fêtes. Les rouges servent pour les charmes d'amour…

– Les charmes d'amour?, l'interrompit Médousa. Tu devrais les utiliser sur Amos! J'ai vu comment tu le regardes parfois et…

– … et mêle-toi de tes affaires…, l'avisa la nécromancienne, mi-sérieuse. Si, et je dis bien «si», Amos m'intéressait, je voudrais qu'il tombe amoureux de moi sans recourir à un sort… Bon, je poursuis, si tu veux bien…

– Vas-y, je ne parle plus de charmes d'amour et je t'écoute, fit la gorgone, amusée.

– Très bien. Donc, dans ce cas-ci, j'utilise les bougies noires parce que je vais interroger cette tête de barbare. Elles me serviront de barrière contre le monde des ténèbres. Je veux que la tête me confirme ce que j'ai déjà vu en rêve…

La jeune sorcière alla chercher son grimoire et commença une étrange cérémonie. Après avoir allumé les bougies, elle brûla quelques poils de barbe du barbare et en mélangea la cendre à sa propre salive puis, avec cette mixture, se dessina quelques signes étranges sur le visage. Lolya prononça ensuite une formule magique et lança de la poudre d'or autour d'elle. Finalement, elle brisa trois petits os de pigeon et dit à voix haute :

– Trois os pour trois questions, trois réponses je veux… La voici, je ne la répéterai pas… Pour qui chassais-tu des esclaves ?

La tête du barbare s'anima lentement et répondit :

– Pour les Sumériens.

– Pourquoi les Sumériens ont-ils besoin d'esclaves ?

– Pour construire la tour d'El-Bab.

– Qu'est-ce que la tour d'El-Bab ?

– Elle sera le joyau de ce monde… une tour touchant les nuages pour célébrer la gloire d'Enki, le dieu unique.

– Le dieu unique ?, fit Lolya, stupéfaite.

– Trois os, trois questions seulement ! La tête du barbare resta muette et les bougies noires s'éteignirent d'elles-mêmes.

Chapitre 3

Monsieur Grumson, ses fils et Maelström

Au retour de son congé, un magnifique drakkar attendait l'équipage des béorites. Béorf avait dépensé presque tout son or pour offrir ce cadeau aux habitants d'Upsgran. Le navire était fait de chêne rouge et miroitait d'un vermeil clair. Une tête de proue représentant une mangouste dévorant un serpent ornait l'avant du bateau. Béorf avait choisi le navire notamment à cause de cette sculpture. C'était avec des mangoustes qu'Amos avait mené sa première grande bataille à Bratel-la-Grande et depuis, le petit animal avait une place de choix dans son cœur.

On remplit le petit drakkar à ras bord des emplettes de l'équipage, puis on l'attacha derrière le nouveau navire. Heureusement que Béorf avait acheté ce bateau! Jamais les béorites n'auraient eu assez de place pour ramener à Upsgran tout ce qu'ils avaient acheté.

— Alors, Béorf, s'informa Amos, as-tu trouvé quelques hommes pour nous accompagner dans notre voyage?

– Malheureusement non, avoua le gros garçon. Je suis allé voir le scribe pour qu'il me prépare des affiches que j'ai ensuite posées aux quatre coins de la ville. Jusqu'ici, personne n'a répondu à l'appel.

– Il nous faut pourtant un équipage pour naviguer sur la grande rivière de l'Est. C'est la façon la plus rapide et la plus simple pour entrer au cœur du continent.

– Tu ne veux vraiment pas que mes hommes nous accompagnent plus loin?, lança le chef d'Upsgran qui avait du mal à se résigner à partir sans eux. Personne ne connaît mieux la mer qu'eux et tu sais que les béorites sont toujours prêts à sortir griffes et crocs quand un danger se présente...

– Je te l'ai déjà dit, Béorf : il est hors de question que ces gens risquent leur vie, répondit Amos d'un ton qui n'admettait pas de réplique. Les habitants d'Upsgran n'ont même pas fini de pleurer leurs morts. Et je peux te garantir qu'il n'y en aura pas d'autres dans cette nouvelle expédition. Tu peux dire ce que tu veux ; rien ne me fera changer d'idée. Il nous faut de bons marins capables de naviguer en rivière, c'est tout ! Ensuite, nous continuerons l'aventure à quatre...

Béorf n'eut pas le temps de chercher d'autres arguments que, de toute façon, il savait vains. Une clameur se répandit sur les quais. Quelqu'un était vraisemblablement en train de se noyer et refusait obstinément qu'on l'aide. Les deux garçons accoururent sur la scène du drame.

Cinq jeunes hommes, grands et costauds, étaient accroupis sur le quai et criaient:

– Donne-nous la main, père! Donne-nous la main, allez, père, donne la main!

Les curieux étaient nombreux à observer l'absurde spectacle. L'homme avalait de l'eau et se débattait frénétiquement, mais refusait de se laisser secourir. L'attroupement sur le quai s'élargissait de seconde en seconde, et des voix lancèrent bientôt:

– Allez! Donnez-leur la main! Mais qu'est-ce qu'il fait? DONNEZ VOTRE MAIN! Vous êtes tout juste à côté du quai! Mais bon Dieu! il a de l'avoine dans les oreilles! Donnez la main!

– Qu'il se noie donc, ce vieil avare!, s'exclama un badaud.

– Il a ce qu'il mérite, ce pingre!, renchérit un autre.

– De toute façon, je me demande bien comment ses fils peuvent supporter un tel grippe-sou!, cria une femme, furieuse devant cette scène. Qu'on le laisse couler…

Un des fils du noyé se leva et hurla à la foule:

– Mes frères et moi promettons de servir celui ou celle qui fera entendre raison à notre père!

Alors, Amos se tourna vers Béorf et lui dit:

– Mais le voilà, notre équipage!

Puis le jeune porteur de masques bondit, s'accroupit sur le quai et cria:

– PRENEZ! PRENEZ MA MAIN, MONSIEUR!

Aussitôt, l'avare agrippa le bras d'Amos et ce dernier le tira vers ses fils. Les cinq garçons s'empressèrent de sortir leur père de l'eau. La foule applaudit mollement Amos et se dispersa ensuite. Béorf s'approcha alors de son ami :

– Je ne comprends pas, Amos, explique-moi. Comment as-tu fait pour qu'il accepte ton aide alors qu'il refusait celle de ses propres enfants ?

– C'est simple, expliqua le porteur de masques. D'après les commentaires de la foule, cet homme a la réputation d'être un redoutable harpagon. Au lieu de lui dire de me DONNER sa main, je lui ai offert de PRENDRE la mienne ! Un véritable avare ne donne jamais rien, mais il prend tout !

– Épatant !, s'exclama Béorf. Et tu crois qu'il aurait pu se laisser mourir pour… pour une question de vocabulaire ?

– Sartigan m'a déjà dit que les hommes n'entendent bien que ce qu'ils veulent bien entendre !

Le rescapé, un petit homme d'une soixantaine d'années, mal rasé et les cheveux gris, s'avança vers Amos. Il était accompagné de ses fils, cinq gaillards aux cheveux blonds et aux muscles noueux. Les cinq frères se ressemblaient tous. Ils avaient presque la même bouche, les mêmes yeux, la même taille. L'avare toussota pour s'éclaircir la voix avant de parler :

– Il n'était pas nécessaire de me venir en aide, mes fils l'auraient fait, mais ils ont été moins rapides que vous !

– Vos fils étaient là depuis longtemps, Monsieur, et ils essayaient justement de vous secourir !, corrigea Amos.

— Ah bon?, s'étonna faussement l'homme. Pourtant, je ne les ai pas vus ni entendus! Enfin, passons... Vous pouvez m'appeler monsieur Grumson et voici mes fils: Magnus, Markus, Mékus, Mikus et Morkus. Ce sont des quintuplés... Leur... leur mère est morte en leur donnant naissance. Cinq bouches à nourrir... Quel malheur pour moi!

— Moi, je suis Amos Daragon et voici mon ami: Béorf Bromanson.

— Bien, très bien, conclut l'avare... Au plaisir de vous revoir un jour! Maintenant, partons, mes garçons!

— Un instant!, fit Amos pour le retenir. Il reste deux détails à régler!

— Et quels sont-ils?, grommela Grumson père.

— Un de vos fils a juré de servir, avec ses frères, quiconque vous sortirait de l'eau. Vous avez donc une dette envers moi et... justement, j'ai besoin d'un équipage de navire. Je requiers donc vos services pour un mois et vous serez libres ensuite...

— Hum..., fit l'avare en se renfrognant. C'est embarrassant... Je ne quitte jamais mes fils et s'ils doivent partir avec vous, je vous accompagne aussi!

— Eh bien, soyez le bienvenu!, se réjouit Béorf.

— Cependant, vous devez savoir que si je vous accompagne, vous devez me payer, moi!, précisa le grippe-sou.

— Et combien voulez-vous?, demanda Amos.

– Je coûte cher, car je suis une personne d'expérience…, reprit l'homme en se frottant les mains. Disons… six pièces d'or par semaine !

– Mais c'est hors de prix !, s'écria Béorf. Deux pièces par semaine seraient un excellent salaire.

– C'est à prendre ou à laisser…, soupira l'homme. Les temps sont durs et…

– Très bien !, l'interrompit Amos. Demain à l'aube, soyez au port avec vos fils et je vous verserai votre salaire à la fin de chaque semaine.

– Entendu, à demain alors, acquiesça l'avare en ricanant.

– Autre chose encore, ajouta le garçon. Vous ne m'avez pas remercié de vous avoir sauvé la vie… pourquoi ?

– Je le ferai bientôt, affirma le grippe-sou en s'éloignant avec ses fils. Bientôt…

***

Durant le voyage de retour vers Upsgran, monsieur Grumson regarda ses fils travailler sans jamais lever le petit doigt pour leur venir en aide. Les gaillards souquaient ferme, ajustaient les voiles et nettoyaient le pont du nouveau bateau. Lorsque le navire faisait escale dans une île, ils défrichaient, montaient la tente, ramassaient du bois pour allumer des feux, préparaient les repas et s'occupaient du confort des béorites. Jamais ils ne faisaient la grimace ni ne rechignaient à l'ouvrage. De plus, Magnus, Markus, Morkus, Mikus et Mékus étaient de très agréable compagnie.

Monsieur Grumson, pour sa part, se plaignait constamment de son arthrite et de ses maux de dos. Il mangeait comme un glouton, laissant à peine de quoi grignoter à ses fils. Il rouspétait sans cesse, se plaçait toujours intentionnellement au mauvais endroit, s'amusait des erreurs de l'équipage, critiquait Béorf dans sa façon de commander, riait sous cape d'Amos et de ses cheveux tressés et, par-dessus tout, il coûtait une fortune. Heureusement, ses fils étaient braves et ils valaient largement le salaire que le porteur de masques versait à leur père.

Lorsque le drakkar accosta le quai d'Upsgran, c'est avec une très grande joie que les béorites rentrèrent chez eux, d'autant plus heureux de ne plus avoir à entendre les âneries du père Grumson. On installa toute la famille dans le grenier de la taverne, au grand déplaisir du vieux grincheux. Il aurait voulu une chambre privée, une meilleure paillasse pour ses vieux os, le petit-déjeuner servi au lit et un balcon donnant sur la mer. Les quintuplés remercièrent chaleureusement la patronne pour son accueil et offrirent même leurs services à la cuisine.

Quant à Amos et à Béorf, ils regagnèrent leur maison dans le village.

– Allons donc rendre visite à Médousa et à Lolya, suggéra le gros garçon. Elles seront ravies de voir tout ce que nous leur rapportons.

– Bonne idée! Vas-y, je t'y rejoindrai tout à l'heure, répondit Amos. Je veux passer à la grotte avant... Je veux voir comment se porte

Maelström. J'ai d'ailleurs rapporté une foule de choses pour lui et pour Geser...

– Très bien. Je me charge d'apporter les poudres, les ingrédients et toutes les autres babioles que nous avons achetées pour les filles. Je t'attends chez elles, à la cabane de Sartigan. Ne sois pas trop long, Amos !

Béorf pénétra dans la forêt alors qu'Amos, de son côté, longea la côte en direction de la colline surplombant le village. Sur les hauteurs, Geser Michson dit la Fouine l'attendait. Il lui envoya la main et lança :

– Salut à toi, Amos ! J'ai vu arriver le drakkar... Le voyage a été bon ? Et comment va le vieux roi Harald ?

– Le trajet fut un succès et Harald se porte bien, malgré quelques petits problèmes financiers !

Geser Michson avait été de la grande bataille de Ramusberget. Ce béorite était un très mauvais marin, mais il n'avait pas son pareil sur terre. Il connaissait tous les arbres et les plantes, ainsi que tous les animaux, que ce soit les insectes, les oiseaux ou les reptiles. La forêt était son élément. Depuis quelque temps, c'est lui qui prenait soin de Maelström, le petit dragon.

Geser habitait maintenant avec la créature dans une ancienne forteresse, creusée à même la colline et où aucun béorite ne se rendait plus jamais. Ce vestige des guerres anciennes ne présentait plus aucun intérêt. Au village, on avait même oublié son existence. Personne ne savait qu'un dragon sommeillait actuellement dans cette colline et que son gardien était Geser.

Alors qu'il était encore dans sa coquille, Maelström avait été offert en cadeau à Amos par le dragon de Ramusberget. Il avait éclos durant le voyage vers l'île de Freyja, puis était mort après de longues semaines d'agonie des suites de son combat avec un griffon. Lolya, en utilisant un cœur humain ensorcelé par la défunte sorcière Baya Gaya, avait réussi à redonner vie à la bête. Le dragon se remettait maintenant de ses blessures et de son opération. C'est Béorf qui l'avait baptisé Maelström en l'honneur de sa puissance.

— Viens, Amos, lui dit Geser, ravi de la visite de son ami. Je pense qu'il a hâte de te voir !

— Comment va-t-il ?, lança le garçon en allumant une torche.

— Descendons dans la grande salle et tu seras surpris de mon travail !, s'enorgueillit Geser.

Amos et Geser s'enfoncèrent au cœur de la colline par un vieil escalier de pierre. En descendant vers Maelström, le porteur de masques demanda :

— Est-il encore agressif ?

— Je n'ai jamais vu une créature plus douce que celle-là !, assura Geser. Tu m'avais dit qu'il était belliqueux et très méchant, mais je ne trouve en lui qu'affection, tendresse et obéissance. D'ailleurs, il commence à comprendre notre langue. Il ne bouge pas beaucoup encore, mais son moral est bon et il remonte bien la pente… Maelström est fort ! Il est très solide ! Attention à la tête…

Sous le bas plafond de la galerie souterraine, Geser alluma quelques torches accrochées aux murs et la pièce s'éclaira d'une douce lumière vacillante. Au fond de la pièce, le petit dragon leva un peu la tête. Il ouvrit la bouche et lança faiblement:

— AAAAAAMOS! AAAAAAMOS!

— Tu lui as appris à prononcer mon nom!, s'étonna le porteur de masques, ému.

— Eh oui!, clama fièrement Geser. Comme il ne peut pas encore se mouvoir, pour le distraire je lui apprends à parler!

— GEEEEEESER! AAAAAAMOS! MAELS-TRÖÖÖÖM!, continua la petite bête de feu.

— Attendri, Amos s'assit tout près de Maelström qui posa la tête sur ses genoux. Il lui caressa longuement la nuque, comme il l'aurait fait avec un chien.

— Je savais que tu deviendrais un bon dragon, une bonne créature capable d'aider les hommes au lieu de les tuer.

— Tu sais, dit Geser en s'approchant du garçon, je ne connaissais pas cette créature avant que Lolya lui greffe un cœur humain, mais je peux t'assurer que je n'ai jamais vu un animal aussi intelligent et aussi amical que lui.

— Tu as bien raison. Je pense que Lolya lui a aussi donné une autre âme…

— Aaaaaaamos, murmura le dragon en fermant les yeux de bien-être.

— Je te remercie, Geser, pour ton aide, dit Amos, reconnaissant. Tu étais comme les autres béorites du village, c'est-à-dire que tu ne savais rien de cette histoire de dragon. Cependant, malgré ta surprise et ton appréhension, tu as décidé d'aider Maelström et c'est très généreux de ta part.

– Je le veille jour et nuit, et je n'ai pas connu de plus agréables moments de toute ma vie. Mais dis-moi, as-tu apporté ce que je t'avais demandé ?

– Bien sûr. Tout est dans le sac, ici… Il y a des plantes fortifiantes, ton thé préféré, enfin… la liste est complète. Et tu ne me dois rien, c'est une gracieuseté des marchands du port. Ils ont perdu un ruineux pari !

– J'aime les bonnes histoires. Allez, raconte !

Amos relata en détail l'épisode des fesses du roi Harald sous les rires et les exclamations de joie du béorite. Maelström, toujours en train de se faire caresser la tête, semblait lui aussi prendre plaisir à écouter ce récit. Juste avant la fin de l'histoire, un bruit retentit dans le couloir.

– Éteins les torches, Amos, murmura Geser tout en se métamorphosant en ours. Je vais m'occuper des intrus.

Après quelques secondes de silence, le dragon hurla :

– BÉÉÉÉORF ! MÉÉÉÉÉDOUSA ! LOLLLLA !

– Pas Lola !, fit une voix de fille dans le couloir. Lolya ! C'est Lolya !

– Ça va, tu peux rallumer les torches, Amos, lança Geser, soulagé. Ce sont nos amis qui arrivent !

En utilisant ses pouvoirs de porteur de masques, le garçon claqua des doigts, et les torches de la grande salle se rallumèrent aussitôt.

Lorsqu'elles aperçurent Amos, Médousa et Lolya se jetèrent dans ses bras.

Quand Béorf est arrivé à la cabane et qu'il nous a dit que tu étais ici, dit la jeune Noire, rayonnante, nous avons décidé de venir te rejoindre.

– Et nous avons apporté un pique-nique!, annonça Béorf en se frottant la bedaine.

– J'espère qu'il y en a aussi pour moi!, fit Geser qui se léchait déjà les babines.

– Il y a des cafards, des vers blancs et des papillons de nuit pour tout le monde!, gloussa Médousa.

– Eurk… J'ai déjà moins faim…, avoua le gros garçon.

– Allez, lança Lolya en sortant la nourriture d'un panier d'osier, mangeons tous ensemble! Rassurez-vous, j'ai pensé à prendre autre chose que le menu habituel de Médousa. Voilà…. Vous savez, elle et moi avons vécu une petite aventure avec des barbares qui mérite d'être entendue!

– Encore une bonne histoire!, se réjouit Geser. Décidément, c'est une grande journée…

Chapitre 4

Les énigmes

Amos et Béorf étaient sur leur nouveau drakkar, baptisé *La Mangouste* et étudiaient soigneusement la carte que leur avait fournie Lolya. Pour éviter et contourner les dangers des villages barbares d'esclavagistes durant son voyage vers El-Bab, dans les contrées de l'Est, le bateau devait suivre le grand fleuve Volf. Il lui faudrait ensuite traverser une mer intérieure dont seule une petite partie était représentée sur la carte. Les garçons ne savaient pas où était située la tour d'El-Bab exactement, mais les intuitions, les visions et les rêves de Lolya suggéraient constamment la voie de l'Est.

— Hé! vous devez me payer!, lança tout à coup une voix désagréable qui provenait du quai, derrière eux.

— Je vous ai déjà payé hier, répondit Amos sans même se retourner.

— Et quelle preuve avez-vous de cela?, relança monsieur Grumson.

— Voilà le papier que je vous ai demandé de signer en guise de preuve, rétorqua patiemment le porteur de masques en exhibant le reçu. Vous avez une semaine d'accomplie à mon service ; il en reste donc trois autres à votre engagement… à moins que vous ne préfériez nous quitter immédiatement et ce, bien entendu, sans vos fils ?

– Non, non, c'est très bien ainsi…, abdiqua l'avare. Excepté le grenier de la taverne qui est infect et la nourriture immangeable, tout est parfait. Cependant, il y a aussi les gens de ce village qui sont de véritables bons à rien, mais ceci ne me regarde pas… Un village est souvent à l'image de son chef…

Béorf fulminait intérieurement. Grumson l'insultait directement en méprisant ainsi son peuple. Ces gens forts et courageux, honnêtes et dévoués se voyaient réduits à de simples « bons à rien » ! Le gros garçon n'en croyait pas ses oreilles ! Il était sur le point de sortir de ses gonds quand Amos le calma un peu en lui donnant une tape amicale dans le dos. De mauvaise humeur, Béorf ronchonna :

– Pourquoi ne le congédierait-on pas ? Ce bonhomme me tape vraiment sur les nerfs !

– À moi aussi, lui avoua son ami, mais je sens qu'il a un rôle à jouer dans notre histoire. Je deviens comme Lolya… j'ai des pressentiments !

– Pardon ? Que dites-vous ?, brama le père Grumson. Vous parlez de moi ?

– Non, répondit Amos en se penchant sur la carte. Nous discutons du voyage que nous allons entreprendre. Cette carte est difficile à lire et quelques-uns des dessins barbares sont de vraies énigmes…

– Vous aimez les énigmes?, demanda Grumson en montant sur le drakkar. Eh bien, j'en ai une pour vous!

– Désolé, marmonna Béorf, nous n'avons pas le temps.

– Allons, allons!, s'exclama le grippe-sou. On a toujours le temps pour s'amuser un peu... Je vous parie mon salaire d'une semaine que vous ne trouverez pas la réponse... Ça vous tente?

Béorf lança à Amos un regard complice. Il savait que son ami était imbattable à ce genre de jeu et la perspective de voir le vieux Grumson dépossédé de son argent lui plaisait énormément.

– C'est bien vrai qu'on devrait se distraire un peu!, reprit le gros garçon qui, du coup, avait retrouvé sa bonne humeur. Accordons-nous une pause. Moi, je parie le double de votre salaire hebdomadaire! Si Amos ne résout pas votre énigme, je vous donne douze pièces d'or. Par contre, s'il gagne, vous allez nous remettre votre rétribution de la semaine passée et, comme vos fils, vous travaillerez gratuitement pendant les trois prochaines semaines! C'est entendu?

Ébranlé par la proposition, monsieur Grumson recula d'un pas. L'homme risquait de perdre de l'argent, mais il pouvait aussi en gagner beaucoup. Il décida donc de relancer la mise.

– Écoutez, dit-il, si je perds, je travaille pour vous, avec mes fils, tout à fait gratuitement pour les DOUZE prochaines semaines. Mais si je gagne, ce drakkar m'appartiendra!

L'enjeu était très élevé. Béorf, perplexe, regarda Amos avec anxiété. Le porteur de masques haussa nonchalamment les épaules, l'air de dire : « Si Grumson veut travailler gratuitement, ce sont ses affaires ! »

Rassuré, Béorf accepta la proposition de Grumson :

– D'accord, douze semaines de travail si vous perdez et ce drakkar sera vôtre si vous gagnez ! Je vais écrire les conditions de notre marché sur ce papier pour rendre le pari légal.

Lorsque tout fut mis noir sur blanc, Grumson et le jeune chef signèrent l'entente.

– Alors, voici mon énigme, commença l'avare en s'éclaircissant la voix. Supposons que je suis pêcheur et que je prends, avec mon équipage, un immense cachalot. Je veux connaître le poids exact de l'animal, mais je ne dispose que d'une balance servant à peser les pierres. Avec ce seul moyen comment puis-je m'y prendre ? Ah oui ! Je ne peux découper la bête en tranches, puisque je veux son poids en un seul morceau !

– Deux questions…, fit Amos, songeur. Dans votre énigme, vous avez un bateau ?

– Mais oui, évidemment… je suis pêcheur de baleines !

– Votre balance, peut-elle peser d'assez grosses roches ?

– Oui…, gloussa Grumson. Ne te fatigue pas, de toute façon, j'ai gagné ! La solution de cette énigme reste introuvable. Je la connais depuis ma tendre enfance et jamais personne ne l'a résolue. Me voilà donc propriétaire de ce magnifique drakkar maintenant…

– Je ne pense pas, s'opposa Amos. La réponse est assez simple en vérité…

– Alors, explique-moi donc, petit génie!, lança le vieil homme, moqueur. Je suppose que tu vas réussir là où tout le monde a échoué?

– Il suffit d'embarquer le cachalot sur le pont du bateau et de marquer d'un trait le niveau de l'eau sur la coque. On retire ensuite l'animal et on charge le bateau de pierres afin qu'il s'immerge jusqu'au trait. Il ne reste plus alors qu'à retirer les pierres, à les peser une à une et à additionner le poids de chacune pour finalement déterminer précisément le poids total de votre cachalot.

Grumson ne bougeait plus. Pour la première fois de sa vie, il venait de perdre un pari avec son énigme insoluble. Il était sidéré! L'avare restait figé, assommé qu'il était par la réponse d'Amos.

– Alors…, dit Béorf en rompant le silence, ce sera un grand plaisir pour nous de vous avoir gratuitement, vous et vos fils, en tant que marins sur MON drakkar pour les douze prochaines semaines. Si vous le permettez, je vous reprends les six pièces d'or que vous avez gagnées la semaine passée et je vous souhaite une excellente journée!

– Mais… mais… je ne com… c'est imposs…, balbutia l'avare.

– Si vous voulez bien nous excuser maintenant, nous avons du pain sur la planche. Ce fut une très agréable pause… Revenez nous voir! Non, plutôt, préparez-vous, nous pensons pouvoir partir dans deux jours!

Monsieur Grumson rendit son salaire à Béorf et quitta le bateau comme un somnambule. Il parlait tout bas, répétant sans cesse:

– Non, ce n'est pas… Je ne comprends pas… Pourtant… Non, ce n'est pas… Je ne comprends pas… Pourtant…

– Je pense, Amos, que tu viens à l'instant de lui faire perdre la tête!, lança Béorf, amusé.

– Ce n'est pas moi qui ai eu l'idée de ce pari! J'espère qu'il s'en remettra…

À ce moment, Lolya arriva sur le quai. Elle y croisa le père Grumson sans vraiment le remarquer, puis elle bondit sur le drakkar.

– Regardez ce que j'ai trouvé…, annonça-t-elle en déposant devant les garçons le livre de comptes des esclavagistes. Ici, il y a une inscription en langue barbare. Cela m'a tout l'air d'une langue ancienne, certainement un dialecte propre aux contrées de l'Est.

– Je me demande ce que ces mots peuvent bien vouloir dire?, s'interrogea Amos.

– Tu pourrais mettre tes oreilles de cristal, lui suggéra la jeune Noire.

Amos et Béorf avaient reçu ce précieux cadeau de Gwenfadrille, la reine du bois de Tarkasis. Ces oreilles de cristal permettaient de comprendre et de parler toutes les langues. Malheureusement, elles n'étaient d'aucune utilité pour déchiffrer un texte. Amos en fit part à Lolya qui ne se laissa pas démonter pour si peu.

— Alors, il va falloir s'y mettre à trois! Médousa connaît quelques dialectes; moi, je parle cinq langues; et toi, Amos, tu sauras certainement faire les liens entre tout cela.

— Et moi?, demanda Béorf. Moi, je sais grogner!

— Bien sûr que tu nous seras utile, Béorf, répliqua Lolya en souriant. Nous aurons besoin de toi pour préparer le repas pendant que nous analyserons ces inscriptions.

— Eh bien, voilà!, clama le gros garçon. Je savais bien que je pouvais être utile!

— Bon, allons tout de suite à la cabane de Sartigan, proposa Amos. En plus, je commence à avoir faim…

Amos, Médousa et Lolya travaillèrent jusque tard dans la nuit. Béorf, quant à lui, s'endormit bien vite après le repas. La gorgone, originaire des contrées de l'Est, avait déjà entendu des histoires sur les Sumériens. Elle raconta que, selon leurs croyances, la création du monde avait eu lieu lorsque la mer avait explosé vers le ciel pour enfanter la grande montagne céleste et donner naissance aux quatre premières divinités qui étaient le Feu, la Terre, l'Air et l'Eau. Les dieux cosmiques avaient engendré d'autres dieux qui, à la longue, avaient eux-mêmes produit de quoi peupler tout l'univers. Aux côtés des quatre principaux dieux, d'autres divinités inférieures s'étaient partagé le gouvernement du Soleil, de la Lune et des planètes. Les forces naturelles telles que le vent, la pluie et le tonnerre avaient aussi été attribuées à de petites déités, tout comme la gestion des rivières, l'entretien des montagnes, le brossage des herbes de la plaine et la création des villes. Quant aux humains, ils avaient poussé à la surface de la Terre, comme de l'herbe, afin de soulager les divinités mineures de leurs corvées agricoles. Les Sumériens avaient un dieu pour tout! Chaque détail de la vie était géré par une divinité. Il y avait une déesse pour chaque ferme, pour chaque digue et chaque ruisseau, ainsi qu'un dieu responsable des pioches, des charrues et des moules à briques.

C'est sans doute pour cela qu'ils érigent une tour, conclut Lolya après avoir écouté le récit de Médousa. Il se prépare sans doute une grande révolution cosmique chez eux et cette construction leur servira à honorer la force d'un seul dieu. Cette tour attirera tellement de croyants que la puissance de la divinité sera multipliée par mille. Ainsi, ce dieu pourra éliminer un à un ses subalternes et devenir l'unique être divin des Sumériens.

– Quelle révolution!, s'exclama Amos. Si ce que tu dis est vrai, des centaines de dieux disparaîtront et l'équilibre du monde risque de basculer!

– Ce sera un véritable carnage cosmique, renchérit la jeune Noire. Sans dieux pour les contrôler, les rivières peuvent s'assécher ou déborder et l'air peut devenir irrespirable... Ce sera le chaos complet dans toute cette partie du monde!

– Et tu crois qu'un tel bouleversement pourrait nous affecter jusqu'ici?, s'inquiéta Médousa.

— Sans nul doute !, confirma Lolya.

Après quelques secondes de silence, elle ajouta :

— D'ailleurs, je crois que les choses n'arrivent jamais pour rien, Amos. Si ta mère a été enlevée et vendue comme esclave aux Sumériens, c'est parce que tu dois te rendre là-bas. Sa capture est le moyen d'attirer ton attention sur ce qui se trame dans ces lointaines contrées... Cette tour doit tomber !

— Mais... mais..., balbutia le porteur de masques, je n'ai pas assez de puissance pour faire tomber une tour ! Ni pour combattre une armée de Sumériens en colère ! Tout ce que je veux, c'est sauver ma mère, retrouver Sartigan et rentrer au plus vite...

— Où en êtes-vous avec le livre des barbares ?, demanda Béorf en bâillant.

Le gros garçon venait de se réveiller. Le corps ankylosé et les yeux mi-clos, il s'assit près de Médousa.

— Et alors ? Qu'est-ce qui se passe ici ? Vous avez tous des têtes d'enterrement.

— Rien, laissa tomber Amos, songeur. Nous parlions des Sumériens...

— Bien, s'impatienta Béorf. Mais de quoi s'agit-il dans le livre des barbares ? Je veux savoir si vous avez réussi à traduire le texte !

— Oui, eh bien, voilà ce que nous pensons être une assez bonne version, affirma Amos : « Tu dois chevaucher et ne pas chevaucher, m'apporter un cadeau et ne pas l'apporter. Nous tous, petits et grands, nous sortirons pour t'accueillir et il te faudra amener les gens à te recevoir et pourtant à ne pas te recevoir. » Et c'est signé « Enmerkar ».

– Et qui est cet Enmerkar ?, demanda Béorf.

– Aucune idée, se contenta de répondre Lolya.

– Mais comment peut-on apporter un cadeau et ne pas l'apporter ? Chevaucher, mais ne pas chevaucher ?, fit le béorite, déconcerté. Ces phrases n'ont pas de sens !

– Je sais bien, mais pour l'instant, conclut Amos, c'est tout ce que nous avons…

Chapitre 5

Le delta du Volf

La Mangouste était prête à partir. Les quintuplés Grumson avaient chargé le matériel de voyage, testé la solidité des rames, vérifié la voile dans ses moindres coutures, astiqué le pont et brossé la figure de proue. Pendant tout ce temps, leur père avait fait la sieste à la taverne d'Upsgran, joué aux cartes avec quelques clients et avalé d'énormes assiettes de saumon fumé et de saucisses à la bière.

La nuit précédant le départ, Amos prit soin de cacher Médousa sous une bâche dans le drakkar. Il ne voulait pas que la famille Grumson l'aperçoive avant de se trouver à bonne distance de la terre ferme. À cause de son apparence plus que bizarre, la gorgone aurait pu semer la panique chez les quintuplés et provoquer leur fuite.

Le jeune porteur de masques se rendit ensuite à l'ancienne forteresse dire au revoir à Maelström et à Geser, puis il retourna dormir au village.

Amos passa une angoissante nuit de cauchemars. Des images de sa mère, torturée et blessée, l'assaillirent sans relâche. Dans ses rêves, les Sumériens dansaient sur des rythmes endiablés en piétinant les crânes de leurs esclaves. Ils s'amusaient aussi à leur trancher les doigts un à un et à brûler leurs plaies vives au fer rouge. Frilla, sa mère, avait été marquée comme du bétail et recevait des coups de fouet. Elle hurlait de douleur et de rage sous les rires sadiques de ses bourreaux. Puis, au petit matin, la vision d'une colombe à cinq têtes succéda aux cauchemars. L'oiseau blanc vint se poser sur l'épaule d'Amos et lui parla :

— La peur ne sert à rien ; elle est une entrave à la mission que Crivannia t'a confiée. Je serai présent et j'accompagnerai tes pensées ainsi que chacune de tes actions. Ton amie Lolya est sage et tu dois l'écouter. Aussi, ne perds pas de vue que ta mission première n'est pas de libérer ta mère, mais de faire tomber la tour d'El-Bab. Ne te tracasse pas, tu sauveras aussi Frilla ! Maintenant, écoute-moi attentivement. De nombreux périls te guettent sur la route des contrées de l'Est ; ta vie, tout comme celle de tes amis, sera souvent menacée. Lorsque tu navigueras avec ton équipage sur le delta du fleuve Volf, trois vagues extraordinaires déferleront sur votre passage : une vague de lait, une vague de larmes et une vague de sang. Tu franchiras les deux premières sans trop de difficulté. Pour éviter que la troisième ne soit votre tombeau, il te faudra la harponner en son centre. C'est là que se trouve le cœur de la reine des meuves. Finalement, rappelle-toi ceci : accepte l'aide qui te sera proposée…

La vision s'évanouit et Amos s'éveilla en sursaut. Sans perdre un instant, il se leva, tressa ses cheveux et enfila son armure de cuir. Puis il s'arrêta un moment et tâta délicatement sa boucle d'oreille représentant une tête de loup. Submergé par les souvenirs, il revit son père Urban lui offrir ce cadeau. Tout cela lui semblait déjà si loin…

Après avoir retrouvé ses esprits, Amos secoua son meilleur ami pour le réveiller.

— Béorf, sais-tu ce qu'est une meuve?

— Quoi? Je… Une quoi? Une pieuvre?, demanda le garçon dans un demi-sommeil.

— Non, une meuve!, répéta Amos. Ah! et puis ça ne fait rien, laisse tomber. De toute façon, tu dois te lever, il est temps de partir. Et il y a Médousa qui doit trouver le temps bien long, cachée dans le bateau.

Alors que les garçons étaient affairés à rassembler les derniers effets pour le voyage, on frappa à la porte. Sans même attendre qu'on lui ouvre, Lolya entra.

— Mais que faites-vous? Tout le village vous attend sur le quai pour vous dire au revoir! Les frères Grumson sont déjà à bord et leur père trépigne d'impatience. Allez! pressez-vous un peu!

— Oui, oui! nous arrivons!, lui dit Amos. Mais je dois d'abord vérifier quelque chose.

Le porteur de masques sortit de son sac le livre *Al-Qatrum, les territoires de l'ombre* pour le consulter et trouva réponse à sa question. Les meuves étaient des esprits aquatiques dont le seul plaisir consistait à noyer d'innocents marins. Elles vivaient généralement en colonies dans les deltas des rivières. De la lignée des harpies, ces femmes gluantes à la peau verte, aux cheveux longs et aux dents pointues saignaient leurs victimes au fond de l'eau et se délectaient de leur foie.

Satisfait de ces renseignements, Amos remit le livre à sa place et alla décrocher du mur un vieux harpon ayant appartenu à feu Banry Bromanson, l'oncle de Béorf. Enfin, il confirma à ses deux amis qu'il était prêt à partir.

— Et crois-moi, Lolya, ajouta-t-il, je pense que tu ne regretteras pas notre petit retard !

***

Depuis deux jours, *La Mangouste* filait bon train sur les eaux calmes du fleuve. Quelques heures après leur départ d'Upsgran, Amos avait fait sortir Médousa de sa cachette et l'avait présentée aux Grumson. Les quintuplés avaient paru surpris, mais n'avaient émis aucun commentaire. Leur père, par contre, s'était lancé dans une tirade sans fin aux accents d'apocalypse. Naviguer avec une telle créature à bord était, selon lui, un affront direct aux dieux. Déjà que la présence d'une fille telle que Lolya attirerait inévitablement le malheur sur eux ! Il avait réclamé que la gorgone soit jetée immédiatement à la mer. Il avait perdu son pari et avait accepté de travailler gratuitement, d'accord ! Mais maintenant, avec cette créature à bord, une prime de risque d'une pièce d'or par jour s'imposait! Amos et Béorf avaient eu beau discuter avec lui, l'homme était demeuré intraitable. Les garçons avaient donc cédé à ses lamentations et lui avaient accordé la somme qu'il exigeait. Cela semblait, en vérité, l'unique solution pour le faire taire…

– Delta du fleuve Volf droit devant!, annonça soudain Béorf à l'équipage. Il nous faudra plus de vitesse pour remonter le courant. Tout le monde aux rames! Mais… mais qu'est-ce que je vois là-bas?

Une immense vague coiffée d'un bouillonnement d'écume fonçait sur *La Mangouste* à vive allure. La lame, blanche comme la neige, était aussi grosse qu'une montagne et tourbillonnait sur elle-même en grondant férocement.

– FERMEZ L'ÉCOUTILLE ET ATTACHEZ-VOUS AU DRAKKAR!, hurla Amos. NOUS ALLONS PASSER À TRAVERS CETTE VAGUE ET ELLE NE DOIT PRENDRE AUCUN D'ENTRE NOUS!

– Mais c'est quoi, ce machin?, demanda Béorf, affolé.

– PRENDS-LA DE FRONT!, lui ordonna son ami. Je t'expliquerai plus tard!

La Mangouste, grand-voile dans le vent, piqua droit vers la menace. La proue disparut dans un nuage d'écume et la vague frappa violemment le navire avant de se briser sur le pont. Heureusement, le drakkar et son équipage résistèrent à la secousse. La vague avait été vaincue…

– Il y aura deux autres vagues, dit Amos à Béorf. La prochaine sera une vague de larmes et nous la passerons de la même façon. Lorsque la troisième se présentera, j'irai à la proue avec le harpon. Tu dirigeras le bateau vers le cœur de la vague et je me chargerai d'elle…

– D'accord!, répondit le béorite, confiant. Mon ami Amos ne m'a jamais déçu et ce n'est pas aujourd'hui qu'il… Mais peux-tu me dire ce qu'est une vague de larmes?

– Une vague de larmes? C'est… c'est ça!, s'exclama soudainement le porteur de masques en pointant un doigt vers le large.

Une montagne d'eau s'élevait derrière le drakkar. L'air devint acide et les membres de l'équipage commencèrent à larmoyer. Tous se frottaient les yeux, sauf Médousa qui portait ses lurinettes.

«Voilà donc comment les meuves procèdent, pensa Amos. Elles nous ébranlent avec une première vague, nous aveuglent avec une seconde et tenteront de nous couler avec la troisième.»

En s'essuyant les yeux, le garçon alla retrouver Médousa.

– Tu me prêtes tes lurinettes? Je n'arrive pas à voir correctement et… je dois lancer mon harpon en plein centre de la prochaine vague parce que…

– Tiens, prends-les!, l'interrompit la gorgone en lui tendant l'objet magique. Tout ce que tu voudras, mais SORS-NOUS DE LÀ!

L'onde forma un gigantesque mur d'eau qui se fracassa sur le drakkar dans un horrible bruit de tonnerre. *La Mangouste* absorba de nouveau le choc dans un concert de grincements inquiétants qui s'éleva de la coque. Lolya, qui s'était attachée au bastingage, perdit le souffle lorsque son lien entailla sa robe et lui lacéra la poitrine. C'est alors que le père Grumson éclata :

– C'EST LA MALÉDICTION DES DIEUX ! POUR LES APPAISER, NOUS DEVONS JETER LA FILLE ET LA GORGONE À LA MER ! JE VOUS AVAIS AVERTIS… IL FAUT LES SACRI-FIER OU NOUS MOURRONS TOUS ! ALLEZ-Y, MES FILS ! EXÉCUTION !

Les quintuplés ignorèrent l'ordre de leur père et décidèrent de s'accrocher encore plus solidement au bateau. Même s'ils avaient voulu obéir, ils n'auraient pas pu. L'air acidifié irritait intensément leurs yeux et les rendait presque aveugles.

Sans plus tarder, Amos s'élança vers la proue du navire et scruta l'horizon.

– JE NE VOIS PLUS RIEN, AMOS !… QUE SE PASSE-T-IL ?, cria Béorf, toujours à la barre.

– ATTENTION ! LA VAGUE DE SANG SE LÈVE À BÂBORD !, hurla le porteur de masques pour toute réponse.

La mer était rouge et Amos devinait que, sous l'eau, les meuves attendaient leur repas. Grâce aux lurinettes de Lolya, il était le seul à distinguer les mouvements lancinants des corps immergés qui s'approchaient du drakkar. La vague, de plus en plus grosse, avançait dangereusement vers eux. C'est alors qu'une chose inattendue se produisit.

Magnus Grumson s'aspergea les yeux avec de l'eau de mer et, du coup, recouvra la vue. Puis le grand gaillard se leva, se dirigea vers Amos et lui murmura à l'oreille :

– Laisse-moi porter ton harpon jusque dans le cœur de la reine des meuves. Il est temps pour moi de retrouver ma liberté et je profiterais de l'occasion… Je t'en prie, accorde-moi ce privilège, jeune Amos.

La colombe de sa vision lui ayant conseillé d'accepter toute aide, Amos lui tendit l'arme sans poser de questions. Il vit alors des branchies apparaître dans le cou de Magnus et sa peau se couvrir d'écailles dorées. Ses mains et ses pieds se palmèrent tandis qu'il continuait de parler :

– Ne crains plus cette vague, j'en fais mon affaire… Merci de m'avoir libéré, Amos ! Que la puissance de l'eau t'accompagne tout au long de ta quête et ne parle de ceci à personne.

Alors que la lame menaçait davantage le drakkar, Magnus se jeta à l'eau et fonça comme une torpille dans le cœur de la vague. Une explosion sourde se fit entendre et des milliers de litres d'eau rejaillirent sur le navire en aspergeant l'équipage de fines gouttelettes de sang. Puis un gigantesque tourbillon se forma à environ une centaine de brasses du navire et avala dans son vortex les meuves du delta. Après quoi, en moins d'une minute, la mer redevint calme, d'un bleu profond et un bon vent gonflait de nouveau la voile. Les membres de l'équipage retrouvèrent la vue et Amos rendit ses lurinettes à Médousa.

– Mais… mais que s'est-il passé?, demanda Béorf, encore un peu sonné. Le drakkar est couvert de sang…

– MAGNUS!, hurla tout à coup le vieux Grumson. OÙ EST MAGNUS?

Markus, Morkus, Mikus et Mékus sourirent en constatant que leur frère Magnus avait bel et bien disparu.

– J'AI DEMANDÉ QU'ON ME DISE OÙ EST MAGNUS!, répéta Grumson, en furie.

– Euh…, hésita Amos, je crois que la deuxième vague l'a emporté… Je suis désolé, je n'ai pas pu le retenir…

– POUR CELA, IL FAUDRA ME DÉDOM-MAGER! VOUS AVEZ ENTENDU? ÇA VOUS COÛTERA CHER… OH, OUI! TRÈS CHER!

– Mais quel genre d'homme êtes-vous donc?, lança Lolya en s'avançant vers lui. Votre fils est probablement mort et vous parlez d'argent! N'avez-vous donc pas de cœur? Et ensuite, on ne s'adresse pas ainsi à mon ami Amos Daragon! Excusez-vous immédiatement pour votre gros-sièreté ou je jure d'emprisonner votre âme dans un poisson pour l'éternité!

Grumson eut un mouvement de recul et toisa les deux filles. Puis il se mit à ricaner et dit à Amos:

– Veuillez me pardonner, jeune homme! La douleur causée par la disparition d'un de mes fils m'a fait perdre la tête… Je veillerai, tout au long de mon service à bord, à modérer mes humeurs afin qu'elles s'harmonisent avec les volontés de votre amie la… la négresse.

— Répète cela encore une fois et je t'arrache le cœur, malpropre!, menaça Lolya en avançant vers Grumson.

Béorf, excédé, intervint :

— Vous deux, c'est TERMINÉ! Vous finirez cette discussion lorsque nous serons à terre! Regagnez vos places maintenant... Nous devons entrer dans le Volf à contre-courant et j'ai besoin de tout le monde aux rames et d'Amos à la magie. Exécution!

Le vieil homme et Lolya se défièrent du regard, mais ils exécutèrent les ordres de Béorf. Quant à Amos, il se concentra et leva la main. Une forte bourrasque s'engouffra dans la voile, permettant à *La Mangouste* d'entrer dans le fleuve à vive allure. De son autre main, le porteur de masques pointa l'eau devant le drakkar. Avec ses pouvoirs, il réduisit la force du courant défavorable et épargna ainsi bien des efforts à l'équipage.

Médousa, qui ramait tout près de Lolya, lui chuchota :

— Tu trouves normal que les frères de Magnus aient souri à l'annonce de sa disparition?

— Non, en effet, répondit la jeune Noire. Il y a quelque chose qui ne tourne pas rond...

— As-tu remarqué que les fils Grumson sont grands, forts et beaux tandis que leur père est petit, paresseux et laid?

— De deux choses l'une, réfléchit Lolya. Soit ils ont hérité seulement du physique de leur mère, soit cette famille n'est pas ce qu'elle prétend être... Ouvre l'œil, Médousa... Et le bon!

Chapitre 6

Volfstan

La Mangouste vogua un petit moment sur le fleuve Volf avant que Béorf repère une jolie baie et décide d'y jeter l'ancre. L'équipage avait besoin de se remettre de ses émotions. Les jérémiades du vieux Grumson, le combat contre les meuves et la perte de Magnus avaient mis les nerfs de tout le monde à vif. Une halte s'imposait pour que chacun puisse descendre du bateau et reprendre contact avec la terre ferme. Après deux nuits en mer, il était temps d'établir un campement.

– Nous allons dormir sur la rive, annonça Béorf en bon capitaine. Une bonne nuit de sommeil nous fera le plus grand bien et nous profiterons de notre escale pour nettoyer le drakkar.

– Je m'en charge !, proposa Amos avec enthousiasme. Je le ferai reluire comme un sou neuf.

– À la bonne heure !, s'exclama le gros garçon. Il ne faudrait pas que tout ce sang caille ; l'odeur serait insupportable.

Comme *La Mangouste* s'immobilisait non loin de la rive, une délégation de dix personnes avec, à sa tête, une grosse femme courte et solide sortit de la forêt.

– Qui êtes-vous et que voulez-vous?, hurla-t-elle en ajustant son épaisse cotte de mailles.

– Nous venons d'Upsgran et désirons nous installer sur ces terres pour la nuit, lui répondit cordialement Béorf.

– Upsgran?, s'étonna la grosse femme. Ne me dites pas que vous avez réussi à traverser le nid de meuves dans le delta du fleuve!

– Mieux que ça!, jubila Amos qui était monté sur le bastingage afin de mieux se faire entendre. Nous avons même tué leur reine! Il n'y a plus de menace pour personne, le delta est libéré!

– Si ce que vous me dites est vrai, vous serez accueillis sur mes terres en héros!, s'écria la femme qui, aussitôt, ordonna à ses hommes d'aller vérifier par eux-mêmes la véracité de cette nouvelle. BON, VOUS DEUX! DESCENDEZ DONC DE VOTRE BATEAU, NOUS PARLERONS ICI!

À l'aide d'une échelle de corde, Amos et Béorf débarquèrent du bateau. Ils avaient de l'eau jusqu'à la taille et atteignirent facilement la berge.

– Je vous préviens, leur dit la guerrière, méfiante, une bonne trentaine d'archers sont cachés à l'orée de la forêt et tous pointent leurs flèches vers vous. Un seul faux mouvement de votre part et vos cadavres ressembleront à des porcs-épics!

– Soyez sans crainte, Madame, nous ne voulons que prendre un peu de répit sur la terre ferme, lui assura Béorf en jetant des coups d'œil furtifs vers la forêt.

– Vous saurez qu'il faut savoir prendre ses précautions dans la vie, jeunes hommes!, souligna la femme en dévisageant les garçons. C'est vrai que vous n'avez pas l'air bien méchants!, ajouta-t-elle, plus confiante. Je me présente: Nérée Goule, chef du village de Volfstan qui se trouve juste derrière les arbres, là-bas.

– C'est un plaisir de vous rencontrer, Madame. Je me nomme Béorf Bromanson et voici mon ami: Amos Daragon. Je suis le nouveau chef d'Upsgran et...

– Quoique tu sois un peu jeune, l'interrompit Nérée Goule, il est bien possible que tu sois un chef, puisque tu es un Bromanson... Upsgran a toujours été et sera toujours dirigé par la famille Bromanson... Et qu'est-il donc arrivé à votre ancien chef, Banry?

– Mon oncle a disparu en mer..., répondit gravement Béorf, un peu étonné que cette femme connaisse Banry.

– Dommage, déclara froidement Nérée. Je l'ai rencontré deux ou trois fois et c'était un homme bien.

De longues minutes d'attente s'écoulèrent dans le silence. Nérée, de plus en plus impatiente, guettait au loin le retour de ses hommes avec la confirmation que les meuves avaient bel et bien été anéanties. Elle faisait les cent pas en poussant de longs soupirs d'exaspération. N'y tenant plus, Amos finit par s'approcher d'elle et lui demanda:

– Mais que se passe-t-il? Nous ne pouvons pas camper ici?

– Non, c'est trop dangereux, mon garçon! Cette contrée grouille de créatures terribles et de sauvages barbares. Il est de mon devoir de vous protéger… et… bon… laisse-moi t'expliquer. Mon village occupe une position stratégique à l'embouchure du fleuve Volf et sert de poste de garde. Ici, tu n'es plus dans le royaume du roi Harald aux Dents bleues, mais bien dans celui du roi Ourm le Serpent rouge. Comme tu le sais sans doute, les deux monarques sont des alliés vikings, sauf que, depuis la guerre de Ramusberget, rien ne va plus ici! Durant cette guerre, j'ai gagné une grande bataille navale contre les merriens, juste là-bas, dans le delta. Nous en avons massacré des milliers! Cependant, leurs cadavres ont attiré les meuves et ces créatures coulent maintenant tous les bateaux de ravitaillement qui s'approchent de la côte. Elles nous empêchent aussi de pêcher, si bien que lorsque la chasse est mauvaise, mon village se meurt de faim. En plus, les barbares de l'Est nous attaquent continuellement. Ils détruisent nos récoltes et s'emparent des habitants de Volfstan pour les vendre, je ne sais où, comme esclaves. Je dois tenir cette position, coûte que coûte, car Ourm le Serpent rouge a décidé d'étendre son royaume par-delà le Volf… et… et s'il est vrai que vous avez détruit le nid de meuves, il sera facile de ravitailler mon armée et nous pourrons mieux nous défendre!

– ELLES SONT MORTES !, hurla soudainement la voix lointaine de l'un des hommes de Nérée. LES MEUVES SONT MORTES !

– QUE THOR SOIT LOUÉ !, s'écria Nérée en levant les bras au ciel. QU'ON ENVOIE IMMÉDIATEMENT UN MESSAGER CHEZ NOTRE ROI OURM ! NOUS AVONS BESOIN D'ARMES, DE NOURRITURE ET DE NOUVEAUX DRAKKARS. QU'ON ANNONCE AUX VILLAGEOIS QU'ILS PEUVENT ENFIN SORTIR CHALOUPES ET FILETS ! CE SOIR, NOUS MANGERONS À NOTRE FAIM !

Les ordres furent rapidement exécutés et, à bord d'une longue embarcation à voile triangulaire, un messager quittait déjà le rivage en direction de la cité royale.

Nérée invita tout l'équipage de *La Mangouste* à la suivre au village. Grumson, ses fils et Lolya prirent quelques affaires et allèrent rejoindre Béorf. Quant à Amos, il prétexta un petit malaise et remonta à bord du bateau pour tenir compagnie à Médousa. Encore une fois, vu son apparence singulière, il était préférable que la gorgone ne se montre pas.

– Merci de rester avec moi, Amos, lui chuchota son amie pour ne pas attirer l'attention.

– Ce n'est rien, répondit-il en souriant. Ce soir, je laisse les responsabilités et les relations publiques à notre capitaine !

– Béorf a le devoir de créer des liens avec d'autres chefs de village et c'est bien qu'il puisse discuter avec cette Nérée.

– Et nous pourrons dormir sur nos deux oreilles, car je sais que Lolya aura l'œil sur Grumson et que le vieil avare se tiendra tranquille.

***

Le village de Volfstan avait piètre allure. Situé juste derrière une large bande de forêt, il se dressait péniblement sur une colline de roc, au centre d'une vaste prairie. De cet endroit, on apercevait le delta du Volf et une bonne partie des terres sauvages de l'Est, du moins par temps clair. La plupart des maisons du village avaient été incendiées et les fortifications, faites de troncs d'arbres aiguisés tels des pals, faisaient pitié à voir. Partout, on pouvait voir des taches de suie et de sang qui témoignaient des nombreux combats qui s'étaient déroulés en ces lieux. À côté d'une demeure en ruine, Béorf croisa le regard triste de deux jeunes enfants qui, sans doute, pleuraient la mort d'un parent. Plus loin, des dizaines de Vikings gravement blessés et à bout de force gisaient sur des civières de fortune. Puis une petite fille blonde au regard angélique se jeta sur Nérée, la serra dans ses bras et l'implora :

– À manger, s'il te plaît, Nérée… J'ai tellement faim…

– Mais oui, bien sûr…, répondit tendrement la robuste femme en tentant de dissimuler son émotion. Nous pourrons maintenant pêcher dans la rivière ; les meuves sont parties. Patience, ma douce enfant. Ce soir, nous aurons du poisson.

– Que la peste emporte ces sales marmots!, murmura Grumson. Ils ne savent que quémander et empoisonner la vie d'autrui…

– Qu'ai-je entendu?, demanda sèchement Nérée en se retournant vers lui, des tisons ardents dans les yeux.

– Ne faites pas attention à cet homme, conseilla Lolya à la chef. C'est un être abject, mais ses fils forment un équipage de rêve… voilà pourquoi nous l'endurons à bord.

– Voyez, mes garçons, lança l'avare à ses quatre fils en ignorant Lolya, regardez autour de vous et respirez la bonne odeur de mort qui habite ce lieu. Il n'y a rien de plus beau au monde que le spectacle de la misère et de la violence. Personne n'oblige ces gens à se battre… non… pourtant, ils se détruisent eux-mêmes! Et pourquoi donc? Pour le pouvoir et l'argent! Conquérir des terres, agrandir des royaumes, dominer l'autre, tuer son voisin, voilà ce qui me plaît dans l'humanité… Les humains surpassent de loin les démons!

– Taisez-vous, Grumson, c'est un ordre!, grommela Béorf. Ce n'est ni le lieu ni le moment de faire étalage de vos bassesses!

– Oh! je suis désolé pour mes remarques, Capitaine!, persifla le vieil homme en exécutant une profonde révérence.

Tout le monde se tut et Nérée conduisit ses invités à son quartier général, une grande bâtisse de bois au toit calciné. Ses trois chefs de division l'attendaient anxieusement.

– Nous ne tiendrons pas contre une nouvelle attaque, lui avoua l'un d'eux en la voyant entrer.

– Je suis d'accord, approuva un autre. Il faudra des semaines pour que nos hommes se rétablissent…

– Nos guerriers sont affamés, blessés et épuisés…, renchérit le dernier. Nous devons faire évacuer les familles et céder notre territoire. C'est terminé !

– TAISEZ-VOUS, BANDE DE TROUILLARDS !, vociféra leur chef en les menaçant du poing. Nous avons perdu des centaines d'hommes dans cette guerre d'usure. Des enfants orphelins pleurent la mort de leur famille. Nous sommes à bout de nerfs et de forces et vous voudriez tout abandonner maintenant ? Vous voulez fuir, c'est ça ? Nous aurions combattu pour rien ? OH NON, MESSIEURS ! Nous nous sommes installés ici sous les ordres de notre roi et nous y resterons jusqu'à la mort ! Je ne retournerai pas la tête basse chez Ourm le Serpent rouge en m'excusant d'avoir échoué…

– Voilà un vrai démon !, marmonna Grumson à ses fils.

Nérée se retourna d'un coup et enfonça son poing dans l'estomac du vieil avare. Celui-ci tomba à genoux, le souffle coupé.

– Ferme ta gueule quand je parle à mes hommes, ordure ! Considère ceci comme un premier et dernier avertissement !

– Plusieurs de vos guerriers sont effectivement très mal en point, intervint Lolya en s'avançant vers Nérée, mais je pense pouvoir les aider à se remettre sur pied. Me donnez-vous la permission de m'occuper d'eux?

– VOILÀ UNE PETITE QUI ME PLAÎT!, clama la chef. Emploie les moyens que tu voudras, mais sauve-les!

Lolya quitta immédiatement la salle pour aller concocter quelques potions.

– Et nous? comment pouvons-nous vous aider?, demanda Béorf avec empressement. Mon bateau est à votre disposition. Nous nous dirigions vers les contrées de l'Est, mais nous pouvons prendre le temps de…

– Vous en avez déjà beaucoup fait en éliminant les meuves, trancha Nérée en s'affalant sur une chaise. Nous avons besoin d'hommes, de nouveaux guerriers pour tenir encore un mois, le temps de nous remettre sur pied.

– Je peux aller chercher des renforts!, proposa Béorf, enthousiaste.

– Non, soupira la femme, le temps que tu reviennes, nous serions déjà tous morts. D'ailleurs, j'ai déjà envoyé un messager à cet effet…

– Il n'y a donc rien d'autre à faire?

– Nous devons tenir… Nous devons tenir cette position envers et contre tous!

– Et redoutez-vous une nouvelle attaque pour bientôt?

– Malheureusement oui…, répondit l'un des chefs de division. Depuis une semaine, les barbares attaquent tous les soirs. Ils savent que nous sommes épuisés et que beaucoup d'entre nous sont blessés. Je crains qu'ils ne donnent l'assaut final dès ce soir.

— Je pense que cette prédiction est juste, reprit un autre chef de division. Les barbares ne nous causaient jamais de problèmes auparavant. Ils vivaient en tribus et se livraient de sanglantes guerres entre eux, sans jamais importuner les royaumes voisins. Seulement voilà, depuis qu'ils ont commencé le commerce des esclaves, les villages se sont regroupés, des clans rivaux se sont unis et ils représentent maintenant une force impressionnante. Les barbares possèdent de solides épées qu'ils achètent dans les grands royaumes de l'Est et vénèrent un nouveau dieu qu'ils nomment Enki. Ils sacrifient des jeunes filles pour célébrer sa puissance et se réunissent ensuite, dans d'obscures cérémonies, pour manger le foie de leurs victimes. Je jure, par Thor, que ces hommes-là sont des bêtes sauvages capables des pires infamies.

— Bien, fit Béorf en se retournant vers les fils Grumson. Vous quatre, allez réparer les fortifications du mieux que vous pourrez ! Pendant ce temps, votre père ira chercher Amos au bateau. Nous devons nous préparer pour ce soir ! Je réserve à ces barbares une surprise de taille !

— Je refuse de retourner seul au bateau !, se lamenta soudainement Grumson.

— Monsieur Grumson !, lança le chef d'Upsgran, exaspéré. En principe vous êtes sous mon commandement, mais comme nous sommes sur les terres de Nérée, je peux vous transférer à sa charge si je le juge opportun. Alors, que décidez-vous?

– Je… je crois que… oui, oui… je vais au bateau tout de suite… je pars avertir Amos, bafouilla l'homme.

– Très bien! Exécution, tous!, ordonna Béorf. Les barbares ne prendront pas cette colline. Je le jure!

Chapitre 7

Le baptême du sang

Le soleil disparaissait lentement derrière l'horizon lorsqu'un cri retentit dans tout le village de Volfstan :

– ILS SONT LÀ ! LES BARBARES SONT LÀ !

Nérée, qui s'était assoupie sur sa chaise, bondit en hurlant :

– PRÉPAREZ-VOUS ! AUX ARMES ! C'EST CE SOIR OU JAMAIS !

Béorf et Lolya aperçurent au loin, dans la plaine, une armée d'au moins cinq cents barbares approcher. Le gros garçon fit mentalement le décompte des hommes et des femmes de Volfstan et s'aperçut bien vite qu'une cinquantaine de guerriers, tout au plus, seraient en mesure de livrer bataille.

– Ils ont regroupé leurs forces, dit Nérée en passant derrière les deux adolescents. Mes hommes avaient vu juste, le coup final est pour ce soir…

Soudain, de terribles cris de guerre, animés par un rythme endiablé de tambours, parvinrent aux oreilles des villageois. Quelques enfants éclatèrent en sanglots et accoururent vers les jupes de leurs mères. Avec courage et noblesse, un bon nombre de blessés se levèrent des civières, prêts à mourir dignement au champ de bataille.

– Mais pourquoi donc Amos n'est-il pas là?, s'interrogea Béorf, anxieux.

– J'espère qu'il ne lui est rien arrivé, ajouta Lolya, elle aussi inquiète.

– Grumson n'est pas fiable pour deux sous!, pesta le béorite qui regrettait de l'avoir envoyé chercher Amos sur le bateau. Je suis certain qu'il s'est perdu en chemin. Tant pis, nous n'avons plus le temps de les attendre! Je passe à l'action…

– Un instant!, le retint Lolya. Que penses-tu faire? Te présenter seul devant cinq cents barbares?

– Exactement, répondit Béorf d'une voix décidée. Mais ce que j'espère, c'est qu'Amos arrive pour me donner un coup de main.

Le valeureux garçon saisit une hallebarde et attacha à son extrémité un morceau de tissu blanc. Il s'empara ensuite d'un grand bouclier et pria Nérée Goule de le laisser sortir du village, ce qu'elle refusa:

– Mais tu es fou, jeune Bromanson! Te prépares-tu à livrer ce village aux barbares ou désires-tu te suicider d'une originale façon?

– Ni l'un ni l'autre, répondit Béorf. Laissez-moi sortir du village, je vais gagner du temps avant l'arrivée d'Amos. Je lance une première attaque et puis…

– MAIS DE QUOI PARLES-TU, JEUNE INCONSCIENT?, s'écria la grosse femme, TU

N'ARRIVERAS À RIEN CONTRE CES CHIENS GALEUX!

— Laissez-moi sortir et faites-moi confiance, supplia le béorite en tâtant son collier de dents de chiens.

Le bijou que Béorf portait autour du cou était un puissant objet magique. Amos et lui l'avaient trouvé au cours de leur voyage vers Ramusberget. Serti d'une centaine de dents de molosses hurlants, le collier de noyer allait enfin avoir l'occasion de libérer sa magie.

— Très bien, jeune Bromanson, consentit finalement Nérée. Je souhaite que ton plan soit bon… et disons que je te fais confiance. Après tout, tu es un béorite… un hommanimal de la race du légendaire héros Hulot Hulson, tueur de dragons!

— Merci de m'accorder votre confiance, Madame, dit Béorf, reconnaissant. Vous ne le regretterez pas!

Comme le gros garçon allait sortir du village, Lolya lui souffla une fine poudre sur la figure.

— ATCHOUM! Mais que fais-tu là? Qu'est-ce que c'est?

— La protection d'un de mes dieux, répondit la jeune Noire. Il t'aidera si nécessaire!

— J'espère ne pas avoir besoin de lui…, fit le béorite en déglutissant.

Le jeune hommanimal franchit la grande porte de bois du village et se dirigea d'un bon pas vers les barbares. Tout à coup, les cris de guerre et les tambours se turent. Aussitôt, une rafale de flèches vola en direction de Béorf qui eut immédiatement le réflexe de s'accroupir et de se protéger derrière son bouclier. Cette première attaque passée, le courageux garçon continua sa progression vers l'ennemi. En signe de paix, il agitait son drapeau blanc en espérant que ses adversaires comprennent qu'il voulait leur parler. Une deuxième vague de flèches s'éleva dans les airs. Une bonne vingtaine de projectiles se fichèrent dans le bouclier de Béorf, le rendant semblable à un dos de hérisson. Malgré cette nouvelle agression, il prit son courage à deux mains et continua de marcher vers la partie adverse.

Plus loin derrière Béorf, tout le village de Volfstan regardait la scène avec angoisse. Nérée, médusée par le courage du jeune chef d'Upsgran, avait demandé à ses guerriers de se tenir prêts à livrer combat dès qu'elle l'ordonnerait. Béorf leur donnait une leçon de bravoure et maintenant, plus personne ne craignait de mourir.

– JE SUIS VENU PARLEMENTER AVEC VOUS !, cria le béorite à l'armée de barbares qui s'était considérablement rapprochée.

Un homme de près de deux mètres et pesant environ cent cinquante kilos se détacha du groupe. Il avait les cheveux très longs et sales. Sa barbe, longue aussi et maculée de ce qui semblait être du sang séché, était répugnante à voir. Béorf aperçut de longues cicatrices encore rouges et galeuses qui émaillaient son corps sans armure. Puis il remarqua les dents ocre du barbare lorsque celui-ci ouvrit la bouche :

– RENDEZ-VOUS!... BIEN SÛR, NOUS VOUS FERONS PRISONNIERS, MAIS VOUS AUREZ LA VIE SAUVE!

– MESSIEURS, ÉCOUTEZ-MOI. JE VOUS DEMANDE DE LAISSER CES BRAVES GENS EN PAIX ET DE RETOURNER D'OÙ VOUS VENEZ...

Avant même que Béorf n'ait eu le temps de terminer sa requête, le gigantesque barbare se jeta sur lui et lui assena un formidable crochet au menton. Le pauvre garçon vola à quelques mètres du sol et faillit se casser le cou en retombant. Encouragée par les cris de son armée, la brute le roua de coups de pied puis s'assit à califourchon sur son dos. L'écrasant de tout son poids, il saisit la tête de Béorf et la frappa une bonne dizaine de fois contre le sol. Puis le barbare empoigna le jeune hommanimal par les cheveux et le souleva de terre. Celui-ci saignait abondamment des oreilles et de la bouche. Malheureusement, le poing du géant frappa encore une fois la figure de Béorf et lui fractura du même coup le nez et la mâchoire.

Les cris de guerre des barbares reprirent de plus belle et la vallée fut de nouveau envahie par la cadence infernale de leurs tambours.

Béorf gisait par terre, baignant dans son sang, trop faible pour se transformer en ours et se défendre. Cependant, alors que le barbare le rudoyait encore, le gros garçon sentit soudain une énergie fulgurante monter en lui. Entrouvrant les yeux, il aperçut les spectres de son père, de son oncle Banry et d'un vieil homme qu'il supposa être son grand-père. Les fantômes de la famille Bromanson l'entouraient. Levant les bras au ciel, ils poussèrent une longue plainte animale. L'effet fut instantané : la rage guerrière, cette particularité des béorites, s'empara de Béorf pour la première fois de sa vie.

C'est en oubliant la peur et la souffrance, ainsi que la force et la cruauté de son adversaire, que le gros garçon se métamorphosa en monstre. Mi-homme mi-animal, son corps doubla de volume en quelques secondes. Sa cotte de mailles et son collier volèrent en éclats. Les griffes de ses pattes s'étaient dédoublées et elles formaient au bout de chacun de ses doigts un « V » meurtrier. Des dents acérées lui couvraient le palais et de terribles canines jaillissaient pêle-mêle de ses gencives atrophiées. Sa peau, maintenant couverte de poils grisâtres, avait pris la texture robuste d'un cuir épais. Les yeux exorbités, Béorf fit entendre une lamentation terrifiante dont les échos résonnèrent à des lieues à la ronde. Il allait donner une leçon d'inhumanité, de violence et de terreur à ces barbares.

Les barbares avaient reculé de quelques pas devant la laideur repoussante de l'hommanimal en rage. Derrière lui, une centaine de molosses hurlants se tenaient prêts à livrer bataille. Le collier de Béorf, en tombant par terre, avait libéré sa magie et fait surgir de nulle part ces gros chiens féroces. D'un seul coup de patte, le béorite déchira le ventre de l'adversaire qui se trouvait en face de lui. Le géant tomba à genoux, paralysé par la douleur.

— Mais que se passe-t-il donc là-bas?, réussit à dire Nérée Goule, abasourdie devant cette scène inattendue.

— Préparez vos hommes à une défense, lui suggéra Lolya.

— Oui, tu as raison, convint la grosse femme. Il faut venir en aide au jeune chef d'Upsgran.

— Non, n'essayez surtout pas! Préparez même vos hommes à combattre Béorf, car si, par malheur, sa rage guerrière ne s'est pas apaisée après sa lutte contre les barbares, il la retournera contre nous…

— PARDON? QU'EST-CE QUE TU RACONTES?

— Je sais par mes guides spirituels que Béorf est le plus puissant de sa lignée. Il cumule la force de tous ses ancêtres réunis. Pour un béorite, la première rage guerrière est la pire. Elle se lève comme un ouragan dans l'âme du combattant. Dans leur culture, les béorites appellent cette première transformation « le baptême du sang ».

— Oh non! Mais que dois-je faire s'il nous attaque? Le tuer?

— Vous seriez incapable d'abattre un béorite en pleine rage guerrière une fois qu'il s'est mis en appétit avec un hors-d'œuvre de cinq cents barbares. Il décidera sans doute de faire de ce village son plat de résistance, lui expliqua Lolya avec une pointe d'ironie dans la voix.

— Mais que faire? QUE FAIRE?, s'écria Nérée, complètement ahurie.

– J'avais prévu le coup, dit la jeune Noire pour tenter de la rassurer. Sous un faux prétexte, j'ai soufflé sur le visage de Béorf une poudre qu'il a profondément respirée…

– ET PUIS?

– Et puis, poursuivit Lolya en lui montrant un flacon, nous n'avons plus qu'à lui faire respirer cette seconde poudre. Lorsque les deux substances entrent en contact dans l'organisme, elles réagissent et provoquent… la… la…

– LA QUOI? LA QUOI? PARLE!, s'impatienta la femme, dépassée par les événements.

– La diarrhée…

– Tu… tu veux dire que… que… qu'il va… hum… partout?

– Et voilà! Personne ne peut combattre en ayant la diarrhée. Le mal de ventre deviendra insupportable et toute son attention sera détournée vers…

– Je comprends… Je comprends, fit Nérée, déjà plus calme. Je vois le tableau! Alors pourquoi dois-je préparer mes hommes?

– Parce que les poudres prennent quelques minutes à agir, répondit Lolya. D'ici là, il faudra essayer de contenir notre ami…

– Alors, préparons-nous!, déclara la chef du village en ordonnant d'un signe de la main que ses hommes se regroupent.

Plus loin, sur le champ de bataille, Béorf et les molosses hurlants s'étaient déjà lancés sur les barbares. L'hommanimal, subjugué par sa démence meurtrière, fauchait ses ennemis comme un fermier moissonne son blé à l'automne. Aucune arme adverse n'arrivait à le blesser et les flèches heurtaient son dos sans lui causer la moindre douleur.

Cette première rage guerrière avait transformé Béorf en véritable machine de guerre. Il parait les attaques comme un maître et éliminait un à un ses ennemis avec précision. Des barbares ensanglantés, hurlant leur douleur, fuyaient à toutes jambes. D'autres, plus courageux, continuaient de foncer sur le monstre en espérant le tuer d'un coup d'épée bien placé. Rien à faire, Béorf était invincible ! Les plus téméraires se retrouvaient bien vite par terre, morts ou inconscients.

Les molosses hurlants, eux aussi, attaquaient sauvagement les barbares. Plus faciles à vaincre que Béorf lui-même, les gros chiens noirs tombaient en poussière une fois qu'ils avaient été mortellement atteints. Sans relâche, ceux qui restaient repoussèrent l'armée ennemie jusqu'à la débandade. Lorsque les barbares battirent en retraite, une vingtaine de molosses hurlants, encore bien enragés, les poursuivirent jusque dans les bois. Béorf, toujours sous l'effet de sa rage guerrière, resta seul sur le champ de bataille, prêt pour un nouvel affrontement.

Le béorite regarda partout autour de lui et, frustré de n'y trouver personne, poussa un autre cri de rage. Plus d'adversaires à combattre, plus personne à tuer, à déchirer ou à mordre. Il lui fallait pourtant encore du sang et de l'action, c'était plus fort que lui ! Combattre ! Combattre encore, à tout prix, contre n'importe qui et n'importe quoi! Béorf était en manque: il avait un besoin irrépressible de violence, de chair à se mettre sous la dent ou la griffe. Devant l'absence d'opposition, son sang bouillait comme de la lave en fusion et tout son corps tremblait. Il allait exploser!

C'est à ce moment que l'hommanimal se retourna et aperçut un village. Béorf avait tout oublié, même Volfstan! Sa mémoire avait été totalement anéantie par la rage guerrière. Il ne possédait plus que la conscience du présent. Le passé avait cessé d'exister et maintenant, seuls comptaient les prochains adversaires, la prochaine bataille et les prochaines morts. Le béorite éclata d'un rire démentiel et se mit à courir à toute vitesse en direction du village.

— Je n'arrive pas à le croire!, dit Nérée, encore plus sidérée. Il est venu à bout des barbares! Et ces chiens, d'où sont-ils sortis?

— Je pense que nous pourrons bientôt le demander à Béorf!, répondit avec agitation Lolya. Il arrive!

— TOUT LE MONDE À SON POSTE, LE BÉORITE FOU S'EN VIENT!, hurla la chef. SUIVEZ LE PLAN À LA LETTRE!

— La poudre! Prenez la poudre!, cria Lolya en tendant le petit flacon à Nérée.

— Merci…, souffla la femme en retirant son armure pour bénéficier d'une plus grande agilité. Souhaite-moi bonne chance! J'en aurai besoin…

Le béorite fonçait au pas de course vers Volfstan. Il bondit par-dessus la palissade et atterrit directement dans le village. À la vue de ce monstre qu'était devenu Béorf, les habitants furent pris de panique. Une dizaine de guerriers vikings se ruèrent alors sur la bête afin de protéger les villageois. Avec de très longues lances qui leur permettaient de rester à bonne distance, ils réussirent à tenir le monstre en respect jusqu'à l'arrivée de Nérée. Tête haute et épaules bien droites, la grosse femme vociféra :

– ICI, BÊTE RÉPUGNANTE ! ATTRAPE-MOI SI TU LE PEUX !

Elle avait enfilé une robe légère et chaussé une bonne paire de bottes en cuir souple. Béorf, d'abord surpris par l'allure plutôt étrange de cette nouvelle adversaire, grogna puis se rua vers elle.

Nérée avait une force insoupçonnée et inimaginable pour une personne de sa corpulence. Elle courait plus vite qu'un lièvre ! Dès que le béorite se lança à sa poursuite, elle décolla comme une flèche. La bête à ses trousses et encouragée par les acclamations de ses hommes, la grosse femme dévala la rue principale de Volfstan puis disparut entre deux maisons. Elle se remémora alors sa jeunesse alors que, dans les bois, tout près de son village natal, elle s'amusait à se faire poursuivre par les ours noirs dans le but de les semer. C'était son jeu préféré, exception faite, bien sûr, des traditionnelles compétitions de course sur piste de sable contre les chevaux du chef... qu'elle remportait invariablement.

Contre Béorf, Nérée avait l'avantage du terrain. Elle connaissait tous les recoins de son village. De passage étroit en ruelle sinueuse, ses fortes jambes la portaient sans peine. Béorf, qui n'abandonnait pas, était à bout de souffle. Lorsque la grosse femme le laissait s'approcher de quelques mètres, c'était pour le narguer en lui montrant ses fesses. La fureur envahissait de nouveau le béorite qui redoublait d'ardeur dans sa course.

Ce n'est qu'après une bonne dizaine de tours du village que la chef, en sueur, mais ravie de constater qu'elle n'avait pas perdu la forme, déboucha sur la place centrale de Volfstan où un piège attendait sa proie. Interrompant sa course à la suite de sa rivale, le monstre exténué posa un genou par terre. C'est à ce moment que les Vikings le capturèrent à l'aide d'un grand filet. Nérée revint sur ses pas et passa précipitamment devant Béorf pour lui souffler la poudre de Lolya en plein visage.

– Mission… réussie…!, s'exclama la robuste femme, essoufflée. Vous pouvez le… le laisser… Je suis encore… encore en pleine forme… si jamais il… il… récidivait…

Les Vikings s'éloignèrent en laissant Béorf empêtré dans les mailles du filet. Malheureusement, il était encore trop tôt pour que la poudre produise son effet. Stimulé par ce nouvel affront, le béorite se dégagea rapidement et se remit à pourchasser Nérée qui eut tôt fait de détaler.

Ce ne fut qu'après un autre tour complet de Volfstan que le monstre ressentit un mal de ventre atroce, comme si des couteaux lui tailladaient les intestins. Il s'arrêta net. Puis la douleur devint plus intense encore. Béorf avait du mal à respirer et sa rage guerrière, à présent moins virulente, semblait vouloir continuer à s'apaiser. C'est d'un pas lourd et titubant que le béorite quitta le village pour prendre la direction de la forêt.

Des applaudissements retentirent tout autour de Nérée pour honorer son courage et son adresse. À grands coups de courbettes, la grosse femme comblée salua ses admirateurs et déclara, juste avant de tomber dans les pommes :

– Quand on sait courir, la fuite est toujours la meilleure des solutions ! Rassurez-vous… tout va b…

Boum ! Nérée tomba la face contre terre. Lolya se jeta sur elle pour lui venir en aide. Tout allait bien, effectivement : la chef ronflait, épuisée par la poursuite.

Un instant plus tard, s'inquiétant de ne pas voir Béorf revenir, la jeune nécromancienne alla trouver les frères Grumson :

– Vous quatre, venez avec moi, nous devons retrouver Béorf ! Apportez des vêtements chauds, quelques couvertures et de quoi faire du feu.

Sans poser de questions, les quatre gaillards s'exécutèrent.

Chapitre 8

Le génie de
la boucle d'oreille

«Au travail maintenant!», se dit le porteur de masques en considérant les taches de sang qui maculaient le pont de *La Mangouste* depuis le combat avec les meuves.

Puisqu'il avait promis à son ami Béorf de tout nettoyer, Amos retroussa ses manches et se mit au boulot. Il fixa en se concentrant une flaque d'eau restée sur le pont et, grâce à ses pouvoirs, l'anima en la faisant se mouvoir comme une serpillière. Ce nettoyage «à l'eau» s'avéra très efficace. La masse aqueuse grossissait à vue d'œil, absorbant la saleté et le sang. Lorsqu'il jugea qu'elle avait pris suffisamment de volume, Amos demanda à Médousa de l'aider à la tordre par-dessus bord.

– Est-ce que tu penses parfois à ton peuple, Médousa?, demanda le garçon en lui passant un bout de la serpillière liquide.

– Eh! tu maîtrises de mieux en mieux tes pouvoirs!, dit la gorgone d'un ton enjoué en esquivant la question. Je n'arrive pas à comprendre comment tu arrives à faire de telles choses!

Par délicatesse, comme son amie n'avait pas répondu à la question, Amos lui sourit et n'insista pas. Puis, après un court silence, Médousa se confia :

– Bien sûr qu'il m'arrive de penser à mon peuple. Mes semblables ne me manquent pas…

– Ah bon ? Et pourquoi ?, osa demander Amos, un peu surpris.

– Parce que les gorgones sont des créatures méprisantes qui ne connaissent pas l'amitié, la joie ou la tendresse. Elles sont égoïstes, chicanières et repoussantes.

– Mais toi, pourquoi n'es-tu pas comme elles ? Même que tu es très jolie !

– Tu es gentil, répondit timidement la gorgone. Malheureusement, cela ne durera pas… À dix-neuf ans et demi, mon visage se transformera. Des défenses de sanglier pousseront dans ma bouche et les traits de mon visage deviendront grossiers et hideux. Je serai confrontée à la malédiction de notre race. Jusqu'à présent, seulement quelques-unes d'entre nous ont échappé au maléfice, mais comme elles n'ont jamais révélé le secret de leur bonne fortune, je me sais condamnée d'avance… et… et si tu savais, j'ai tellement peur !

– Bien sûr, je comprends…

– Parfois, je me demande même si ma résurrection a été une bonne chose, continua-t-elle. Quand le temps de ma métamorphose viendra, je sais que je perdrai votre amitié à toi, Béorf et Lolya. Je devrai retourner dans mon pays et terminer ma vie sans vous, au milieu de mes semblables.

– Je pense que tu ne saisis pas tout à fait ce qu'est une véritable amitié, ajouta Amos pour la réconforter. Nous ne te laisserons jamais tomber, Médousa.

– Merci, Amos, tu es tellement gentil!, répondit-elle, un tout petit peu rassurée. Mais j'ai la certitude que, malgré toutes vos bonnes intentions, je devrai un jour me séparer de vous...

– Dans ce cas, avant de te perdre définitivement, je profiterai de toi comme le fait Grumson avec ses fils, fit Amos afin de lui redonner le sourire. Alors par quoi commençons-nous?... Tiens! débarrasse-moi de toute cette saleté pendant que je ferai la sieste!

La gorgone eut un rire cristallin. Amos riait avec elle, mais il avait le cœur gros. Sachant que Médousa était une fille lucide, il devinait que ses chances d'être épargnée par le maléfice étaient effectivement minces. Peu importe! Quoi qu'il advienne, le porteur de masques serait toujours là pour elle!

Tandis qu'ils riaient ensemble, Amos fut soudain saisi d'une vive douleur dans le dos. Pris aussitôt d'un violent étourdissement, il chancela puis tomba la face contre terre. Au même instant, la serpillière magique se creva dans un éclat prodigieux d'eau et de sang qui souilla une fois de plus le pont du bateau. Affolée, la gorgone se pencha au-dessus de son ami et vit, enfoncée entre ses omoplates, une toute petite flèche, probablement empoisonnée. Soupçonnant qu'elle serait la prochaine cible, elle se lança, rapide comme l'éclair, au fond du drakkar et évita de justesse une seconde flèche qui lui était assurément destinée. Agile comme un félin, elle rampa jusqu'à la proue et se cacha derrière un baril d'eau potable, prête à bondir.

Deux barbares, couverts de tatouages et munis de grands arcs, grimpèrent à bord de *La Mangouste*.

– Ils étaient deux… j'en suis certain !, affirma le premier.

– Mais non… il se parlait à lui-même, répondit son compagnon.

– Normalement, les gens ne parlent pas seuls !

– Moi, je me parle seul, parfois…

– …?

– Même très souvent d'ailleurs et c'est très agréable ! Personne ne me contredit et je tombe toujours tout de suite d'accord avec moi-même sur tous les sujets.

– Euh… oui, bon… Occupons-nous de retirer la flèche. Nous sommes tranquilles, le poison l'a endormi, dit le plus malin des deux qui voulait mettre fin à la conversation.

Les deux gaillards s'approchèrent d'Amos et dégagèrent le projectile de son corps.

– Dis donc, tu deviens de plus en plus habile à la sarbacane, fit l'abruti. C'est du beau travail ! Tu crois qu'on en tirera un bon prix ?

– Je ne sais pas. Habituellement, les Sumériens paient peu pour les enfants.

– Pourquoi ?

– Parce que, la plupart du temps, ils font des esclaves indisciplinés. En plus, ils sont vulnérables à certaines maladies qui les tuent souvent avant même qu'ils aient atteint l'âge adulte.

– Oooh! regarde, là, sa jolie boucle d'oreille!, s'exclama le nigaud. C'est une tête de loup… Je vais la lui prendre… De toute façon, là où il s'en va, il n'aura pas besoin de parures.

– Prends-la. La perte de cet objet sera bien le dernier de ses soucis lorsqu'il se réveillera dans une cage demain matin…

Dès que le barbare posa les doigts sur le bijou d'Amos, Médousa sortit de sa cachette avec fracas. Elle bondit sur la proue du navire, les ailes déployées et ses cheveux-serpents bien visibles, en criant de façon très théâtrale:

– Je me présente: je suis le génie de la boucle d'oreille! Répondez correctement à mes questions et vous serez largement récompensés!

Les deux guerriers, éberlués, reculèrent d'un pas puis échangèrent un regard incrédule. Le benêt empoigna nerveusement le grand couteau qui était accroché à sa ceinture et s'avança vers la curieuse créature.

– Êtes-vous êtes réellement un génie?, lui demanda-t-il.

– Puisque je vous le dis!, affirma Médousa en s'efforçant de prendre un air assuré. Voyez mes ailes et ma chevelure particulière!

– Les génies n'ont pas d'ailes ni de serpents sur la tête, décréta l'autre barbare, resté derrière.

– Ah bon ?, fit la gorgone, faussement offusquée, parce que vous avez déjà vu un génie, vous ?

– Euh… non… Attendez…, hésita-t-il. Eh bien, à vrai dire, non.

– Alors, poursuivit Médousa avec aplomb, vous direz à tous vos amis que les génies ont des ailes dans le dos, des serpents sur la tête, une peau verte et qu'ils disparaissent sans même accorder de vœux si l'on doute d'eux ! Est-ce clair ?

– Très clair, fit le barbare en baissant la tête, rouge de honte.

– MOI, JE NE DOUTE PAS ! JE NE DOUTE PAS ! ACCORDEZ-MOI DES VŒUX ! DES VŒUX !, cria le bêta, tout excité à l'idée de voir ses rêves se réaliser.

– Eh bien, voilà une bonne attitude !, se réjouit la gorgone avec une certaine fierté. Voici comment nous procéderons : je pose une question et si vous avez la bonne réponse, je vous accorde un vœu !

– Je suis prêt ! Oh oui, je suis prêt !, lança le lourdaud qui n'en finissait plus de s'emballer.

– Alors, voici ma première question… Quel chemin doit-on emprunter pour se rendre dans le pays des Sumériens ?

– Rien de plus simple !, s'exclama le barbare, trop heureux de connaître la réponse. Il faut descendre le Volf, traverser les Salines et, arrivé à la mer Sombre, naviguer vers le sud jusqu'à la porte de Sumer qui est située à l'embouchure d'un autre fleuve appelé Euphrate. C'est là que commencent les contrées des Sumériens !

– BONNE RÉPONSE!, hurla le faux génie qui avait du mal à contenir son enthousiasme. Vous avez un vœu en réserve… Maintenant, deuxième question: Quelle est la façon de procéder pour vendre des esclaves aux Sumériens?

– FACILE!, clama l'abruti sur un ton triomphant. Les transactions ont lieu à la jonction du Volf et de la mer Sombre. Il y a là des cages pleines d'esclaves qui proviennent de partout dans le monde. C'est un immense marché dirigé par les Sumériens eux-mêmes. Il y a aussi des spectacles, des œuvres d'art, de la nourriture, du vin, de la bière, plusieurs…

– D'accord! ÇA VA!, l'interrompit Médousa qui en avait assez entendu. Bonne réponse et un deuxième vœu en banque!

– CHOUETTE!, beugla le barbare. En plus, je gagne à tous les coups!

– Ma troisième et dernière question comprend deux volets et attention, afin que vos vœux se réalisent, il faut répondre avec exactitude: Combien êtes-vous en tout et que faites-vous ici?

– TROP FACILE!, cria le guerrier, de plus en plus fou de joie. Nous faisons partie d'une troupe armée d'environ cinq cents hommes et, ce soir, nous prendrons le village de Volfstan. Tous les deux, on nous a envoyés ici pour capturer ceux et celles qui voudraient fuir par la mer. Nous voulons faire un maximum de prisonniers pour les vendre aux Sumériens. Lui et moi ne sommes que des éclaireurs. Deux de nos bateaux sont cachés de l'autre côté de la baie et une…

— Bravo!, fit Médousa en s'approchant du barbare radieux. Dis-moi quels sont tes trois vœux maintenant.

— Je veux… je désire…, balbutia l'homme, incapable de se calmer. Je veux être roi… je veux être riche et… et je veux être immortel!

— Que tes désirs soient des ordres, déclara solennellement la jeune gorgone. Regarde-moi bien dans les yeux et tes rêves deviendront réalité…

Médousa s'approcha du bastingage et ôta ses lurinettes. Le barbare, avide de pouvoir et de richesse, la suivit et s'empressa de jeter son regard dans le sien. En quelques secondes seulement, il fut pétrifié de la tête aux pieds.

Puis, d'une simple petite poussée, Médousa fit basculer la statue dans l'eau.

— Tes vœux sont réalisés, gros nigaud! Tu es le roi de cette baie, tu es riche des merveilles qu'elle recèle et tu es immortel dans la pierre.

Mort de peur, l'autre barbare tenta de s'échapper en reculant discrètement. Il n'eut que le temps de faire quelques pas.

— À toi maintenant! Tu souhaites faire exaucer un vœu?, demanda Médousa en réajustant soigneusement ses lurinettes.

— NON! non… merci…, répondit le guerrier. J'ai tout ce qu'il me faut… vraiment! Je n'ai besoin de rien!

— Alors, retourne à ton bateau, lui conseilla vivement la gorgone en s'avançant vers lui et informe ton clan que cette baie m'appartient et que quiconque y naviguera connaîtra le même sort que ton ami… Maintenant, VA !

Complètement paniqué, le barbare bondit hors du drakkar et se mit à nager à toute vitesse en direction des siens.

Aussitôt débarrassée des deux énergumènes, Médousa se précipita aux côtés d'Amos pour vérifier son état. Il respirait bien et son pouls semblait normal. Le garçon, intoxiqué par la drogue des barbares, dormait profondément.

C'est alors que le vieux Grumson fit son apparition sur le drakkar.

— J'ai un message pour maître Daragon, annonça-t-il avec un demi-sourire en apercevant le garçon par terre.

Amos a reçu une flèche empoisonnée, répondit la gorgone, occupée à glisser un oreiller de fortune sous la tête de son ami. Quel est ce message ?

— Ah non !, s'opposa le vieil avare avec un malin plaisir. On m'a demandé de livrer le message au garçon lui-même.

— Mais voyons, Monsieur Grumson, vous pouvez me dire de quoi il s'agit, reprit mielleusement la gorgone pour le persuader à parler.

— Désolé, fit Grumson, buté, sur un ton plus grave, le capitaine Bromanson m'a bien spécifié que son message devait se rendre aux oreilles de maître Daragon…

— CESSEZ CE JEU !, cria Médousa qui commençait à perdre patience. DE QUOI S'AGIT-IL ?

– Je n'ai pas confiance en vous, déclara narquoisement le vieillard. Et puis je ne travaille
pas pour vous et tant que le garçon sera dans les
pommes, je resterai muet !

– Comme vous voulez, Grumson, mais
écoutez-moi maintenant ! Je viens d'apprendre
que les barbares se préparent à attaquer le
village… Retournez vite à Volfstan et dites à
Béorf qu'Amos est mal en point. Demandez
aussi à Lolya de venir immédiatement parce
que… s'il vous plaît !

– NON ! Je n'ai pas d'ordre à recevoir de vous !
Si vous avez un message à transmettre, faites-le
vous-même ! Moi, je ne bouge pas d'ici jusqu'à
ce que ce jeune homme se réveille.

– VIEILLE BOURRIQUE !, tonna la gorgone
à bout de nerfs. Pourquoi faites-vous la mauvaise
tête ? J'ai besoin de vous… nous… nous avons
tous besoin de vous ! Vous ne comprenez pas que
nous perdons inutilement du temps précieux ?

– Bien sûr, bien sûr, je comprends… Mais peut-
être pourrions-nous trouver un arrangement ?
Voyons voir… Ah ! voilà ! Seriez-vous prête à perdre
votre âme ?, lui demanda finalement Grumson.

– Pardon ? Que me demandez-vous ?

– Je vous propose un marché. Je vous livre le
message de maître Bromanson et en échange, eh
bien, vous me donnez votre âme !

– Mais qui êtes-vous donc, Monsieur ?, demanda Médousa, abasourdie par tant de perfidie.

– Les minutes passent… pensez vite, jeune
fille !, dit l'avare, feignant de ne pas avoir entendu

la question de Médousa. Signez-moi ce papier qui me donne le droit exclusif de propriété sur votre âme après votre mort et en retour, je transmettrai votre message… C'est tout simple, non ?

— Vos petits jeux m'agacent au plus haut point !, fulmina Médousa, dégoûtée. Vous êtes complètement fou et je refuse de me soumettre à vos pitreries !

— Très bien, alors nous attendrons ensemble que maître Amos se réveille… si, bien sûr, il se réveille un jour !, conclut Grumson en ricanant.

Chapitre 9

Markus Grumson

– Il est ici!, cria Lolya en apercevant Béorf allongé par terre, inconscient.

Recroquevillé dans les fougères, le béorite grelottait de tous ses membres. Lolya s'approcha rapidement de lui et demanda aux frères Grumson de l'envelopper dans les couvertures qu'ils avaient apportées. La figure de Béorf était livide et son front, brûlant.

– Vite! Fabriquez-lui une civière!, ordonna la nécromancienne en déchirant des pans de sa robe. Tenez, servez-vous de ceci en guise de corde. Plus tôt nous le ramènerons à Volfstan, plus vite il se remettra!

Puis la jeune Noire se pencha et s'adressa tendrement à son ami:

– Tu n'es plus seul, Béorf, nous sommes avec toi. Écoute-moi, je sais que tu peux m'entendre… Tout est terminé maintenant! Les barbares sont partis et le village est sauvé… et tout cela, grâce à toi! Tu as de quoi être fier… Un vrai chef! Maintenant, je t'en prie, ouvre la bouche, il faut que tu boives ceci…

– J'ai froid…, fit le gros garçon dans un murmure à peine audible.

– Bravo !, se réjouit Lolya. Je te croyais complètement inconscient ! Ne bouge pas, nous allons te transporter jusqu'au village. Tu sembles avoir quelques côtes cassées et on dirait que ton nez et ta mâchoire sont fracturés aussi. Tiens, essaie de boire. C'est une potion que j'ai préparée avec les meilleures herbes fortifiantes qui soient et cela devrait t'aider…

Les yeux mi-clos, Béorf avala la décoction en faisant autant d'efforts que de grimaces.

– C'est… Il est… vraiment écœurant, ton… ton jus…

– Je sais, répondit Lolya en souriant, heureuse de voir son ami revenir à la vie. Ce jus, comme tu dis, te donnera des forces. C'est une préparation qui est aussi mauvaise au goût qu'elle est efficace pour remettre un guerrier amoché sur pied. Chez moi, les combattants dogons l'utilisent régulièrement.

– Mais… que s'est-il passé ? Pourquoi est-ce que je suis… ?

– Pas maintenant… Il faut te reposer, Béorf, lui ordonna gentiment Lolya. Je répondrai à toutes tes questions plus tard, c'est promis.

– Mais Amos devait… il… il devait…

– Qu'est-ce que je viens de te dire ?, le gronda-t-elle afin de le convaincre de rester calme.

– Désirez-vous que je me rende au bateau pour voir ce qui s'y passe ?, demanda alors Markus Grumson tout en vérifiant la solidité du brancard improvisé. Peut-être pourrai-je y être utile. Me donnez-vous l'autorisation de partir ?

Lolya sursauta. C'était la première fois qu'elle entendait Markus parler ; sa voix grave et posée la laissa interdite quelques secondes.

– C'est une bonne idée, Markus !, approuva-t-elle, aussitôt la surprise passée. Pendant ce temps, tes frères et moi ramènerons Béorf au village.

– S'il vous plaît, Lolya, j'aimerais que Béorf me libère lui-même de l'entente que j'ai avec Amos et lui, enchaîna Markus avec grand respect.

– Mais pourquoi donc ? Je t'assure que tu peux partir immédiatement, lui affirma la jeune Noire qui, toutefois, ne savait trop que penser de cette curieuse requête.

– Je ne peux pas vous dire le motif de ma revendication, répondit le grand gaillard pour toute explication. Je vous en prie, je ne demande qu'une chose, c'est que maître Bromanson me somme de reprendre ma liberté.

– Je te libère…, chuchota faiblement le garçon qui n'avait pas perdu un mot de l'entretien entre Markus et Lolya.

– Merci beaucoup, Béorf Bromanson, fit Markus, reconnaissant. Et bonne chance pour la suite de votre voyage.

Markus Grumson eut un regard affectueux pour ses frères et, bizarrement, ceux-ci semblaient tout simplement ravis.

– À bientôt, se contenta-t-il de leur dire en s'inclinant profondément.

Une chose inouïe se produisit alors : Markus s'enfonça lentement dans le sol comme s'il avait été sur des sables mouvants. En quelques secondes seulement, il fut complètement avalé par la terre.

***

Le vieux Grumson se prélassait sur le drakkar tout en se moquant des soins que Médousa prodiguait à Amos.

— Vous semblez bien préoccupée, vilaine créature, lança-t-il narquoisement.

— Son cœur bat de plus en plus faiblement. Je ne comprends pas ce qu'il se passe, murmura tout bas la gorgone qui s'efforçait d'ignorer Grumson.

— Si je peux faire quelque chose pour vous, dites-le-moi…, insista l'homme sur un ton qui révélait toute la malveillance en lui.

— Taisez-vous !, trancha Médousa, excédée par la présence de cet odieux personnage. Amos ne va pas bien et c'est de l'aide de Lolya qu'il aurait besoin.

— Ah bon ? Si ce n'est que ça ! Je propose que vous alliez chercher vous-même la petite négresse et pendant ce temps, rassurez-vous, je veillerai personnellement au bien-être de votre ami…

— Je n'ai aucune confiance en vous. Mon petit doigt me dit que vous seriez capable de l'étrangler ou de le noyer…

— Si vous connaissiez vraiment ma situation, se défendit Grumson, vous sauriez que je respecte une entente, un code très strict et que je ne peux liquider mon maître pendant la durée de mon contrat avec lui.

— Mais de quoi parlez-vous?, fulmina la gorgone. Avez-vous perdu la tête?

— Vous ne comprenez rien à rien, n'est-ce pas, petite tête de linotte? fit malicieusement le vieil homme. Vous êtes facilement dépassée par les événements et cela doit constituer un bien grave problème pour votre peuple. Décidément, les gorgones sont de véritables ânesses!

— Cessez de m'insulter ou je vous transforme en statue pour l'éternité!, le menaça Médousa qui en avait plus qu'assez de subir les sarcasmes du vieux Grumson.

— Eh bien, VOILÀ!, s'écria l'avare en levant les bras au ciel. Exactement ce que je disais! Tu es une digne représentante de ta race de demeurées. Écoute, je te propose un jeu pour t'aider à mieux comprendre qui je suis. Tu es si stupide que tu ne le découvriras jamais et c'est tant mieux! De toute façon, j'ai envie de jouer avec toi. Retire cette chose sur ton nez et regarde-moi bien dans les yeux!

Il ne faisait aucun doute que Grumson s'était mis à tutoyer Médousa afin de lui signifier sa supériorité. Ainsi défiée, la fille enleva ses lurinettes et c'est avec un air menaçant qu'elle s'avança vers lui. Sans attendre, le vieil avare plongea son regard dans celui de Médousa et... rien. Alors qu'il aurait dû se transformer en pierre sous le feu du regard soutenu de la gorgone, il demeura de chair et d'os.

– Mais… mais… je ne comprends pas…, balbutia Médousa qui sentait l'affolement s'emparer d'elle.

– Tu vois bien, petite sotte, que plusieurs choses t'échappent?, railla Grumson. Écoute bien ce qui t'attend maintenant. Comme je viens de te l'expliquer, il m'est impossible d'éliminer maître Daragon parce que, bien maladroitement, j'ai perdu un pari et que, par conséquent, je dois le servir, lui, ainsi que maître Bromanson. Par contre, rien ne m'empêche de te tuer, toi. Je t'arracherai la tête et ensuite j'utiliserai tes yeux comme…

Grumson se tut subitement. Il parut soudain fort tourmenté et ne fit plus attention à Médousa qui, en proie à la peur, était blême comme un fromage. Le vieil homme serra les dents et murmura, juste avant de sauter hors du bateau :

– Je viens de perdre un autre fils! Je dois les retrouver tous les quatre… les retrouver vite avant de…

L'avare s'éloigna de la rive en maugréant sans arrêt, puis il disparut dans la forêt en direction de Volfstan.

La gorge sèche et les jambes tremblantes, Médousa s'affala sur le plancher du bateau avant de retrouver peu à peu son calme.

– Mais pourquoi ne s'est-il pas transformé en pierre lorsque je l'ai fixé du regard?, se demanda-t-elle à voix haute.

Pour la première fois de sa vie, la gorgone se sentait démunie. Elle avait toujours cru que son don de pétrification était infaillible et que cela la rendait presque invulnérable face à l'ennemi. Elle s'était trompée et si Grumson n'avait pas quitté précipitamment le drakkar, elle serait déjà morte.

«Quelle leçon!, pensa Médousa. Je devrai être plus prudente à l'avenir et surtout, n'utiliser mon pouvoir qu'en dernier recours. Si j'avais été moins naïve, je me serais bien rendu compte que Grumson n'est pas un être normal, surtout quand il a voulu que je lui livre mon âme. Que j'ai été sotte! Il faut que je parle à Lolya de tout cela. Elle en connaît un rayon en matière de phénomènes étranges.»

La gorgone n'était pas au bout de ses surprises. Encore absorbée par ses pensées et à peine remise du choc qu'elle venait de subir à cause de Grumson, elle vit un humanoïde de boue, de terre et de roc enjamber le bastingage du bateau et se diriger vers elle.

– Mais que se passe-t-il encore ici?, se demanda-t-elle à mi-voix.

– Ne crains rien, Lolya, c'est moi, Markus, dit la chose, et je suis ici pour aider Amos. Comme Grumson n'est jamais revenu lorsque nous l'avons envoyé chercher ton ami, nous nous sommes inquiétés et…

– MARKUS? C'est bien toi?, fit la gorgone en se levant d'un bond. Mais que t'est-il arrivé?

– Laisse-moi seulement aider Amos, répondit la créature de terre et de pierre, car je ne suis pas autorisé à répondre aux questions.

– Très bien, vas-y…, consentit Médousa qui, de toute façon, n'avait aucun autre moyen de secourir Amos. Fais ce que tu crois bon pour lui. Il a été empoisonné et son cœur faiblit de plus en plus.

– C'est parce qu'il n'a pas reçu l'antidote, mais je sais ce qu'il faut faire, dit simplement Markus en chargeant le pauvre Amos sur ses épaules. La terre nourrit, la terre soigne, la terre purifie… Je me charge de le remettre sur pied.

Le garçon calé sur sa nuque, l'humanoïde, suivi de Médousa, redescendit de *La Mangouste* et regagna la terre ferme. Après quelques pas, il se tourna vers la gorgone :

– Médousa, rends-toi au village pour rassurer tes amis, je garderai le bateau à ta place et je soignerai Amos. Sois tranquille. Malgré ton apparence inusitée, les gens t'accepteront comme tu es, car ce sont des êtres de cœur et de courage. Maintenant, va… Le porteur de masques te rejoindra bientôt… Une dernière chose : je suis navré de ce que t'a fait subir Grumson… Adieu, Médousa et bonne chance !

Markus s'enfonça de nouveau dans le sol en emportant avec lui le corps inanimé d'Amos.

« Décidément, pensa la gorgone après avoir assisté, les yeux ronds, au drôle de départ de Markus et d'Amos, il y a des journées plus mouvementées que d'autres ! Le vieux Grumson a raison quand il dit que je ne comprends rien à ce qui passe autour de moi. Il faut croire que je manque d'expérience pour mener une vie d'aventurière avec mes amis Amos, Béorf et Lolya. Il faudra pourtant que j'arrive à prendre les bonnes décisions et que je sache réagir avec sagesse. Mais quand même… je peux être assez fière de mon coup du "génie de la boucle d'oreille"! J'aurai au moins réussi à soutirer de précieuses informations qui seront sûrement indispensables pour la suite de notre voyage. »

Médousa remonta sur le bateau pour y revêtir le grand manteau à capuchon qui lui permettait de dissimuler ses cheveux-serpents. Ainsi, elle devrait ne pas trop se faire remarquer dans le village. Elle redescendit par l'échelle de corde et prit la direction de Volfstan.

Chapitre 10

La libération des fils

Amos revint à lui sur *La Mangouste*. En ouvrant les yeux, il cracha une boule de terre de la taille d'un œuf de poule. S'en suivirent quelques spasmes abdominaux qui l'empêchèrent de respirer à fond pendant de longues minutes. Le garçon avait du sable dans les cheveux, dans les narines et les oreilles. Ses vêtements étaient couverts de boue et ses bottes, enduites de glaise.

Étourdi et un peu confus, Amos essaya de remettre de l'ordre dans ses idées. Il se souvint que Béorf était parti au village de Volfstan en compagnie de Nérée Goule et que lui-même était resté sur le drakkar avec Médousa. Ensemble, ils étaient en train de nettoyer le pont lorsqu'une douleur l'avait saisi au dos et puis… et puis… plus rien! Voilà tout ce qu'il se rappelait!

Le porteur de masques se leva péniblement et parvint à s'asseoir sur un baril, tout près de lui. Ses jambes et ses bras étaient ankylosés, ses articulations lui faisaient mal et ses idées tout embrouillées lui donnaient le vertige. Se souvenant des leçons de Sartigan, le garçon se plaça en position de méditation et fit quelques exercices de respiration. Le vieux maître lui avait souvent dit que la respiration profonde est le meilleur remède contre la confusion, l'angoisse et la peur. Inspirer de l'air frais aide également à nettoyer l'esprit des pensées sombres qui s'envolent une à une dans le souffle de l'expiration. Après avoir mis en pratique cette technique pendant quelques minutes, Amos avait retrouvé complètement ses esprits. Ses muscles, irrigués par une nouvelle vie, avaient perdu toute lourdeur. Il se sentait bien et plus solide que jamais !

Le jeune garçon se leva, s'étira puis regarda autour de lui dans l'espoir d'y apercevoir Médousa. Personne ! La gorgone aurait pourtant dû être là ! Amos supposa qu'elle était partie se promener pour se dégourdir les jambes ou peut-être même chercher de l'aide, puisqu'il semblait avoir perdu la carte… Quoi qu'il en fût, il décida de faire sa toilette. Le porteur de masques retira ses vêtements et se lança à l'eau. Après quelques brasses revigorantes, il nettoya ses cheveux puis revint se sécher sur le pont du drakkar. Plus tard, il enfila des vêtements propres, mit son armure de cuir et tressa sa chevelure en une longue natte.

« Mais qu'est-ce qui a bien pu se passer ?, s'interrogea Amos, de plus en plus soucieux. Où peut bien être Médousa ? Et pourquoi suis-je tombé dans les pommes ? Et toute cette terre dont j'étais recouvert à mon réveil, d'où vient-elle ?… Je dois absolument retrouver Béorf, Lolya et Médousa… »

Amos décida de quitter *La Mangouste* et de marcher jusqu'à Volfstan. Peut-être ses amis s'y trouvaient-ils toujours.

***

Béorf se remettait bien de ses blessures. Dès son retour au village, Nérée l'avait immédiatement installé dans une grande chambre connexe à son quartier général. Ses deux camarades, Lolya et Médousa, s'étaient retrouvées et veillaient sans cesse sur lui. Comme l'avait prédit Markus Grumson, la gorgone avait été bien accueillie au village et les enfants en particulier l'avaient rapidement adoptée. Fascinés par ses cheveux-serpents que son capuchon, soulevé sans qu'elle s'en aperçoive par un coup de vent, ne cachait pas totalement, les bambins de Volfstan lui avaient demandé la permission de les toucher. Se prêtant au jeu, Médousa s'était montrée également attentionnée et généreuse envers les plus curieux qui la bombardaient de questions. Quelques heures après son arrivée, elle ne faisait déjà plus partie des curiosités et avait pris sa place à Volfstan.

Quand Amos arriva au village, il fut, lui aussi, cordialement accueilli par ses habitants qui, après l'avoir écouté, l'envoyèrent tout de suite chez Nérée Goule. Sans tarder, la chef lui montra la chambre où se trouvaient ses amis. Béorf dormait. Lolya et Médousa, très inquiètes du sort d'Amos, sourirent et poussèrent un soupir de soulagement en le voyant.

– Mais où étais-tu passé? Que t'est-il arrivé?, demanda Lolya. Médousa nous a raconté que Markus Grumson t'avait amené avec lui! Nous t'attendons depuis deux jours! Des patrouilles ont ratissé les bois à ta recherche! J'étais morte d'inquiétude…

– Je vais très bien, ne vous faites plus de souci pour moi. J'arrive de *La Mangouste* et je pense avoir dormi longtemps et profondément. Par contre, je n'ai aucune idée de ce qui est arrivé au juste. En vérité, j'espérais avoir des réponses de votre part…

Médousa lui raconta alors dans le détail ce dont elle avait été témoin sur le drakkar. Elle lui parla de la petite flèche empoisonnée, de la ruse qu'elle avait utilisée pour soutirer des renseignements aux barbares et de Markus Grumson qui l'avait emporté avec lui dans la terre. Lolya prit la relève pour lui relater le combat mémorable de Béorf et son retournement contre le village.

Ébranlé, Amos s'avança au chevet de son ami. Quand il entendit cette voix familière s'adresser à lui tout doucement, le gros garçon comprit qu'Amos était là. Il ouvrit les yeux et sourit.

– Te voilà enfin, toi… La prochaine fois que nous serons attaqués par une armée de barbares, je te les laisserai… J'ai déjà assez donné… et rappelle-toi que tu m'en dois une…

– Je savais bien que je ne pouvais pas te laisser seul deux minutes sans que tu te blesses!, répliqua Amos pour le taquiner. J'ai même entendu dire que tu deviens terriblement laid quand tu te fâches?

– Que veux-tu, lui répondit Béorf qui, en blaguant avec son ami, semblait reprendre des forces, tout le monde n'a pas la chance d'être aussi joli garçon que toi !

Les deux copains, trop contents de se retrouver, rirent de bon cœur, à la grande joie de Lolya et de Médousa qui les observaient du coin de la pièce. Puis, après quelques secondes seulement, Béorf reprit son sérieux.

– Amos, écoute, nous avons un problème avec le père Grumson. Explique-lui ta théorie, Lolya, dit-il en se tournant vers elle.

Avant de commencer à parler, la jeune nécromancienne alla s'assurer que personne n'écoutait derrière la porte. Puis elle alla s'asseoir avec Amos sur le lit de Béorf et fit signe à Médousa de s'approcher. À voix basse, elle fit part de son point de vue à Amos :

– Je crois que Grumson et ses fils ne sont pas des humains.

– Je dois reconnaître que c'est intéressant comme hypothèse, chuchota Amos avec un sourire mi-figue, mi-raisin, mais qu'est-ce qui te fait croire cela ?

– Premièrement, Grumson est immunisé contre le pouvoir de pétrification de Médousa…

– C'est vrai, confirma la gorgone. Je l'ai regardé droit dans les yeux et ça ne lui a strictement rien fait !

– Deuxièmement, reprit Lolya, il a proposé un pacte à Médousa. Il lui a dit qu'en échange de son âme, il lui transmettrait un message de Béorf.

– Et je vous assure que ce n'était pas une mauvaise blague de sa part, précisa la gorgone en fronçant les sourcils.

– Et troisièmement, poursuivit la jeune Noire, il est clair que sa personnalité est tout à fait différente de celle de ses fils. Alors, est-il vraiment le père? De plus, il exerce sur eux un pouvoir qui les empêche probablement de parler, de nous dire qui ils sont véritablement. Nous avons perdu Magnus et Markus et, plutôt que de pleurer leur départ, leurs frères, Morkus, Mikus et Mékus semblaient enchantés.

– J'admets que c'est très étrange, réfléchit tout haut Amos.

Après avoir gardé le silence un moment, le porteur de masques finit par dire:

– Écoutez, je pense que je dois vous raconter quelque chose.

Amos leur confia alors que, la nuit avant leur départ d'Upsgran, il avait fait un rêve dans lequel une colombe à cinq têtes s'était adressée à lui. Il raconta le songe en détail, puis il leur parla de ce qui s'était passé pendant la troisième et dernière vague de l'attaque des meuves, dans le delta du Volt. Il rapporta les paroles de Magnus et décrivit, entre autres, l'aplomb avec lequel le jeune homme s'était relevé dans le drakkar, alors que tout le monde était aveuglé. Et comment il avait détruit aisément les meuves en frappant le cœur de leur reine au centre de la vague.

– Eh bien, voilà! Ceci appuie bien la théorie que Grumson n'est pas humain!, clama Lolya. Et puis, ton récit confirme que ses fils ne le sont pas plus que lui.

— Vas-y, Lolya, explique-nous comment tu vois les choses, fit Amos, de plus en plus intéressé. Je suis curieux d'en savoir davantage sur ce drôle de bonhomme.

— Je pense que… En fait, je suis convaincue que Grumson est un démon, dit posément la nécromancienne en détachant chacune des syllabes. Il y a des êtres surnaturels qui vivent sur la Terre. Des esprits qui prennent chair parce qu'ils ont été chassés des mondes astraux. Grumson est un diable qui puise sa force et sa puissance dans le pouvoir de l'argent, ce qui explique son avarice. Il doit accomplir une quelconque action, faire quelque chose pour retourner d'où il vient. Sans cela, il demeurera prisonnier sur la Terre.

— Mais ses fils?, demanda Amos, songeur. Quels rapports réels ont-ils avec lui?

— Justement, les quintuplés ne seraient pas ses fils, mais des êtres célestes liés aux éléments naturels. Chez les Dogons, nous les appelons les «protecteurs». Ils ont pour mission de veiller à la cohésion des éléments entre eux. Voilà pourquoi tu as fait ce rêve de la colombe à cinq têtes. Comme tu es porteur de masques, ton lien avec les éléments a fait qu'ils ont pu facilement s'adresser à toi. Cinq fils, cinq têtes!

— Mais attends, rétorqua Amos. Il n'y a que quatre éléments: la terre, l'eau, le feu et l'air, non?

— Non, fit Lolya, je crois maintenant qu'il y a cinq éléments. Magnus est lié à l'eau, Markus à la terre et les trois autres sont liés au feu, à l'air et à un autre élément inconnu.

– Mais que fabriquent-ils avec Grumson alors?, lança le porteur de masques, un peu étourdi par le flot de renseignements contenus dans la théorie de son amie.

– Il les a soumis à son contrôle pour les utiliser à des fins que j'ignore. Les démons ont un code très strict de contrats, de promesses et de dettes morales. Alors, lui, il a sûrement piégé ces garçons pour respecter ce code. Grumson possède un pouvoir certain sur eux, mais par contre il a commis une erreur.

– Laquelle?, demanda Amos, avide d'explications.

– Il a perdu un pari contre nous, répondit Béorf à la place de Lolya. Tu te souviens de notre contrat avec lui et de la façon donc tu as répondu à son énigme?

Le jeune garçon acquiesça en silence.

– Eh bien, nous sommes devenus les maîtres de Grumson et, par le fait même, nous avons autorité sur ceux que le vieux bouc contrôle, c'est-à-dire ses soi-disant fils.

– Ah! mais je comprends tout maintenant, murmura Amos. Récapitulons! La première fois que je rencontre les fils Grumson, ils sont sur les quais et appellent à l'aide pour sauver leur père. Les quintuplés, qui sont en réalité des êtres célestes liés aux éléments naturels, savent en raison de leur nature divine que je suis porteur de masques et qu'un séjour à mes côtés leur permettra peut-être de communiquer avec moi. Voilà pourquoi ils s'engagent à servir celui ou celle qui sauvera leur soi-disant père de la noyade. Une fois le sauvetage réalisé, Grumson doit se soumettre à la promesse de ses fils pour honorer une dette morale envers moi.

— Voilà !, s'exclama Béorf avec satisfaction.

— Et j'ajouterai à cela, poursuivit Lolya, que les fils Grumson ne peuvent pas laisser le démon se noyer, car c'est lui qui détient la clé de leur salut. D'un autre côté, l'avare ne veut pas saisir la main que ses prétendus fils lui présentent par crainte d'être en dette envers eux, ce qui l'obligerait à en libérer un. Les démons fonctionnent ainsi : une vie pour une vie, un service pour un autre service.

— Plus tard, continua Amos, alors que nous étions à Upsgran, Grumson nous propose de parier *La Mangouste* sur la résolution d'une énigme. Nous lui faisons signer un papier, ce qui, selon la théorie de Lolya, engage non pas quelques vulgaires pièces d'or, mais le démon lui-même. Lorsqu'il perd le pari, sa réaction est démesurée, car il sait qu'il devra nous servir et que nous aurons la possibilité de libérer ceux qu'il enchaîne à sa volonté… Donc, voilà, nous avons le loisir de libérer les quintuplés…

— Bien sûr, c'est logique, intervint Béorf, maintenant bien assis sur son lit. Ses fils auront eu vent de l'affaire et justement, c'est la nuit précédant notre départ que la colombe est apparue dans ton rêve. C'était sans doute un appel à l'aide !

— La colombe m'a aussi prié de ne répéter à personne ses propos, sûrement par crainte que le démon n'apprenne que ses fils avaient communiqué avec moi par son intermédiaire. Elle m'en a dit juste assez pour que je libère Magnus sans que Grumson, aveuglé par la vague de larmes, s'en aperçoive.

— C'est vrai, ça! Le vieux bouc n'était pas là non plus lorsque Markus m'a demandé de le libérer, ajouta Béorf, revigoré par toute cette affaire.

— Il y a un lien puissant entre Grumson et ses fils ou, si vous préférez, entre ce démon et ses esclaves, déclara gravement Médousa, assez fière d'apporter sa contribution. Lorsque, sur le drakkar, il allait me tuer, il s'est interrompu parce qu'il a perçu qu'un de ses fils s'était libéré de son contrôle. Et c'est d'ailleurs ce qui m'a sauvé la vie…

— Je sais ce que nous allons faire, lança Amos avec un sourire au coin des lèvres. Lolya, connais-tu les principes qui font partie du code de conduite des démons?

— Oui… enfin, pas toutes les règles, admit la nécromancienne, mais je connais les plus importantes. Je consulterai mon grimoire. Je fouillerai aussi dans celui de Baya Gaya; je pourrai sans doute y trouver quelque chose d'intéressant.

Amos réfléchit un moment en considérant un à un ses trois amis.

— Médousa, dit-il enfin, peux-tu demander à Nérée de trouver les fils Grumson restants? Dis-lui que c'est important et qu'elle doit leur mentionner sans faute que nous leur *ordonnons* de se présenter tous les trois ici, devant nous, dans une heure exactement, ce qui nous donnera le temps de tout préparer.

— Très bien, mon Commandant!, fit la gorgone en retenant un fou rire nerveux. J'y vole tout de suite!

***

Morkus, Mikus et Mékus se présentèrent à l'heure devant Amos et ses amis. Lorsque Nérée Goule les avait trouvés, les trois gaillards étaient en train d'aider les villageois à réparer leurs demeures. Elle n'avait eu aucune difficulté à les convaincre de se rendre au rendez-vous fixé par Amos.

Alors que le porteur de masques venait juste de les faire entrer dans le quartier général de Nérée, le père Grumson apparut soudainement.

— Que se passe-t-il ici?, clama-t-il. Vous voulez nous voir?

— Pas vous précisément, mais vos fils!, répondit sèchement Amos. Mais puisque vous êtes ici, prenez donc une chaise, juste là, et attendez en silence.

Les quatre adolescents étaient prêts. Ils savaient bien que le vieux Grumson ne tarderait pas à rappliquer quand il saurait que ses fils se trouvaient là. Le siège désigné par Amos avait été placé en plein centre d'un cercle dessiné par Lolya et où brûlaient sept chandelles blanches.

– Non… non… non merci, balbutia Grumson en apercevant les bougies. Pour l'instant, je préfère demeurer debout.

– Je ne crois pas, non, que vous resterez debout!, trancha net le porteur de masques. Posez immédiatement vos fesses sur cette chaise! Je sais que, selon les lois qui régissent l'univers des démons, j'ai le droit, conformément à notre entente signée à Upsgran, de vous demander tout ce que je veux si ma requête ne porte pas préjudice à votre vie. Ce qui est le cas, alors écoutez-moi!

– Non!, grogna l'homme. Vous ne pouvez rien exiger de moi… ou plutôt si, mais laissez-moi d'abord vous faire une autre offre…

– TAISEZ-VOUS ET ALLEZ VOUS ASSEOIR!, cria Amos, en colère.

Grumson savait qu'en prenant place sur cette chaise, il perdrait tout contact avec ses «fils». Lolya connaissait quelques rituels de protection contre le mal et c'était l'un d'eux qu'elle mettait en pratique en ce moment. Le cercle enchanté, délimité par sept chandelles blanches, était une prison d'où un démon ne pouvait plus sortir à moins d'en recevoir l'ordre de son maître. Grumson savait également qu'une fois la ligne traversée, il ne pourrait plus rien voir ni rien entendre. Emmuré dans ce cercle magique, coupé du monde réel, il serait privé de tout et ne pourrait rien faire d'autre qu'espérer sa délivrance.

C'est en maugréant que le démon passa la ligne blanche pour se laisser choir sur la chaise.

– Voilà!, dit Lolya, satisfaite. Même si nous pouvons le voir et l'entendre, je vous rappelle que Grumson se trouve, lui, complètement isolé.

– Bon, comment dire?... Je sais, commença Amos en s'adressant aux trois frères, que vous êtes des esprits célestes appartenant aux éléments. Je sais aussi que vous êtes les esclaves de Grumson et que vous ne pouvez pas parler en sa présence, mais rassurez-vous, comme Lolya vient de le dire, il ne peut pas nous entendre actuellement. Je sais aussi que Béorf et moi avons le pouvoir de vous libérer, mais avant, j'ai quelques questions à vous poser.

– S'il vous plaît, libérez d'abord Morkus et Mikus de l'emprise de Grumson, implora Mékus qui désirait s'assurer de leur liberté.

– Morkus et Mikus, déclara Amos, vous êtes maintenant libres!

– Aussitôt, Morkus s'enflamma et disparut dans un nuage de fumée; Mikus, lui, se lança par la fenêtre avant de s'évaporer. En moins d'une seconde, tous deux s'étaient volatilisés!

– Je te remercie, Maître Amos!, dit Mékus en s'inclinant profondément. J'attends maintenant tes questions...

– D'abord, qui est réellement ce Grumson et pourquoi le servez-vous?, demanda Amos.

– Grumson est un démon venu accomplir sur terre une mission pour se racheter auprès de ses dieux. Il devait guider des esprits protecteurs des éléments, c'est-à-dire mes frères et moi, pour les vendre comme esclaves aux Sumériens. Nous lui étions assujettis et, en sa présence, nous devions garder le silence. Par ailleurs, notre nature spirituelle nous dicte de ne pas révéler notre véritable identité à moins que la question ne nous soit directement posée. Enmerkar, le grand prêtre de Sumer, attend notre arrivée afin que nous l'aidions à construire la tour d'El-Bab. Il a besoin des forces de la terre, de l'air, du feu et de l'eau.

— Mais il n'y a que quatre éléments alors que vous êtes cinq frères, dit Amos qui désirait résoudre ce mystère. Quelle en est l'explication?

— Il existe un cinquième élément, Amos, affirma Mékus. Magnus est l'eau; Markus, la terre; Morkus, le feu; et Mikus, l'air. Moi, je suis l'éther.

— L'éther? Il y aurait donc cinq masques de puissance?

— Absolument, confirma Mékus. Et lorsque tu auras trouvé les seize pierres de puissance, il te faudra alors le masque de l'éther. Grâce à lui, il te sera possible de varier tes sorts à l'infini et d'entrecroiser les éléments à ta guise. C'est l'éther qui unit l'eau et la terre pour créer la boue; il fusionne le feu et l'eau pour faire la vapeur; il combine l'air et la terre pour former la poussière et ainsi de suite. Ce masque est complet en lui-même et n'a donc pas besoin qu'on y ajoute des pierres.

— Mais où puis-je trouver le masque qui me manque, celui de la terre?

– Tu l'as déjà en toi, lui apprit Mékus. C'est Markus qui t'en a fait cadeau, tout comme la première de ses pierres.

– Ah oui?, fit Amos, étonné mais heureux de cette nouvelle. Ah oui! je me rappelle avoir craché une boule de terre à mon réveil sur le drakkar. Et cela explique pourquoi j'étais tout couvert de terre…

– Effectivement, la force de la terre coule en toi…, affirma le protecteur de l'éther. Maintenant, cesse tes questions et libère-moi, je dois vite retourner parmi les miens.

– Je te libère…, proclama Amos, et merci pour tout!

Chapitre 11

La visite surprise

Lorsque, ce matin-là, Nérée Goule se rendit à la fenêtre de sa chambre en bâillant, son cœur faillit s'arrêter net. Volfstan avait été refait à neuf! Les maisons avaient toutes été reconstruites en jolies briques rouges. De solides portes en bois, des toits de chaume, de larges fenêtres et de magnifiques cheminées de pierre ornaient miraculeusement les demeures. La palissade qui entourait le village avait été remplacée et tous les troncs d'arbres la composant étaient alignés à la perfection. Les rues, anciennement en terre battue et boueuse, étaient maintenant recouvertes de solides pierres et de mosaïques de pavés. Deux nouveaux puits avaient été creusés, une fontaine trônait au milieu de la place centrale et un joli petit ruisseau coulait silencieusement tout en arrosant les potagers des habitants. Il y avait des fleurs partout et une douce odeur de tarte aux pommes flottait dans l'air.

– ÇA Y EST!, hurla la femme, paniquée. JE SUIS MORTE!

La chef de Volfstan dut se pincer à plusieurs reprises pour comprendre qu'elle était toujours vivante, que l'aspect magnifique du village n'avait rien d'un rêve ou d'un paradis viking. Elle se précipita dehors pour s'assurer que cela était bien réel. Tout comme elle, les villageois se promenaient dans les rues en se frottant les yeux d'incrédulité. Toutes traces de combat, de violence, de guerre et de misère avaient été complètement effacées pour faire place au calme et à la douceur d'une jolie petite bourgade de province.

Amos, Lolya et Médousa sortirent eux aussi en soutenant Béorf sous les bras. Le gros garçon se portait beaucoup mieux, mais il avait encore de la difficulté à marcher.

– Wow! mais qu'est-il arrivé au village?, fit Lolya, complètement estomaquée par ce qu'elle voyait.

– C'est un vrai miracle!, s'écria la gorgone. Hier, tout était encore en ruine et maintenant…

– C'est merveilleux!, lança à son tour Béorf, bouche bée.

– Je crois bien, affirma Amos, que les quintuplés Grumson ont tenu à nous remercier. En voici la preuve… Regardez, juste là!

Le porteur de masques s'approcha d'une petite place ornée de fleurs et d'élégants bancs de pierre finement taillée. Parmi eux s'élevait une sculpture à quatre faces représentant les quatre éléments naturels, chacun surmonté d'un masque de fer qui symbolisait l'éther.

— Maintenant, je comprends pourquoi les Sumériens convoitaient les quintuplés en tant qu'esclaves, déclara le porteur de masques à ses amis. Si en une seule nuit, ces esprits ont transformé le village d'aussi belle façon, imaginez les miracles qu'ils auraient pu accomplir sur la tour d'El-Bab.

— Mais j'y pense !, lança tout à coup Béorf. Qu'allons-nous faire de Grumson ?

— Sois tranquille, j'ai mon idée, répondit Amos. J'ai discuté avec Lolya et nous avons un plan.

— Si tu t'en occupes, dit le béorite en souriant, je pourrai alors dormir sur mes deux oreilles : cinq cents barbares pour moi l'autre jour et un démon pour toi maintenant !

À ce moment, un cri se fit entendre dans le village. Un garde qui hurlait à pleins poumons accourut vers eux.

— OURM LE SERPENT ROUGE ARRIVE ! NOTRE ROI ARRIVE ! NOTRE ROI EST LÀ !

Ce cri fut immédiatement suivi de celui de Nérée Goule :

— TOUT LE MONDE À SON POSTE ! ET EN ARMURE ! FAITES COMME SI TOUT ÉTAIT NORMAL ! ENFIN, TOUT EST NORMAL, MAIS PAS COMME D'HABITUDE, TOUT EST NORMAL, MAIS EN PLUS BEAU ! ENFIN… QUE LA POPULATION SE RENDE SUR LA GRANDE PLACE ! VITE ! VITE ! MAGNEZ-VOUS LE POPOTIN !

Lorsque les portes du village s'ouvrirent pour accueillir le roi viking, tout le monde était prêt.

Une haie d'honneur accueillit Ourm le Serpent rouge ainsi que sa garde personnelle, composée de cinquante féroces guerriers. La population lança des fleurs sur leur passage; il ne manquait que le tapis rouge. Le roi, un colosse à la barbe et aux cheveux roux, aux épaules larges et aux jambes solides comme des troncs d'arbres, s'avança vers Nérée. Il portait un grand casque d'acier orné de deux immenses cornes de taureau. Sa cotte de mailles brillait de mille feux et, dans sa main droite, il tenait une hache de guerre de taille disproportionnée. La chef était prosternée devant lui lorsque Ourm prit la parole:

— Bonjour à toi, Nérée Goule. Ton messager est arrivé jusqu'à moi. J'ai trois cents hommes et du ravitaillement qui attendent sur des drakkars dans la… dans la… baie…

Le Serpent rouge venait de remarquer la splendeur de Volfstan. Ce village était beaucoup trop beau et ordonné pour avoir essuyé les attaques barbares! Ourm se retourna vivement vers son premier commandant et lui demanda à voix basse:

— Sommes-nous bien à Volfstan? Serait-il possible que nous nous soyons trompés de village?

— Oui, c'est… non… oui, en effet, bafouilla l'homme, aussi étonné que son roi, plutôt non… oui… nous devrions être arrivés au bon endroit!

— Mais le messager a dit que… que le village n'était plus qu'une lamentable ruine…, murmura le monarque.

— Oui, effectivement, Sire… Je ne comprends pas…

– Par Thor, marmonna Ourm, ce village est plus beau que ma propre capitale ! À mon retour, quelques-uns de mes architectes auront affaire à moi !

– Vous dites, Sire ?, fit Nérée qui riait sous cape.

Ourm toussota un peu puis reprit :

– Je dis que... ce sera un honneur de vous assister dans votre lutte contre l'ennemi !

– Trop tard pour votre aide !, répondit la corpulente femme avec une évidente fierté. Nous avons tout réglé nous-mêmes.

– Attendez, êtes-vous en train de me dire que vous vous êtes débarrassés des armées barbares ?, demanda le roi, incrédule.

– Oui, oui... en effet... Une affaire de rien. Vous savez comment c'est ? Ils sont gros, ils sont laids, mais quand on a du cœur au ventre... on arrive facilement à les impressionner !

– Mais votre messager m'a dit qu'ils seraient des centaines à attaquer Volfstan ! Et que votre village était en ruine !

– Mon messager a dit vrai, Sire. Ils étaient au moins cinq cents barbares lors de cette dernière attaque contre nous, confirma la chef, la tête haute et le ton solennel. C'est peut-être difficile à croire vu la propreté de l'endroit, mais justement, en ce qui concerne le village, eh bien, disons que nous avons donné un bon coup de balai, planté quelques fleurs, remplacé deux ou trois carreaux et autres petits détails de ce genre ! Mais il faut bien l'avouer, ô grand roi, Volfstan est bien modeste si on le compare à ce qu'il a déjà été ! On pourrait même dire que… hum… c'est un peu désolant à regarder et… je vous prie de m'en excuser.

– Mais voyons, Nérée Goule, ne vous en faites pas pour si peu, lui dit Ourm qui avait peine à imaginer toute la splendeur passée du village de Volfstan. C'est… c'est pas mal du tout si l'on considère que vous avez essuyé une multitude d'attaques au fil des ans… Vraiment, c'est très bien… vraiment très bien!

– Eh bien, tant mieux!, lui lança Nérée de sa bonne voix. Je suis contente que cela vous plaise! Puis-je vous faire visiter?

– Bien sûr! C'est avec grand plaisir que j'accepte!

Ourm se tourna vers sa garde personnelle et ordonna:

– Qu'on apporte les provisions et que mes hommes se détendent, il n'y aura pas de bataille à Volfstan. Nous ferons plutôt une grande fête en l'honneur de Nérée Goule et de sa victoire contre les barbares!

– Mais, Sire, c'est beaucoup trop de considération, lui dit la chef avec modestie, mais aussi avec un brin d'émotion dans la voix. Je vous assure que je n'ai fait que mon devoir!

– Si tous les chefs de mes garnisons avaient seulement la moitié de votre souci du travail bien fait, Madame, je serais depuis longtemps le maître du monde!

– Vous faites peut-être trop confiance aux hommes et pas assez aux femmes!, lui glissa audacieusement la guerrière en lui faisant un clin d'œil. Bon la visite maintenant! Si vous voulez bien me suivre, nous commencerons par mon quartier général.

– J'admire votre grande bravoure, chère Nérée Goule!, lui confia le roi en jetant des coups d'œil autour de lui, comme s'il cherchait quelque chose. Mais d'où provient donc cette délicieuse odeur de tarte aux pommes qui flotte si agréablement sur Volfstan?

– C'est... c'est..., balbutia la grosse femme qui, elle-même, n'en avait pas la moindre idée. En fait, c'est notre fête annuelle qui vient tout juste de se terminer. Nous célébrions la... la tarte aux pommes qui... qui, comme tout le monde ici le sait, donne au guerrier force et courage. Enfin, bon, c'est un peu plus compliqué que ça; je vous expliquerai plus tard, après la visite que je vous ai promise. Suivez-moi, c'est par ici!

Ourm le Serpent rouge déambula dans les rues du village au bras de Nérée qui le conduisait aimablement vers son quartier général. La chef et son roi croisèrent au passage nos quatre jeunes aventuriers qui, dans la douceur du matin, se prélassaient sur la petite place, tout près de la statue des cinq éléments. En les apercevant, Nérée s'arrêta devant eux:

– Cher souverain, laissez-moi vous présenter Béorf Bromanson et ses compagnons, Amos, Lolya et Médousa. Béorf est le jeune chef d'Upsgran, village situé sur les terres d'Harald aux Dents bleues. Il est de la race des béorites. Je dois avouer que, sans lui, la bataille contre les barbares ne se serait peut-être pas terminée de la même façon !

— Heureux de vous rencontrer, jeune chef !, lança Ourm en lui donnant une solide poignée de main. Alors, tu viens d'Upsgran ? Grâce aux exploits d'Hulot Hulson contre le dragon de Ramusberget, ton village est célèbre sur tous mes territoires ! Quel homme, ce Hulson ! QUEL HÉROS !

Il faut savoir que Hulot Hulson, surnommé « Grande gueule » à Upsgran, était en réalité plus vantard que courageux et plus pantouflard qu'héroïque ! En réalité, c'étaient Amos et Béorf qui avaient fait tout le travail à Ramusberget, mais ils en avaient humblement gardé le secret. Voilà pourquoi les garçons durent faire de gros efforts pour ne pas éclater de rire en entendant le roi vanter les mérites de Hulot.

— Je suis aussi honoré de faire votre connaissance, Sire, lui répondit cordialement Béorf. Hulot Hulson serait honoré d'être à ma place pour vous rencontrer. Son esprit et son courage habitent maintenant nos cœurs à tous !

— On dit qu'il est mort en affrontant une armée de merriens au-delà de la Grande Barrière, fit Ourm sur le ton de la confidence. Est-ce exact ?

— Oui, répondit Béorf qui, pour s'amuser, décida d'alimenter la légende. En plus des merriens, il a aussi dû combattre trois serpents de mer et un griffon avant que le dieu Loki lui-même descende sur terre pour l'affronter en duel. Jusqu'à la fin, Hulot a bravé la mort. Le dieu a même failli y laisser sa peau, c'est pour vous dire !

— Hum… mais que peut faire un homme contre une divinité ?, soupira le Serpent rouge. Quelle peste, ce Loki ! Je lui souhaite de ne jamais croiser mon chemin parce que… oh oui ! je lui donnerais moi-même du fil à recoudre !

— À retordre, Sire, du fil à retordre…, corrigea Nérée.

— Euh… oui, c'est bien cela… à retordre…, reprit Ourm, un peu embarrassé. Bon, je suis content de vous avoir rencontrés, les amis… Si je peux faire quoi que ce soit pour vous, n'hésitez pas à venir me voir !

Sans attendre, Amos saisit la chance qui s'offrait à eux :

— Justement, nous désirons poursuivre notre remontée du fleuve Volf en direction de la mer Sombre. Comme la route est dangereuse, pouvez-vous nous fournir une escorte ?

— Et jusqu'où allez-vous ?

— Jusqu'aux Salines !, intervint promptement Médousa qui connaissait leur destination grâce aux informations obtenues par ruse sur *La Mangouste*.

— Hum… ces territoires ne m'appartiennent pas, c'est une contrée barbare…, réfléchit tout haut le Serpent rouge. Cependant, comme nous venons de les vaincre, cette incursion dans leurs terres les incitera sans doute à rester tranquilles. Alors, ça va, je suis d'accord. Ma flotte et moi vous accompagnerons jusqu'aux Salines !

Les adolescents remercièrent en chœur la générosité du roi qui reprit rapidement son chemin au bras de Nérée.

– Bien joué, Amos!, s'exclama Béorf lorsque le monarque fut assez loin d'eux.

– Il faut savoir saisir la chance lorsqu'elle se présente, répondit en souriant le porteur de masques. Tu sais où sont les Salines, Médousa?

– Je n'en ai aucune idée!, fit la gorgone en s'esclaffant. Le barbare n'a pas vraiment eu le temps de me l'expliquer!

Chapitre 12

Les Salines

Après quelques jours de préparatifs, un cortège de drakkars piloté par Ourm le Serpent rouge se mit en route vers les Salines du Sud. Le Volf prenait sa source dans la mer Sombre, immense mer intérieure fortement salée, pour aller se jeter dans l'océan Nordique baignant les royaumes vikings. De larges rivières formées par la fonte des neiges dans les montagnes et plusieurs autres cours d'eau de moindre importance venaient l'alimenter dans sa descente vers Volfstan. Ce fleuve, qui coulait sur des centaines de lieues, était remarquable pour sa faune et sa flore, mais surtout pour le sel qu'il transportait avec lui.

Situé à égale distance entre la source et le delta du Volf, se trouvait un royaume appelé « les Salines ». Le roi Ourm et Nérée Goule avaient raconté aux quatre jeunes aventuriers que les habitants de l'endroit, les grissauniers, étaient connus sur une grande partie du continent en raison de leur aptitude à extraire le sel de l'eau. Ces petits êtres à la peau grise, qui mesuraient à peine un mètre de haut, gardaient jalousement le secret de leur réussite depuis des générations. On savait qu'ils détournaient l'eau du Volf dans d'immenses marais et que, grâce à l'évaporation naturelle de l'eau, ils recueillaient le sel restant en le séparant du sable. Mais jamais personne n'avait réussi à leur faire avouer comment ils faisaient. Pour le peuple des Salines, il s'agissait là d'un travail difficile, mais très valorisant et surtout très lucratif.

D'apparence humaine, les grissauniers avaient de grandes oreilles rondes et un tout petit nez. Imberbes, maigrichons et toujours pieds nus, ils vivaient en paix avec tous leurs voisins sans exception et commerçaient aussi bien avec les barbares qu'avec les gobelins, les Sumériens, les Vikings ou les chevaliers. Le territoire des Salines était reconnu pour être un endroit neutre où le commerce du sel régnait en maître.

Pour chacun de ces peuples, le sel est un élément indispensable du quotidien, avait expliqué le roi Ourm. Il permet de conserver la viande et le poisson. Il est aussi utilisé pour soigner les brûlures, les piqûres d'insectes, pour désinfecter les blessures et pour faire des emplâtres. Ses vertus thérapeutiques sont bien connues et tous les guérisseurs savent qu'un cataplasme d'orties salées peut soigner les entorses et réduire l'enflure des pieds. Les Sumériens s'en servent comme vomitif afin de soulager les maux de ventre alors que les chevaliers l'utilisent dans la blanchisserie. Les Vikings l'emploient pour la conservation de tous leurs aliments, puisque le sel dessèche la viande en absorbant l'eau et élimine du même coup les microbes. De leur côté, les barbares croient en son pouvoir divinatoire. À la première pleine lune d'hiver, ils disposent sur une table douze moitiés d'oignons qu'ils saupoudrent de sel. Le lendemain, les morceaux sur lesquels le sel a fondu indiquent, selon eux, les mois et les années où le temps sera pluvieux. De cette façon, les barbares pourraient mieux planifier leurs attaques et guerroyer au sec. Quant aux gobelins, ils lui attribuent des pouvoirs maléfiques et répandent fréquemment autour de leurs ennemis des pincées de sel afin d'attirer sur eux le mauvais sort. À Berrion, les femmes en utilisent toujours pour faire gonfler le pain et les gâteaux et s'en servent régulièrement pour faire briller la vaisselle ainsi que pour empêcher les tissus de perdre leurs couleurs lorsqu'elles les teignent.

Sans le savoir-faire des grissauniers, avait ajouté Nérée, il n'y aurait pas de sel ! Voilà pourquoi ces petits êtres vivent en paix et restent toujours à l'abri de la guerre. Ils possèdent une denrée essentielle pour tous et leur talent est trop précieux pour être menacé. Leur territoire est sacré et leur intégrité, toujours préservée. Dans le royaume des Salines, on ne fait que du commerce ! Par exemple, certains échangent des chevaux et des armes contre de grands sacs de sel ; d'autres, deux tonneaux de sel contre quatre de harengs, un bloc de sel contre un mouton ou une chèvre, du sel de première qualité contre de l'or ou des bijoux.

— Vous savez, dit Lolya, poursuivant la discussion avec ses amis, chez moi, nous accueillons les étrangers en leur offrant un morceau de pain et une pincée de sel en guise de bienvenue. Ce cadeau est une marque d'amitié et de confiance.

— Ma mère raconte, continua Amos, que si un coq chante dans la nuit, c'est pour signaler le passage de mauvais esprits et que pour les conjurer, on doit jeter une poignée de sel dans l'âtre de la cheminée.

— Chez les gorgones, poursuivit à son tour Médousa, nous l'utilisons presque uniquement pour soigner les maladies de peau, ce qui s'avère assez efficace. Comme la plupart du temps nous ne mangeons que des insectes vivants, nous n'en avons pas besoin pour conserver notre nourriture.

— À Bratel-la-Grande, se remémora Béorf, les nouvelles mamans vont présenter leur nouveau-né au seigneur qui leur offre un œuf pour la santé de leur petit et un sac de sel pour la sagesse. Les femmes appellent cela la « cueillette de chance ».

— Dans le royaume d'Omain où je suis né, renchérit Amos, pendant la grande fête du solstice d'été, les jeunes filles lancent des pincées de sel dans le feu de joie allumé pour l'occasion. Si les flammes se mettent à crépiter, cela signifie qu'elles trouveront un mari dans l'année qui vient.

— Il existe aussi bon nombre de formules de magie noire qui nécessitent du sel, expliqua Lolya à ses amis. Par exemple, pour jeter un sort de malchance, on place un fagot de branchages de rosiers saupoudrés de sel devant la porte de sa victime. Si on prononce la formule adéquate, ça marche à tous coups!

– Je suis très heureux que Nérée et le roi Ourm nous aient parlé des Salines, dit Amos pour finir. Ce petit royaume m'intrigue et j'ai hâte de le visiter!

Accompagnés du Serpent rouge et de Nérée Goule, qui avait décidé de les accompagner jusqu'aux Salines, les jeunes aventuriers naviguaient à bord de *La Mangouste* en tête du cortège de bateaux. Une dizaine de rameurs vikings composaient leur nouvel équipage. Grumson était assis à la poupe du drakkar et grognait de mécontentement. Le démon avait tout perdu! Ses esclaves s'étaient tous envolés sans qu'il ait pu faire quoi que ce soit. Son contrat avec Amos et Béorf le liait à eux pour encore deux mois, ce qui, de surcroît, l'obligeait à travailler. À genoux sur le pont, il brossait le sang et la saleté que le porteur de masques n'avait pas eu le temps de nettoyer. Béorf l'avait assigné à ces travaux de décrassage et l'infâme personnage rageait en ruminant des plans de vengeance.

Grumson était un démon mineur appartenant à une petite partie du vaste monde des enfers nommée: les abysses. C'était un petit serviteur qu'on avait pourtant chargé d'une mission de premier ordre. Il avait supplié son maître de lui donner une chance, de lui accorder une tâche d'importance à accomplir afin qu'il fasse ses preuves. Pour le contenter, mais surtout pour se débarrasser de lui, le maître avait cédé aux sempiternelles demandes de son serviteur en lui donnant la responsabilité d'escorter cinq esprits jusqu'à la tour d'El-Bab. C'était Enki, grand dieu sumérien, qui avait lui-même capturé ces êtres pour les offrir à son prêtre, Enmerkar. Il avait donc demandé au maître de Grumson d'assurer la livraison. Cependant, le maître en question avait commis l'erreur de confier les prisonniers à Grumson. Maintenant, les esprits des cinq éléments s'étaient échappés et sans doute que nul ne pourrait les rattraper. Grumson savait qu'il était dans de beaux draps. Plus jamais il ne pourrait rentrer chez lui, dans les abysses du monde! Dès qu'il allait apprendre l'échec de sa mission, son maître allait envoyer à ses trousses des hordes de petits diables afin de l'éliminer! Pour le reste de ses jours, Grumson devrait conserver son apparence humaine afin de se cacher chez les hommes!

– Quelle horreur!, pensa-t-il tout haut en prenant conscience de sa désastreuse situation.

– Que se passe-t-il?, demanda Lolya qui passait près de lui. Vous n'aimez pas le nettoyage? Ou peut-être est-ce le travail en général qui vous déplaît?

– Petite vaurienne!, lui dit le démon, vexé. Un jour, je me vengerai de toi! Ne t'avise surtout pas de me tourner le dos parce qu'il pourrait t'arriver malheur!

– Je n'ai pas peur de vous, répondit Lolya, assez indifférente aux menaces du vieil homme. Tiens, vous avez oublié une tache, juste là! Nettoyez-moi ça!

– Je n'ai pas d'ordre à recevoir de toi!, répliqua Grumson, plus amer que jamais. Je dois obéissance seulement à Béorf, ce gros ours mal léché, et à Amos, le petit arrogant qui se croit futé!

– Eh bien, non! Vous avez tout faux! C'est à moi que vous devez obéir, lui révéla Lolya.

– Que racontes-tu là, petite sotte?, dit le vieil homme, perplexe.

– Eh bien, selon vos lois occultes, tout contrat peut être vendu ou cédé à un tiers indépendamment de la volonté du sujet concerné…

– Mais… mais…, balbutia Grumson, mais comment sais-tu cela?

– Je suis en train d'étudier le grimoire d'une ancienne et très puissante sorcière nommée Baya Gaya dont les sphères de pouvoir étaient: le poison, la maladie, la transmutation, l'alchimie et la démonologie. Parmi ses ratures, ses tergiversations, ses bonnes et mauvaises formules ainsi que ses exercices, j'ai découvert des écrits très intéressants sur le contrôle des démons. La sorcière y explique clairement la marche à suivre pour tirer avantage, autant que possible, d'un mauvais génie comme vous!

– Oh! oh!, fit à voix basse Grumson, désespéré à l'idée d'être assujetti à une nécromancienne. Mais cela ne te donne quand même pas le droit de me donner des ordres.

– Oh, que si! Maintenant, j'ai le droit, lui répondit Lolya qui avait du mal à dissimuler sa satisfaction. Imaginez-vous donc que j'ai acheté votre contrat à Amos et à Béorf. Ils me l'ont vendu en échange d'un baiser sur la joue chacun ! C'est amusant, n'est-ce pas ?

– Oooh non !… Tout, mais pas ça !, se lamenta le démon.

– Voilà, regardez, ajouta la jeune sorcière en lui montrant le contrat. Il est maintenant ma propriété. Par ailleurs, selon les notes de Baya Gaya, les démons peuvent prendre soit une forme humaine, soit une forme animale, est-ce exact ?

– Oui…, soupira Grumson, pris au piège, oui, c'est bien vrai, Maîtresse…

– Je sais que votre apparence humaine est à l'image de vos vices et de vos défauts, mais qu'en est-il au juste de votre aspect animal ?

– Il est aussi lié à ma personnalité, se contenta de répondre l'homme, complètement effondré.

– Alors, à partir de maintenant, proclama Lolya en appuyant sur chaque mot, vous vivrez sous votre forme animale et vous m'obéirez au doigt et à l'œil !

Afin de ne pas attirer l'attention de l'équipage sur la bête que Grumson était sur le point de devenir, Lolya jeta un œil autour d'elle pour s'assurer que personne ne les observait, puis elle ordonna :

– Exécution, Grumson !

Le vieil homme en furie serra les dents et se métamorphosa en bête puante. Lolya se pencha et lui passa autour du cou un collier avec une laisse.

– Je me doutais bien, fit-elle, que vous seriez bien plus mignon en animal ! Au pied maintenant et interdiction de lever la queue !

Grumson était vraiment tombé très bas !

Chapitre 13

La négociante

Un peu moins de deux semaines suffirent au cortège naval pour atteindre les Salines. Durant le voyage, plusieurs navires subirent des attaques isolées de barbares. Ceux-ci, décochant des rafales de flèches à partir de la rive, ne réussirent qu'à faire quelques égratignures aux bateaux.

Pendant le trajet, Béorf se reposa beaucoup et, grâce aux soins attentifs de Lolya, il se remit vite de ses blessures. La jeune Noire lui faisait boire des litres de potions à la texture et au goût différents, mais toutes plus horribles les unes que les autres. Ces préparations dogons aidèrent considérablement le gros garçon à se rétablir, ne serait-ce que parce qu'il était bien déterminé à arrêter le plus vite possible d'ingurgiter les jus dégoûtants de son amie.

Quant à Médousa, elle passa beaucoup de temps à parler à Ourm le Serpent rouge de la culture gorgone. Le roi était très curieux, car il n'avait jamais vu de créature comme elle. Tout au long du voyage, il lui posa quantité de questions. La jeune fille lui décrit la façon dont vivaient ses semblables, où elles habitaient et comment elle-même avait été soumise à la volonté d'un sorcier nagas et s'était retrouvée à Bratel-la-Grande. Lorsqu'elle lui révéla que les êtres de son espèce étaient dotés du pouvoir de pétrification, le roi lui proposa de joindre son armée. Avec cette fille comme arme secrète, il pourrait s'emparer facilement des territoires ennemis et les annexer à son royaume. La gorgone déclina poliment l'offre du monarque en regrettant que les humains, à l'image des gorgones, ne soient pas des créatures de paix et d'harmonie. Ourm, exalté par la quête du pouvoir, en désirait toujours davantage et cherchait constamment des moyens de l'étendre. Autrement dit, le roi s'intéressait à elle non pas pour ce qu'elle était, mais plutôt pour ce qu'il pouvait en tirer! Médousa comprit que ses seuls vrais amis étaient Béorf, Amos et Lolya.

De son côté, Amos essaya de découvrir les nouveaux pouvoirs que lui offrait le masque de la terre. Durant les courtes escales que fit le cortège de drakkars, il tenta de crevasser le sol, de le modeler selon sa volonté et de briser des rochers à l'aide de la magie. Mais rien ne se produisit! Le porteur de masques parvint tout juste à lever un peu de poussière. De frustration en frustration, le garçon en vint même à se demander s'il avait réellement intégré le nouveau masque. Peut-être bien que Mékus lui avait menti. Mais pourquoi aurait-il fait une chose pareille?

Un matin, très tôt, Nérée Goule annonça:

– ATTENTION! LES SALINES DEVANT! ARRÊTEZ LES NAVIRES!

– Que se passe-t-il?, demanda Amos en se présentant sur le pont, les yeux encore remplis de sommeil. Nous ne pouvons pas continuer?

– Regarde par toi-même!, lui répondit Nérée en lui montrant le fleuve, à l'avant de *La Mangouste*.

Un monumental portail de bois s'élevait devant eux et bloquait complètement le Volf. Les énormes portes, faites de poutres renforcées de fer, étaient rattachées à deux gigantesques tours de garde.

– WOW!, s'écria Amos, impressionné par la taille du bâtiment. Mais comment allons-nous passer de l'autre côté?

– Sauf exception, il est interdit d'entrer dans le royaume des Salines. Les grissauniers préservent jalousement le secret de la récolte du sel et, en principe, personne n'est autorisé à passer ces portes. Ils nous enverront plutôt un négociant pour s'informer de la quantité de sel que nous voulons acheter.

– Mais… mais nous ne sommes pas ici pour acheter du sel. Nous voulons seulement poursuivre notre route sur le Volf pour nous rendre à la mer Sombre.

– Oui, je sais bien…, soupira Nérée. Il faudra négocier votre passage. Ne désespère pas, il arrive parfois que les grissauniers autorisent des bateaux à traverser leur territoire. Cependant, j'ai entendu dire qu'ils bandent les yeux de l'équipage et se chargent eux-mêmes de conduire le navire à l'autre porte, du côté est. Il semblerait que jamais personne n'ait vu quoi que ce soit à l'intérieur de ce royaume. Tu vois, Amos, ces murs qui partent des tours de garde?

— Oui, bien sûr que je les vois, répondit-il sans enthousiasme, attristé qu'il était de ne pas pouvoir visiter les Salines comme il l'avait espéré.

— Eh bien, ils font le tour du royaume. Ils protègent les grissauniers du regard des curieux, mais les retiennent également prisonniers. Tu ne verras jamais un de ces petits êtres à l'extérieur de cette enceinte. Si jamais l'un d'entre eux, à l'exception des négociants et des débardeurs, était trouvé ne serait-ce qu'à un mètre en dehors du royaume, on l'exécuterait sur-le-champ!

— Mais pourquoi sont-ils aussi sévères?, demanda Amos, intrigué.

— Pour garder leur secret, par Thor!, s'exclama Nérée. Imagine qu'un grissaunier quitte les Salines, qu'il se fasse capturer et qu'il révèle, sous la torture peut-être, le secret de la récolte du sel. C'est tout leur commerce qui s'écroule! Le roi des Salines ne peut courir ce risque. Toute leur économie dépend de leur secret.

— À ce moment, la longue plainte d'un cor de chasse résonna sur le Volf.

— C'est un négociant qui arrive, annonça la grosse femme à l'intention des autres passagers et de l'équipage.

Au bas des gigantesques portes, une petite trappe s'ouvrit pour laisser passer une minuscule chaloupe qui ne mit que quelques instants à atteindre *La Mangouste*. On hissa le négociant sur le bateau à l'aide de l'échelle en corde. Une fois qu'il fut à bord, on se rendit compte que le négociant était en fait… une négociante. Une petite bonne femme d'à peine un mètre de haut s'inclina devant Ourm le Serpent rouge qui était allé au-devant d'elle. Elle s'exprima, presque sans accent, dans la langue nordique :

— Bienvenue aux Salines ! Je me présente : je suis Annax Crisnax Gilnax et je serai votre négociante.

— Heureux de faire votre connaissance ! Je suis Ourm le Serpent rouge, roi des Vikings de l'Est.

Annax portait de jolis vêtements en lin de couleur sombre et un léger foulard lui couvrait la tête et les épaules. Sa peau était grise et ses yeux, d'un vert profond. Mu par une sorte de tic nerveux, son petit nez s'agita, puis elle s'adressa de nouveau au roi :

— Nous connaissons bien votre peuple, car comme vous le savez, nous faisons régulièrement affaire avec vos commerçants. Par voie terrestre ou maritime, vous êtes les bienvenus !

— Merci, je vous en suis reconnaissant. Cependant, sachez qu'avec mes hommes, j'ai escorté ce navire jusque chez vous, après quoi il devra traverser votre royaume pour se rendre à la mer Sombre. D'ailleurs, je vous présente Béorf Bromanson, jeune capitaine de ce drakkar. Sera-t-il possible de leur accorder votre autorisation ?

— Et… c'est tout ?, demanda la négociatrice, surprise.

– Non, bien entendu, la rassura tout de suite le roi qui avait parfaitement compris le message de son interlocutrice. Nous profiterons de l'occasion pour remplir de sel quelques-uns de nos drakkars avant de retourner chez nous.

– Très bien, très bien, fit Annax avec un sourire de satisfaction. Commençons par passer les commandes de sel et après nous verrons ce que nous pouvons faire pour vos amis. Mettons-nous au travail !

Le roi se fit apporter une cassette remplie de pièces d'or et acheta le sel le plus fin du royaume, un produit digne de sa personne et de son bon goût. La négociante sortit alors d'un tout petit sac une série d'échantillons dans de minuscules fioles aux formes fantaisistes. Chaque contenant avait été spécialement conçu pour conserver les différents types de sel dans les meilleures conditions possibles. Annax conseilla immédiatement à Ourm les cristaux blancs de Guérandax. D'une composition très riche, ils avaient la légèreté et la finesse des plus grands sels du monde. Lorsque bien conservé dans un endroit sec, ce sel était extrêmement soluble et ajoutait à tous les plats une saveur plus qu'exquise. Le roi, conquis par la finesse évidente du produit, en commanda deux cents jarres. Pour cela, il lui fallut ajouter deux autres cassettes de pièces d'or.

Lorsque les négociations avec Ourm furent terminées, Annax fit savoir au capitaine Bromanson qu'elle désirait le revoir pour régler la question du passage de *La Mangouste* à travers les Salines. Béorf demanda à Amos de l'accompagner.

— Ainsi, Monsieur Bromanson, vous désirez traverser le royaume des grissauniers?, lança sans autre préambule la petite créature.

— C'est exact, mais je préférerais que vous traitiez l'affaire avec mon assistant que voici, Amos Daragon.

— Enchanté, fit le porteur de masques en lui tendant la main.

— Tout le plaisir est pour moi, répondit Annax en lui serrant vigoureusement la pince. Voilà! J'ai une proposition à vous faire.

— Je vous écoute…

— Bien, continua-t-elle à voix basse. Je vous aiderai personnellement à traverser le royaume si vous acceptez d'emporter à bord de votre bateau une cargaison… disons… spéciale.

— De quoi s'agit-il?, demanda Amos en baissant le ton à son tour.

— Je ne peux vous le dire et n'insistez pas, répliqua sèchement Annax. C'est à prendre ou à laisser. Si vous acceptez, nous chargerons discrètement votre navire en même temps que ceux de votre roi et personne ne s'en apercevra. Vous devrez transporter la marchandise jusqu'au grand marché sur les bords de la mer Sombre. C'est tout ce que je vous demande! Je prendrai à ma charge les frais liés au passage de votre bateau à travers les Salines. Je prélèverai le montant requis sur l'argent que votre roi m'a versé pour son chargement de sel.

Amos jeta un coup d'œil à Béorf qui, ne sachant trop que penser, préféra garder le silence.

— Et si nous refusons?, demanda le porteur de masques, un peu embarrassé de poser une telle question.

— Votre bateau restera de ce côté, affirma Annax sur un ton qui ne laissait pas place à la discussion. Vous pourrez toujours essayer d'atteindre la mer Sombre à pied, ce que je vous déconseille vivement!

— Et si, pendant que nous traversons votre royaume, quelqu'un s'apercevait que nous transportons cette cargaison spéciale?, s'informa le garçon pour tenter d'évaluer le risque de l'entreprise.

— Je serais exécutée sur-le-champ et la cargaison serait saisie. Vous, par contre, on vous laisserait partir sans la moindre accusation ni condamnation, lui assura la grissaunière. Nous ne punissons jamais les étrangers lorsqu'ils ont été impliqués dans nos affaires internes. Cela pourrait créer des conflits avec nos clients. Nous sommes une race de commerçants et le maintien de l'harmonie avec nos acheteurs est primordial.

— Très bien, nous acceptons, finit par dire Amos en haussant les épaules. Finalement, nous courons très peu de risques…

— Aucun risque, souligna Annax en appuyant sur les mots. Nous chargerons le sel d'Ourm ce soir. En attendant, je compte sur vous pour libérer de l'espace sur votre drakkar.

***

À la tombée du jour, les gigantesques portes du royaume des Salines s'ouvrirent pour laisser sortir un long bateau à fond plat rempli de jarres de sel. Obéissant aux ordres d'Annax, les débardeurs grissauniers commencèrent à charger la précieuse marchandise sur les différents navires d'Ourm.

Au sommet des tours de garde, des dizaines de petits soldats, arbalète à l'épaule, surveillaient attentivement les opérations. Les yeux braqués sur leurs semblables, les vigiles devaient prévenir toute évasion ou même un éventuel enlèvement. Les ordres étaient clairs : tirer au moindre mouvement suspect !

À l'aide des cordes d'amarrage, Amos passa, non sans peine, de drakkar en drakkar afin d'atteindre le bateau d'Annax sans se faire remarquer. L'air de rien, il alla rejoindre la négociante dès qu'il l'aperçut.

– Le transbordement est presque terminé et *La Mangouste* est toujours vide ! Est-ce que notre entente tient toujours ?

– Malheureusement non, chuchota la négociatrice en jetant des coups d'œil furtifs autour d'elle. Je ne m'attendais pas à ce qu'il y ait autant de soldats ce soir. Ils se doutent de quelque chose, c'est sûr ! De plus, comme la nuit est claire, nous ne pourrons rien mettre sur votre bateau sans courir le risque de nous faire prendre. Ces tireurs ont l'œil vif et les réflexes aiguisés.

– Et si vous me disiez ce que vous voulez que nous transportions, peut-être pourrions-nous vous aider?

Annax prit quelques secondes pour réfléchir à la proposition d'Amos. Elle savait que les tireurs, dans les tours de garde, scrutaient chacun de ses mouvements et qu'ils n'hésiteraient pas à la tuer s'ils croyaient qu'elle complotait avec Amos. La grissaunière eut alors l'idée de faire semblant de se fâcher contre le garçon. Elle lui fit un clin d'œil avant de se mettre à crier:

– Non, jeune homme, je ne peux rien vous dire sur la façon dont nous récoltons le sel! Je ne sais pas de quelle lointaine contrée vous venez pour ignorer que vous manquez gravement de respect à un grissaunier en le harcelant de questions comme vous le faites!

Dans son agitation feinte, Annax fit exprès de laisser tomber son petit sac qu'elle avait bien pris soin d'ouvrir discrètement au préalable. Dès que le sac heurta le sol, toutes les fioles de sel qu'il contenait roulèrent sur le pont du bateau. La négociante s'agenouilla aussitôt pour les ramasser. Jouant le jeu, Amos s'empressa de se mettre à quatre pattes à coté d'elle pour l'aider. La grissaunière murmura alors:

– Je dois absolument faire sortir mes compagnons de ce royaume! Ils sont ici, dans l'eau, plaqués contre ce navire et attendent le moment propice pour nager jusqu'à votre drakkar…

– Je comprends et nous trouverons une solution, répondit Amos à voix basse. Faites-leur signe de se diriger vers *La Mangouste* dès que je vous en donnerai l'ordre.

Une fois toutes les fioles ramassées, le garçon se releva. Puis, prenant un air penaud, il pria la négociante de pardonner son impertinence avant de retourner, la tête basse, à son drakkar. Là, il informa Béorf, Médousa et Lolya de la promesse qu'il venait de faire à Annax.

— Nous devons aider des grissauniers à s'évader?, dit Béorf, tout étonné d'apprendre ce que contenait la «cargaison spéciale». Au-delà de l'interdiction du royaume, je croyais que, de toute façon, ces gens ne voulaient pas mettre le nez en dehors des Salines!

— J'ai l'impression que certains d'entre eux souhaitent ardemment partir, mais comme leur armée les en empêche…, pensa à voix haute Amos. Bon, les amis, si nous faisions une petite manœuvre de diversion?…

— Hum…, fit Lolya, j'ai une bête puante qui pourrait peut-être nous rendre service.

La jeune sorcière alla chercher Grumson qui était couché dans un baril vide et revint avec l'animal au bout de sa laisse.

— Bonne idée!, s'exclama Amos en devinant la stratégie de son amie.

— Mais qu'allez-vous faire?, demanda Béorf, incertain.

— Je ne vois pas non plus où vous voulez en venir, ajouta Médousa.

En retenant un fou rire, Lolya ordonna à Grumson de libérer son moyen de défense. Elle savait que les moufettes pouvaient projeter, à plusieurs mètres de distance, un liquide nauséabond que sécrètent leurs glandes anales. D'une grande docilité, Grumson s'exécuta et arrosa généreusement le mât de *La Mangouste*. Une odeur irrespirable envahit aussitôt le bateau.

– Félicitations! Bon plan!, grogna Béorf en se bouchant le nez. Ce sont les tours de garde qu'il aurait fallu arroser, pas nous!

– Vos désirs sont des ordres, cher ami, répondit Amos, prêt à intervenir pour se débarrasser de l'horrible puanteur.

Utilisant ses pouvoirs sur l'eau, le porteur de masques forma avec la sécrétion malodorante de Grumson une petite boule de liquide bien ronde. Il se concentra ensuite pour produire un fort coup de vent qui propulsa la bombe puante en direction des tours de garde. La petite boule explosa en une fine bruine juste au-dessus des grandes portes et aspergea, comme une rosée empoisonnée, l'armée des arbalétriers grissauniers.

On entendit alors une clameur de dégoût s'élever des deux tours. Amos fabriqua vite une sphère magique de communication et y enferma un message pour Annax. Il lança la sphère dans les airs et, dans la seconde qui suivit, la voix du porteur de masques atteignit les oreilles de la négociante qui se trouvait toujours sur son bateau:

– Maintenant! C'est maintenant qu'il faut m'envoyer vos compagnons.

Sans hésiter et sans se poser de questions, la rebelle donna trois coups de talon qui résonnèrent jusqu'au fond du navire et cinq Grissauniers partirent à la nage en direction de *La Mangouste*.

Dans les tours de garde, le chaos avait remplacé l'ordre et la discipline. Les arbalétriers couraient dans tous les sens pour trouver une bouffée d'air frais.

Béorf en profita pour jeter l'échelle de corde par-dessus le bastingage et les grissauniers montèrent à bord. Médousa et Lolya les camouflèrent grossièrement sans qu'aucun garde ne remarque quoi que ce soit. Même les débardeurs et les Vikings n'y avaient vu que du feu. La manœuvre de diversion avait été rondement menée et l'objectif d'Annax était atteint.

Chapitre 14

L'histoire de Grumson

Cette nuit-là, alors que Amos et Béorf discutaient à mi-voix du meilleur endroit pour cacher leurs passagers clandestins dans le bateau, Lolya était plongée dans l'étude approfondie du grimoire de Baya Gaya. Elle cherchait le moyen de faire parler Grumson, pour en découvrir davantage sur lui. Pour une nécromancienne, ce démon était une merveilleuse porte ouverte sur d'autres mondes, sur une réalité encore inconnue pour elle et qu'il lui fallait absolument explorer.

En cherchant bien, la jeune Noire réussit à découvrir le sens caché de plusieurs formules et apprit la façon d'obliger un démon à raconter son passé. Selon les notes de l'ancienne sorcière, il fallait jeter une pincée de sel pur sur la tête du démon après lui avoir recouvert les pieds de terre provenant d'un cimetière. Cette recette l'obligerait à raconter comment il était devenu démon.

Toujours selon l'ouvrage de Baya Gaya, Grumson aurait été de la race des alrunes. Ces démons étaient d'anciens hommes malfaisants ayant subi une damnation éternelle, mais qui avaient acquis, par la puissance de leur vice, le droit de devenir serviteurs.

Lolya suivit toutes les étapes décrites par Baya Gaya et, en utilisant la terre du cimetière de ses ancêtres, dont elle gardait toujours une petite provision dans ses affaires, car il s'agissait d'un ingrédient indispensable à la magie nécromancienne, elle obligea la moufette à dévoiler son histoire. Amos, Béorf et Médousa furent également les auditeurs privilégiés du terrible récit de Grumson :

— Ma femme et moi tenions une auberge près d'une grande rivière, dans un pays qui vous est inconnu et dont le nom ne vous dirait rien de toute façon. Comme notre établissement était le seul endroit où pouvaient manger et dormir les voyageurs qui traversaient le pays, nous sommes rapidement devenus riches. Seulement, notre avarice a augmenté aussi vite que notre fortune et bientôt, nous avons dû prendre une décision difficile.

Les adolescents, blottis les uns contre les autres et les yeux rivés sur Grumson, écoutaient attentivement la narration forcée de la bête. Quelques chandelles illuminaient le petit groupe, ce qui créait une ambiance qui se prêtait parfaitement aux confessions du démon.

— Nous avions un fils et je lui répétais souvent : «Économise, mon garçon, économise ! La pièce qui est dans ta bourse n'est pas dans celle du voisin ! Pièce après pièce, tu deviendras riche ! Le plus riche ! Un homme fortuné est un homme respecté! L'argent, c'est le pouvoir, mon garçon!»

Venant de Grumson, une telle déclaration n'avait rien de surprenant. Pendant un moment, Amos le prit en pitié. L'argent était une façon pratique d'échanger des biens et des services, mais il ne représentait nullement une fin en soi comme semblait le croire Grumson.

– Quand il a eu quatorze ans, continua Grumson, ma femme et moi avons mis notre fils à la porte. Nous trouvions qu'il mangeait trop et nous n'aimions pas le voir évoluer autour de notre fortune. Il aurait pu nous voler! Qui sait? Il fallait prendre nos précautions, d'autant plus qu'une autre auberge venait d'ouvrir non loin de la nôtre et que nous avions désormais de la concurrence. En prenant bien soin de lui retirer ses économies, je l'ai chassé en lui disant qu'il ne devait pas revenir à la maison, à moins d'avoir les poches bien pleines et quelques bourses bien remplies à la ceinture.

– Que c'est cruel!, s'exclama Médousa, consternée par la méchanceté dont peuvent parfois faire preuve les humains.

– Tu penses que je suis devenu un démon en donnant des sucreries aux enfants dans la misère, petite idiote?, répondit l'animal, furieux d'être le prisonnier de quatre gamins.

– Calmez-vous, restez poli et poursuivez votre récit!, le réprimanda Lolya.

– Pardonnez-moi, Mademoiselle la gorgone!, cracha amèrement Grumson avant de poursuivre.

Les années ont passé et l'auberge est devenue de moins en moins fréquentée. Plusieurs années de vache maigre ont complètement épuisé nos économies. La nouvelle auberge nous avait ruinés! Nous avions perdu toute notre clientèle et plus personne ne venait chez nous. Puis…

Le démon fit une pause. On aurait dit que ses petits yeux de moufette étaient traversés par une expression de tristesse. Les adolescents sentirent alors tout le remords et la honte qui pesaient sur l'âme déchirée de Grumson.

— Puis…, continua-t-il après s'être raclé la gorge, puis, par une nuit noire, sans lune et sans étoiles, on a frappé à notre porte. J'avais beaucoup vieilli et c'est en me traînant que je suis allé ouvrir. Devant moi, il y avait un bel homme, tout de noir vêtu, qui a demandé à passer la nuit à l'auberge. Le premier client depuis un mois! Enfin, il allait y avoir un peu d'argent dans ma bourse! Je l'ai installé à une table et ma femme lui a servi un repas, malgré l'heure tardive. Alors qu'il mangeait du bout des lèvres ses fayots, j'ai remarqué qu'il n'avait pas de bagages, juste un vieux sac rempli de cailloux.

— Et ces cailloux, demanda Béorf, captivé par l'histoire, c'était de l'or, n'est-ce pas?

— Exactement!, fit Grumson, agacé par cette interruption. Pour payer son repas et sa chambre, l'étrange homme m'a donné une grosse pépite d'or qu'il avait sortie de son sac et il est monté dormir au premier. De l'or! De l'or! Un gros sac plein d'or! Je n'en avais jamais vu autant de toute ma vie. Il me fallait mettre la main dessus ! Visiblement, cet homme était à pied, il n'avait pas de cheval. C'était un voyageur inconnu… un prospecteur qui avait fait fortune. N'importe qui aurait pu le voler ou le tuer pour une pareille montagne d'or. Je me suis dit qu'il valait mieux ne pas prendre le risque de le laisser partir… Je l'ai… comment dire ?… je l'ai…

— Vous l'avez assassiné pour le voler ensuite, termina Amos qui avait deviné le dénouement de l'histoire.

— C'est cela, admit Grumson, presque sans voix. Je suis monté à sa chambre et je l'ai égorgé avec un couteau de cuisine. Puis j'ai jeté le corps dans la rivière après l'avoir bien lesté pour qu'il ne remonte pas à la surface. Deux jours après, alors que l'or était en sécurité et que toutes les traces de mon crime avaient été effacées, le cocher du fiacre qui m'amenait parfois des citadins en vacances m'a demandé ce que cela me faisait de revoir mon fils après son exil de vingt ans. Mon garçon était entré incognito dans l'auberge. Sans le savoir, j'avais assassiné mon propre fils pour lui voler son or…

Un lourd silence tomba sur *La Mangouste*. Les adolescents demeurèrent muets et la moufette acheva son récit :

— Ma femme, inconsolable, est allée se jeter dans la rivière, tombeau de notre fils, et s'y est noyée. Je suis resté seul à compter ma fortune pour l'éternité. Une partie de moi est demeurée dans l'auberge et compte encore son argent, toujours et sans relâche. Chaque pièce que je trouve est envoyée à ce spectre, mon double. Chaque sou qui tombe dans ma main disparaît pour aller grossir son trésor, pour aller grossir mon trésor. MON TRÉSOR! J'ai besoin de pièces pour nourrir mon vice. Voilà, chère Maîtresse, l'histoire du démon qui vous sert…

– Et tous les démons cachent des histoires aussi horribles que celle-là?, demanda Lolya.

– Il y en a de pires encore! Et c'est le poids de la honte qui transforme les humains en démons. Bon! vous m'avez obligé à parler… j'espère que votre curiosité a été satisfaite!, lança Grumson qui avait hâte de passer à autre chose.

– Eh bien!, soupira la jeune Noire, je vois que vous avez beaucoup souffert et je n'en rasjouterai pas.

Sur ces mots, elle sortit de sa poche le contrat passé avec Grumson, se leva et le tendit vers la flamme d'une bougie.

– NON! ne le brûlez pas!, s'écria le vieil avare en reprenant son apparence humaine. Si vous me libérez, j'aurai une dette envers vous et JE DÉTESTE AVOIR DES DETTES! JE DÉTESTE ÇA! JE NE LE SUPPORTERAIS PAS!

– Malheureusement, c'est le seul moyen que j'ai trouvé pour me débarrasser de vous, cher Grumson, lui répondit calmement Lolya. Selon vos lois, un démon peut se venger d'un ancien maître lorsque son contrat prend fin, à moins qu'il n'ait une dette envers le maître en question. Comme je vous libère à cause d'un noble sentiment, la pitié, vous ne pourrez pas vous retourner contre moi. Je vous rends votre liberté, tout comme Amos et Béorf ont libéré vos fils.

Puis elle mit le feu au contrat.

– Non, non, s'il vous plaît, non!, implora Grumson. Comme je n'ai plus rien à faire dans votre monde et que j'ai raté la mission qu'on m'avait confiée, je devrai rentrer dans les abysses et affronter mon maître... S'il vous plaît! signons un nouveau contrat... Je vous servirai jusqu'à la mort... je servirai vos enfants et les enfants de vos enfants... pour... pour l'éternité! Mais je ne veux pas retourner là-bas! S'il vous plaît, dites quelque chose!

Amos, Béorf, Médousa et Lolya demeurèrent de glace tandis que Grumson se volatilisait progressivement dans l'air frais du soir.

– CESSEZ DE ME REGARDER COMME DES IMBÉCILES ET FAITES QUELQUE CHOSE!, hurla le démon, en proie à une folle panique. JE VOUS TUERAI! JE LE JURE, JE ME VENGERAI!

– Vous ne pourrez pas, lui répondit Lolya, indifférente. Je vous souhaite de trouver la paix et je prierai pour l'âme de votre fils et de votre femme.

– SALE PETITE NÉGRESSE! CHIENNE!, explosa le démon de sa voix caverneuse et rauque.

– Et rappelez-vous, Grumson, conclut la nécromancienne avec un petit sourire, vous avez une dette envers moi! En tout cas, moi, je ne l'oublierai pas...

– CRÈVE, SALE SCORPION! J'ESPÈRE QUE TU…

Grumson n'eut pas le temps de terminer sa phrase, finissant de se dissoudre en une brume ocre et nauséabonde.

Les cris du démon avaient alerté les passagers des autres drakkars ancrés autour de *La Mangouste*. Plusieurs Vikings s'étaient levés et regardaient tout autour de leur bateau en bâillant. Nérée Goule, qui dormait plus loin sur le navire du roi Ourm où elle s'était déjà installée en prévision du retour à Volfstan, se leva d'un bond et demanda:

– MAIS QU'EST-CE QU'IL SE PASSE? D'OÙ VIENNENT CES CRIS?

– TOUT VA BIEN, NÉRÉE! C'EST BÉORF! IL A FAIT UN CAUCHEMAR!, lui répondit-il à brûle-pourpoint Amos. NE VOUS INQUIÉTEZ PAS!

– AAAH! TRÈS BIEN!, dit Nérée, rassurée. BON, JE RETOURNE ME COUCHER! ALLEZ VOUS RECOUCHER TOUS! DEMAIN, NOUS PARTONS AU LEVER DU SOLEIL.

– Ah, non! Eh bien, merci, Amos, merci beaucoup!… J'ai l'air de quoi, moi, maintenant, en tant que chef de village?, maugréa Béorf, vexé de la piètre excuse qu'avait trouvée Amos.

– Moi, je dirais que tu as l'air d'un béorite capable d'affronter une armée de cinq cents barbares, mais qui fait de vilains petits cauchemars la nuit!, lui lança Médousa pour le taquiner.

Les quatre amis rirent aux éclats. Cette explosion de joie leur permit d'évacuer, avant d'aller dormir, l'angoisse qu'avait fait naître en eux l'histoire de Grumson.

Chapitre 15

La traversée des Salines

Le soleil s'était à peine levé que nos quatre aventuriers firent leurs adieux à Nérée Goule et à Ourm le Serpent rouge. La chef remercia encore vivement Béorf d'avoir sauvé son village et l'embrassa chaleureusement, puis salua affectueusement Amos, Lolya et Médousa. Elle leur assura qu'ils seraient toujours les bienvenus à Volfstan.

Quant au roi, il tenta encore une fois de convaincre Médousa de quitter ses amis pour joindre sa grande armée. La gorgone refusa de nouveau, feignant d'être touchée par l'attention qu'il lui portait. Déçu, Ourm accepta sa réponse, mais lui assura tout de même que sa porte lui serait toujours ouverte si jamais elle changeait d'avis.

Le cortège de drakkars se mit ensuite en route vers Volfstan, laissant derrière lui les jeunes aventuriers. Bizarrement, personne n'avait demandé ce qu'il était advenu de Grumson et de ses fils. Nérée les avait pourtant vus! N'avait-elle pas elle-même enfoncé son poing dans l'estomac du vieil avare? Le souvenir de Grumson semblait avoir disparu en même temps que lui. Médousa ne se rappelait déjà plus son visage et il avait bien vite quitté les pensées d'Amos et de Béorf. Seule Lolya en gardait une image claire et précise, probablement à cause de la dette laissée en suspens.

Les adolescents étaient encore sur le pont à regarder s'éloigner les majestueux drakkars du roi Ourm lorsque les grandes portes qui donnaient accès au royaume des Salines s'ouvrirent dans un grincement tonitruant, laissant passer trois larges bateaux à fond plat. Une bonne vingtaine d'arbalétriers grissauniers, menés par Annax la négociante, voguèrent jusqu'à *La Mangouste*.

– C'est du sérieux!, s'exclama Béorf devant le spectacle.

– Nos passagers sont-ils bien cachés?, demanda Amos, un peu inquiet.

– Oui, ne t'en fais pas..., le rassura Béorf. Cette nuit, j'ai trouvé un endroit sûr pour assurer leur transport de l'autre côté des Salines. Personne ne les trouvera!

– En es-tu bien certain? Je ne voudrais pas que nos passagers clandestins se fassent prendre et soient tués par notre faute. Je me sens responsable de leur sécurité...

– Je te dis de ne pas t'en faire, Amos! Tu te souviens de l'aventure avec l'œuf de dragon? Il était bien caché, non?

– Pour ça, oui! Baya Gaya ne l'aurait jamais trouvé!

– Tu parles de ta copine la sorcière ou de la jolie Otarelle ?, plaisanta le béorite.

– Tu sais que je pourrais enflammer ton fond de culotte en claquant des doigts ?, répliqua le porteur de masques, un sourire malicieux au coin des lèvres.

– Pardon ! Je retire ce que je viens de dire !

– Nous reprendrons cette discussion plus tard, fit Amos en riant. Ils arrivent.

Ce fut Annax qui grimpa la première sur le drakkar.

– Ils vont tout fouiller, murmura-t-elle d'un air affolé à l'oreille d'Amos. Sont-ils bien cachés ?

– Ne vous inquiétez pas, Annax. Béorf s'en est occupé et il a un don pour cela !

– Cinq arbalétriers montèrent à bord. Le plus petit du groupe s'avança et dit :

– Annax la négociante, ici présente, nous a fait part de votre désir de traverser les Salines pour atteindre la porte de l'Est vers la mer Sombre. Qui est le capitaine ici ?

– Moi, répondit Béorf.

– Très bien !, reprit le grissaunier. Conformément à nos lois, vous avez bien acquitté votre droit de passage. Cette somme d'argent, négociée et déposée par Annax dans les coffres du royaume des Salines, vous confère protection et sécurité en nos terres. Vous devez par contre vous soumettre à la fouille obligatoire de votre navire. Ensuite, nous vous banderons les yeux et amènerons nous-mêmes ce bateau de l'autre côté du royaume. Le voyage durera de quatre à cinq heures. Des questions ?

— Et nous ne pourrons rien voir durant tout ce temps ?, demanda le gros garçon, un peu déçu.

— Absolument rien, assura l'arbalétrier. Le secret de la récolte du sel est une affaire d'État ici. Nous brûlons les yeux et arrachons la langue de ceux ou celles qui tentent de regarder par-dessus bord durant la traversée. Ne faites pas les imbéciles et tout ira bien !

Le petit grissaunier fit alors signe à ses hommes de commencer à inspecter *La Mangouste*. Ces derniers passèrent au peigne fin les barils d'eau potable, les provisions, le dessous et l'avant du drakkar ainsi que la minuscule demi-cale sans trouver quoi que ce soit de suspect. Ils firent ensuite asseoir les adolescents sur le pont, en cercle autour du mât, pour pouvoir les attacher ensemble. Ils recouvrirent leurs yeux d'un large bandage noir et la traversée des Salines débuta sous les ordres de l'arbalétrier en chef.

Annax, un peu déroutée, vint s'asseoir en face d'Amos et demanda :

— Vous êtes bien certain que mes amis sont à bord ?

— Je le suis, répondit-il. J'ai une totale confiance en Béorf pour ce genre de chose.

— C'est que, insista la négociante, ils ont vraiment tout fouillé et je ne vois pas où peuvent bien être mes camarades.

— Chut !, fit le gros garçon, juste à côté. Vous verrez bien plus tard. Ne risquez pas de les compromettre en parlant de cela maintenant. Un garde pourrait vous entendre.

– C'est bien vrai !, admit Annax en s'éloignant.

– Bon !, s'exclama Lolya. Comme le voyage s'annonce long et monotone, quelqu'un peut-il nous raccourcir la route ?

– Raccourcir la route ?, demanda Médousa. Mais qu'est-ce que tu veux dire ?

– Chez moi, c'est une expression qu'on utilise pour demander si quelqu'un veut bien raconter une histoire, expliqua la jeune Noire. Lorsque les Dogons font de longs trajets, il y a toujours un bon conteur pour « raccourcir la route ».

– C'est Sartigan ou Junos que nous devrions avoir à bord pour cela, répondit Amos. Malheureusement, je n'ai pas de bonnes histoires...

– Raconte-nous ce que tu sais sur les fées, demanda Béorf. Tu sais que je n'ai pas été autorisé à entrer dans le bois de Tarkasis et j'aimerais bien en savoir davantage sur ces petites créatures.

– Oh oui, raconte, Amos !, s'écria Médousa. Je n'ai jamais vu de fées. À quoi ressemblent-elles ?

– Il n'est pas facile de les décrire, expliqua Amos. Elles ne sont pas toutes de petites créatures ailées qui virevoltent dans les bois. Les fées n'ont pas toutes la même apparence, la même taille, ni les mêmes fonctions. Certaines sont invisibles aux yeux des humains, alors que d'autres peuvent prendre des formes animales. En fait, elles adoptent l'apparence qu'elles désirent, mais elles sont toujours d'une grande beauté. Je n'ai jamais vu une fée qui soit laide ! Selon les légendes du royaume d'Omain, ma terre natale, les fées qui prennent une apparence humaine gardent soit des sabots aux pieds ou des orteils palmés. Elles peuvent aussi conserver leurs oreilles d'elfe, être remarquées à cause de leurs grosses narines ou encore cacher sous leur robe une queue de vache.

Lorsqu'ils entendirent les portes du royaume se refermer derrière *La Mangouste*, les adolescents sursautèrent. C'est à ce moment précis qu'ils prirent conscience de leur totale vulnérabilité. Ainsi ficelés et les yeux bandés, les grissauniers pouvaient les tuer d'un seul coup de couteau. Amos eut alors une terrible envie de se libérer et de retirer son bandeau. Il n'avait qu'à se concentrer pour faire brûler la corde. La voix d'Annax vint alors l'apaiser :

– Je n'avais jamais entendu parler des fées ! Je suis désolée d'avoir écouté votre conversation, mais c'était tellement intéressant que je n'ai pas pu m'en empêcher ! Les grissauniers ne savent rien des merveilles qui les entourent, des choses qui se passent dans les autres royaumes, des peuples étranges qui peuplent la terre et de leurs coutumes.

– Mais, s'étonna Amos, vous devez bien apprendre quelque chose ?

– Oui, nous apprenons à faire du sel ! Toute notre vie tourne autour de cette seule et unique chose. Même nos contes parlent du sel !

– Nous cherchions justement quelqu'un pour nous raccourcir la route !, lança gaiement Lolya. Racontez-nous une histoire sur le sel !

– D'accord, acquiesça Annax, mais vous devez être indulgents, je ne suis pas une bonne conteuse et, la dernière fois que j'ai entendu cette histoire, j'étais sur les genoux de ma mère.

– Soyez sans crainte, nous sommes un public «captif»!, blagua Béorf.

– Cette histoire raconte la création des Salines, commença Annax. Il y a très longtemps de cela, bien avant que l'on érige des murs autour du royaume, vivait en ces terres un grand roi grissaunier. Celui-ci avait une fille qu'il chérissait. Un jour, alors qu'ils se trouvaient tous les deux près du Volf, la princesse goûta l'eau du fleuve et dit à son père: «Je t'aime comme le goût du sel.» Le roi n'apprécia pas cette comparaison et fit jeter son enfant hors du royaume. La jeune grissaunière, seule dans la forêt et effrayée par la nuit tombante, se réfugia au sommet d'un arbre. De là, elle aperçut une lointaine lumière et, prenant son courage à deux mains, descendit de l'arbre et marcha vers elle. La princesse arriva à la porte d'un grand château où vivait le prince du royaume voisin et demanda qu'on l'engage comme servante. C'est ainsi que débuta sa nouvelle vie…

Le bateau s'arrêta net dans un violent mouvement. Les adolescents entendirent quelques cris en langue grissaunière et quelques invectives qui semblaient être des jurons.

– Que se passe-t-il?, demanda Amos, inquiet.

– Rien, ce n'est rien, le rassura Annax. Nous venons d'entrer en collision avec un banc de sel.

Rien de bien grave. Les bateliers qui conduisent votre drakkar ont mal négocié un passage serré.

– Un banc de sel!, s'étonna Béorf. Vous en produisez vraiment beaucoup, alors?

– Juste autour de nous, répondit la négociante, j'en compte dix-neuf. Mais ce n'est qu'une infime partie de ce que nous produisons…

– L'histoire, maintenant!, la supplia Médousa. Je veux savoir ce qui arrive à la princesse.

– Oui…, reprit la négociante. Donc, une nouvelle vie de servante commença pour la jeune princesse. Tous les soirs, dans sa misérable petite chambre, la grissaunière regrettait ses beaux habits et ses bijoux. Il ne lui restait qu'une bague, dont l'ornement était un cristal de sel et qu'elle laissa échapper un jour dans la soupe qu'elle était en train de préparer pour le prince. Le sel se mêla au bouillon en lui conférant une saveur unique. Un délice royal! Voulant la féliciter, le prince fit venir devant lui la cuisinière et, dès qu'il croisa son regard, tomba éperdument amoureux de la jeune fille. Il l'épousa et donna une grande fête où furent invités les rois des royaumes voisins.

– Et le roi des Salines?, demanda Médousa. N'avait-il jamais regretté son geste?

– Oh si!, répondit Annax. Il regrettait amèrement sa décision. Il vivait désormais sans joie et son moral était au plus bas.

– Bien fait pour lui!, affirma la gorgone.

– Pour le repas de noces, reprit la négociante, c'est la grissaunière elle-même qui dirigea les cuisines et comme personne ne semblait connaître les vertus gustatives du sel, elle en saupoudra toutes les assiettes sauf celle de son père. Les invités se régalèrent. À la fin du repas, la jeune mariée se dirigea vers son père et lui demanda s'il avait bien mangé. Le roi des Salines, habitué au goût du sel, déclara qu'il n'avait jamais rien avalé d'aussi fade et insipide de sa vie. La princesse se pencha alors vers lui, l'embrassa sur la joue et lui murmura à l'oreille : « Avez-vous maintenant compris, père, ce que je voulais dire lorsque je disais vous aimer comme le goût du sel ? » Le roi reconnut sa fille et explosa de joie en la serrant longuement dans ses bras. C'est depuis ce jour que les grissauniers chérissent le sel plus que tout au monde, car ils savent qu'il est nécessaire à la vie, comme un enfant à ses parents, qu'il donne aux aliments un goût merveilleux, comme celui que donnent à notre vie les gens que nous aimons et qu'il conserve les aliments, comme l'amour maintient le cœur jeune.

— C'est une magnifique histoire !, complimenta Amos. Et vous êtes une très bonne conteuse.

— Bravo !, s'exclamèrent en chœur Béorf, Lolya et Médousa.

La voix sèche d'un arbalétrier résonna soudain :

— Que leur racontez-vous, Annax ?

— L'histoire du roi des Salines et de sa fille, répondit gentiment la négociante. Je les aide à passer le temps. De cette façon, ils n'ont pas l'idée de se défaire de leurs liens et de regarder par-dessus bord.

– Très bien, approuva le garde. Vous pouvez continuer!

– Merci, dit Annax,

Puis, se retournant vers les adolescents, elle ajouta:

– Maintenant que les gardes croient que je vous raconte des histoires, parlons de choses sérieuses…

Chapitre 16

La dette du démon

Annax baissa un peu le ton de sa voix et révéla sa véritable identité :

— Je travaille comme négociante, mais en réalité, je suis une faux-saunière. C'est ainsi qu'on appelle les contrebandiers de sel. Je dirige un groupe de rebelles grissauniers qui a pour objectif de faire tomber les murs de ce royaume et de libéraliser le commence du sel. Nous croyons que le monde aurait avantage à connaître le secret de son extraction des mines et des fleuves, mais surtout, nous voulons notre liberté ! Nous désirons sortir de ce royaume pour découvrir le monde. La seule façon pour nous de quitter les Salines, c'est de révéler le secret du sel.

— Je vois, fit Amos. Vous auriez dû nous raconter cela avant ! Vos intentions sont bonnes et votre cause me semble juste.

— Depuis plusieurs années, continua Annax, nous vendons du sel en contrebande. De cette façon, nous amassons des fonds pour notre cause. Nous avons acheté le silence de quelques arbalé-triers haut placés et opéré de façon clandestine dans nos transactions sans jamais nous faire prendre. Lorsque je vous ai vus, j'ai tout de suite su que je pouvais vous faire confiance. C'est la première fois que nous essayons de faire sortir des grissauniers des Salines. Leur tâche est simple : une fois à l'extérieur, ils devront enseigner l'art de la récolte du sel aux gens des royaumes voisins.

– De cette façon, vous priverez les Salines de clients et votre roi sera obligé d'ouvrir ses portes et de rendre la liberté à son peuple.

– Exactement. Cependant, il y a un problème !

– Lequel ?

– Je crois qu'il y a des espions dans mes rangs, confia la grissaunière. Beaucoup d'indices me portent à croire que nous avons été trahis et que…

Avant qu'elle n'ait pu terminer sa phrase, *La Mangouste* s'arrêta et une brigade d'arbalétriers monta à bord. Durant les confessions d'Annax, le drakkar avait été accosté en silence par une autre embarcation. Les adolescents, qui ne pouvaient ni bouger ni voir quoi que ce soit, entendirent un grissaunier crier :

– Annax Crisnax Gilnax, vous êtes en état d'arrestation pour haute trahison envers le peuple des Salines !

Amos saisit d'une main la corde qui le retenait prisonnier et se concentra pour la faire brûler entre ses doigts. Grâce à sa maîtrise du feu, il transforma ses ongles en charbons ardents et les planta dans la fibre. En même temps, il commanda mentalement au vent de dissiper la fumée et l'odeur de combustion.

– Haute trahison !, s'étonna Annax. Mais que me reproche-t-on ? En mon âme et conscience, je sais que je n'ai jamais rien fait qui puisse nuire à mon peuple !

– Taisez-vous !, ordonna l'arbalétrier. Nous avons des preuves !

– Montrez-les alors ?, lança la négociante, trop sûre d'elle.

– Sors de ta cachette, espion !, cria le garde.

Un son étouffé parvint alors aux oreilles des passagers. Les passagers clandestins avaient été enroulés dans la voile et attachés à la barre transversale du mât. L'un d'eux se débattait dans la toile en hurlant des mots incompréhensibles.

– Sortez-les de là !, commanda l'arbalétrier en chef.

On déroula la voile et cinq grissauniers tombèrent lourdement sur le pont. L'un d'eux se leva d'un bond et déclara nerveusement :

– C'est moi qui vous ai transmis les informations, je suis de votre côté !

– C'est donc toi, le traître ?, le nargua le commandant.

– Oui, confirma le délateur, agité. J'étais avec eux, mais plus maintenant ! Annax voulait nous faire sortir des Salines afin que nous dévoilions le secret du sel. Les faux-sauniers veulent provoquer la chute du royaume !

– Mais, toi, tu connais bien le secret de la récolte du sel, n'est-ce pas ?

– Je sais tout sur le sujet, avoua naïvement le rapporteur. On m'a recruté parce que j'étais chargé des travaux d'extraction de la mine 45-T-2, de l'autre côté des quartiers populaires du centre-nord du royaume. Je voulais sortir du royaume, mais j'ai changé d'idée. Voilà pourquoi je vous ai envoyé un message.

– Tu sais que ce n'est pas beau de trahir les siens, ironisa le commandant.

– Mais… mais… je ne vous ai pas trahis !

– Tu étais prêt à renier ta patrie pour exécuter les plans des faux-sauniers, et voilà maintenant que tu te ravises ! Je n'aime pas les indécis et les bavards… Tuez-le !

Une dizaine d'arbalètes décochèrent leurs flèches sur le délateur. Le pauvre grissaunier fut projeté en derrière et s'effondra violemment sur le sol, mort.

Béorf, Lolya et Médousa sentirent la corde qui les enserrait se détendre. Amos, qui avait enfin réussi à la couper, chuchota :

– Maintenant, pendant qu'ils rechargent !

La stratégie du porteur de masques était bonne ; il savait que, à bord du drakkar, les arbalétriers étaient sans défense. Béorf se transforma en ours, arracha son bandeau et bondit sur le petit groupe de soldats. Ses amis se dégagèrent les yeux et Amos évalua rapidement la situation. *La Mangouste* avait été arraisonnée et deux longs navires à fond plat la retenaient de chaque côté. Il devait y avoir une bonne quinzaine de grissauniers, prêts à tirer, sur chacun de ces bateaux. À la poupe, Béorf avait déjà assommé trois des soldats de l'arbalétrier en chef et ceux-ci semblaient débordés !

– Occupez-vous de bâbord, je prends tribord !, lança Amos aux filles. Coupez les cordes qui nous retiennent à leur bateau, je m'occupe de nous sortir de là !

Médousa retira vivement ses lurinettes et sauta, toutes ailes déployées, sur le bastingage de *La Mangouste* en se plaçant face au navire ennemi. Surprise par cette soudaine apparition, les grissauniers la mirent en joue. D'un rapide mouvement de tête, Médousa croisa chacun des regards des arbalétriers. Avant qu'un seul d'entre eux ait pu tirer, ils étaient devenus des statues.

De son côté, Amos eut droit à une volée de carreaux. Deux faux-sauniers furent tués et Annax évita un projectile de justesse. Le porteur de masques cracha dans le fleuve et fit ensuite appel à sa maîtrise de l'eau. Dès qu'elle toucha le Volf, sa salive produisit une petite onde de choc qu'Amos transforma en une forte vague qui frappa le navire adverse. Les arbalétriers, déstabilisés par le soudain mouvement de leur bateau, tombèrent à la renverse sans pouvoir recharger leurs armes.

Quant à Lolya, elle saisit une hache de guerre oubliée sur *La Mangouste* par un des Vikings d'Ourm et trancha les amarres retenant le drakkar aux bateaux grissauniers.

Béorf jetait par-dessus bord son dernier adversaire lorsque Amos fit s'engouffrer une

forte bourrasque de vent dans la voile. Le drakkar avança brusquement en laissant derrière lui
désordre et confusion. Étant donné que le vent
soufflait déjà fortement, le porteur de masques
arrêta de se concentrer dès que le bateau fut hors
de danger.

Annax et les deux faux-sauniers restants
tombèrent à genoux et se prosternèrent devant
les adolescents.

— Mais vous êtes des… des êtres divins… des
demi-dieux…, balbutia la négociante. Aucun
être vivant dans ce monde ne peut avoir de tels
pouvoirs !

— Levez-vous !, s'écria Amos. Nous ne sommes
pas des dieux et n'avons rien à voir avec eux. Dites-
nous plutôt ce à quoi nous devons nous attendre. .

— Il n'y a rien !, répondit Annax, encore sous le
coup de l'émotion. Rien, jusqu'à la grande porte
de l'Est.

— Reprenant sa forme humaine sous les yeux
incrédules des faux-sauniers choqués, Béorf
déclara :

— Si ce sont des portes semblables à celles
que nous avons traversées à l'ouest, il nous sera
impossible de les enfoncer. Le drakkar s'y fracas-
sera sans y faire la moindre égratignure.

— Tu as raison, Béorf, répondit Amos,
inquiet. Il est évident que nous ne passerons pas
facilement ce portail. Ma magie n'est pas encore
assez puissante pour…

— Mais, l'interrompit le gros garçon, tu…
mais… enfin… tu as vu cela ?

Interloqué, Béorf pointait du doigt l'abdomen de son ami. Celui-ci avait un carreau d'arbalète profondément enfoncé dans le ventre. Amos sursauta d'étonnement.

— Euh… je… je ne sens rien !, bafouilla-t-il, J'aurai dû… Je ne comprends pas…

Le béorite empoigna la flèche et la retira d'un coup du corps de son ami. Au lieu d'être couvert de sang, le carreau était enduit d'une épaisse couche de boue.

— Je comprends maintenant comment s'exerce la magie du masque de la terre, dit Amos, satisfait. Il me sert de protection !

— Tu veux dire qu'il est une sorte d'armure ?, demanda Béorf, le carreau toujours entre les mains.

— Oui, quelque chose comme ça, supposa le porteur de masques.

— REGARDEZ, cria soudainement Médousa. C'EST EXTRAORDINAIRE !

Les adolescents prirent quelques secondes pour admirer la beauté des Salines. Le paysage avait des allures féeriques. Le Volf coulait au centre de centaines de bassins d'évaporation. L'eau du fleuve était détournée dans des déversoirs qui alimentaient ensuite de larges vasières. La vaporisation provoquée par les rayons du soleil emportait l'eau pour ne laisser que le sel. Entre des montagnes de cristaux blancs, des milliers de grissauniers travaillaient aux différentes étapes de récupération de la précieuse matière.

Annax, encore tout impressionnée par les pouvoirs des adolescents, leur expliqua les différentes tâches des ouvriers. En faisant glisser de grands bâtons munis d'un large embout à la surface de l'eau, certains s'affairaient à récolter la fleur du sel, ainsi appelée en raison de sa délicatesse. D'autres enlevaient la vase des bassins pour façonner des chemins ou remodeler le fond des vasières. On hissait le gros sel près de canaux pour en assurer le chargement dans des bateaux et de grosses équipes retiraient la boue molle et les algues dans les premiers bassins de décantation. Sur des lieues à la ronde, une véritable fourmilière de petits êtres gris aux grandes oreilles travaillaient d'arrache-pied pour extraire le sel du fleuve.

– Voilà ce qu'est la vie d'un grissaunier moyen, conclut Annax avec émotion. Nous naissons en ce royaume, travaillons toute notre vie aux Salines pour enrichir le roi et mourons sans avoir vu quoi que ce soit de ce monde. Voilà pourquoi nous devons sortir d'ici et travailler, de l'extérieur, à faire tomber les murs qui nous retiennent prisonniers.

Amos pensa à sa mission de porteur de masques qui était de rétablir l'équilibre du monde. Aider Annax dans sa quête de liberté semblait tout à fait en accord avec cette mission. Devant le spectacle qui se déroulait sous ses yeux, Amos pensa à sa mère, prisonnière des Sumériens et s'inquiéta pour Sartigan. Souffraient-ils? Étaient-ils encore vivants? Puis le sourire de son père, assassiné par les bonnets-rouges à Berrion, lui revint à l'esprit. Un long moment s'écoula ainsi, dans le silence. Le garçon fut tiré de sa mélancolie par le son agressif d'un cor.

– LES PORTES!, s'exclama Béorf. Elles sont là!

Le gigantesque portail de l'Est s'élevait au loin devant eux. Les deux tours de garde, de chaque côté des portes, grouillaient de milliers d'arbalétriers.

– Nous ne passerons jamais!, s'écria Annax. Les gardes ont probablement déjà été avertis. Ils nous cribleront de flèches!

– Quelqu'un a une idée?, demanda Amos en se tournant vers ses amis.

Béorf haussa les épaules en signe de négation. Médousa se gratta la tête, désespérée. Cependant, après quelques secondes de réflexion, Lolya proposa:

– Je ne vois qu'une seule solution: Grumson a une dette envers nous, c'est maintenant qu'il doit nous la payer. Je me plonge vite dans le grimoire de Baya Gaya pendant que, toi, Amos, tu gonfles la voile de tout le vent que tu peux! Mettons-nous ensuite à couvert, car je pense, tout comme Annax, qu'il va pleuvoir des flèches!

La jeune nécromancienne se jeta sur son livre et chercha rapidement le rituel adéquat pour invoquer Grumson. Suivant les instructions du grimoire, elle fit un autel de fortune à l'abri du vent en utilisant un petit baril de sucre qu'elle couvrit d'un tissu rouge. Lolya s'entailla un doigt et versa trois gouttes de sang sur le tissu, alluma une petite bougie noire et se saupoudra la tête de poudre de mandragore. Elle cria ensuite à pleins poumons :

– J'invoque la puissance des ténèbres et du mal… Que mes mots soient acheminés dans les abysses et que ma voix soit portée sur les ailes des incubes et des succubes. J'invoque Grumson l'avare et réclame le paiement de ma dette. Qu'il fasse passer ce bateau par la porte du royaume et je le libère du poids de sa créance !

Par les pouvoirs d'Amos, un vent fort gonflait maintenant la voile et le drakkar avançait à toute allure vers les portes. Béorf, à la barre, s'était couvert d'un bouclier alors que Médousa s'abritait, à la proue du bateau, derrière quelques caisses de nourriture. Annax et ses amis faux-sauniers s'entassaient, quant à eux, dans la minuscule cale. Amos avait préparé un grand baril vide pour s'y réfugier, avec Lolya, dès l'arrivée des premiers projectiles.

– Alors, ça marche ?, demanda-t-il à la nécromancienne. Grumson ouvrira les portes ?

– Je ne sais pas…, répondit la jeune Noire, hésitante, en recommençant le rituel. J'invoque la puissance des ténèbres et du mal… Que mes mots soient acheminés dans les abysses et que ma voix soit portée sur les ailes des incubes et des succubes. J'invoque Grumson l'avare et réclame le paiement de ma dette ! Qu'il fasse passer ce bateau par la porte du royaume et je le libère du poids de sa créance !

– Nous serons bientôt à portée de tir, constata le porteur de masques. Viens !

– Non! Je ne suis pas certaine d'avoir été entendue! Je vais le refaire. C'est trop risqué sinon...

Encore une fois, Lolya répéta l'invocation. Un carreau d'arbalète vint alors se ficher sur son autel, à quelques centimètres devant elle.

– Vite!, cria Amos en commandant au vent une ultime bourrasque.

– Il ne se passe rien!, lança Lolya, affolée. Nous allons nous écraser contre les portes si je ne réussis pas!

Une dizaine de projectiles se plantèrent çà et là, autour des adolescents. La prochaine rafales allait être la bonne. Pas de temps à perdre! Amos courut vers son amie, l'attrapa par la taille et la lança dans le baril. Les carreaux des arbalétriers tombaient maintenant du ciel comme des gouttes d'eau de pluie. Le porteur de masques sauta dans le tonneau de bois et eut à peine le temps de refermer le couvercle que des milliers de flèches s'abattaient sur *La Mangouste*. Un bruit infernal envahit le pont et le bateau trembla sous cette première attaque.

Toujours poussé par le vent d'Amos et piloté par Béorf, le drakkar fonçait directement vers les portes. Le gros garçon eut, pendant quelques secondes, la certitude que sa dernière heure était venue. Ils allaient tous mourir en se fracassant contre l'infranchissable portail grissaunier.

Un miracle se produisit alors. Les eaux du fleuve s'ouvrirent juste devant *La Mangouste* et le navire glissa sous les gigantesques portes. Béorf hurla de joie lorsque son bateau ressortit intact de l'autre côté.

– YAHOUUUUUU ! NOUS SOMMES PASSÉS ! NOUS AVONS RÉUSSI !

Amos, Lolya, Médousa, Annax et ses deux camarades sortirent de leur cachette. Le porteur de masques commanda un autre coup de vent pour que le drakkar s'éloigne le plus rapidement possible des Salines.

– Nous devrions appeler ce bateau *Le Hérisson* au lieu de *La Mangouste*, dit Médousa en constatant l'état des lieux.

Il y avait des carreaux plantés partout sur le pont, le bastingage, le mât, la figure de proue, partout ! Impossible de marcher sans trébucher sur une flèche.

– Remercions Grumson de son aide si vous le voulez bien, déclara Lolya, soulagée. Sans lui, nous n'aurions jamais pu passer ce portail.

– Moi, c'est vous que je remercie…, fit Annax en pleurant de joie. Grâce à votre courage et à votre habileté, mon peuple sera peut-être un jour libéré. Nous sommes les premiers grissauniers libres depuis des centaines d'années. Merci de tout cœur !

– Ne nous remerciez pas pour cela !, répliqua Béorf en riant. Réaliser l'impossible, c'est notre quotidien !

L'équipage rigola un bon coup alors que le drakkar glissait silencieusement vers la mer Sombre.

Chapitre 17

Le marché du Volf

Les deux semaines de voyage qui précédèrent l'arrivée de *La Mangouste* à la mer Sombre furent de tout repos pour l'équipage. Les adolescents se lièrent d'amitié avec Annax et ses compagnons grissauniers. La négociante était d'une gentillesse et d'une délicatesse peu communes et ses amis, d'un rare altruisme.

L'équipe fit plusieurs escales pour se baigner ou explorer les quelques petites îles rencontrées en chemin. Les provisions de nourriture et d'eau diminuaient rapidement, mais Amos ne s'en inquiétait pas. Médousa lui avait raconté son aventure avec les barbares, lorsqu'elle avait prétendu être un génie et avait rapporté les informations soutirées aux deux éclaireurs. Le garçon savait qu'un grand marché les attendait près de la mer Sombre et qu'il avait encore assez de pièces d'or dans sa bourse pour refaire le plein de provisions.

En raison de sa profession de négociante, Annax parlait couramment sept langues et trois dialectes. Contrairement à ses compatriotes, elle avait eu la chance de rencontrer des gens de différents peuples et des créatures de toutes sortes. La grissaunière avait appris, en discutant avec des marchands de la mer Sombre, l'origine du nom de la ville d'Arnakech. C'est là, à la source du Volf, que *La Mangouste* allait faire sa dernière escale avant de prendre la mer. Cette magnifique cité marchande avait vu le jour, selon le calendrier du royaume des Salines, au premier siècle avant l'érection des grands murs de protection ; ce qui revient à dire qu'elle était assurément très vieille. Son fondateur, un voyageur nomade, avait planté sa tente sur ce territoire désert pour y admirer la splendeur du Volf. Grand amateur de dattes, il en avait mangé d'énormes quantités et en avait négligemment répandu les noyaux autour de son campement. Quelques années plus tard surgissait à cet endroit précis du désert, une oasis parfaitement habitable. Le nomade, du nom de Youssef Ben Arnakech, était revenu y construire sa maison et avait terminé ses jours en admirant la mer et le fleuve.

En arrivant dans le port, situé juste à la source du Volf et protégé des vagues par une épaisse muraille, les passagers de *La Mangouste* poussèrent des exclamations de ravissement. Arnakech était une ville d'une beauté étonnante. Riche en fer, la terre dont étaient constituées toutes les briques des habitations, colorait la cité de teintes allant du rose pâle au magenta et du pourpre au fuchsia. Toutes les teintes de rouge s'harmonisaient dans une explosion de vie !

– C'est magnifique !, lança Béorf, estomaqué.

– Personne ne m'avait jamais parlé de la splendeur de cette ville, dit Annax, éblouie par cette vision.

– Cet endroit a quelque chose de Braha, ajouta Amos sans réfléchir.

– Braha?, demanda Lolya, très étonnée. Tu connais la vieille légende de la cité des morts?

– En fait, répondit le porteur de masques, tout aussi surpris que son amie, je ne sais même pas pourquoi j'ai dit cela. Cette phrase est sortie de ma bouche toute seule…

– C'est à Braha que toutes les âmes des défunts se rejoignent et passent en jugement, expliqua Lolya. C'est un vieux mythe auquel plus personne ne croit.

– Je ne sais pourquoi ce nom m'est familier. Cela vient sans doute d'une histoire de Junos ou d'une parabole de Sartigan

– Sûrement, car pour se rendre dans cette ville et la visiter, il faut être mort!

La Mangouste accosta le quai. Un jeune garçon costaud à la peau très brune et au regard franc accourut vers le drakkar. Il amarra le navire, déposa une passerelle et accueillit les visiteurs. Il les salua en plusieurs langues et comprit, d'après leur réponse, que les nouveaux arrivants parlaient le nordique.

– Soyez les bienvenus à Arnakech, dit-il. Je m'appelle Koutoubia Ben Guéliz et je suis un des responsables de la section centrale du port. À l'est de ces quais, vous trouverez les bateaux marchands et toute la partie ouest des docks est réservée par les Sumériens au transport d'esclaves. Je suis là pour vous servir…

Le garçon sourit de toutes ses dents et tendit la main pour recevoir un pourboire. Béorf l'attira contre lui et lui donna une virile accolade.

– Je suis très content de vous connaître, Koutoubia. C'est très agréable d'être ainsi accueilli dans une ville étrangère! Je m'appelle Béorf et voici Amos, Lolya, Médousa, Annax et ses deux amis Olax et Frux. Dites-moi, où pouvons-nous restaurer ici?

– Il y a… la… la place Jemaa-Fna, bafouilla le garçon, stupéfait. Je peux vous y accompagner et vous servir de guide. C'est à cet endroit que se trouve le marché. Vous y passerez de bons moments…

– Excusez-moi, interrompit la grissaunière, mais c'est ici que nos chemins se séparent. Nous devons vous quitter et commencer notre travail de libération du peuple des Salines. Je vous remercie pour tout et j'espère de tout cœur que nos chemins se croiseront encore.

Les adolescents firent leurs adieux à leurs amis grissauniers et leur souhaitèrent la meilleure des chances. Médousa et Lolya versèrent quelques larmes alors que les garçons, trop orgueilleux, retinrent les leurs.

– Si vous voulez bien me suivre, dit Koutoubia en quémandant encore un pourboire, je vous amène de ce pas au marché!

– Très bien, se réjouit Amos en ignorant la main tendue du guide. Allons découvrir cette ville!

Avant de quitter *La Mangouste*, le porteur de masques alla chercher sa bourse, la nécromancienne dénicha quelques grands sacs, Médousa cacha soigneusement ses cheveux sous le capuchon de sa cape et Béorf prit le temps d'avaler une petite collation.

– Notre drakkar est en sécurité ici?, demanda Amos à Koutoubia.

– Mais oui, lui certifia le guide, la main toujours tendue. Je me charge personnellement de faire surveiller votre magnifique navire.

– Merci, répondit le jeune garçon en lui serrant amicalement la pince. Vous êtes vraiment un type très bien.

– De rien… de rien, fit Koutoubia en poussant un soupir d'exaspération.

Les jeunes aventuriers ignoraient qu'à Arnakeck, tout le monde avait coutume d'offrir un bakchich. Ce petit présent était considéré comme un cadeau de bienvenue ou une façon de remercier quelqu'un pour un service rendu. Il constituait une marque d'affection et de respect. Comme il n'avait pas reçu de bakchich de la part des visiteurs, Koutoubia Ben Guéliz croyait leur déplaire et s'efforçait d'être encore plus gentil.

La place du marché s'appelait Jemaa-Fna, ce qui signifiait en langue nordique «la réunion des morts». Elle avait ainsi été nommée en mémoire de l'époque où des criminels y étaient exécutés et leur tête, exposée sur un piquet pour servir d'exemple. C'était le centre névralgique de la ville d'Arnakech. Tout le commerce de la cité rose passait par là. Il y avait une multitude de vendeurs de tapis dont carpettes, moquettes et paillassons coloraient les échoppes de mille teintes éclatantes. Des marchands de plateaux en cuivre martelé et à bordure finement ciselée s'égosillaient pour vanter en plusieurs langues la qualité de leur marchandise. Des hommes tannaient des peaux de mouton pendant que leur femme offrait aux passants des vêtements de cuir, des bottes, des sandales et des gants. On y vendait en outre des coffres, des armures et des armes, des dizaines de sacs et de gibecières et quantité d'autres objets de qualité. On pouvait voir également des arracheurs de dents, des charmeurs de serpents, des danseurs traditionnels, des musiciens de foire et des centaines de braseros où grillaient d'énormes morceaux de viande. Un dresseur de singes se donnait en spectacle en même temps qu'un avaleur de sabres. Dans les échoppes, deux vendeurs de poteries se livraient une féroce concurrence pendant que les bijoutiers s'arrachaient le client en faisant l'article de leurs produits. On pouvait tout acheter et tout vendre sur la place Jemaa-Fna : des couvertures de laine aussi bien que des robes légères, des vanneries et des sculptures de bois, des minéraux et des fossiles, de grands couteaux à la pointe recourbée, de magnifiques cottes de mailles, des casques de guerre aux formes hétéroclites ainsi que des dizaines et des dizaines d'esclaves. Il y avait aussi des marchands d'herbes magiques, de plantes médicinales et d'autres produits naturels ayant des propriétés curatives.

Lolya était excitée comme une puce.

– Regardez! Mais regardez-moi tous ces ingrédients! Ça, c'est du *fliou*, une herbe qu'on fume lorsqu'on est enrhumé et ça, du *ghassoul*, une plante fortifiante. Voilà enfin du *khôl* pour traiter les infections des yeux; j'en ai tant cherché! Ici, c'est de l'ambre gris pour calmer la douleur, puis là, le fameux mélange qu'on appelle *Ras el Hannout*, une préparation qui réchauffe tous les organes et qui aide à supporter le froid. Et de la menthe! Regardez-moi ces feuilles comme elles sont belles! Je vous ferai un thé à la menthe ce soir, vous n'en croirez pas vos papilles! Je suis au paradis dans ce marché! Allez Amos, sors ta bourse, j'ai besoin de faire des réserves pour la suite du voyage!

Le garçon paya sans rechigner, mais dut négocier sec avec le marchand. Cet argent devait leur permettre de se rendre à El-Bab puis de rentrer à Upsgran et il n'était pas question de faire de folles dépenses. Koutoubia Ben Guéliz les guida vers les échoppes donnant la meilleure qualité au meilleur prix. Il leur offrit même quelques jus de fruits sans jamais recevoir le bakchich tant attendu.

Pour les séduire davantage, Koutoubia leur raconta la célèbre histoire du Puits de l'homme nu. Ce point d'eau, au centre de la place Jemaa-Fna, était devenu célèbre à cause de la naïveté d'un villageois venu acheter une chèvre au marché. Il avait donné toutes ses économies pour acquérir la plus belle bête de tout Arnakech et il en était très fier. Alors qu'il s'en retournait chez lui, un habile voleur avait coupé la bride avec laquelle il traînait l'animal et avait bien vite disparu dans la foule du marché. Affligé par ce malheur, le pauvre homme était venu s'asseoir près du puits et y avait rencontré un citadin encore plus malheureux que lui. L'inconnu lui avait dit qu'il avait laissé échapper dans le puits une bourse contenant cent pièces d'or et qu'il n'y avait personne d'assez courageux dans les alentours pour aller la repêcher. Il offrait la moitié de sa bourse à celui qui plongerait pour la récupérer. Le villageois avait pensé que la chance avait tourné et que, avec cinquante pièces d'or, c'était tout un troupeau qu'il rapporterait chez lui. Rapidement, il s'était déshabillé et avait plongé dans le puits. Il avait eu beau chercher encore et encore, il n'avait rien trouvé. Lorsqu'il était remonté, l'autre avait filé en emportant ses vêtements. Depuis ce jour, ce point d'eau avait été rebaptisé « le Puits de l'homme nu » afin que les habitants se rappellent qu'en affaires, il est facile de perdre sa chemise.

– Ou de se faire déculotter!, renchérit Amos en rigolant.

– N'est-ce pas là une bien belle histoire?, demanda Koutoubia, maintenant certain d'avoir enfin son bakchich.

– Oui, très belle!, répondit Béorf qui avait encore pris la main du guide en se demandant si la tendre ainsi à tout bout de champ était chez lui une manie.

– Je vous montre autre chose?, lança Koutoubia, la paume toujours vide.

– Certainement, fit le porteur de masques. Nous aurions besoin de chameaux ou de dromadaires. Où puis-je en trouver des bons ?

– Difficile, ce sera difficile…, murmura le guide. Les Sumériens achètent toutes les bêtes pour le transport de leur matériel. À ce qu'on dit, ils ont entrepris d'élever une gigantesque tour au sud de la mer Sombre. Enfin, pour ce qui est des chameaux ou des dromadaires, je pense connaître quelqu'un qui voudra vendre les siens.

– Nous avons entendu parler de cette tour, intervint Lolya. C'est là que nous allons…

– Mais c'est très dangereux !, s'exclama Koutoubia. Les Sumériens sont de sales vautours qui peuvent à tout moment décider de vous capturer, de vous enchaîner et de vous réduire à l'esclavage. Ils n'ont pas touché à Arnakech et à ses environs, mais je vois bien dans leurs yeux qu'ils y pensent. Nous n'avons pas d'armée ici. Toute cette cité est construite sur le commerce et l'échange. Je vous déconseille fortement de vous y rendre…

– Merci de ce conseil, l'interrompit Amos, mais nous n'avons pas beaucoup le choix ! Allons voir ces chameaux, si vous le voulez bien !

– Avec grand plaisir, répondit le guide, la main encore vide.

Chapitre 18

La menace d'Amos

La culture est un ensemble de structures sociales, de comportements appris et de façons d'interagir avec les autres dont il est impossible d'expliquer toutes les nuances. Les habitudes de vie des peuples changent selon la région où ils vivent, leur histoire et même leur langue. Les humains vivant près de la mer mangent évidemment plus de poisson que ceux qui habitent dans les montagnes ; les nomades qui parcourent les déserts ont une vision du monde différente de celle des Vikings du Nord et les merriens qui écument les mers n'ont rien en commun avec les luricans de l'île de Freyja. Chaque peuple a sa culture et chaque contrée possède ses caractéristiques propres. Voilà pourquoi Koutoubia Ben Guéliz, poussé par sa culture de commerçant et non par une vilaine intention malfaisante, décida lui-même de prendre aux adolescents le bakchich tant espéré. Il attendit pour cela le bon moment.

Avec l'aide attentionnée de Koutoubia, Amos avait réussi à trouver deux magnifiques dromadaires. Ces bêtes étaient dans une forme resplendissante et leurs longs poils brun clair dansaient mollement à chacun de leurs pas. Le jeune garçon était très heureux de cet achat, mais surtout très soulagé d'avoir des montures prêtes à prendre la route dès que ses amis et lui arriveraient en territoire sumérien. Un drakkar viking en ces contrées était manifestement trop voyant et Amos avait décidé d'opter pour la discrétion. Il devait parvenir à s'approcher du chantier d'El-Bab sans se faire remarquer pour s'introduire ensuite chez les esclaves afin d'y secourir sa mère et Sartigan. Un sacré programme !

À leur arrivée au bateau, les bras remplis de fruits exotiques, de viandes salées, d'ingrédients de magie et d'autres provisions pour la suite du périple, les voyageurs attachèrent les dromadaires à la proue de *La Mangouste* et s'installèrent pour la nuit.

– Vous allez déjà vous coucher ?, demanda Koutoubia. Mais il est trop tôt pour dormir et j'ai encore une foule de choses à vous montrer !

– Demain !, lança Béorf en bâillant. Je suis crevé…

– Moi aussi, dit Amos en serrant la main de son guide. Je vous remercie beaucoup pour tout ce que vous avez fait pour nous. Si vous êtes libre demain, j'aimerais bien reprendre cette visite. Votre ville est tout à fait fascinante !

Médousa, couchée en boule entre deux sacs de provisions, ronflait déjà.

– Vous voyez, plaisanta le porteur de masques en désignant son amie, nous serons bientôt tous dans cet état !

– À demain alors, fit le guide en jetant un coup d'œil furtif aux dromadaires. Je serai là à la première heure.

– Pas trop tôt, lança Béorf, à moitié endormi. Nous ferons la grâce matinée…

Koutoubia Ben Guéliz fit alors semblant de quitter les abords du drakkar et se cacha sur le quai. Il attendit que les adolescents dorment profondément puis remonta furtivement sur *La Mangouste* pour y voler un des deux dromadaires. Le guide fit silencieusement descendre son butin par la passerelle et quitta vite le port pour prendre la direction du marché. Il avait enfin son bakchich et, tout content, le ramena chez lui en traversant la place Jemaa-Fna sous les compliments de ses amis.

Le lendemain, lorsqu'il ouvrit l'œil, Amos sursauta en s'apercevant qu'il ne lui restait plus qu'un dromadaire. Il réveilla précipitamment ses amis.

– Debout ! Allez, debout ! Une de nos bêtes s'est échappée durant la nuit et il faut la rattraper.

Lolya et Médousa se levèrent d'un bond et commencèrent, avec Amos, à inspecter les alentours. Béorf, quant à lui, mit une bonne demi-heure à se réveiller et à comprendre l'agitation de ses amis.

– Il est de plus en plus évident pour moi, dit Amos, qu'on nous a volé notre dromadaire.

— Volé!, s'étonna Béorf.

— Oui, volé! J'avais solidement attaché la bride de chaque animal au mât et rien n'indique que celui-ci ait rongé la sienne pour s'enfuir. Quelqu'un est monté sur notre drakkar pendant notre sommeil et a dérobé la bête.

— Mais qui?, demanda Médousa. Et pourquoi s'est-il emparé d'une seule bête et non pas des deux?

— Je ne sais pas…, répondit le porteur de masques. Peut-être qu'en demandant à Koutoubia…

Au moment même où Amos prononçait son nom, le guide surgit sur le pont du navire. Il avait un magnifique sourire et paraissait très content de voir les jeunes voyageurs.

— Alors?, demanda-t-il. Bien dormi? Fait de beaux rêves? Je vous conduis au marché pour la suite de vos emplettes?

— Oui à toutes vos questions, lança Amos. Aujourd'hui, par contre, il faudra que quelqu'un reste à bord pour surveiller le drakkar, un scélérat nous a volé un dromadaire durant la nuit. Je ne veux pas risquer de perdre l'autre…

— C'est comme vous voulez, répondit Koutoubia d'un ton détaché. Je vous attends sur le quai. Prenez votre temps!

Amos remarqua tout de suite que quelque chose avait changé dans l'attitude de son guide. Celui-ci n'avait pas, comme d'habitude, tendu la main en offrant ses services. De plus, il n'avait pas eu l'air surpris d'apprendre qu'un dromadaire avait disparu pendant la nuit. Le porteur de masques réunit ses amis.

— Je pense que notre voleur est Koutoubia, murmura-t-il.

— Impossible!, rétorqua Médousa. Il est beaucoup trop gentil pour nous faire une telle chose.

— Je dois dire, fit Lolya, que je le crois innocent, moi aussi.

— Et toi, Béorf, demanda Amos, qu'est-ce que tu en penses?

— Moi, répondit le gros garçon, je ne comprends pas ce qui t'amène à croire que c'est précisément lui, notre voleur. Il y a beaucoup de marins ici, beaucoup de bateaux et sûrement beaucoup de gens malhonnêtes. Pourquoi lui précisément?

— Eh bien!, dit Amos, je ne vous expliquerai pas la nature de mes doutes, mais je vous demande d'entrer dans mon jeu. Je vais lui tendre un piège et s'il est bien notre voleur, le dromadaire réapparaîtra miraculeusement.

— J'ai confiance en toi, affirma Béorf. De toute façon, tes soupçons sont la seule piste que nous puissions suivre…

— C'est bien vrai que nous n'en avons pas d'autre, approuva Lolya.

— Moi, je continue à croire qu'il est innocent, insista Médousa. J'attends que tu me prouves le contraire, Amos.

— Dans ce cas, allons-y et laissez-moi faire!, conclut le porteur de masques.

Les quatre amis quittèrent *La Mangouste* pour aller rejoindre Koutoubia sur le quai. Le guide demanda alors :

– Personne ne reste sur le bateau pour surveiller la marchandise ?

– Non, répondit Amos, très sûr de lui. À bien y penser, ce n'est pas nécessaire. Lorsque je cherchais le dromadaire dans le port ce matin, j'ai dit à tous ceux que j'ai rencontrés que si, demain matin, cet animal ne m'était rendu, je me verrais obligé de faire ce que mon père a fait lorsqu'on lui a volé son mulet. Avec une telle menace, je sais que personne n'osera plus essayer de nous voler !

Koutoubia eut un moment d'hésitation puis dit :

– Mais… mais qu'allez-vous faire exactement ?

– Je viens de vous le dire. Je vais faire ce que mon père a fait quand on lui a volé son mulet !

– Terrible !, lança Béorf comme s'il connaissait le secret.

– Moi, je ne veux pas voir ça, renchérit Lolya, entrant à son tour dans le jeu. J'ai le cœur trop sensible…

– Eh bien, moi, je suis peut-être sadique, fit Médousa, mais j'aimerais bien assister à cet effrayant spectacle !

Koutoubia Ben Guéliz déglutit.

– C'est vraiment si horrible ?, demanda-t-il d'un air faussement détaché.

– Changeons de sujet, Koutoubia, déclara amicalement Amos. Cela ne vous regarde pas

vraiment et je suis désolé de vous avoir fait peur.
À moins que… Connaîtriez-vous notre voleur
par hasard?

– Non… non! pas du tout… d'aucune
façon… pas le moins du monde!, répondit le
guide, le front dégoulinant de sueur.

– Dans ce cas, vous ne craignez rien! Allons
au marché maintenant! Nous y prendrons notre
petit-déjeuner.

Les voyageurs et leur guide s'installèrent
dans un petit boui-boui au nord de la place
Jemaa-Fna et s'emplirent le ventre de quelques
spécialités locales. Béorf dévora une bonne vingtaine de *briouats*, des espèces de petits beignets
très frais constitués de feuilles de pâte très fines
et farcis de bœuf haché, de saucisse, de poisson ou d'amandes. Amos et Lolya avalèrent une
soupe de légumes très consistante et parfumée
nommée « *harira* ». Même Médousa y trouva son
compte. Bien qu'elle préférât de loin les insectes
vivants, elle tomba la tête la première dans un
ktéfa. Ce succulent dessert fait de fleur d'oranger,
d'amandes et de lait lui plut énormément.

Koutoubia ne mangea rien, prétextant un
léger malaise. En réalité, il se faisait du mauvais sang en pensant à cette fameuse menace
d'Amos. Le guide avait vite compris que ces
jeunes gens étaient spéciaux et qu'ils détenaient,
chacun à leur façon, d'extraordinaires pouvoirs.
Koutoubia Ben Guéliz entendait résonner dans
sa tête : « Je me verrai obligé de faire ce que mon
père a fait lorsqu'on lui a volé son mulet. » Cet

avertissement l'effrayait au plus haut point en lui nouant l'estomac.

Une heure à peine après ce plantureux petit-déjeuner, Koutoubia s'excusa auprès des visiteurs et demanda son congé. Il leur dit qu'il ne se sentait pas très bien, mais s'assura avant de partir qu'ils connaissaient bien le chemin pour rentrer au port. Puis il disparut rapidement dans la foule.

– Je vous parie que notre dromadaire sera sur le drakkar à notre retour au port, prédit Amos en imitant Lolya. Je ne suis pas nécromancien, mais je vois dans le futur…

– Cesse de te moquer de moi!, lança la jeune Noire en serrant les poings, sinon je me transforme en ours! Sérieusement, Amos, tu crois que Koutoubia est notre voleur?

– Je voudrais bien le croire innocent, confia le porteur de masques. Je l'aime bien, moi aussi!

– Je pense maintenant qu'il est coupable, avoua Médousa. Il est devenu tout blanc quand Amos a menacé de faire la même chose que son père s'il ne retrouvait pas son bien. Au fait, c'est quoi, cette fameuse « chose » qu'il a faite?

– Je vous le dirai plus tard, promit Amos. Terminons d'abord nos emplettes…

Ce sont les bras chargés de provisions, de quelques jolies armes et de plusieurs petits souvenirs que les quatre compagnons rentrèrent au port. Comme Amos l'avait prédit, le dromadaire manquant avait repris sa place juste à côté de son semblable.

– C'est incroyable !, s'écria Lolya. Tu avais raison, Amos…

– Je n'arrive pas à le croire, fit Médousa, peinée. J'espérais vraiment que tu faisais fausse route en accusant Koutoubia.

– Les intuitions d'Amos sont toujours les bonnes, assura Béorf qui connaissait bien son ami. Qu'allons-nous faire de lui maintenant ?

– Nous allons lui pardonner et nous conformer aux coutumes de ce pays, répliqua le porteur de masques. Je crois que nous avons brillé par notre impolitesse depuis le début de notre séjour à Arnakech. Je compte bien nous racheter auprès de…

Comme Amos allait prononcer son nom, Koutoubia Ben Guéliz arriva sur le pont de *La Mangouste*. Il dit fièrement :

– J'ai retrouvé votre dromadaire ! Il s'était enfui pas très loin. J'ai réussi à le ramener et… nous pouvons maintenant tous dormir en paix et oublier cette malheureuse aventure.

Amos sortit alors sa bourse et donna trois pièces d'or au guide.

– Voici une pièce pour votre gentillesse, une autre pour tout le temps que vous nous avez consacré et une dernière pour votre honnêteté.

Koutoubia avait enfin son bakchich en main ! Il sourit de toutes ses dents et remercia Amos et ses amis :

– Que le grand Dieu vous accompagne et vous protège durant votre périple ! Vous avez la gratitude éternelle de Koutoubia Ben Guéliz.

– C'est nous qui vous remercions de tout cœur, répondit poliment le garçon.

– Puis-je vous demander quelque chose?, demanda le guide.

– Avec plaisir!

– Qu'auriez-vous fait si, comme à votre père, on vous avait véritablement volé votre animal?, fit Koutoubia, très curieux.

– Lorsque mon père s'est fait voler son mulet, expliqua Amos. Il est retourné au marché, a sorti de nouveau sa bourse et il en a acheté un autre. J'aurai fait exactement la même chose!

Lolya, Médousa et Béorf se retinrent de pouffer de rire. Le guide fit une pause, regarda Amos droit dans les yeux et lança d'un ton amusé:

– Vous êtes un malin, vous!

Chapitre 19

Les esclaves

La place Jemaa-Fna était entourée de souks. Éléments fondamentaux de la vie d'Arnakech, les petites boutiques surchargées et les ateliers qui les composaient s'alignaient les uns à côté des autres dans des labyrinthes de rues étroites. Chaque corporation d'artisans avait son souk. Ainsi, au nord de la place, on trouvait les marchands de soie, juste à côté les vignerons, puis plus à l'est les potiers. Au sud, on pouvait voir les souks des forgerons et des armuriers et juste derrière, bien caché à l'abri d'anciens murs de fortification, celui des esclaves.

Koutoubia avait prévenu les jeunes voyageurs de ne pas s'approcher de ce lieu malfamé. L'endroit grouillait de barbares, de voleurs, d'assassins et de créatures étranges. Seuls les Sumériens pouvaient y pénétrer sans risquer leur peau. Comme ils y achetaient beaucoup d'esclaves, les habitants et les commerçants du souk les traitaient avec grand respect.

Malgré le danger, les quatre compagnons décidèrent d'aller y faire un tour. La mère d'Amos et Sartigan avaient sûrement transité par cet endroit avant d'être vendus aux Sumériens. Il y avait peut-être là des indices ou des pistes à trouver, des informations à soutirer à quelqu'un. Il leur fallait tenter leur chance, ne serait-ce que pour voir comment le commerce d'esclaves fonctionnait et qui en tirait les ficelles. Mais comment entrer dans ce lieu?

– J'ai une idée, lança Lolya. Nous arriverons déguisés!

– Déguisés en quoi?, demanda Béorf, peu emballé.

– Déguisés en ce qu'il y a dans ce marché: des esclaves et des vendeurs d'esclaves, répondit la nécromancienne. Grâce à ses oreilles de cristal, Amos prendra l'apparence d'un elfe venu vendre deux de ses prises au marché. Médousa et moi serons enchaînées par le cou et ferons les esclaves. Toi, Béorf, tu te transformeras en ours et seras le compagnon de l'elfe. De cette façon, les brigands qui vivent dans ce souk y penseront à deux fois avant de vous attaquer.

– Et qu'allons-nous faire, essayer de vous vendre?, dit le porteur de masques, intéressé par la proposition.

– Oui, confirma Lolya. Tu auras à vendre une jeune princesse noire de la tribu des Dogons et, chose inusitée, une gorgone en chair et en os! Évidemment, tu demanderas beaucoup trop cher et personne ne voudra de nous. Cela nous permettra de faire le tour de l'endroit et de chercher des pistes.

– Et si on m'offre un bon prix, fit Amos pour la taquiner, je peux vous vendre ?

– Ne t'en avise pas !, le menaça Médousa. Sinon tu auras affaire à moi !

– Très bien, répliqua le garçon en rigolant, j'ai compris le plan. Qu'est-ce que tu en dis, Béorf ?

– Je pense que faire l'ours est un rôle très abaissant pour le chef d'Upsgran, se plaignit faussement le béorite. Mais pour cette fois, ça ira ! Je me demande pourquoi c'est toujours Amos qui a les meilleurs rôles.

– Parce que je suis un joli garçon !, fit le porteur de masques en riant de plus belle. Tu me l'as assez répété depuis l'aventure avec Otarelle, tu devrais t'en souvenir !

– C'est une excellente raison !, admit Béorf, hilare.

Suivant le plan de Lolya, les jeunes aventuriers arrivèrent au souk des esclaves. Amos avait enfilé ses oreilles et traînait Béorf en laisse, comme s'il s'agissait d'un chien. Derrière lui, la tête basse et l'air abattu, les deux filles enchaînées suivaient d'un pas lourd. La petite mise en scène semblait parfaite.

Un Sumérien, grand de taille et à la peau très foncée, les aborda immédiatement :

– Vous parlez ma langue, jeune elfe ?

Les oreilles d'elfe en cristal que Gwenfadrille, la reine des fées du bois de Tarkasis, avait offertes à Amos et à Béorf, avaient la particularité de se fondre sur celles de la personne qui les portait, donnant ainsi l'impression d'être réelles. Comme elles permettaient de comprendre et de parler toutes les langues, le porteur de masques répondit en sumérien à son interlocuteur:

– Oui, je comprends votre langue et la parle aussi. Je suis venu vendre mes prises.

– On voit très peu de gens de ta race ici, enchaîna le gaillard. Je peux regarder tes esclaves?

– À votre aise!

Le Sumérien commença par examiner la dentition de Lolya, puis lui tâta les jambes et le dos.

– Elle est en bonne santé, celle-là, déclara-t-il. Trop jeune, mais en parfaite condition… Regardons l'autre…

Lorsqu'il retira le capuchon de Médousa, l'homme sursauta et hurla:

– MAIS QU'EST-CE QUE C'EST? QUELLE HORREUR!

– Une gorgone, répondit tranquillement Amos en replaçant la capuche de son amie. Ce sont des créatures très travailleuses, solides et fiables. Rarement malades, elles sont par contre un peu agressives.

– Et ton ours, fit le Sumérien, tu le vends aussi?

– Non, répliqua le faux vendeur d'esclaves sans se départir de son calme. Il a été dressé pour me protéger.

L'incrédule Sumérien sortit alors un couteau et lança par bravade:

– Tu veux dire que si je décide de t'attaquer, ton ours va…

Il n'eut pas le temps de finir sa phrase que Béorf lui bondit dessus, arracha son arme d'un puissant coup de patte et le renversa sur le dos. L'hommanimal tenait maintenant le cou du Sumérien dans sa gueule, prêt à lui arracher la gorge.

— Très bien, très bien, j'ai compris… Dislui de me lâcher, supplia l'homme en suant abondamment.

— Mais avant, dit Amos en se penchant légèrement vers lui, indiquez-moi comment fonctionne cet endroit et où je peux vendre mes esclaves.

La scène avait attiré le regard des curieux qui commençaient à s'agglutiner autour de ce groupe pour le moins hétéroclite.

— Il faut d'abord faire marquer les esclaves au fer rouge… puis… puis les inscrire pour le défilé. L'un après l'autre… les esclaves montent sur une scène et… et ils sont vendus à la criée…

— Merci beaucoup, fit l'elfe en caressant la tête de son ours. Oh, attendez, une question encore ! Qui êtes-vous et que faites-vous ici ?

— Je suis Lagash Our Nannou… négociant d'esclaves sumérien. Je me… je me promène avant les ventes aux enchères… pour… pour repérer les meilleures occasions. S'il vous plaît… votre ours… j'étouffe…

— Merci encore, Lagash, conclut le porteur de masques en faisant signe à Béorf de le lâcher.

Les badauds se dispersèrent et une nouvelle rumeur allait bientôt se répandre dans le souk. Un jeune elfe qui possédait des esclaves et qui se promenait avec un ours féroce, dirait-on, avait décidé de soumettre les Sumériens et voulait prendre le contrôle du marché. D'oreille en oreille, le ouï-dire prendrait de l'ampleur; les bavardages augmenteraient en enflammant l'imagination et bientôt, ce serait une armée d'elfes qui allait attaquer la ville pour s'emparer de la population et la soumettre. Qu'importe ce que les habitants du souk allaient dire ou imaginer, Amos allait bientôt être une figure connue et crainte; c'est exactement ce qu'il voulait!

Les adolescents passèrent les anciennes fortifications et découvrirent la misère de ce souk. Cette partie d'Arnakech était une véritable infection. D'énormes rats couraient çà et là au milieu des excréments et des déchets. Les maisons à plusieurs étages, que l'on devinait avoir été anciennement colorées et coquettes, étaient dans un état de décrépitude avancée. Des corps mutilés jonchaient le sol à la sortie des tavernes, anciennes victimes de règlements de compte. Des barbares à la mine patibulaire et au regard cruel regardaient défiler les nouveaux venus en s'amusant à leurs dépens.

– Je n'aime pas cet endroit, murmura Lolya avec appréhension. C'est vraiment terrible!

– Moi non plus, chuchota Amos, lui aussi troublé. Jouons bien notre rôle et tout se passera bien…

À ce moment, quatre barbares encerclèrent les adolescents. L'un d'eux, puant l'alcool à plein nez, lança:

– Vous êtes maintenant à moi! Je vous vendrai ce soir…

Sans se démonter, le porteur de masques se concentra et fit s'enflammer les bottes des barbares.

– C'EST UN MAGE! C'EST UN MAGE!, hurlèrent les hommes en détalant à toutes jambes.

– Beau travail, grogna Béorf en levant la tête vers son ami.

– Ici, je crois qu'il vaut mieux attaquer et discuter ensuite!, répondit Amos en accélérant un peu le pas. Quittons cette partie du souk. Je vois l'estrade pour le défilé des esclaves là-bas.

Des centaines de personnes étaient entassées devant la scène où un petit homme rond et chauve, balafré et borgne, vendait les esclaves au plus offrant. Une créature de forte taille, possédant un corps d'homme surmonté d'une tête de taureau, fit son apparition sur l'estrade. Amos, Lolya, Médousa et Béorf furent saisis par la stature de l'humanoïde. Les pieds, les mains et le cou enchaînés par de solides mailles, il était escorté par une dizaine de gardes bien armés. La criée commença alors:

Voici un magnifique spécimen des sombres contrées minoennes!, annonça sur un ton théâtral le petit homme rondouillard qui répétait chacune de ses phrases en quatre langues. Cette créature a la force d'un demi-dieu et sert bien ses maîtres lorsqu'il est fouetté convenablement. Il a assassiné ses anciens propriétaires qui avaient eu la mauvaise idée de lui retirer ses chaînes. Ce minotaure est bâti pour le travail forcé ou les combats de gladiateurs! Il est vendu avec une cage à roues renforcée facile à atteler! Les enchères commencent à cinq pièces d'or nordiques, douze *shumérus* anciens de Sumer, trente-sept *hittims* des contrées hittites ou cent quarante perles élamites. Faites vos offres !

Un groupe composé d'une bonne quinzaine de Sumériens ouvrit les enchères. Parmi eux, Amos reconnut Lagash Our Nannou. Quelques gobelins, visiblement des bonnets-rouges, surenchérirent. De riches fermiers des environs entrèrent aussi dans les négociations, mais les Sumériens proposaient chaque fois davantage. Finalement, ce furent eux qui acquirent le Minotaure.

Et encore un autre esclave pour Messieurs les Sumériens, conclut le vendeur en exigeant des applaudissements de la foule. Comme d'habitude, votre esclave sera prêt demain matin à la première heure. Vous en prendrez possession à ce moment. Voici maintenant notre lot suivant !

Dix hommes, enchaînés les uns aux autres, furent poussés sur l'estrade. Leur corps était recouvert de marques de fouet et de blessures encore sanglantes. Sur leur visage se lisaient distinctement la souffrance et le désespoir. Un seul de ces esclaves se tenait encore droit, la tête haute et les jambes solides. Amos, submergé par l'émotion, le reconnut tout de suite. C'était Barthélémy, son ami et seigneur de Bratel-la-Grande.

– Commençons les enchères !, lança le vendeur qui s'exprimait toujours en plusieurs langues. Ces galériens sont habitués au dur labeur de la rame et supportent magnifiquement bien les coups de fouet. Ils sont solides et capables d'endurer les pires climats. Ces hommes ont été dressés par les bonnets-rouges et vous sont offerts à vingt pièces d'or nordiques, quarante-huit *shumérus* anciens de Sumer, cent quarante-huit *hittims* des contrées hittites ou cinq cent soixante perles élamites. Faites vos offres!

– Vingt-cinq pièces d'or!, lança Amos à la grande surprise de ses amis.

– Mais que fais-tu là?, murmura Lolya, abasourdie.

– Je les achète, ce sont des amis, répondit brièvement le porteur de masques en comptant le nombre de pièces qui restaient dans sa bourse.

– À quatre pattes, je n'y vois rien du tout, grogna Béorf. De qui s'agit-il?

– C'est Barthélémy avec des chevaliers de la lumière de Bratel-la-Grande, rétorqua Amos à voix basse. J'en reconnais plusieurs…

Lagash Our Nannou regarda en direction du faux elfe, le salua d'un petit mouvement de tête et surenchérit du double. Le porteur de masques relança de dix pièces d'or et Lagash doubla encore la mise.

Sur l'estrade, Barthélémy venait à l'instant de reconnaître Amos. Il passa le mot à ses hommes, ce qui fit renaître l'espoir dans leurs yeux.

Le porteur de masques joua alors le tout pour le tout et offrit cent cinquante pièces d'or d'un coup. Cette somme représentait le contenu total de sa bourse. Lagash consulta ses compagnons et comme il allait relancer la mise, Béorf se dressa sur ses pattes de derrière et le regarda droit dans les yeux en lui montrant ses crocs. Le Sumérien, se rappelant l'étreinte de l'animal autour de son cou, retint son offre et Amos fut déclaré nouveau propriétaire des dix galériens.

Vous pourrez en prendre possession demain matin, lança le vendeur alors que les gardes poussaient Barthélémy et ses hommes hors de l'estrade. Ils seront lavés, auront mangé et porteront de nouvelles chaînes, gracieuseté de la corporation des esclavagistes d'Arnakech. Applaudissons l'heureux propriétaire de ce nouvel équipage !

Chapitre 20

La tour d'El-Bab

Les jeunes aventuriers regagnèrent sans encombre le drakkar. Koutoubia les attendait avec impatience et les bombarda de questions. Béorf fut peu loquace et les deux filles n'en dirent pas beaucoup plus. Le cœur chaviré, Amos demeura silencieux et alla s'installer à la proue du navire.

— Mais que s'est-il passé ?, insista Koutoubia. Que lui est-il arrivé ?

— Rien de bien réjouissant, lui répondit Lolya. Je crois qu'il est inquiet pour sa mère.

— Oh !, s'exclama le guide. Alors, il parlera lorsque son âme sera moins triste.

Lolya avait raison, Amos pensait à Frilla. La pauvre avait dû être marquée au fer rouge et vendue comme du bétail dans ce dégoûtant souk. Quelle humiliation ! Comment pouvait-on faire subir cela à quelqu'un ? Il y avait dans ce monde tant de souffrance et tant de haine. Et tous ces tourments étaient provoqués par eux, les dieux ! Des divinités sans âme, imposant aux êtres vivants leurs commandements et leur morale, dictant leurs paroles de guerre par la bouche des prêtres, des brahmanes, des chamans, des corybantes, des druides, des féciaux, des eubages, des pontifes, des hiérophantes, des mystagogues, des ovates, des flamines, des quindécemvirs, des sacrificateurs et des victimaires de toutes les religions. Le bien contre le mal et le mal contre le bien, toujours et encore, comme un cercle vicieux pour l'éternité !

Découragé, Amos se laissa tomber à genoux en pleurant. Ses amis vinrent, en silence, s'asseoir près de lui pour le réconforter.

— Je me sens encore une fois écrasé sous le poids de ma tâche, se confia le garçon. Je ne sais pas quoi faire pour arrêter la folie des dieux, pour mettre un terme à la souffrance et rétablir l'équilibre de ce monde. Je me sens prêt à tout abandonner… Je suis fatigué d'être porteur de masques.

— Si je le pouvais, lui dit Béorf, je prendrais ta place, mais… c'est toi le meilleur ! Je ne sais pas si tu réussiras à accomplir la dure mission qui t'a été confiée… L'important, c'est d'essayer !

— Essayer de tout son cœur, reprit Lolya en posant délicatement la tête sur l'épaule d'Amos.

— Essayer jusqu'à la fin, ajouta Médousa.

Ainsi blottis les uns contre les autres, les quatre amis s'endormirent en laissant à Koutoubia le soin de poser sur eux une couverture. Dans un demi-sommeil, Amos entendit une voix réciter l'énigme sumérienne signée Enmerkar :

« Tu dois chevaucher et ne pas chevaucher, m'apporter un cadeau et ne pas l'apporter.

Nous tous, petits et grands, nous sortirons pour t'accueillir et il te faudra amener les gens à te recevoir et pourtant à ne pas te recevoir. »

Le jeune porteur de masques se vit, accompagné de ses amis, devant la gigantesque tour d'El-Bab et frissonna en pressentant qu'elle serait son tombeau.

LA COLÈRE D'ENKI

Prologue

Enki, grand dieu du panthéon sumérien, inspira un jour à son plus puissant prêtre la construction d'une tour touchant le ciel et les nuages. Cet édifice, nommé El-Bab, devait être une merveille du monde capable de rallier tous les peuples de la terre dans l'adoration d'une seule divinité, dans un culte unique louant la grandeur et la magnificence d'Enki.

Un titanesque chantier se mit en place et pour l'exécution de cette tâche des milliers d'hommes et de femmes furent réduits à l'esclavage. Commença alors la construction d'une tour si haute qu'elle défierait toutes les lois de la physique. Sans ménagement et sans logique, le grand prêtre Enmerkar et Aratta, roi du grand territoire de Dur-Sarrukin, conjuguèrent leurs pouvoirs pour la réalisation d'El-Bab.

Dans le panthéon des dieux sumériens, Enki fut sévèrement réprimandé et violemment critiqué pour avoir inspiré une telle vision à son prêtre. On l'accusa d'usurpation divine et on lui refusa le titre tant convoité de dieu unique. Une coalition se créa contre lui et la divinité égocentrique fut exclue du panthéon.

Mais le mal était déjà fait et la tour d'El-Bab, bien qu'elle ne soit terminée qu'au quart, exerçait déjà un pouvoir si grand que les forces d'Enki égalaient maintenant celles de tous ses anciens amis réunis. En quittant le panthéon, le dieu déclara dans une rage non contenue:

– Je me vengerai de vous les uns après les autres en vous humiliant à la face des hommes. Je montrerai aux humains qui est l'unique dieu à adorer et ce qu'il en coûte de ne pas croire en moi. Vous ne pourrez rien contre ma colère et vos fidèles me supplieront d'arrêter leurs tourments.

Ce que les oracles, les augures, les auspices, les signes et les horoscopes avaient depuis longtemps prédit allait bientôt s'abattre sur ces grandes contrées désertiques et déstabiliser cette partie du monde. La colère du grand dieu serait porteuse d'un malheur si terrible qu'il serait baptisé par ceux qui auraient la malchance de lui survivre: les dix plaies d'Enki.

Chapitre 1

La trahison du grand prêtre

Un peu plus, de jour en jour, Enmerkar regardait avec fierté s'élever la grande tour d'El-Bab. Le premier étage du bâtiment servait de temple et était grand comme une vingtaine de palais impériaux. Des milliers de fidèles y priaient jour et nuit, se relayant sans cesse et produisant un flot continu comme celui d'une rivière. Des bûchers d'encens répandaient une forte odeur de myrrhe qui se dissipait en imprégnant les étages supérieurs. Près de quinze mille colonnes sculptées dans la pierre soutenaient cette gigantesque tour de trois cents étages. Pour atteindre le ciel et toucher les nuages, elle devrait en compter le quadruple.

Le grand prêtre, qu'on surnommait « la vipère » à cause de son rire sifflant et de ses intentions toujours venimeuses, jouissait d'un pouvoir absolu sur le territoire d'El-Bab. Aratta, le régent des contrées de Dur-Sarrukin et du pays de Sumer, lui avait donné carte blanche pour la réalisation de ce projet et consenti tous les droits, même celui de diriger une armée. Il était important pour le roi qu'Enmerkar puisse mater à sa guise une révolte d'esclaves ou encore défendre la tour en cas d'une attaque ennemie.

Sur le mur d'El-Bab, il était écrit, en lettres d'or de plusieurs mètres de hauteur, cette étrange énigme :

« Tu dois chevaucher et ne pas chevaucher, m'apporter un cadeau et ne pas l'apporter. Nous tous, petits et grands, nous sortirons pour t'accueillir et il te faudra amener les gens à te recevoir et pourtant à ne pas te recevoir. »

Les fidèles, perplexes, s'inclinaient devant la phrase mystique et priaient avec ferveur. Cette parabole semblait investie d'un message lourd de sens. Seul Enmerkar connaissait son authentique signification et ressentait tout le poids dont elle était chargée. Enki, son dieu, la lui avait révélée dans un songe. La divinité lui avait bien précisé que celui ou celle qui serait capable de résoudre ce mystère devrait immédiatement être mis à mort, sans quoi l'effondrement d'El-Bab et la mort du prêtre seraient inévitables. Comme la meilleure défense est souvent l'attaque, Enmerkar avait fait inscrire la phrase sur toutes les épées des Sumériens, dans tous les casques de ses hommes, sur tous les parchemins importants, sur des milliers de colliers, de bijoux, d'objets précieux et dans tous les livres comptables des peuples esclavagistes alliés. Pour attraper un poisson, s'était-il dit, il faut semer des appâts et guetter avec patience. Le piège était tendu et le grand prêtre attendait son rival de pied ferme. D'ailleurs, Enmerkar n'attendait pas que lui.

Toujours en songe, Enki lui avait aussi promis une aide divine en la personne de cinq frères, cinq bâtisseurs de haut calibre, capables à eux seuls de terminer la construction des étages supérieurs de la tour. Menés par leur père, ces quintuplés aux pouvoirs extraordinaires le serviraient avec dévotion jusqu'à l'accomplissement final d'El-Bab.

En cette journée pleine de promesses, de claquements de fouets et de dévotion envers son dieu, ce ne furent ni son rival, ni ses constructeurs de génie qui vinrent déranger les prières d'Enmerkar, mais plutôt une horde de prêtres sumériens en furie.

Ils étaient près d'une centaine à hurler leur mécontentement dans le temple d'El-Bab. Devant cette émeute, Enmerkar ordonna à ses soldats de vider le premier étage des fidèles en ne laissant que les prêtres contrariés à l'intérieur des murs. Il demanda que deux cents archers se tiennent prêts à intervenir à son signal.

Les tâches furent rapidement exécutées.

Enmerkar se présenta alors devant la horde fulminante de ses confrères en crise. Le menton levé et arborant un sourire arrogant, il leur demanda :

– Alors, que se passe-t-il encore, chers collègues du culte de Sumer ? Que me vaut cette si belle surprise ? C'est peu souvent que nous avons la chance de nous rencontrer tous !

– Tu sais très bien ce qui nous amène, répondit un vieux prêtre aveugle penché sur sa canne de bois noire. Le grand Nanna, dieu de la

Lune et des Cycles temporels, m'informe qu'Enki tente d'usurper le pouvoir de tout le panthéon et cherche à devenir l'Unique...

– Allons donc, ricana Enmerkar, cessez de vous en faire. Mon dieu ne veut qu'une seule place : la sienne !

– CETTE TOUR DOIT TOMBER, cria une prêtresse du culte d'Inna-na, divinité de l'Amour et de la Guerre. Tous les jours, El-Bab nous vole des fidèles et amplifie le pouvoir d'Enki sur le monde. Un unique dieu ne peut en remplacer plusieurs !

Des clameurs d'appui fusèrent de toute part. Les prêtres étaient chauffés à blanc et prêts à n'importe quoi pour regagner de l'importance auprès de leurs fidèles. Enmerkar demanda le silence et enchaîna sur un ton paternel :

– Je vous comprends et... je me rends bien compte de mon erreur. Très bien, vous avez gagné. Je ferai démolir cette tour... Je détruirai ce magnifique temple et je libérerai les esclaves ! C'est bien ce que vous désirez, non ? Je n'aime pas la discorde et je souhaite le bonheur de tous les prêtres et de tous les dieux du pays de Sumer... Je suis profondément désolé de vous avoir blessés.

– Non !, s'écria un prêtre du culte de Nusku, divinité du Feu. Ne détruis rien de cette magnifique œuvre ! Partageons-la donc simplement... Que les dieux soient tous représentés ici, entre les murs d'El-Bab, pour que les fidèles de cette partie du monde viennent leur rendre gloire.

– Quelle bonne idée !, ironisa Enmerkar. Je fais construire El-Bab pour le grand Enki et c'est le panthéon des petits dieux mineurs et des déesses insignifiantes que je récolte… En réalité, vous ne voulez pas que la tour tombe, vous désirez me la voler ! Vous n'êtes pas que des prêtres, vous êtes également des escrocs !

– Considère la proposition de partage avec attention, lança à son tour un prêtre de Nergal, dieu de la Mort. Il vaut mieux répartir ce que l'on possède plutôt que de le perdre tout à fait. Il y a beaucoup de place ici… Cette tour, même au quart terminée, est déjà assez grande pour y loger tous nos dieux et même ceux de nos alliés…

– ENCORE une bonne nouvelle !, se moqua Enmerkar. Voici qu'El-Bab pourrait accueillir les divinités de nos alliés ! Et quoi encore ? Faisons de cette tour un grand marché où les fidèles pourront choisir un dieu un jour et un autre dieu le lendemain ! Partageons-nous les prières… une pour toi… deux pour moi… celle-là sera pour Nergal… celle-là pour Inna-na…

– De toute façon, tu n'as pas le choix !, interrompit le prêtre aveugle. Nous sommes venus ici et nous comptons y rester. Tu devras nous accueillir chez toi, faire tomber cette tour ou partir… il en a été décidé ainsi dans le panthéon sumérien. Les dieux se sont rassemblés et nous ont ordonné d'investir ton bâtiment pour en faire la grande maison de toutes les divinités ou… ou de le réduire en poussières. Tu as devant toi les plus puissants prêtres du pays de Sumer et tu ne nous chasseras pas… nous sommes en mission divine.

Enmerkar, serrant les dents de colère, eut un léger rictus. De sa main droite, il désigna l'inscription gravée en lettres d'or sur le mur de la tour et en fit la lecture :

– Tu dois chevaucher et ne pas chevaucher, m'apporter un cadeau et ne pas l'apporter. Nous tous, petits et grands, nous sortirons pour t'accueillir et il te faudra amener les gens à te recevoir et pourtant à ne pas te recevoir.

Puis, il demanda insidieusement :

– Quelqu'un y comprend-il quelque chose ?

Les prêtres se regardèrent les uns les autres en haussant les épaules. Personne ne répondit à la question, car aucun ne savait déchiffrer cette énigme.

Sifflant entre ses dents, Enmerkar pensa :

– J'en déduis donc que vous ne représentez pas une véritable menace pour moi et El-Bab… Vous n'êtes qu'un simple embarras !

Il enchaîna tout de suite, d'un air faussement joyeux pour masquer le venin de ses paroles :

– Je vous annonce que, conformément à votre volonté, nous allons partager cette tour !

Un murmure de satisfaction s'éleva du groupe de prêtres. Enmerkar poursuivit sur le même ton :

– Vous êtes entrés au sein d'El-Bab avec la ferme intention de rester et vous… RESTEREZ !

Des applaudissements se firent entendre jusqu'à ce qu'Enmerkar fasse signe à ses archers de tirer dans le groupe. Pris par surprise, les prêtres n'eurent pas le temps d'invoquer leurs dieux ou de lancer des sorts. Des flèches volèrent de tous les côtés en les touchant à la tête, au cou, au ventre ou dans le dos. Plusieurs blessés voulurent fuir et coururent vers la porte, mais cette première volée fut immédiatement suivie d'une seconde encore plus mortelle. Les pointes des projectiles avaient été soigneusement empoisonnées et aucun fuyard ne survécut. Des cris déchirants emplirent le temple d'El-Bab pendant quelques minutes, puis… plus rien.

Enmerkar ordonna alors à ses hommes de couper la tête des prêtres et de les faire expédier à leurs communautés respectives. Des messagers se virent ensuite confier la tâche d'empaler les crânes sur des pieux et de les planter chacun en face de leur temple en y joignant un avertissement : *voilà ce qu'il en coûte de nuire au grand Enki.*

Le grand prêtre exigea également qu'on informe la population du grand pays de Sumer et des contrées de Dur-Sarrukin qu'un manque de ferveur religieuse envers l'Unique entraînerait une grave punition. Ce châtiment divin, selon lui pleinement mérité, forcerait les païens à plier l'échine devant Enki et à implorer sa clémence.

Dans le temple d'El-Bab, on prépara un grand bûcher où plus tard furent brûlés les corps des prêtres décapités. Les portes de la tour furent rouvertes et des centaines de fidèles, pieds nus dans le sang et la cendre, aperçurent les restes calcinés des opposants au règne de l'Unique. Enmerkar s'avança devant le flot croissant de pèlerins ahuris et prêcha avec force et conviction :

– Le monde change, chers disciples… Les astres se bousculent et nous indiquent que les dieux nous ont trahis. Seul Enki… l'Unique… notre Unique, pourra sauver vos âmes et vous assurer de sa divine lumière au moment de votre mort. Ces ossements de prêtres qui gisent au sol nous rappellent que les hommes sont faibles face à l'Unique et que nous devons nous soumettre à ses volontés. Enki parle en moi… Je suis sa voix et ses oreilles sur le monde… Je suis votre protecteur et votre guide ! N'ayez crainte, car celui qui louange Enki honore son prêtre et s'assure ainsi une vie longue et prospère. Gare à ceux qui vous disent le contraire, car ceux-là seront réduits en cendres et serviront d'exemple pour les autres… Il n'y a pas de salut hors du culte de l'Unique, il n'y a pas d'espoir pour ceux qui refusent d'accueillir Enki dans leur cœur. Priez afin que ceux qui cherchent trouvent le chemin… Priez afin qu'ils se tournent vers El-Bab avant qu'El-Bab ne leur tourne le dos !

Les disciples terrifiés se précipitèrent sur le prêtre afin de lui embrasser les pieds. Enmerkar, les voyant ainsi ramper comme des limaces, pensa :

– Les humains sont à l'image des chiens. Sans cage, sans laisse et sans maître, ils ne sont rien !

Chapitre 2

Barthélémy et Minho

Barthélémy, ce grand chevalier de la lumière, seigneur et maître de Bratel-la-Grande, homme d'aventure, de courage et d'orgueil, regarda Amos Daragon dans le fond des yeux et éclata en sanglots dans ses bras. Il pleura, pleura et pleura encore en se serrant contre lui. Des torrents de larmes coulèrent de ses yeux pendant que ses hommes, une dizaine en tout, essayaient de contenir leur émotion sans toutefois y parvenir.

Après un moment, Barthélémy relâcha son étreinte et, regagnant un peu de sa dignité, raconta son histoire :

– Si tu savais, Amos, ce que ces horribles bonnets-rouges nous ont fait endurer ! Ce sont de véritables bêtes... ils n'ont aucun respect pour la vie et aucune forme de compassion... je suis... je suis si heureux d'être libre ! Je me croyais condamné à cette vie de galérien jusqu'à ma mort... ils nous ont détruits moralement, nous ont brisés dans l'âme... Ces chiens de gobelins avaient évacué de nos cœurs toute forme d'espoir. Ils nous ont torturés, affamés et assoiffés... Par pur plaisir et pour leur divertissement, ils ont tué de mes hommes, devant mes yeux, en les martyrisant longuement afin d'étirer leurs souffrances… Je te suis si reconnaissant de nous avoir sauvés que je… à vrai dire, je ne sais pas comment te remercier ! Tu as sauvé Bratel-la-Grande et voici que tu me sauves, moi ! Tu avais déjà gagné ma loyauté et mon épée, voici que je t'offre aujourd'hui mon âme et celle des chevaliers que tu as libérés en ce jour…

Amos, lui aussi submergé par l'émotion, prit quelques secondes avant de demander :

— Mais, Barthélémy, par quelle magie est-ce que je te retrouve ici à Arnakech, avec quelques chevaliers, prisonnier des bonnets-rouges et mis en vente sur la place publique comme esclave ? La dernière fois que nous nous sommes vus, c'était à Bratel-la-Grande, au moment de ton couronnement comme seigneur de la capitale. Comment es-tu arrivé ici ?

— Toi d'abord, fit le chevalier. Comment se fait-il que TOI, tu sois ici, dans cette grande ville au bord de la mer Sombre et dans un marché aux esclaves de surcroît ? Ta surprise est peut-être grande, mais la mienne l'est encore davantage, crois-moi ! Et qu'est-ce que ces oreilles d'elfe ?

Depuis la libération de Bratel-la-Grande du sorcier Karmakas et de ses armées de gorgones, il s'en était passé des choses ! Il était impossible pour Amos de tout lui résumer en quelques minutes. Le garçon se limita donc à expliquer le but de son voyage vers la tour d'El-Bab ; le récit de ses aventures précédentes pouvait attendre un autre moment. Le porteur de masques raconta brièvement que sa mère, Frilla Daragon, avait elle aussi été faite prisonnière des bonnets-rouges puis amenée très loin, sur les terres de Sumer, pour y travailler comme esclave. Amos devait donc la secourir et l'affranchir de ses maîtres. Il précisa que c'est pour les besoins de son enquête qu'il avait pénétré dans le souk des esclavagistes d'Arnakech déguisé en elfe ; c'est donc tout à fait par hasard qu'il avait aperçu Barthélémy et ses hommes sur l'estrade principale, exposés aux regards de tous et prêts à être vendus au plus offrant. Amos lui avoua en riant avoir dépensé tout l'argent de voyage qui lui restait pour secourir les chevaliers et s'en porter acquéreur. Mais le temps n'était déjà plus au bavardage : il fallait quitter sans tarder ce souk malfamé et poursuivre le voyage vers El-Bab.

– Voici pour vous !, lança un gros gardien borgne et bedonnant à Amos en lui tendant un trousseau de clés. Vous avez là toutes les clés des nouvelles chaînes de vos esclaves. Nous leur avons lavé, brossé, rasé la barbe et les cheveux. Ils portent aussi des pagnes tout neufs. Partez maintenant, nous attendons l'arrivée d'un nouveau chargement et je dois nettoyer la cage…

Un terrible cri se fit entendre depuis la prison du marché aux esclaves.

– TA GUEULE, SALE VACHE !, hurla le gardien en direction du bâtiment.

– Qu'est-ce qui se passe?, demanda Amos, surpris.

– C'est ce monstre de minotaure, là-bas, dans la cage fortifiée, qui gueule comme une SALE VACHE..., répondit l'homme avec dédain. Les Sumériens doivent l'emmener aujourd'hui et j'espère qu'IL FINIRA EMBROCHÉ!

– Sortez mes esclaves sur la place du souk, ordonna Amos au gardien, je vais aller le voir quelques instants.

– Faites attention, l'avertit le gardien, il est fort comme une montagne et capable de vous broyer d'une seule main... il a même assassiné ses anciens maîtres.

Amos, toujours déguisé en elfe, portait les oreilles en cristal de la fée Gwenfadrille du bois de Tarkasis. Ces oreilles magiques, en plus d'accorder le don des langues, avaient la particularité de se fondre sur celles de son porteur en donnant l'impression d'être réelles. Il s'approcha du minotaure:

– Mes respects! Tu te plains?, lui demanda Amos en utilisant automatiquement le langage de la bête.

– Mes respects, dit à son tour la gigantesque créature bâtie tout en muscles. Mes respects pour ma langue, aussi. J'implore ton aide.

– Et en quoi puis-je t'aider?, s'informa le porteur de masques.

– Libère-moi!, supplia l'humanoïde à tête de taureau. Libère-moi et je te sers, sans chaîne et sans mal, pour les douze prochaines lunes.

– Pour ton respect, j'accepte!, dit Amos en saisissant l'immense cadenas de la prison du minotaure.

Le garçon se concentra et, utilisant ses pouvoirs sur le feu, dirigea sa magie sur le mécanisme intérieur du cadenas. Il chauffa le dispositif à blanc en espérant que les engrenages intérieurs, trop fragiles pour supporter une chaleur aussi intense, fondent.

Son intuition était bonne, car après quelques minutes de ce traitement, tout l'intérieur du boîtier se démantibula et libéra le pêne. Le minotaure était maintenant libre de s'enfuir.

– Sauf respect, dit Amos en laissant en place le cadenas, reste dans la cage le temps que je quitte l'endroit. Ensuite, viens au port. J'ai un bateau. J'appareille dans une heure. Mes respects.

– Mes respects à toi, répondit le minotaure, reconnaissant. Je fais ce que tu demandes. Je suis Minho.

– Mes respects, je suis Amos Daragon, conclut le garçon en s'éloignant.

Amos alla rejoindre Barthélémy sur la place, libéra tous les chevaliers de leurs chaînes et se dirigea rapidement vers le port. Il était encore très tôt et personne ne fut témoin de la scène. Le souk, très animé la nuit, ne se réveillait que très tard dans la matinée et demeurait désert jusqu'à midi.

– Tu te souviens de Béorf Bromanson?, demanda Amos à Barthélémy en marchant d'un pas rapide.

– Oui, je crois me rappeler de lui…, réfléchit le chevalier. Oui, bien sûr ! Tu me l'avais présenté quelques jours après ma nomination comme seigneur de Bratel-la-Grande. T'accompagne-t-il toujours ?

– Oui et c'est maintenant beaucoup plus qu'un ami !, s'exclama Amos. Il est devenu un vrai frère pour moi. Je te présenterai aussi Lolya, c'est une fille fantastique ! Puis Médousa, une gorgone qui…

– PARDON ? Que dis-tu ?

Barthélémy s'étouffa presque et s'arrêta net.

– Tu voyages avec une gorgone ?

– Mais oui, lui confirma Amos, le plus naturellement du monde. Ce n'est pas…

– Si je la vois, l'interrompit le chevalier, je lui arrache les yeux !

– Elle n'est pas comme les autres, s'empressa de dire Amos. Ce n'est pas une de ces horribles créatures que nous avons croisées ensemble à Bratel-la-Grande. Elle est douce, amicale, très intelligente et son aide m'est précieuse.

– Mais tu divagues complètement, cher Amos !, s'écria le chevalier en colère. Les gorgones se sont emparées de Bratel-la-Grande par la force… Elles nous ont transformés en pierre, ont humilié mes chevaliers et maintenant tu voudrais que je devienne leur ami ?

– Je ne veux pas que tu deviennes l'ami des gorgones, s'impatienta le porteur de masques. Je veux te faire rencontrer MON amie Médousa… Tu jugeras ensuite si elle mérite ton amitié.

– Me voilà sans armure et sans armes, se plaignit Barthélémy en reprenant sa marche. Je suis comme mes hommes, en pagne… presque nu ! J'ai été réduit à l'esclavage par une bande de gobelins sauvages et voilà que je m'en vais fraterniser avec une gorgone… Je suis décidément tombé bien bas !

– J'ai un maître qui s'appelle Sartigan, enchaîna Amos. Comme ma mère, il est prisonnier des Sumériens. S'il était là, il te dirait certainement que chaque fois que nous faisons passer nos différences avant nos ressemblances, nous enclenchons un engrenage qui mène à la haine puis, inévitablement, à la guerre.

– D'ailleurs, lança le chevalier pour changer de sujet, qu'es-tu allé faire près de la cage du monstre à tête de vache tout à l'heure ?

– Je l'ai libéré, avoua Amos. Il viendra nous rejoindre sur le bateau…

– QUOI ?, s'étrangla Barthélémy. Mais tu es devenu complètement fou ! C'est une bête dangereuse et stupide ! Elle risque de nous tuer tous et de…

– Il ne fera rien de cela…, le rassura Amos. J'ai confiance en lui.

– Tu as beaucoup changé, Amos, depuis notre première rencontre à Bratel-la-Grande, continua Barthélémy. Tu m'excuseras, mais je te trouve plus naïf qu'auparavant !

– Mais non, sourit Amos, j'ai davantage confiance en moi, c'est tout. Lorsqu'on doute de soi, on doute aussi des autres. Sartigan m'a appris à voir au-delà des apparences et à marcher la tête haute, sans haine et sans préjugés.

– Et voilà que je me fais faire la leçon par un enfant de douze ans !, se moqua le chevalier.

– Treize !, le reprit Amos. Et bientôt quatorze ans… Regarde là-bas : *La Mangouste*, notre bateau. J'aperçois Béorf qui nous attend pour le départ…

C'est le guide des adolescents à Arnakech, Koutoubia Ben Guéliz, qui accueillit le premier les nouveaux arrivants. Il était excité, car Béorf venait à peine de lui confirmer qu'il pouvait les accompagner vers El-Bab. Le guide, fatigué de son travail au port et fasciné depuis longtemps par la vie d'aventurier, avait demandé une place au sein de l'équipage. Il avait fait valoir ses connaissances des peuples, des cultures et des coutumes des habitants de ce coin de pays. En outre, il connaissait bien les Sumériens ainsi que plusieurs routes menant à la grande tour. Béorf avait jugé sa présence indispensable et avait accepté sur-le-champ de l'inclure dans l'équipage.

Une fois sur le pont, Amos présenta ses amis aux chevaliers. Le premier contact fut très cordial, mais Barthélémy et ses hommes eurent un mouvement de recul lorsque Médousa s'avança vers eux. Instinctivement, ils se protégèrent les yeux avec leur avant-bras. Ils avaient tous déjà goûté au sort de pétrification des gorgones et quoique polis, c'est avec méfiance qu'ils la saluèrent.

– Je crois bien que nous sommes prêts à partir !, lança Béorf en se dirigeant vers les amarres. Nous avons les provisions, deux dromadaires, un guide et des rameurs. Et comme je suis certain de ne jamais manquer de vent, car c'est Amos qui s'en occupe, je suis un capitaine comblé !

– Attends encore un peu, lui demanda Amos. Nous aurons un autre passager.

– Ah bon ? Qui ça ?, s'étonna Béorf.

– Tu te souviens du minotaure qui a été vendu aux Sumériens hier, dans le souk des esclaves ?

– Oui, je me rappelle très bien de lui, répondit sans hésiter le gros garçon. C'était une vraie montagne de muscles.

– Eh bien, lança Amos, il part avec nous.

– Mais… mais… comment… tu l'as racheté à ses nouveaux maîtres ?, questionna Béorf, stupéfait.

– Non, je l'ai simplement libéré…, répondit le porteur de masques avec amusement. D'ailleurs, regarde là-bas, c'est lui qui arrive !

Au loin, un nuage de poussière s'élevait du centre-ville d'Arnakech et les échos d'une grande cohue commencèrent à envahir le port.

– Détache vite les amarres, Béorf, demanda subitement Amos, le colosse approche et il est sans doute poursuivi.

– Mais… mais…, balbutia le gros garçon, on l'attend ou pas ?

– Disons que nous allons prendre un peu d'avance…

Juste comme *La Mangouste* quittait son quai en direction du large, l'équipage vit surgir le minotaure poursuivi par une vingtaine de Sumériens. La bête fonçait tête baissée, les cornes bien en avant et renversait tout sur son passage. Aucun baril, aucune porte, aucun mur ni aucune arme ne semblait pouvoir l'arrêter. Minho, une bonne dizaine de flèches plantées dans le dos, continuait sa course en projetant dans les airs par d'habiles coups de tête tout ce qui se trouvait sur son chemin. Sa détermination semblait tout aussi inébranlable que son imposante stature.

Du coin de l'œil, Minho vit un bateau quitter le quai. D'instinct, il sut que c'était le sien et redoubla de vitesse pour l'atteindre. Ses grandes enjambées le propulsèrent rapidement vers *La Mangouste* et ses poursuivants furent vite distancés. Quelques flèches volèrent dans le ciel, mais elles n'atteignirent plus la créature.

Amos fit alors se lever le vent et la voile du drakkar se gonfla.

– On fait quoi, maintenant?, demanda nerveusement Béorf, qui était à la barre.

– Préparons-nous pour le choc, lui répondit Amos en s'abritant près de la balustrade. Faites de la place pour l'atterrissage du minotaure…

Comme l'avait imaginé le porteur de masques, Minho accéléra sur le quai et fit un prodigieux bond dans les airs pour rejoindre le bateau. L'impulsion du minotaure fut si grande qu'il arracha une poutre de soutien du quai et provoqua son effondrement. Ensuite, l'humanoïde à tête de vache vola sur une bonne quinzaine de mètres avant d'atteindre le pont du drakkar. En se posant sur le bateau, Minho perdit l'équilibre, fit deux culbutes et vint percuter le mât de plein fouet. On entendit alors toute la structure du navire pousser un inquiétant grincement, mais rien d'important ne céda.

Minho se releva, s'ébroua et jeta un coup d'œil derrière lui. Des dizaines de Sumériens canardaient le drakkar de flèches. Elles furent toutes déviées par le vent magique du porteur de masques et aucune ne put atteindre l'équipage.

Satisfait, Minho retira un à un, en souriant, les projectiles plantés dans son dos. Avec l'aide d'Amos, la créature avait réussi son évasion et elle en était très fière. Plus personne ne le commanderait : il était un minotaure libre ! Enfin presque libre, puisqu'il avait promis à Amos de le servir pendant les douze prochaines lunes. Mais cette fois, ce serait différent. Personne ne l'avait obligé à ce nouveau travail, il avait lui-même décidé de son destin. Minho était né esclave, mais plus jamais personne ne l'enfermerait dans une cage.

L'équipage regarda le nouvel arrivant avec circonspection. Les chevaliers étaient sur leurs gardes, Koutoubia Ben Guéliz tremblait dans un coin tandis que Lolya, Médousa et Béorf semblaient douter de l'honnêteté de ce nouvel arrivant. Amos, quant à lui, s'assura d'abord que ses oreilles de cristal étaient bien en place et s'avança vers le minotaure.

– Respect à toi, dit le garçon en souriant.

– Respect à toi, salua la bête en s'inclinant.

– Grand saut ! Bon atterrissage !, lança Amos à la blague.

– Grand Minho, grand saut…, ajouta la créature amusée. Mais toi, petit humain avec grande stratégie pour fuite de Minho. Respect à toi…

– Je présente à toi mes amis…, enchaîna Amos en se tournant vers l'équipage. Koutoubia Ben Guéliz est guide, Barthélémy et ses humains sont chevaliers, Béorf est hommanimal et capitaine, Lolya est magicienne de la mort, Médousa est gorgone…

– Sauf respect, interrompit le minotaure, mais Minho n'aime pas les gorgones. Elles sont ennemies des hommes-taureaux. C'est ainsi depuis le début du monde.

– Sauf respect, continua amicalement Amos, mais elle est amie. Je te donne le choix de quitter si elle indispose. Minho est libre… Minho n'est pas mon esclave… Minho a le choix d'honorer ou non sa promesse…

– Sauf respect, mais Amos Daragon a confiance en elle ?, demanda l'humanoïde.

– Avec respect, continua le garçon, elle a toute ma confiance.

– Dans ce cas, conclut le minotaure, j'honore la promesse.

Sans autre cérémonie, Minho caressa gentiment la tête des deux dromadaires qui se trouvaient tout près de lui et alla se coucher en boule à la proue du navire. Il s'endormit presque aussitôt.

Amos leva le bras au ciel et redoubla la force du vent dans la voile.

– Pourquoi fais-tu cela, Amos?, demanda Béorf. Nous avons déjà une bonne vitesse…

– Je pense que les Sumériens se lanceront vite à notre poursuite, expliqua le porteur de masques. Ils ne sont pas du genre à abandonner leur prise. J'ai vu Lagash Our Nannou, le négociateur d'esclaves, parmi les poursuivants de Minho. Je crois que nous l'aurons bien vite dans les pattes.

– Alors, gonfle encore plus cette voile, Amos et mets-y toute ta concentration!, lança le gros garçon en empoignant fermement la barre. Je n'ai pas envie de les voir nous chauffer le derrière.

À la demande d'Amos, les chevaliers se placèrent aux rames et *La Mangouste* fila rapidement sur les vagues de la mer Sombre, direction sud.

Chapitre 3

Le seigneur se raconte...

La nuit était tombée sur la mer Sombre et Koutoubia Ben Guéliz regardait les étoiles pour s'orienter. Minho dormait toujours et les chevaliers se préparaient à faire de même. Lolya discutait à voix basse avec Médousa pendant que Béorf, toujours à la barre, bâillait à s'en décrocher la mâchoire. Le vent était presque tombé et *La Mangouste* berçait lentement l'équipage au rythme du lent mouvement des vagues. Sous la lumière blafarde d'une lune bien ronde, l'ambiance chaude et humide de la nuit incitait à la discussion et aux confidences.

– Comme tu sais, Amos, lorsque tu as quitté Bratel-la-Grande pour te rendre à Berrion avec Junos, lui rappela Barthélémy, j'ai pris la gouverne de la capitale et nous avons commencé à reconstruire la ville...

Penché sur la balustrade et le regard perdu dans l'horizon, Barthélémy poursuivit en racontant à Amos les péripéties qui les avaient conduits plus tard, lui et ses hommes, à Arnakech.

– Les gorgones avaient complètement détruit Bratel-la-Grande, dit-il, et les habitants se sont sérieusement retroussé les manches pour faire renaître la capitale de ses cendres. Junos nous a donné un fameux coup de main en nous envoyant des maîtres-maçons, des ouvriers et surtout... beaucoup d'argent nécessaire à la reconstruction. Ensuite, nous avons vite repris notre place dans le commerce de la région et rétabli nos liens avec les autres royaumes. Je serai éternellement reconnaissant envers Junos pour son aide et le lui dirais avec plaisir si... s'il était encore en vie...

– Détrompe-toi, Barthélémy, il est bien vivant, lui affirma Amos. Je l'ai libéré des gobelins durant la guerre de Ramusberget. Berrion a été complètement détruite elle aussi, non pas par les gorgones, mais par les bonnets-rouges. Et la dernière fois que j'ai vu Junos, il retournait dans sa ville pour la reconstruire.

– Ah, ça alors ! Bien !, s'exclama Barthélémy. Enfin de bonnes nouvelles ! C'est justement en chevauchant vers Berrion pour lui porter secours que je me suis fait avoir comme un gamin par les gobelins. Je t'expliquerai plus tard... Comme je te disais, nous avions commencé à reconstruire Bratel-la-Grande et notre souverain s'était même déplacé, quelques semaines après la libération, pour nous rendre visite...

– Je croyais que tu étais le seul maître à Bratel-la-Grande ?, s'étonna Amos.

– Je le suis, mais nous faisons partie d'une fédération de royaumes qui dépasse largement le pays des chevaliers de la lumière, expliqua le seigneur. Bratel-la-Grande est une des capitales regroupées dans une union de quinze royaumes où les chevaliers sont maîtres. Tous les dix ans, nous procédons à l'élection d'un souverain provenant de l'un de ces royaumes. Cette structure politique permet de meilleurs échanges commerciaux et nous procure une excellente défense de notre territoire. Enfin… disons qu'elle n'a pas été fameuse contre les gorgones et les bonnets-rouges, mais nous devons nous réunir pour débattre du sujet.

– Et est-ce que d'autres royaumes sont tombés aux mains des gobelins?, demanda Amos, très intéressé.

– Non, répondit Barthélémy. Seule Berrion a été lourdement touchée. Les autres capitales ont bien résisté et les gobelins ont été vite repoussés vers le nord. Ces sales gobelins! Lorsque Berrion a été attaquée, des pigeons voyageurs nous ont avertis en portant des messages de détresse. Avec une vingtaine de mes hommes, je suis immédiatement parti en éclaireur, mais j'avais sous-estimé la puissance de nos ennemis. Nous avions une journée d'avance sur mes armées, elles aussi en marche vers Berrion, lorsqu'un bataillon de bonnets-rouges nous est tombé dessus. Six chevaliers sont morts en combattant ces monstres et… et comme nous étions inférieurs en nombre, ils nous ont faits prisonniers. Ces têtes de linotte nous ont ensuite réduits à l'esclavage et nous avons dû les servir comme s'ils étaient des rois. Ils nous ont fouettés et torturés, humiliés et outragés. Je jure que si je trouve le moyen de me venger de ces créatures et du sang impur qui coule dans leurs veines, je me... je jure... que...

Des larmes montèrent aux yeux de Barthélémy, mais il se racla la gorge pour éviter de pleurer. Après quelques secondes de silence, il continua :

– Si tu avais vu les horreurs dont ces monstres sont capables... c'est... c'est inimaginable. Enfin... je... je te remercie beaucoup de nous avoir sortis de là. Je t'en suis très reconnaissant...

– C'est tout à fait normal, Barthélémy, tu aurais fait la même chose pour moi.

– Oui, évidemment que je l'aurais fait..., confirma le chevalier avant de poursuivre. Ces bonnets-rouges nous ont amenés à Arnakech pour nous vendre afin d'acquérir de meilleures armes. On dit que, malgré leur défaite dans les royaumes du Nord, ils sont encore nombreux et qu'ils n'attendent qu'un bon chef capable de regrouper leurs différents clans. Plusieurs prétendent que leur dragon n'est pas mort et qu'il respire encore dans la montagne du Nord. Il faut vraiment être complètement cinglé pour croire aux dragons !

Amos continua de se taire et choisit de ne pas parler de Maelström à Barthélémy. Malgré toute la confiance et l'amitié qu'il avait pour le seigneur de Bratel-la-Grande, le porteur de masques jugea que la sécurité du jeune dragon dépendait avant tout du secret de son existence. Il songea à l'œuf qu'il avait rapporté de la caverne de l'Ancien et à la petite créature qui prenait maintenant des forces dans la vieille forteresse souterraine de la colline d'Upsgran. Laissé aux bons soins de Geser Michson, le jeune dragon se développait dans la plus grande discrétion.

– J'espère retourner bientôt à Bratel-la-Grande !, soupira Barthélémy. J'ai tellement de choses à accomplir pour mes gens…

– Nous y retournerons sans tarder, lui assura Amos. Et Frilla, ma mère, et Sartigan, mon maître, nous accompagneront…

– Oui, tu as raison, il faut garder espoir ! Bon, je vais remplacer Béorf à la barre, fit le chevalier pour conclure l'entretien. Nous avons planifié des tours de garde et c'est à moi de prendre le premier relais de nuit…

– Oui, je sais ; et puisque moi, je ne suis pas de garde cette nuit, je dormirai pour deux !, s'amusa le garçon.

Barthélémy sourit et alla relever l'hommanimal.

Amos demeura accoudé sur la balustrade et regarda danser les vagues sous la lune. Il ne resta pas seul bien longtemps, car Lolya vint le rejoindre. Elle se plaça tout près de lui.

– Alors, comment ça va ?, lui demanda-t-elle.

– Très bien, répondit le garçon en lui donnant un petit coup d'épaule pour l'agacer.

– Hé ! Tu as envie de te battre ?, dit Lolya en lui rendant son coup.

– Pas avec toi en tout cas ! Tu es bien trop forte pour mes petits pouvoirs…

– C'est vrai que tu es du genre faible!, le taquina encore Lolya. Je pourrais même te briser les os d'une seule petite claque.

Amos se mit à rire un peu et les épaules de Lolya commencèrent aussi à sauter. Puis, les deux jeunes se regardèrent du coin de l'œil et s'esclaffèrent sans retenue. La fatigue de la journée avait fait son œuvre et, pendant un bon moment, ils s'amusèrent de bon cœur.

Lorsqu'ils eurent repris leur sérieux, Lolya s'éclaircit un peu la voix et dit:

– Tu sais Amos, tout à l'heure je parlais avec Médousa et elle me conseillait de… comment te dire… elle me disait que… je devrais…

– Mais qu'essaies-tu donc de me dire?, l'interrompit Amos en souriant. Tu n'as pourtant pas l'habitude de tourner autour du pot. Je dirais même que normalement tu es plutôt directe! Est-ce que quelque chose te gêne?

– Oui, euh, non… Bien, tu vois…, reprit Lolya, de plus en plus mal à l'aise. C'est assez difficile à dire et je crains que notre amitié en souffre. Tu vois, lors de notre première rencontre à Berrion, alors que j'étais sous l'influence de la draconite, tu m'as sauvée et depuis, je ne t'ai jamais vraiment remercié…

– Mais oui, répliqua Amos. Même que tu m'as remercié plusieurs fois déjà…

– Non, ce n'est pas ça, coupa Lolya. Comment te dire… dès que tu as vu mon état, tu as tout de suite su ce qu'il fallait faire. Je me rappelle que tu as rapidement retiré la pierre de ma gorge et c'est ainsi que j'ai su que j'étais sous l'emprise du Baron Samedi. Tu ne crois pas que cette intuition que tu as eue veut dire quelque chose?

– Bien, puisque tu m'en parles, déclara Amos, il est vrai que je repense souvent à cette histoire. Justement, depuis l'aventure à Berrion, je fais des rêves étranges dans lesquels je mange une pomme d'or pour ensuite exploser dans une grande lumière. Dans ces mêmes rêves, il m'arrive aussi d'apercevoir un elfe à la peau noire et aux cheveux blancs, bien calé dans un fauteuil et qui me tend la main. Finalement, je ne comprends toujours pas pourquoi, lors de ton arrivée, ce matin-là, j'avais les dents complètement noires.

– Tu ne penses pas que c'est un signe?, questionna Lolya en replaçant nerveusement ses cheveux.

– Oui, oui, acquiesça Amos, songeur. C'est vrai, on dirait bien qu'il y a une foule de symboles dans ces rêves…

– D'accord, oui, mais bon… Ce n'est pas tout à fait ce que je voulais dire, bredouilla la jeune fille. Ce que je veux dire, c'est que je suis revenue vers toi à cause de certains rêves m'indiquant que je n'étais pas à ma place chez les Dogons et aussi parce que j'ai vu ta mère dans une vision. Je suis revenue aussi pour… à cause de… parce que je suis… je suis…

– Oui? Tu es…?, l'encouragea le garçon, de plus en plus intrigué.

– Oui, c'est ça… En fait, je suis… am… am… am… je suis am… amie avec toi, voilà! je suis

479

amie avec toi!, finit par lui dire Lolya, incapable d'avouer son amour.

– Ah bon! Mais moi aussi, je suis «ami avec toi», répondit Amos en lui faisant un clin d'œil. Écoute, je suis content que tu sois là. Je t'assure que ton amitié m'est très précieuse et que tu n'avais rien à craindre en me la déclarant…

Évidemment, Amos n'avait pas saisi son message, mais Lolya sourit quand même en se demandant pourquoi elle n'avait pas pu révéler son secret. Elle aurait voulu lui dire qu'elle était revenue de chez les Dogons parce que sa vie, loin de lui, semblait terne et inutile. Elle désirait qu'il sache l'importance qu'il avait pour elle et que, depuis leur toute première rencontre, son cœur ne battait plus que pour lui. La jeune nécromancienne avait bien essayé de cacher ses sentiments, mais Médousa s'était vite aperçue de son air béat. Lolya s'était finalement confiée à son amie, qui lui avait conseillé de s'en ouvrir à Amos. La jeune Noire, pourtant capable de manipuler des guèdes, de communiquer avec les esprits et d'interroger les morts, n'avait pas réussi à affronter sa peur du ridicule et la crainte d'être humiliée en se déclarant.

Depuis qu'elle avait retrouvé Amos, Lolya était indisposée par son attirance envers le porteur de masques. Elle avait souvent mal à la tête, son cœur battait la chamade et elle avait régulièrement l'estomac retourné. Tantôt elle n'avait plus d'appétit, tantôt elle dévorait sa nourriture comme une ogresse. Outre son insomnie, ses rêves, quand elle arrivait à s'endormir, étaient souvent remplis de créatures terrifiantes et de monstres angoissants sortis des profondeurs de son esprit. Tout cela sans parler des crampes, des nausées et des étourdissements qui s'emparaient d'elle lorsque Amos la regardait ou pire, lorsqu'il la frôlait.

Amos assaillait ses pensées de manière incontrôlable et se sachant peut-être encore trop jeune pour plaire au porteur de masques autrement que comme une amie, la nécromancienne oscillait entre l'espoir que son amour soit réciproque et celui d'arriver à demeurer impassible. Sans compter que la crainte que son sentiment puisse choquer Amos la préoccupait beaucoup. Ses émotions la submergeaient totalement ; à l'image d'une montagne russe, elle passait souvent de l'excitation à la déprime dans la même minute. Pour la jeune Noire, il était devenu très difficile de demeurer concentrée et d'exercer sa magie convenablement. Elle avait la tête ailleurs et les esprits lui avaient momentanément tourné le dos.

– Bon, je vais dormir !, décida Amos dans un bâillement. À demain Lolya… et bonne nuit. Ah oui ! Béorf a rangé les couvertures à l'arrière du bateau. Tu veux que je t'en sorte une ?

– Oui, c'est gentil… Oh ! et puis non… Laisse tomber, je vais le faire moi-même, répondit la jeune Noire encore un peu troublée. Je vais aussi aller dormir bientôt… je… je… reste ici encore un peu… alors c'est ça, à demain. Bonne nuit !

Dans la clarté de la lune, Lolya poussa un long soupir et regarda les vagues danser à l'horizon. Elle avait raté une belle occasion…

Chapitre 4

Le voyage de Sartigan

Lors de son arrivée à Upsgran, alors qu'Amos était encore sur l'île de Freyja, Lolya avait confié aux habitants du village ses visions et ses rêves. La nécromancienne avait vu en songe la mère d'Amos lui confier qu'elle était prisonnière des Sumériens avec Sartigan et qu'ensemble ils travaillaient comme esclaves à l'érection de la tour. En vérité, cette vision ne racontait pas vraiment l'histoire du maître et de son voyage vers El-Bab. Lolya avait imaginé quelques événements et reconstruit une histoire cohérente autour de son rêve.

Le jour où Amos avait quitté Upsgran pour l'île de Freyja, Sartigan avait empoigné son baluchon et avait longuement marché vers l'est. Le vieux maître avait dit à son élève qu'il avait ses propres projets à mener à bien de son côté. En réalité, le plan de Sartigan se résumait à retrouver la mère d'Amos, Frilla Daragon.

Dans toute sa sagesse, le vieux maître savait que ce que nous cherchons nous cherche aussi. Pour lui, cela signifiait simplement que son désir de retrouver Frilla le conduirait inévitablement à elle. Il n'avait qu'à se laisser porter par le courant des événements sans essayer d'en modifier le cours. Chacun de ses pas était animé par cette pensée et chaque nouvelle journée empreinte de cette certitude.

Le vieillard marcha longtemps sans que rien vienne troubler le rythme de ses petites foulées. Il traversa plusieurs villages, parfois inhospitaliers, puis finit par s'enfoncer au cœur des contrées barbares. Jusque-là, il n'avait jamais eu à se cacher, ni à fuir un danger quelconque, ni même à éviter un obstacle. La tête haute et l'esprit alerte, il continua à avancer droit devant lui. Toutefois, il se hasarda un jour à traverser le centre d'un village d'esclavagistes. Dès qu'il y eut pénétré, Sartigan fut entouré de solides guerriers hostiles et armés, auxquels il n'opposa aucune résistance. Le maître aurait facilement pu maîtriser ces hommes et, à lui seul, transformer cette agglomération rurale en cendres, mais lorsqu'on l'amena brutalement devant le chef du clan, il se contenta de sourire tranquillement.

Le maître du village, une brute aux yeux vitreux et à la physionomie arrogante, l'interrogea férocement sans qu'il puisse répondre à aucune de ses questions ; certes, le vieillard aurait aimé discuter avec le chef, mais il ne parlait pas sa langue. Il n'avait que quelques notions élémentaires en langue nordique et ne disposait donc pas des connaissances nécessaires pour déchiffrer le sens de ce patois barbare. Finalement, devant le mutisme de Sartigan, le chef perdit patience et ordonna qu'on lui coupe la tête.

Une autre grosse brute dégaina immédiatement son épée et s'élança en direction du vieillard. Le maître baissa légèrement la tête afin de parer le coup, saisit le poignet de son agresseur entre son pouce et son index et, d'un mouvement étonnamment agile, redirigea l'arme contre son assaillant. Le barbare se transperça lui-même le corps et s'écroula. Sartigan se contenta encore une fois de sourire et demeura immobile.

Hors de lui, le chef bondit de son siège et attrapa une gigantesque hache de guerre qu'un des malotrus lui tendait. Puis il chargea furieusement Sartigan. Le maître évita avec facilité son agresseur, qui se retrouva face contre terre. L'orgueil en morceaux, il se remit sur ses pieds et s'élança de nouveau en hurlant toute sa rage. Cette fois, le vieillard réussit à l'esquiver en opérant un croc-en-jambe qui fit mordre la poussière au chef. À bout de nerfs, ce dernier répéta l'attaque et encaissa un nouvel échec; il embrassa ainsi des dizaines de fois le sol avant d'ordonner à ses hommes de saisir Sartigan et de l'enfermer dans une cage. Cependant, personne n'osa plus approcher le vieillard et c'est de façon exagérément courtoise que les barbares indiquèrent au maître le chemin des cages d'esclaves. Sartigan se prêta au jeu et se laissa enfermer sans rechigner.

Après avoir fermé la cage à clé, le chef, épuisé par la bataille et encore à bout de souffle, ressentit un engourdissement dans son bras droit. Quelques heures plus tard, il était sur le dos, terrassé par une crise cardiaque. Il mourut dans la nuit.

Contre toute attente, c'est avec plaisir que Sartigan joignit la communauté des esclaves. Philosophe, le vieillard se disait que ses pas l'avaient sans doute conduit dans ce village pour une raison précise. Laquelle ? Il l'ignorait encore, mais le découvrirait bien tôt ou tard. En attendant que le destin se manifeste, le travail forcé lui serait une activité bénéfique pour le corps et l'esprit. Contrairement aux autres prisonniers, le maître savait qu'il avait la capacité de fuir pour reprendre sa liberté s'il le désirait. Il avait en lui la sagesse et la science qui ouvrent toutes les portes, y compris celles qui paraissent les plus hermétiquement verrouillées. Il restait emprisonné afin de mieux suivre la route le menant vers Frilla ; c'était pour lui une façon différente de poursuivre son chemin.

Au cours de son séjour chez eux, les barbares ne maltraitèrent pas Sartigan. Comme ils se méfiaient de lui, ils eurent tôt fait d'abandonner l'idée de le flageller et, du coup, commencèrent même à être moins brutaux avec les autres esclaves. La présence silencieuse du vieillard, son sourire et son air serein eurent pour effet de réduire la tension entre les détenus et leurs geôliers. Malgré son haleine toujours aussi déplaisante, le vieillard devint un modèle et bientôt les esclaves commencèrent à imiter son attitude.

Chaque soir, après le dur labeur de la journée, plutôt que de se plaindre, de broyer du noir

et d'imputer leurs misères aux dieux, les prisonniers commencèrent à suivre les enseignements du
maître Sartigan et ils en vinrent bientôt à méditer
dans le plus grand calme. Jambes croisées et le dos
droit, tous assis au fond de leur prison individuelle,
les femmes et les hommes comprenaient que la
pensée agissait directement sur les sentiments.
Avoir les idées claires leur permettait d'entrer en
contact avec leurs émotions et de sublimer les
douleurs causées par le travail forcé. Ils pouvaient
faire courir leur esprit librement et visualiser un
avenir meilleur. Sartigan leur disait que la méditation leur permettrait non seulement de mieux
se connaître, mais également de mieux connaître
ceux qui les entouraient. Au fil des soirées, il leur
apprit ainsi à évacuer la haine accumulée et à vivre
pleinement l'instant présent.

Puis vint le jour où Sartigan et tous les autres
prisonniers furent embarqués dans une grande
cage montée sur roues pour prendre la route
d'Arnakech : les barbares avaient décidé qu'il
était temps d'aller les vendre aux Sumériens.
C'est pendant le trajet que Sartigan choisit de
raconter, toujours dans une langue nordique
approximative, quelques vieilles histoires de
son enfance. Depuis toujours, ces contes et ces
légendes servaient de base à son enseignement
et c'est avec passion que les prisonniers accueil-
lirent ces nouvelles paroles du maître.

Sartigan raconta l'histoire d'un grand roi qui
voulut un jour de belles baguettes, sculptées dans
l'ivoire, pour manger son bol de riz. À la suite de

cette demande et redoutant d'énormes problèmes, son ministre des Finances fut pris de panique et il interdit aux artisans du royaume de fabriquer ces précieux accessoires. Très mécontent, le souverain fit alors venir son ministre en le sommant d'expliquer son insubordination. Par crainte de subir quelque sanction, l'homme demanda mille fois pardon, mais expliqua que c'était, selon lui, l'unique façon de sauver le royaume de la ruine :

– Grand Souverain, de belles baguettes sculptées dans l'ivoire ne conviendront sûrement pas à un vulgaire bol de bois ! Il vous faudra sans doute avoir un bol en or pour honorer vos ustensiles, n'est-ce pas ?

– Effectivement, dit le grand roi, j'y avais pensé…

– Pourrez-vous ensuite prendre du plaisir à boire dans de simples verres ? lui demanda son conseiller. Vous savez bien que vous aurez besoin de verres en jade et de nouvelles assiettes richement décorées de pierres précieuses pour accompagner votre bol en or et vos baguettes d'ivoire. Ensuite, il ne sera certainement plus question de vous faire servir des mets ordinaires avec de si magnifiques couverts ! Oh que non ! Vous voudrez des plats exotiques et des viandes de choix. De fins bouillons agrémenteront vos repas et ceux de vos invités, car bien sûr vous voudrez exhiber la somptuosité et la valeur de votre table. Sans compter que tout ce faste exigera de vous que vous soyez habillé de soies fines et autres rares tissus. Vous souhaiterez également moderniser le palais, faire construire un étage additionnel pour vos réceptions mondaines et agrandir vos jardins. En un rien de temps, la richesse de vos coffres fondra et vous n'aurez d'autre choix que d'aller en guerre pour acquérir de nouvelles richesses et taxer les territoires nouvellement conquis. Pensez que vous vous ferez de nombreux ennemis qui tenteront de vous renverser. La tension vous fera perdre la raison et cela vous fera prendre UNE, oui, une seule mauvaise décision tactique et fatale ! Vos armées seront vaincues et votre cousin, souverain du royaume voisin, mettra la main sur vos terres et détruira sans vergogne ce que vous avez mis des années à construire. Tout cela parce que vous aurez eu, un jour, l'envie de manger avec des baguettes en ivoire. Grand Souverain, pour votre bien-être et celui du royaume, je vous supplie de rester humble et de continuer à utiliser vos excellentes baguettes de bois.

– En effet, tu n'as pas tort. Je reconnais que tu es sage, cher ministre, avait répondu le roi. Merci de m'avoir prévenu d'une déchéance éventuelle qui aurait aussi entraîné celle de ma descendance. Tu seras récompensé pour ta loyauté.

– La morale de l'histoire, termina Sartigan, est que l'avenir des peuples, les petits comme les grands, dépend des actions, même toutes petites, des dirigeants. Cette logique s'applique aussi aux individus. Il faut savoir interpréter les signes et prévoir l'évolution de la vie. D'ailleurs, leur avait-il promis, vous serez tous libres bien avant la fin de ce voyage.

Le maître avait remarqué que depuis l'élection du nouveau chef, la tribu était divisée en deux clans. La tension était palpable et un renversement d'autorité fort probable.

À l'exception du cheval qui tirait la cage des prisonniers, les barbares ne possédaient pas de chevaux et devaient accompagner les esclaves à pied à Arnakech. Sartigan avait fait exprès de s'allonger dans la cage, de bâiller et de se prélasser pour bien montrer à tous la chance exceptionnelle qu'il avait de ne pas faire le trajet à pied. La frustration, mêlée à la fatigue du voyage, créa un climat très malsain chez les barbares et après quelques semaines de route, la révolte éclata. Les sauvages esclavagistes s'entre-tuèrent et le clan des mécontents prit le pouvoir de force.

Aussitôt, le nouveau chef décida que les esclaves marcheraient et que les barbares feraient le voyage en se prélassant dans la cage. On libéra les prisonniers et, trop contents de leur succès, les geôliers s'installèrent dans le cachot en rigolant, en chantant et en dansant. Sartigan verrouilla alors la porte de la grande cage, ce qui eut naturellement pour effet d'emprisonner les barbares à l'intérieur. Au grand désespoir des anciens maîtres, la situation s'était en quelques secondes complètement renversée. Les esclaves maintenant libres remercièrent Sartigan et partirent chacun de leur côté. Le maître prit alors les rênes de la prison roulante et continua lentement le voyage vers Arnakech.

Une fois arrivé dans la grande ville au bord de la mer Sombre, le vieillard trouva sans peine le souk des esclaves et vendit à rabais les barbares aux Sumériens. Un dénommé Lagash Our Nannou acheta tout le lot. À force de signes, d'onomatopées et de borborygmes, le maître parvint à faire comprendre au négociant sumérien qu'il voulait l'accompagner dans son pays. Lagash en profita alors pour récupérer son argent en exigeant une forte somme pour le voyage. Content, Sartigan lui rendit le fruit de sa vente d'esclaves et embarqua sur le navire sumérien, en route vers El-Bab.

Après quelques semaines de voyage en mer et de très longues journées de dromadaire sous un soleil de plomb, Sartigan arriva enfin à la grande tour. Le vieil homme avait vu beaucoup de choses étranges et merveilleuses au cours de sa vie, mais jamais rien de tel. La construction était gigantesque et des milliers d'esclaves travaillaient d'arrache-pied, sous les fouets, à son érection. Des centaines de tailleurs de pierre s'activaient dans le bruit infernal de leurs outils et des dizaines de maçons dirigeaient la préparation du mortier. Des chargements complets de gigantesques troncs d'arbres venant des grandes forêts du Nord étaient déversés à toutes les heures au pied de la tour. Les fidèles, provenant de tous les coins du pays, convergeaient vers El-Bab pour prier avec ferveur le dieu des dieux, l'unique Enki. Comme dans une fourmilière, chaque individu avait sa fonction et occupait sa place dans la hiérarchie du chantier.

Tout près de Sartigan, dans le désert avoisinant la tour, quelques dizaines d'hommes et de femmes, d'humanoïdes et de créatures étranges avaient été enterrés vivants jusqu'au cou. Plusieurs d'entre eux étaient maintenant morts et de gros vautours leur dévoraient le visage. Ces esclaves avaient voulu s'évader et les Sumériens les châtiaient ainsi. Cette exposition permanente et macabre constituait une mesure de dissuasion pour éviter d'autres initiatives du même genre.

Sartigan remercia Lagash Our Nannou pour le voyage et disparut bien vite dans le flot de pèlerins qui convergeaient vers le temple. Le vieil homme commença alors à enquêter sur le chantier afin de retrouver la mère d'Amos.

Le maître dénicha une canne rudimentaire et se fit passer pour un fidèle d'Enki. Il se composa un personnage de vieux gâteux inoffensif, à moitié sourd et presque muet, mais sympathique et souriant. Ainsi, les gardes, les contremaîtres, les prêtres et même les gardiens d'esclaves le laissèrent se promener où bon lui semblait sans se préoccuper de lui. Après tout, personne ne pouvait se douter que ce vieux fou était en réalité un maître guerrier capable de contenir à lui seul un bataillon complet de Sumériens enragés. Avec sa longue barbe enroulée autour du cou, ses étranges vêtements orangés et son haleine de cheval, il avait davantage l'allure d'un mendiant que d'un sage ou d'un tueur de dragons venu d'Orient.

Ce n'est qu'après plusieurs semaines de recherche que Sartigan trouva enfin Frilla Daragon. Elle était fortement amaigrie et ses yeux, autrefois lumineux, avaient perdu l'éclat des jours heureux. Les Sumériens l'avaient affectée aux cuisines où des dizaines de femmes préparaient chaque jour une épaisse bouillie malodorante pour nourrir les esclaves.

Comme le vieil homme ne connaissait ni l'apparence, ni la voix de Frilla Daragon, il avait opté pour une simple stratégie afin de la débusquer. Il se promenait à longueur de journée en répétant sans cesse :

– A… A… Amos Daragon… A… A… Amos Daragon…

De toute évidence, il allait un jour croiser Frilla sur son passage et elle reconnaîtrait le nom de son fils. De plus, cette attitude lui donnait véritablement l'air d'un vieux sénile.

– Vous connaissez mon fils ?, lui demanda un jour une femme qu'il voyait pour la première fois.

– Hummm, fit Sartigan. Toi, mère de Amos Daragon, ça ?

– Oui, je suis sa mère !, confirma la femme. Où est-il ? Que fait-il ? Donnez-moi des nouvelles, je meurs d'inquiétude un peu plus chaque jour…

– Fils à vous, enchaîna Sartigan, très bien dans corps et esprit. Suis ami. Suis ici pour protéger vous, Frilla, Amos Daragon venir pour toi.

– Enfin des nouvelles !, s'écria la femme soulagée. J'ai tellement pensé à lui…

– Lui aussi, continua le maître, avoir toi dans cœur et beaucoup inquiet. Maintenant, tout être bien.

– Et Béorf?, questionna encore Frilla.

– Béorf Bromanson, reprit Sartigan, bien, mais trop gros. Besoin régime.

Frilla éclata alors d'un grand rire libérateur. Rien ne semblait avoir changé dans la vie des enfants. Ces bonnes nouvelles rallumèrent la vie dans ses yeux et remplirent son cœur d'espoir.

À ce moment, un gardien d'esclaves sumérien assena un coup de bâton dans le dos de Frilla en lui ordonnant de retourner immédiatement au travail. La femme tomba à genoux par terre. Sartigan bondit à la vitesse de l'éclair sur le soldat, le désarma d'un seul doigt et lui cassa le cou d'une habile clé de bras. L'homme s'affaissa mollement au sol, mort.

– Mais qui êtes-vous?, demanda Frilla en se relevant. Vous êtes beaucoup plus agile et beaucoup plus fort que vous ne le paraissez...

– Suis ami Amos... et... et... maître dans pour devenir homme contre tous, articula le vieil homme un peu incertain de sa phrase.

– Je ne comprends rien de ce que vous dites, affirma la mère d'Amos, mais je suis très heureuse de vous voir. J'espère que nous deviendrons amis et que je pourrai vite vous apprendre à bien parler le nordique afin que vous me racontiez tout sur mon fils. Quand pensez-vous qu'Amos viendra?

– Lui encore loin, île de Freyja, tenta d'expliquer Sartigan. Loin sur mer… danger… mais va revenir… quelques mois.

– Très bien, lança Frilla en se remontant les manches. Nous sortirons bientôt d'ici… L'important, c'est d'entretenir l'espoir. Mon défunt mari, Urban, disait toujours que c'est l'espoir qui fait avancer dans la vie. Je retourne au travail avant qu'un autre gardien arrive… vous restez dans le coin ? Je vous reverrai bientôt ?

– Moi reste, sourit Sartigan, œil sur toi ! Toi avoir gardien à toi… moi garde yeux ouverts sur toi. Toi, plus de problèmes… Oh non, plus jamais problèmes ici…

Chapitre 5

L'attaque de la mer Sombre

C'est un mugissement agressif qui réveilla l'équipage de *La Mangouste*. Minho hurlait en trépignant au centre du navire. Deux immenses bateaux sumériens, équipés d'un bélier à leur proue, fonçaient sur eux toutes rames dehors. Le chevalier qui devait assurer le tour de garde s'était endormi à la barre et personne n'avait donné l'alerte avant que le minotaure ne s'aperçoive de l'imminente catastrophe. De toute évidence, ces deux géants flottants allaient couler le petit drakkar et personne ne pourrait s'en sortir vivant.

Tiré de son sommeil par les cris de l'homme-taureau, Amos comprit sur-le-champ l'urgence de la situation. Il se concentra afin d'utiliser son contrôle sur le vent et de déclencher une forte bourrasque qui serait capable de déplacer le bateau hors de danger. En même temps que les grands vents se levèrent, Béorf sauta à la barre et essaya de diriger *La Mangouste* à tribord des navires sumériens. Malgré la rapidité d'action des deux garçons, ils échouèrent dans leur manœuvre de sauvetage. La magie du porteur de masques ne suffit pas à déplacer assez rapidement le drakkar et un premier bateau sumérien le percuta violemment.

Le bélier de l'adversaire défonça la balustrade de *La Mangouste* et Béorf fut projeté à l'eau. La poupe du drakkar, enfoncée par le navire ennemi, força également le reste de l'équipage à prendre un bain. Seul Minho, bien accroché au mât, demeura sur le pont. Terrifié, il assista alors à l'arrivée destructrice du deuxième navire qui, de son bélier, acheva de faire exploser *La Mangouste* en mille morceaux.

Sous les odieuses exclamations de joie des Sumériens, les deux bâtiments continuèrent leur chemin sans même porter secours aux naufragés. Amos, sonné, mais la tête hors de l'eau, avait reconnu Lagash Our Nannou sur un des bâtiments ennemis. En passant devant lui, le négociant d'esclaves, content de sa petite surprise matinale, avait salué le garçon avec une courtoisie ironique. Ils étaient à égalité, maintenant, se disait-il. Soit! Amos lui avait pris son esclave minotaure, mais lui, de son côté, venait de lui couler son drakkar. Les comptes étaient bons et, pour Lagash, justice était maintenant rendue. Les bateaux sumériens finirent par disparaître dans le petit matin en laissant derrière eux seize candidats à la noyade.

En crachant un peu d'eau, Barthélémy dit à ses hommes de rassembler autant d'objets flottants qu'ils le pourraient. Des caisses, des barils, des planches de la coque, des morceaux du pont et même la figure de proue représentant une mangouste furent regroupés pour servir de radeaux de fortune. Quant à Minho, ne sachant pas nager, il demeura agrippé au mât tandis que Koutoubia Ben Guéliz, qui nageait tout près de lui, répétait sans cesse:

– Je n'arrive pas à y croire… Je n'arrive pas à y croire… Je te jure… C'est incroyable!

Le jeune guide qui désirait vivre de palpitantes aventures était servi à souhait.

Parmi les débris, Lolya retrouva son sac à ingrédients qui avait été maintenu à la surface grâce à l'air contenu dans les flacons. Heureusement, ses grimoires étaient aussi sauvés!

Agrippé à la figure de proue de son drakkar, Béorf était découragé et terriblement triste. Il avait tout de suite aimé *La Mangouste* en la voyant pour la première fois dans le port du royaume d'Harald aux Dents bleues. Depuis, sa passion pour le bateau ne s'était qu'amplifiée. Son navire était maintenant en miettes, coulé au fond d'une mer lointaine et impossible à réparer. Une perte totale! C'était son premier drakkar, sa première passion de jeune capitaine et l'hommanimal avait très envie de pleurer. Le chagrin causé par ce malheur le paralysait et l'empêchait de penser normalement. Béorf, généralement si fort et courageux, ressemblait maintenant à un petit enfant ayant cassé son jouet préféré.

– Que faisons-nous maintenant?, demanda Barthélémy à Amos.

– Nous allons d'abord essayer de construire un radeau qui nous permettra de nous y reposer à tour de rôle, proposa le porteur de masques. Je crois que nous sommes condamnés à flotter un bon moment sur cette mer. Je n'ai pas vu d'îles récemment et la côte est beaucoup trop éloignée pour tenter de l'atteindre à la nage.

– Oui, approuva Barthélémy, je suis d'accord avec toi. Il faut que nous soyons tous capables de dormir un peu. Il faudrait aussi penser à autre chose pour aider le minotaure à flotter. Regarde-le ! À se débattre ainsi pour se maintenir à la surface, il perdra vite ses forces et il coulera à pic.

– Je m'en occupe, dit Amos en réagissant aussitôt. Je vais lui fabriquer un harnais avec les cordages qui flottent là-bas. En utilisant les deux barils que nous avons ici, Minho disposera de bons flotteurs propres à lui tenir la tête et les épaules hors de l'eau. Et puisque je suis le seul à le comprendre avec mes oreilles de cristal, je... AH ! NOOON ! Mes oreilles ! Je les avais placées dans mon sac et... et mon sac a coulé !

Amos regarda nerveusement autour de lui. Ses effets personnels avaient bel et bien sombré.

– Béorf !, lança Amos. As-tu pu sauver tes oreilles de cristal ?

– J'ai n'ai rien sauvé du tout..., répondit le gros garçon dépité. Je n'ai plus rien, Amos... nous avons tout perdu, même les dromadaires ont coulé.

– Ah non..., se découragea Amos. Que faire maintenant ? Sans mes oreilles de cristal, je ne pourrai plus communiquer avec Minho et... et elles sont si importantes pour moi.

– Je voudrais t'aider Amos, dit Lolya tout en nageant vers le garçon, mais je suis aussi dépassée par les événements. Nous sommes perdus en mer et j'ai beau chercher, je ne vois aucune solution à notre mauvaise posture. Ma magie est inutile dans une pareille situation.

– Oh! non... J'y pense, s'affola Amos une fois de plus, j'ai aussi perdu mon livre *Al-Qaatrum, les territoires de l'ombre*... Il était là, dans mes affaires, juste à côté du boîtier rouge contenant mes oreilles de cristal.

– Ce qu'il vous faut, intervint à son tour Médousa en faisant quelques brasses vers ses amis, c'est une bonne copine capable de retenir très longtemps sa respiration! Par chance, vous l'avez devant vous...

– Que veux-tu dire?, demanda Amos, le regard tout à coup rempli d'espoir.

– Je veux dire que je vais aller dans le fond de l'eau pour essayer de récupérer vos affaires, lui répondit-elle. Vous connaissez encore mal les gorgones, mes amis! Nous sommes aussi des êtres aquatiques avec d'étonnantes habiletés, que vous ignorez toujours, semble-t-il. Auriez-vous déjà oublié que mes pieds sont palmés et que ce n'est pas uniquement pour faire joli?

– Mais... Médousa... c'est beaucoup, beaucoup trop profond, dit Amos, bouche bée.

– Dans l'eau, commença à expliquer Médousa, j'utilise mes ailes comme deux immenses nageoires

pour me propulser. Je peux descendre sans problème et très rapidement dans les profondeurs de
la mer. Alors, je plonge ?

– Médousa, c'est dangereux, mais j'ai
confiance que tu peux y arriver !, s'exclama Amos.

– Alors, à un peu plus tard !, fit la gorgone en
piquant tête première.

– Surprenante ! Elle est surprenante !, lança
Barthélémy en regardant Médousa disparaître
sous l'eau.

– Oui, elle est formidable, acquiesça le porteur
de masques.

– Comment dire, hésita le chevalier, je
n'aurais jamais pensé qu'une gorgone pouvait
rendre service à quelqu'un… Il semble bien que
j'aie connu cette race sous son plus mauvais jour
et je…

– C'est que Médousa est bien spéciale, l'interrompit Lolya. Si on sait voir plus loin que sa peau
verte et que les serpents sur sa tête, on découvre
une gentille fille, sensible et très serviable.

Tandis que les discussions se poursuivaient à
la surface, Médousa s'enfonça de plus en plus dans
la mer Sombre. Propulsée par ses ailes aquatiques,
elle atteignit bientôt des profondeurs impossibles
à supporter pour des humains. La nageuse libéra
alors un peu d'air afin de rétablir la pression dans
ses poumons, puis elle s'enfonça encore davantage. Quelques instants plus tard, elle retira ses
lurinettes pour mieux percer l'obscurité toujours
grandissante. Les yeux de Médousa pouvaient
transformer les mortels en pierre, mais ils avaient

également d'autres pouvoirs. Sous l'eau, ses pupilles se transformaient en deux boules jaunes et bien rondes capables de voir dans le noir. La mutation s'opérait automatiquement dès qu'elle était soumise à une certaine pression d'eau.

Médousa n'était maintenant plus qu'à quelques mètres du fond. Balayant du regard les environs, elle aperçut les effets personnels d'Amos et de Béorf. De nombreux débris de *La Mangouste* jonchaient eux aussi le fond sablonneux. Il y avait autour d'elle plusieurs jarres encore remplies de nourriture ainsi qu'une grande quantité de toutes sortes de pièces de métal appartenant au drakkar. Sans plus s'attarder, la gorgone s'empara des sacs de ses amis puis, se préparant à remonter, elle aperçut un peu plus loin devant elle l'épave d'un énorme vaisseau de guerre. Puisqu'elle était encore en mesure de retenir son souffle, Médousa décida d'aller y jeter un coup d'œil.

En quelques battements d'ailes et de pieds, elle se trouva à proximité de l'épave. Visiblement, ce bateau était là depuis des siècles. Recouvert d'une quantité phénoménale d'algues, il se décomposait lentement. En y regardant de plus près, la gorgone s'aperçut que peu de poissons en avaient fait leur logis et seuls deux ou trois crustacés furent dérangés par sa présence. Médousa s'engagea dans une grande ouverture à la poupe du vaisseau et nagea à l'intérieur du bâtiment en ruine. Après réflexion, elle en déduisit qu'un trou aussi béant n'avait pu être causé que par l'assaut d'un bélier, tout comme ce qui venait d'arriver à

La Mangouste. Un peu partout, des épées et autres pièces d'armure rongées par la mer reposaient sur la coque en décomposition. Il y avait aussi de nombreux crânes de bovidés et une impressionnante quantité de coffres, de barils, de meubles et de… miroirs!

Des miroirs! En tremblant, Médousa recula lentement. C'en était fini pour la gorgone si elle avait le malheur de se regarder dans l'une de ces glaces! En rebroussant chemin, sa main attrapa par hasard un lourd objet circulaire de la taille d'une grande assiette. Sans même prendre le temps de regarder ce qu'elle tenait, la gorgone entreprit de remonter d'urgence à la surface. De toute façon, elle était allée au bout de ses réserves d'oxygène et ses poumons avaient besoin d'une bonne bouffée d'air. L'excellente nageuse se propulsa donc vers la lumière.

À mi-chemin de sa remontée, Médousa remit en place ses lurinettes et émergea à l'air libre quelques instants plus tard pour s'emplir enfin les poumons.

– Tiens! Voilà tes affaires, Amos!, lança-t-elle en lui présentant ce qu'elle avait rapporté. Regarde, j'ai aussi retrouvé le bagage de Béorf.

– Wow!, s'exclama le porteur de masques. Moi qui croyais avoir perdu mon livre et mes oreilles pour de bon…

– J'ai aussi trouvé ça.

– Qu'est-ce que c'est?, demanda Lolya, curieuse.

– C'était dans une vieille épave…, expliqua la gorgone en exhibant l'étrange objet. Il y avait aussi une grande quantité de coffres, de barils, d'armes et d'armures rouillées inutilisables. Je me disais qu'il fallait absolument que je replonge pour explorer davantage lorsque j'ai aperçu une quantité incroyable de miroirs...! Et pourquoi donc y en a-t-il tant? Probablement que c'était un navire marchand...

– Et parmi tous ces vestiges, y avait-il aussi par hasard quelques crânes de vaches, de bœufs ou de taureaux?, questionna Amos en prenant le curieux objet des mains de Médousa.

– Mais... Mais... Comment as-tu deviné cela?, dit Médousa, interloquée. Oui, il y avait des dizaines de crânes...!

– Comme ça, une simple intuition, marmonna Amos, songeur.

L'objet que le porteur de masques tenait entre ses mains ressemblait à un disque rond et sur lequel étaient inscrits quelques symboles runiques. En son centre, il y avait une très grosse pierre précieuse rose très pâle et taillée en pointe. De toute évidence, ce disque était conçu pour couronner un bâton de prêtre. En frottant vigou-reusement le tour de la pierre, Amos fit apparaître de petites calligraphies qui semblaient raconter l'évolution de la race des minotaures.

– Tu permets que je le garde un peu avec moi?, demanda-t-il à Médousa.

– Le temps que tu voudras, répondit la gorgone. Je sais qu'il est entre bonnes mains! Par contre, ne l'échappe pas... Je n'ai pas du tout envie de replon-ger vers cet effrayant bateau rempli de miroirs.

– Je le place en sécurité dans cette petite futaille vide, dit le porteur de masques. Comme c'est un bon flotteur !

C'est alors que Barthélémy, qui nageait vers Amos, l'interpella :

– Le radeau est terminé... Koutoubia est déjà dessus et il semble solide. Il pourra recevoir la moitié d'entre nous à la fois. Comme tu l'as dit, je propose que nous y allions par groupes, en rotation.

– Oui, approuva Amos, je crois que c'est la meilleure solution.

Puis, le garçon se tourna vers la gorgone :

– Peux-tu encore nous aider, Médousa ?

– Avec plaisir, répondit fièrement la jeune fille, contente de pouvoir être utile à ses amis.

– Comme tu es bonne nageuse, j'aimerais beaucoup que tu partes en exploration pour voir s'il n'y a pas une île, un récif ou encore un bateau qui voguerait dans les environs. Il faut trouver une solution pour nous sortir d'ici... Nous ne tiendrons pas une semaine, sur ce radeau de fortune.

– Très bien !, lança Médousa, décidée à les sauver tous. Je te promets de trouver de l'aide, Amos.

D'un habile battement de jambes, la gorgone quitta ses amis et disparut sous l'eau.

Chapitre 6

Les dix plaies d'Enki

Enmerkar, le grand prêtre de la tour d'El-Bab, était plongé dans ses oraisons. Il était prosterné au centre d'un triangle imaginaire délimité par trois grandes statues, chacune représentant l'un des trois visages mythiques d'Enki, soit un scarabée sacré recouvert d'or, symbole de la renaissance du dieu, une vipère des déserts en jade et à la tête pointue représentant la mort des infidèles et, enfin, une vache taillée dans le marbre blanc rappelant l'abondance éternelle promise aux croyants.

Donc, dans son lieu de culte privé du septième niveau de la tour, le grand prêtre priait déjà depuis plusieurs longues heures. Cette grande salle dédiée à Enki constituait également son quartier général. C'est là qu'il prenait toutes les décisions relatives à l'avenir de son culte après avoir longuement invoqué son dieu. Mais aujourd'hui, le prêtre était particulièrement fatigué et il sommeillait en récitant ses prières.

C'est à ce moment-là, alors qu'il se trouvait entre le rêve et la réalité, qu'il vit la tête de la vipère de jade bouger. Un pied dans la conscience et l'autre dans l'onirisme, Enmerkar remarqua que le scarabée d'or commençait aussi à s'agiter : il remuait les pattes et les ailes de façon frénétique ! Puis, à son tour, la vache mythique s'anima et se détacha brusquement de son socle avant d'entreprendre une course endiablée tout autour de lui. L'animal de roc, défiant la loi de la gravité, galopait sur les parois du mur circulaire de l'immense pièce. Quoique ce fût la première fois que les statues prenaient vie, le grand prêtre Enmerkar ne s'étonna pas le moins du monde. Il sentit son âme envahie par la force du dieu Enki qui s'adressa à lui par la bouche de la vipère :

– Je dois punir ceux et celles qui ont douté de moi. Je dois châtier les hommes et les femmes infidèles. Je serai bientôt l'Unique et, pour montrer ma force, j'humilierai les autres dieux qui s'opposeront à mon ascension. Je les obligerai à se fondre en moi, à fusionner leurs essences avec la mienne. Écoute ce que j'ai à dire, grand prêtre, car seule El-Bab sera épargnée par ma colère.

Enmerkar était prêt à entendre les révélations de son dieu. Il se prosterna et prononça à mi-voix :

– L'heure de ta venue est bien choisie, Ô grand dieu ! Le monde est déchiré par des conflits entre le spirituel et le matériel. Sur ce champ de bataille, nous vivons de grandes tensions et de terribles difficultés. Nous avons besoin d'amour et de dévotion, de compréhension et de prières. L'occasion de te recevoir en nos cœurs et nos âmes se présente maintenant à nous afin que tu sauves les hommes de leurs tendances à la bassesse et à la destruction. Tu n'as qu'à ordonner et nous boirons tes paroles comme de l'eau, nous t'obéirons jusqu'au sacrifice de nos vies.

Satisfait de la dévotion de son grand prêtre, Enki enchaîna :

— Écoute-moi bien, Enmerkar. J'enverrai sur terre dix plaies en dix jours. Dix malédictions qui détruiront tout le pays de Sumer et les grandes contrées de Dur-Sarrukin. Je reconstruirai mon culte sur de nouvelles bases et éliminerai ceux qui sont fidèles aux autres dieux du panthéon sumérien. Envoie un messager au roi Aratta et préviens-le que s'il désire survivre à ma colère, il pourra venir avec ses gens s'abriter ici, à l'ombre d'El-Bab. Que le roi Aratta vide sa capitale ; qu'il ordonne aux habitants de son pays de quitter leur demeure, car ceux qui me braveront connaîtront la mort dans de terribles souffrances.

Toujours en signe de servilité, le grand prêtre leva ses bras au ciel avant de se prosterner de nouveau. Enki poursuivit alors sa harangue :

— Qu'il soit dit qu'Enki, l'Unique, maître des dieux et des hommes, transformera en sang toutes les eaux de cette partie du monde. Des grandes rivières aux petits ruisseaux, des sources souterraines jusqu'à la grande mer Sombre, chaque puits, chaque fontaine et chaque jarre ne donnera plus que du sang à boire. Pendant ces dix jours, tous les poissons, crustacés et autres créatures marines mourront, car toute vie sous l'eau sera anéantie. Seule la fontaine d'El-Bab pourra rafraîchir ceux et celles qui se seront joints à moi. Contrairement aux autres êtres vivants, les hommes ont la conscience d'être limités, mais ils sont en même temps ouverts à l'infini. C'est grâce à ce besoin d'absolu que j'étancherai aussi la soif de leur âme.

– Qu'il soit dit qu'Enki, l'Unique, maître des dieux et des hommes, fera au deuxième jour sortir de ces eaux corrompues des millions de batraciens affamés. Ces grenouilles, symbole de fécondité et de résurrection, s'attaqueront aux insectes afin de les éliminer tous. Je discréditerai alors les dieux et les déesses des mondes ento-mologiques et les forcerai à s'unir avec moi. Les fidèles qui prieront en ce jour funeste à l'inté-rieur de la grande tour ne verront rien de cette invasion et seront protégés par ma force et ma volonté.

Enmerkar, toujours dans une demi-conscience, s'emballa et hurla toute son adoration à la gloire de son dieu. Ce témoignage de dévotion fit redoubler d'ardeur le dieu et c'est à travers le corps de jade de la vipère qu'il s'exprima le plus intensément :

– Qu'il soit dit qu'Enki, l'Unique, maître des dieux et des hommes, transformera, le troisième jour, chaque grain de poussière du désert en un insecte vorace. Des nuages de diptères à longues antennes, assoiffés du sang des infidèles, enva-hiront les villes et les villages, obligeant ainsi les femmes et les hommes à s'agenouiller et à me prier pour survivre. Seuls seront épargnés ceux et celles qui marcheront vers El-Bab le cœur rempli de dévotion envers moi.

– Qu'il soit dit qu'Enki, l'Unique, maître des dieux et des hommes, fera surgir au quatrième jour de sa colère des essaims de taons, de guêpes et d'abeilles sur tout le pays. Ils envahiront les maisons et les palais, les grottes et les souterrains et châtieront ceux qui résisteront à ma volonté. Les insoumis seront piqués à mort et connaîtront une interminable et souffrante agonie.

– Qu'il soit dit qu'Enki, l'Unique, maître des dieux et des hommes, au cinquième jour provoquera le déferlement de milliards de mouches qui répandront la maladie à travers tout le pays. Elles transporteront sous leurs ailes la peste noire et d'autres infections contagieuses et mortelles. Les dieux guérisseurs ne pourront en rien aider les populations et eux aussi seront obligés de s'unir à moi. Aucune médication ni aucun traitement ne pourra venir à bout de cette pandémie. Tout le bétail mourra et les infidèles trouveront leurs vaches, leurs moutons, poules et cochons, chien et chats, couverts de furoncles purulents et de plaies béantes. Aucun de ces animaux, sauvage ou domestique, ne survivra à cette journée funeste. Je répète que seuls les croyants ayant rejoint la tour d'El-Bab et vu la lumière en moi seront immunisés et leurs troupeaux sauvés. Tout homme n'ayant pas la foi en moi, Enki, connaîtra le même sort que ses bêtes et pourrira sur place.

De plus en plus envoûté par les paroles apocalyptiques de son dieu, Enmerkar pria avec encore plus de ferveur en marmonnant des louanges à la divinité. Sang, insectes et cadavres, tout se mêlait en lui dans une vision horrible de l'avenir. La douleur exquise que provoquaient ces révélations dans l'âme du prêtre était si vive qu'il exhalait des gémissements et la suavité de cette merveilleuse souffrance était si excessive qu'il ne pouvait désirer qu'elle s'apaise.

La statue révéla alors la sixième plaie :

– Qu'il soit dit qu'Enki, l'Unique, maître des dieux et des hommes fera, au sixième jour de sa divine colère, tomber la grêle du ciel. Les nuages se cristalliseront dans les cieux et viendront se briser au-dessus du sol. Sous la force de cette pluie de glace, les villes et les villages seront anéantis. Tous les temples des autres divinités sumériennes s'écrouleront et les palais des rois dissidents seront réduits en poussière. Rien ne tiendra plus debout, pas même les murs des forteresses soi-disant imprenables qui s'effondreront comme des châteaux de sable. Seule la tour d'El-Bab résistera et protégera ceux qui auront foi en moi.

– Qu'il soit dit qu'Enki, l'Unique, maître des dieux et des hommes, humiliera les dieux des récoltes en détruisant les champs, les jardins, les potagers, en plus de toute la flore s'épanouissant sur les terres de Sumer et dans les contrées de Dur-Sarrukin. Au lendemain de la grêle du sixième jour, ce seront des sauterelles qui tomberont du ciel et dévoreront la végétation. En ce septième jour, aucune fleur ni aucun arbre ne résistera. Du moindre brin d'herbe aux plus beaux dattiers, tout sera dévoré, digéré et recraché en matière stérile. Seuls le blé et la végétation entourant la grande tour, auront la chance de croître et d'offrir leurs fruits aux fidèles.

Devant Enmerkar, la prophétie de la colère d'Enki commença alors à s'inscrire en lettres de feu sur trois dalles qui venaient d'apparaître ; taillées à même le plancher de pierre, elles se détachèrent pour s'élever dans les airs et tourner autour de la pièce. Pendant que chacune des lettres s'inscrivait dans le roc, la voix du dieu Enki continuait son discours :

– Qu'il soit dit qu'Enki, l'Unique, maître des dieux et des hommes, cachera le soleil et fera tomber la nuit. Ce huitième jour sera celui des ténèbres. Je soutirerai du cœur des hommes l'espoir et la confiance. Plongés dans l'obscurité, nourris par le doute et l'incertitude, ceux qui ne me voyaient pas encore apercevront la lumière de la tour d'El-Bab et se mettront en route vers elle. Tel un phare qui les guide, l'illumination les mènera vers moi et ils seront prêts à m'accueillir dans leur cœur.

– Qu'il soit dit qu'Enki, l'Unique, maître des dieux et des hommes, fera mourir les premiers-nés de tous les rois de la terre. Aussi loin que mon pouvoir puisse s'étendre, les enfants de nos ennemis mourront en laissant les trônes sans héritiers. Cette malédiction entraînera l'instabilité dans les royaumes environnants et les armées d'Enki pourront plus facilement les conquérir. J'étendrai ainsi mon pouvoir sur le monde pour ensuite, petit à petit, renverser les dieux des autres panthéons et devenir, pour toutes les créatures de l'univers, l'Unique lumière des cieux. Je remplacerai la Dame blanche.

– Qu'il soit dit qu'Enki, l'Unique, maître des dieux et des hommes, enverra la dixième et dernière plaie contre celui qui pourrait trouver la réponse à cette énigme : «Tu dois chevaucher et ne pas chevaucher, m'apporter un cadeau et ne pas l'apporter. Nous tous, petits et grands, nous sortirons pour t'accueillir et il te faudra amener les gens à te recevoir et pourtant à ne pas te recevoir. » Car il est dit que celui qui saura l'interpréter provoquera la ruine d'El-Bab et malheureusement la fin de l'Unique. L'élu serait alors expédié aux enfers.

Comme il venait de prononcer son dernier mot, Enki disparut et tout redevint normal dans le lieu de culte.

Après plusieurs minutes de silence, Enmerkar se réveilla en sursaut. Son cœur battait dans sa poitrine et ses mains étaient moites. Il suait à grosses gouttes en essayant de rassembler ses idées.

– Quel rêve je viens de faire!, pensa-t-il en essuyant la sueur sur son front.

Mais ce n'était pas un rêve. Le prêtre s'aperçut qu'il avait maintenant sous les yeux trois tables de pierre présentant chacune trois inscriptions. Les caractères encore fumants lui prouvèrent alors qu'il n'avait pas fait un mauvais rêve.

La première dalle contenait ces inscriptions : L'eau en sang – les grenouilles – les insectes. Sur la deuxième on pouvait lire : les taons – l'épidémie – la grêle et sur la dernière étaient gravés ces mots : les sauterelles – les ténèbres – la mort des premiers-nés.

Enmerkar remarqua que la dernière prophé-tie, celle qui annonçait la chute de l'élu éventuel, n'apparaissait pas sur les tables de pierre. Était-ce parce qu'elle ne concernait que le dieu ? L'avenir allait bientôt le révéler…

Chapitre 7

Les origines de Médousa

La gorgone nagea longuement sans trouver quoi que ce soit qui pourrait venir en aide à ses amis naufragés. Elle avait beau scruter l'horizon, il n'y avait pas d'îles, pas de récifs ni même aucun bateau aux alentours. De cette mer, très profonde et sablonneuse, n'émergeait non plus aucun plateau rocheux ni haut-fond propice au repos.

Découragée, Médousa regarda encore et encore autour d'elle sans rien voir d'autre que de l'eau à perte de vue. Comment allait-elle secourir ses amis ? Elle avait promis à Amos de trouver un moyen de les tirer de là et il lui faisait confiance. Il était donc hors de question qu'elle rejoigne le radeau les mains vides et sans solution. Le porteur de masques avait des pouvoirs exceptionnels, Béorf était un courageux combattant et Lolya une nécromancienne capable de régler par sa magie presque toutes les situations désespérées. Pour sa part, Médousa sentait qu'elle avait peu contribué à l'essor du groupe jusqu'à maintenant. C'est vrai qu'à cause de son apparence extraordinaire, il lui était plus difficile d'acquérir la confiance des gens et de s'imposer, mais à présent, c'était l'occasion ou jamais d'intervenir! C'était SA chance de démontrer sa juste valeur!

Tandis que la gorgone, de plus en plus anxieuse, réfléchissait à un ou deux plans de sauvetage, de petites bulles commencèrent à se former autour d'elle et bientôt c'est un véritable bouillonnement qui l'encercla. Puis, une dizaine de têtes, dont la chevelure remuait comme de petits serpents, émergèrent lentement à la surface. C'était... c'était des gorgones!

Surprise, Médousa remarqua tout de même que ces femmes avaient une belle peau lisse et légèrement bleutée. Leurs cheveux-serpents étaient blonds comme les siens et, malgré l'évidence de leur âge adulte, aucune horrible dent de sanglier ne leur sortait de la bouche. En fait, elles étaient de très jolies femmes qui souriaient gentiment. L'une d'elles la salua :

– Bonjour, petite sœur, serais-tu égarée?

– Euh... euh... non, en fait oui, mais... je, balbutia Médousa émerveillée par la vue de ses semblables.

– Si tu n'as pas perdu ton chemin, c'est que tu es confuse, alors!, lança à la blague une autre gorgone.

– Pardonnez ma drôle de réaction, se reprit Médousa. C'est la première fois de ma vie que je rencontre mes semblables et c'est aussi la première fois que j'entends ce magnifique dialecte. Bien sûr, vous parlez comme des gorgones, mais... mais en même temps, c'est si différent...

c'est tellement plus doux, plus gracieux… c'est tellement beau!

Dans l'eau, les femmes rirent de leurs petites voix cristallines. On aurait dit le son d'une pluie fine sur un lac calme.

– Pourtant, c'est aussi ton langage!, lui fit remarquer une autre d'entre elles.

– Je suis si contente que vous m'ayez trouvée, déclara Médousa qui retrouvait un peu de courage. Avec vous, j'ai la forte impression d'être ici chez moi. C'est tellement bizarre, c'est une drôle de sensation de calme et de bonheur. C'est la première fois que je ressens ça à ce point…

– Hum…, fit une des gorgones. Je vois d'après ton allure que tu es originaire de la mer Sombre, comme nous. Tu n'as pourtant pas été élevée ici, n'est-ce pas?

– En effet, j'ai grandi avec d'horribles gorgones vertes, avoua Médousa. Elles étaient laides et méchantes, incapables de tendresse ou de la moindre gentillesse. J'étais toujours seule dans mon coin, dressée par un sorcier que j'appelais «père». J'ai vécu ainsi jusqu'à mon arrivée à Bratel-la-Grande, où un formidable garçon m'a montré la force de l'amitié.

– Oui, voilà. Il existe plusieurs races de gorgones, expliqua la plus jolie du groupe. Celles qui vivent sur terre, dans les contrées désertiques, sont d'affreuses femmes qui s'amusent à faire la guerre et à détruire la vie autour d'elles.

– Pourtant, moi, je suis physiquement comme elles et non pas comme vous. Je suis de leur race, j'ai la peau verte, regardez!, s'exclama Médousa qui n'y comprenait rien.

– Faux, répondit son interlocutrice. Elle est bleue, ta peau…

Incrédule, la jeune gorgone regarda ses bras, puis ses mains. Elle s'aperçut qu'elle avait effectivement la peau bleutée.

– Mais que m'arrive-t-il?, Je ne comprends pas!, s'écria Médousa, un peu sonnée. Vraiment, je ne comprends pas…

– Laisse-moi finir et tu auras ta réponse, petite sœur. Lorsque les êtres de notre race sont exposés longuement à l'air, leur peau se déshydrate et prend une couleur verte. Mais plongée quelques heures dans l'eau salée, elle reprend progressivement sa couleur originale. Il en est ainsi pour toutes les créatures de notre espèce… Maintenant, laisse-moi tenter d'expliquer ce qui t'est peut-être arrivé. Je pense savoir pourquoi tu as grandi avec les gorgones de terre et non pas avec nous, ici, dans la mer Sombre. Non, attends. Avant, viens plutôt avec moi, j'ai quelque chose à te montrer…

Médousa, ayant toujours en tête ses amis naufragés, se dépêcha de suivre les gorgones qui plongèrent toutes en s'amusant. Elles nagèrent ensemble sous l'eau puis descendirent et descendirent toujours plus profondément, jusqu'à ce qu'elles atteignent… une ville… une ville sous-marine!

Comme Médousa s'en approchait, elle vit des dizaines de gorgones qui nageaient gracieusement aux abords de cette étonnante cité faite d'épaves. Une multitude de coques de navires abandonnés s'emboîtaient les unes dans les autres pour former les habitations. À un endroit, de grands voiliers à trois mâts côtoyaient d'anciennes embarcations de pêche dans de savants assemblages aux allures fabuleuses. On pouvait facilement reconnaître quelques vaisseaux sumériens, quelques anciens modèles de drakkars et plusieurs voiliers de commerce du style de ceux que l'on construisait à Arnakech. Accrochés aux maisons, des voiles et des drapeaux de toutes les nations se balançaient au gré des courants marins. Un peu plus près d'elle, Médousa remarqua que tous les navires, du simple rafiot au plus gros bâtiment, avaient été récupérés et assemblés, ce qui donnait cet impressionnant enchevêtrement de coques, de morceaux de bois ou de fer recouverts d'algues. Depuis des milliers d'années, les gorgones travaillaient à ériger leur cité. Elles y avaient cultivé des jardins d'anémones et de luxuriantes plantations d'étoiles et de concombres de mer. On y trouvait aussi plusieurs élevages de crabes et de crustacés divers, des bancs de poissons gardés comme des troupeaux de moutons et d'innombrables cultures d'algues, d'éponges et de coraux. Il y avait aussi un bon nombre de statues représentant des guerriers minotaures, des humains et des humanoïdes, dans diverses positions d'attaque ou de défense et tous avaient une expression de terreur sur le visage. Ces ennemis de jadis pétrifiés servaient désormais d'ornements à la ville.

Le petit groupe de gorgones pénétra dans la ville et nagea vers le quartier est. On trouvait dans cette partie de la cité de plus petites embarcations. Après avoir bifurqué trois ou quatre fois entre quelques ruines aménagées, la bande d'amies passa par l'écoutille d'un bateau de pêche renversé pour arriver dans une charmante demeure. À son grand soulagement, Médousa put enfin respirer lorsqu'elles sortirent de l'eau. Excepté Médousa qui préféra rester debout, elles s'assirent un peu partout dans l'unique pièce de l'habitation.

– Tu te demandes sûrement pourquoi il y a de l'air ici, sous des tonnes et des tonnes d'eau?, demanda une gorgone.

– Oui, justement, cela m'intriguait, répondit Médousa. En tout cas, cela fait du bien. Je n'ai pas l'habitude de retenir mon souffle aussi longtemps et j'avais hâte de respirer un bon coup.

– Tu verras, c'est très ingénieux. Toute la cité est construite sur un courant d'air qui provient d'une faille souterraine et c'est une énorme grotte, sous la mer, qui libère sans cesse de l'oxygène. Nos ancêtres ont trouvé une façon de récupérer cet air et de le faire circuler dans toutes les épaves. Par contre, ne me demande pas comment tout cela fonctionne! Bon, voilà… Ici, tu es chez moi… je me nomme Doriusa. Nous t'avons amenée ici pour que tu voies notre cité, c'est ce que nous voulions te montrer. Pas mal, n'est-ce pas?

Médousa, encore grandement impressionnée par tout cela, acquiesça de la tête. Cependant, son esprit était trop occupé par ses amis restés à la surface pour véritablement apprécier cette visite.

– Je vais chercher à manger, dit soudainement une autre gorgone en se jetant à l'eau par l'écoutille.

– Aimes-tu les crustacés?, demanda Doriusa à son invitée.

– Je ne sais pas. En général, je mange des insectes, répondit Médousa.

– Ouache! Quelle horreur!, s'écrièrent les gorgones en chœur.

– Un vrai régime terrestre!, se moqua Doriusa. Ici, nous ne mangeons que de la nourriture de première qualité. Notre régime est à base de produits de la mer que nous cultivons nous-mêmes. Assieds-toi et repose-toi… Tu peux considérer ma maison comme la tienne!

Médousa prit place sur un gros coussin fabriqué à partir d'une voile de bateau.

– Ce que je t'expliquais tout à l'heure, à la surface, enchaîna Doriusa, c'est qu'il existe plusieurs races de gorgones; mais la légende dit que nous sommes toutes issues de la même mère, la belle Méduse. Et je suppose que je ne t'apprends rien en disant qu'une nouvelle gorgone naît chaque fois que nous perdons un cheveu-serpent?

– Oui, en effet, je le savais, confirma Médousa, attentive aux paroles de Doriusa.

– Dans notre communauté, continua Doriusa, nous prenons ces jeunes serpents et les plaçons dans un grand incubateur. Ensuite, nous supervisons toutes les étapes de leur croissance jusqu'à ce qu'ils deviennent de belles gorgones comme nous.

– Donc, comme je vous ressemble autant, j'en déduis que je suis originaire de votre ville!, s'exclama Médousa. Au fond de moi, je savais bien que je n'étais pas comme ces horribles gorgones terrestres. Ce qui voudrait dire que je ne me transformerai pas en monstre à mes dix-neuf ans et demi?

– Non, tu demeureras telle que tu es, la rassura Doriusa. Cette mutation ne s'applique qu'aux gorgones terrestres. Tu es une gorgone de la mer Sombre et aucune d'entre nous ne se transforme, ni de la tête, ni du visage.

– Mais tout cela n'explique pas pourquoi je me suis retrouvée sur terre.

– Alors voilà. Il y a plusieurs années, expliqua Doriusa, un tremblement de terre causé par la faille souterraine a détruit notre incubateur et des dizaines de jeunes gorgones, encore à l'état de serpent, furent perdues dans la mer. Tu dois être une de celles-là!

– Ce qui expliquerait bien des choses…, ajouta Médousa. Ensuite, je me serais échouée sur une plage et c'est le sorcier Karmakas qui m'a alors récupérée, éduquée et forcée à joindre son armée de gorgones. Les autres ne m'ont jamais dit que je n'étais pas de la même race qu'elles. Elles m'ont fait des misères et m'ont humiliée parce que j'étais différente. En fait, elles étaient peut-être jalouses…

– Dans la vie, lança Doriusa, il faut savoir qui l'on est et d'où l'on vient, mais surtout, il faut avoir le ventre plein! Mangeons! Le repas arrive…

L'instant d'après, c'est les bras chargés de vivres qu'une gorgone de la bande rentra par l'écoutille. Toutes se lancèrent tête première dans la nourriture.

Tout en croquant à pleines dents dans les crustacés, les fruits de mer et les anémones, Médousa raconta à ses nouvelles amies sa rencontre avec Béorf à Bratel-la-Grande. Elle parla aussi d'Amos et de sa formidable mission de porteur de masques, elle fit l'éloge de Lolya et de sa magie et relata l'aventure qui l'avait menée là, sur la mer Sombre. Elle raconta l'histoire derrière ses lurinettes et finit même par leur confier la passion secrète de la nécromancienne pour Amos. Doriusa, séduite par le récit de Médousa, posa beaucoup de questions. Les habitantes de la cité sous-marine n'étaient jamais allées bien loin et le monde extérieur les passionnait.

– Et ce Béorf, intervint une des gorgones, compte-t-il beaucoup pour toi?

– Oui, je l'aime beaucoup, souffla Médousa en rougissant. C'est grâce à lui si je suis toujours en vie… C'est un ami bon et fidèle qui n'hésitera jamais à mettre son existence en jeu pour aider les autres. À force de le côtoyer, j'apprends beaucoup sur la noblesse des sentiments. D'ailleurs, je voudrais tant lui venir en aide présentement, mais j'ignore comment…

– Explique-nous, Médousa, dit Doriusa, nous pouvons peut-être faire quelque chose?

– Notre drakkar a été coulé par les Sumériens et mes amis sont naufragés sur un radeau de fortune, expliqua Médousa. Comme je suis une bonne nageuse, ils m'ont envoyée en éclaireur pour trouver une île, un récif ou un bateau… Enfin, n'importe quoi qui puisse leur venir en aide et les sortir du pétrin. Je vous ai bien trouvées, mais cela n'aide en rien leur condition. Je ne sais pas quoi faire et la situation me désespère. Amos, Lolya et Béorf arrivent toujours à trouver une solution à tout, alors que moi…

– Ne t'inquiète pas, petite sœur, la rassura Doriusa, nous allons te venir en aide. Tes amis ont l'air de compter beaucoup pour toi. Je dois avouer que je suis un peu jalouse… Les gorgones ne réussissent jamais à se faire aimer des autres races et nous devons toujours vivre cachées, dans les montagnes ou sous la mer. Mais toi, tu as réussi là où nous avons toutes échoué! Tu as réussi à te faire aimer et respecter de deux humains et d'un hommanimal. Pour cela, tu mérites notre aide!

– Tu as un plan?, questionna Médousa, excitée.

– Un plan très simple, continua la gorgone. Tu nous as dit que tes amis flottaient sur un radeau? C'est bien cela?

– Oui, c'est bien cela.

– Alors, nous allons le tirer jusqu'à la côte. Si nous halons toutes ensemble, je pense bien que nous arriverons à la plage du Sud en moins de deux jours. Si vous êtes d'accord, les amies, nous avons une grande aventure à vivre… Faisons des provisions pour nous et pour les naufragés!

La petite bande poussa un cri de ralliement et s'activa en vue du sauvetage. Médousa poussa un cri de joie… Elle avait réussi sa mission.

***

Sur le radeau, Amos et Lolya attendaient le retour de la gorgone. Béorf, remis de la perte de son drakkar, s'inquiétait pour Médousa :

– Vous auriez dû me demander mon avis avant de la laisser partir, reprocha le gros garçon à ses deux amis. Elle est toute petite et la mer est si grande… Je suis certain qu'il lui est arrivé malheur !

– Calme-toi, Béorf !, le gronda Lolya. Médousa est aussi mon amie et je crois en elle. Je sais que nous n'avons pas de nouvelles depuis presque une journée, mais ce n'est pas une raison pour désespérer. Si un malheur lui était arrivé, je suis certaine que je l'aurais senti…

– Facile à dire, répondit l'hommanimal, rongé par l'inquiétude. Elle doit être perdue en mer. Je la trouve parfois imprudente, mais surtout, elle est inexpérimentée ! Si c'était Amos qui était parti chercher de l'aide, je dormirais sur mes deux oreilles. Amos Daragon arrive toujours à bout de tout, mais Médousa…

– Merci bien, Béorf, répondit Amos un peu surpris. Alors, tu ne t'inquiètes jamais pour moi ?

– OUI, MAIS LÀ, CE N'EST PAS LA MÊME CHOSE !, s'impatienta Béorf. Médousa est… elle est fragile…

Une voix familière se fit alors entendre :

– Ah, comme ça, je suis fragile !, rigola la gorgone, bien accoudée au radeau.

– OUF, ELLE EST DE RETOUR !, soupira le gros garçon, soulagé. Je vais enfin pouvoir être tranquille…

– Tu es là depuis longtemps ?, demanda Lolya, très contente de revoir son amie.

– Assez longtemps pour voir que Béorf était trop inquiet et que toi et Amos ne l'étiez pas assez !

– Et à te voir aussi radieuse, ajouta le porteur de masques, je suis certain que tu nous arrives avec une solution ! Mais… Mais… Tu as changé de couleur ? Tu es bleue, maintenant !

– Voilà autre chose ! s'écria Béorf. Rien de grave, j'espère ?

– Non, je vous expliquerai plus tard. Pour l'instant, prenez ces cordes et faites en sorte que tout le monde s'entasse sur le radeau. Je vous propose une petite balade vers la côte.

Barthélémy hurla soudain :

– DES GORGONES ! LÀ, JUSTE LÀ, SOUS L'EAU ! NOUS SOMMES ENTOURÉS DE GOR-GONES ! Ton amie nous a trahis, Amos ! Nous sommes attaqués…

– Mais NON !, répliqua Médousa, impatientée. Je ne vous ai pas trahis ! Ce sont des amies et si elles n'émergent pas, c'est justement pour ne pas menacer votre vie et risquer de vous transfor-mer en pierre… Elles ont des vivres à vous offrir, mais… si vous aimez mieux, je peux leur dire de partir. Vous pourrez sans doute vous débrouiller seul, Monsieur le grand chevalier méfiant !

Barthélémy se renfrogna et, sans s'excuser, enchaîna ironiquement :

– Il faut avertir, ma petite, quand tu amènes tes copines… Nous, les chevaliers, sommes plus habitués à vous trancher la tête qu'à vous faire confiance !

– Si je me rappelle bien, rétorqua Médousa, vous étiez pétrifiés bien avant d'avoir tranché une seule tête, à Bratel-la-Grande ! Est-ce que je me trompe ?

Le chevalier devint rouge de rage et ravala amèrement sa colère.

Les minotaures et les gorgones ne faisaient pas non plus très bon ménage. Cette soudaine apparition aquatique avait complètement paniqué l'homme-taureau. Minho était particulièrement agité et Amos dut lui adresser quelques mots, dans sa langue, pour le calmer.

Malgré de lourdes tensions interraciales, les gorgones et les chevaliers réussirent à travailler de concert. De solides cordes furent attachées au radeau et la bande de Doriusa commença à tirer les naufragés vers la côte sud. Médousa était en tête des nageuses, fière et contente d'avoir pu aider ses amis.

Chapitre 8

L'eau en sang

Le naufrage était maintenant derrière Amos et ses compagnons, bien loin derrière eux.

Koutoubia Ben Guéliz guidait le groupe depuis bientôt trois semaines sur les terres semi-arides du sud de la mer Sombre. Béorf avait eu une bonne intuition en acceptant de l'inclure dans le voyage. Si le guide ne connaissait pas par cœur toutes les routes menant vers El-Bab, il parlait la langue du pays et savait interpréter avec justesse les indications que lui donnaient les passants. Chaque soir, il trouvait pour le groupe un lieu de repos où des fruits poussaient en quantité et où l'eau s'avérait potable.

À l'exception de Minho, qui se tenait à l'écart, les aventuriers voyageaient tous ensemble. À cause de son apparence extraordinaire qui aurait risqué d'effrayer les habitants, la créature ne s'approchait pas des villages et suivait donc le groupe à distance. C'est Koutoubia qui, connaissant bien les légendes du pays qui décrivaient les hommes-taureaux comme des bêtes sanguinaires, avait proposé cette façon de voyager. Le gros minotaure avait bien compris la situation et ne s'était pas formalisé d'être exclu du groupe.

De son côté, Médousa devait faire attention de bien cacher ses cheveux : les gorgones n'avaient pas meilleure réputation que les minotaures dans ce pays.

– Bon voilà, expliqua Koutoubia au groupe. Nous arrivons ici à la croisée des chemins. Nous avons le choix... si nous partons vers la gauche, dans quelques jours nous serons dans la très grande cité du roi Aratta. J'ai des amis là-bas qui pourront nous aider, c'est-à-dire qu'ils nous trouveront des dromadaires et de la nourriture pour la suite du voyage. Il sera aussi possible d'habiter chez eux afin de bien nous reposer... Par contre, Minho devra nous attendre, caché dans les montagnes environnantes.

– Et si nous choisissons de prendre le chemin de droite ?, demanda Amos.

– Eh bien, la route de droite nous conduit en plein cœur du pays de Sumer. Nous quittons les contrées de Dur-Sarrukin et nous nous dirigerons en ligne droite vers El-Bab. Dans une dizaine de jours, nous devrions être près de la grande tour. La route suit cette rivière et...

À ce moment, un groupe d'une cinquantaine de pèlerins dépassa Amos et ses amis et prit la route de droite vers El-Bab. Ils étaient tous vêtus de blanc et hurlaient des prières à tue-tête. Ces hommes et ces femmes semblaient pressés d'arriver à destination et marchaient d'un bon pas.

– Mais qu'est-ce qu'ils racontent?, demanda Amos à Koutoubia. Et que font-ils? Nous avons déjà vu des dizaines de groupes comme celui-ci depuis notre départ de la mer Sombre.

– Ils hurlent qu'ils se dirigent vers El-Bab pour sauver leur âme, traduisit Koutoubia. J'ai rarement vu une telle ferveur religieuse chez les Sumériens! Leurs prières rendent gloire au grand Enki qu'ils appellent le sauveur des hommes. Ils disent, ou plutôt ils crient, que la fin du monde approche et que le salut repose dans l'Unique. Le dernier attroupement nous invitait à les suivre…

– Ils ont raison, intervint Lolya. Moi aussi, je ressens des choses… comment dire… un grand désordre surviendra bientôt et la vie de milliers de gens est menacée. J'aimerais vous en dire davantage, mais mes sentiments sont un peu perturbés depuis quelque temps…

– Y a-t-il quelque chose que nous puissions faire pour t'aider?, lui demanda Béorf, un peu inquiet.

– Non, vraiment rien. Je sais ce qui m'arrive…, répondit timidement la jeune Noire. Pour en revenir à mes intuitions, ce qui arrivera est de l'ordre des dieux et non des hommes… Je sens la venue de grands bouleversements.

– Bon alors…, réfléchit Amos, j'aurais été tenté de me reposer un peu dans la grande cité du roi Aratta, mais avec ce que Lolya vient de pressentir, j'hésite… Je pense que nous devons continuer vers El-Bab afin d'y arriver le plus vite possible. Tous les problèmes de ce pays semblent

venir de cette tour et nous ferions bien de ne pas
tarder à nous y rendre.

– Mais pour y faire quoi ?, s'insurgea Barthélémy. Pour la faire tomber, peut-être ? Oh non ! je
ne suis pas d'accord. Mes hommes ont besoin de
repos et cette pause nous fera du bien. J'opte pour
la direction de la ville.

Un court silence tomba sur le groupe.

– Qu'en penses-tu, Béorf ? La tour ou la ville ?,
demanda Amos à tout hasard.

– Moi, j'irai là où tu iras, affirma sans hésitation son meilleur ami.

– Nous te suivrons aussi, appuyèrent en chœur
Lolya et Médousa.

– Ta décision sera la nôtre, ajouta la jeune
Noire.

– Moi, se prononça à son tour Koutoubia, je
suis aussi du côté d'Amos et j'opte pour le chemin de droite s'il désire s'y aventurer. Barthélémy,
je peux vous indiquer l'endroit où habitent mes
amis. Vous n'aurez qu'à leur dire que vous venez
de ma part et ils seront aussi dévoués envers vous
qu'envers moi.

– Et la grosse bête à cornes, là-bas ?, s'enquit
Barthélémy d'un ton acerbe en montrant Minho.
Vous ne lui demandez pas son avis ? Après tout, le
bœuf est aussi du voyage. Il a peut-être une idée
à mugir !

– Pour l'avoir libéré, expliqua Amos, Minho
a juré de me servir pendant douze lunes. Il me
suivra… vers la droite.

– Au moins, vous aurez quelqu'un pour assurer votre protection!, lança Barthélémy en guise d'au revoir. Mes hommes et moi partons vers la ville… bonne chance! J'accepte votre offre, Koutoubia; maintenant, voulez-vous m'expliquer comment me rendre chez vos amis?

Le groupe allait se séparer.

Amos avait le cœur gros, mais il n'en laissa rien paraître. Décidément, Barthélémy avait bien changé! Le seigneur de Bratel-la-Grande avait déjà oublié la promesse solennelle qu'il lui avait faite: « Tu avais déjà gagné ma loyauté et mon épée, voici que je t'offre aujourd'hui mon âme et celles des chevaliers que tu as libérés en ce jour… »

Mais qu'est-ce qui avait pu autant transformer Barthélémy? Peut-être la torture avait-elle modifié sa personnalité? Ou encore, puisqu'il avait l'habitude de gouverner, de prendre lui-même les décisions et d'en assumer les conséquences, peut-être le chevalier en avait-il assez de se faire diriger par des enfants? Malheureusement, pour une raison ou pour une autre, les routes d'Amos Daragon et du seigneur Barthélémy de Bratel-la-Grande se séparèrent à ce croisement de routes et chacun partit de son côté.

C'est avec indifférence que les chevaliers laissèrent les enfants derrière eux. Amos regarda s'éloigner son ami Barthélémy en souhaitant, au plus profond de son cœur, qu'il retrouve sans peine son chemin vers Bratel-la-Grande.

– Allez, Amos!, dit Béorf en le réconfortant d'une accolade virile. Nous devons partir. Ne crains rien, ils sont assez grands pour savoir ce qu'ils font... ce sont des adultes après tout !

– Oui, je sais bien, répondit Amos, tu as raison. Je n'ai pas à m'inquiéter... Barthélémy est un vaillant chevalier et lui et ses hommes en ont vu d'autres. Mais tu comprends, ce qui me chagrine n'est pas tant son départ que son attitude froide envers moi...

– T'occupe !, lui lança Béorf. Nous avons d'autres chats à fouetter !

Koutoubia et les adolescents se mirent donc en route vers El-Bab, suivis au loin par Minho. Le minotaure ne se soucia pas le moins du monde du départ des chevaliers. Pour lui, les humains étaient d'étranges créatures instables auxquelles il n'accordait que peu de confiance. Il avait promis de servir Amos et c'est tout ce qui l'intéressait. Ce jeune garçon qui parlait très bien sa langue, était poli, respectueux et indépendant. Trois qualités présentes et honorées chez les hommes-taureaux.

Après une longue journée de marche vers El-Bab, Koutoubia trouva une sympathique clairière pour passer la nuit. Il y avait là des figues et des dattes à volonté, d'autres espèces d'arbres tout aussi débordants de fruits exotiques, ainsi que beaucoup de poissons dans la rivière. Béorf fut affecté à la cueillette des fruits, Médousa alla à la pêche tandis qu'Amos et Lolya préparèrent ensemble le feu puis fabriquèrent pour la nuit quatre couches avec des branchages et des feuilles. Minho avait rejoint le groupe avec un mouton prêt à cuire sur la broche. Où avait-il déniché l'animal? Personne n'osa lui poser la question, mais tous furent heureux à l'idée du festin... De son côté, Koutoubia fit un peu de reconnaissance de terrain pour mieux s'orienter en vue du départ du lendemain.

Avant le repas, Médousa s'offrit quelques insectes en entrée et se rappela les délices que ses sœurs de la mer Sombre mangeaient tous les jours. Ces amuse-gueules lui parurent alors bien fades...

La soirée se déroula dans une ambiance de fête. Même Minho, pour épater les adolescents, exécuta autour du feu une danse traditionnelle de son pays. Lolya fut très impressionnée par l'agilité et le rythme du mastodonte de deux cents kilos. Cette danse, leur expliqua-t-il, servait à troubler l'ennemi sur un champ de bataille pour le décourager de passer à l'attaque. Composée de sons violents, d'une gestuelle saccadée et d'enchaînements de toutes sortes de mouvements brutaux, cette chorégraphie avait toujours eu un fort effet dissuasif sur les adversaires. Le peuple des hommes-taureaux avait ainsi gagné régulièrement des guerres sans avoir eu à se battre, ses opposants apeurés détalant comme des lapins.

Le ventre plein et fatigués par la route et la fête, tous s'endormirent rapidement sous un magnifique croissant de lune.

Au matin, c'est un Béorf paniqué qui réveilla tout le monde:

– DEBOUT ! RÉVEILLEZ-VOUS ! C'EST INCROYABLE CE QUI ARRIVE ! ALLEZ, DEBOUT !

– Mais que se passe-t-il encore ?, demanda Médousa sur un ton bourru. Laisse-nous dormir, Béorf… nous verrons plus tard !

– IL N'Y A PLUS D'EAU !, insista l'homma-nimal. TOUTE L'EAU S'EST TRANSFORMÉE EN SANG ! IL Y A DU SANG PARTOUT !

Amos se leva d'un bond et courut avec l'hommanimal jusqu'à la rivière. Lolya, Médousa et Koutoubia les rejoignirent aussitôt, mais laissèrent derrière eux Minho qui ronflait encore.

Béorf avait raison ! L'eau de la rivière était rouge et visqueuse. Sur les rives, du plasma coagulé séchait au soleil en dégageant une odeur de viande avariée. Des centaines de poissons morts flottaient çà et là sur le dos. C'était un spectacle dégoûtant.

– Mais qu'est-ce que c'est ?, demanda Amos en se tournant vers Koutoubia. Est-ce un phénomène naturel propre à la région ?

– Non, sûrement pas, répondit le guide, interdit devant la scène. Je n'ai jamais vu, ni entendu parler d'une telle chose… jamais, je le jure !

– Et toi, Lolya ?, continua le porteur de masques, penses-tu que cela peut avoir un lien avec le monde des esprits ou des dieux ?

– Je n'ai reçu aucun signe ni aucun avertissement concret, à part mes intuitions, bien sûr, confia Lolya. Je ne comprends pas… j'aurais dû pourtant… je suis désolée, je n'ai pas de réponse pour toi…

– Regardez!, intervint Médousa. Même l'eau de ma gourde s'est transformée en sang. Pourtant, elle était parfaite, hier soir!

– Une manifestation comme celle-là, pensa la nécromancienne à voix haute, c'est du ressort des dieux… J'avais bien senti quelque chose, mais je ne m'attendais pas à cela!

– Plus d'eau potable!, se lamenta Béorf. Voilà un sacré problème pour continuer le voyage!

– Nous pourrons toujours boire le jus des fruits, proposa Koutoubia. J'en connais quelques-uns qui sont très rafraîchissants.

– Prenons nos affaires et filons d'ici tout de suite, décida Amos. Je ne sais pas si ce phénomène est localisé ou s'il s'étend à tout le pays, mais en tout cas, nous avons intérêt à ne pas traîner…

– Bonne idée, approuva Béorf. Tout ce sang me lève le cœur et l'odeur est vraiment trop insupportable!

Le groupe remonta rapidement vers le campement et chacun commença à faire son bagage. Amos réveilla Minho et, équipé de ses oreilles de cristal, il lui expliqua brièvement la situation. Le colosse se secoua rapidement et en quelques minutes, tous furent prêts à reprendre la route.

– Je suis inquiète, Amos, lui confia Lolya un peu plus tard. Je crois que ce phénomène d'eau qui se change en sang est le début de quelque chose de plus terrible encore. Nous assistons au commencement d'une série de bouleversements qui provoqueront beaucoup de souffrances…

– J'espère que tu te trompes, répondit Amos, également inquiet. J'ai vu beaucoup de choses étranges depuis mon départ du royaume d'Omain, mais comme ça… jamais ! Nous devrons toujours demeurer sur nos gardes pour pouvoir agir rapidement si d'autres phénomènes se produisent.

– Je suis d'accord, dit Béorf qui écoutait discrètement. Celui ou celle qui possède le pouvoir de transformer l'eau d'une rivière en sang peut nous écraser comme des fourmis. Il faudra être vigilants…

– J'espère seulement que la mer Sombre n'a pas été touchée, dit Médousa en se joignant à la conversation. Je viens à peine de connaître mes origines et de rencontrer mes sœurs gorgones. Je ne voudrais surtout pas qu'il leur arrive malheur.

– On ne peut présumer de rien, lui répondit Amos, mais ne t'inquiète pas, je les pense assez ingénieuses pour se sortir de n'importe quel pétrin.

À ce moment, le petit groupe croisa au détour d'une courbe un vieil homme aveugle, assis sur son âne, qui hurlait à tue-tête :

– La fin du monde est arrivée ! C'est la fin du monde ! Priez, bande de chiens galeux et prosternez-vous devant l'Unique ! Demain est mort alors qu'aujourd'hui agonise ! Priez, hommes de peu de foi, car la fin du monde frappe à la porte ! Priez, ordures…

Chapitre 9

Les grenouilles

En ce nouveau matin, c'est Koutoubia Ben Guéliz qui, le premier, ouvrit les yeux. Le guide se redressa et regarda nerveusement autour de lui pour s'assurer que tout était normal. Ses rêves avaient été baignés de rivières ensanglantées, de noyés difformes et d'assoiffés cadavériques. Il avait été choqué par la macabre surprise de la veille.

Rien ne paraissait étrange ou anormal autour du camp, sinon que Minho, bien assis sur une grosse pierre, s'était endormi pendant son tour de garde. Le soleil était à peine levé qu'un chaud rayon parvint jusqu'à Koutoubia et le réconforta comme une douce caresse. Le guide s'apaisa et, rassuré, se recoucha.

Koutoubia Ben Guéliz replaça l'oreiller de fortune sous sa tête et se plaça sur le côté droit, en position fœtale. La dureté du sol avait endolori le bas de son dos et cette nouvelle posture le fit sourire de contentement. Une image s'imprégna alors dans son esprit : celle d'une grenouille.

Koutoubia, presque déjà rendormi, se demanda pourtant s'il avait bien vu ce qu'il croyait avoir vu. Son regard s'était-il réellement posé sur une grenouille ? Et de surcroît, une grenouille qui le dévisageait avec insistance ?

Comme il essayait de chasser de son esprit cette stupide illusion, il entendit un coassement. Toujours dans un demi-sommeil, il ouvrit un œil et vit, à quelques centimètres de son nez, une grenouille verte avec deux immenses yeux globuleux qui le fixaient.

– Mais qu'est-ce que tu fais là, toi ?, maugréa le guide, maintenant un peu plus réveillé. Fous le camp et laisse-moi dormir…

– Croooooooak !, fit pour la seconde fois le batracien entêté.

Agacé, le guide se tourna sur le côté gauche dans une position confortable. Tournant ainsi le dos à l'indiscrète effrontée, il put fermer les yeux et espéra glisser dans le sommeil rapidement.

Après seulement quelques instants, sentant qu'on l'observait toujours, il ouvrit une paupière et… vit la grenouille encore devant lui. Le petit animal avait aussi changé de côté !

– Mais vas-tu me laisser dormir, sale bête !, fulmina Koutoubia en reprenant sa position initiale. J'ai besoin de sommeil et tu me déranges…

En se promettant d'écrabouiller la grenouille si elle s'obstinait à rester collée à lui, le guide essaya encore de se rendormir. Néanmoins, il se hasarda à rouvrir un œil afin de s'assurer que le batracien avait déguerpi. Koutoubia vit alors deux grenouilles qui l'observaient.

– Décidément, j'ai la berlue !, s'exclama-t-il à voix haute tout en se frottant les yeux.

Sa vision devenait encore plus trouble puisqu'elle lui révéla non plus deux, mais quatre grenouilles.

– Mais d'où sortent-elles, celles-là ?, se demanda le guide, exaspéré et maintenant complètement réveillé.

C'est à ce moment précis qu'un formidable rayon de soleil envahit le campement entier et réveilla, comme un signal divin, tous les batraciens qui s'y trouvaient. Ils étaient des milliers dans le camp !

Les grenouilles commencèrent alors à coasser toutes en même temps et ce boucan, comme la vibration d'un volcan en furie, tira en sursaut de son sommeil toute la bande d'Amos.

Minho, à demi conscient, sauta sur ses deux pieds et, certain de faire face à un raid de cavalerie, s'attaqua à un palmier comme s'il s'agissait d'un ennemi.

Béorf hurla sa peur, mais se transforma illico en ours. Empêtré dans sa couverture, le gros garçon roula de sa couche en écrasant Lolya de tout son poids au passage. Les cris de frayeur de la jeune nécromancienne alertèrent les réflexes trop rapides de Médousa qui se jeta immédiatement sur Béorf en croyant qu'il s'agissait d'un monstre.

Amos, les cheveux en broussaille, la panique au cœur et complètement ahuri, se leva d'un bond. Son pied glissa sur une grenouille et il se retrouva face contre terre. Dans sa chute, son poing avait heurté violemment Koutoubia en pleine figure, ce qui expédia ce dernier directement dans les bras de Morphée. Le guide voulait dormir, eh bien, il dormait, maintenant!

– MAIS QUEL EST CE BRUIT?, demanda Amos à travers cette cacophonie. C'EST TROP INFERNAL!

– TU M'ÉCRASES, BÉORF!, hurla Lolya coincée sous le poids de l'hommanimal.

– C'EST TOI, BÉORF?, demanda Médousa qui, pourtant, continuait à rouer de coups son faux ennemi.

– ARRÊTE! MAIS ARRÊTE DE ME FRAP-PER, MÉDOUSA!, s'écria le gros garçon en reprenant sa forme humaine. JE NE SUIS PAS UN MONSTRE, C'EST MOI, BÉORF! JE ME SUIS SEULEMENT EMPÊTRÉ DANS MA COUVERTURE...

– AHHH! Il Y A DES GRENOUILLES PARTOUT!, cria Amos, dégoûté à la vue de ce grouillement poisseux. ELLES SONT DES MIL-LIERS! DES MILLIERS DE GRENOUILLES...! C'EST LEUR COASSEMENT QUI CAUSE TOUT CE VACARME! PARTONS VITE D'ICI... ELLES DOIVENT PROVENIR DE LA RIVIÈRE UN PEU PLUS LOIN! PRENONS NOS AFFAIRES ET COURONS SUR CETTE COLLINE LÀ-BAS...! DE LÀ, NOUS AURONS UN MEILLEUR APERÇU DE L'INVASION!

Personne ne se fit prier et chacun prit ses jambes à son cou. Seul Koutoubia demeura immobile, encore assommé par le coup accidentel que lui avait asséné Amos. Dès qu'il s'en aperçut, Béorf rebroussa chemin pour aller le réveiller. Le guide retrouva difficilement ses esprits et c'est en chancelant qu'il suivit son camarade.

Le petit groupe fut bientôt en sécurité sur la colline. Cependant, ils demeurèrent tous bouche bée devant cet afflux massif de batraciens qui se déployait plus loin.

— Mais que se passe-t-il encore?, se demanda Béorf tout bas en se grattant la tête. Hier, c'était du sang et aujourd'hui, ce sont des grenouilles! Nous sommes dans des contrées bien étranges…

— Regarde!, lança Amos en pointant l'horizon. Elles émergent par milliers de la rivière de sang… À ce rythme-là, il y en aura bientôt partout dans le pays!

— Tout cela n'est pas normal, renchérit l'hommanimal. Que se passe-t-il ici?

— Et si c'était la fin du monde?, suggéra du bout des lèvres Koutoubia. L'aveugle que nous avons rencontré hier avait peut-être vu juste. Prions et espérons que les dieux nous épargneront.

— Eh bien, bonne chance!, lui souhaita cyniquement Amos. Et je t'assure, Koutoubia, qu'il est inutile de prier. Je sais par expérience que les dieux n'ont rien à faire de notre sort. Qu'ils soient du côté du bien ou de celui du mal, ils se préoccupent davantage de l'importance de leur puissance et de leurs petites querelles. Il n'y a que cela qui les intéresse vraiment! Par contre, il arrive que les dieux se servent de la foi des croyants pour accentuer leur emprise sur le monde et si jamais ils accordent une grâce à un humain, c'est seulement parce qu'ils savent qu'ils pourront en bénéficier grandement.

Tout le monde garda le silence. Amos n'avait pas l'habitude d'être aussi catégorique dans ses propos et tout le monde en fut surpris.

– Je devais effectuer ce voyage pour secourir ma mère, continua le porteur de masques après un moment de réflexion, mais en réalité, Frilla est un prétexte à cette expédition. Je suis convaincu que la tour est liée à tout ce désordre et que je suis là pour régler le cas d'Enki... C'est ma mission de porteur de masques d'aller contre les volontés divines. Il est de plus en plus clair pour moi qu'El-Bab doit tomber.

– Faire tomber la tour? Tu n'es pas sérieux, Amos? Et comment la ferions-nous tomber?, demanda Béorf, sceptique.

– Je ne sais pas encore, répondit-il gravement. Et c'est ce qui me rend anxieux...

Tout à coup, une forte secousse sismique interrompit le porteur de masques.

– Regardez!, s'écria Médousa. Maintenant, il y a des milliers et des milliers d'insectes, aussi...! Et ils ont l'air de fuir!

– Wow! C'est vrai!, remarqua aussi Béorf. Regardez! On aperçoit des hannetons, des fourmis, des coléoptères de toutes les sortes et il y a même des vers. Ils filent tous dans la même direction...

– C'est extraordinaire!, ajouta la gorgone affamée. Ça semble évident que ces insectes sont poursuivis...

À la lumière de cette dernière remarque, le groupe se retourna d'un même mouvement et…

– FUYONS ! VITE ! SAUVONS-NOUS !, hurla Amos, tout en restant pourtant figé sur place.

Des millions de grenouilles au moins, sautillant les unes par-dessus les autres, créaient un raz de marée qui déferlait sur terre en détruisant tout sur son passage. La horde sauvage et visqueuse était composée entre autres de reinettes aux longues pattes et aux grands yeux injectés de sang, de gros crapauds rouges et pustuleux et de voraces grenouilles à cornes enragées et certainement vénéneuses. Dans un immense nuage de poussière, les batraciens probablement affamés faisaient trembler la terre. À les voir s'affoler à l'approche des insectes, c'était clair qu'ils n'avaient qu'une idée en tête : les manger !

– FUIR ?, interrogea Koutoubia, aussi paralysé et paniqué que les autres. MAIS FUIR OÙ ?

– LÀ D'OÙ NOUS VENONS ! LÀ OÙ NOUS AVONS PASSÉ LA NUIT. NOUS GRIMPERONS AUX PALMIERS !, répondit Amos qui, subitement, détala comme un lièvre.

Sans plus attendre, Béorf se retransforma en ours et, à l'exemple d'Amos, dévala la colline à grande vitesse. Grâce à son agilité et à l'aide de ses griffes, il fut, en un temps record, tout en haut d'un gigantesque palmier. Amos fit passer Lolya, Médousa et Koutoubia devant lui. Seul Minho demeura sur le plancher des vaches, incapable de monter aux arbres à cause de ses sabots. Le gros minotaure s'appuya donc sur le palmier et espéra que la vague géante de grenouilles passe sans lui faire trop de mal.

Tel un tsunami, les batraciens frappèrent tout sur leur passage et le palmier sur lequel s'étaient réfugiés Koutoubia et les adolescents ne fut pas épargné. Mais juste avant qu'il ne s'effondre, Béorf jeta un coup d'œil à Amos. Le porteur de masques comprit que ce regard était l'ultime salut d'un ami inquiet de ne pas survivre au péril. Puis l'arbre se brisa d'un coup sec et s'abattit violemment sur la nuée de grenouilles visqueuses.

Pour sa part, Minho ne put retenir l'arbre. Entraîné par le courant de grenouilles, il se retrouva à quelques dizaines de mètres de là.

Comme le palmier tombait sur le sol, Médousa déploya ses ailes pour y faire engouffrer le plus de vent possible, puis elle agrippa Lolya et s'élança avec elle dans les airs. Le porteur de masques avait tout juste eu le temps de lui fournir une bonne bourrasque de vent afin qu'elle s'envole vers les nuages. Il avait deviné que sa situation était sans issue, mais heureusement, ses deux amies avaient une chance de s'échapper.

En s'élevant dans les airs, la jeune nécromancienne regarda, horrifiée, Amos, Béorf et Koutoubia disparaître dans les flots de batraciens sans même pouvoir les secourir.

***

– Amos ! Réveille-toi, Amos !, insista Lolya en le secouant doucement. Médousa, regarde !

On dirait qu'il revient lentement à lui. Ouvre les yeux, Amos!

Le garçon ouvrit les yeux et aperçut avec joie son amie la nécromancienne.

– Sommes-nous sauvés?, demanda Amos d'une voix à peine audible. Que s'est-il passé? Où suis-je? Ah! oui, les grenouilles…

– Tu as perdu connaissance juste après ta crise, lui expliqua Lolya. J'ai tout vu du haut des airs. Quel spectacle!

– Ah bon?, dit Amos en s'efforçant de se rappeler les événements. Qu'est-ce que j'ai donc fait? Je ne me rappelle plus…

– Une superbe perte de contrôle, précisa Médousa.

– Comme dans le bon vieux temps!, rigola Béorf, tout couvert de cendre et de suie. Tu te rappelles Berrion, non? Eh bien, disons que cette fois encore, tu as mis le paquet!

– C'est bizarre, souffla Amos. Je n'ai aucun souvenir d'une crise récente… mais je suis tellement fatigué, je me sens si las…

– Maître Daragon nous a sauvé la vie!, lança tout à coup Koutoubia.

– Mais qu'ai-je donc fait?

– Si vous permettez, commença Lolya, je vais lui raconter. Lorsque tu es tombé dans la marée de grenouilles, je te croyais mort. Du haut des airs, Médousa et moi ne donnions pas cher de ta peau. Puis, de l'endroit où tu es tombé, nous avons vu s'élever une petite tornade. Le tourbillon a commencé à projeter des grenouilles un peu partout. Koutoubia était à tes pieds, en sécurité au centre du tourbillon. Ensuite, j'ai vu Béorf se battre avec les batraciens pour aller te rejoindre et finalement Minho est venu se réfugier de peine et de misère près de toi. Lorsqu'ils furent tous au centre de ta tornade… tu… tu… WOW! Comment décrire cela?

— Tu as perdu la tête, continua Béorf à son tour. Tu as commencé à parler tout seul et à invoquer le peuple du feu, puis d'un seul coup, le tourbillon s'est enflammé. Tu as grillé des milliers de grenouilles en les projetant dans toute la plaine. On aurait dit des météorites en feu!

— Grâce à toute cette chaleur et à ce vent, expliqua Médousa, j'ai pu me maintenir dans les airs en me servant des courants chauds ascendants.

— Tu as maintenu le sort très longtemps, enchaîna Lolya. Jusqu'à ce que tu perdes connaissance. Heureusement, le plus gros de la vague de grenouilles était passé et Béorf et Minho se sont chargés d'éliminer les derniers batraciens vivants. Je suis alors descendue du ciel avec Médousa et nous avons tenté de te réveiller.

— Vous avez essayé longtemps avant de réussir à me faire reprendre conscience?, demanda Amos. Et… Yeark! Qu'est-ce que cette désagréable odeur?

— Cela doit bien faire une heure que nous essayons, répondit Lolya.

— Et pour l'odeur, expliqua Béorf, c'est de la grenouille carbonisée. Tu as transformé les environs en véritable four. Regarde par toi-même!

Amos leva la tête et comprit ce que son ami voulait dire. La vallée était maintenant un désert de cendre d'où s'élevaient des filets de fumée. La rivière de sang était croûtée et calcinée sur le dessus. Tous les arbres avaient brûlé et les poussières de milliers de batraciens chargeaient l'air d'une odeur désagréable.

– Partons d'ici, décida Amos en se levant avec difficulté. La route vers El-Bab est encore longue et je sens que nous ne sommes pas au bout de nos peines.

– Mais toi, s'inquiéta Lolya. Comment te sens-tu?

– J'ai mal à tous les os de mon corps, confia le porteur de masques. Je suis étourdi et une forte migraine me compresse le crâne. Aussi, j'ai la très désagréable impression qu'un troupeau complet de chevaux m'a piétiné pendant des heures. À part ces quelques détails, je suis en très grande forme!

– Je suis content de voir que tu vas bien!, rigola Béorf. Pour la suite des bonnes nouvelles, il faut que tu saches que nous n'avons plus rien à manger, plus rien à boire et probablement encore beaucoup de surprises à affronter.

– Ouf…, soupira Amos. J'aurais dû rester couché ce matin.

Chapitre 10

Les insectes

Barthélémy et ses hommes avaient forcé le pas et atteint la capitale du roi Aratta en deux jours. Ils avaient assisté à la transformation de l'eau en sang et réussi à survivre à l'invasion de grenouilles. Par chance, les chevaliers se trouvaient sur le versant d'une montagne lorsque les batraciens avaient envahi tout le pays. La marée des créatures ne les avait pas touchés et Barthélémy remerciait encore le ciel de sa clémence. En effet, quelqu'un veillait bien sur lui…

La veille de leur arrivée dans la capitale, un de ses hommes était mort en chemin. Le pauvre bougre était tellement assoiffé qu'il avait bu le sang d'un ruisseau. La réaction ne s'était pas fait attendre très longtemps. De douloureux maux de ventre, une forte fièvre et d'abondants vomissements avaient eu raison du solide chevalier. En moins d'une heure, le mal l'avait emporté.

Le seigneur de Bratel-la-Grande et ses chevaliers étaient arrivés dans la grande ville d'Aratta quelques heures avant le lever du soleil. Comme le lui avait indiqué Koutoubia Ben

Guéliz, Barthélémy s'était rendu chez les amis du guide. Les lieux étaient déserts : les habitants avaient abandonné leur demeure. En allumant une chandelle pour percer la grisaille du matin, ils avaient découvert cette inscription au mur : « Priez ! La fin du monde est proche. El-Bab vous protégera. »

Barthélémy prit alors possession de la maison et ordonna que l'on fouille les lieux pour y dénicher des vivres. Au deuxième étage de la maison, un grenier rempli de victuailles attendait patiemment qu'on le découvre. L'eau potable était corrompue par le sang, mais il y avait du vin, de la bière et une grande quantité de liqueurs étranges. Dans des jarres bien scellées, les hommes trouvèrent aussi des légumes marinés, de la viande de mouton et une innombrable quantité de coucous. Au plafond du grenier pendaient de la saucisse séchée et des quartiers de bœuf fumé.

Toute la nourriture fut vite descendue du grenier et les chevaliers s'empiffrèrent jusqu'au lever du soleil.

Après le festin, c'est un Barthélémy repu et désorienté par l'alcool qui jeta un coup d'œil furtif à l'extérieur. Ses hommes dormaient maintenant un peu partout sur le plancher ou s'empilaient sur les lits des petites chambres de la maison. Le chevalier voulait s'assurer que tout était normal autour de la maison avant de tomber à son tour dans les bras de Morphée. Malgré l'heure matinale, il remarqua que des dizaines de personnes quittaient déjà la ville.

– C'est ça!, pensa-t-il. Partez vous mettre à genoux pour implorer votre dieu! Bande de lâches… Allez supplier pour votre vie et n'oubliez pas de pleurer comme des enfants…

Une douce voix interrompit le chevalier dans ses pensées:

– Il n'est pas mal de prier un dieu que l'on aime.

Le chevalier se retourna et vit une magnifique jeune femme près de la table de la cuisine. Sa peau était lumineuse comme la rosée du matin, ses yeux clairs comme les premiers rayons du soleil et sa grande tignasse blanche ressemblait à une fine neige posée sur ses épaules. Son sourire rappelait les plus beaux levers de soleil et sa présence embaumait les lieux tel le doux parfum du réveil de la terre.

Barthélémy secoua la tête, incrédule devant l'apparition. Il pensa avoir trop bu d'alcool:

– C'est peut-être cette étrange liqueur qui me donne des visions, marmonna le chevalier en se frottant les yeux.

Le seigneur eut beau s'ébrouer et se pincer plusieurs fois, la vision refusait de disparaître.

– Qui es-tu, femme?, s'enquit le chevalier, perplexe. Sommes-nous chez toi?

– Tu n'es pas chez moi, lui confirma la magnifique femme. J'habite très loin d'ici, dans un monde que tu ne connais pas.

– Alors que fais-tu ici?, interrogea le chevalier ivre. Que me veux-tu?

– Je viens solliciter ton assistance, répondit la dame. Je me nomme Zaria-Zarenitsa et je suis venue à toi pour te demander de l'aide. Est-il vrai que les chevaliers ne refusent jamais de porter secours à une femme en détresse?

– C'est vrai, confirma Barthélémy, ragaillardi par son devoir.

– Même si cette femme est une petite déesse mineure d'un grand panthéon de vilains dieux assassins et guerriers?

– Je protège toutes les dames en détresse, lui promit Barthélémy, avec un brin de hardiesse dans la voix. Dites-moi ce qui vous trouble, belle Zaria-Zarenitsa et je verrai ce que je peux faire.

– Très bien, dit la déesse en s'approchant de façon voluptueuse du chevalier. Je suis loin de chez moi et... et toi aussi d'ailleurs! Tous deux, nous n'appartenons pas à ce pays, à cette culture et à ces gens. Ce qui se passe à l'extérieur des murs de cette maison ne nous regarde pas! Il y aura encore de grands bouleversements et des centaines de personnes mourront. J'ai besoin de ta force et de ton courage, mais j'ai surtout besoin de toi vivant. Ne risque pas ta vie inutilement et reste dans cette demeure encore huit jours. N'ouvre la porte à personne! Tu as des provisions en quantité et beaucoup de repos à prendre. Ensuite, notre histoire pourra commencer...

La déesse s'approcha du chevalier et l'embrassa tendrement. Barthélémy fut complètement renversé par ce baiser. Son cœur s'emballa comme sous l'effet d'un premier grand amour et il tomba sous le charme de la déesse.

Visiblement contente de son effet, la déité continua :

— Écoute-moi bien, je suis très faible et sur le point de disparaître dans le néant cosmique… J'ai besoin d'une forte démonstration d'amour de ta part pour me sauver de l'anéantissement. Si tu veux que notre histoire se poursuive et que je revienne t'embrasser, tu devras sacrifier un de tes hommes chaque nouveau matin. Chacun de ces sacrifices me donnera la force pour revenir partager quelques instants en ta compagnie. En contrepartie, je protégerai cette maison et aucun des fléaux à venir ne sera une menace pour toi. Je t'aiderai ensuite à revenir dans ton pays et à devenir celui que tu dois être…

— Tu m'aideras à devenir le roi des quinze royaumes ?, s'enquit le chevalier, déjà transi d'amour.

— Oui !, lui jura solennellement Zaria-Zarenitsa. Et tu uniras les troupes des quinze pour une grande croisade dédiée à ma gloire. Ensemble, nous éliminerons une fois pour toutes le mal qui ronge le monde.

— Mais mes hommes sont braves et ils ont confiance en moi, s'inquiéta Barthélémy, malgré tout encore un peu lucide. Je ne peux pas les trahir ainsi…

— Que sont tes hommes en comparaison de moi ?, minauda la déesse en caressant la main du chevalier. Pour mon peuple, je suis la divinité qui crée le matin et la douceur des premiers rayons du soleil. Je deviendrai beaucoup plus qu'une simple déesse mineure si tu m'aides. Sacrifie ces hommes pour ma gloire et je te promets que tu ne le regretteras pas...

— D'accord, consentit Barthélémy après un instant d'hésitation. Je vais te servir... et t'aider.

— Dans quelques instants, confia la déesse, des nuages de moustiques envahiront cette ville. Jette trois de tes chevaliers à l'extérieur... Ils mourront dévorés par les insectes et ce triple sacrifice me donnera la force de mieux sceller cette maison afin que rien n'y pénètre... Exécute-toi vite, je ne peux prendre forme humaine qu'au lever du soleil et mes pouvoirs sont encore très limités.

Zaria-Zarenitsa embrassa une dernière fois le chevalier avant de s'évanouir dans l'air. Barthélémy, ivre et chancelant, ouvrit la porte de la maison et expulsa trois de ses hommes dans la rue. Ces derniers, à moitié endormis et fortement avinés, offrirent peu de résistance. Le seigneur de Bratel-la-Grande bloqua alors la porte avec la table de la cuisine, ferma tous les volets de la maison et attendit le réveil des moustiques.

Comme l'avait prédit la déesse, des nuages d'insectes piqueurs envahirent la ville. C'est au son des cris horrifiés de ses hommes que Barthélémy s'endormit calmement, l'âme en paix. Dans la maison, personne ne se réveilla pour leur venir en aide...

***

Béorf, Lolya, Médousa, Koutoubia et Minho étaient couverts de piqûres de la tête aux pieds. Seul Amos, protégé par le masque de la terre, était encore en parfait état. Dès le levre du soleil, le petit groupe avait été surpris par des nuées d'insectes en manque de sang frais. Heureusement, Koutoubia avait repéré une petite vallée aux nombreuses grottes. C'est dans l'une de ces cavernes qu'ils avaient trouvé refuge et qu'ils reprenaient maintenant leur souffle.

Pour empêcher les voraces insectes de pénétrer dans leur refuge, Amos avait créé devant l'entrée de la grotte un mur de vent capable de les tenir en respect. Le porteur de masques était très fatigué, mais sa concentration tenait encore bon. Par contre, il épuisait rapidement ses dernières forces.

– Amos ne tiendra plus très longtemps, remarqua Béorf, le visage rouge de piqûres. Sa perte de contrôle avec les grenouilles l'a grandement fatigué et sa concentration tombe vite. Regardez-le, il arrive à peine à rester éveillé!

– Il faut trouver une solution…, ajouta Lolya en grattant furieusement ses démangeaisons. Pensons vite, car si Amos cède, ces maudits insectes vont nous dévorer.

– J'ai beau penser, lança Médousa, je n'ai pas d'idée! Comment fait-on pour se débarrasser d'une invasion comme celle-là? Y a-t-il seulement un moyen?

– Je sais que le pollen contenu dans le chrysanthème est un puissant répulsif, les informa

Koutoubia. Mais il en faut beaucoup et nous n'avons pas le temps d'aller cueillir des fleurs…

– J'ai du pollen de chrysanthème dans mes ingrédients de magie, dit Lolya en réfléchissant. Ce n'est pas une très grosse quantité, mais s'il y avait un moyen de le répandre efficacement…

– Je pense avoir une idée, dit Béorf en regardant le minotaure. Minho est tellement costaud qu'il a eu du mal à passer par l'entrée de la grotte. Son poil est une protection naturelle contre les insectes. Regardez : il n'est piqué qu'au visage et à l'intérieur des oreilles.

– Et alors ?, l'encouragea Koutoubia, intéressé, avec l'espoir de trouver une solution.

– Je crois que nous devrions enduire de pollen de chrysanthème l'échine de Minho, proposa le gros garçon. Ensuite, il n'aurait qu'à se placer dans l'entrée de la grotte et la colmater avec son dos. Il est assez large pour tout bloquer.

– Bonne idée !, s'exclama Lolya. Il aura le corps à l'intérieur et le dos à l'air… Nous en ferons un genre de gros bouchon. Pendant ce temps, il pourra lui aussi se reposer.

– Et Amos pourra dormir, continua Médousa.

– Allez Béorf, commanda la jeune nécromancienne, mets tes oreilles de cristal et explique ton plan à Minho. Moi, je prépare le pollen…

– Je vais avertir Amos qu'il pourra bientôt se reposer, annonça Koutoubia en se dirigeant vers l'entrée de la caverne.

Béorf exposa son idée à Minho et le colosse la trouva excellente. L'homme-taureau fut bientôt saupoudré de pollen de chrysanthème et s'installa le dos dans l'ouverture. Les muscles de son corps se moulèrent à la pierre et l'entrée fut presque hermétiquement scellée. Même les plus braves moustiques, flairant le sang frais à l'intérieur de la grotte, n'osèrent pas approcher cette masse de poils sentant le dégoûtant pollen.

Une fois Amos relevé de ses fonctions, Koutoubia dut l'aider à marcher jusqu'à ses amis. Arrivé près d'eux, le porteur de masques tomba dans un profond sommeil. La magie des éléments avait eu raison de ses dernières forces.

– Laissons-le dormir en paix, dit Béorf en posant une couverture sur son ami. Il en a bien besoin…

– Je vais le surveiller et m'assurer qu'il n'est pas dérangé, suggéra Lolya en lui caressant doucement les cheveux.

– Je veux aller explorer ces grottes plus en profondeur. Tu viens avec moi, Médousa?, proposa Béorf.

– Là où le chef d'Upsgran va… je vais!, rigola la gorgone. Et j'espère qu'il y aura quelques insectes à manger, je commence à avoir vraiment faim. Depuis le passage des grenouilles, je n'ai plus rien à me mettre sous la dent!

– Moi, intervint Koutoubia, je vous déconseille d'y aller… on raconte d'étranges histoires sur ces lieux. On dit que ces grottes sont hantées par des esprits maléfiques… quiconque s'y aventure ne revient jamais!

– Raison de plus pour les explorer!, lança Médousa, remplie de joie. Les légendes disent aussi que toutes les gorgones sont d'affreuses créatures méchantes qui détestent les humains… pourtant, je ne suis pas comme cela!

– Non, toi, tu es pire!, l'agaça Béorf. Tu es une dégoûtante mangeuse de vers blancs, de cafards et d'araignées…

– Allez, file devant, le menaça Médousa, avant que je perde patience et que je te donne une bonne leçon pour t'apprendre à être poli avec les filles!

Béorf et Médousa, torche artisanale à la main, s'enfoncèrent dans la grotte en rigolant. Ensemble, ces deux-là n'avaient peur de rien! Les adolescents savaient qu'ils avaient en eux de grands pouvoirs pour se défendre, mais ils possédaient surtout une confiance inébranlable dans leur amitié.

À la lumière de quelques chandelles, Lolya et Koutoubia veillèrent le sommeil du porteur de masques.

Chapitre 11

Les taons

Béorf et Médousa étaient partis explorer les cavernes depuis bien longtemps et Lolya commençait à s'inquiéter. Minho, toujours adossé dans l'entrée de la caverne pour bloquer les insectes, ronflait à faire trembler une montagne. C'est d'ailleurs la vibration provoquée par le souffle du minotaure qui réveilla Amos.

– Mais qu'est-ce que c'est?, demanda subitement le garçon en ouvrant les yeux. Encore un tremblement de terre?

– Non, rigola Lolya. C'est le sommeil profond d'un homme-taureau épuisé!

– Mais… ce ronflement est pire que celui de Béorf!, s'amusa Amos en s'étirant.

– Comment vas-tu?, s'informa vite la jeune Noire. Tu étais complètement épuisé!

– Je vais bien, lui assura Amos. Je me sens encore un peu étourdi, mais j'ai repris des forces. Je dors depuis longtemps?

– Depuis ce matin, répondit Lolya. Tu as dormi presque toute la journée, le soleil se couche dans quelques heures.

– Béorf et Médousa ne sont pas là?

– Non, dit anxieusement la nécromancienne. Ils sont partis explorer la grotte depuis déjà fort longtemps. Je dois t'avouer que je suis un peu inquiète.

Comme Lolya finissait sa phrase, un grand éclat de rire résonna en écho sur les parois de la grotte. Les voix de Médousa et de Béorf remontèrent des profondeurs de la terre et bientôt les deux amis apparurent, rieurs et bien portants.

– Il était temps!, s'exclama Lolya. Vous avez trouvé quelque chose?

– Si nous avons trouvé quelque chose?, éclata Béorf. Suivez-nous, vous n'en croirez pas vos yeux.

– Mais…, hésita Lolya en touchant les cheveux du gros garçon. Tu es mouillé?

– C'est parce que je me suis baigné, répondit l'hommanimal. J'ai pris un bain, j'ai mangé et j'ai placé des poissons à cuire pour vous… Il faut faire vite avant qu'ils soient trop cuits!

– J'ai justement un creux de la taille d'un canyon!, se réjouit Amos en se levant.

– Je vais avertir Minho, dit Koutoubia en s'élançant vers le minotaure. Pourra-t-il passer malgré sa grande taille?

– Il me semble bien qu'en bas, tout est à sa taille!, répondit Béorf.

Autrefois, il y a de cela des centaines d'années, les minotaures habitaient le pays de Sumer. Comme à leur habitude, ils avaient creusé des villes et des villages à même les montagnes et les collines. Leurs temples étaient toujours enfouis sous la terre au centre de grands labyrinthes capables de perdre les meilleurs guides et de désorienter la plus habile des armées. C'est à cet endroit qu'ils entreposaient armes et provisions, priaient leurs dieux et se purifiaient avant les batailles.

Au centre de ces temples cachés, la tradition des hommes-taureaux exigeait qu'un grand bassin, rempli de poissons et alimenté par les eaux souterraines, serve de bain purificateur aux combattants. Le pouvoir des prêtres minotaures protégeait ces sanctuaires afin qu'aucune malédiction et qu'aucune force présente à l'extérieur du labyrinthe ne puisse corrompre le sanctuaire. C'était un de ces lieux sacrés que Béorf, en reniflant l'odeur du poisson frais, avait trouvé.

Guidé par l'hommanimal, le groupe suivit un long labyrinthe et arriva bientôt dans le temple minotaure. De gigantesques statues d'hommes-taureaux décoraient le tour du bassin sacré. Minho entra alors dans l'eau et se purifia en suivant les rites anciens de son peuple. Les murs du sanctuaire étaient faits de marbre blanc et réfléchissaient la lumière des gigantesques lampes à l'huile rituelles que Béorf avait précédemment allumées. Le feu de ces lampes était si fort que le gros garçon avait placé des poissons à cuire tout près des flammes. À leur arrivée, le repas était prêt!

L'eau était claire, limpide et bonne à boire. Amos et Lolya, complètement déshydratés, en burent chacun quelques litres avant de joindre

Minho dans un bon bain purificateur. Koutoubia s'exécuta aussi pendant que Béorf, agissant
comme cuistot, pêchait de nouveaux poissons.

Le porteur de masques en profita pour sortir
de ses affaires l'étrange disque que Médousa avait
repêché dans le fond de la mer Sombre. C'était
le bon moment pour le nettoyer et peut-être
comprendre à quoi il pouvait bien servir.

Lorsque l'objet entra en contact avec l'eau du
bassin sacré, toute la saleté incrustée se dissipa
comme par magie. Au centre du disque, la pierre
précieuse, d'un rose très pâle, s'illumina faiblement. Amos vit apparaître de façon très claire les
inscriptions calligraphiées relatant l'évolution de
la race des minotaures.

Minho s'approcha alors respectueusement
d'Amos, lui demanda de mettre ses oreilles de
cristal et commença à lire pour lui les inscriptions du disque. La race des minotaures était née
de l'amour irrésistible et impossible d'une femme
et d'un taureau blanc. Le roi d'un grand royaume
côtier ayant refusé de sacrifier la bête au dieu
des Océans, la vengeance poussa la divinité des
Eaux à forcer l'union contre nature de la reine et
de la bête. De cet amour naquit le père de la race
minoenne.

À la naissance du premier des minotaures,
on fit construire un grand palais aux nombreux
couloirs pour y cacher ce monstre mi-homme,
mi-taureau. La honte du roi fut telle qu'il mit
la reine à mort et décida d'oublier l'immonde
créature dans le labyrinthe.

Afin de calmer l'appétit de la bête et de faire taire ses lancinants hurlements de solitude, on la nourrit pendant une décennie de sept jeunes filles par année. Ce fut l'une d'entre elles qui, par miséricorde et par amour pour le minotaure, le fit s'échapper. C'est ainsi que la race prospéra sur la terre et que le peuple des hommes-taureaux construisit des temples au cœur d'autres labyrinthes afin de rendre gloire au premier de leur race et de prier le grand taureau blanc, dieu suprême de leur panthéon.

Le disque était aussi un objet spécial appartenant à la légende. Il avait été retrouvé dans le fond de la mer Sombre dans l'épave d'un bateau de guerre croisant contre les gorgones. Cela expliquait le grand nombre de miroirs à bord du bâtiment et la présence d'armes, d'équipements guerriers et de plusieurs crânes de cadavres minotaures.

Cet objet magique aurait dû être livré à un puissant bataillon d'hommes-taureaux par leur grand prêtre afin d'éliminer les gorgones et de gagner définitivement la guerre. Mais le navire, attaqué en mer, avait coulé en emportant avec lui la relique divine.

– Avec respect, je questionne encore, dit Amos. Quel est le pouvoir guerrier de ce disque sacré?

– Sans faute, répondit Minho. Il appelle les Trois.

– Qui sont ces Trois?, continua le garçon.

– Trois incarnations de dieux, expliqua l'homme-taureau. Si le disque est brisé, apparaîtront Brontês le cyclope, grand dévoreur d'humains et de moutons, Nessus le centaure, un géant mi-homme, mi-cheval et le grand minotaure lui-même, premier de ma race.

– Sauf respect…, hésita un peu le porteur de masques incrédule, ce disque appelle les dieux ?

– Sans faute, avec respect, l'objet appelle l'esprit des Trois, précisa le colosse. Apparaîtront des titans !

– Avec respect, qu'est-ce qu'un titan ?

– Un géant grand comme une montagne, expliqua Minho, plus fort que la plus puissante armée, plus redoutable que le plus grand des rois, plus terrible que la pire des tempêtes. Les titans sont incontrôlables comme le vent, destructeurs comme le feu, indomptables comme les vagues et solides comme la pierre. Ils sont la rage contenue des dieux barbares qui explose sur le monde. Ils sont les premiers dieux, les oubliés de la race humaine. Ils appartiennent aux cultes des demi-hommes comme Minho. Les titans sont aussi mes dieux…

– Avec respect, je comprends mieux et te donne le disque, dit Amos en présentant l'objet.

– Sauf respect, je ne peux pas, refusa Minho. Seul un prêtre minotaure peut toucher cet objet. Garde-le ; tu n'es pas de ma race et pour toi le disque n'est pas sacré. Honore ma race et sois le gardien de la relique.

– Avec grand respect, conclut Amos. Je ferai attention à ce disque et attendrai de croiser un prêtre de ta race pour le lui remettre.

– Minho te rend hommage, termina l'homme-taureau.

Dans le temple minotaure, les voyageurs purent longuement se reposer et manger du poisson à leur faim. Amos reprit des forces, Béorf du courage, Koutoubia retrouva l'espoir, Minho se purifia l'âme et les deux filles purent dormir sans crainte.

Ce temple, au centre de la montagne, était l'endroit le plus sûr pour prendre du repos. Protégé par les dieux de Minho, il échappait à la colère d'Enki et aux manifestations de son pouvoir destructeur sur le pays.

Pendant qu'ailleurs des hordes de taons enragés tuaient des milliers d'hommes, de femmes et d'enfants ; alors que leur dard arrachait la peau des infidèles en provoquant des hurlements de douleur et au moment où les féroces insectes pénétraient dans les grottes les plus profondes et les cachettes les mieux dissimulées pour débusquer les ennemis d'Enki, aucun de nos aventuriers ne fut dérangé.

– Qu'allons-nous faire, maintenant ?, demanda Lolya à Amos. Nous ne pouvons pas rester ici pour toujours !

– Je sais, répondit le porteur de masques. J'ai parlé avec Koutoubia et Minho. Le minotaure connaît bien les labyrinthes et il pense pouvoir nous sortir d'ici par une autre porte plus à l'est. Selon Koutoubia, ce petit voyage sous terre nous fera sauver presque une journée de marche au soleil…

– Bonne nouvelle!, se réjouit la jeune nécro-mancienne. Je suis très contente, mais une chose me tracasse. J'aimerais t'en parler…

– Je t'écoute…

– J'ai lancé mes osselets de divination et… comment te dire…, hésita Lolya.

– Vas-y sans détour, je suis prêt à tout, la pria le porteur de masques.

– Eh bien, selon mes prédictions… tu n'existeras plus dans quelque temps…

– Je n'existerai plus?, s'étonna le garçon. Je vais mourir?

– Non… tu ne meurs pas, mais tu dispa-rais…, expliqua Lolya. Je ne comprends pas très bien ces signes et je me trompe peut-être, mais je suis convaincue qu'il t'arrivera quelque chose de terrible… et… et je suis inquiète. Tu sais, mes prévisions ne sont jamais tout à fait vraies ni tout à fait fausses, elles indiquent des tendances, les grandes lignes du destin et…

– Ne t'inquiète pas, Lolya, l'interrompit Amos. Depuis que la sirène Crivannia m'a demandé de me rendre au bois de Tarkasis, ma vie s'est passa-blement compliquée. J'ai l'impression d'avoir vécu en deux ans autant d'aventures qu'une dizaine de personnes dans toute leur vie. J'accomplirai mon destin, malgré les bons et les mauvais présages.

– Et moi, rigola Béorf qui écoutait discrète-ment, j'attends le moment où Amos disparaîtra enfin pour retourner à Upsgran et ne plus jamais bouger de là! Je vais manger et dormir pour le reste de mes jours, tel est mon destin!

– Et Béorf me demandera en mariage, continua Médousa sur le même ton et je lui ferai de bons petits plats aux cafards, des soupes d'araignées et des desserts aux asticots pour le reste de ses jours ! Tel est son destin !

Béorf eut une mimique de dégoût et feignit de s'évanouir. Le gros garçon se laissa tomber lourdement dans l'eau en aspergeant ses amis. Le rire cristallin de Médousa envahit le temple et entraîna la rigolade générale. Même les statues des minotaures, placées tout autour du temple, semblèrent rire de la pitrerie de l'hommanimal. Amos ne s'était pas amusé depuis longtemps et cette détente lui fit grand bien. Il avait perdu l'insouciance de la jeunesse trop rapidement et ces moments-là lui redonnaient une âme d'enfant.

Du coin de l'œil, Minho regardait la scène en souriant. Lui qui n'avait jamais eu une très grande estime pour les humains, il admirait la force de caractère et le courage que pouvaient avoir ces enfants. Même Médousa, dont la race provoquait en lui un profond dégoût, lui semblait maintenant plus sympathique et moins menaçante. Cette scène, pleine de naïveté, lui rappela ses propres jeux d'enfant dans son pays natal, plus au sud du continent. Capturé assez jeune et réduit à l'esclavage, Minho n'avait pas eu beaucoup de chance. L'idée de revoir bientôt des enfants minotaures se chamailler, se bousculer et devenir au fil du temps de farouches guerriers, le remplit d'espoir. Après son service auprès d'Amos, il serait libre de partir et de retourner parmi les siens.

C'est sur cette pensée que le colosse ferma les yeux et glissa dans le sommeil. Une dernière petite sieste avant de reprendre la route !

Chapitre 12

L'épidémie

Au lever du soleil, Enmerkar grimpa tout en haut de la tour pour admirer la puissance de son dieu. Le grand prêtre se régala de voir des milliards de mouches sortir de la terre et envahir le pays. Des nuages entiers d'œstres infectés, gros comme des cumulus, s'élevèrent pour se répandre aux quatre vents. Des stratiomes au large abdomen jaune et blanc, chargés du virus mortel de la peste, vinrent saluer Enmerkar avant de s'envoler. Aussi, de grosses tachines, prêtes à pondre leurs œufs et à contaminer les troupeaux, se présentèrent par millions aux yeux du prêtre. Pour cette cinquième journée de la grande colère, Enki s'était surpassé! De toutes les plaies qu'il avait créées, celle-ci serait la plus dévastatrice.

Comme chaque matin, le prêtre constata *de visu* l'avancement d'El-Bab. Les esclaves travaillaient bien, mais lentement. Enki lui avait promis l'aide de cinq constructeurs de génie capables à eux seuls d'élever le bâtiment jusqu'aux nuages. Mais les jours passaient et ces derniers tardaient à arriver. Enmerkar aurait voulu voir la tour se développer plus rapidement et devenir plus vite le phare spirituel du Nouveau Monde. L'impatience le rongeait de plus en plus en noircissant ses humeurs. Le prêtre savait que la patience était une vertu que son dieu récompensait toujours avec générosité, mais l'attente commençait à être longue! C'est en piaffant de contrariété qu'Enmerkar regagna ses quartiers.

Des centaines et des centaines de gens affluaient tous les jours vers El-Bab. Quelques milliers de tentes et abris de fortune avaient été installés et formaient tout autour de la grande tour une ville champignon.

Le temple était constamment rempli de croyants et les fidèles y défilaient jour et nuit.

Tous ces gens prosternés qui adoraient Enki étaient arrivés pour fuir la mort. Des villages entiers avaient migré avec leurs troupeaux, transformant ainsi leurs habitants sédentaires en fragiles nomades. L'abondance de la population avait restreint les ressources disponibles et un marché noir était vite apparu. Les soldats sumériens, déjà largement occupés avec les esclaves, ne pouvaient rien y faire. En quelques jours, le vol était devenu chose courante et l'extorsion, une manière de vivre.

Sartigan surveillait toujours la mère d'Amos et, sous son déguisement de vieux gâteux, il ne s'était pas fait remarquer outre mesure. En quelques mois, le vieillard avait eu le temps d'apprendre le nordique en compagnie de Frilla et aussi un peu de sumérien. Il le parlait assez pour comprendre que le pays autour d'El-Bab subissait de grands bouleversements et que l'arrivée massive de fidèles était provoquée par une série de malheureux cataclysmes.

— Croyez-vous qu'Amos ait réussi à survivre à toutes ces épreuves?, s'inquiéta Frilla.

— Comme vous le dites parfois, chère dame, répondit le maître, il faut savoir faire confiance : qui sème le temps récolte la conquête!

— Non, le reprit Frilla. L'expression est : *qui sème le vent récolte la tempête*! Mais je ne vois pas très bien en quoi cette expression est pertinente en regard de ma question…

— Moi non plus, avoua Sartigan en souriant, mais j'avais très envie de la dire. J'aime votre langue, elle est vive et pleine d'étranges expressions… Pour ce qui est d'Amos, j'ai confiance en ses capacités. Ne dit-on pas que la craque sent toujours le hareng?

— Pas la craque, Sartigan, rigola Frilla, la caque! LA CAQUE!

— Hum… la caque?

— Oui, expliqua la femme, c'est un baril dans lequel on entrepose le poisson. *La caque sent toujours le poisson*. Cela veut dire qu'on se ressent toujours de notre passé, de nos origines. Cela n'a rien à voir avec la situation, encore une fois!

— Ce qui m'inquiète le plus, avoua Sartigan, ce sont ces mouches qui tournoient au sommet de la tour. Ces insectes transportent toujours de terribles maladies… Amos est capable de défaire le plus gros et le plus fort des géants, mais saura-t-il vaincre ses plus petits ennemis? Hum… enfin, qui verra vivra!

– *Qui vivra verra*!, le reprit encore une fois Frilla. *Qui vivra verra…*

***

Maintenant bien reposés, les aventuriers quittèrent le temple et suivirent Minho dans le labyrinthe. Chacun portait des réserves d'eau potable et Béorf avait fait cuire quelques poissons pour la route. Cette nourriture les ferait tenir quelque temps.

Après une longue marche dans les dédales du lieu sacré, le minotaure arriva comme prévu à l'entrée est de la grotte. Son instinct l'avait directement guidé au bon endroit. La forte lumière du soleil aveugla le petit groupe et les retint dans leur élan vers la sortie. Juste assez longtemps pour que Lolya détecte quelque chose:

– Ne bougez plus!, ordonna la nécromancienne. Reculez! Vite…

Le groupe s'exécuta sans poser de questions. Koutoubia se chargea de faire comprendre à Minho de ne plus bouger.

– Que se passe-t-il?, demanda Amos. Tu as vu quelque chose?

– Regardez là, par terre!, indiqua Lolya. Il y a des dizaines de chauves-souris mortes. Quand la lumière m'a aveuglée, j'ai baissé les yeux et j'ai vu cet animal, juste là, couvert de pustules, qui agonisait au sol. Puis j'ai remarqué qu'il y avait des cadavres de chauves-souris un peu partout…

– Et alors?, s'impatienta un peu Béorf. Elles sont malades. C'est tout!

– Voilà ce qui m'inquiète, répondit la jeune Noire. Chez moi, les guérisseurs racontent que les chauves-souris sont sensibles à une variété de maladies propres aux hommes et à plusieurs autres animaux. Si elles sont atteintes d'un mal quelconque, c'est que nous le serons aussi en sortant d'ici…

– Bonne déduction!, s'exclama Amos. Si leur sensibilité les fait mourir en premier, cela veut dire qu'elles vous servent d'instrument de mesure afin de prévoir une épidémie?

– Exactement!, répondit Lolya. Je crois qu'à l'extérieur d'ici, le pays est infecté par quelque chose de grave… Mais quoi?

– Nous sommes bloqués ici alors?, s'inquiéta Koutoubia. Y a-t-il une façon d'éviter d'être infectés par ce mal?

Lolya prit quelques instants avant de répondre. Elle s'avança vers la chauve-souris morte et l'examina attentivement. Elle retint sa respiration et s'avança vers la sortie pour jeter un coup d'œil à l'extérieur. La nécromancienne se fit rapidement une idée:

– Voilà ce que je pense. Pour répondre à tes questions, Koutoubia, je crois que nous ne sommes pas bloqués ici et qu'il y a un moyen de ne pas être infectés par cette maladie. J'ai remarqué la présence d'une impressionnante quantité de mouches à l'entrée du labyrinthe. Je pense qu'elles transportent avec elles le mal qui a emporté les chauves-souris.

– Il faudrait éviter les mouches, alors?, questionna Béorf, perplexe.

– Non, seulement éviter de respirer, précisa Lolya. Chez moi, on dit que les maladies qui se collent aux mouches volent avec les mouches. Les insectes les répandent dans l'air…

– Eh bien, s'étonna Béorf, alors la seule d'entre nous qui va survivre est Médousa. À part elle, je ne connais personne qui puisse retenir sa respiration bien longtemps!

– Ne t'inquiète pas, Béorf, le rassura Lolya, j'ai une idée…

La jeune nécromancienne déchira six morceaux de tissu de sa robe et fouilla dans ses ingrédients. Elle tira de ses affaires quelques flacons puis commença à préparer un savant mélange. Tout le groupe la regarda s'exécuter en silence. La nécromancienne demeura très concentrée et son habileté à manier les ingrédients impressionna beaucoup Amos. Il n'avait jamais vu son amie travailler aussi habilement.

Au bout d'une bonne quinzaine de minutes, Lolya demanda à Amos d'amener à ébullition le fruit de ses concoctions. Le garçon plaça alors son doigt dans le mélange et, s'aidant du masque du feu, concentra toute sa magie sur son ongle. Une lueur rougeâtre, exactement comme un tison, apparut dans la potion de Lolya. En moins d'une minute, le liquide bouillonnait.

La nécromancienne trempa ensuite avec attention les six morceaux de tissu dans sa mixture. Elle prit bien soin de vérifier que le textile était uniformément imbibé, puis elle les plaça à sécher.

– Bon voilà! Lorsqu'elles seront sèches, ces bandes de tissu nous serviront de masques, expliqua Lolya. Elles contiennent une combinaison de plusieurs poudres et élixirs de protection. Il faudra bien en couvrir votre nez et votre bouche afin que l'air ne passe qu'à travers les fibres. Avec cela, nous pourrons sortir sans crainte et continuer notre voyage.

– Vous êtes certaine de l'efficacité de votre astuce?, demanda Koutoubia. Je n'ai pas envie de finir mes jours plein de pustules et agonisant sur la route.

– Je te demande de me faire confiance, lui répondit la nécromancienne. Je crois en l'efficacité de mes préparations et je suis certaine que tu n'attraperas rien de vilain pour ta santé. L'odeur de ma mixture n'est pas très excitante à respirer, mais je garantis son efficacité!

– Il faudrait expliquer à Minho de quoi il en retourne, suggéra Médousa en voyant l'incompréhension dans les yeux du colosse.

– Je vais le faire, s'empressa Amos.

Puis, se retournant vers Lolya, le porteur de masques demanda :

– Dans combien de temps penses-tu que nous pourrons mettre ces masques et prendre la route?

– Dans une heure, tout au plus !, estima Lolya.

– Très bien, conclut Amos. Reposons-nous tant que nous pouvons encore le faire, je sens que la suite du voyage ne sera pas une partie de plaisir.

Enki avait envoyé sur la terre l'une des pires maladies imaginables. Un virus destructeur capable de terrasser les plus fortes bêtes et d'anéantir les meilleures constitutions humaines. Ce mal commençait par causer des migraines et des maux de gorge, puis des caillots se formaient très rapidement dans le sang et ralentissaient l'irrigation des organes. Venaient ensuite, quelques heures après l'infection, des saignements par la bouche, les gencives et les glandes salivaires. Les muqueuses de la langue, de la gorge et de la trachée se détachaient par la suite et pénétraient les poumons. Le malade commençait alors à vomir du sang noir. Une hémorragie des globes oculaires suivait les vomissements pendant que le cœur du malade commençait à ramollir en suintant du sang. En phase terminale, le moribond subissait un détachement des parois intestinales et de fortes convulsions. Des pustules infectées de sang couvraient finalement son corps au moment de la mort.

À leur sortie de la caverne, les adolescents virent des cadavres d'humains, de chats et de chiens qui gisaient çà et là. Il y avait des enfants morts dans les bras de leur mère, le faciès déformé par la douleur. D'autres bambins, un peu plus vieux, étaient étendus par terre et baignaient dans leur sang. Des troupeaux entiers de moutons, de bœufs et de chèvres cuisaient au soleil dans le mouvement incessant des mouches infectées. La maladie avait fauché des villages entiers et partout le sang des victimes colorait le paysage. Impossible d'échapper au spectacle ! Chaque détour de chemin dévoilait une nouvelle scène d'horreur.

D'un côté, c'était un vieillard moribond, les yeux révulsés et vomissant ses entrailles, qui tendait la main pour demander de l'aide, alors que de l'autre, des familles entières s'étaient passé la corde au cou et, pendues aux arbres, se balançaient lentement au gré du vent.

Et ces mouches ! Il y en avait partout... Elles étaient omniprésentes et angoissantes, repues des déjections infectées de leurs victimes. Impossible de s'en débarrasser ! Elles tournaient constamment autour de la tête d'Amos et de ses amis. Les insectes se posaient lourdement sur les voyageurs en espérant leur transmettre le virus, mais les masques de Lolya offraient une excellente protection.

Pour Amos, l'horreur avait maintenant un visage. Le garçon avait vu des choses terribles depuis sa naissance, mais celle-là les surpassait toutes. Béorf était également sous le choc de cette abomination et Lolya, incapable de sauver quiconque du trépas, pleurait à chaudes larmes en marchant. Médousa, tête basse, avançait dans les traces de Minho en évitant soigneusement de regarder autour d'elle. L'homme-taureau regardait droit devant lui et suivait les indications gestuelles de Koutoubia. De son côté, le guide avait envie de hurler son désespoir et son envie d'être ailleurs.

Cette journée de marche se déroula dans le silence le plus complet. Même lorsqu'il fut temps de préparer le campement, personne ne parla. Amos pensa établir un tour de garde, mais à quoi bon ! Tous les habitants du pays étaient morts. Ce soir-là, chacun s'endormit sans manger, en espérant que le cauchemar soit terminé à leur réveil.

Chapitre 13

La grêle

Une grêle abondante s'était mise à tomber dès les premières lueurs de l'aurore.

De gros morceaux de glace, parfois de la taille d'un œuf, s'abattaient maintenant sur la ville du roi Aratta en détruisant tous les bâtiments. Les maisons étaient en ruine et les murs fortifiés qui protégeaient la cité s'étaient affaissés en créant un terrible tremblement de terre. Aucune construction de pierre, de bois ou de brique, n'avait résisté au martèlement constant de cette pluie maudite. La place du marché s'était transformée en une montagne de glaçons qui, en fondant, creusaient de larges rigoles capables d'emporter les plus solides fondations. Le jour était à peine levé et déjà la cité était en ruine.

Dans tout le chaos de cette nouvelle journée, seul le repaire de Barthélémy tenait encore bon. Bien tranquille, le chevalier regardait, sans broncher, s'effondrer la cité autour de lui. Comme le lui avait demandé Zaria-Zarenitsa, il avait sacrifié un de ses hommes tous les matins à la gloire de la déesse. En contrepartie, la divinité avait tenu sa parole et le protégeait des malédictions d'Enki.

Encore ce matin-là, juste avant le lever du soleil, Barthélémy était allé chercher un de ses chevaliers et l'avait jeté hors du refuge. Le pauvre homme avait couru de toutes ses forces vers un abri pour échapper à la grêle, mais un gros glaçon lui avait fracassé le crâne tout juste avant qu'il n'atteigne son but. Il était mort sur le coup, la figure dans la poussière…

Barthélémy avait ainsi sacrifié trois de ses chevaliers aux moustiques, un aux féroces taons, deux aux mouches infectées et maintenant un à la grêle. Des dix hommes qui avaient survécu aux gobelins et traversé les misères de l'esclavage à ses côtés, il n'en restait maintenant que trois. Trois pauvres chevaliers, ligotés comme des saucissons, qui attendaient d'être sacrifiés à Zaria-Zarenitsa par celui en qui ils avaient eu une confiance aveugle. Ce seigneur qu'ils avaient servi avec fougue et loyauté les avait trompés! Lui qui aurait dû se sacrifier le premier pour le salut de ses hommes les tuait maintenant un à un. Et pourquoi? Pour l'amour d'une déesse insensible et égoïste, belle comme le lever du soleil, mais aussi cruelle que la brûlure de ses rayons.

– Bonjour, mon grand chevalier…, dit une voix suave derrière Barthélémy.

– Bonjour, belle Zaria, lui répondit le seigneur, envoûté par la mélodie des mots. Je t'attendais avec impatience. Comment vas-tu, ce matin?

– Je vais bien, l'assura la déesse. En fait, je vais de mieux en mieux… Ta foi en moi et ton amour amplifient mes pouvoirs de jour en jour. Je suis plus forte grâce à toi…

– Moi aussi, je suis plus fort grâce à toi, confia Barthélémy en prenant Zaria dans ses bras. Je comprends de mieux en mieux ma mission sur terre et je veux te servir jusqu'à mon dernier souffle. Tu es si belle…

– Merci, lui chuchota Zaria-Zarenitsa à l'oreille, je te promets que notre histoire continuera au-delà du temps. À ta mort, tu viendras me rejoindre dans le domaine des dieux et nous régnerons ensemble sur tous les matins de ce monde. Nous serons ensemble la première lumière de la terre…

– Nous deviendrons un symbole d'espoir pour l'humanité, renchérit le chevalier en caressant le doux visage de son amour. Bratel-la-Grande aura son dieu et les chevaliers me prieront chaque matin.

– D'ailleurs, demanda Zaria-Zarenitsa, en repoussant tendrement Barthélémy, à ton retour chez toi, comment feras-tu pour prendre le pouvoir des quinze royaumes ?

– Je sais quoi faire, annonça l'homme, j'ai eu le temps d'y réfléchir. L'ordre des chevaliers de la lumière, dont je suis toujours le maître malgré mon absence, changera de nom pour devenir les chevaliers de l'Aurore. Nous changerons notre drapeau et nos armoiries. Au lieu d'un soleil arborant ses rayons, nous aurons un demi-soleil, symbole du crépuscule.

– C'est tout !, se surprit la déesse.

– Mais non, belle Zaria…, la rassura Barthélémy. Je dispose aussi de quelques bons contacts avec une guilde de coupe-jarrets et je ferai assassiner le roi des quinze. Je n'ai pas le temps d'attendre une autre élection. Ensuite, je me présenterai au conseil des chevaliers et deviendrai le nouveau souverain des royaumes unis. Là, j'unirai les forces vives de tous les chevaliers sous l'ordre de l'Aurore. Je disposerai alors de la plus grande armée du monde et nous gagnerons cette terre pour toi. Tu me diras où il faut combattre et je combattrai ! Il n'y aura pas de limite à notre force. Nous traquerons le mal et nous ferons triompher le bien… Ta splendeur sera notre guide, ta grâce notre force et ton amour, ma raison de triompher.

– C'est un plan extraordinaire !, s'écria la déesse en s'élançant dans les bras du chevalier.

Zaria-Zarenitsa embrassa tendrement le chevalier et, comme la fine rosée du matin, s'évapora dans ses bras.

À ce moment, un des hommes de Barthélémy cria de la pièce d'à côté :

– TU ES FOU, BARTHÉLÉMY ! Jamais les dieux ne partagent quoi que ce soit avec les humains. Tu t'es fait avoir par la beauté de cette déesse et tu regretteras longtemps ton amour pour elle !

– Tais-toi !, répondit Barthélémy en rigolant. Tu ne sais pas de quoi tu parles ! Tu dis cela parce que tu as peur de mourir… Tiens ! J'ai une bonne nouvelle pour toi, tu seras le prochain.

– Tu ne réussiras jamais à prendre le pouvoir sur les quinze royaumes des chevaliers, continua l'homme enragé. Tu sais très bien que si le roi meurt, c'est Junos, des chevaliers de l'équilibre de Berrion, qui possède la faveur du conseil. C'est lui qui sera élu !

– Junos sera de mon côté, martela Barthélémy ou il mourra !

– Tu mettrais à mort celui qui a sauvé Bratel-la-Grande ?, s'étonna le prisonnier. C'est grâce à lui si notre cité est libre, grâce à lui si nous avons pu reconstruire et grâce à lui si tu en es le seigneur ! Tu renierais son amitié pour ta déesse égoïste et inhumaine ?

Barthélémy fit quelques pas rapides pour se rendre aux côtés du chevalier récalcitrant. Il le frappa violemment au visage et dit :

– Quand on ne sait pas quoi dire, on se tait ! Je vais te bâillonner afin que tu me laisses réfléchir en paix. Si je t'entends encore une fois, je te coupe la langue. C'est clair ?

Le prisonnier se laissa bâillonner sans pouvoir rien y faire. Il ferma alors les yeux et demanda au ciel une mort rapide et sans souffrance.

***

Il y avait des cadavres partout et Amos marchait seul sur ce tapis morbide. Il faisait sombre et la puanteur des corps en décomposition l'étourdissait. Dans ce paysage sans horizon, le garçon avançait sans but. Il croisa les corps inertes de Béorf, Lolya puis, un peu plus loin, Médousa. Koutoubia, couché en boule, avait été défiguré. Quelques centaines de mètres plus loin, le porteur de masques trouva aussi Minho, complètement démembré.

Le ciel était sombre, sans lumière. Dans ce panorama gris et sans éclat, les âmes des morts émergèrent lentement de leur corps. Un grand fleuve apparut soudainement au centre de la plaine. Ses eaux étaient profondes et malodorantes. De gros bouillons remontaient à la surface en laissant échapper une légère fumée verte. Les âmes des morts s'activèrent et un grand navire de guerre, marqué par d'innombrables combats en mer, apparut au loin. Voguant sur la rivière puante, toutes ses voiles déchirées, le trois-mâts s'arrêta tout près d'Amos et laissa tomber une passerelle.

Les âmes firent alors une longue file et commencèrent à grimper à bord. Le capitaine, un vieillard à la mine sinistre, hurla ses commandements à deux squelettes matelots et, bousculant les âmes qui montaient sur la passerelle, descendit de son bateau. Le vieil homme se dirigea droit sur Amos. Le porteur de masques recula de quelques pas alors que le capitaine s'élançait dans une amicale étreinte.

– TU NE TE RAPELLES PAS ?, hurla le marin en rigolant... Je suis Charon ! Mais non, tu ne peux pas te rappeler !

Amos voulut parler, mais il était incapable d'articuler quoi que ce soit.

– Écoute, mon jeune ami..., commença Charon. Tu as laissé un bon souvenir à Braha, et ce, même si ton retour dans le temps t'a fait tout oublier. Heureusement, la grande ville des morts n'oublie rien, elle. Ha ! ha ! ha ! Refuser de devenir un dieu... c'est bien toi, ça !

Le porteur de masques ne comprenait rien à tout ce charabia. Il aurait aimé demander des précisions, mais en était incapable. Ses lèvres étaient scellées !

Le capitaine poursuivit son monologue :

– Sois aux aguets, jeune Amos, car Arkillon t'enverra bientôt un cadeau. Ne me demande pas comment, je l'ignore... Ce présent te sera utile pour... enfin... pour ton voyage... du moins, je ne peux rien te dire. Mon jeune ami, ta place n'est pas parmi les morts. Néanmoins, pas encore... Ce fut un plaisir de te revoir... Ouvre les yeux, maintenant... Ah oui !, tu as le bonjour de l'Ombre et d'Ougocil !

Le porteur de masques se réveilla en sursaut. Il avait le souffle court et son cœur galopait dans sa poitrine. Amos regarda nerveusement autour lui : tout semblait normal. Pas de morts, pas de bateau ni de rivière et encore moins de capitaine à l'allure inquiétante. Il avait fait un cauchemar...

Amos s'ébroua pour chasser les images du mauvais rêve de son esprit. Béorf et Minho ronflaient comme des sonneurs, Lolya et Koutoubia dormaient paisiblement alors que Médousa regardait les dernières étoiles de la nuit disparaître dans les premières lueurs du matin. La gorgone n'avait pas ses lurinettes sur les yeux. Sans se retourner vers son ami, elle demanda à voix basse :

– C'est toi, Amos ?

– Oui, confirma le garçon. J'ai fait un horrible cauchemar… Et toi, tu ne dors pas ?

– Je suis réveillée depuis une heure environ, lui confia Médousa. Tu sais, j'aime beaucoup regarder les étoiles. J'aime enlever mes lurinettes pour voir le monde avec mes véritables yeux. Cela me repose… Les gorgones sont des créatures de l'obscurité et depuis que je fais route avec vous, mon système est tout retourné. Alors, il arrive parfois que je me réveille en plein milieu de la nuit. C'est mon cycle naturel qui me rattrape !

– Depuis quelque temps, nous savons au moins que la nuit est sûre, remarqua Amos. C'est le jour que les malheurs surviennent ! Je me demande ce que cette nouvelle journée nous réserve…

– Difficile à dire…, soupira Médousa. Il semble bien que les dieux ne manquent pas d'imagination pour faire souffrir les hommes. Tu veux bien me raconter ton cauchemar ?

– Ah non !, il est trop déprimant, répondit Amos. Mais je peux te dire qu'un vieux capitaine de bateau m'a confié qu'un certain Arkillon me ferait parvenir un cadeau…

– Tu le connais, cet Arkillon?, demanda la gorgone, intriguée.

– Pas du tout…, rétorqua le garçon. Par contre, j'ai le souvenir d'une histoire de Sartigan au sujet d'un ancien porteur de masques. Son nom ressemblait à cela…

– Eh bien!, lança Médousa en s'étirant. Quelqu'un qui apparaît dans un rêve pour te dire que tu vas recevoir un cadeau, je n'appelle pas cela un cauchemar. Je vais chercher du bois pour allumer un feu et faire bouillir un peu de l'eau de nos réserves… Tu m'accompagnes?

– Laisse, offrit le garçon. Profite bien des dernières étoiles, je vais le faire…

– Si tu insistes… je te laisse le boulot avec plaisir!

Amos se leva et marcha un peu autour du campement. Il ramassa quelques bouts de bois, mais son attention fut vite attirée par une forme humaine un peu plus loin. Ses yeux n'arrivant pas à percer la grisaille de ce nouveau matin, il s'approcha avec précaution.

Amos découvrit une statue représentant un elfe. Taillée dans de la pierre noire, la sculpture était d'une très grande beauté et avait un air familier. L'elfe immobile présentait au garçon un coffret de bois finement décoré. Suivant son impulsion, Amos saisit délicatement l'objet.

Au moment où l'écrin fut en possession du porteur de masques, un fort vent se leva et balaya la statue grain par grain. Comme une fine poudre emportée par le vent, la représentation de l'elfe se décomposa et disparut dans la bourrasque.

Amos pensa alors à son cauchemar. C'était peut-être le cadeau qu'on lui avait annoncé? Le garçon ouvrit alors le coffret et y découvrit quatre pierres. Devant ses yeux scintillaient un rubis, un diamant clair et translucide, un saphir et une tourmaline noire et striée.

Sous le choc de cette surprise, le porteur de masques demeura bouche bée. S'agissait-il de véritables pierres de pouvoir? Quatre en même temps?

Comme Amos se questionnait sur cet étrange cadeau venu de nulle part, un gros morceau de glace venu du ciel atterrit à ses pieds. Aussitôt le garçon leva la tête vers les nuages et comprit qu'une grêle mortelle tomberait bientôt sur le pays. Il déguerpit pour alerter ses amis:

– DEBOUT TOUT LE MONDE!, hurla Amos. Une forte grêle tombera bientôt sur tout le pays et je n'ai pas envie de me faire assommer!

– Il nous faut un endroit pour nous cacher…, lança Béorf encore tout endormi. Une fois en sécurité, nous pourrons faire une sieste!

– Je ne vois rien autour pour nous abriter, s'inquiéta Lolya en bondissant de sa couche. Et toi, Koutoubia?

– Dans cette région, il n'y a rien…, confirma le guide. Pas de grottes ou de cavernes. Le dernier village que nous avons traversé est à une heure de marche et il n'y a que des pâturages devant nous…

À ce moment, quelques glaçons tombèrent du ciel et éclatèrent brutalement en mille morceaux au centre du campement. La tempête de glace était imminente.

– Il faut trouver quelque chose, s'écria Médousa, paniquée. Nous aurons tous le crâne défoncé et les os brisés dans quelques minutes.

– Je ne vois qu'une solution, dit finalement Amos. J'intègre ces pierres et nous allons bien voir ce qui va se passer.

– Mais, s'étonna Béorf, où as-tu trouvé cela ? Ce sont des pierres de puissance ?

– Je t'expliquerai plus tard où je les ai trouvées, répliqua Amos. Et j'espère que ce sont bien des pierres de puissance, car c'est notre seule option pour survivre à la grêle. Je dois accentuer mes pouvoirs pour nous sortir de ce mauvais pas… Il me faut créer un dôme de protection ou… ou quelque chose du genre.

– Tu vas toutes les intégrer ?, interrogea le gros garçon. Toutes en même temps ?

– En même temps !, lança Amos, décidé.

– Tu risques de perdre le contrôle, tu le sais, ça ?, lui rappela Béorf, inquiet.

– Oui, je sais… tu as une meilleure solution ?

La grêle avait commencé à tomber et s'amplifiait de seconde en seconde. Amos saisit alors le rubis et, ne sachant pas comment l'intégrer à son masque, le regarda avec circonspection. À sa grande surprise, il vit que la pierre commençait à se liquéfier et à pénétrer dans la paume de sa main.

– Je ne croyais pas que c'était aussi simple !, s'étonna le porteur de masques. Allez, je prends toutes les pierres…

Le diamant, le saphir et la tourmaline allèrent rejoindre le rubis dans la paume du garçon et commencèrent à fondre doucement. Amos sentit alors une force envahir son corps. C'était une brûlure intense qui se répandait dans son sang et se frayait un chemin jusqu'à son cœur. Le porteur de masques eut envie de crier, mais la douleur lui paralysait la gorge et les poumons.

La grêle commença à tomber de façon continue.

Le porteur de masques était maintenant en convulsions et s'agitait frénétiquement au sol. C'était trop de puissance magique en un seul coup !

– Qu'allons-nous faire ?, demanda Koutoubia, désespéré. C'est notre fin ! Notre heure est venue… nous allons tous mourir !

De gros grêlons s'abattirent sur le groupe en blessant légèrement Lolya à la tête et Minho à la jambe.

– C'est la fin !, lança le guide. La fin de tout ! Mais… mais qui est cet homme ? Là, juste derrière Amos !

Les adolescents se retournèrent et aperçurent Mékus Grumson, le protecteur de l'éther, penché sur le porteur de masques.

L'élémental saisit le garçon et le retint solidement contre lui. Les convulsions diminuèrent et Amos retrouva son calme. Mékus se fondit alors en lui et prit possession de son corps.

Tout autour des voyageurs, une forte chaleur s'éleva ensuite de la terre et un tourbillon de vent vint les entourer. Il s'ensuivit une fine pluie rafraîchissante, comme la bruine du bord de mer, qui humecta doucement leur peau. Amos se leva et dit, très calmement :

– Voici la puissance des forces de l'éther. De la terre, j'ai fait naître la chaleur qui portée par le vent, fait fondre la glace qui vous menace. J'ai découpé l'eau en légères gouttelettes et l'ai mêlée à l'air pour…

– Ça va Amos ?, coupa Béorf, inquiet. Tu n'as pas l'air très bien…

– Je ne suis pas Amos, mais Mékus, répondit le garçon. Je suis en lui et j'harmonise sa magie. Votre ami est trop téméraire et manque de sagesse. Intégrer quatre pierres d'un coup est pour n'importe quel porteur de masques un véritable suicide. Heureusement, j'ai été averti et je me suis présenté à temps.

– Qui est-ce ? Qu'est-ce qui se passe, ici ?, demanda Koutoubia, subjugué.

– Nous t'expliquerons plus tard, répondit Lolya. Mékus est un ami que nous avons rencontré avant notre arrivée à Arnakech.

Minho, indifférent aux conversations, beugla de joie en savourant le bonheur d'être aspergé par cette douce pluie. Il sortit la langue et lécha goulûment le bout de son museau pour s'humecter la bouche. Mékus sourit avec tendresse et dit :

– Je vous accompagnerai toute la journée et assurerai votre sécurité. Amos doit se remettre du choc des pierres de puissance et son esprit est bien présent avec moi. Ne vous inquiétez pas pour lui, nous travaillons en même temps que je vous parle à la nouvelle harmonie des pierres de puissance. Marchons vers la tour d'El-Bab, la grêle qui tombe sur le pays ne nous touchera pas.

Chapitre 14

Les sauterelles

Le réveil fut brutal pour Amos et ses compagnons de voyage. Pas encore de répit: tout le groupe dut fuir le campement à toutes jambes.

En cette septième journée de la colère d'Enki, des millions de sauterelles tombaient maintenant du ciel. Koutoubia et Minho devançaient le groupe en essayant de repérer un refuge, mais les endroits pour se cacher semblaient inexistants.

Les insectes étaient affamés et cherchaient désespérément de la nourriture. La moindre petite plante verte était déchirée, mastiquée et avalée à grande vitesse. Aucun grain de blé, de maïs, d'orge ou de riz ne fut épargné. La grêle de la veille avait abattu les tiges des végétaux et les sauterelles s'attaquaient aujourd'hui aux semences. Des nuages entiers de ces petites bêtes chutaient du ciel comme une lourde pluie et se répandaient partout dans le pays de Sumer.

– JE SUIS FATIGUÉ DE TOUT CELA!, hurla Béorf en se protégeant la figure des insectes. J'AIMERAIS AVOIR UNE JOURNÉE DE PAIX!

– MOI AUSSI! IL N'Y A RIEN POUR NOUS ABRITER AUTOUR D'ICI!, remarqua Amos en secouant la tête. LES MAISONS ONT TOUTES ÉTÉ DÉTRUITES PAR LA GRÊLE ET…

– ICI!, l'interrompit Koutoubia en pointant quelque chose. VOICI UN LIEU SÛR!

Le guide avait remarqué, derrière la maison en ruine d'un fermier sumérien, les formes distinctives d'un grenier souterrain. Creusé dans la terre pour garder la fraîcheur et l'humidité des aliments scellés dans des jarres, l'endroit semblait en assez bon état pour accueillir tout le groupe. La grêle l'avait beaucoup endommagé, mais le lieu était idéal pour se protéger de l'invasion.

Minho se précipita sur la trappe du plancher et l'ouvrit d'un coup. Il fut immédiatement renversé par des milliers de sauterelles qui jaillirent toutes en même temps.

– ATTENTION, JE FAIS LE MÉNAGE!, avertit Amos en pointant la main vers la cavité.

En utilisant les pouvoirs du masque du feu qui était maintenant serti de deux pierres de puissance, il fit s'enflammer les insectes présents dans le grenier souterrain. Des centaines de petites explosions, s'enchaînant les unes après les autres, vinrent éclairer un minuscule escalier de terre battue. Lorsque le porteur de masques fut certain que toutes les sauterelles avaient bien brûlé, il produisit magiquement un vide d'air dans le trou. En créant cet effet de vacuum, toute la poussière et les cendres d'insectes furent évacuées d'un coup.

Amos saisit alors un bout de bois qu'il transforma en torche.

– Descendons vite !, suggéra Amos en présentant le flambeau à Béorf.

L'hommanimal s'en saisit et descendit le premier. Les autres lui emboîtèrent vite le pas. Lorsqu'ils furent tous entrés, le porteur de masques ferma la trappe derrière eux et, de l'intérieur, ordonna aux grains de sable de sceller les ouvertures. Comme par magie, la terre obéit et recouvrit les brèches dans la seconde. Amos prit alors bien soin de creuser magiquement une unique prise d'air.

Devant le petit trou qu'il venait d'excaver, Amos appela les services d'un pelleteur de nuages. Un petit bonhomme tout constitué d'air, rond comme une pomme, les yeux exorbités et portant une large pelle sur son épaule, se matérialisa devant le garçon. Le jeune magicien lui ordonna alors :

– Aucun insecte ne doit entrer par ce trou ! Ta tâche est de faire circuler l'air et de t'assurer que nous respirons bien.

Le petit bonhomme opina du bonnet et commença immédiatement à pelleter l'air vicié à l'extérieur en s'assurant bien qu'il soit remplacé par de bonnes bouffées fraîches. Quelques sauterelles essayèrent de s'infiltrer dans l'ouverture, mais sans succès. Le pelleteur de nuages les assomma à tour de rôle avant de les souffler vers le dehors.

– Voilà !, s'exclama Amos. Nous serons un peu débarrassés de ces maudits insectes !

– WOW!, lança Lolya, impressionnée. Tes pouvoirs ont vraiment décuplé!

– Je ne sais pas ce que Mékus m'a fait, expliqua Amos, mais sa présence a tout harmonisé en moi et je n'ai jamais senti la magie circuler aussi bien dans mon corps. Je sais d'instinct quel sort je peux lancer, je connais mieux mes limites et mes forces...

– C'est une chance que Mékus soit venu à ton aide, l'interrompit Médousa.

– Je serais mort, sans lui, avoua Amos. Je me rends bien compte que je lui dois la vie. Sans son aide, les quatre pierres de puissance m'auraient déchiré de l'intérieur. J'ai agi comme un imbécile en voulant les intégrer toutes à la fois... Je n'avais pas conscience de ce que je faisais, j'étais trop paniqué. Sartigan ne serait pas très fier de moi! Lui qui prêche pour l'intelligence et le jugement dans l'action...

– Oui, mais sans ton réflexe, ajouta Lolya, nous aurions tous été tués par la grêle. Tu as fait ce que tu croyais le mieux et ce sont les conséquences de ton erreur qui nous ont sauvé la vie...

– C'est bien vrai que, sans l'arrivée de Mékus, continua Béorf, nous n'aurions pas fait très long.

– Grâce à lui, poursuivit Médousa en croquant une sauterelle grillée, nous sommes tous réunis et en sécurité! Quelqu'un en veut? J'en ai ramassé quelques-unes comme collation avant d'entrer...

– Sans façon, refusa Béorf, dégoûté.

Koutoubia s'approcha d'Amos et lui demanda :

– Vous semblez très bien vous porter depuis ce matin. Notre réveil fut plutôt brutal et je m'inquiétais…

– Je me suis réveillé dans une forme exceptionnelle, répondit Amos. J'ai l'impression d'avoir dormi une journée entière…

– Très bien, se réjouit le guide. Que comptez-vous faire ? Affronter les sauterelles et continuer notre chemin ou rester ici et peut-être voyager cette nuit ?

– Sommes-nous près de la tour ?

– Deux bonnes journées de marche, estima le guide. Deux pénibles journées pendant lesquelles nous n'aurons rien à boire ni à manger, car nos réserves sont à sec. À moins, bien sûr, d'engloutir des sauterelles comme Médousa ! Cependant, même affaiblis, nous ne risquons pas de nous perdre. J'ai clairement vu El-Bab avant d'entrer ici… Il nous suffira de marcher directement vers la tour.

– Bonne nouvelle !, s'écria Béorf. Nous arrivons enfin à cette satanée tour ! J'en ai assez de ce voyage et des surprises que nous devons affronter chaque matin. Nous sommes arrivés jusque-là à nous sortir des pires pétrins, mais ce petit jeu commence à me taper sur les nerfs ! Puis… puis j'ai faim !

– Et moi, continua Lolya, j'ai terriblement soif… ma gourde est presque vide.

– Si vous voulez mon avis, enchaîna Médousa, j'opte pour le voyage de nuit. Nous économiserons l'eau à marcher dans la fraîcheur du soir et, bien personnellement, j'aime mieux les étoiles que le soleil.

– Je suis d'accord, acquiesça Amos. Restons ici pour la journée… De toute façon, nous ne pouvons rien faire contre cette épidémie de sauterelles.

– Alors, voici ce que je propose pour passer le temps, dit Lolya en sortant un petit sac d'osselets. Je vais lire votre avenir…

La jeune nécromancienne connaissait plusieurs façons d'interroger l'avenir, mais sa préférée demeurait l'utilisation des osselets. Cet art, appelé la géomancie, consistait à deviner l'avenir en jetant par terre des cailloux, des dés ou tout autre petit objet arborant une forme ou une figure distinctive. Dans sa tribu d'origine, les chamans dogon utilisaient souvent des cauris. Ces petits coquillages avaient constitué anciennement la première monnaie de son peuple et ils servaient maintenant d'objets sacrés pour l'art divinatoire. Lolya appelait ce rituel magique « frapper le sable ». En lançant ces huit bouts d'ossements, chacun marqué d'une figure différente, elle invoquait la déesse primaire, créatrice de la terre, et demandait qu'elle ouvre un court instant les voiles de l'avenir. L'art de la jeune Noire consistait ensuite à décoder l'agencement des signes et à interpréter leur position les uns par rapport aux autres.

– Mon peuple accorde une très grande valeur religieuse au fait d'utiliser les osselets, expliqua

Lolya. Dans nos rites, les grands chamans ont même des costumes complets faits de petits bouts d'ossements. Ils s'en servent dans les rituels magiques de guérison ou de possession. Sur le plan symbolique, les osselets représentent aussi la féminité et les prêtres les utilisent dans les rites de fécondité.

– Et comment cela fonctionne-t-il?, demanda Médousa, intriguée.

– Il faut poser une question aux osselets en les manipulant doucement entre tes mains, énonça la jeune nécromancienne. Ensuite, tu les lances au sol. Sans connaître ta question, j'interprète leurs positions et je te donne une réponse. C'est simple et très amusant et… cela nous fera passer le temps.

– D'accord, s'excita la gorgone, c'est moi qui commence.

– Prends les osselets dans ta main et pose ta question…, continua Lolya.

Médousa ferma les yeux, amena les osselets près de sa bouche et demanda si, malgré son apparence menaçante et la mauvaise réputation de sa race, elle allait un jour être acceptée des humains. Elle lança ensuite les petits bouts d'ossements par terre.

– Tu vois, interpréta Lolya, j'ai ici le symbole de l'œil et de la pierre. Cela veut dire qu'il te faudra toujours être plus belle que les autres et plus diplomate que la majorité des gens si tu veux que ton désir se réalise. Il te faudra aussi prendre conscience que les personnes que tu rencontreras te jugeront d'abord sur ton apparence et non sur tes qualités. Il te faudra toujours faire plus que les autres, donner sans cesse davantage de toi-même et chercher constamment à mieux te faire connaître. Pour réaliser ce que tu as demandé, il te faudra une vie entière sans aucune garantie de succès. Moi, je te conseille d'abandonner cette voie et de rester celle que tu es, envers et contre tous… Tu seras plus heureuse de cette façon !

– WOW !, s'exclama Médousa. Tu es vraiment géniale… C'est exactement ce que j'avais besoin d'entendre ! Et ton analyse des signes répond parfaitement à ma question.

– À moi, maintenant !, s'interposa Béorf en saisissant les osselets.

Le gros garçon demanda s'il allait devenir un chef digne de son père et de son oncle pour le village d'Upsgran. Lolya interpréta ensuite son jet :

– Intéressant !, s'exclama la nécromancienne. Je vois ici deux symboles, soit la plume et le couteau. Il faudra que tu fasses ressortir en toi des talents qui dorment encore et hésitent à se dévoiler au grand jour. Tu as hérité des dons d'orateur et d'écrivain. Si tu veux que ton désir se réalise, il faudra que tu travailles davantage sur ces deux pôles. Dans l'avenir, il te faudra convaincre et expliquer, prendre position et argumenter avec force et vigueur. Tu as en toi l'épée du vent qui tranche par le verbe… Ça répond à ta question ?

– Oui, répondit Béorf, troublé. Mon père était comme ça… un homme de lettres qui ne sortait son épée qu'en tout dernier recours. Sa force résidait dans la connaissance et dans le pouvoir de convaincre. Ce que tu viens de me dire est très cohérent par rapport à ma question…

– Amos maintenant?, demanda Lolya en présentant les osselets au garçon.

– Je ne veux pas savoir, refusa poliment le porteur de masques. Pour l'instant, j'ai trop de questions et trop d'incertitudes… Peut-être que Minho voudrait jouer?

Amos plaça ses oreilles de cristal et expliqua le jeu au minotaure. L'homme-taureau accepta très solennellement de participer. Le porteur de masques prêta alors ses oreilles à Lolya et Minho s'exécuta. Le colosse demanda aux osselets, suivant le code d'honneur de sa culture, s'il allait mourir en héros ou en lâche.

Lolya lui expliqua qu'elle voyait deux symboles dans son jet: la plume et l'animal. Sans savoir ce que Minho souhaitait, elle pouvait affirmer qu'il obtiendrait à l'avenir beaucoup plus que ce à quoi il s'attendait. Il portait en lui l'esprit de l'animal, ce qui supposait une montée fulgurante dans la hiérarchie de son peuple et une domination des structures sociales. Le minotaure sourit et conclut qu'il ne mourrait pas en poltron, mais en chef. Pour lui, rien n'avait autant d'importance que de vivre la tête haute en sachant que son honneur ne fléchirait jamais et que la fierté le suivrait jusqu'à son dernier souffle. Content, Minho se retira pour laisser la place à Koutoubia.

Le guide, très excité, demanda aux osselets s'il vivrait encore de grandes aventures et s'il verrait de nombreux pays. Plein d'entrain, il lança les os avec ferveur. Lolya prit quelques instants pour remettre les oreilles de cristal à Amos et se pencha sur le résultat.

La nécromancienne toussota puis, mal à l'aise, regarda Koutoubia avec un sourire forcé. Elle tapota ensuite un peu l'osselet représentant une maison, puis celui marqué d'une plume. S'éclaircissant la voix, elle dit :

– Je pense que je commence à perdre ma concentration… euh… je ne sais pas trop quoi dire, sinon que le voyage a commencé pour toi et que tu verras bientôt des lieux merveilleux. Tu traverseras des contrées nouvelles et expérimenteras des sensations neuves… euh… quelque chose de nouveau commence pour toi et j'espère que tu seras heureux… disons que tout sera désormais plus facile dans ta nouvelle existence.

– Merci !, lança Koutoubia en débordant de joie. Je savais bien que j'avais pris la bonne décision en vous accompagnant. J'ai pensé à retourner à Arnakech pour y vivre en paix, mais l'aventure m'appelle et, malgré les difficultés, je veux vous accompagner partout où vous irez ! Cela répond merveilleusement bien à ma question !

– Je suis contente, répondit Lolya avec émotion. Si vous le voulez bien, nous allons arrêter le jeu, maintenant…

– Mais, se récria Médousa, j'avais d'autres questions ! On ne fait que commencer, non ?

– Je suis trop fatiguée pour poursuivre, répliqua Lolya. Peut-être plus tard…

Amos se pencha alors sur son amie pour l'aider à ramasser ses osselets et lui murmura à l'oreille :

– Qu'est-ce qui se passe ? Qu'est-ce que tu as vu dans l'avenir de Koutoubia que tu ne peux pas lui dire ?

Lolya regarda Amos dans les yeux et, en versant une larme, lui répondit :

– Il sera mort dans deux jours…

Chapitre 15

Les ténèbres et les premiers-nés

Il y a des choses dans le monde que nous croyons acquises, des événements dont la régularité ne nous surprend plus. La lumière du soleil est une de ces choses-là. Pour chacun, il est normal de voir le soleil se lever chaque matin et se coucher chaque soir. La lumière fait partie de la vie ; elle chasse l'obscurité, fait disparaître l'ombre et transperce l'opacité des ténèbres. Dans plusieurs cultures, elle symbolise la connaissance et la purification, la vie et l'ordre. Seulement, lorsque cette lumière disparaît et que les ténèbres s'installent à sa place, son absence entraîne le chaos.

Pour la première fois de l'histoire du monde, en cette huitième journée de la colère d'Enki, le soleil refusa de se lever.

Sur toute la terre, ce fut la terreur. Partout, d'un continent à l'autre, les hommes connurent l'angoisse de la nuit éternelle. Les créatures du jour, celles qui puisent leur force et leur vitalité dans l'astre solaire, tombèrent à genoux en suppliant leurs divinités de leur accorder miséricorde. Les temples et les lieux sacrés furent envahis de fidèles inquiets réclamant des explications aux prêtres. Les rues des villes se vidèrent, laissant la place aux créatures de la nuit.

Des peurs, paniques irrationnelles et troublantes explosèrent dans tous les royaumes des hommes et provoquèrent une anxiété générale. La peur de mourir se répandit comme une traînée de poudre dans plusieurs grandes villes et des centaines de personnes connurent des moments de folie passagère. Des hommes se lancèrent en bas des ponts en hurlant leur désespoir, pendant que des familles entières, certaines d'être condamnées à disparaître, se donnaient la mort dans d'horribles conditions. Plusieurs religions offrirent des sacrifices humains et animaux afin que la lumière revienne et bon nombre se crurent définitivement abandonnées des dieux.

Les théories les plus folles se mirent alors à circuler aux quatre coins du monde. On disait qu'un monstre de taille démesurée avait avalé le soleil. À l'est, on le décrivait comme un vorace dragon alors qu'au sud, on affirmait qu'il avait la forme d'un tigre céleste. On crut aussi à un retour des géants et des titans. Ces premiers habitants de la terre, qui avaient été chassés par les dieux, revenaient peut-être reprendre leur place dans le monde?

Afin de réveiller les divinités endormies et les héros des temps anciens, des villes entières commencèrent à frapper ensemble ustensiles et casseroles, épées et boucliers, en plus de faire sonner les cloches des temples. Ces appels aux valeureux démiurges, aux personnages de légende et aux figures intrépides des différentes croyances et religions demeurèrent sans réponse. Dans l'esprit de plusieurs fatalistes, le mal avait déjà triomphé et toute tentative d'échapper à son emprise était inutile.

Les poètes et les artistes virent dans cette longue nuit les conséquences des jeux amoureux entre le soleil et la lune. Un grand homme de lettres écrivit dans un sonnet que les amants lumineux jouaient à cache-cache et que le soleil s'était dissimulé pour mieux surprendre sa compagne. Il proclama que de leur passion naîtraient de nouvelles étoiles, de minuscules points de lumière prêts à grandir pour remplacer un jour leurs parents.

Geser Michson, toujours auprès de Maelström, n'entendit pas de cris de panique et ne lut pas de poèmes lyriques. Il profita de la nuit et fit sortir pour la première fois son protégé de la grotte. Le béorite savait que le jeune dragon avait besoin de s'étirer les ailes et de voler autour d'Upsgran. Comme le soleil refusait de se lever, personne ne verrait la bête de feu se dégourdir dans le ciel. Pour Geser, cette longue journée sans lumière fut la plus belle de sa vie. Il resta à contempler l'ombre de Maelström qui s'amusait dans les airs en imaginant ses pirouettes et ses plongées vers la mer.

De son côté, Harald aux Dents bleues convoqua ses premiers lieutenants et demanda que l'on prépare rapidement une expédition à la montagne de Ramusberget. Était-ce la malédiction refaisant surface? Un autre dragon était peut-être revenu? Le roi devait assurer la sécurité de ses territoires et, comme personne ne savait véritablement que faire pour ramener le soleil, il expédia une troupe de valeureux Vikings pour enquêter.

Plus loin, sur l'île de Freyja, Flag Matran Mac Heklagroen, le chef des luricans, crut à une ruse malveillante de la déesse envers son peuple. Pour les luricans, le moment était venu de reprendre leur bout de terre et d'en assumer à eux seuls le contrôle. En cette longue nuit, ils allaient chasser Freyja de l'île et commencer une nouvelle vie. Comme avant, ils allaient construire leurs maisons à la surface et voir galoper leurs chevaux tous les jours. Flag ordonna le démantèlement immédiat des dolmens de la divinité, premier pas vers la libération de son peuple!

À Berrion, Junos se présenta aux portes du bois de Tarkasis afin d'y rencontrer les fées. Le seigneur avait besoin d'explications sur ce phénomène et Gwenfadrille allait peut-être pouvoir lui en donner. Il se heurta malheureusement au silence des fées. Personne ne lui porta attention, car réunies en conseil, les fées débattaient déjà du problème. Plusieurs reines de nombreux territoires s'étaient matérialisées à Tarkasis et la peur animait les débats. Était-ce le retour du grand cycle des êtres de la lune? Une attaque des forces de l'obscur? Personne ne possédait le moindre indice…

Le gros seigneur Édonf du royaume d'Omain ordonna, par la voix d'un crieur public, que celui ou celle qui avait pêché le soleil le remette immédiatement à sa place. Des légendes du pays racontaient en effet l'histoire d'un pêcheur qui, un jour, avait bien involontairement attrapé le soleil dans un de ses filets. Croyant qu'il s'agissait d'un fait réel et non d'un conte poétique pour endormir les enfants, Édonf envoya ses hommes fouiller chaque maison et chaque bateau. Ses gardes ne trouvèrent rien et durent subir les invectives de leur maître. Le gros seigneur demanda ensuite à ce qu'on lui amène Amos Daragon dans les plus brefs délais. Il le soupçonnait d'être en dessous de l'affaire. On rappela à Édonf que le garçon était parti depuis longtemps et qu'il l'avait délesté de plusieurs pièces d'or avant de s'en aller. Le seigneur se remémora les événements et, rouge de colère, eut un malaise cardiaque. Heureusement pour lui, il survécut à cette attaque.

Annax Crisnax Gilnax et ses amis grissauniers considérèrent cet événement comme un signe. Depuis leur départ des Salines, rien n'avait très bien fonctionné. Les gens importants refusaient de les rencontrer et les riches marchands se moquaient d'eux. Personne ne voulait croire que ces petits êtres gris aux grandes oreilles possédaient le secret de la fabrication du sel. On flairait l'arnaque et les bourses restaient bien fermées. Après tout, se disait Annax, le monde à l'extérieur des murs des Salines n'était peut-être pas fait pour eux. Ils étaient sans doute trop fragiles, trop délicats pour affronter la sauvagerie, la méfiance et l'hypocrisie des hommes. Chez eux, ils étaient prisonniers des murs, mais libres de tracas et toujours en sécurité.

À la suite de ce prolongement inhabituel de la nuit, Nérée Goule plaça Volfstan sur un pied d'alerte ! La guerrière pensa avoir affaire à une ruse des barbares pour s'emparer de la ville. Depuis la visite du roi Ourm le Serpent rouge, la grosse femme avait été décorée et citée plusieurs fois en exemple auprès des autres chefs de village. Des rumeurs avaient commencé à circuler et on disait que le roi avait une relation secrète avec Nérée. D'autres prétendaient que cette femme n'était pas ce qu'elle laissait supposer. En vérité, disaient-ils, c'était une créature capable de se transformer en un monstre plus fort qu'un bataillon de béorites et plus rapide que le battement des ailes d'un colibri. Bref, pendant toute cette longue nuit, Nérée demeura sur les remparts à attendre l'attaque de ses ennemis. Jamais ils ne se présentèrent…

Sur toute la terre, un seul rayon de soleil traversa l'obscurité pour éclairer El-Bab et la faire s'illuminer de mille feux. D'aussi loin que les hommes purent voir, des plus hautes montagnes jusque dans les déserts les plus plats, ils aperçurent le faisceau lumineux et nombreux furent ceux qui y virent un signe.

Clans, ethnies, peuples et peuplades, tribus et familles se mirent en marche pour atteindre la grande tour. Tous ces nouveaux pèlerins, venus de régions lointaines et de territoires excédant largement le pays de Sumer et les contrées de Dur-Sarrukin, allaient devenir une nouvelle nation, celle d'Enmerkar !

Le grand prêtre eut alors une vision. Autour d'El-Bab, ces gens allaient grandir dans la foi du dieu unique et dans l'adoration de son image. Ils loueraient la lumière d'Enki par des fêtes et des danses, par de la musique et des prières. D'immenses bûchers seraient allumés partout et des rites de purification y prendraient place. Un Nouveau Monde se préparait à émerger, un monde neuf mené par une croyance unique capable des pires atrocités au nom de la vérité. Un monde sans place pour la diversité et l'éclectisme, où le dogme religieux causerait de multiples souffrances et d'innombrables morts. Un monde où la libre expression serait refoulée et où la dissidence deviendrait synonyme de torture. Ce monde allait bientôt naître et Enmerkar, seul représentant de son dieu sur terre, serait l'unique détenteur du pouvoir. Voilà pourquoi le grand prêtre d'El-Bab passa cette sombre journée à rire en haut de sa tour.

Le lendemain, lorsque le soleil réapparut sur le monde, une dernière catastrophe s'abattit sur l'humanité. Tous les premiers-nés, héritiers et héritières des empires humains et des royaumes oubliés, princes et princesses des domaines enchantés et des duchés plus modestes, futurs monarques des terres sauvages et prochaines souveraines des forêts luxuriantes, moururent avant de contempler le jour. Cette dernière malédiction d'Enki emporta tous les premiers-nés de tous les rois du monde.

Ce grand malheur révéla aussi les origines de Koutoubia Ben Guéliz. Le jeune garçon, originaire d'Arnakech, était en réalité le fils illégitime du grand khalife de la ville. Fruit des amours interdites d'une simple et modeste vendeuse de fruits et du fils aîné de la famille royale, Koutoubia s'était toujours cru orphelin. Lorsqu'on avait appris au palais l'existence d'un enfant illégitime, des gardes s'étaient emparés de la femme et de l'enfant pour les mettre à mort. La mère avait été sauvagement poignardée et on avait abandonné le bébé aux chacals du désert. Le nourrisson avait été miraculeusement sauvé par une famille modeste de commerçants de la ville ; c'est ainsi que Koutoubia avait grandi comme un garçon des rues en ignorant tout de ses véritables origines. Or, bien que sans reconnaissance officielle, il était bel et bien le premier fils du khalife d'Arnakech et l'héritier du trône.

Lorsque Amos le trouva, Koutoubia était déjà mort.

Amos le secoua plusieurs fois, mais sans résultat. Le guide était impossible à réveiller. Entouré de Béorf et de Médousa, le porteur de masques paniqua et commença à le remuer de plus en plus violemment. Lui ordonnant d'ouvrir les yeux, Amos continua son manège jusqu'à ce que sa peine le paralyse... jusqu'à ce que la souffrance lui déchire le ventre... jusqu'à ce que l'écho de ses cris traverse la vallée… jusqu'à ce qu'il comprenne qu'il ne pouvait plus rien faire pour son ami. Le cœur du guide s'était arrêté sous l'effet de la malédiction d'Enki. Son corps reposait normalement sous sa couverture, mais son âme s'était envolée. Le visage calme et serein, on aurait même dit qu'il souriait doucement. Il avait quitté le monde des hommes pour rejoindre les gens de son peuple, au-delà des univers accessibles aux mortels. Koutoubia avait succombé à la malédiction et Lolya l'avait prédit…

Béorf et Médousa tombèrent dans les bras l'un de l'autre en pleurant à chaudes larmes. La gorgone, sur le bord de l'hystérie, hurla de rage et d'incompréhension. Minho, tête basse et l'air affligé, regarda Amos déverser des rivières de larmes sur le corps du jeune guide. Cette situation semblait impossible à croire ! Hier encore, Koutoubia était là, parmi eux, bien vivant et souriant ! Maintenant, tout était fini et son nom n'évoquerait plus que des souvenirs.

Plus jamais Amos ne verrait le sourire de son guide et plus jamais ce dernier ne surgirait devant lui pour lui indiquer un chemin, lui conseiller une route ou l'avertir d'un danger. Son humour et sa joie de vivre ne seraient plus jamais là, à toute heure du jour, pour accompagner les misères et les épreuves du voyage. Ce grand silence autour des adolescents allait créer un vide à l'intérieur du groupe, un espace impossible à combler et toujours béant.

– Dors, Koutoubia, dit Amos en essuyant ses larmes. Dors, mon compagnon de voyage, dors sur cette bouffée de chagrin qui accompagne ta dernière randonnée. Emporte avec toi un peu de la chaleur de mon corps pour te réchauffer dans l'au-delà. Dans mon âme, j'entends une vague de silence qui prend ta place et qui me noie. Si tu savais comme déjà tu nous manques et combien je m'ennuie de tes conseils, de ta présence et de ton amitié. Dors, cher guide, notre complice d'aventures... Et où que tu sois, veille sur nous qui t'avons apprécié et estimé. Ce qui reste de toi vit maintenant en moi, en Béorf, en Lolya, en Médousa et en Minho. Jamais tu ne seras oublié...

Aidés du minotaure et de Béorf, les adolescents fabriquèrent un bûcher et inhumèrent leur compagnon de voyage. Cette dernière journée de marche vers El-Bab serait une journée de tristesse et de mélancolie.

Chapitre 16

El-Bab

Barthélémy sortit de son repaire et constata l'ampleur de la destruction autour de lui. La grande ville du roi Aratta était maintenant déserte et en ruine. Dix jours auparavant, la cité était remplie de passants dans les rues ; elle débordait de commerçants sur la place du marché, d'enfants espiègles qui s'amusaient dans les ruelles, d'odeurs de cuisson, de rires sonores et de jolies femmes. Il y avait des embouteillages de charrettes à certains carrefours et des piétons grouillaient dans tous les coins de la ville. Des foules considérables sortaient à heures fixes des temples sous les hurlements des marchands de thé ambulants. Des bouibouis offraient les spécialités du pays et les cuistots grillaient à l'extérieur de leur restaurant des saucisses de mouton et des sardines de la mer Sombre. Cette ville autrefois si vivante était maintenant tout à fait morte.

Le chevalier embrassa le sol et remercia sa déesse de l'avoir sauvé. De toute évidence, il serait mort sans sa protection. Pour épargner sa propre vie, Barthélémy avait dû sacrifier ses hommes, mais il ne le regrettait pas. C'est à peine s'il se souvenait d'eux! Le seigneur de Bratel-la-Grande avait définitivement perdu la tête.

Il arrive parfois que des événements tragiques chavirent les hommes les plus nobles et les plus vertueux. Barthélémy avait beaucoup souffert lors de son passage forcé comme esclave chez les bonnets-rouges. Ce traumatisme avait bouleversé ses repères et remis en question sa vie entière. Zaria-Zarenitsa avait su exploiter cette faiblesse à son avantage. Le chevalier avait vu trop de haine et de violence. Il était devenu méfiant et amer envers les autres, peu porté à donner sa confiance. La déesse était entrée dans sa vie juste au bon moment pour combler le vide de son âme et le manipuler ensuite à sa guise.

Zaria savait ce qu'elle faisait. Elle avait d'abord charmé le chevalier par son apparence plaisante et inoffensive. Connaissant les règles de conduite de la chevalerie, elle savait que Barthélémy ne refuserait jamais de lui venir en aide.

Habilement, elle l'avait valorisé pour mieux lui inculquer de nouvelles idées: les siennes! C'est elle qui avait maintenant le pouvoir absolu sur les actes et les pensées du chevalier. La déesse le menait comme une marionnette et l'avait forcé à trahir ses hommes. L'affection naturelle que le chevalier entretenait pour ses subalternes avait été dissoute et ne se créerait plus jamais en lui pour quiconque. Le chevalier était maintenant isolé dans son âme et donc plus vulnérable encore aux suggestions de la déesse. Barthélémy n'avait désormais plus de repères et, psychologiquement fragile, était incapable de retrouver son esprit critique.

— Tu vois ce qui reste autour de toi?, dit Zaria-Zarenitsa après s'être matérialisée près du chevalier. Il ne reste rien… Que de la poussière et du sable, voilà ce que laissent les dieux du mal après leur passage.

— Est-ce vraiment le mal qui a provoqué toute cette destruction?, demanda Barthélémy dans un dernier élan de lucidité.

— Oui…, mentit sans vergogne la déesse.

Zaria-Zarenitsa savait pertinemment qu'Enki était d'abord une divinité du bien ayant sombré dans la mégalomanie.

— Le mal est partout, poursuivit la divinité, il est tout autour de nous! Heureusement, nous sommes là, toi et moi, pour préserver le bien et assurer aux humains la paix et la prospérité.

— Le soleil n'est pas apparu, hier, dit Barthélémy. Pourquoi ne s'est-il pas montré? C'est à cause des mauvais dieux?

— Exactement, fabula la déesse. Ils m'ont empêchée de faire mon travail! J'étais prisonnière des puissances du mal et j'ai été torturée… Tout comme toi… Mais heureusement, je me suis échappée pour faire renaître le jour…

En réalité, Zaria-Zarenitsa était beaucoup trop faible pour s'opposer à la volonté d'Enki. Comme les autres dieux dont la tâche est d'assurer l'arrivée de l'aube tous les matins, elle avait tenté de faire son travail. La force du grand dieu sumérien s'était opposée à ses petits pouvoirs et Zaria-Zarenitsa s'était vue submerger par une couche de ténèbres impossible à déloger. Trop dense pour être percée, la nuit était tombée sur le jour en l'écrasant de tout son poids.

– Mais qu'allons-nous faire contre le mal qui se répand sur le monde et qui guette chacun de nos mouvements ?, demanda le chevalier, confus.

– Nous allons le combattre avec une grande armée !, s'exclama Zaria. Tu te rappelles ton idée ? Devenir le roi des quinze royaumes ?

– Oui… oui, je me rappelle, confirma Barthélémy, les yeux hagards. Devenir le roi… Unir les royaumes… Et mener les hommes à la libération…

– À la GRANDE libération !, précisa la déesse, excitée. Tu débusqueras le mal et anéantiras les créatures des ténèbres ! Tu mèneras la grande alliance des humains pour la domination du monde et tu extermineras quiconque refuse de se soumettre au bien !

– Je ferai comme Yaune-le-Purificateur, continua Barthélémy et je répandrai la lumière dans tous les coins obscurs du monde, DE FORCE S'IL LE FAUT ! Je me rends compte que j'ai mal jugé cet homme et je sens aujourd'hui le poids qu'il avait à porter sur les épaules. Je le regrette et je crois maintenant que, s'il a tué mon père, c'est parce qu'il avait une bonne raison de le faire.

– VA !, lui ordonna Zaria-Zarenitsa. Retourne dans ton pays et accomplis ton destin. Je veillerai sur toi. Chacun de tes pas sera une foulée de plus vers la gloire et le succès !

Le chevalier leva dignement la tête et embrassa goulûment la déesse. Il retourna ensuite d'un pas alerte dans la maison, paqueta quelques provisions et déguerpit au pas de course. Le torse bombé et le sourire radieux, le seigneur de Bratel-la-Grande disparut au loin, saluant à grand renfort de gestes sa divine amoureuse.

Zaria-Zarenitsa se retourna alors sur elle-même et apparut, dans une autre dimension, dans la chapelle de son maître. Ce lieu, dont les murs et les poutres de soutien étaient constitués d'ossements humains, faisait peur à voir. Juste devant elle, bien assis sur un trône en or, reposait une divinité à la tête de serpent. Sa peau rouge clair suintait légèrement et ses puissantes mains étaient semblables à des pattes d'aigle.

– J'ai fait ce que tu attendais de moi, Seth, annonça poliment Zaria-Zarenitsa. Libère maintenant mes sœurs comme tu l'as promis.

– Tout cela ne fait que commencer, belle déesse…

– Tu avais promis!, s'opposa Zaria. Respecte ta parole! Nous avions un accord, tu te souviens? Si je réussissais à séduire le chevalier et à l'inciter à prendre le pouvoir des quinze royaumes, tu libérais mes deux sœurs que tu tiens en otage.

– Ce n'était que la première étape, dit Seth en souriant. Maintenant, tu vas continuer la route avec lui. Je ne veux pas qu'il se démotive et qu'il retrouve sa lucidité…

– Et si je refuse ?, demanda la déesse.

– Je ferai souffrir tes sœurs pour l'éternité, ricana le dieu serpent. Tu n'as pas le choix, petite déesse mineure ! Il faut vraiment être aussi stupide que Barthélémy pour croire que c'est toi qui as protégé son repaire de la colère d'Enki. Tout le mérite de ce travail me revient. Tu n'es bonne qu'à mettre de la rosée sur l'herbe et à faire s'ouvrir les fleurs, chère Zaria… pas plus ! Tu vas immédiatement faire ce que je t'ordonne !

– Très… Très bien, hésita la divinité. Il semble que je n'ai pas le choix…

– Tu comprends vite lorsqu'on t'explique longtemps !, se moqua le dieu. Ce que Karmakas ou Yaune-le-Purificateur n'ont pas pu réussir, c'est Barthélémy qui le réussira ! Ma ténacité est admirable, tu ne crois pas ? J'obtiens toujours ce que je veux, même si parfois les choses prennent un peu plus de temps que prévu.

– Que dois-je faire, maintenant ?, questionna Zaria.

– Disparaître et te tenir prête à exécuter mes ordres !, lança brutalement Seth. Rappelle-toi bien de ne parler à personne de notre alliance… C'est notre petit secret ! Il ne faudrait pas que je me fâche et que tes sœurs souffrent le martyre…

La déesse s'inclina et disparut du temple éthéré de Seth. Le dieu se cala alors confortablement dans son trône et éclata d'un rire dément.

***

La tour était enfin là! Elle s'élevait majestueusement devant les yeux ébahis des adolescents. Jamais ils ne l'auraient crue si haute et si imposante. El-Bab ne donnait pas l'impression d'être une tour ordinaire: elle ressemblait davantage, par sa taille, à une montagne sacrée émergeant de la terre. Plus de trois cents étages étaient déjà construits et des milliers d'esclaves travaillaient jour et nuit à son érection.

De la petite colline où se trouvaient Amos et ses compagnons, il était possible d'admirer l'imposante ville champignon qui en ceinturait les alentours. Autour de la tour, c'était une véritable fourmilière grouillante d'activité. Esclaves, pèlerins, travailleurs engagés, artistes-sculpteurs, cuisiniers, soldats, marchands, femmes et enfants occupaient les rôles nécessaires au bon fonctionnement du chantier.

– Allez!, s'écria Béorf. Allons faire une visite à la tour et casser la croûte en ville. J'ai tellement faim que je dévorerais un bœuf à moi tout seul!

– Je ne pense pas, répondit Amos en réfléchissant. Je ne crois pas qu'un minotaure et qu'une gorgone soient les bienvenus dans cette cité. Regarde, Béorf, sur le flanc ouest de la tour, les esclaves qui y travaillent sont des hommes-taureaux. Puis, regarde plus en avant, juste là, ce sont des hommes à la peau noire qui se font fouetter. Lolya sera aussi en danger si nous entrons tous dans cette cité.

– Mais nous n'allons pas rester ici à admirer le paysage!, lança Béorf, tenaillé par la faim. Il faut penser à quelque chose alors et vite! J'ai faim…

– Toi et moi irons en ville et nous essayerons de trouver quelque chose à manger pour tout le monde, proposa Amos. Comme nous n'avons pas d'argent, eh bien, nous devrons voler de la nourriture. Quand nous aurons tous mangé, je commencerai les recherches pour retrouver ma mère.

– Koutoubia aurait certainement aimé vous accompagner…, pensa Lolya à haute voix.

– Et j'aimerais bien qu'il soit avec nous, reconnut Amos. Son aide me manque terriblement.

Un moment de silence plana entre les adolescents.

– Bon, allons-y!, commanda Amos.

– Nous ne bougerons pas d'ici et attendrons votre retour…, promit Lolya. Ne soyez pas inquiets, nous trouverons un endroit pour nous cacher.

Les garçons dirent au revoir à leurs amis et marchèrent côte à côte vers la cité. Ils croisèrent quelques bergers guidant leur troupeau vers les pâturages environnants. Les grandes catastrophes qui s'étaient abattues sur le pays n'avaient aucunement atteint la tour et les terres voisines. Tout était parfait dans un rayon de plusieurs kilomètres autour d'El-Bab. Les champs étaient luxuriants, les habitants des lieux en bonne santé et, de toute évidence, la grêle n'avait rien endommagé.

Un bataillon complet de soldats sumériens était stationné à l'entrée de la ville. Les gardes observaient les allées et venues d'un regard distrait, trop occupés qu'ils étaient à jouer aux dés. Les garçons passèrent le poste de garde sans se faire poser de questions et disparurent aussitôt dans les méandres de la ville.

Presque toutes les habitations de la cité étaient faites de toile, de tapis ou de tissu. Ces tentes improvisées de toutes les formes, les couleurs et les styles, donnaient une vive impression de légèreté.

Les habitants étaient pour la plupart de nouveaux arrivants et se débrouillaient avec les moyens du bord. Ils avaient tout laissé derrière eux en n'apportant que l'essentiel sur leur mulet. Par chance, nombre d'entre eux étaient arrivés à El-Bab avant les grandes catastrophes. D'autres, moins chanceux, avaient vu les rivières de sang et subi l'invasion des grenouilles. Ils en parlaient encore avec frayeur et remerciaient Enki de les avoir guidés vers lui au bon moment.

– Là, juste là !, dit Béorf en arrêtant Amos. Il y a un marché, tu le vois ?

– Oui, je le vois, répondit le porteur de masques, mais il est trop petit… Comme personne ne nous connaît dans le coin, les commerçants auront des doutes et nous serons tout de suite remarqués. Nous devons être habiles pour…

– J'ai une bonne idée, interrompit le gros garçon dont l'estomac hurlait famine. Nous allons nous séparer pour être plus efficaces dans notre cueillette de nourriture et nous nous retrouverons dans quelques heures à l'entrée de la ville. Ça te va ?

– Je crois que ce n'est pas très sage, répondit Amos. Nous devons rester ensemble pour nous protéger l'un l'autre si quelque chose d'imprévu se produit.

– Tu veux plutôt dire que tu t'inquiètes pour moi et que tu ne me crois pas capable de voler un peu de nourriture sans me faire prendre !, se fâcha Béorf, agité par l'odeur de la viande grillée.

– Prends sur toi, Béorf, lui conseilla Amos. Et baisse le ton, les gens commencent à nous remarquer…

– Écoute, Amos, rétorqua l'hommanimal, tu es mon ami, mais parfois je te trouve un peu trop paternel. Ton petit air de sagesse me tombe sur les nerfs et… et franchement, je crois que cela agace aussi Médousa et Lolya. J'aurais aimé te le dire autrement, mais bon… Tu vois, c'est toujours toi qui prends les décisions, toujours toi qui nous sauves la vie, toujours toi qui as raison sur tout… OUF ! À la longue, tu vois, c'est un peu énervant ! Laisse-moi un peu tranquille et rejoignons-nous dans quelques heures à l'entrée de la ville, juste après le poste de garde. J'ai faim et je vais me trouver quelque chose dans ce marché ! Salut ! À plus tard…

Amos, surpris par les reproches de son ami, ne répondit rien et acquiesça d'un léger mouvement de tête. Le gros garçon tourna les talons et s'enfonça dans le marché.

Béorf salivait abondamment à l'idée de prendre un vrai repas. Tout autour de lui sentait si bon! Il n'avait pas mangé à sa faim depuis son départ d'Arnakech et était sur le point de perdre la tête. Il respirait à pleins poumons l'odeur de la viande braisée et le subtil parfum des fruits l'enivrait. Il voulait manger à satiété, mélanger les saveurs et les couleurs des aliments, faire une fête autour d'un mouton grillé et boire des jus de fruits savoureux. Autour de lui, c'était l'abondance! Malheureusement, il n'avait pas d'argent et devait trouver le moyen de se nourrir. Il ne pouvait plus attendre, son corps le suppliait de manger.

Incapable d'user de subtilité, le gros garçon tendit brusquement la main vers un fruit et, sous les yeux du marchand, l'amena directement à sa bouche. Juste avant que ses lèvres ne le touchent, une main derrière lui saisit son oreille et l'adolescent se figea. Une poigne inconnue avait délicatement coincé un nerf de son cou et l'hommanimal, salivant, la bouche ouverte, le fruit suspendu juste devant ses yeux, ne pouvait plus bouger. Une voix dit alors derrière lui:

– Le silence est quelque chose de magnifique... Il est comme une pelure d'oignon et possède plusieurs dimensions. Il est présent dans la nuit, dans l'absence de mouvement, dans l'âme de celui qui écoute et dans la musique infinie des étoiles muettes. Il faut savoir écouter les étoiles pour connaître les véritables harmonies qu'elles jouent tous les soirs, aux mêmes heures, alors que personne ne les entend. Dans les enseignements que je dispense à mes élèves, je dis toujours que le silence est un moyen privilégié d'atteindre la vérité, c'est-à-dire qu'il est une façon de boire à la source cachée du savoir des plus grands sages et des plus grands philosophes. Mais comment, Monsieur Bromanson, pouvez-vous respecter le silence dans la cacophonie que fait quotidienne-ment VOTRE ESTOMAC!

L'homme relâcha l'oreille de Béorf. Complè-tement décontenancé, le gros garçon se retourna et, incrédule, dut se frotter les yeux à deux reprises. C'était… mais oui, c'était bien lui! Sartigan en personne! Il était là, avec sa barbe tressée lui servant de foulard, ses traditionnels vêtements orangés et… ouf! son haleine tou-jours aussi déplaisante!

Béorf lui sauta dans les bras et Sartigan serra fortement le garçon contre lui. Le vieil homme s'était ennuyé de son élève et les retrouvailles le comblèrent de joie.

Le maître lança une pièce au marchand de fruits pour payer la collation de son élève et dit à Béorf:

– Ce n'est pas bien de voler! Même en dernier recours, il y a toujours une autre solution que le vol. Mange le fruit et accompagne-moi dans ma demeure, j'ai de quoi remplir convenablement ton estomac. Mais, dis-moi, Amos n'est pas avec toi?

– Euh… oui…, hésita le garçon, un peu honteux. Nous nous sommes séparés et nous devons nous retrouver à l'entrée de la ville dans quelques heures.

– Amos Daragon et Béorf Bromanson séparés l'un de l'autre?, s'étonna Sartigan. Il faudra que tu m'expliques ce qui s'est passé!

– C'est ma faute, avoua Béorf en baissant les yeux. Je me suis impatienté... j'avais... j'avais trop faim et...

– Ne m'en dis pas davantage, l'arrêta le maître, je te connais et je connais aussi Amos. Ce petit accroc sera vite oublié...

– Mais attendez!, s'étonna Béorf en croquant son fruit. Mais, vous parlez notre langue! Vous parlez le nordique!

– C'est la mère d'Amos qui m'a enseigné, sourit Sartigan, assez fier de lui. C'est un excellent professeur, mais il faut dire que je suis aussi un bon élève!

– Elle est vivante? Bien vivante?, se réjouit le gros garçon en sautant de joie.

– Oui, confirma Sartigan, et nous la ferons sortir d'ici plus tard ce soir, lorsque la nuit pourra nous cacher...

– Que fait-on pour Amos? On le cherche?, s'enquit Béorf, inquiet.

– Il nous sera difficile de le retrouver dans cette foule, constata le vieil homme. Nous l'attendrons ensemble, tout à l'heure, à votre point de rendez-vous.

– Je vous croyais prisonnier comme Frilla...

– Non, pas du tout!, s'amusa Sartigan. Tu vas voir, ici, tout le monde me croit fou. Ils pensent tous que je suis un vieux gâteux et que je vis d'aumônes et de petits boulots. De cette façon, on me laisse circuler partout, aussi bien parmi les soldats que parmi les esclaves. En réalité, je vous ai quittés pour venir assurer la protection de Frilla en attendant votre arrivée… Je savais qu'Amos et toi réussiriez à atteindre El-Bab. Mais, trêve de bavardages pour le moment! Allons vite manger afin que tu puisses me raconter votre voyage vers l'île de Freyja et les aventures que vous avez vécues sur la route!

– Oui, parfait! s'exclama Béorf en se léchant les babines. Il me faudra aussi des provisions pour les autres.

– Les autres?, questionna Sartigan. Quels autres?

– Je vous expliquerai…

Chapitre 17

L'énigme d'Enmerkar

Amos quitta Béorf à contrecœur et partit seul de son côté vers la tour.

Le cœur gros, il réfléchissait aux reproches de son ami et se demandait sérieusement s'il n'avait pas un peu raison. Amos se demanda comment et quand il avait pu être blessant, autoritaire ou dominateur. Il revoyait dans sa tête certains événements qui auraient pu être déplaisants pour ses amis. Bien sûr, cette mission de porteur de masques était la sienne et elle ne concernait nullement ses compagnons. Pourtant, ces derniers avaient voulu se joindre à lui pour l'appuyer dans sa tâche. Il était donc un peu normal qu'Amos mène le groupe, qu'il suive d'abord l'appel de son destin sans nécessairement toujours demander son avis à chacun.

Le porteur de masques estimait beaucoup Béorf et ses reproches l'avaient chaviré. À tel point qu'il en oublia la faim et la soif et qu'il erra longuement en réfléchissant dans l'immense cité de toile.

Lorsque Amos reprit ses esprits, il était devant la grande porte d'El-Bab. Cette immense entrée aurait pu facilement laisser passer une bonne dizaine d'éléphants côte à côte. Elle donnait accès au temple, le rez-de-chaussée de la tour.

Une grande procession était sur le point de franchir les portes et les pèlerins attendaient avec impatience de voir défiler le grand prêtre. En cette dernière journée des grandes malédictions d'Enki, les fidèles avaient préparé la grande fête du Nouveau Monde pour célébrer la renaissance prochaine de tout le pays dans la lumière du dieu unique. Ce défilé inaugurait officiellement les festivités.

Ces cérémonies du renouveau allaient être lancées par la grande bénédiction d'Enmerkar au cœur du temple de la tour. Ensuite, suivant les traditions du pays, tous les hommes allaient symboliquement se fouetter avec des rameaux en bourgeons en se souhaitant mutuellement de bonnes récoltes. Les femmes, de leur côté, allaient accrocher des colifichets aux branches des arbres fruitiers en priant pour que la cueillette soit généreuse. Les filles promises pour le mariage allaient être aspergées de quelques gouttes d'eau de fleur d'oranger pour attirer sur elles la bonne chance, alors que leurs futurs maris verraient leur demeure décorée de branchages et de rameaux épineux. En soirée, les fêtes se continueraient au son de la musique, dans le tintamarre des pèlerins excités. La partie la plus importante de ce rituel du renouveau serait l'offrande au prêtre. Chaque famille se devait d'apporter dans la journée un cadeau à Enmerkar afin que le prêtre prie Enki en leur faveur.

Les premiers fidèles de la procession débouchèrent soudainement dans une rue non loin du temple. Le défilé avait fait le tour de la cité et se préparait maintenant à investir la tour. Les dévots portaient des ornements sacrés faits de brocart et tissés de symboles divins. Certaines tenues d'apparat se composaient de capes de plumes et de vêtements rouge et jaune, emblème de la royauté et du sacré. Des chants religieux s'élevèrent du cortège et la foule de spectateurs se resserra de chaque côté de la route.

Amos, un peu perdu dans la foule, se hissa sur la pointe des pieds pour voir arriver la procession. L'ambiance était étouffante ! Tous serrés les uns contre les autres, les spectateurs des derniers rangs luttaient pour une meilleure place alors que ceux des premiers rangs cherchaient désespérément une bouffée d'air frais.

Juste à côté d'Amos, un vieil homme, incommodé par la chaleur, tomba dans les pommes en abandonnant une cage remplie de colombes dans les bras du garçon. L'homme s'effondra par terre et fut vite piétiné par la foule. Amos essaya de lui venir en aide, mais sans succès. Il resta avec l'offrande du vieux pèlerin entre les mains.

Puis, la folie s'empara d'un coup de la foule alors qu'Enmerkar, debout sur un char décoré de fleurs et tiré par des esclaves, se présentait au bout de la rue. Des cris et des hurlements hystériques résonnèrent de partout. Une fièvre mystique s'était emparée des fidèles alors que la procession approchait des grandes portes. Amos fut bousculé, poussé et brusqué comme jamais!

C'est à ce moment qu'une petite chèvre, fatiguée de se faire piétiner les sabots et exaspérée par l'attitude générale des humains, se cabra et décida de s'extraire de la foule à grands coups de cornes. La bête commença à faire du ménage autour d'elle sans que son maître puisse la calmer. L'animal en furie encorna quelques derrières de spectateurs, rua dans les genoux de certains autres, mordit à pleines dents les mollets de plusieurs fidèles et se libéra finalement de sa laisse. Elle fonça alors, tête baissée, droit devant elle.

Au passage, la bête passa entre les jambes d'Amos en déchirant son pantalon. Le tissu resta coincé dans une de ses cornes et le garçon fut propulsé vers l'avant, à dos de chèvre, directement dans le défilé. Chevauchant à moitié l'animal en furie et déséquilibré à cause de la cage de colombes qu'il tenait dans ses bras, Amos galopa de façon maladroite et disgracieuse jusque devant le char du grand prêtre.

Sous les rires et les applaudissements de la foule, le cavalier fit quelques pitreries involontaires en essayant de se libérer de sa monture. Luttant pour reprendre son équilibre, Amos lança dans les airs la cage de colombes qui atterrit brutalement dans la figure d'Enmerkar. Elle se brisa sur le nez du prêtre en libérant les colombes. De nombreux bravos retentirent pour saluer cette performance clownesque.

Saignant abondamment du nez, le prêtre en furie se leva de son siège et hurla sa colère. Les spectateurs effrayés déguerpirent à toute vitesse en laissant l'entrée du temple vide. La foule se dissipa en quelques secondes.

Le pantalon d'Amos céda enfin et le garçon se détacha du dos de l'animal pour exécuter trois pirouettes aériennes et atterrir violemment face contre terre. Deux soldats s'emparèrent de lui et, sous l'ordre d'Enmerkar, lui assénèrent une bonne raclée. Étourdi et désorienté, le porteur de masques ne put rien faire pour se défendre. Il encaissa sans comprendre ce qui lui arrivait. Heureusement pour lui, le masque de la terre le protégea des coups de poing et des coups de pieds fatidiques qui auraient pu lui déchirer les organes vitaux. La protection accrue des deux pierres de puissance lui évita aussi la commotion cérébrale. Les soldats abandonnèrent Amos sur le sol, couvert d'ecchymoses et à moitié conscient.

Comme le grand prêtre entrait dans le temple d'El-Bab, ses yeux tombèrent par hasard sur l'énigme qu'il avait fait inscrire au mur.

«Tu dois chevaucher et ne pas chevaucher, m'apporter un cadeau et ne pas l'apporter. Nous tous, petits et grands, nous sortirons pour t'accueillir et il te faudra amener les gens à te recevoir et pourtant à ne pas te recevoir.»

Un déclic se fit alors dans l'esprit du prêtre.

– Le garçon de tout à l'heure a chevauché la chèvre sans véritablement la chevaucher, pensa-t-il. Il galopait sur le dos de l'animal, un pied à terre et l'autre dans les airs... Hum... Ce gamin m'a ensuite lancé à la tête un cadeau qui s'est tout de suite envolé. Comme dans l'énigme, il m'a apporté un présent et ne l'a pas apporté en même temps ! De plus, devant les portes du temple, la foule l'a accueilli avec joie pour ensuite fuir à toutes jambes. Les gens l'ont reçu sans pour autant le recevoir !

Enmerkar réfléchit encore quelques secondes.

– Mais c'est impossible !, se dit le grand prêtre. Comment un jeune homme aussi freluquet peut-il menacer à lui seul El-Bab et attenter à ma vie ?

En réalité, Enmerkar attendait l'arrivée prochaine d'un grand guerrier ou d'un terrible mercenaire. Il s'imaginait un ennemi dont les puissantes armées envahiraient les terres environnantes et assiégeraient la tour. Quelqu'un qui arriverait avec force et fracas, défonçant les portes d'El-Bab et lui ordonnant de se soumettre. Ou encore un puissant magicien, venu des lointaines contrées de l'Est. Le grand prêtre était prêt à se battre contre un féroce adversaire aux pouvoirs surhumains et doté d'une force hors du commun, mais pas contre... un enfant !

Le grand prêtre hésita encore quelques secondes puis, se remémorant les événements qu'il venait à peine de vivre, relut l'énigme à voix haute. Il se dit :

– Pourquoi courir le risque ? Si ce jeune homme est vraiment une menace pour moi, il vaut mieux l'éliminer tout de suite. Soyons prudent !

Le grand prêtre se tourna vers un de ses soldats et ordonna :

– Qu'on amène le garçon de tout à l'heure dans mes appartements du septième étage. Vous savez de qui je parle ? Celui que vous avez brutalisé à l'entrée de la tour… Attachez-le bien et déposez-le dans ma salle d'audience. Je m'occuperai de lui après la célébration des fêtes du renouveau.

***

– Mais où est-il ?, s'inquiéta Béorf. Il devrait pourtant être là !

– Moi aussi, je suis impatient de le voir. Mais chaque chose en son temps, dit Sartigan en essayant de calmer son élève.

– Je lui ai pourtant dit de me retrouver à l'entrée de la ville, juste après le poste de garde !, insista Béorf, à bout de nerfs. S'il lui est arrivé quelque chose, je m'en voudrai pour le reste de mes jours…

– Chez moi, on dit qu'avec du temps et de la patience, la feuille du mûrier devient de la soie…, énonça Sartigan, très content de lui.

– Et qu'est-ce que cela veut dire ?, questionna Béorf, un peu perplexe.

– En vérité, avoua le maître, je ne le sais pas… Mais je trouve cette phrase très jolie à dire dans votre langue. Enfin… Voici ce que je propose pour l'instant. Toi, tu vas aller donner à tes amis les provisions que nous avons rapportées. Ils doivent avoir très faim et très soif! Pendant ce temps, je vais aller en ville. Je me propose de retrouver Amos au plus vite. Ensuite, je l'amènerai à sa mère et nous la libérerons ensemble de ses geôliers. Ce sera vite fait! Sous le couvert de la nuit, nous irons vous rejoindre au-delà des pâturages, dans les collines. Qu'en penses-tu?

Béorf soupira puis opina du bonnet. Il aurait voulu trouver Amos et s'excuser le plus rapidement possible de sa mauvaise attitude et de ses reproches un peu méprisants. L'hommanimal aurait voulu corriger lui-même la situation et faire en sorte de tout effacer, de recommencer à zéro. Mais Sartigan avait la meilleure solution et proposait un excellent plan. Après tout, le maître connaissait mieux la ville que personne et savait comment déjouer les gardiens d'esclaves.

– Très bien, soupira Béorf, résigné. J'irai rejoindre les autres et j'attendrai votre arrivée…

– Tu sais, mon jeune élève, enchaîna le vieillard avec humour, un ami c'est quelqu'un qui sait tout de nous… et qui nous aime quand même. Amos te connaît bien et je sais qu'il t'a déjà pardonné…

– N'empêche que je me sens rempli de remords, avoua sincèrement le gros garçon.

– Alors, laisse-moi te raconter l'histoire du tigre et du lion qui vivaient dans mon pays, commença Sartigan. Les deux félins étaient amis depuis longtemps, car ils s'étaient rencontrés très jeunes. Ils ne savaient pas que les tigres et les lions se méfient naturellement l'un de l'autre. Pour eux, leur belle amitié n'avait rien d'exceptionnel : elle était normale et simple, usuelle et commode. Ils vivaient ensemble dans la grande forêt d'un sage ermite et se prélassaient au soleil à cœur de jour. Par contre, malgré leurs affinités, ils étaient quand même différents et, par un bel après-midi, ils se disputèrent violemment. Le tigre insistait pour dire que le froid était causé par la lune qui passait de la « pleine lune » à la « nouvelle lune ». Le lion, à grand renfort de grognements, prétendait le contraire. La dispute prit alors d'énormes proportions et c'est le sage ermite qui trancha. Il leur dit que le froid arrive à n'importe quelle phase de la lune et qu'en réalité, c'était le vent venant du nord qui apportait les brises glacées. Ils avaient, pour ainsi dire, tous les deux tort. Le tigre et le lion s'étaient, en réalité, disputés pour rien. Mais ce n'était pas grave, car ils s'amusèrent longuement de cet incident et resserrèrent les liens qui les unissaient.

— Et alors ?, demanda Béorf, incapable d'en tirer une conclusion par lui-même.

— Cette histoire, expliqua patiemment le maître, nous montre que la chose la plus importante pour des amis n'est pas d'avoir raison ou tort. Elle est de vivre sans dispute dans l'unité. La température change… mais l'amitié reste.

— Donc, je n'ai pas à m'en faire…

— Va porter les provisions à tes autres amis, conclut Sartigan, je m'occupe de retrouver Amos et de libérer sa mère.

Chapitre 18

L'interrogatoire du prêtre

Amos, à moitié conscient et ficelé comme un saucisson, attendait dans les appartements du grand prêtre. Il rêva de Sartigan qui, dans sa cabane près d'Upsgran, lui rappelait les quelques principes nécessaires à la constante évolution d'un porteur de masques.

Il lui enseignait de toujours garder l'esprit clair et d'être vigilant à chaque instant. En aucun cas il ne devait laisser ses perturbations émotionnelles le déranger. Cet état d'éveil, que le maître appelait la motivation, devait servir à aiguiser les sens de son protégé et à maintenir son corps et son esprit toujours en alerte.

Sartigan lui avait aussi parlé de l'accoutumance. Cette condition mentale devait toujours être présente dans le cœur d'un porteur de masques pour qu'il demeure conscient, au quotidien, des buts les plus nobles à atteindre. Il lui fallait tendre sans cesse vers la perfection afin que son entourage en profite.

En dernier lieu, il devait bien connaître son chemin dans la vie et ne pas s'en détourner. Ce troisième principe constituait un des pivots de la réussite. Amos devait oublier les actions maladroites du passé pour construire son avenir sur ses actes vertueux.

Comme le porteur de masques écoutait en rêve son maître lui faire la leçon, une eau glacée le ramena vite à la conscience. Toujours ligoté, Amos fut suspendu dans les airs, la tête en bas. Étourdi et toujours désorienté, le garçon aperçut deux soldats sumériens à la forte carrure qui l'encadraient. Devant lui, Enmerkar le regardait avec circonspection. Le grand prêtre dit alors quelque chose en sumérien, mais Amos ne comprit rien de ce charabia. L'homme essaya d'entrer en contact avec l'adolescent dans plusieurs langues, sans succès, jusqu'à ce qu'il demande :

– Tu parles le nordique ?

– Oui, répondit Amos. Ma langue maternelle est le nordique…

– Et tu fais quoi ici ?, s'enquit le prêtre avec un accent à trancher au couteau.

– Je… Je suis venu libérer ma mère de l'esclavage, avoua Amos sans crainte.

– Elle est esclave ici ta mère ?, demanda Enmerkar.

– Oui et… et je suis venu pour la ramener chez moi !, lança le porteur de masques.

À ce moment, Amos aurait pu enflammer ses liens et se libérer rapidement de son inconfortable position, mais il jugea plus sage de jouer la comédie et de laisser croire qu'il était inoffensif. Sartigan lui avait bien dit de rester vigilant et de garder l'esprit clair en toute circonstance.

– Tu sais quoi de l'énigme?, questionna le grand prêtre en le fixant dans les yeux.

– Quelle énigme? Je ne sais pas de quoi vous parlez, mentit Amos, qui se rappelait très bien les mots qu'il avait déchiffrés avec Lolya et Médousa dans le livre comptable des barbares.

– Tu mens!, déclara Enmerkar. Je ne comprends pas pourquoi toi tu es à mentir... Et explique ceci?

Le prêtre sortit alors des affaires d'Amos les deux oreilles en cristal de Gwenfadrille et le disque sacré appartenant au culte des minotaures.

– Explique ceci?, insista-t-il.

– Il n'y a rien à expliquer, commença Amos. Ce sont des objets sans valeur que j'ai trouvés sur ma route vers El-Bab.

– Ce disque, sans valeur?, rigola Enmerkar. Mais juste la pierre de rose est beaucoup de valeur pour petit voleur que tu es... Je pense que toi n'être pas important et être vaurien. Être un fils d'esclave échappé, peut-être? Rien d'important... non, nous allons te couper les deux mains pour donner à toi une leçon!

– En réalité, menaça le porteur de masques, je me nomme Amos Daragon et je suis venu jusqu'à toi pour faire tomber cette tour! Voilà toute la vérité!

Enmerkar éclata d'un grand rire moqueur. Il s'approcha d'Amos, lui cracha au visage:

– Toi, tu fais tomber MA tour? Grande menace pour petit garçon! Dommage que ta bouche trop grande, car je vais briser toi comme ceci!

Le grand prêtre, pour souligner sa menace, lança le disque du culte minotaure haut dans les airs et ce dernier vint se fracasser violemment sur le sol. Amos, le souffle coupé, ne put rien faire pour empêcher l'objet d'éclater en mille morceaux. Sous l'impact, la pierre rose se dégagea du disque, devint luminescente pendant quelques secondes puis s'éteignit définitivement. Si la légende que lui avait racontée Minho sur les pouvoirs du disque était vraie, il valait mieux fuir cette tour dans les plus brefs délais !

Sans perdre de temps, Amos utilisa ses pouvoirs sur le feu et fit s'enflammer les liens qui le retenaient prisonnier. Les deux gardes postés près de lui bondirent en arrière sous l'intensité de la chaleur. Le porteur de masques tomba violemment face contre terre, mais ne se blessa pas.

– Tuez-le !, ordonna le prêtre à ses deux soldats.

Les gardes dégainèrent ensemble leur épée et foncèrent sur Amos. Le garçon évita la première lame de justesse, mais la seconde lui déchira le flanc. La plaie s'emplit de boue au lieu du sang et se referma aussitôt. Le masque de la terre avait encore fait son boulot !

Amos concentra la force de sa magie et produisit un courant d'air si fort qu'il propulsa un des gardes par la fenêtre. La chute du Sumérien lui fut fatale. Dans la foulée, le garçon évita deux coups d'épée de l'autre soldat et, d'un habile mouvement, saisit son poignet. Le porteur de masques déchargea alors dans sa main une chaleur brûlante qui carbonisa la peau de l'homme en imprégnant dans sa chair la marque de cinq doigts. Le Sumérien hurla de douleur, laissa échapper son arme et se dégagea. L'épée fut aussitôt récupérée par Amos qui la projeta vers le garde et, s'aidant de ses pouvoirs sur l'air, la dirigea vers l'une de ses jambes. La lame traversa la cuisse du Sumérien et se fixa solidement dans le muscle. L'homme était maintenant hors de combat.

Pendant cette brève altercation, le grand prêtre eut largement le temps de saisir son grand bâton de culte et de préparer quelques sorts. Enmerkar invoqua alors la force d'Enki et envoya une puissante décharge mentale au garçon. Amos, sous l'emprise de cette attaque, eut soudainement très peur : un incroyable effroi lui glaça le sang jusqu'à la moelle. Le souffle coupé et le corps crispé, le garçon n'osa plus bouger. Le prêtre en profita alors pour bondir sur lui.

Dans les flancs, derrière la tête et sur le dos, une pluie de coups de bâton tomba sur le porteur de masques. Toujours sous l'emprise mentale du prêtre, la peur empêchait Amos de se défendre. Il serait sûrement mort, battu sans merci par le prêtre si, à ce moment, un grand tremblement de terre n'avait pas dérangé Enmerkar.

– MAIS QU'EST-CE QUE C'EST ?, cria l'homme dans sa propre langue en se dirigeant vers une des fenêtres de la tour.

– Les… dieux barbares… arrivent !, balbutia Amos en reprenant ses esprits. Il… il vaudrait… peut-être mieux… sortir d'ici !

– DIEUX BARBARES? DE QUOI PARLE TOI?, hurla Enmerkar en regardant à l'extérieur. JE NE VOIS RIEN!

Amos profita de ce moment pour se remettre sur pied. Il se dirigea en claudiquant vers la sortie pour s'échapper, mais sans succès. Un autre sort du grand prêtre le figea sur place. Un rayon noir provenant de la main d'Enmerkar lui arracha toute volonté de fuir, de rester ou même d'exister. Le garçon sentait la vie s'échapper de son corps. Comme un baril fissuré laissant déverser son contenu, Amos voyait son âme le quitter sans pouvoir rien y faire.

– Avant de tuer toi, dit le prêtre en maintenant son emprise, dis si tu es celui qu'Enki a peur de? Tu es celui qui détruire El-Bab? Celui qui recevoir la dernière plaie d'Enki?

– Je suis Amos Daragon et je suis porteur de masques…

Puisant dans les dernières ressources de son âme affaiblie, le garçon tenta de lancer un dernier sort. Il pointa Enmerkar et enflamma d'un coup ses cheveux. Le prêtre perdit aussitôt son emprise et le porteur de masques s'affaissa au sol, complètement vide d'énergie.

La terre trembla alors une deuxième fois et la tour se fissura à plusieurs endroits.

Du coin de l'œil, Amos remarqua que le grand prêtre avait la tête plongée dans l'eau bénite d'un bassin cérémonial. Ses cheveux étaient maintenant éteints et l'homme allait émerger pour respirer. L'espace d'une seconde, le porteur de masques revit Sartigan lui enseignant une de ses dernières leçons. Le vieillard lui avait dit que la vie qui coule dans l'âme d'une personne juste est une source inépuisable de force morale. Pour y avoir accès, il suffisait d'avoir la foi. Non pas celle qui se résume au fait de croire en une force spirituelle capable de miracles : il s'agissait de la vraie foi, celle qui réfère à la vérité.

Amos savait que cette force était la source de sa destinée et que ce fond inépuisable d'énergie lui sauverait la vie. De toute évidence, Enmerkar allait le tuer à sa prochaine attaque et le porteur de masques ne pouvait plus en endurer davantage.

– C'est lui ou moi !, haleta Amos en invoquant la puissance de l'eau.

Enmerkar essaya alors de retirer sa tête du bassin, mais en fut incapable. L'eau semblait le retenir prisonnier. Encore et encore, le prêtre essaya en vain la même manœuvre. À bout de nerfs, mais surtout à court d'oxygène, il commença à paniquer sérieusement.

De son côté, le porteur de masques maintenait son contrôle sur l'élément liquide. Le garçon avait en lui des ressources de vitalité bien cachées qui, au-delà du désespoir et de la fatigue, étaient prêtes à le servir et à le seconder dans sa magie. Sartigan avait dit la vérité lorsqu'il parlait d'une source inépuisable de force morale. C'est à ce flux vital qu'Amos puisait maintenant le carburant nécessaire à son contrôle de l'eau.

Le grand prêtre commençait à se noyer. Toujours incapable de s'extirper la tête du bassin cérémonial, il se mit à bouger frénétiquement en cherchant avec ses mains quelque chose pour fendre le réservoir. Incapable de respirer, son agitation lui faisait perdre de l'air encore plus rapidement. De grosses bulles émergeaient de chaque côté de son visage. Dans un effort désespéré, Enmerkar tenta une dernière fois de se soulever, mais n'y réussit pas. Son corps retomba mollement sur le rebord du bassin, encore animé de spasmes et cessa définitivement de bouger après quelques secondes. Amos venait de noyer le grand prêtre : la prophétie avait dit vrai !

La terre trembla une troisième fois et la tour se fragilisa encore. Les murs se couvrirent de fissures et de gros morceaux de pierre tombèrent du plafond. Des cris de panique et des hurlements hystériques se firent entendre de l'extérieur. Le porteur de masques relâcha alors son sort et le corps inanimé de son ennemi glissa au sol.

– Il me faut maintenant sortir d'ici au plus vite, pensa Amos en essayant de se relever. Je dois sortir ! Tout va bientôt s'effondrer !

Une poutre de soutien en marbre s'affaissa alors à côté de lui et écrasa sa jambe droite sous plusieurs centaines de kilos de pierre.

– NOOOON !, hurla de douleur le garçon. MA JAMBE ! AU SECOURS ! Me voilà prisonnier ! Bon… Du calme… Du calme et pense ! Allez pense ! Pense vite !

La terre cessa de trembler et le porteur de masques eut un peu de répit pour remettre ses idées en place.

– Résumons la situation, se dit-il. Je suis dans une tour haute de trois cents étages qui s'effondrera bientôt sous l'attaque des dieux barbares. Je suis prisonnier de cette salle et ma jambe est en dessous des restes de cette colonne. Je n'ai pas le temps d'envoyer un message pour appeler quelqu'un à mon secours, je n'ai plus la force d'utiliser ma magie et je n'ai aucun moyen de me couper la jambe. Les dieux ne viendront pas à ma rescousse, car aucun d'eux, qu'il soit du côté du bien ou du côté du mal, n'aime les porteurs de masques. Si je ne trouve pas rapidement une solution, cette tour deviendra mon cercueil. Pas de panique... je dois réfléchir... réfléchir et trouver une solution!

– Il n'y a pas de solution et pas d'avenir pour toi, dit la voix criarde d'un petit bambin frustré.

Amos releva la tête et le temps sembla alors se figer. Un petit garçon d'environ cinq ans, les cheveux blonds et bouclés, était assis devant lui et tenait une tour miniature entre ses mains.

– Tu as brisé ma tour..., continua l'enfant boudeur, je te déteste!

– Je n'ai rien brisé du tout, lui répondit doucement le porteur de masques, perplexe.

– OUI, JE TE DIS!, insista le petit bonhomme. Tes monstres vont la faire tomber... je le sais... Ils sont là dehors et ils arrivent! JE LES AI VUS!

– Mes monstres sont là ?, répéta Amos en pensant aux dieux barbares.

– Dis-leur de partir et de laisser ma tour tranquille, implora l'enfant contrarié. Si tu le fais, je ne te ferai pas de mal…

– Mais… mais je… mais je ne peux pas… ce n'est pas moi qui…, balbutia l'adolescent.

– DIS À TES MONSTRES DE PARTIR OU JE FAIS UNE CRISE !, hurla l'enfant, très mécontent.

– D'accord, d'accord !, répondit Amos pour gagner du temps.

Le porteur de masques se doutait bien que le petit bonhomme appelait « monstres » l'incarnation des dieux minotaures. Le disque sacré avait été brisé par Enmerkar et la légende semblait bien se concrétiser.

– Je vais leur dire de partir seulement si tu me dis ton nom, continua Amos.

Le gamin hésita, puis révéla son identité :

– Je m'appelle Enki et je suis le seul et unique dieu au monde !

– Tu es le seul dieu ?, s'étonna Amos. Je croyais qu'il y en avait plusieurs…

– Et toi, l'interrompit le bambin sans répondre à sa question, tu t'appelles Amos Daragon et tu es un porteur de masques, ce qui veut dire que tu n'aimes pas les dieux et que les dieux ne t'aiment pas non plus et que moi aussi je te déteste parce que tu vas faire tomber ma tour AVEC TES MONSTRES !

Amos n'en croyait pas ses yeux ni ses oreilles. Enki était un dieu-enfant ! Il était exigeant, difficile et incapable d'endurer la moindre contrariété. C'était un bébé gâté prêt à entrer dans de violentes colères meurtrières s'il se voyait refuser un de ses désirs. Cette divinité utilisait les hommes comme de simples instruments mis à sa disposition pour assouvir ses petits caprices. De son intolérable caractère transpirait une attitude imperméable à la tolérance et à la compréhension. Ce dieu-enfant avait été élevé sans règles et sans repères. Il ne connaissait pas de limites et le mot « NON » entraînait chez lui une fureur apocalyptique.

– Mes monstres ne feront rien du tout à ta tour…, dit Amos pour calmer l'enfant. Est-ce toi qui as ravagé le pays ? C'est bien toi qui as envoyé les grenouilles, la maladie et les autres malédictions ?

L'enfant éclata alors d'un rire joyeux. Seul un enfant capricieux et sans morale aurait pu faire autant de mal sans se soucier des conséquences.

– Oui, c'est moi !, avoua Enki sans vergogne. Et je me suis bien amusé… Maintenant, il ne reste plus que MA tour, MA tour à MOI, MA grande tour !

– Mais pourquoi as-tu fait tout ce désordre ?, demanda Amos, démonté. Pourquoi tous ces morts, cette misère et cette souffrance ? Les humains ne sont pas des jouets !

Enki haussa négligemment les épaules et, l'air boudeur, répondit :

– Parce que j'en avais envie…

– Tout cela, seulement parce que tu en avais ENVIE ?, ragea le porteur de masques. Il n'y a pas d'autres raisons? Pas de grands projets pour l'humanité? Rien qu'une simple envie?

– J'ai le droit, bouda le petit garçon. Je suis un dieu…

– Approche ici, ordonna soudainement Amos avec un grand sourire. Viens, j'ai un cadeau pour toi…

Méfiant, mais attiré par la promesse d'un présent, Enki se leva et s'avança maladroitement vers l'adolescent.

– Approche encore, dit Amos. Je ne peux aller vers toi, j'ai une jambe coincée sous la colonne. Approche… Allez! Je te jure que tu te souviendras longtemps de mon cadeau… C'est quelque chose que tu n'as jamais eu et qui te sera très utile à l'avenir!

Lorsque le dieu-enfant fut tout près de lui, Amos s'élança de toutes ses forces et gifla le gamin qui tomba à la renverse.

– VOILÀ MON CADEAU, SALE MIOCHE!, hurla le porteur de masques. Comme tu n'as jamais reçu de bonne correction, j'espère que celle-ci te sera utile! Mon ami Koutoubia est mort à cause de toi, petit merdeux! Voilà tout ce que tu mérites! Considère-toi chanceux que je ne sois pas un dieu, ta punition serait terrible.

Enki, rouge de colère de s'être fait piéger, cria comme un possédé en donnant des coups de pied et des coups poing au sol. Le dieu s'était fait gifler par un mortel! Quelle honte et quelle frustration! En pleurant de rage, la joue rouge encore marquée des cinq doigts d'Amos, la jeune divinité menaça:

– RETIRE TES MONSTRES DE MA TOUR!

Amos éclata alors d'un grand rire sarcastique.

– Mes monstres resteront là où ils sont, car je n'ai aucune confiance en toi! J'aime mieux mourir dans cette tour que d'obéir à un seul de tes caprices…

– ET TU MOURRAS!, lança le dieu-enfant, enragé. Mais avant, je jure que tu vas avoir mal… très mal… je vais te faire souffrir…

– Tu veux me faire quoi?, s'impatienta Amos. M'arracher les yeux? Me démembrer? M'ouvrir le ventre? Allez, vas-y! Je suis fatigué de me battre contre vous, les dieux! Il est grand temps que cela finisse! ALLEZ, PETIT BOUT DE CHOU! MONTRE CE DONT TU ES CAPABLE! VA AU BOUT DE TA HAINE! QU'EST-CE QUE TU ATTENDS? TA TOUR VA TOMBER DE TOUTE FAÇON ET TU NE PEUX RIEN Y FAIRE! LES DIEUX BARBARES LA BRISERONT! MA MISSION EST ACCOMPLIE! J'AI GAGNÉ!

L'enfant plissa les yeux de colère et serra les dents. Avant de disparaître, il lança la dernière plaie d'Enki, celle qui était réservée à l'élu. L'enfant-dieu prononça lentement ces mots, en appuyant sur chacune des syllabes:

– Va en enfer!

Au même moment, la tour s'effondra en emportant dans sa chute le corps déchiré d'Amos Daragon.

Chapitre 19

La destruction de la tour

La légende du disque des dieux barbares était bien vraie. Cet objet sacré portait en lui la magie divine des cultes anciens et la force occulte d'appeler les premières divinités. Dès qu'il se brisa sur le plancher de la tour d'El-Bab, l'esprit des trois commença à se matérialiser.

Ce fut Brontês le cyclope, un terrible titan sauvage à l'allure monstrueuse, qui apparut le premier sur terre. Dans un coup de tonnerre qui fit une première fois trembler le pays, le gigantesque monstre tomba des nuages et atterrit avec fracas à quelques lieues de la tour. Avide de violence, il hurla en se frappant la poitrine comme un gorille en colère. Brontês n'avait qu'une idée en tête : récupérer la pierre rose du disque ! La créature caressa doucement sa longue corne frontale placée juste en haut de son œil et, de ses longues pattes poilues de bouc, commença à avancer agressivement vers la tour.

Nessus le centaure se matérialisa au cœur d'une montagne non loin d'El-Bab et la fit exploser en mille morceaux. La terre trembla alors une deuxième fois. Ce cheval colossal au torse et à la tête humaines semblait animé d'une colère incontrôlable. Son regard perçant vit Brontês qui s'avançait d'un pas rapide vers la tour. Ah non! Le cyclope n'aurait pas la pierre rose avant lui! À ce jeu, Nessus était le meilleur et il se lança au galop vers la tour afin d'y arriver le premier.

Minotaure lui-même, un titan à la tête de taureau, prit forme dans un cyclone tout près du centaure. Lorsqu'il vit décamper Nessus à toutes jambes vers la tour, son cri de rage fit trembler une troisième fois toute la contrée. Lui aussi voulait la pierre rose et ses adversaires avaient déjà de l'avance sur lui. La monstrueuse créature s'élança à pleine vitesse aux trousses de son rival. Dans la foulée, il aplatit tout un troupeau de moutons sans s'en rendre compte!

À la vue de ces trois gigantesques monstres, la population autour d'El-Bab entra dans un mouvement de panique sans pareil. Cris et hurlements présidèrent à l'évacuation rapide de la cité. Les habitants n'avaient plus qu'une idée en tête: FUIR! Une frayeur extrême, violente et incontrôlable, s'était emparée de tout le monde, même des plus sages. Dans la fuite désordonnée, bon nombre de vieillards, de femmes et d'enfants furent piétinés à mort par la foule en délire. De nombreux malchanceux furent aussi écrasés par les titans dont les pas de géants étaient impossibles à prévoir.

De son côté, Sartigan eut tout juste le temps de retrouver Frilla et de sortir de la ville avec elle avant que les dieux barbares incarnés n'atteignent la tour et ne commencent à la frapper de leurs puissants poings.

D'énormes pierres provenant d'El-Bab volèrent de tous les côtés alors que Nessus, Brontês et Minotaure s'efforçaient de retrouver la pierre rose. Quel excitant jeu que cette divine compétition !

La véritable histoire du disque des dieux barbares était en fait très simple et très loin d'être mystique. Le cyclope, le minotaure et le centaure avaient inventé ce divertissement afin de briser la monotonie de leur existence divine. Il s'agissait d'une grande compétition dont l'objectif était de retrouver le plus rapidement possible la pierre de lumière une fois son disque protecteur brisé. Ils avaient répandu sur terre exactement dix de ces étranges assiettes et attendaient, chacun dans leur coin, qu'une maladresse humaine ou humanoïde lance la compétition. Ce jeu durait depuis des milliers d'années et comblait ses participants de bonheur.

Le pointage était de trois pour Nessus, un pour Brôntes et deux pour Minotaure. Ce septième disque brisé constituait une chance exceptionnelle pour le cyclope de marquer un autre point et de rester dans la course. Il n'avait pas fait très bonne figure jusque-là et il comptait bien se reprendre ! Il ne restait que trois autres disques à briser avant la fin du jeu et Nessus ne devait en aucun cas marquer aujourd'hui. Si le centaure trouvait la pierre en premier, son avance au pointage serait alors insurmontable et le jeu perdrait tout son intérêt.

C'est donc avec frénésie que les dieux barbares détruisirent complètement la tour. La pierre rose avait marqué magiquement sa position par une trace luminescente juste avant de s'éteindre définitivement. Pour les titans, tenter de trouver cette pierre équivalait à chercher une aiguille dans une botte de foin. Ils s'amusèrent comme des enfants à frapper, détruire, pulvériser et anéantir la gigantesque tour d'El-Bab. Ce n'est qu'après une heure de démolition frénétique et d'ardentes recherches que Minotaure mit enfin la main sur la pierre. Le titan leva les bras au ciel et hurla sa joie ! Il venait de marquer un point et cela le plaçait à égalité avec le centaure.

Dépité, Brontês disparut dans un nuage de poussière en hurlant sa frustration. Nessus, lui aussi contrarié, félicita le gagnant en lui assenant un terrible coup de poing sur la tête. Dans une grande bourrasque de vent, le centaure et le minotaure se dématérialisèrent ensemble.

Ce que les hommes avaient mis des années à construire, les dieux avaient à peine pris une heure pour le démolir.

Anciennement, le pays de Sumer et les contrées de Dur-Sarrukin étaient des grands territoires remplis de villes et de villages, de bergers et de moutons, de belles forêts gorgées d'arbres fruitiers et de rivières sablonneuses parfaites pour la baignade. Aujourd'hui, dix jours seulement après le début de la colère d'Enki, il ne restait rien de la vie qui s'était épanouie autrefois sur ces terres et rien du travail et des efforts de ses gens.

De la dignité, du talent et de la puissance du peuple sumérien, il ne restait plus maintenant que quelques milliers de nomades estomaqués par la destruction d'El-Bab et incapables d'envisager un avenir pour leurs enfants.

Chapitre 20

Les décombres

Pendant près d'un mois après l'effondrement de la tour d'El-Bab, les compagnons d'Amos fouillèrent les décombres pour retrouver son corps. Le porteur de masques s'était volatilisé sans laisser de traces !

Béorf, rongé par la culpabilité de l'avoir abandonné, versait souvent quelques larmes en recherchant les restes de son ami. Lolya était complètement brisée, mais réconfortait quand même plusieurs fois par jour Frilla qui était au désespoir. Sartigan était soudainement devenu très silencieux et Médousa errait çà et là, en quête d'improbables indices.

Amos disparu, Minho était maintenant libre de sa promesse et il quitta les adolescents pour retourner dans son pays. Il les étreignit chaleureusement et, sans se retourner, sa silhouette s'évanouit à l'horizon.

– ICI ! J'AI QUELQUE CHOSE !, annonça Béorf.

Tout le groupe se réunit autour de l'hommanimal.

– Regardez!, continua le gros garçon. J'ai retrouvé son sac, ses oreilles de cristal et son livre.

– Mais... mais..., s'inquiéta Lolya. Il n'y a rien d'autre, tu es certain? Son corps n'est pas là, enterré quelque part autour?

– Non, confessa Béorf. Il n'y a rien... C'est tout ce que j'ai trouvé de lui...

– Si nous n'avons pas trouvé son corps, dit Lolya, optimiste, c'est qu'il est encore vivant! Cherchons! Cherchons encore!

– Non..., dit soudainement Frilla. Il ne sert à rien de chercher, il n'est plus ici. L'acharnement ne nous mènera à rien et nos bonnes intentions ne ressusciteront pas mon enfant. Nous allons préparer nos affaires et quitter ces décombres. Tout est fini...

Devant la justesse de ce constat, les trois adolescents tombèrent les uns dans les bras des autres. Béorf, pleurant comme une madeleine, prononça avec souffrance :

– Amos... Amos est... il est mort.

Lexique mythologique

Les Dieux

ENKI : Dans la mythologie sumérienne, il est le dieu de l'Abîme, de la Sagesse, des Eaux douces, dieu aussi de la Magie, des Incantations et de l'Océan. Également appelé Abzu, il remplit les rivières de poissons, règle les mouvements de la mer, appelle les vents, crée la charrue, le joug, la pioche et le moule à briques, remplit la plaine de vie animale et végétale et bâtit les étables.

FREYJA : Cette déesse de la mythologie germanique est parfois connue sous le nom de Freya ou Frea. Fille de Njord, dieu de la Mer dans le panthéon scandinave, elle est le symbole du désir et elle est toujours reliée à la fécondité.

LOKI : Aussi nommé Lopt, il est le dieu germanique du Feu. C'est un semeur de discordes, un voyou qui peut changer de forme à volonté.

ODIN : Il est le chef des dieux de la mythologie scandinave et germanique. On le voit souvent assis sur son trône d'où il surveille les neuf mondes. Ses deux infatigables corbeaux lui servent de messagers et voltigent constamment autour de lui. Odin a sacrifié un de ses yeux pour boire à la fontaine de la sagesse. À Walhalla, un immense palais qui se trouve dans la forteresse d'Asgard, c'est lui qui préside le conseil des dieux nordiques.

SETH : Dans la mythologie égyptienne, il est le dieu de l'Obscurité et du Mal. Les Égyptiens l'associaient au désert et le représentaient souvent sous la forme d'une créature imaginaire ou d'un homme à tête de monstre. Il est aussi associé au crocodile, à l'hippopotame et aux animaux du désert.

TITANS : Ils sont, dans les mythes de la Grèce antique, les enfants d'Ouranos et de Gaia. Ces premiers habitants du ciel sont appelés : Océan, Coeos, Crios, Hypérion, Japet, Cronos, Téthys, Théia, Thémis, Mnémosyne, Phoebé et Rhéa. Ils se révoltèrent contre leur père et régnèrent un temps sur le monde avant d'être à leur tour renversés par Zeus.

ZARIA-ZARENITSA : Dans la mythologie slave, elle est la déesse du Matin et la sœur de Koupalnitsa, déesse de la Nuit, de Pouloudnitsa, déesse du Jour et de Vetchorka, déesse du Soir.

Les lieux mythiques
et les objets magiques

Asgard : Cet endroit est le domaine des dieux, plus précisément celui des Ases représentées par Odin. Les Vanes, dont Freyja fait partie, habitent quant à eux Vanaheim. Les gigantesques murs d'Asgard furent construits par Hrimthurs. Celui-ci demanda la main de Freyja en échange de ses dix-huit mois de travail, mais il ne l'obtint jamais.

Mjollnir : C'est ainsi que se prénommait le marteau de guerre du dieu Thor. L'objet était un symbole de destruction, de fécondité et de résurrection. La divinité l'utilisait pour protéger Asgard des géants de glace, les ennemis des dieux qui y vivaient.

Skidbladnir : Ce drakkar merveilleux, construit par de talentueux nains, servait de navire de guerre pour les dieux. Personnification des nuages, il glissait aussi bien sur la terre que sur la mer et dans les airs.

Walhalla : C'est le paradis des Vikings. Les véritables héros, ceux qui étaient morts courageusement au combat, y festoyaient jour et nuit.

Yggdrasil : Ce frêne cosmique était le centre de l'univers dans les mythologies germaniques et scandinaves. L'arbre soutenait les neuf mondes dont les trois royaumes humains, celui des elfes blonds et des nains, les terres des elfes bruns et les pays glacés des géants.

Les créatures de légende

ALRUNES : Issus de la tribu des Hunts, ces démons inférieurs sont capables de prendre plusieurs formes et différents visages. On les retrouve dans les mythes anciens des Germains et des Danois.

BRISINGS (LES) : Elles sont aussi connues sous le nom de Bristling. Outre le fait qu'elles sont les gardiennes du collier de Brisingamen, qui appartient à Freyja, on sait peu de choses à leur sujet.

CENTAURES : Les centaures sont des monstres de la mythologie gréco-latine arborant un torse humain sur un corps de cheval. Ils vivaient dans les forêts de Thessalie et se nourrissaient de chair crue. Leurs mœurs brutales de même que leur amour immodéré pour le vin et les femmes les rendaient redoutables aux mortels. Nessus fut étouffé par Hercule.

CYCLOPES : Les cyclopes sont des êtres fabuleux pourvus d'un unique œil au centre du front. Ils sont présents dans de nombreuses légendes gréco-latines. L'un des plus célèbres cyclopes porte le nom de Brontês, qui signifie « tonnerre ». Il fut rescapé du Tartare par Zeus et tué par Apollon.

DRAGONS : De la taille d'un éléphant, les dragons ont vécu en Europe, au Moyen-Orient, en Asie Mineure, en Inde et en Asie du Sud-Est. Selon les légendes, ils habitent dans les cavernes en terrain montagneux et peuvent aisément vivre plus de quatre cents ans.

GORGONES : Les gorgones sont des créatures de la mythologie grecque. Dans les légendes, elles habitent les régions sèches et montagneuses de la Libye. À l'origine, elles étaient trois sœurs : Sthéno, Euryalé et Méduse. Seule Méduse, la plus célèbre des gorgones, était mortelle. Persée lui a coupé la tête.

GRIFFONS : Cette bête appartient aux mythologies de l'Inde, du Proche-Orient et de la Russie septentrionale. Mélange d'aigle et de lion, le griffon fut l'emblème de puissants empereurs et de grands souverains de plusieurs royaumes. Il peut vivre de cinquante à soixante ans et habite généralement la montagne.

GRISSAUNIERS : Ces personnages sont inspirés des guilledouces, fées solitaires d'Écosse qui vivent dans les bosquets de bouleaux et s'habillent de feuilles et de mousse. Les grissauniers sont une invention de l'auteur et ne se retrouvent dans aucune mythologie connue.

HIPPOCAMPES : L'hippocampe géant fait partie des légendes de la Méditerranée, de la mer Rouge et de l'océan Indien. Dans le cycle des contes de Sindbad, ces animaux habitent les eaux côtières chaudes et écument les mers en troupeaux.

HOMME GRIS (L'): Ce personnage entièrement constitué de brouillard appartient à l'imaginaire des contes irlandais. Ses origines demeurent mystérieuses.

KELPIES: En gaélique, on appelle les kelpies «*each uisge*» ou «*tarbh uisge*», ce qui signifie «taureau des eaux». Ils vivent dans les lacs et les rivières, ont la taille d'un cheval et appartiennent à la mythologie écossaise et irlandaise.

LURICANS: Cet ancien nom celtique désigne en réalité les farfadets. Ces lutins qui adorent jouer des tours sont, comme le trèfle à quatre feuilles, un symbole de l'Irlande. Ils cachent un chaudron rempli d'or sous les arcs-en-ciel.

MANDRAGORE: Cette plante magique par excellence du Moyen-Âge est la plante des sorcières. On la trouve dans les pays qui ceinturent la mer Méditerranée. La racine est une rave impressionnante, brune à l'extérieur, blanche à l'intérieur. D'une taille pouvant atteindre 60 à 80 cm, elle peut peser plusieurs kilos.

MERRIENS: En Irlande, les habitants des mers se nomment les «merriens». Ils se distinguent facilement des autres créatures aquatiques à cause du bonnet rouge à plumes qu'ils portent toujours sur la tête. Ce chapeau magique les aide à atteindre leurs demeures dans les profondeurs océaniques. Les femelles sont très belles et leur apparition est perçue comme le présage d'une tempête. Les merriens viennent parfois sur la terre sous forme de petits animaux sans cornes.

MEUVES : Ces esprits des eaux, dont le seul plaisir est de noyer les marins innocents, habitent dans les fleuves et les rivières de l'Angleterre. Tout comme les « Jenny Dents vertes » du Yorkshire, les meuves sont vertes et ont de longs cheveux qui flottent comme des algues à la surface de l'eau.

MINOTAURES : Monstres hideux des légendes grecques, ils possèdent un corps d'homme et une tête de taureau. Le minotaure naquit de l'amour irrésistible de la reine Pasiphaé pour un taureau blanc. C'est Thésée, avec l'aide d'Ariane, qui tua le minotaure.

PELLETEUR DE NUAGES : Ce personnage est une création de l'auteur. Son nom vient d'une expression québécoise qui signifie « rêveur ». Les poètes sont des « pelleteurs de nuages ».

PROTECTEURS DES ÉLÉMENTS : Aussi appelés « élémentaux », les protecteurs des éléments sont présents sous différentes formes dans toutes les traditions et toutes les cultures. Le comportement de ces êtres à l'égard des hommes est en étroite relation avec l'attitude que ces derniers ont envers la nature.

Serpents de mer : Ces serpents habitent toutes les mers et les océans du globe. Selon les récits des explorateurs, ils peuvent atteindre plus de soixante mètres de long. Certains crypto-zoologues pensent qu'ils sont en réalité des plésiosaures ou des pliosaures ayant survécu à l'ère des dinosaures.

Sirènes : Les origines de ces créatures des mers demeurent obscures. Elles sont présentes depuis l'Antiquité dans les contes et les légendes de nombreuses cultures. Ce sont généralement de très belles femmes à queue de poisson qui charment les marins et font s'échouer leurs bateaux sur des écueils.

Sorcières : Les sorcières appartiennent à presque toutes les mythologies du monde. Elles sont presque toujours horriblement laides et s'attaquent généralement aux enfants. Dans ce livre, Baya Gaya est inspirée de Baba Yaga, une ogresse des contes russes qui voyage dans un chaudron volant pour capturer et dévorer des bambins.

Note de l'auteur

LE VIRUS D'ENKI : Le virus qu'envoie Enki sur le monde est inspiré d'une véritable maladie qui se nomme fièvre d'Ebola. Il s'agit de l'un des virus les plus pathogènes chez l'homme, car il provoque une fièvre hémorragique mortelle dans 52 à 88 % des cas. Le virus attaque l'ensemble des tissus du corps humain, sauf les muscles moteurs et les os. La fièvre hémorragique est très destructrice, car elle transforme les organes humains en « bouillie ».

Du même auteur :

Marmotte, roman, Perro Éditeur, 2012 [1998, 2001, 2008].

Mon frère de la planète des fruits, Les Intouchables, 2008 [2001].

Pourquoi j'ai tué mon père, Les Intouchables, 2008 [2002].

Créatures fantastiques du Québec, tome 1 et 2, ouvrages de référence, Les Intouchables, 2009.

En mer, roman, éditions de la Bagnole, 2007.

Horresco referens, théâtre, Édition des Glanures, 1995.

Contes Cornus, légendes fourchues, théâtre, Édition des Glanures, 1997.

Louis Cyr, théâtre, Édition des Glanures, 1997.

Fortia Nominat Louis Cyr, théâtre, éditions Michel Brûlé, 2008 [1997].

Dans la série *Amos Daragon* :

Porteur de masques, La clé de Braha, Le crépuscule des dieux, roman, Perro Éditeur, 2012 [2003].

Voyage aux Enfers, roman, Les Intouchables, 2004.

Al-Qatrum, hors série, Les Intouchables, 2004.

La cité de Pégase, roman, Les Intouchables, 2005.

La toison d'or, roman, Les Intouchables, 2005.

La grande croisade, roman, Les Intouchables, 2005.

Porteur de masques, manga, Les Intouchables, 2005.

La fin des dieux, roman, Les Intouchables, 2006.

La clé de Braha, manga, Les Intouchables, 2006.

Le crépuscule des dieux, manga, Les Intouchables, 2007.

Le guide du porteur de masques, hors-série, Les Intouchables, 2008.

Le Sanctuaire des Braves 1, roman, Perro Éditeur, 2011.

Le Sanctuaire des Braves 2, roman, Perro Éditeur, 2011.

Dans la série *Wariwulf*:
Le premier des Râjâ, roman, Les Intouchables, 2008.
Les enfants de Börte Tchinö, roman, Les Intouchables, 2009.
Les hyrcanoï, roman, Les Intouchables, 2010.

Dans la série *La grande illusion*:
La grande illusion, bande dessinée, Les Intouchables, 2009.

Dans la série *Walter*:
Walter tome 1, roman, Les éditions La Presse, 2011

Imprimé sur les presses de
Marquis Imprimeur – Division Gagné

Imprimé sur Rolland Enviro100, contenant
100% de fibres recyclées postconsommation,
certifié Éco-Logo, Procédé sans chlore, FSC
Recyclé et fabriqué à partir d'énergie biogaz.